MW01365586

Das Buch

Schauplatz dieses neuen Romans ist das Tal des Mississippi. In der Hauptstadt Cahokia lebt Tharon, der Häuptling eines gepeinigten Volkes. Obwohl die Maisernte nur sehr kärglich ausfällt, fordert der Häuptling in seiner unersättlichen Gier den Dörfern einen hohen Tribut ab. Doch am schlimmsten für das Volk ist, daß sich die Götter der Unterwelt von den Sehern abgewandt haben. Nicht einmal die mächtigste Seherin, die schöne Nachtschatten, kann das Schweigen der Götter brechen. Solange die Götter nicht deutlich machen, was getan werden muß, gibt es keine Hoffnung für das Volk. Nur das kleine Mädchen Flechte, das weit weg in einer Felsenhöhle bei dem wunderlichen alten Wanderer die Macht der Träume erlebt, kann vielleicht noch Hilfe bringen.

Wie schon die vorhergehenden Romane, *Im Zeichen des Wolfes, Das Volk des Feuers, Das Volk der Erde,* bietet auch dieses Buch von W. & K. Gear wieder, neben vielen informativen historischen Fakten, ein Lesevergnügen ersten Ranges.

Die Autoren

Kathleen O'Neal, führende Archäologin in den USA, verfaßte bereits über 20 Sachbücher, die sich mit der prähistorischen Geschichte Nordamerikas befassen.

W. Michael Gear studierte Anthropologie an der Colorado State University und arbeitete als Archäologe.

Bereits als Heyne-Taschenbücher erschienen: *Im Zeichen des Wolfes* (01/8796), *Das Volk des Feuers* (01/9084), *Das Volk der Erde* (01/9610).

GEAR & GEAR

DAS VOLK VOM FLUSS

H. Leitenberger

Roman

Aus dem Amerikanischen von
Dagmar Roth

WILHELM HEYNE VERLAG
MÜNCHEN

HEYNE ALLGEMEINE REIHE
Nr. 01/9947

Titel der Originalausgabe
PEOPLE OF THE RIVER
Erschienen bei TOR Books, New York

Umwelthinweis:
Dieses Buch wurde auf
chlor- und säurefreiem Papier gedruckt.

Wilhelm Heyne Verlag GmbH & Co. KG, München
Printed in Germany 1996
Umschlagillustration: Doris und Marion Arnemann, Hamburg
Umschlaggestaltung: Atelier Ingrid Schütz, München
Gesamtherstellung: Elsnerdruck, Berlin

ISBN 3-453-10837-X

Für Harold und Wanda O'Neal
Für all die Jahre im Staub, die sie damit verbrachten,
Tonscherben, Yucca-Sandalen, die verschiedenen
Architektur-Stile und die astronomischen Voraussetzungen
der Vorzeit zu erklären.
Diese Kinder mit den staunenden Augen, die nie das Gefühl
für Ehrfurcht verloren

Das Volk vom Fluß
Norden
Cahokia
Talon Town
Forbidden Lands of the Palace Builders
Yellow Star Mounds
Black Warrior Mounds

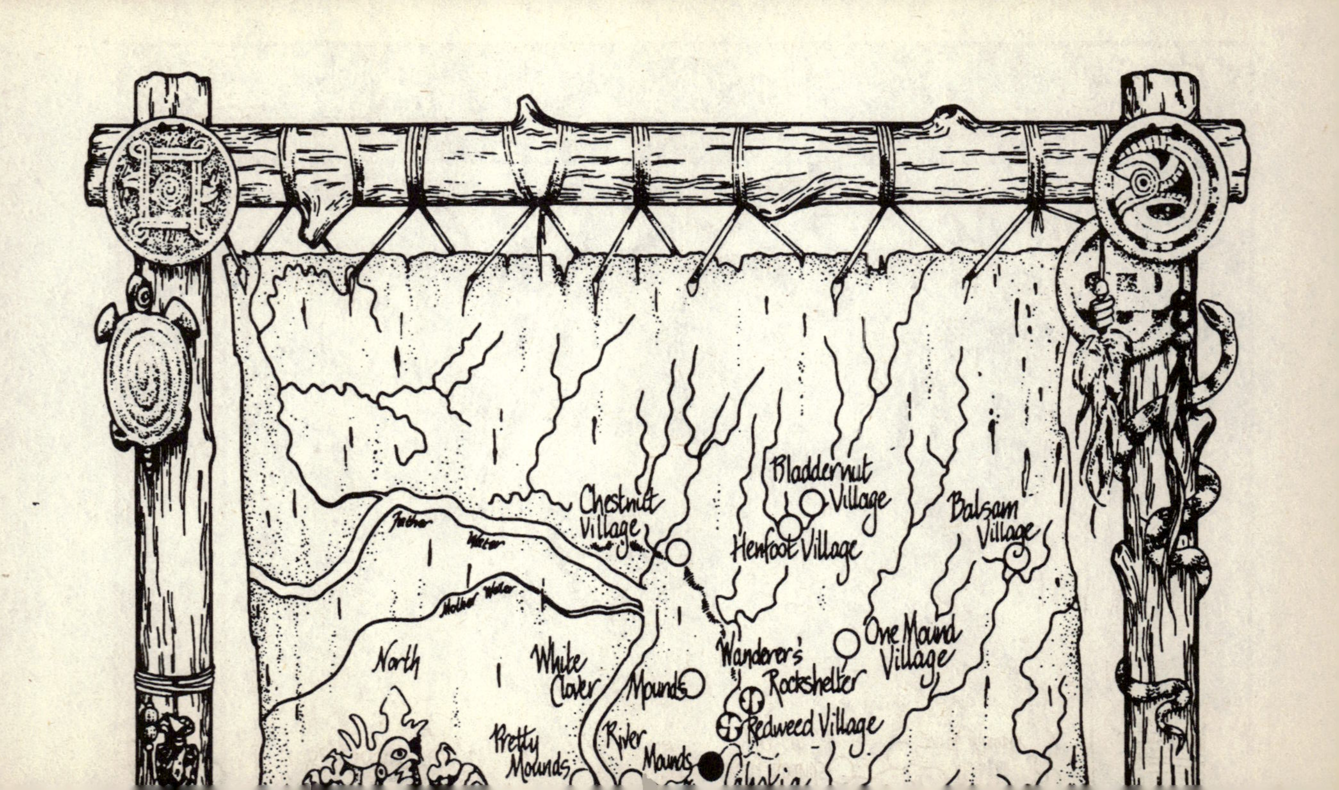
Bladdernut Village
Chestnut Village
Henfoot Village
Balsam Village
Father Water
Mother Water
One Mound Village
Wanderer's Rockshelter
North
White Clover
Mounds
Redweed Village
Pretty Mounds
River Mounds

Hickory Mounds
Mounds
Spiral Mounds
Paintbrush Village
Bluebird Village
Axseed Village
Goats' Rue Village
Quill Dog Mounds
Slippery Elm Village
Father Water
Elsa Mitchell 1992

Vorwort

Vor ungefähr fünftausend Jahren, während des Archaikums, waren die Eingeborenen im Waldland des amerikanischen Ostens Jäger und Sammler. Sie lebten in kleinen, verstreut liegenden Dörfern und ernährten sich hauptsächlich von Rotwild, wilden Truthähnen, Opossums, Waschbären, Schildkröten und anderen jagdbaren Tieren sowie von in der heimatlichen Natur wild wachsenden Pflanzen. Mit Beginn des Maisanbaus, ungefähr um 1500 v. Chr., änderte sich diese Lebensweise, und es entwickelte sich eine seßhafte, von der Landwirtschaft geprägte Kultur, die nicht nur höchst komplexe religiöse Zeremonien hervorbrachte und die soziale Organisation und das Wirtschaftssystem wie nie zuvor im prähistorischen Nordamerika perfektionierte, sondern auch die Politik stark beeinflußte. Diese sogenannte Mississippikultur währte ungefähr von 700 bis 1500 n. Chr. und verzeichnete die größten in Nordamerika errichteten Erdkonstruktionen, einhundert Fuß hohe Hügel mit mehr als 21 000 000 Kubikfuß aufgeschichteter Erde.

Die Kultivierung des Mais sicherte den Mississippimenschen eine hochwertige, energiereiche Nahrungsquelle und steigerte die Erträge des Landes. Vermutlich zum ersten Mal in der prähistorischen Geschichte Nordamerikas gelang es den Menschen, zuverlässig Jahr für Jahr einen Nahrungsmittelüberschuß zu produzieren. Die Einwohnerzahl der Dörfer stieg von ein paar Hundert auf etwa zehn- bis zwölftausend Menschen. Die Ernährung bestand zu fast neunzig Prozent aus Mais. Auf dieser gleichbleibenden wirtschaftlichen Grundlage konnte sich die gesellschaftliche Struktur entwickeln. Mächtige Häuptlinge stellten sich an die Spitze und vereinigten die verstreut liegenden Dörfer zu riesigen Herrschaftsbereichen, die an den obersten Häuptling, Große Sonne, Tribut – eine Steuer – entrichteten. Diese Abgaben ermöglichten die Finanzierung kommunaler Einrichtungen. Die

Arbeit wurde in immer größerem Umfang von Spezialisten ausgeführt. Die Herstellung der verschiedensten Gegenstände wie Pfeilspitzen, Axtköpfe, Muschelperlen oder die vielfältigen Keramikarbeiten übernahmen eigens dafür ausgebildete, hervorragende Handwerker.

Die Mississippimenschen erschlossen weit über den Kontinent reichende Handelswege und öffneten so das Tor für einen regen Handel über Tausende von Meilen: Schneckenhäuser großer Meeresschnecken aus Florida, Obsidian aus dem Yellowstone-Gebiet in den Rocky Mountains, Alligator- und Haifischzähne von der Golfküste, Kupfer aus Ontario, Kanada und Wisconsin, Silber aus Michigan, Grizzlybärenzähne aus Montana, Muschelschalen aus Nord- und Südcarolina, Glimmer und Quarzkristalle aus Virginia, Chalcedon aus Nord- und Süddakota, roter Tonstein für Pfeifen aus Ohio und Pennsylvania. Höchstwahrscheinlich reichten ihre Handelswege sogar bis zu den hochentwickelten Kulturen Mexikos.

Aus den ererbten Wurzeln der archaischen Zeit entwickelten die Mississippimenschen mathematische und astronomische Kenntnisse. Wie die Poverty-Point-Fundstätte in Louisiana beweist, konnten sie mit ihrem Wissen die Städte in einer standardisierten Maßeinheit planen und sämtliche Hügel genauestens nach dem Stand der Sonne und der Sterne ausrichten. Die Hügel von Cahokia in Illinois sind so angelegt worden, daß bei Sonnenauf- und -untergang während der Tagundnachtgleiche und der Sonnenwende die exakte Position der Sonne zu bestimmen war. Die Menschen von Toltec Mounds in Arkansas kannten bereits die astronomischen Koordinaten von Vega, Aldebaran, Rigel, Fomalhaut, Canopus und Castor. Entsprechend situierten sie ihre Städte und die zeremoniellen Gebäude.

Den Menschen in der Mississippizeit waren auch die grundlegenden Prinzipien der Himmelsmechanik bekannt. Sie beobachteten beispielsweise, daß der volle Mond zur gleichen Zeit aufgeht, zu der die Sonne untergeht. Sie zeichneten den 18,6 Jahre dauernden Mondumlauf auf und legten die Hügel so an, daß der Zeitpunkt, an dem der Mond in diesem Zyklus seine südlichste Position erreicht, bestimmt werden konnte.

Die Behauptung, die Mississippimenschen hätten mehr über Astronomie gewußt als der Durchschnittsamerikaner unserer Tage, ist keine Übertreibung.

Als Hernando de Soto 1541 seine Expedition in das Mississippigebiet unternahm, war die Kultur der Hügelbauer bereits untergegangen. Die ehemals dichtbevölkerten Zentren waren verlassen, Tausende Morgen Ackerland lagen brach. Warum? Was war mit diesen Menschen und ihrer hochentwickelten Kultur geschehen?

Klimaveränderungen und der davon in Mitleidenschaft gezogene Maisanbau waren der Grund für den Untergang.

Die Mississippikultur entwickelte sich zeitgleich mit einer klimatischen Veränderung, der sogenannten Neoatlantischen Klimaepisode, zur Blüte. Ungefähr um 900 n. Chr. begann sich das Klima weltweit zu erwärmen, und feuchte, tropische Luft gelangte nach Nordamerika. Damit verlängerte sich die Vegetationsperiode, und die Niederschlagsmenge im Sommer nahm zu. Dies führte zu Mehrerträgen an Mais, was wiederum ein anhaltendes Bevölkerungswachstum auslöste.

Doch zwischen 1100 und 1200 n. Chr. begann sich das Klima abermals zu ändern.

Während der etwa bis 1550 andauernden Pazifischen Klimaepisode, deren heftige trockene Winde die Niederschlagsmenge um fünfzig Prozent verringerten, gingen die Ernteerträge drastisch zurück. Um die Bevölkerung ernähren zu können, dehnten die Mississippimenschen ihre Handelswege aus und rodeten weiteres Land zur Kultivierung. Durch das Abholzen der Wälder nahm die Erosion zu, und sobald der Regen einsetzte, kam es zu katastrophalen Überschwemmungen. Ungefähr um 1150 waren die roten Zedern so selten geworden, daß die Menschen selbst ihre Heiligtümer mit altem, wiederverwendetem Holz instand setzen mußten. Durch die Überschwemmungen verkümmerte der Mais, Unterernährung und Krankheiten waren die Folge. In Gräbern aus dieser Zeit findet man zahlreiche Beweise dafür vor, darunter Hinweise auf Krankheiten wie Kleinwüchsigkeit, Zahnausfall und Arthritis. Wahrscheinlich waren Hungersnöte der Grund für die Zerstörung dieser hochentwickelten Kultur und ihrer dicht besiedelten Zentren.

Um 1200 n. Chr. wurden die großen Städte und viele der umliegenden kleinen Dörfer mit zwölf bis fünfzehn Fuß hohen Palisadenwänden umzäunt, die ringsum mit Schießplattformen versehen waren. Krieg folgte. Auf einem ungefähr um 1300 n. Chr. datierenden Friedhof in Illinois waren dreißig Prozent der Erwachsenen an Kriegsverletzungen und aus Kriegen herrührenden Verstümmelungen gestorben.

Abseits gelegene Dörfer begannen sich aufzulösen, wodurch das bewährte Wirtschaftssystem nicht mehr aufrechtzuerhalten war und der Anbau der kultivierten Pflanzenarten zurückging. Die komplexe Lebensweise der Mississippikultur mit ihrer intensiven Landwirtschaft wurde von einem einfacheren Stammessystem abgelöst. Wieder einmal verlegten sich die eingeborenen Amerikaner auf die Jagd, verbunden mit kleinflächigem Gartenbau. Große Tempelstädte verschwanden, und gewaltige gesellschaftliche Umwälzungen fanden statt.

Der Schauplatz der Handlung dieses Buches wurde in der Nähe von Cahokia, Illinois, angesiedelt. Der Höhepunkt der Krise ist erreicht. Der Regen bleibt aus, der Mais wächst nicht, die Menschen sind hungrig und verzweifelt …

Einleitung

»Zum Teufel, ich weiß nicht«, brummte der alte Mac Jameson. Mißmutig steuerte er den John-Deere-Traktor über den mitten durch sein Gerstenfeld führenden Feldweg. Eine warme Brise fächelte die Halme und ließ das Korn wie ein Meer aus samtigem Gold auf und ab wogen. Um diese Jahreszeit zeigte sich Illinois von seiner schönsten Seite, wenn es auch sehr heiß war. Schweiß tränkte das ausgebleichte rote Hemd und die abgetragenen Jeans des alten Mannes. Trotz seiner fünfundsiebzig Jahre war er noch immer gertenschlank, seine Muskeln hatten jedoch im Laufe der Jahre merklich an Spannkraft verloren. Mit dem staubigen Handrücken wischte er sich über die schweißnasse Stirn und strich sich die grauen Haarsträhnen zurück, die ihm über die tiefliegenden braunen Augen fielen. »Einer aus diesem verdammten Pack von der Regierung hat angerufen und erzählte mir irgend etwas von einem nationalen Verzeichnis historischer Plätze. Anscheinend bezieht sich das auf unseren Bezirk. Mir sagt das gar nichts. Ist dir das ein Begriff? Schließlich bist du immer hinter diesen Pfeilspitzen und Gefäßen her.« Er drehte sich um und schaute seinen Schwiegersohn fragend an.

Jimmy klammerte sich am Sitz des über den stark ausgefahrenen Weg holpernden Gefährtes fest. Er war ungefähr vierzig und hatte ein Gesicht wie ein Pekinese, plattgedrückt und häßlich, rote Haarfransen hingen ihm über die Ohren. Er hob den Kopf. »Nein, ich habe noch nie etwas von einem nationalen Register gehört, aber wenn sie es auf historische Stätten abgesehen haben, sollten sie sich unbedingt den Hügel im Nordwesten des Farmgeländes ansehen.«

»Wozu?« fragte Mac gereizt. Er hatte keine Zeit, sich mit der Regierung herumzuschlagen. Heute abend kamen die Arbeiter mit den Erntemaschinen, um die Gerste zu schneiden. Allmächtiger Gott, er hatte jede Menge zu tun!

»Wer weiß?« rief Jimmy über das Knattern des Traktors

hinweg. »Vielleicht will so ein Archäologe ein bißchen darin graben.«

»Warum das denn?«

»Herrgott noch mal, Pa! Du wohnst verflucht nah bei den Cahokia-Hügeln, deshalb.«

Barsch fragte Mac: »Was, zum Teufel, ist Cahokia?«

Jimmy schüttelte genervt den Kopf, was Mac wurmte. Dieser verfluchte Kerl hatte fast sein Leben lang in Schwierigkeiten gesteckt – er hatte gestohlen oder sich herumgeprügelt –, und nun wagte er es, dermaßen überheblich über seinen Schwiegervater aufzutrumpfen? Mac verspürte verdammt große Lust, Jimmy eine zu verpassen, daß er von dem alten John Deere-Traktor herunterfiel, und seinen Kram alleine zu machen.

»Pa, Cahokia ist die größte Anlage der Grabhügelbauer in Amerika ... und vermutlich die einzige auf der ganzen Welt. Vor ungefähr tausend Jahren lebten eine Menge Indianer in Cahokia.«

»Indianer!« höhnte Mac. »Was haben die denn damit zu tun?«

»Keine Ahnung, aber in den letzten Jahren haben die Stämme Himmel und Hölle in Bewegung gesetzt. Angeblich haben sie sogar mehrere Museen gezwungen, etliche ihrer ramponierten Knochen rauszurücken. Sie behaupteten, es seien die Knochen ihrer Ahnen.« Jimmy kicherte geringschätzig. »Kannst du dir vorstellen, daß sie sich um einen Haufen alter Knochen stritten?«

Macs Blick huschte über die sanft hügelige Gegend. Er dachte an die vielen Gräber auf diesem Stück Land. Oben auf der Anhöhe standen zwei einsame Kreuze. Hundert Jahre Wind und Regen ausgesetzt, hatten sie sich seitwärts geneigt. Dort lagen die Großeltern, die an den Pocken gestorben waren. Unregelmäßig an den Ackerrainen verteilt erhoben sich winzige Erdhügel – die letzten Ruhestätten der Kinder, die aus unbekannten Gründen gestorben waren. Jedes Jahr gingen Mac und seine Frau Marjorie hinaus und stellten die Grenzsteine wieder auf, damit ja kein Landarbeiter mit dem Pflug über die kleinen Hügel fuhr.

Feindselig starrte er Jimmy an. »Glaubst du, die Leute von der Regierung wollen etwas aus diesem Erdhügel holen? Ich will keine bunt bemalten Rothäute auf meinem Land haben. Oben im Norden haben anständige weiße Leute genug Ärger mit ihnen wegen der Fischereirechte. Verdammt noch mal, glauben diese Indianer denn, ihnen gehört die ganze Welt? Meine Farm gehört ihnen jedenfalls nicht! Meine Familie bestellt diese hundertsechzig Morgen Land seit zweihundert Jahren!«

»Reg dich nicht auf, Pa. Vermutlich wollen dir die Leute von der Regierung nur ein paar Fragen stellen. Du weißt schon: welche Pfeilspitzen du beim Pflügen freigelegt hast, ob du jemals auf menschliche Knochen gestoßen bist oder so was Ähnliches.«

Hatte er je Menschenknochen gefunden? Mac wurde es eng um die Brust. Jedesmal, wenn er die Erde am Fuße dieses Hügels einebnete, stieß er auf Knochen, aber er hatte immer gedacht, es handle sich um Rotwildknochen, doch vielleicht waren es ja Menschenknochen gewesen.

»Du weißt doch, wie das ist, Pa«, fuhr Jimmy mit unangenehm begütigender Stimme fort. »Wahrscheinlich hat die Regierung irgendeinem Archäologen einen Haufen Steuerzahlerdollars versprochen, und da hat der sich gesagt, dein Hügel könnte irgendwie wichtig sein oder so was. Mach dir darüber keine Sorgen. Wir sind hier in Amerika. Wenn du den Kerlen sagst, sie sollen abhauen, dann ist das dein gutes Recht, denn das ist *dein* Land.«

Mac nickte finster, während er den Traktor den letzten Hügel hinaufsteuerte. Vor Wut drehte sich ihm fast der Magen um. Wer gab diesen Bürokraten von der Regierung eigentlich das Recht, hierherzukommen und ihm vorzuschreiben, was er mit *seinem* Land machen durfte? Jimmy hatte zwar mit vielem, was er sagte, unrecht, aber in einem Punkt hatte er völlig recht – nämlich, daß hier Amerika war. Und, bei Gott, es gab Gesetze gegen unbefugtes Betreten, und darauf würde sich Mac gegebenenfalls berufen.

Als sie auf dem Hügelkamm angekommen waren, fuhren sie auf der anderen Seite wieder hinunter und auf die am

Farmgelände vorbeiführende Landstraße zu. Mißtrauisch kniff Mac die Augen zusammen. Da stand ein auf den Staat Illinois zugelassener Geländewagen am Fuß des Hügels neben einem … verdammt, einem Lastwagen der *Regierung?* Mit finsterem Gesicht las er die an der Seite angebrachte Aufschrift: »Innenministerium, National Park Service«. – Scheiße!

Mac riß das Lenkrad so hart herum, daß der Traktor beinahe umgekippt wäre. Jimmy schrie erschrocken auf, doch das Fahrzeug kam ruckartig neben dem Lastwagen zum Stehen. In Staubwolken gehüllt kletterten die beiden vom Traktor herunter.

Mac stapfte über den weich federnden Boden zum Lastwagen, dabei schielte er aus den Augenwinkeln zu dem wie ein kleiner Berg neben der Straße aufragenden Erdhügel hinüber. Das bereits herbstlich gefärbte Laub der Bäume oben auf der Kuppe schimmerte in der Brise in roten, gelben und grünen Schattierungen. Wehmütige Erinnerungen stiegen in Mac auf. Seit Jahren hatte seine Familie auf diesem Hügel Picknicks veranstaltet. Im Frühling waren seine Tochter über den Hügel gestreift und hatten für ihre Mutter Blumen gepflückt. Wie er aus Erzählungen wußte, hatte sein Großvater Samuel Jenkins Jameson dort oben seiner Großmutter Lily unter den ausgestreckten Ästen der höchsten Pappel einen Heiratsantrag gemacht. Ja, und Mac hatte sogar eines seiner Kinder dort oben begraben. Ein Mädchen von zwanzig Jahren, das bei einem Autounfall tödlich verunglückt war. Macs altes Herz zog sich vor Kummer zusammen. Verwundert fragte er sich, warum dieser Verlust ihm noch nach fünfunddreißig Jahren so viel Schmerz bereitete. Dieser Erdhügel verkörperte die Geschichte *seiner* Familie und nicht die eines verdammten Indianers, der tausend Meilen weit weg wohnte.

Argwöhnisch den Lastwagen betrachtend, umrundete Mac die Motorhaube des Geländewagens. Seine Kopfhaut prickelte. Wie angewurzelt blieb er stehen. Eine blonde Frau hatte die Tür geöffnet und sprang heraus. Unter ihrem linken Arm trug sie einen braunen Kasten. »Mr. Jameson?« rief sie. »Ich bin Karen Steiger, Archäologin bei der Illinois Historic Preservation Agency. Mein Kollege Rick Williams hat mit Ihnen telefoniert.«

Mit einem warmen Lächeln, das Mac ein wenig den Wind aus den Segeln nahm, kam sie auf ihn zu. Sie war eine hübsche junge Frau, das machte alles noch schlimmer. Sie trug ein blau-braun kariertes Hemd, Jeans und Wanderstiefel. Die blonde Lockenpracht umrahmte ihr ovales Gesicht und hob die braungebrannte Haut und ihre blaugrünen Augen hervor. Jimmy trat hinter Mac und stieß einen leisen, anerkennenden Pfiff aus.

»Himmelherrgott noch mal, Pa«, flüsterte Jimmy ungeduldig. »Laß mich mit ihr sprechen. Rede du mit dem Indianer.«

»Mit welchem Ind ...?« Mac sah den hochgewachsenen hageren Mann um den Lastwagen herumkommen. Er hatte das rote Vollmondgesicht der meisten Angehörigen der in dieser Gegend herumlungernden Stämme. Er trug eine Uniform in dem undefinierbaren Grün, das die beim Staat Beschäftigten als Symbol ihrer Autorität offenbar liebten.

Karen Steiger trat mit ausgestreckter Hand auf ihn zu. »Danke, Mr. Jameson, daß Sie sich bereit erklärt haben, herzukommen und mit uns zu reden.« Mit einer Kopfbewegung deutete die junge Frau auf den Indianer. »Das ist Dr. John Thecoel, Chefarchäologe des Office of the National Register of Historic Places, das mit dem Park Service zusammenarbeitet.«

Mac schüttelte Karen Steigers schlanke Hand und nickte so höflich, wie es ihm unter diesen Umständen möglich war. Dann reichte er wortlos dem Indianer die Hand.

»Mr. Jameson«, sagte der Indianer mit tiefer kultivierter Stimme, »auch ich möchte Ihnen danken. Auf Ihrem Gelände befindet sich eine Fundstelle von sehr großer Bedeutung, und wir wollen Ihnen gerne helfen, diese zu schützen.«

»Mir helfen?« Mißtrauisch starrte Mac den Indianer an. »Ich werde immer reichlich nervös, wenn Leute von der Regierung mir helfen wollen. Warum sagen Sie mir nicht klipp und klar, was Sie von mir wollen? Bei Einbruch der Dunkelheit kommen die Erntearbeiter mit den Maschinen. Es wäre mir recht, wenn Sie möglichst wenig meiner Zeit beanspruchen würden.«

Karen Steiger nickte entschuldigend. »Ja, tut mir leid, Mr. Jameson. Der Zeitpunkt ist wirklich nicht günstig. Wir wissen, wieviel die Farmer in diesem Monat zu tun haben. Würden Sie bitte mit da hinüberkommen?«

Mit dem Indianer an ihrer Seite eilte sie zum Südhang von Macs Erdhügel. Schon eine ganze Weile war er nicht mehr hier draußen gewesen. Massenhaft Erde war heruntergerollt und lag auf einem Haufen am Fuße des Hügels. Er mußte dort wieder etwas anpflanzen, damit der Hügel nicht noch weiter ins Rutschen geriet. Trotzdem merkwürdig. Es konnte erst vor kurzem passiert sein, weil auf der fruchtbaren Erde noch kein neues Gras sproß.

Die junge Frau kniete neben dem Erdhaufen nieder und wühlte eine Zeitlang darin herum. Das Bruchstück einer Muschel in der Hand haltend, das im Licht der Nachmittagssonne wie geschmolzenes Elfenbein glänzte, richtete sie sich auf und reichte Mac das Fundstück. Er drehte den kleinen Gegenstand in den Händen und betrachtete das eingravierte wunderschöne Muster. Es erinnerte ihn an eine stilisierte Spinne.

»Das gehört zu einer Halskette, Mr. Jameson«, erklärte die Archäologin. »Die Mississippimenschen, die im zwölften und dreizehnten Jahrhundert hier lebten, holten diese Muscheln von der Golfküste, gravierten Ornamente ein und trugen sie als Schmuck.«

Mac zuckte die Achseln. »Mississippimenschen? Sind das Indianer?«

»Ja, Sir«, antwortete der Indianer sachlich. »Die klassische Mississippikultur dauerte von 900 bis 1350 n. Chr. Es handelte sich um eine außerordentlich fortschrittliche Kultur, deren Handelsrouten über das ganze Land reichten. Wir glauben ...«

»Das ist ja alles schön und gut«, unterbrach ihn Mac. »Aber warum interessieren Sie sich für meinen Hügel?«

Jimmy schlich sich von hinten an ihn heran und blickte neugierig auf die Muschel. Karen Steiger zog die Augenbrauen hoch, eine Mischung aus Nachdenklichkeit und Geringschätzung spiegelte sich in ihrem Gesicht. Die Miene des Indianers blieb gleichmütig.

»Laß mich mal sehen, Pa.« Jimmy griff nach dem Muschelstück und nahm es genau in Augenschein.

Mit wehenden blonden Locken drehte sich Karen Steiger

um und zeigte auf den Erdhaufen. »Wir erfuhren von Ihrem Grabhügel, als wir einen Dieb erwischten, der auf einer anderen, sich in Staatsbesitz befindlichen Fundstelle Artefakte gestohlen hat, Mr. Jameson. Bei seiner Festnahme hatte er eine ganze Sammlung gestohlener Pfeilspitzen, Faustkeile, Keramiken und anderer Artefakte bei sich. Im Laufe der Ermittlungen gab er zu, in der Nähe auch eine Reihe von Fundstätten auf Privatbesitz geplündert zu haben. Den Grabhügel auf Ihrem Land hat er uns auf einer Karte gezeigt.«

Mac richtete sich empört zu voller Größe auf. »Wollen Sie damit sagen, daß irgendein Hurensohn hierhergekommen ist und ohne meine Erlaubnis meinen Hügel umgegraben hat? Das ist Diebstahl!«

»Wie heißt der Mann?« erkundigte sich Jimmy scheinbar gleichgültig, doch seine Augen funkelten.

Karen Steiger antwortete: »Franklin Jessaby. Warum? Kennen Sie ihn?«

»Ah ...« Jimmy wich zurück, er sah so schuldbewußt aus wie Judas. »Nein, nein, Ma'am. Ich wollte es nur wissen, das ist alles.«

Der Indianer schürzte die Lippen und betrachtete interessiert die frisch aufgeworfene Erde. »Ja, Mr. Jameson, das ist Diebstahl. Amerika zählt zu den wenigen Ländern dieser Welt, in denen Altertümer einzelnen Personen gehören. Im allgemeinen betrachten Länder ihr archäologisch und historisch bedeutsames Erbe als nationales Eigentum und nicht als Privatbesitz, mit dem der Eigentümer machen kann, was er will. Dieser Grabhügel gehört Ihnen, und deshalb sind wir hier. Wir möchten Sie dazu bewegen, mit uns zusammenzuarbeiten und diesen Ort zu schützen.« In seiner Stimme schwang eine leise Trauer mit, als empfände er die dem Grabhügel zugefügte Beschädigung als persönliche Kränkung.

»Welchem Stamm gehören Sie an?« fragte Jimmy anmaßend. »Ich wette, Sie sind ein Cherokee oder so was Ähnliches, stimmt's?«

»Nein.« Der Indianer schüttelte den Kopf. »Ich bin ein Natchez. Das ist mit ein Grund, warum mir der Schutz solcher Orte wie diesem hier besonders am Herzen liegt. Wahrscheinlich sind die Natchez die Nachkommen der Cahokia-Bewohner.«

»Wahrscheinlich?« spottete Jimmy und flüsterte Mac zu: »Archäologen. Genaues wissen sie nie; sie können sich nie für etwas entscheiden.«

Mac schob Jimmy beiseite und wandte sich wieder den Archäologen zu. »Ich begreife dieses Gerede von ›Schutz‹ nicht. Soll das heißen, Sie bestrafen die Leute, die auf meinem Land graben?«

Karen Steiger nickte. »Unter anderem ...«

Sie verstummte. Ein achtundsechziger Chevylaster ratterte die Landstraße entlang; die Insassen winkten. Mac winkte zurück. Er kannte die Leute nicht, aber hier auf dem Land war das eben so üblich. In der Ferne stieg eine Rauchwolke aus einer der Fabriken in St. Louis auf. Mac beobachtete einen Augenblick die graue Fahne, die sich am blauen Himmel entlangzog. Diese verfluchte Luftverschmutzung wurde mit jedem Jahr schlimmer. Bald würde es kein landwirtschaftlich genutztes Land mehr geben, und nicht nur deswegen, weil die Farmer bereits jetzt am Hungertuch nagten und sich andere Jobs suchen mußten. Immer mehr Land wurde mit Industriebetrieben und Eigenheimsiedlungen überbaut. Er fragte sich, was dann wohl mit diesen Grabhügeln geschähe.

Karen Steiger fuhr fort: »Ja, wenn Sie uns gestatten, die archäologische Fundstätte auf Ihrem Land in das National Register aufzunehmen. Dr. Thecoel ist in diesem Distrikt für das Verzeichnis verantwortlich. Sobald seinem Vorschlag entsprechend ein Ort in das Register aufgenommen wurde und der Schutz damit verpflichtend ist, können wir jeden, der diese Stätte zerstört, gerichtlich belangen – und zwar sowohl nach den Gesetzen des Bundesstaates zur Bewahrung von Altertümern als auch nach den Gesetzen der Regierung in Washington.«

»Mr. Jameson.« Der Indianer straffte die Schultern und richtete sich kerzengerade auf. »Wir haben etliche Hügelstätten ausgewählt, bei deren Schutz wir gerne behilflich sein würden. Zur Zeit bemühen wir uns, die Erlaubnis der Grundbesitzer einzuholen, diese Stätten in das neue Register aufnehmen zu dürfen – das ist unerläßlich. Ohne Ihr Einverständnis dürfen wir diese Stätte nicht in die Liste aufnehmen, Sir.«

Jimmy zappelte herum wie ein in heißem Öl siedendes Krötenbein. »Warten Sie einen Augenblick«, sagte er. »Womit muß sich Pa einverstanden erklären, wenn er sich auf diesen Listenmist einläßt?«

Bei seinen letzten Worten geriet Karen Steiger sichtlich in Zorn. Sie durchbohrte Jimmy förmlich mit einem Blick, der Metall zum Schmelzen hätte bringen können. Mac kicherte vergnügt, als sein Schwiegersohn unwillkürlich einen Schritt zurückwich. Diese kleine Frau mochte vielleicht zerbrechlich aussehen, aber Mac vermutete, sie würde selbst aus dem Kampf mit einem Grizzly siegreich hervorgehen.

»Ich glaube, wir haben uns noch nicht miteinander bekannt gemacht«, sagte Karen Steiger steif und hielt Jimmy die Hand hin.

Jimmy schüttelte kurz ihre Hand und zog sie eilig wieder zurück. Er stellte sich halb hinter Mac. »Ich bin James Andrew Ortner. Ich bewirtschafte zusammen mit Mac die Farm.«

Du und arbeiten? Du willst wohl sagen, du sitzt auf deinem fetten Hintern, während ich auf der Farm arbeite! Mac warf seinem Schwiegersohn einen unfreundlichen Blick zu. »Worauf würde ich mich also einlassen, Miß Steiger?«

»Sie brauchen nichts weiter zu tun als das, was Ihre Familie seit Generationen getan hat: Pflügen Sie den Grabhügel nicht um. Bebauen Sie ihn nicht, und beschädigen Sie ihn in keiner Weise. Lassen Sie ihn einfach, wie er ist. Das ist alles, womit Sie sich einverstanden erklären müssen. Vielleicht ist für Sie sogar eine Steuervergünstigung damit verbunden. Im Kongreß wird darüber gerade debattiert.«

Gespannt schienen die Frau und der Indianer auf Macs Antwort zu warten. Nachdenklich strich er sich über die grauen Bartstoppeln an seinem Kinn und betrachtete eingehend die sich in einem über den Erdhügel fegenden Windstoß wiegenden Bäume. Der angenehme Duft reifer Gerste erfüllte die Luft. »Weiter nichts?«

»Nein«, erwiderte der Indianer und wandte sich wie zum

Zeichen ihrer guten Absicht an seine junge Begleiterin. »Karen, würden Sie mir bitte den Kasten geben?«

Sie zog ihn unter ihrem Arm hervor und reichte ihn Dr. Thecoel. Der Indianer öffnete ihn behutsam und entnahm daraus ein schönes schwarzes Gefäß mit spiralförmigen Ornamenten. »Das gehört Ihnen, Mr. Jameson. Wir haben diese Keramik bei dem Dieb, der Ihren Erdhügel geplündert hat, beschlagnahmt.« Er übergab Mac das Artefakt. »Bitte lassen Sie uns Ihnen beim Schutz der Stätte helfen.«

»Also ich ... ich weiß nicht«, entgegnete Mac ausweichend. Er war sich nicht sicher, ob er die beiden Archäologen richtig verstand. Es hörte sich so an, als würden sie ihn in Form einer Steuerersparnis bezahlen, wenn er tat, was seine Familie seit Jahrhunderten ohnehin gemacht hatte. Doch er wußte genau, daß die Regierung stets nahm und nie gab. »Warum schicken Sie mir nicht sämtliche Informationen zu? Dann könnte ich mit meiner Frau und den Kindern darüber sprechen. Dieses Land wird später einmal ihnen gehören, deshalb sollen sie bei dieser Entscheidung auch ein Wörtchen mitzureden haben.«

Der Indianer nickte und streckte ihm die Hand entgegen. »Vielen Dank, daß Sie ernsthaft darüber nachdenken wollen. Wir wissen, wie beschäftigt Sie sind, und möchten Ihre Zeit nicht länger in Anspruch nehmen. Würde es Ihnen etwas ausmachen, wenn ich Sie nächste Woche anrufe?«

Mac schüttelte den Kopf und reichte dem Mann von der Regierung die Hand. »Das geht in Ordnung. Bis dahin haben wir den größten Teil der Ernte eingebracht.«

»Nochmals vielen Dank, Sir.« Der Indianer nickte Jimmy übertrieben höflich zu und ging zu seinem Lastwagen.

Miß Steiger wandte sich an Mac. Während sie ihm fest die Hand drückte, wanderte ihr Blick scharf und wachsam zu Jimmy hinüber. In eher beiläufigem Ton sagte sie: »Mr. Jameson, Sie sollten wissen, daß in Jessabys Verbrechen etliche andere Leute verwickelt sind. Uns liegen bis jetzt noch keine Beweise gegen sie vor, aber sobald das der Fall ist, informieren wir Sie selbstverständlich. Unserer Ansicht nach haben Sie ein Recht darauf, die Namen der Leute zu erfahren, die Ihr Eigentum gestohlen und ein Teil des Erbes aller Amerikaner geplündert haben.« Ihre Augen funkelten und wurden beim Anblick von Jimmys breitem Machogrinsen schmal vor Zorn. Mit fester Stimme fuhr sie fort: »Wir bleiben in Verbindung, Mr. Jameson. Ich wünsche Ihnen noch einen schönen Tag.« Sie drehte sich um und ging zu ihrem Geländewagen.

»Warten Sie einen Moment!« rief Jimmy und lief hinter ihr her. »Was ist das für ein Gefäß, das Sie meinem Pa gegeben haben?«

Karen Steiger antwortete zögernd: »Diese mit Gravuren versehenen Gefäße bezeichnen wir als Ramey-Keramik.«

Jimmy riß vor Erstaunen Mund und Augen auf. Er wartete, bis Miß Steiger in den Wagen gestiegen war und das Fahrzeug Staubwolken aufwirbelnd auf die Landstraße rollte. Erst dann entriß er Macs Händen das Gefäß.

»Allmächtiger Gott, Pa«, flüsterte er und starrte gebannt auf das schwarze Gefäß. »*Ein Ramey-Topf!* Diese Tonwaren wurden nur in Cahokia angefertigt. Früher haben die Indianer überall damit gehandelt. Für ein Stück wie dieses können wir in Japan vierzigtausend Dollar kriegen.« Er fuhr sich mit der Hand über das sonnenverbrannte Gesicht; das rote Haar klebte ihm schweißnaß an den Schläfen. »Ich kann es nicht fassen. Die harten Zeiten auf der Farm sind vorbei, Pa. Nächste Woche holen wir die Egge raus und ebnen diesen Hügel Zentimeter für Zentimeter ein, bis wir alles herausgeholt haben! Vielleicht werden wir Millionäre!«

Unbehaglich trat Mac von einem Fuß auf den anderen. »Und was ist mit dem Schutz unseres amerikanischen Erbes und alldem?«

Verächtlich kräuselte Jimmy die Lippen, als hielte er seinen Schwiegervater für den größten Dummkopf aller Zeiten. »Na, komm schon, Pa! Willst du deinen Kindern denn gar nichts hinterlassen? Dieses Stück Grasland ist in fünf bis zehn Jahren nichts mehr wert. Was ist schon ein ›nationales Erbe‹, verglichen mit den Freuden, die du deinen Kindern bereiten kannst? Los, überleg doch!«

Jimmy schlug Mac so plump-vertraulich auf die Schultern, daß der alte Mann sich aufbäumte wie ein wildgewordener Bär. »Sollte ich einen Rat von dir brauchen, frage ich dich. Und ich frage dich nicht! Geh zurück zur Farm und warte auf die Erntearbeiter.«

Jimmy rührte sich nicht. Mit fest zusammengepreßten Lippen starrte er auf die Keramik, die Mac wieder in Händen hielt, als wolle er gleich danach greifen.

Mac versetzte ihm einen derben Stoß. »Beweg dich, verdammt noch mal! Sonst werfe ich dich auf der Stelle raus, auch wenn du der Mann meiner Tochter bist!«

Jimmy wich zurück, drehte sich um und stolzierte über den Feldweg davon. Der wütende Gesichtsausdruck des Jungen verriet Mac deutlich die hinter seiner Stirn verborgenen bösen Gedanken.

Mac holte tief Luft, um sich zu beruhigen, und beobachtete, wie Jimmy hinter dem Hügel verschwand. *Kleiner Hurensohn. Dafür sollte ich dich enterben!*

Langsam schlenderte er zu dem von den Dieben geplünderten Erdhaufen hinüber. Vorsichtig trat er in das Loch, das sie in den Hügel gegraben hatten. »Vierzigtausend?« murmelte er und warf einen raschen Blick auf den Keramikgegenstand in seinem Arm. *Das ist doch unglaublich. Für einen alten Indianertopf? Warum sollten sich die Japaner für alte Gefäße interessieren?*

Er legte das Artefakt beiseite, setzte sich und lehnte sich an die Wand der Grube. Überall in der aufgebuddelten Erde entdeckte er Muschelstückchen und Keramikfragmente. Er grub eine Hand in den fruchtbaren Boden, auf dem sich seine Familie im Laufe langer Jahre abgerackert hatte. Er nahm eine Handvoll Erde in die geballte Faust, führte sie an seine Lippen und küßte sie zärtlich. *Meine Farm. Meine und Marjories Farm.* Irgend etwas in der Erde piekste ihm in den Daumen.

Langsam öffnete Mac die Faust. Blinzelnd blickte er auf einen winzigen, aus poliertem Stein gefertigten schwarzen Wolf. Das Kunstwerk funkelte in der Sonne. Seine Umrisse hatten sich im Laufe der Jahrhunderte so sehr abgeschliffen, daß es bei oberflächlicher Betrachtung auch ein Rabe hätte sein können; doch Mac war davon überzeugt, einen Wolf vor sich zu haben. Suchend blickte er auf die Fundstelle hinunter und entdeckte eine bogenförmige Rippe in der Erde. Behutsam kratzte er mit den Fingern die Erde weg, legte zwei weitere Rippen und anschließend einen Schädel frei, an dessen linker Seite sich ein kreisrundes Loch befand. Das Loch sah aus, als sei es, vielleicht während einer Art Gehirnoperation, absichtlich gebohrt worden. Wieder blickte Mac auf den Steinwolf in seiner Hand. Das Bildnis hatte vielleicht über dem Herzen der Toten gelegen – wie der Anhänger einer Halskette.

»Hast du das getragen, Schätzchen?« fragte er sanft. Er wußte nicht, warum er so sicher war, das Skelett einer Frau vor sich zu haben. Vielleicht einfach wegen der Zartheit der Knochen oder weil dieser Grabhügel auch den Körper seiner eigenen Tochter barg. Der Wolf in seiner Hand ließ seine Fingerspitzen kribbeln. Verwundert legte Mac den Kopf schief. Der Wind hörte sich plötzlich so merkwürdig an – wie sich hoch und süß erhebende Flötenklänge, die ihn aus großer Ferne zu rufen schienen.

Er schüttelte den Kopf. Auf welch seltsame Weise doch die Geräusche hier unten so dicht an der Straße widerhallten. Behutsam legte er den Steinwolf wieder zwischen die Rippen, schob die Erde über das Skelett und ließ es zurück, wie er es vorgefunden hatte.

Grabräuber. Seine Kiefer mahlten.

Er stand auf, nahm die Ramey-Keramik und kämpfte sich mühsam aus der Grube heraus. Draußen auf dem Hügel verharrte er. Die Bäume warfen bereits lange Schatten. Liebevoll wanderte sein Blick über den grasbewachsenen Hang, er registrierte jeden Strauch und jeden Stein. Der Anblick war wunderschön. Solange er denken konnte, war dieser Erdhügel im Umkreis von Meilen der einzige Schattenspender gewesen. *Und Jimmy will dich mit der Egge einebnen, altes Mädchen …*

Mac hielt die Ramey-Keramik ein wenig von sich weg und betrachtete sie genauer. Sie schien im Sonnenlicht fast zu glühen. Er fragte sich, wie die Indianer dieses tiefe Schwarz hatten erzielen können.

Der Blick seiner altersschwachen Augen schweifte zur Spitze des Erdhügels hinauf, wo seine Tochter begraben lag. Bei dem Gedanken, der Dieb hätte oben zu graben beginnen können anstatt am Fuß des Hügels, beschlichen ihn eigenartige Empfindungen. Er erinnerte sich wieder an Marjories Schrei an jenem furchtbaren Tag vor fünfunddreißig Jahren, als sie Katherine Jean in die dunkle Grube gelegt hatten. Ein unbändiger Haß erfüllte ihn. Verdammt, er würde diesen Bastard aufspüren, der es wagte, das Grab seiner Tochter zu öffnen, und dann würde er seine alte Flinte dabeihaben. Er drehte sich um und warf einen beunruhigten Blick auf das Grab der Indianerin.

»Wie ist das Loch in deinen Schädel gekommen, Schätzchen?« murmelte er. »Hat dich niemand beschützt? Wo war dein Daddy, als du ihn gebraucht hast?«

Bevor Mac den Motor anließ, klopfte er liebevoll auf die Kühlerhaube des Traktors. Gemächlich rumpelte er den Weg zum Haus hinunter. Das schwarze Keramikgefäß barg er unter seinem linken Arm. Zum Teufel, sollte doch Jimmy allein mit den Erntearbeitern fertig werden. Mac wollte nach Hause, wo Marjorie auf ihn wartete. Sein alter Körper fühlte sich mit einemmal zu müde für die schwere Arbeit.

»Vierzigtausend Dollar«, flüsterte er und schaltete in den dritten Gang. Der Anblick dieser zarten Rippen hatte sich unauslöschlich in seine Seele gebrannt. *Großer Gott. Das ist der Erlös von zwei Jahren Arbeit auf dieser alten Farm. Zum Teufel ... vielleicht könnte man ja nur einen Teil dieses Erdhügels mit der Egge bearbeiten. Eben nur so viel, bis wir noch zwei oder drei von diesen Töpfen finden ...*

Prolog

Unsichtbare Wesen schwebten durch das Dorf Talon Town, wiegten sich im Rhythmus einer Trommel, streifen mit geisterhaften Schultern die tanzenden Menschen, deren gleitende Bewegungen die Kräfte von Sternen, Wolken und Blitzen zum Leben erweckten.

Langhorn war gekommen und die Schlammköpfe. Hinter ihnen tanzten, die unsichtbaren Arme zum Himmel erhoben, die Brüder des Krieges. Sie waren von den Leuchtenden Bergen herabgestiegen, um gemeinsam mit den Menschen das Fest des Frühlingsmaistanzes zu feiern – und Zeugen der Ereignisse dieses für die Geschichte der Menschen so entscheidenden Tages zu sein. Sie drehten sich zur schwungvollen Melodie der Flöte, ihre geisterhaften Füße stampften im gleichen Takt, in dem die Welt erschaffen wurde.

Niemand sah sie, niemand hörte sie – außer einem kleinen Mädchen, das mit in den Nacken geworfenem Kopf hingebungsvoll tanzte. Der Gesang des Mädchens schwang sich wie auf Flügeln in die dunkelblaue Abenddämmerung hinauf …

Urplötzlich kam Wind auf.

Mit unglaublicher Geschwindigkeit wirbelte eine hochrot gefärbte Staubwolke die kahlen steilen Flanken der hellbraunen Sandsteinfelsen hinab und senkte sich auf die auf dem Hauptplatz des riesigen Pueblos versammelten Menschen. Ein paar alte Leute schrien erschrocken auf und eilten zu den Türöffnungen. Doch alle anderen tanzten weiter, sogar die kleinen Kinder, die leuchtend bunte Kleidchen und ihre schönsten Mokassins trugen. Die aufzischenden Flammen der Feuer ließen die Schatten der Tänzer wie mißgestaltete Ungeheuer über die Lehmwände der Häuser tanzen.

Schafgarbe und Kranichmädchen brachten sich im Windschatten einer weiß gekalkten Wand vor dem schmerzhaft beißenden, vom Wind herbeigewehten Sand in Sicherheit. Nur hier, am Südende des langgestreckten, in unregelmäßigen Linien erbauten Gebäudeblocks gab es Schutz vor der vollen Wucht des Sandsturmes. Wie ein gewaltiger Halbmond umschloß Talon Town den Hauptplatz. Die fünfstöckigen Gebäude warfen lange Schatten auf die dahinter steil ansteigenden roten Felsklippen. Ein eindrucksvolles Panorama aus Spitzkuppen und Bergkämmen erstreckte sich in Richtung Westen, wo die Berge in einem sanften Bogen nach Süden schwenkten. Das zarte Rosarot der untergehenden Sonne ließ die unten im Tal tief eingegrabenen Trockenrinnen hell aufschimmern.

Aufgeregt lachend kauerten sich Schafgarbe und Kranichmädchen nieder, so gut das mit ihren von der Schwangerschaft gewölbten Bäuchen ging. Schafgarbe warf den Kopf in den Nacken und sog den mit dem durchdringenden Duft von Rosengewächsen und Beifuß vermischten Geruch des warmen Wüstenstaubs ein.

»Sieh dir Nachtschatten an!« sagte Kranichmädchen und blinzelte mit den Lidern ihrer schräg stehenden braunen Augen gegen den Wind, der ihr die kurzen schwarzen Haarsträhnen ins Gesicht peitschte. »Man könnte glauben, sie würde schon zwanzig Sommer tanzen! Einfach vollkommen!«

Schafgarbe schrie gegen das Brüllen des Sturmes an: »Sie hat geübt. Sie sagte, dieses Mal wolle sie sich nicht blamieren.«

Ihre vier Sommer alte Tochter tanzte dicht vor zwei sich schlängelnden Reihen von Männern, Frauen und Kindern. Die bis zur Taille nackte Nachtschatten trug weiße Mokassins, einen rot-grünen Rock und eine gelbe, mit Kupferglocken geschmückte Kappe. Auf ihrer nackten Brust hüpfte ein Türkisanhänger. In der linken Hand hielt sie einen Kiefernzweig, ein paar Strähnen ihrer taillenlangen schwarzen Haare hatten sich darin verfangen. Mit der anderen Hand schüttelte sie eine Kürbisrassel, und sie sang aus vollem Herzen.

Der Sandsturm ließ nach. Schafgarbe beobachtete, wie die rote Sandwolke in einiger Entfernung durch die Salbeisträucher brauste. Der abflauende Wind strich wie eine zärtliche Liebkosung über sie hinweg.

Die beiden Reihen der Tänzer öffneten sich nach außen, drehten sich, teilten sich und verbanden sich erneut zu vier langsam schreitenden Kreisen. Nachtschatten schien über die

Änderung der Schrittfolge verwirrt und stieß einen kleinen Schrei aus. Mit weit aufgerissenen Augen irrte sie umher, drängelte sich durch den am engsten tanzenden Kreis und reihte sich schließlich in den richtigen ein.

Schafgarbe preßte vor Verlegenheit eine Hand auf den Mund. »Hm, jedenfalls fast vollkommen.«

Lachend tätschelte Kranichmädchen ihren Bauch. »Hoffentlich strengt sich mein Kind in diesem Alter ebenso an. Nachtschatten gibt sich immer solche Mühe, sich anzupassen.«

Diese Worte trafen Schafgarbe wie ein Hieb in den Magen, aber sie zwang sich zu einem Lächeln, und Kranichmädchen merkte nichts davon. *Ja, Nachtschatten gibt sich große Mühe, sich anzupassen. Zu große Mühe. Sie ist schon immer anders gewesen. Nie spielt sie mit den anderen Kindern. Sie ist auf ewig in ihre Seele eingeschlossen, spricht mit Geistern, die niemand außer ihr sieht. Es ist meine Schuld, ich bin die Erbin des Schildkrötenbündels.*

Im Gegensatz zu ihr selbst waren Schafgarbes Mutter und ihre Großmutter große Schamaninnen gewesen. Wie es der ältesten Tochter gebührte, hatte sie das heilige Bündel geerbt, aber es war ihr nie gelungen, ihm Leben einzuhauchen und seine Macht freizusetzen. Nur Nachtschatten schien die Stimme des Bündels zu hören. Manchmal stand das kleine Mädchen mitten in der Nacht auf, lauschte dem Bündel und erzählte ihm all die kindlichen Geheimnisse, die sie eigentlich ihrer Mutter hätte anvertrauen sollen.

Und Vater Sonne wußte, wie sehr Schafgarbe sich nach dem Vertrauen und der Gesellschaft ihrer Tochter sehnte. Seit dem Tod ihres Mannes im vergangenen Herbst fühlte sie sich einsamer, als sie je zugeben würde. Der Verlust des geliebten Menschen hatte eine unaufhörlich blutende Wunde in ihrem Innersten aufgerissen. Seltsamerweise schien sich Nachtschatten kaum bewußt zu sein, daß ihr Vater aus ihrem Leben verschwunden war. Schafgarbe, darüber sehr bekümmert, konnte das kleine Mädchen jedoch nicht zwingen, der schrecklichen Wahrheit ins Gesicht zu sehen, war sie doch selbst kaum dazu imstande.

Über den Bergen begann sich der rosafarbene Schimmer der Abenddämmerung zu einem tiefen Purpurrot zu verfärben, glühte noch einmal violett auf und wurde von dem alles verzehrenden Bauch des Himmelsjungen verschlungen. Vereinzelte Sterne spähten bereits durch den dunkler werdenden Mantel der Nacht. Mit zunehmender Finsternis verstärkte sich der würzige Geruch der Kiefern und des Wacholders. Tief atmete Schafgarbe die Abendluft ein. Der intensive Duft besänftigte den in ihrem Körper tobenden Schmerz.

Nach dem Tod ihres Mannes hatte sie Tag und Nacht gearbeitet, Kleider genäht, Essen zubereitet und sorgsam darauf geachtet, daß ihre Stammesangehörigen sämtliche zeremoniellen Gebote befolgten. Schafgarbe gehörte dem Hohlhuf-Volk an, dem Hüter des heiligen Schildkrötenbündels. Ihr Volk mußte untadeliges Vorbild für die anderen Stämme der Gemeinschaft sein und deshalb besonders gewissenhaft auf die Einhaltung der Rituale achten. Schon die kleinste Verletzung der Essensvorschriften oder ein unkontrollierter Gefühlsausbruch konnte das Bündel dazu veranlassen, sich vom Volk abzuwenden. Sollte dieser schreckliche Fall eintreten, fiele kein Regen mehr, die fruchtbare Erde würde verweht und mit ihr die Ernte, und das Schicksal der Menschen wäre besiegelt.

Schafgarbe zwang sich, ihre Aufmerksamkeit wieder auf den Maistanz zu richten. Sie wollte nicht mehr an das Bündel oder an seine ständigen Ansprüche denken. Ihr widerstrebte es, sich um sein Wohlergehen zu kümmern, es allmorgendlich in Süßgras zu räuchern, jeden Morgen und jeden Abend mit Maispollen zu bestäuben und für sein Wohlbefinden zu singen.

Beschämt mußte sich Schafgarbe eingestehen, daß sie sich ohne Nachtschattens nie nachlassende Sorge um die rituellen Vorschriften herumgedrückt hätte.

Die Tänzer verharrten kurz, schwärmten erneut aus und formten einen riesigen Kreis. Sie hakten sich unter und begannen mit den Füßen zu stampfen. Mit ruckartigen Bewegungen hüpften sie auf und nieder. Ein heiseres Trillern ertönte, schwoll an und hallte durch die Nacht wie das Zwitschern eines Schwarms neugeborener Wiesenlerchen.

Die wachsende Erregung schwebte körperlich spürbar in der warmen Nachtluft. Immer lauter schwangen sich die melodisch trillernden Flöten und die singenden Stimmen zum Himmel empor. Hunderte stampfender Füße erschütterten die Erde mit der Macht von Donnervogels gewaltigem Dröhnen und bereiteten die Welt auf den Einzug der Götter vor.

Die Melodie der Flöten erhob sich klagend und senkte sich schließlich zu einer tiefen, unheilverkündenden Tonlage herab. Lachend traten die alten Leute wieder aus den Türöffnungen und kauerten sich vor der halbkreisförmigen Hauswand nieder. In ihren hellen Umhängen und den schneeweißen Hirschhautstiefeln ähnelten sie unheimlichen Gespenstern.

»Es ist bald soweit!« rief Kranichmädchen begeistert.

»Ich hole das Bündel, sonst bin ich nicht rechtzeitig zurück.«

Schafgarbe stützte sich mit einer Hand an der Wand ab, preßte die andere auf ihren gewölbten Leib und erhob sich mühsam. Mit den unbeholfenen Bewegungen einer Hochschwangeren lief sie bis zum Ende des Gebäudes, bückte sich und trat geduckt durch den T-förmigen Eingang in einen fast völlig dunklen Flur. Nur das Sternenlicht fiel durch die hohen Fenster herein und erhellte den Durchgang. Leise trappelten ihre Schritte über die festgetretene Erde. An der ersten Abzweigung wandte sie sich nach links, bückte sich durch eine weitere Tür und betrat ihr Zimmer. Das Bündel lag in einer Wandnische auf der Ostseite, seine glatte Hülle glänzte im Schein der durch das Fenster blinkenden Sterne.

Einen ehrfürchtigen Singsang anstimmend, näherte sich Schafgarbe dem Bündel. Als sie es hochhob, spürte sie ein leichtes Kribbeln in den Fingerspitzen. Sie drehte es in den Händen und bewunderte ihre geschickte, kunstfertige Arbeit. Für die Ornamente am Rand der Hülle – rote, gelbe, blaue und weiße Spiralen – hatte sie sich die Muster auf den Schildkrötenpanzern zum Vorbild genommen. Aus der Handfläche der in der Mitte aufgemalten roten Hand starrte sie ein Auge so schwarz und leuchtend an, als sei es lebendig.

»Bist du bereit?« fragte sie sanft. »Die Zeit zur Erneuerung der Welt ist gekommen.«

Sie drückte das Bündel an ihre Brust, ging durch den dämmrigen Flur zurück und trat wieder in den Abend hinaus. Um die flammenden Punkte der Sterne am Himmel schwebten

Dunstkreise, die in unheimlichem Licht zu erstrahlen begannen und den Goldton der vom Feuerschein beleuchteten Gesichter der Tänzer in rauchig überhauchtes Karmesinrot verwandelten. Schafgarbe ging zu Kranichmädchen zurück, ließ sich neben ihr niedersinken und lehnte sich abwartend an die weißgekalkte Wand.

Ein durchdringender Schrei gellte durch die Menge.

Ein weiterer folgte.

Der Alte, der das Holz trägt, schlurfte rückwärts über den Platz und weihte den Weg, indem er gelbes Maismehl auf die festgetretene Erde streute. Seine grauen Haare bedeckten den mit blauer Farbe bemalten Rücken wie ein Umhang.

Die Leute drängten nach vorn und versuchten, einen Blick auf die aus den unterirdischen Zeremonienkammern heraufschwebenden geisterhaften Gestalten zu erhaschen. In flüsternden Wellen brandete die Menschenmenge vor ihnen zurück und bildete eine Gasse für den Zug der Götter.

Bedeutungsschweres, erwartungsvolles Schweigen senkte sich herab. Selbst das Seufzen des Windes verstummte, als die sechs Gestalten mit fließenden Bewegungen auf den Platz hinaustraten. An ihren Mokassins klingelten Glöckchen, prächtige Umhänge aus blauen und roten Papageienfedern schwangen um ihre Körper.

Wieder erklangen die Trommeln – langsam, unendlich geduldig geleiteten sie die Götter in den flackernden Schein der Feuer. Sich wiegend und windend nahmen die Götter eine neue Gestalt an und verschmolzen zu zwanzig Hand hohen Figuren ohne Arme und Beine. Ihre Masken mit Augen aus Türkisen und verzerrten Mündern aus gehämmertem Kupfer fingen das schimmernde Licht der Flammen ein. Bisonhörner bogen sich wie flehende Hände nach oben, und lange hölzerne Schnäbel erzeugten in vollendeter Abstimmung mit der Trommel ein rhythmisches *Klack-klack.*

Die *Thlatsinas* waren zu Anbeginn der Welt erschaffen worden, als die Menschen auf der Suche nach dem Mittelpunkt die heilige Straße des Lebens entlangwanderten. Am neunundvierzigsten Tag ihrer Reise mußten sie einen tosenden Fluß überqueren. Einige Kinder rutschten vom Rücken ihrer Mütter und stürzten in die reißenden Fluten. Sie verwandelten sich in merkwürdige Geschöpfe und schwammen den Fluß zum See der flüsternden Wasser hinab, unter dessen Wasseroberfläche sie eine Stadt gründeten. Als sie die Gebete ihrer Mütter vernahmen, versprachen sie, einmal in jedem Zyklus in die Welt der Menschenwesen zurückzukehren, den Großen Tanz zu tanzen und den Feldern Fruchtbarkeit zu bringen.

Schafgarbe blickte in Nachtschattens Gesicht und mußte unwillkürlich lächeln. Ihre Tochter stand wie angewurzelt mitten auf dem Platz, die kindlich eckigen Knie bebten, gebannt starrte sie auf die seltsam deformierten Masken, die Menschenwesen, Vogel und Wolf darstellten.

Plötzlich geschah etwas Merkwürdiges. Nachtschatten wandte sich leicht um und spähte angestrengt in die Dunkelheit zu den sich hoch auftürmenden Klippen hinüber. Ihr Mund öffnete sich, bewegte sich lautlos, und dann brach ein entsetzlicher Schrei aus ihr heraus.

Lachend wiesen die Leute mit dem Finger auf Nachtschatten, die ihren Kiefernzweig und die Kürbisrassel fallen ließ und Hals über Kopf quer über den Platz auf ihre Mutter zustürmte. Viele Kinder reagierten so auf den furchterregenden Anblick der Tänzer; trotzdem war Schafgarbe verwirrt. Noch nie hatte sich Nachtschatten bei einer Zeremonie gefürchtet. Im Gegenteil, sie schien dabei stets unnatürlich ruhig zu sein.

Schafgarbe stand auf. Schon war Nachtschatten bei ihr und klammerte sich wie eine Wahnsinnige an ihre Beine. Gellend schrie sie: »Lauf, Mutter! Lauf weg!«

»Schsch, Nachtschatten. Die Tänzer tun dir nichts.« Begütigend klopfte sie ihrer Tochter auf den nackten Rücken. »Sie sind gekommen, weil sie uns helfen wollen, sie bringen Leben ...«

»Nein!« Nachtschatten packte ihre Hand und zerrte unter Aufbietung all ihrer kindlichen Kräfte an ihr. »Beeil dich! Sie sind *meinetwegen* gekommen! Sie sind schon fast da! Mutter, bitte!«

Nachtschatten zerrte so heftig an Schafgarbe, daß ihre Mutter ins Stolpern geriet und fast das Schildkrötenbündel fallen ließ. »Nachtschatten, hör sofort auf! Du bringst mich in eine peinliche Lage. Beruhige dich, laß ...«

Aus den Augenwinkeln nahm Schafgarbe in den Salbeisträuchern auf der anderen Seite des Platzes eine Bewegung wahr. Sie fuhr herum und entdeckte im Gestrüpp schwankende Schatten. Doch die furchtbare Wahrheit drang erst in ihr Bewußtsein, als die Kriegsrufe feindlicher Krieger ertönten. Lauthals brüllend, Pfeile abschießend und nach allen Seiten Keulen schwingend, stürmten sie auf den Platz.

Panik breitete sich in der Menge aus, und in einem wilden Durcheinander versuchte jeder zu flüchten. Schafgarbe zog sich an die Wand zurück und zerrte Nachtschatten hinter sich her. Einer der Feinde, ein hochgewachsener junger Mann, schwang seine Keule gegen die Schläfe des Anführers der Tänzer und schleuderte die heilige Maske in den Schmutz. Brutal zerschmetterte er mit der Keule den Schädel des alten Mannes. Schafgarbe sah, wie der *Thlatsina* auf die Knie fiel, mit brechendem Blick flehentlich zum Himmel hinaufstarrte und lautlos in einem Wirbel roter und grüner Federn zu Boden stürzte. Beim Anblick der im Dreck liegenden Maske schrie ihre Seele auf vor Qual. *Wer brachte so etwas über sich?*

Wie tollwütige Hunde bahnten sich die Krieger den Weg durch die aufgescheuchte Menge. Schafgarbe kannte weder ihre Stammeszeichen noch ihre Haartracht. Die Körper dieser grellbunten Dämonen waren mit Tätowierungen bedeckt, und Kupferspulen funkelten an ihren langgezogenen Ohrläppchen. Sie hatten die Köpfe bis auf einen über die Mitte des Kopfes laufenden Haarkamm rasiert, in ihre Stirnhaare waren Muschelperlen geflochten, und ihre langen Kriegshemden, auf die Federn von in diesem Teil der Welt unbekannten Vögeln genäht waren, schmückten fremdartige Steine.

Einer der Krieger rannte mit erhobener Keule auf Schafgarbe und Kranichmädchen zu. Er stieß einen markerschütternden Schrei aus, sein gräßliches Gesicht war zu einer schauerlichen Fratze verzerrt.

Taumelnd kam Kranichmädchen auf die Beine und versuchte trotz ihres gewölbten Leibes davonzulaufen. Der Krieger packte sie am Arm und riß sie herum. Mit fürchterlicher

Wucht hieb er seine Keule auf ihren Kopf. Sie schrie gellend auf, sank jedoch nicht zu Boden. Rasch drehte er die Keule um und schlitzte ihr mit den spitzen, seitlich eingesetzten Hornsteinzacken die Kehle auf. Im Todeskampf verkrampfte Kranichmädchen die Hände um ihren Hals, aus dem das Blut herausspritzte, und schwankend stürzte sie auf die Erde.

»Kranichmädchen!«

Der Krieger sprang über die Leiche und warf sich auf eine alte Frau, die hinter eine Tür zu kriechen versuchte. Er stieß einen schrillen Schrei aus, zerrte die Frau aus dem Schutz der Mauern und schmetterte ihr dreimal die Keule auf das graue Haupt.

»Mutter! Komm doch!« schluchzte Nachtschatten. Mit den Fingernägeln kratzte sie eine tiefe Wunde in Schafgarbes Arm. Der brennende Schmerz löste die Erstarrung der Mutter und ließ sie handeln.

Schafgarbe packte Nachtschattens Hand und lief los. Sie versuchten, den Eingang zu erreichen. Mit flatternden Röcken hasteten sie um die Ecke – und rannten kopfüber in drei der scheußlich tätowierten Krieger hinein.

Schafgarbe wich zurück, eine schreckliche Schwäche bemächtigte sich ihrer Beine. »Tut uns nichts!« flehte sie. »Wer seid ihr? Was wollt ihr?« Im verzweifelten Versuch, ihre Tochter zu schützen, schob sie Nachtschatten an die Wand und stellte sich vor sie.

Die Krieger stellten sich im Halbkreis um sie herum auf. Der Anführer trat vor, Angst und Verzweiflung standen in seinen schwarzen Augen. Der große junge Mann hatte das derbe Gesicht einer Kröte und den stämmigen Körper von Großvater Braunbär. Die auf seine Wangen tätowierten blauen Spinnen zuckten, als seien sie lebendig. Ängstlich schielte er auf das Schildkrötenbündel, dann wanderte sein Blick prüfend auf Nachtschattens kleines Gesicht, das hinter den Falten von Schafgarbes Rock hervorlugte. Er fuchtelte mit seiner dornenbewehrten Keule herum und wandte sich mit rauher, heiserer Stimme an den kleinen Krieger zu seiner Linken. Der furchterregend tätowierte Mann schluckte krampfhaft, dabei bewegte sich sein heller Muschelhalskragen ruckartig. Der Krieger zur

Rechten des Anführers deutete auf die Muster des Schildkrötenbündels und nickte, als erkenne er die leuchtend bunten Ornamente wieder und wisse, welche Bedeutung das Bündel für Schafgarbes Volk besaß.

Der muskulöse Anführer straffte sich, kniff die funkelnden Augen zusammen und fixierte das Bündel. Schließlich nickte er und erteilte einen Befehl.

Der kleine Krieger machte einen Satz auf das Bündel zu und entriß es Schafgarbes Händen, fast gleichzeitig stieß sie der stämmige Anführer beiseite und packte Nachtschatten. Mit eisernem Griff schlang er seinen kräftigen Arm um das sich windende kleine Mädchen. Schwankend versuchte Schafgarbe, ihr Gleichgewicht wiederzufinden. Der dritte Krieger spannte seinen Bogen und richtete die unheimlich aufblitzende Hornsteinspitze des Pfeiles auf sie.

»Mutter!« schrie Nachtschatten. Entsetzt trat sie mit den Beinen um sich.

»Laßt sie in Ruhe!« wimmerte Schafgarbe. Voller Verzweiflung warf sie sich auf die Männer und hämmerte wie eine Rasende mit den Fäusten auf sie ein. »Laßt mein Kind los! Laßt es los!«

Der abgeschossene Pfeil bohrte sich glatt durch ihre Brust. Sie spürte ihn nicht, doch unter der Wucht des Eindringens taumelte sie zur Seite und prallte hart gegen die Wand. Krampfhaft grub sie die Fingernägel in den Mörtel, um nicht zu Boden zu stürzen. Blut strömte in ihre Kehle. Ein paar Sekunden lang ergriff sie Panik, doch dann wich das Gefühl unvorstellbaren Entsetzens einem ergebenen Erdulden. Der am Rande ihres Bewußtseins wogende graue Dunst entzog ihr jegliche Kraft. Sie strich über die weichen Federn des in ihrer Brust steckenden Pfeilschafts und sackte an der Wand langsam in sich zusammen. Schmerzgepeinigt und ohne sich zu rühren, saß sie da.

Nachtschatten schrie gellend: *»Mutter! Mutter, Mutter! Hilf mir!«*

Schafgarbe blickte auf. Die weit aufgerissenen Augen ihrer Tochter entschwanden in der von Sternen erhellten Dunkelheit der Wüste.

Und noch etwas sah sie ... Schafgarbe erkannte mit letzter Kraft, wie eine riesenhafte Gestalt hinter Nachtschatten hertänzelte, Schafgarbe erblickte das massige, verzerrte Gesicht, bemalt mit dem rosafarbenen Lehm des heiligen Sees. Einer der Tänzer?

Nein. Nein, das wußte sie genau.

Ein *Schlammkopf!* Schwebend tanzte er zwischen Himmel und Erde, der wogende Schwung seiner Arme fegte die Wolken beiseite, teilte den Schleier zwischen Leben und Tod, Licht und Dunkelheit.

Schafgarbes Körper fühlte sich taub an, wurde völlig gefühllos. Sie sank nach vorn und lag ausgestreckt auf dem kühlen Boden. Ihr fehlte die Kraft, mit den Augen zu blinzeln, und der vom Wind herbeigewehte Sand haftete auf ihren Augäpfeln. Doch trotz der Trübung durch die Sandkörner konnte sie den Schlammkopf erkennen. Beim letzten Atemzug, der aus ihren Lungen drang, schenkte er ihr ein verzerrtes Lächeln – sein Lächeln besiegelte eine Abmachung.

Kapitel 1

Flechte, eine Tochter des Morgenstern-Volkes, lief auf einem Hügelkamm entlang. Geschickt wich sie den stacheligen Zweigen der Hartriegelsträucher und den Biberwurzeln aus. Sie erreichte schließlich den am Rand eines Maisfeldes entlangführenden Pfad und sprang über die davorliegende tiefe Rinne. Dabei verfingen sich die welken, von der letzten Ernte übriggebliebenen Blätter in ihrem Kleid. Während sie zum Hang hin in Richtung der in der Ferne liegenden hellbraunen Kalksteinkuppen abbog, hörte sie hinter sich die hämmernden Schritte ihres Freundes Fliegenfänger. Sie warf einen Blick über die Schulter, um sich zu vergewissern, daß ihm der Sprung über die Rinne ebenfalls gelang. Fliegenfänger war knapp neun, einen Sommer jünger als sie, und sie hatte noch nie einen Jungen gesehen, dessen Beine kürzer gewesen waren als seine. Er nahm Anlauf und machte einen gewaltigen Satz, geriet jedoch auf der anderen Seite ins Stolpern und fiel auf die Knie. Staubwolken stoben auf. Fliegenfänger schimpfte leise vor sich hin.

Flechte lachte. »Die war tief, was?«

»Wen kümmert schon die Tiefe?« murrte er und rappelte sich wieder auf. »Die war so breit wie der Vater der Wasser.« Er wischte den Schmutz von seinen nackten Beinen und rückte energisch das blaue Stirnband zurecht, das seine schulterlangen schwarzen Haare bändigte, die ihm sonst dauernd in die Augen fallen würden. Die kleine Nase in seinem runden Gesicht schien ständig zu schnüffeln und zu zucken, denn Fliegenfänger liebte es, Dinge zu riechen – manche stanken nach Flechtes Ansicht allerdings ganz erheblich.

Flechte sah Fliegenfänger auf sich zu traben. Ungeduldig drehte sie sich um und rannte weiter. Sie ließ das Maisfeld hinter sich und eilte zwischen Felsen hindurch den Hang hinunter. Der Pfad war im Laufe der Zeit in den Stein gewaschen worden, und Tausende von Füßen hatten ihn geglättet. Doch immer wieder durchzogen scharfe Steinzacken den Boden und schnitten schmerzhaft durch die Sohlen ihrer Mokassins. Flechte lief, so schnell sie konnte. Aber das Laufen war beschwerlich, denn Windmutter hatte reichlich Sand und Kies auf das Gestein geblasen. Sobald sie den nächsten Hügel erklommen hatte, wo der Regen den Pfad immer wieder sauberwusch, würde sie rascher vorankommen.

Heftig atmend kam sie auf der Hügelkuppe an und blickte über das Land der Ersten Frau. Es breitete sich in vollkommener Schönheit vor ihr aus, unermeßlich groß und weit. Einst waren die Eisriesen durch das sumpfige Flußtal gezogen und hatten die Landschaft in merkwürdige Formen geschnitten. Im tief unter ihr liegenden fruchtbaren Schwemmland ergossen Dutzende von Bächen ihr Wasser in eine Handvoll verstreut heraufblinkender Teiche und Seen, an deren Ufern Frauen saßen und Wäsche wuschen. Weiter nördlich fällten Männer die an den felsigen Ufern wachsenden kümmerlichen Bäume. Die Stämme wurden für die Hügelbaustellen in der großen Stadt Cahokia gebraucht. Alle anderen Städte und Dörfer hatten bereits vor Flechtes Geburt längst damit aufgehört, Hügel zu errichten. Nur der Häuptling Große Sonne versuchte immer noch unermüdlich, Mutter Erde in die Höhe zu erheben, damit sie mit ihren Fingerspitzen Vater Sonne berühren konnte.

Im Westen, hinter dem Vater der Wasser, reckten graubraune Klippen ihre stumpfen Felsnasen in den türkisblauen Himmel. Auf der höchsten Klippe lag das Dorf Pretty Mounds. Flechte hatte Verwandte beim Grashüpfer-Volk, die zur Maiszeremonie stets zum Morgenstern-Volk kamen. Flechte und Fliegenfänger liefen südwärts, wo eine blauschwarze Wolkenbank silbrige Regenfäden über zerfurchte Kalksteinspitzen wob.

»Wie weit ist es noch?« keuchte Fliegenfänger.

»Nicht mehr weit.« Sie zeigte auf die höchste Zacke der zerklüfteten Klippen, die wie ein langer Schnabel die nackten Felsen überragte. Auf einem Felsvorsprung weiter unten lag hinter dichtstehenden kahlen Eichen verborgen Wanderers Höhle. »Wanderer wohnt in einer Felsenhöhle hinter den Eichen dort drüben.«

»Flechte?« Das Zögern in Fliegenfängers Stimme war unüberhörbar. »Meinst du wirklich, wir sollen ihn besuchen? Meine Mutter behauptet, er sei ein verrückter alter Hexer.«

»Ich muß mit ihm reden, Fliegenfänger!« rief sie ihm über die Schulter zu und trabte unbeirrt weiten »Er ist der einzige, der meine Träume versteht.«

»Aber meine Mutter sagt, die Dorfältesten hätten ihn aus der Gemeinschaft verbannt, weil er die Seele eines Raben hat.«

»Das stimmt«, antwortete sie unbekümmert. »Wenigstens im Augenblick. Er hat mir erklärt, seine Seele habe viele Gestalten gehabt, bevor sie die eines Raben angenommen hat. Er wird dir gefallen. Er erzählt tolle Geschichten.«

Unvermittelt verklangen Fliegenfängers Schritte. Flechte blieb stehen und blickte zurück. Verlegen stand er am Fuße des Hügels, sein hellbrauner Lendenschurz flatterte im Wind, der über die Klippen fegte. Mürrisch verzog er das Gesicht.

»Was ist los?« rief Flechte.

Fliegenfänger warf ihr einen vielsagenden Blick zu, antwortete aber nicht. »Fliegenfänger! Er ist nicht verrückt, wie die Leute behaupten. Wanderer ist nur ... anders, aber er ist nicht böse. Komm schon, du wirst sehen.« Sie winkte ihm, weiterzugehen, aber er verharrte wie angewurzelt auf dem Kalkstein.

Mit der Zunge befeuchtete er seine Lippen. »Und wenn Wanderer uns verflucht oder verhext? Vielleicht will er uns mit Rabenseelen versehen?«

Flechte breitete die Arme aus und drehte sich auf den Zehenspitzen im Kreis. Sie ahmte einen sich in die Lüfte emporschwingenden Vogel nach. Ein nie gekanntes Gefühl der Freiheit ergriff von ihr Besitz, und sie drehte sich immer schneller. »Ich wollte immer schon fliegen, Fliegenfänger. Du nicht?«

»Nein!« antwortete er mit fester Stimme.

Großspurig stemmte Flechte die Hände in die Hüften und schüttelte den Kopf. Der Regenvorhang war näher gekommen und verhüllte inzwischen die Sonne. Kühl fielen die ersten Tropfen auf ihr Gesicht, und sie genoß das wunderbare Gefühl. »Dann geh doch nach Hause«, spottete sie. »Ich gehe alleine weiter. Wie immer. Aber ich sage dir die Wahrheit. Wanderer ist kein Hexer, und er ist nicht verrückter als ... die meisten.« Die letzten Worte sagte sie absichtlich so leise, daß er sie nicht verstehen konnte.

Ausgerechnet diesen Augenblick wählte Donnervogel, um sein Grollen ertönen zu lassen. Sie sah, wie Fliegenfänger vor Entsetzen zwei Fuß vom Boden hochhüpfte. Mit offenem Mund starrte er sie an und lauschte dem krachenden Dröhnen, das über die erzitternden Felsen und Kalksteinwände in das Schwemmland hinunterrollte.

»Siehst du?« Flechte grinste breit. »Sogar Donnervogel ist meiner Meinung. Du bist ein Feigling, Fliegenfänger!«

Sie drehte sich um und lief weiter zu Wanderers Felshöhle. Der Regen prasselte auf sie herab, und bald war sie durchnäßt. Sie senkte ihr hübsches herzförmiges Gesicht und sprach leise ein Gebet zu Donnervogel. Inbrünstig dankte sie ihm für das Gewitter und betete, er möge im Sommer noch mehr Regen schicken. Die letzten Zyklen waren sehr trocken gewesen, das Land brauchte verzweifelt Regen, ebenso die Tiere und die Menschen. Donnervogels mächtige Stimme verjagte Frostmann, der sich noch mit letzter Kraft in das Land krallte, und weckte die Erste Frau, damit sie sich wieder um das Land kümmerte. Bald verwandelte sich der zottige Winterpelz des in den Klippen nur noch vereinzelt vorkommenden Rotwilds in glänzendes Fell. Kitze würden geboren werden. Und die Bitterkeit in den sorgenvollen Gesichtern der Menschen würde einem Lächeln weichen.

»Warte!« schrie Fliegenfänger. »Warte auf mich, Flechte! Ich komme mit!«

Sie verlangsamte ihren Schritt, ging aber zielbewußt weiter. Versteckt hinter einem Gewirr von Ästen sah sie bereits die Umrisse von Wanderers Felshöhle. Ihre Nackenhaare sträubten sich leicht. Das war das Werk einer Macht; sie ließ sich so lange mit dem Wind treiben, bis sie auf einen Menschen stieß. Mit winzigen Zähnen fraß sie sich in ihn hinein und wand sich um seine Seele.

Flechte war das vor langer Zeit schon widerfahren. Sie war erst vier Sommer alt gewesen, als sich der erste Geist in ihre Träume stahl. Von dem Steinwolf, dessen Hüterin Flechtes Mutter war, schossen Ranken aus blauem Licht hervor, krochen durch das Zimmer auf sie zu und formten sich zu einem majestätischen Vogelmann mit dem Kopf und den Schwingen eines Adlers, doch mit der Haut einer Schlange. Das Wesen kniete neben ihrem Bett nieder und starrte sie aus glänzenden schwarzen Augen an. »*Weißt du, warum Eulen mit ausgebreiteten Flügeln sterben, meine Kleine?*«

Sie schüttelte nur den Kopf, die Angst hatte ihr die Sprache verschlagen. Erschrocken versuchte sie, sich immer tiefer in den Deckenberg aus abgeschabten Fellen zu verkriechen.

Mit seiner Schlangenhauthand berührte der Vogelmann sacht ihre Wange und murmelte: »*Weil sie bis zuletzt zu fliegen versuchen. Sie geben nie auf, lassen nie die Flügel hängen. Sie wissen, der Flug ist ihre einzige Hoffnung, zu überleben. Zu Anbeginn der Welt, als der Erdenschöpfer aus Lehm Berge und Wüsten formte, besaßen auch die Menschenwesen Flügel ... wie ich. Das war zu der Zeit, als Tiere und Menschen ein gemeinsames Leben lebten. Ein Mensch konnte sich, wenn er wollte, in ein Tier verwandeln, und ein Tier konnte ein Menschenwesen werden. Würde dir das gefallen, Flechte?*«

»Ja«, antwortete sie schüchtern.

»*Die Welt braucht dich. Ein fürchterlicher Krieg naht. Die Erste Frau ist zornig auf die Menschen. Sie will die Welt preisgeben und euch alle dem Tode weihen. Nur wenn es dir gelingt, dir Flügel wachsen zu lassen und in ihre Höhle in der Unterwelt zu fliegen und mit ihr zu reden, wirst du die Welt retten können. Dazu mußt du lernen, das Leben mit den Augen eines Vogels, eines Menschenwesens und einer Schlange zu sehen. Das ist sehr schwer. Das Schlimmste daran ist, wenn du erst einmal deine Flügel ausgebreitet hast, wirst du sie nie mehr anlegen können – genau wie die Eule.*«

»Ist das so schlimm?«

Vogelmann lächelte traurig, senkte den Kopf und starrte auf Flechtes nackte Zehen, die unter den Decken hervorlugten. Mondlicht fiel durch das Fenster über ihrem Bett. »*Manchmal, Flechte, sehnt sich eine Eule von ganzem Herzen danach, eine Schlange zu sein, denn dann könnte sie in ein Loch kriechen und sich im Dunkeln verstecken.*«

»Muß ich sofort fliegen lernen?«

»Nein.« Er schüttelte leicht den Kopf. *»Aber bald. Du wirst wissen, wann es soweit ist.«*

Nach diesen Worten hatte sich der Vogelmann erhoben, die Flügel ausgebreitet und sich aus ihrem Fenster in den sternenübersäten Nachthimmel hinaufgeschwungen, war höher und höher gestiegen, bis er in der unendlichen Weite verschwand.

Flechte verstand noch immer nicht genau, was er ihr hatte sagen wollen, aber sie hatte kein einziges seiner Worte vergessen. Ihre Mutter erklärte ihr damals, Geister sprächen oft in Rätseln, aber eines Tages, wenn Flechte älter sei, würde sie die Botschaft des Vogelmannes sicher verstehen.

Fliegenfänger schloß zu ihr auf und riß sie, als er ungeschickt voller Schwung in sie hineinrannte, aus ihren Erinnerungen. Sie musterte ihn von oben bis unten. Er schien erneut gestürzt zu sein. Der Regen hatte die blutigen Schrammen auf seinen Ellenbogen und den schmalen, klaffenden Riß, der sich im Zickzack über seinen rechten Arm zog, bereits ausgewaschen.

»Hast du dich verletzt?« fragte sie, nahm seinen Arm und betrachtete prüfend die Wunde. Beruhigt sah sie, daß das Blut bereits geronnen war, und lockerte ihren Griff.

»Du hast zu lange Beine«, bemerkte er, ohne auf ihre Frage einzugehen. »Außerdem wäre es mir lieber, du würdest dich wie ein Mädchen benehmen.«

Flechte legte den Kopf schief. »Wie benimmt sich denn ein Mädchen?«

»Woher soll ich das wissen?« Fliegenfänger war immer gereizt, wenn er sich fürchtete.

Gleichmütig zuckte Flechte die Achseln, nahm ihn bei der Hand und führte ihn ohne die geringste Unsicherheit zu dem Eichenwäldchen unterhalb der Felsspitze. Der Weg gabelte sich. Ein Pfad führte auf die Klippe hinauf und über den Überhang, der andere schlängelte sich zwischen den Bäumen hindurch auf ein Felsgesims. Darunter hatte sich Wanderer häuslich niedergelassen.

Inzwischen hatte sich der angenehm sanfte Regenschleier zu einer undurchdringlichen Wasserwand verdichtet; sie konnten fast nichts mehr sehen. Vorsichtig tasteten sie sich weiter über den glitschigen Kalkstein und bahnten sich mühsam den Weg durch das Eichendickicht.

Endlich duckte sich Flechte unter den Ästen hindurch und rief: »Wanderer! Bist du da? Ich bin es, Flechte. Ich habe Fliegenfänger mitgebracht.«

Wanderer hatte sich für seine Behausung eine trockene Aushöhlung unter dem Felsüberhang ausgesucht. Die beiden offenen Seiten hatte er mit senkrecht aufgestellten Baumstämmen geschützt, auf die er eine dicke Lehmschicht aufgetragen hatte, so daß die Behausung fast völlig mit den Felsen verschmolz. Trotz der winzigen Türöffnung und des Fensters auf der Vorderseite war kaum zu erkennen, daß hier ein Mensch wohnte. Flechte zwängte sich zwischen den Zweigen hindurch, und ihr prüfender Blick schweifte über das Wildkirschengestrüpp am Rand des Gesimses. Rasch trottete sie zu Wanderers einladend trockener Wohnstatt hinüber. Fliegenfänger blieb ihr dicht auf den Fersen.

»Wo ist er?« flüsterte Fliegenfänger. »Ist er da?«

»Ich glaube, nicht.« Flechte spähte durch den niedrigen Eingang. In Wanderers Behausung roch es immer sonderbar. Stets hing der Geruch nach Zedernrauch, fetter Erde und Geistertränken in der Luft. Der kleine, ein unregelmäßiges Rechteck bildende Raum maß nur zwanzig auf ungefähr fünfzehn Hand. Die Wände, mit weißem Lehm gekalkt, schienen selbst im Dämmerlicht dieses wolkenverhangenen Tages zu leuchten. Sie waren mit Symbolen der Mächte bemalt: grünen Quadraten und roten Spiralen, schwarzen Halbmonden und purpurroten Sternenregen. Die Kaninchenfelldecken des alten Mannes lagen unordentlich gestapelt in einer Ecke. An der dunklen Rückwand blitzten in einer langen Reihe leuchtend bunte Körbe auf. Darin verwahrte Wanderer Hustengraswurzeln, getrocknete Kaktusblüten, Fischschuppen, Schlangenköpfe und andere Dinge, an die sich Flechte nicht mehr erinnerte. Von Wanderer selbst war jedoch nichts zu sehen.

Flechte seufzte enttäuscht und ließ sich auf eine auf dem Boden liegende Schilfmatte sinken. »Oh, Große Maus, was soll ich bloß machen? Ich *muß* mit Wanderer sprechen.«

Fliegenfänger setzte sich neben sie; mit seinen braunen, weit aufgerissenen Augen blickte er sich wachsam um. Flechte bemerkte die immer noch blutenden Kratzer auf seinen Armen, entschied sich aber, kein Wort darüber zu verlieren, um ihn nicht in Verlegenheit zu bringen. Fliegenfänger wurde von seinen Freunden wegen seiner geringen Körpergröße und seiner Tolpatschigkeit schon genug gehänselt.

Schweigend saßen sie nebeneinander und sahen in den wogenden Regenvorhang hinaus, der sich wieder zu lichten begann und sich langsam über den in der Ferne liegenden Fluß zurückzog. Donnervogel führte den Sturm weiter nach Westen, doch noch immer zuckten hie und da Blitze über den Klippen auf. Flechte fröstelte in der feuchten, nach dem Regen merklich abgekühlten Luft.

»Was ist das für ein merkwürdiger Geruch?« fragte Fliegenfänger schließlich nach längerem Schweigen. Seine bebenden Nasenflügel sogen tief die Luft ein.

»Wahrscheinlich hat Wanderer einen neuen Trank gegen seine Gelenkschmerzen zubereitet. Er probiert ständig etwas Neues aus, aber nichts scheint zu helfen. Ich glaube, er wird alt.«

»Wie alt ist er denn?«

»Ich weiß es nicht genau. Vielleicht fünfzig Sommer.«

Nervös zupfte Fliegenfänger an einem losen Faden seines Lendenschurzes. »Wie ist er so?«

»Er ist ein guter Mensch. Er liebt alles und jeden. Und er ist klug. Letztes Frühjahr habe ich ihm geholfen, das gebrochene Bein eines Rotkehlchens zu schienen. Wir banden Zweige darum, damit das Bein nicht abknicken konnte. Außerdem baute Wanderer einen Käfig und fing Würmer und Insekten für das Rotkehlchen, sonst wäre es verhungert.«

»Er *schiente* das Bein, anstatt das Rotkehlchen zu essen? Klingt für mich nicht gerade sehr klug«, brummte Fliegenfänger verdrießlich. Dann fragte er: »Was war das für ein Traum, über den du unbedingt mit Wanderer sprechen mußt? Warum sprichst du nicht einfach mit deiner Mutter darüber? Sie ist die Hüterin des Steinwolfes, sie muß sich doch mit Geisterangelegenheiten auskennen.«

»Das stimmt«, bestätigte Flechte. Aber ihre Mutter besaß

weder Wanderers Wissen über fremde Orte und Menschen noch seine Macht. Doch das konnte Flechte Fliegenfänger nicht erklären. Er würde glauben, sie hielte nicht viel von ihrer Mutter, und das traf nicht zu. Wanderer hatte ihre Mutter einige Zeit unterrichtet, eigentlich hätte sie tatsächlich wichtige Dinge über Träume wissen müssen. »Mir fehlen eben die Gespräche mit Wanderer, Fliegenfänger. Er ist mein Freund. Seit drei Monden bin ich nicht mehr hier gewesen, und ich – «

Über dem Felsgesims erklang ein Krächzen, dann stieß ein Schwarm Raben aus den Wolken herab. Fliegenfänger krallte seine Finger fest in Flechtes Arm. Anmutig auf einer Luftströmung schwebend, ließen sich die Vögel bis vor die Höhle tragen. Als sie die beiden Kinder entdeckten, verständigten sie sich untereinander mit lockenden, schnalzenden Lauten.

»Wer sind die?« flüsterte Fliegenfänger heiser. »Gehören die zu Wanderers Familie?«

»Keine Ahnung, ich habe sie noch nie hier gesehen.«

Sand rieselte vom Felsvorsprung, als bewege sich etwas Schweres über den Fels. Flechte und Fliegenfänger reckten die Hälse und sahen nach.

»Was ist das?« zischte Fliegenfänger von Panik erfüllt. »Ein Puma?«

Flechte schickte sich an, aufzustehen. »Ich weiß nicht – «

Plötzlich drang ein Sonnenstrahl durch die Wolken und fiel direkt in die Felshöhle. Genau in diesem Augenblick durchschnitt ein lautes *»Da ist es wieder!«* die Stille.

Fliegenfänger entfuhr ein heiserer Schrei. Er sprang in die Höhe und stieß dabei mit Flechte zusammen, die ebenfalls mit einem Satz auf den Beinen war. Einander schiebend und schubsend, versuchten sie, so rasch wie möglich zu fliehen. Doch kaum hatten sie drei Schritte gemacht, stürzte Wanderers lange, hagere Gestalt in einer aufstiebenden Staubwolke wie ein Stein vom Überhang herunter. Wild mit den Armen rudernd, kam er auf die Beine und stolperte seitwärts; seine dünnen grauen Haare standen ihm wirr vom Kopf ab.

»Seht euch das an!« rief Wanderer, bückte sich behende, hob Steine auf und schleuderte sie auf die Seitenwand seiner Behausung. »Schnell! Holt Steine. Wir müssen es umbringen.

Heute früh, gleich nachdem ich aufgewacht bin, hat es sich auf mich gestürzt und versucht, meine Füße zu fressen!«

Bei jedem Aufprall eines Steins auf die Wand zuckte Flechte zusammen. Fliegenfänger klammerte sich an ihre Schultern und versteckte sich hinter ihrem Rücken. Sie fühlte seinen schweren Atem warm über ihren Oberarm streichen. Voller Entsetzen starrten sie auf die Wand, auf der ein langer, dunkler Schatten im Sonnenlicht tanzte.

»Wanderer!« platzte Flechte heraus. »Das ist dein eigener Schatten. Sieh doch, er bewegt sich genau so wie du.«

Mitten im Wurf hielt der alte Mann inne. Die wurfbereite Hand, in der er den Stein hielt, verharrte hoch über seinem Kopf. Argwöhnisch beugte er sich vor und schielte mit seinen altersschwachen braunen Augen auf die verdächtige dunkle Gestalt. Dann schmetterte er heftig den Stein auf den Boden und erklärte mit fester Stimme: »Ich wünschte, du wärst früher gekommen, Flechte! Dann hätte ich nicht den ganzen Tag damit verschwendet, ihn über die Klippen zu verfolgen.«

Würdevoll schritt er, umwirbelt von den Fetzen seiner zerrissenen, grell bemalten Wolfsfelldecke, auf Flechte zu, hob sie hoch und drückte sie an sich. »Ehrlich gesagt, ich wünschte, du wärst bereits vor Monden gekommen. Während dieses Winters habe ich einige sehr sonderbare Dinge getan. Ich glaube, ich nehme bald wieder eine andere Gestalt an.«

Flechte stemmte ihre Fäuste gegen seine Brust und versuchte, sich aus seiner Umarmung zu befreien. Fliegenfänger gab hinter ihrem Rücken ein ersticktes Geräusch von sich. »Wanderer, wir sprechen später darüber, einverstanden? Ich möchte dir erst meinen Freund vorstellen.«

Sie löste sich aus seinem Griff, drehte sich um und zeigte auf Fliegenfänger, der sich flach gegen die Felswand gedrückt hatte. Er keuchte, als habe er gerade einen anstrengenden Dauerlauf hinter sich.

Wanderer legte den Kopf schief und blinzelte wie eine verrückte alte Eule zu dem Jungen. »Aha, das ist doch Fliegenfänger vom Schlangen-Volk, stimmt's? Ich erinnere mich noch gut an die Nacht, in der du geboren wurdest. Was tobte da doch für ein gräßlicher Sturm. Damals ließ der Wind ganze

Felsbrocken von den Bergen auf die Leute im Tal herabregnen.« Er schüttelte den Kopf und schnalzte vernehmlich mit der Zunge. »Ja, ich erinnere mich noch sehr gut daran, besonders, weil ich damals bei den Aufräumungsarbeiten nicht gerade eine große Hilfe war. Ich hatte zu jener Zeit die Seele eines Geiers und – «

»Wanderer!« Flechte schnitt ihm das Wort ab, als sie sah, wie Fliegenfänger Mund und Augen aufsperrte und ihn entsetzt anstarrte. »Wie wär's mit einem Tee? Ich muß mit dir reden. Ich hatte einen bösen Traum.«

»O ja, natürlich. Ihr seid von so weit her gekommen, ihr müßt schon vor Morgengrauen aufgestanden sein, sonst könntet ihr um diese Zeit noch gar nicht hier sein.« Er kniete nieder und machte eine einladende Geste in Richtung Tür. »Bitte, tretet ein.«

Flechte zwinkerte Fliegenfänger ermutigend zu, ließ sich auf die Knie nieder und kroch in den kühlen, sonderbar riechenden Raum der Höhle. Sie ging zur Südwand und setzte sich mit gekreuzten Beinen auf einen weichen Fuchspelzstapel. Draußen hörte sie Wanderer sagen: »Komm mit, Fliegenfänger, kleine Schlange. Da drin habe ich Körbe, in denen ich tote Angehörige deiner Sippe aufbewahre. Du kannst sie dir anschauen. Beeil dich! Oder muß ich dich mit einem Zauber belegen, damit du mein Haus betrittst?«

Wild mit Armen und Beinen zappelnd, kroch Fliegenfänger unter der Tür hindurch. Er kletterte neben Flechte auf den Deckenstapel und flüsterte: »Nicht verrückt, ha?« Seufzend lehnte er sich an die im Dunkel liegende Wand und wünschte sich weit fort.

Wanderer kroch auf Knien durch den niedrigen Eingang und verzog den Mund zu dem für ihn typischen schiefen Lächeln. »Meine Güte, tut das gut, wieder einmal Besuch zu haben. Der Winter war lang. Wie geht es deiner Mutter, Flechte? Begab sie sich auf die Suche nach der Vision, wie wir es im letzten Herbst besprochen haben? Wenn ich mich recht erinnere, bemühte sie sich noch immer vergeblich, zu der dem Steinwolf innewohnenden Macht zu finden.«

»Ja, das stimmt. Ich glaube, die Suche nach der Vision half

ihr ein wenig dabei. Wenn sie sechs Tage lang gefastet und gebetet hat, behauptet sie, manchmal eine federleichte Berührung zu spüren, eine von dem Wolf ausstrahlende Harmonie.«

»Gut, sie macht also Fortschritte. Aber sie hat noch einen langen Weg vor sich, ehe sie in das Land der Ahnen in der Unterwelt gelangen wird. Ich wünsche ihr für diese Reise alles Gute. Und was ist mit dir? Du hattest einen bösen Traum? Einen Geistertraum?«

Ein Rabe, ein riesiger Vogel mit knorrigem Schnabel, löste sich aus dem Vogelschwarm, flatterte auf die Fensterbank und beäugte Fliegenfänger und Flechte mißtrauisch.

Wanderer krächzte zu dem Geschöpf hinüber und bewegte dabei seinen Kopf wie ein Vogel. Der Rabe erwiderte das Krächzen. Lauschend legte Wanderer den Kopf schief. »Nun, dann danke ich dir, Gekreuzter Schnabel. Nein, das wußte ich nicht«, sagte er.

Aus den Augenwinkeln schielte Flechte zu dem Vogel hin. »Ja«, beantwortete sie Wanderers vor dem Auftauchen des Vogels gestellte Frage, ohne ihn dabei aus den Augen zu lassen. Inzwischen hantierte er geschäftig in der Höhle herum. Die Decke war so niedrig, daß er sich bücken mußte, um die zum Feuermachen notwendigen Utensilien zusammenzusuchen. »Ein Geistertraum.«

Wanderers verzerrter Schatten schien in seltsamen Verrenkungen durch den Raum zu schwanken. Nachdem er Zweige und Zunder in der von Steinen umschlossenen Feuerstelle aufgeschichtet hatte, entfachte Wanderer mit Hilfe seines Bogenfeuerbohrers eine kleine Flamme, die schon bald hell aufloderte. Flackerndes Licht tanzte über sein langes, hageres Gesicht. Geschickt verstrebte er zwei Aststützen außer Reichweite der Flammen und hängte an der Verstrebung einen Topf über das Feuer. Nach getaner Arbeit sank er erschöpft auf seine zerwühlten Decken.

»So«, sagte er, »während sich das Wasser erhitzt, erzählst du uns deinen Traum. Er muß wahrlich zum Fürchten gewesen sein, wenn du deshalb zu mir gekommen bist.«

Von der Seite warf Flechte einen Blick auf Fliegenfänger. Er saß stocksteif da, die Augen unverwandt auf Wanderer gerichtet. Starr blickte er auf die Ornamente der Mächte, die Wanderers Umhang schmückten. Eine stilisierte Schildkröte streckte ihre roten Beine quer über die Brust des alten Mannes. Jedes rote Bein ging in eine grüne Spirale über.

Ungeduldig beugte sich Flechte vor. »Ich habe eine Stimme gehört, Wanderer, die mich rief. Ich folgte ihr durch einen dunklen Nebel, in dem ständig Glühwürmchen aufleuchteten, bis ich zu einer in einen riesigen Erdhügel hineingebauten Holztreppe gelangte. Der Nebel löste sich auf, und ich stieg die Treppe hinauf und trat in einen großen, runden Raum. Funkelnde Meeresmuscheln säumten die Wände. Es war wunderschön. Ausgehend von einem erhöhten Podest zogen sich Feuerschalen wie Sonnenstrahlen durch den Raum und spendeten helles Licht.«

»Ah ... die Sonnenkammer auf dem Tempelhügel in Cahokia.«

Flechte blieb fast das Herz stehen. Voller Ehrfurcht hauchte sie: »Bist du dort gewesen?« Nur den heiligsten Menschen war es erlaubt, diesen verbotenen Ort zu betreten.

»O ja, vor langer Zeit, als ich Nachtschatten unterrichtete. Noch bevor Tharon sie aus Cahokia verbannt hat. Es ist ein herrlicher Ort.« Er schob ein größeres Eichenscheit in das Feuer und fachte die Flammen an, bis sie an den Topfboden züngelten. »Ich frage mich, was die Leute aus Cahokia von dir wollen. Es bedeutet nichts Gutes, wenn Tharon, der Häuptling Große Sonne, etwas von einem will. Viele Leute halten ihn für einen Zauberer.«

»Ich habe meine Großmutter über ihn sprechen hören. Hat er nicht letzten Winter Hickory-Mounds niederbrennen lassen?«

»Ja. Niederträchtige Bösartigkeit geht von ihm aus.« Aus einem blau und rot gemusterten Korb holte er eine Handvoll Blätter und warf sie in den Kochtopf. Ein silbrig glänzender Schleier aus Dampf stieg auf und umwogte seinen Kopf.

»Was ist das für ein sonderbarer Geruch?« Fliegenfänger setzte sich noch aufrechter hin und sog schnüffelnd den würzigen Duft ein, der sich im ganzen Raum ausbreitete.

»Meine eigene Teemischung«, antwortete Wanderer. »Ich

nehme dazu Pfefferminze, Holunderbeeren und Feigenkaktusblüten.«

»Wie wirkt sich diese Mischung auf einen Menschen aus?« wollte Fliegenfänger wissen.

»Nun, dieser Tee macht den Kopf klar und hebt die Seele hinauf. Aus getrockneten Holunderbeeren kann man die ganze Zukunft eines Menschen lesen. Während der letzten vierzig Zyklen habe ich von fast allen Bewohnern von Redweed Village eine Beerensammlung angelegt – die jüngsten Kinder natürlich ausgenommen. Von ihnen wußte ich ja nichts. Mal sehen, ob ich deine Beeren finde. Wenn ich mich recht erinnere, dann sind sie ...« Er griff nach einem Korb, wühlte darin herum und förderte etliche getrocknete schwarze Beeren zutage. »Große Maus! Ich hoffe, ich habe keine dieser Beeren in meinen Tee getan.«

»Wanderer«, seufzte Flechte, »wir sprachen über meinen Traum. Wir waren bei der Sonnenkammer.«

Er starrte sie an, als habe er nicht die leiseste Ahnung, wovon sie redete. »Tatsächlich?«

»Ja.«

»Nun, und was habe ich gesagt? – Oh, warte! Jetzt erinnere ich mich.« Er warf den Korb zu Boden, ohne im geringsten davon Notiz zu nehmen, daß ungefähr zwanzig Beeren auf die festgetretene Erde kollerten. »Ja, stimmt, wir sprachen von Tharon. Sein Wahnsinn begann, als Nachtschatten ...« Er blickte so entrückt, als sähe er weit in die Vergangenheit zurück. Seine Stimme nahm einen freundlicheren Tonfall an. »Ja, Nachtschatten.«

»Wer?«

Wanderer machte eine so behutsame Geste, als wolle er Spinngewebe beiseite schieben, ohne es zu zerreißen. »Vor ungefähr zwanzig Zyklen hatte der alte Murmeltier, der große Priester, einen Traum. Damals hatte sich Mutter Erde gegen die Leute von Cahokia gewandt, und der Mais wuchs nicht mehr. Der Priester träumte, sein Volk müsse nach Süden und Westen in das verbotene Land der Palasterbauer gehen und dort ein kleines Mädchen und ein Machtbündel rauben. Der große Krieger Dachsschwanz war der Anführer dieses Kriegszuges. Doch die an Nachtschatten gerichteten Erwartungen des alten Murmeltier wurden noch weit übertroffen. Schon als sie zehn war, besaß sie mehr Macht, als Murmeltier je zu träumen gewagt hätte. Damals arbeiteten für Gizis, Tharons Vater, sehr gewissenhafte Handwerker. Sie stellten die berühmten schwarzen Quellgefäße her, die Tharon als Tauschware im Handel mit auserwählten Führern dienen. Als Nachtschatten mit den Gefäßen in Berührung kam, hauchte sie ihnen furchterregende Macht ein. Natürlich zwang Gizis sie, allen anderen Priestern und Priesterinnen beizubringen, wie sie das macht, aber der alte Murmeltier haßte – «

»Sie hauchte ihnen Macht ein? Eine Macht wofür?« fragte Flechte leise.

Überrascht über diese Frage, hob Wanderer das Kinn. »Nun, die Macht, in die Unterwelt schwimmen zu können. Jeder hat seine eigene Methode, um in die Unterwelt zu gelangen, und das Quellgefäß ist eben Nachtschattens Methode. Wie dem auch sei, Tharon wurde verrückt, als er eines Nachts heimlich in Nachtschattens Kammer schlich und sich erdreistete, in ihr Quellgefäß zu gucken. Er sagte, das Herz in seiner Brust habe so schrecklich gepocht, daß er fast gestorben wäre. Angeblich hat ein Geist mit rosarotem Gesicht versucht, seine Seele zu verschlingen.«

Fliegenfänger beugte sich langsam nach vorn und flüsterte heiser: »Nachtschatten haucht böse Geister in diese Gefäße hinein?«

Wanderer ahmte Fliegenfängers Miene und Haltung nach und starrte den Jungen einen Augenblick lang atemlos an. »Wie kommst du darauf?«

»Du hast eben gesagt – «

»Komm her!«

Doch Fliegenfänger wich an die Wand zurück. Auf allen vieren kroch Wanderer über den Boden zu ihm hinüber, packte den sich heftig sträubenden Fliegenfänger am Kopf und begann, mit den Fingerknöcheln die Schädeldecke des Jungen abzuklopfen, als suche er etwas. »Nein, zu schlecht«, verkündete er schließlich. Ohne ein weiteres Wort zu verlieren, watschelte er zum Kochtopf und spähte prüfend hinein.

Fliegenfänger krächzte: »Was? Was ist zu schlecht?«

Lässig wedelte Wanderer mit der Hand. »Oh, weißt du, Menschen werden mit einer weichen Stelle auf dem Kopf geboren, durch die sie mit dem Erdenschöpfer in Verbindung treten können. Bei den meisten Leuten schließt sich diese Stelle und wird fest, solange sie noch sehr jung sind. Sie öffnet sich erst wieder bei ihrem Tod, damit die Seele in das Land der Ahnen reisen kann. Aber ein Mensch kann lernen, diese Stelle offenzuhalten, wenn er sich genügend Mühe gibt. Ich dachte, vielleicht erhältst du über die Geister Botschaften von Nachtschatten.« Wanderer tauchte eine Holzschale in den Topf und füllte sie mit dem Gebräu. Dann reichte er die Schale Fliegenfänger, der heftig den Kopf schüttelte, und anschließend Flechte, die sie dankend annahm. Sie hatte diesen Tee schon einmal getrunken und wußte, wie herrlich süß er schmeckte. Ihre Seele hatte dabei keinerlei Schaden erlitten. Wanderer schöpfte auch für sich eine Schale Tee und machte es sich auf seinen Decken bequem. »Erzähl mir mehr von diesem Traum, Flechte. Hast du darin auch Menschen gesehen?«

»Ja. Ein kleines Mädchen. Ungefähr so alt wie ich. Sie trug eine mit schwarz-weißen Karos bemalte Maske. Obwohl ich ihr Gesicht nicht sehen konnte, wußte ich, daß sie weinte.«

»Hat sie dich gerufen und in die Sonnenkammer geführt?«

»Ich glaube, schon.«

»Warum hat sie geweint?« Er trank einen großen Schluck Tee, grinste Fliegenfänger vergnügt an und schmatzte dabei genießerisch mit den Lippen.

»Ich weiß es nicht genau, aber ich konnte etwas Schreckliches fühlen. Einige alte, grauhaarige Schamanen hockten um sie herum auf dem Boden. Ich – «

»Priester«, berichtigte Wanderer sie. »In Cahokia nennt man sie nicht Schamanen, sondern Priester und Priesterinnen. Also … was taten diese Priester?«

»Sie sangen, und ich sah eine riesige schwarze Wolke über dem höchsten Hügel aufsteigen, auf dem der Tempel stand. Sie schwebte eine Zeitlang in der Luft, dann zog sie wie der Rauch eines Waldbrands, den der Wind vor sich her treibt, nach Norden.«

Mit einem scharfen Knall stellte Wanderer seine Schale auf den Boden. »Die schwarze Wolke trieb nach Norden?«

Sie nickte.

Blitzschnell sprang Wanderer auf die Füße und schüttelte die Fäuste. »Nein, nein.« Wie er so dastand, in gebeugter Haltung und mit seltsam schräg gelegtem Kopf, erinnerte er an einen etwas plump geratenen Reiher. »Das muß nicht unbedingt bedeuten, daß sie zu uns kommen, aber falls doch, sollten wir besser ...«

Seine Stimme verlor sich, und Fliegenfänger flüsterte Flechte aufgeregt ins Ohr: »Er ist so verrückt wie ein tollwütiger Skunk! Ich mache, daß ich hier rauskomme. Kommst du mit?«

»Warte noch ein bißchen«, gab sie leise zurück.

Wanderer ging ziellos durch den Raum und strich mit den Händen über die bunten Geistersymbole an den Wänden. Nach einer Weile blieb er stehen. Seine Augen blickten klar, der Ausdruck des Wahnsinns war einem Ernst gewichen, der Flechte Angst einflößte. Als Wanderer sich umdrehte und sie ansah, lief es ihr eiskalt über den Rücken.

»Was ist denn, Wanderer? Woran denkst du?«

»Hmm?« fragte er. Die gespannte Aufmerksamkeit, mit der er sie anstarrte, beunruhigte sie aufs heftigste. »Oh, ich dachte an gar nichts ... außer, nun ja, letzte Woche überbrachte mir Gekreuzter Schnabel die Nachricht von einer Mordserie in Cahokia. Alle Priester und Priesterinnen, die die Fähigkeit besessen hatten, den Quellgefäßen Leben einzuhauchen, sind umgebracht worden – alle, bis auf Nachtschatten. An diese Morde dachte ich gerade. Außerdem überlegte ich, warum das kleine Mädchen in deinem Traum geweint haben könnte.«

»Vielleicht ist das kleine Mädchen traurig, weil jemand, den es liebte, ermordet wurde?«

Wanderers buschige graue Augenbrauen zogen sich zusammen. Als sich einen Moment lang ihre Blicke trafen, begann Flechtes Herz voller unguter Vorahnungen gegen ihre Rippen zu hämmern. »Ich bete, es möge nicht stimmen. Nachtschatten lebt jetzt in River Mounds. Ich weiß nicht, was sie täte, falls jemand einen Anschlag auf ihr Leben wagen würde.« Unruhig strichen seine Finger über die Teeschale. »Vielleicht reißt sie vor Wut die Welt in Stücke.«

»Warum hat mich das kleine Mädchen gerufen, Wanderer? Wie kann ich ihr helfen?«

Wanderer zwinkerte unvermittelt. »Ich habe nicht die leiseste Ahnung.« Er warf die mageren Arme in die Luft und platzte heraus: »Nun, wo war ich stehengeblieben? Oh, ich habe in meiner Sammlung nach den Beeren gesucht, an denen ich Fliegenfängers Leben ablesen kann. Wo habe ich sie nur hingetan?«

Fliegenfänger drückte Flechtes Arm so fest, daß sie unwillkürlich aufschrie. »Ich mache, daß ich fortkomme, bevor er sie findet!« verkündete er.

Wanderer schlurfte mitten durch einen Haufen zusammengefalteter Rohlederbeutel und murmelte unhörbar vor sich hin. Flechte sagte: »Ich glaube, wir gehen jetzt besser, Wanderer. Wir müssen vor Sonnenuntergang zu Hause sein.« Sie trank ihre Teeschale leer und reichte sie ihm. »Danke für den Tee und dafür, daß du mit mir über meinen Traum gesprochen hast.«

Fliegenfänger krabbelte über den Boden und kroch eiligst zur Tür. Flechte hatte sich noch nicht einmal erhoben, da war er bereits draußen im hellen Sonnenlicht.

Flechte ging zu Wanderer hinüber und tätschelte liebevoll seinen Arm. Er lächelte. Im flackernden bernsteingelben Feuerschein sah sein Gesicht älter aus, noch runzliger und ausgezehrter als bei Tageslicht, aber seine Augen blitzten wieder vergnügt. »Paß auf dich auf, Wanderer. Ich habe dich diesen Winter über sehr vermißt.«

»Oh, mir geht es gut, wirklich. Nur dieses Wiesel beunruhigt mich ein bißchen. Es versucht, sich meiner Seele zu bemächtigen, aber wenn die Erste Frau es auf mich gehetzt hat, kann ich vermutlich nichts tun, um es aufzuhalten.« Seine Gesichtszüge erschlafften, eine unterschwellige Angst stahl sich in seine Stimme. »Flechte, sprich bitte mit dem Steinwolf über deinen Traum. Vielleicht hilft das. Die dunkle, nach Norden ziehende Wolke macht mir Sorgen.«

Sie spürte das Zittern ihrer Hand und nahm sie rasch von

seinem Arm. »Aber Mutter mag es nicht, wenn ich dem Wolf zu nahe komme, Wanderer, außerdem hat er mich noch nie gerufen. Warum glaubst du …«

»Irgendwelche Mächte haben wieder die Oberhand gewonnen. Der Wolf wird Bescheid wissen. Man weiß nie, wen oder was sie in die Enge zu treiben versuchen. Vielleicht dich, meine einzige Freundin.« Er klopfte ihr mit den Fingerknöcheln auf den Kopf, lauschte nachdenklich dem hohl klingenden Ton und lächelte anerkennend. »Geh jetzt. Fliegenfänger ist inzwischen sicher schon bei den Maisfeldern angelangt.«

Flechte lachte. »Ja, da könnte ich wetten. Nochmals vielen Dank. Ich komme wieder, sobald es geht.«

»Gut. Mir haben unsere Gespräche gefehlt.«

Sie kroch unter der Tür hindurch und trat in die Sonnenstrahlen hinaus. Mit einer Hand beschattete sie ihre Augen und suchte die Gegend nach Fliegenfänger ab. In der Ferne schwang sich ein Rabenschwarm über dem Pfad in die Lüfte, tief unter den Vögeln wirbelte eine Staubwolke auf.

Flechte glaubte, ein undeutliches Schreien zu hören. Sie rannte, so schnell sie konnte, über den feuchten Kalksteinboden und versuchte, Fliegenfänger einzuholen, bevor er sich wieder eine Verletzung zuzog.

Kapitel 2

Vor Sonnenaufgang durchschnitten über hundert Kriegskanus den in gespenstischen Schwaden aus dem Marsh Elder Lake aufsteigenden Frühnebel. Phantomen gleich, zeichneten die gebogenen Buge bei ihrer lautlosen Fahrt scharfe Linien in das spiegelglatte Wasser. Die mit roter und blauer Farbe auf die Rümpfe der schlanken Einbäume gemalten Tiergestalten glänzten im dämmrigen Licht dunkel wie verkrustetes Blut. Von muskulösen Armen geschwind bewegte Paddel trieben die Boote schnell voran. In den tätowierten Gesichtern der Krieger spiegelten sich die unterschiedlichsten Gefühle wider: Auf einigen zeigte sich äußerstes Unbehagen, auf anderen freudige Erwartung; viele hatten die Lippen in grimmiger Entschlossenheit, aus Angst oder gar Widerwillen fest zusammengepreßt.

Noch schwebte die Dunkelheit der Nacht über dem Wasser, nur am östlichen Horizont begann ein schwaches Schiefergrau aufzuschimmern und den nahenden Tag anzukündigen. Strenger Fischgeruch vermischte sich mit dem Geruch nach gefrorenem Schlamm und abgestorbenem Gras.

Fröstelnd kauerte der große Krieger Dachsschwanz im Bug des Führungskanus. Er fühlte sich krank. Vergeblich versuchte er, durch den wogenden grauen Schleier zu sehen. Er kniff die Augen zusammen und starrte in den eisigen Nebel. Auf seinen buschigen Augenbrauen bildeten sich gefrierende Tautropfen.

Entmutigt hob er den Blick zum Himmel, wo sich das erste Morgenrot zeigte. Noch tauchte Großmutter Morgenstern mit ihrem strahlenden Antlitz das Land in silbrigen Glanz. Ein paar sich zu Bildern gruppierende, noch schwach erkennbare Sternenungeheuer scharten sich um sie: die Gehenkte Frau, der Junge Wolf und der Große Hirsch. Aber die meisten Ungeheuer hatten sich bereits in ihre Höhlen in der Unterwelt verkrochen, um ein wenig zu schlafen, bevor Vater Sonne ihnen wieder aufzustehen und den Abendhimmel zu erleuchten befahl.

»Ich hasse, was wir tun«, murmelte Rotluchs leise hinter Dachsschwanz. Die anderen sechs Krieger im Kanu sollten ihn nicht hören. »Ich wünschte, wir könnten davonlaufen.«

Dachsschwanz atmete tief aus. Weiße Atemwolken kräuselten sich um sein Gesicht. »Du bist zu jung, du verstehst das nicht. Kampf ist ein Teil des Lebens wie Essen und Atmen.«

»Und du, Bruder, wirst langsam alt und blind. Wir ziehen nicht in einen Kampf. Das ist ein Gemetzel! Häuptling Große Sonne muß vollkommen verrückt geworden sein.«

»Mir jagt Tharon auch Angst ein, Rotluchs. Aber ich glaube nicht, daß er verrückt ist. Ich halte ihn eher für einen verdrossenen Jungen im Körper eines Mannes. Er ist – «

»Er ist so alt wie ich! Achtundzwanzig Sommer. Wie kommst du dazu, ihn einen Jungen zu nennen?«

»Mag er so alt sein, aber er hat sein Leben innerhalb der Palisaden von Cahokia verbracht. Wie würdest du dich fühlen, wenn du nicht einmal hundert Hand von deinem Haus entfernt die Hände in einen Fluß tauchen könntest? Er kennt die Außenwelt nicht. Er ist eingesperrt. Er ist ebenso ein Gefangener der Großen Sonne wie die Sternenungeheuer.«

»Alles schön und gut«, meinte Rotluchs spöttisch, »aber wenn er weiterhin nichts von der Außenwelt erfährt, vernichtet dieser Schwachsinnige noch unser Volk. Und die heilige Mondjungfrau weiß, daß er nie wieder heiraten wird. Welche Frau würde eine Ehe mit ihm eingehen? Und wenn er nicht mehr heiraten kann, wird Cahokia von der Welt gänzlich abgeschnitten.«

Dachsschwanz nickte düster. »Ich weiß.«

»Er ist bei den anderen Sonnengeborenen verhaßt. Ich kann mir nicht vorstellen, wie seine Stammesältesten je eine Verbindung mit einer Tochter der Sonnengeborenen zustande bringen sollen. Und du, mein lieber Bruder, du unterstützt noch Tharons Schwächen. Nach jedem Kampfgang bringst du ihm kleine Geschenke. Damit hilfst du ihm überhaupt nicht.«

»Wir brauchen den Häuptling auf unserer Seite. Tharon wird nicht ewig bleiben, aber wir gefährden das Häuptlingtum, wenn wir nicht –«

»Wir können alle nur beten, daß Tharon nicht ewig bleibt. Je eher er geht, desto besser.«

Bei diesem scharfen Ton wandte Dachsschwanz den Kopf. Rotluchs hielt seinem Blick nur kurz stand, dann sah er beschämt zur Seite. Rotluchs, vor zwei Monden erst achtundzwanzig geworden, sah viel älter aus. Die tiefen Falten in den Augenwinkeln verliehen seinem gut geschnittenen ovalen Gesicht einen gewissen Ernst – im Unterschied zu Dachsschwanz, dessen Krötengesicht immer albern zu grinsen schien, auch wenn er ernsthaft dreinschaute.

Wie sein Bruder Rotluchs hatte auch Dachsschwanz Muschelperlen in die Stirnhaare geflochten. Ihre Schädel waren bis auf einen borstigen Kamm in der Mitte kahl rasiert. Nußgroße Ohrspulen aus Kupfer, ein Zeichen von Reichtum und Ansehen, steckten in den geweiteten Ohrläppchen, und ihre

Körper schmückten zahlreiche Tätowierungen. Über Dachsschwanz' Wangen zogen sich die Konturen blauer Spinnen; Brust, Arme und Beine waren von schwarzblau verschlungenen Linien bedeckt. Er trug ein Kriegshemd in leuchtenden Farben, von Cahokias Meisterwebern gewebt und gefärbt. Schwere Halsbänder mit erlesenen Muschelperlen, die Insignien seines schwer erarbeiteten Ranges, schlangen sich um seinen Hals.

Rotluchs' Stirn zierten rote konzentrische Vierecke. Auf seinem Kriegshemd war das Symbol seiner persönlichen Macht zu sehen: das rote Abbild eines zähnefletschenden Wolfes. Halbverhüllt von dem schönen Stoff, blitzte der Halskragen aus Seemuscheln mit darin eingeflochtenen Spechtköpfen hervor, dem Zeichen des Specht-Krieger-Stammes.

Dachsschwanz strich mit den Händen über seine Brust. Sacht liebkoste er das grüne Bildnis eines Falken. Die davon ausstrahlende Kraft ließ seine Fingerspitzen prickeln. »Ich kann den Befehl nicht verweigern, Rotluchs. Was soll ich deiner Meinung nach tun? Soll ich einen Umsturz unterstützen – und den Zorn des Häuptlings Große Sonne auf uns alle ziehen?«

»Nein, Bruder. Du sollst deine Sachen packen und nach diesem Kampfgang mit mir weggehen. Mondsamen ist bestimmt damit einverstanden. Sie ist eine gehorsame Frau. Wir können es schaffen, Dachsschwanz! Dann müßte keiner von uns jemals wieder den Befehlen dieses Narren gehorchen.«

»Wohin sollen wir denn gehen?« fragte Dachsschwanz mit düsterer Stimme.

»Irgendwohin. Der Ort spielt keine Rolle.«

Sollte Kerans großes Erbe auf diese Weise auseinanderfallen? Dachsschwanz' muskulöse Hände umklammerten das Holz des Paddels. Keran, Tharons legendärer Großvater, hatte die kleinen Häuptlingtümer mit Klugheit und List, diplomatischem Geschick, Tauschhandel, wohlüberlegten Eheschließungen und natürlich mit Hilfe des Specht-Stammes – den Elitekriegern, zu denen nur die Nachkommen einer Verbindung von Nichtadeligen mit den Sonnengeborenen gehörten, Männer wie Dachsschwanz und Rotluchs – zusammengeschweißt.

Keran war es gelungen, mit Neid und Mißgunst fertig zu werden. Er machte Cahokia zum Mittelpunkt seines Machtbereichs. Von Cahokia aus herrschte er nicht nur über den Vater der Wasser, sondern auch über die Mutter der Wasser und die Flüsse der Mondwasser. In den meisten Fällen war es Keran gelungen, die anderen Hügeldörfer durch gutes Zureden, Drohungen, Bestechung oder Schmeicheleien in seinen Bund einzugliedern. Glückte ihm das nicht, zwangen seine Krieger unter der Führung des Specht-Stammes die aufsässigen Häuptlinge, sich ihm zu unterwerfen. Häufig nötigte er sie zu für ihn vorteilhaften Ehen. So wurden verwandtschaftliche Bande mit allen damit verbundenen Verpflichtungen geknüpft.

Seit zwei Generationen regierten die Sonnengeborenen das Häuptlingtum und verheirateten ihre jungen Männer mit den Töchtern der anderen Führer der Hügeldörfer, um die Stammes- und Familienbande zu festigen. Und seit zwei Generationen befuhren die schweren Kanus der Händler die Gewässer vom einen Ende des Landes bis zum anderen und brachten die verschiedensten Reichtümer mit: Muschelschalen und Haifischzähne aus dem Meer im Süden; Bisonhäute aus den fernen Ebenen im Westen und Obsidian aus den weit hinter den Ebenen liegenden Bergen. Die Händler schafften sogar riesige Schneckenhäuser aus den Meeren im Südosten herbei. Schwer beladene Kanus transportierten Mais in Gegenden, in denen die Ernte schlecht ausgefallen war. Roter Tonstein und Steatit wurden von den Nadelwäldern heruntergebracht, Kupfer von den Westufern der Großen Seen im Norden herbeibefördert. Die tributpflichtigen Dörfer im Süden lieferten Glimmer, ebenso Flußspat, Schwerspat und Salz. Aus den fernen Gegenden der Mondwasser kamen Granit, Gneis und Schiefer für Schlegelköpfe, Faustkeile, Keulen und Axtköpfe. Aus dem Land im Westen hinter den Pretty Mounds stammten Ocker, Hämatit und Galenit. Von den eine Mondreise entfernt im Südwesten liegenden Bergen brachte man große Quarzkristalle.

Die Handwerker von Cahokia bearbeiteten die Rohmaterialien und fertigten daraus phantastische Muschelperlen und

Netze, webten Stoffe aus Linden- und Pappelrinde. Aus Wildkräuterhalmen schufen sie seidenweiche Tuche und färbten sie in den leuchtenden Farben des Regenbogens. Pfeifen, deren Steinköpfe zu schönen Figuren geformt waren, und feinste Keramikgefäße wurden hergestellt. Über den Tauschhandel kamen auch die Häuptlingtümer in der Umgebung in den Genuß dieser hochwertigen Luxusgüter.

Durch Kerans visionäre Weitsicht hatten sie so viel gewonnen. *Soll das alles zu Ende gehen? Konnte Dachsschwanz einfach davonlaufen und den Enkel des großen Keran in diesen schrecklichen Zeiten voller Mißernten im Stich lassen?*

Die Paddel schlugen im Takt mit dem klagenden Lied einer Flöte klatschend ins Wasser. Die Töne steigerten sich gespenstisch über dem breiten See. Ein paar Krieger sangen, ihre Stimmen hoben und senkten sich in einer betörenden, von den steilen Ufern widerhallenden Melodie.

Wir beten um den Sieg, Donnervogel. Laß uns siegen, siegen, siegen. Laß uns sterben und wiedergeboren werden, laß uns sein wie der Blitz. Wir durchbrechen die große Dunkelheit, stürzen uns mitten in sie hinein.
Laß unsere Pfeile den Weg in die Herzen unserer Feinde finden, so wie du den Blitz in die Brust von Mutter Erde treibst.
Laß uns siegen, Donnervogel, siegen, siegen …

Die Worte hafteten wie Harz in Dachsschwanz' Bewußtsein. Siegen? Über was? Über wen? Sein Gesicht verfinsterte sich. Vor ihnen, noch außer Sicht, lagen die strohgedeckten Häuser der Fluß-Hügel. Die Dorfbewohner würden bald erwachen, Mahlzeiten zubereiten und ihre Gebete zum Morgengesicht von Vater Sonne sprechen.

Rotluchs hat recht. Wie kannst du gegen deine Überzeugung in diesen Kampf ziehen? Du weißt, daß es falsch ist. Das sind keine Feinde! Was ist mit uns geschehen, daß wir unsere eigenen Leute angreifen?

Dachsschwanz und Rotluchs hatten Verwandte, Angehörige des Kürbisblüten-Stammes, in den Fluß-Hügeln. Ihre Urgroßmutter stammte aus diesem Dorf.

Als sich Dachsschwanz nach den Rudernden hinter ihm umdrehte, fing er Heuschreckes harten, unversöhnlichen Blick auf. Sie war vierunddreißig Sommer alt, und ihr schmales, spitzes Gesicht mit den schwarz funkelnden Augen erinnerte an das einer Feldmaus. Ihr schwarzes Haar war kurz geschnitten und reichte fast auf die Schultern ihres Kriegshemdes. Sie waren zusammen aufgewachsen, gemeinsam Zeugen der Ermordung ihrer Familien geworden; sie hatten mit ansehen müssen, wie ihr Zuhause verwüstet wurde, noch bevor sich Kerans Vision vom Frieden endlich erfüllte. Heuschrecke kannte Dachsschwanz besser als er sich selbst. Vor langer Zeit, als sie beide noch jung und unbesonnen gewesen waren, hatte er sie heiraten wollen. Doch sie waren eng verwandt, und daher war eine Heirat undenkbar.

Inzwischen hatte Heuschrecke einen Berdachen geheiratet, wie es sich für einen Krieger ihrer Stellung geziemte. Eine Ehe mit einem Mann hätte sie erniedrigt und ihr die traditionelle Frauenrolle aufgezwungen: Sie hätte kochen, putzen und Kinder gebären müssen.

Wie bei allen Dingen bestimmte auch darüber der Stammesverbund. Die alten Frauen entschieden nicht nur, was gepflanzt wurde und wer die Felder zu bestellen hatte, sondern bestimmten auch über die Heirat eines Mannes. Dachsschwanz' Großmutter merkte, wie sehr er sich von seiner Cousine Heuschrecke angezogen fühlte, und nahm die Sache in die Hand. Auf ihre Anordnung hin mußte er Zwei Fäden vom Hirschknochenrassel-Stamm heiraten. Seine Großmutter und seine Großtante arrangierten die Ehe; beide besaßen sehr viel Einfluß innerhalb des Stammesverbandes. Da sich Dachsschwanz inzwischen einen Namen als Krieger gemacht hatte, konnte der dringende Wunsch des Kürbisblüten-Stamms, eine durch Verwandtschaft besiegelte Handelsbeziehung mit den Flying Woman Mounds im Westen zu knüpfen, durch diese Heirat in die Tat umgesetzt werden.

Die Erinnerung daran empfand Dachsschwanz in seinem Innern wie das Kratzen wilder Rosen auf nackter Haut. Begleitet von mehreren Angehörigen seines Stammes, war er mit einem der schweren Handelskanus zur Mündung des Moon River gefahren. Er mußte sich tüchtig ins Zeug legen und das schwere Kanu aus Pappelholz zwei Wochen lang flußaufwärts bis zu den Flying Woman Mounds rudern. Das Gewicht des Bootes wurde noch gesteigert durch den Brautpreis, den er in Waren hinter sich gestapelt hatte.

Deutlich erinnerte er sich an Zwei Fädens Gesichtsausdruck: mürrisch und mißtrauisch. Sie war verstimmt, weil sie einen so häßlichen Krieger wie ihn heiraten mußte, während sich ihr Herz nach einem anderen sehnte. Trotzdem hatte Dachsschwanz seine Pflichten erfüllt; er hatte eine Vegetationsperiode lang auf ihren Feldern gearbeitet, in ihrem Haus gewohnt und sich um ihren kleinen Sohn gekümmert.

Und dann ging ich fort. Tief tauchte er das bemalte Paddel in das Wasser und trieb das Kriegskanu mit kräftigen Schlägen voran. Das langweilige, im Sinne der Tradition geführte Leben in den Flying Woman Mounds war nichts für ihn gewesen. Nicht nach all den Aufregungen im geschäftigen Cahokia. Ein Jahr nach seinem Weggang von Zwei Fäden und seiner Rückkehr nach Cahokia war ein junger Mann vom Hirschknochenrassel-Stamm mit der Nachricht gekommen, Dachsschwanz sei geschieden – damit aber der Vorteil der verwandtschaftlichen Beziehung zwischen den beiden Stämmen bestehenblieb, an denen allen so viel gelegen war, erklärte sich der junge Mann bereit, Dachsschwanz als seinen Bruder zu »adoptieren«.

So waren letzten Endes alle zufrieden. Doch Dachsschwanz gelang es nie, sich ganz mit Heuschreckes Heirat abzufinden. Zwar tröstete ihn der Gedanke, daß sie glücklich war, über vieles hinweg, aber sie hatte einen *Berdachen* geheiratet: eine Frau im Körper eines Mannes. Körperlich gesehen war Primel ein Mann, aber er hatte eine weibliche Seele und trug sein Haar lang und geflochten wie eine Frau. Außerdem hüllte er sich in Frauenkleider. Primel kümmerte sich um Heuschreckes Haus, bestellte zusammen mit den anderen Frauen die Felder und war ihr Geliebter ... Jedoch hatte Primel in den fünfzehn Zyklen, die beide verheiratet waren, noch keine Kinder in Heuschreckes Schoß gepflanzt.

Dachsschwanz begriff das nicht. Vielleicht hatte ein Mann

mit einer weiblichen Seele keinen Samen. Wer konnte das schon wissen?

Seine verzehrende Leidenschaft für Heuschrecke hatte er inzwischen fast überwunden. Das alte Feuer flammte nur noch selten auf. Manchmal, wenn sie genügend Zeit und Muße hatten und im Lager miteinander lachten und redeten, flackerten die Funken der Leidenschaft erneut auf. Doch hätte er dies niemals zugegeben. Sie liebte Primel, und Dachsschwanz wollte mit seinen selbstsüchtigen Wünschen ihr Glück nicht stören.

Trotz seiner heimlichen Sehnsucht nach ihr war Heuschrecke im Laufe der Jahre seine beste Freundin geworden. Ihre Nähe besänftigte die tief in seinem Innern lauernde Unruhe.

Dachsschwanz tauchte sein Paddel ein; das Kanu glitt nun dicht am Ufer entlang. Das dunkle Wasser kräuselte sich glitzernd im Kielwasser seines Bootes. Die hinter ihm flüsternden Stimmen der Krieger vermischten sich mit dem leisen Plätschern der Wellen. Nur gelegentlich schnappte er ein paar Worte auf. Irgendeiner prahlte, was für ein Hochgenuß es sein würde, ein Messer tief in die Gedärme von Jenos zu stoßen und zu spüren, wie das Leben des Mondhäuptlings verlöschte. Ein anderer lachte und äußerte sich in an Deutlichkeit nicht zu überbietenden Worten, was er mit den in Gefangenschaft geratenen Frauen alles anzustellen gedachte.

Dummköpfe. Glaubten sie tatsächlich, Nachtschatten würde tatenlos zusehen, wie wir ihr Zuhause zerstören? ... Und anschließend widerspruchslos Tharons Befehl gehorchen und mit uns nach Cahokia zurückkehren?

Falls Nachtschatten von Tharons Absichten wußte, verständigte sie mit Sicherheit Hagelwolke, Jenos' listigen und gefährlichen Kriegsführer. Früher, in besseren Tagen, hatte Hagelwolke Dachsschwanz einmal aus einer furchtbaren Niederlage befreit und ihm das Leben gerettet. Sie hatten alle Härten eines Kampfverlaufs geteilt, und eine auf beiderseitiger Hochachtung basierende Freundschaft hatte sich zwischen ihnen entwickelt. Auch diese Freundschaft würde nun zu Ende gehen.

Dachsschwanz schnitt den verblassenden Sternenungeheuern eine Grimasse. Das Gesicht der Gehenkten Frau wurde mit jedem Augenblick weniger – wie seine Selbstachtung.

Wie viele Dörfer hatte er im letzten Zyklus überfallen? Er kannte die Gründe, wußte, warum er tötete und entführte, trotzdem machte es seine Seele krank. Das Tributsystem, zum Funktionieren der Gesellschaft unerläßlich, war vor Hunderten von Zyklen eingeführt worden, lange bevor Dürre und Hunger das Land heimsuchten. In der guten alten Zeit, als die Erste Frau noch ihre schützende Hand über sie hielt, konnten es sich die Dörfer leisten, die Hälfte ihrer Mais- und Kürbisernte abzuliefern, um die vom Sonnenhäuptling in Cahokia verwalteten Handels- und Verteilungssysteme zu unterstützen. Aber wie konnte Tharon in diesen schweren Zeiten von den kleineren Dörfern verlangen, dieselbe Menge abzuliefern wie zuvor? Besonders, da die »Verteilung« zum Erliegen gekommen war, weil Tharon die Ernten vollständig für die Ernährung der inzwischen zehntausend Einwohner von Cahokia benötigte. Und diese Zahl nahm noch ständig zu.

Die Erste Frau hat uns den Rücken gekehrt.

Dachsschwanz erinnerte sich der dunklen Tage, an denen Winterjunge Schnee über das Land geatmet hatte und er von den Schießplattformen der Palisaden aus beobachten mußte, wie Tausende von Menschen herbeiströmten und ihre Schüsseln gegen die Wände schlugen und um Mais bettelten, damit sie ihre Kinder ernähren konnten.

»Tribut!« zischte Rotluchs, als könne er in Dachsschwanz' Seele lesen. »Wie kann Tharon es wagen, sein Tun immer noch so zu bezeichnen?«

»So wurde das System immer genannt.«

»Ja, aber in den Zeiten, als der Häuptling Große Sonne noch die Macht besaß, die Leute zu schützen, war das auch gerechtfertigt. Doch jetzt? Jetzt wäre Bestechung das treffende Wort. Die Leute bezahlen Lösegeld, damit *wir* sie nicht angreifen, Bruder. Hast du vergessen, daß wir unsere Schwesterdörfer einmal gegen Außenstehende *verteidigt* haben? Hast du das wirklich vergessen? Kerans Traum ist tot. Sie sind nicht mehr länger unsere Schwestern. Wir sind Schlangen!«

Am Ufer ertönte der Schrei einer einsamen Eule, kurz darauf

flatterten dunkle Flügel über das Wasser. Dachsschwanz beneidete den Vogel um seine Freiheit, einen Augenblick lang schmerzte seine Seele.

Er konnte nicht einfach fliehen, das Häuptlingtum brauchte ihn. Tausende von Menschen vertrauten auf seine Fähigkeit, die Ordnung aufrechtzuerhalten. Wohin sollte er auch gehen? Er spielte mit dem Paddel, ruderte nur halbherzig und lauschte im heraufdämmernden Tag den süßen Tönen der Flöte.

Er hatte an Hunderten von Lagerfeuern gesessen und von seinen Erlebnissen weit im Südwesten im Verbotenen Land erzählt, wo die Menschen Mais auf den Felsklippen anbauten und in steinernen Palästen wohnten. Er selbst hatte Nachtschatten Geschichten von den in der mit Kakteen, Salbei und Beifuß bewachsenen Wüste umherstreifenden Göttern erzählen hören. Manchmal lebte er in seinen Träumen in diesen Wüsten – frei wie die Adler, die sich über die roten Felsklippen schwangen.

Nachtschatten – ihre geheimnisvolle Erscheinung ließ ihn nicht los. Die schöne Nachtschatten – unheimlich, furchteinflößend. Tapfere Männer senkten flüsternd die Stimmen, wenn sie ihren Namen aussprachen. *Und ich legte sie einmal über meine Schulter und trug sie fort. Warum sind unsere Wege miteinander verknüpft wie das Webmuster eines Tuches?*

Rasch verdrängte er diesen beunruhigenden Gedanken. »Tharons Versessenheit auf die Gegenstände der Mächte macht mir weit größere Sorgen als der ausstehende Tribut, Rotluchs. Was denkt er sich nur dabei, wenn er jedes Machtbündel stehlen läßt und jede Ohrspule besitzen muß, von der irgendwann einmal irgend jemand behauptet hat, eine Macht wohne in ihr? Das ergibt überhaupt keinen Sinn.«

Rotluchs warf ihm einen erstaunten Blick zu. »Für mich schon. Er versucht, sämtliche Mächte der Welt bei sich anzuhäufen.«

»Aber warum? Fühlt er sich bedroht, wenn Schamanen und Priester diese Gegenstände in ihrem Besitz haben? Was will er mit einer solchen Fülle von Macht?«

»Wer weiß? Vielleicht versucht er zu lernen, wie man in die Unterwelt eintaucht.«

Dachsschwanz unterdrückte einen Schauder. Viermal in einem Zyklus füllten die Sternengeborenen, die Priester und Priesterinnen des höchsten Rangs, ihre schwarzen Quellgefäße mit heiligem Wasser und tauchten in den Quell der Ahnen. Sie schwammen durch die trügerischen Schichten der Illusion, die die Erste Frau wob, damit die Unwürdigen nicht in die pechschwarze Höhle ihres Baumes eindringen konnten. Die Erste Frau kannte die magischen Lieder, die es Vater Sonne und Mutter Erde auch in Zukunft ermöglichten, eine glückliche Ehe zu führen. Ohne diese Lieder würde Mutter Erde zunehmend einsamer werden und in ihrer Verzweiflung die Ernten vertrocknen lassen.

Das Häuptlingtum hatte während vieler Zyklen unter dem vollen Ausmaß von Mutter Erdes Unzufriedenheit zu leiden gehabt. Es gab fast kein Großwild mehr. Als er fünf Sommer alt gewesen war, hatte er zum letztenmal einen Wapiti gesehen – und in den alten Geschichten hieß es, es habe einmal eine Zeit gegeben, zu der Millionen dieser Tiere die Prärien bevölkerten.

Der alte Murmeltier hatte einmal gesagt, alles sei Nachtschattens Schuld. Sie habe damit begonnen, *Tod* und nicht Leben in die Gefäße zu hauchen. Er behauptete damals, Nachtschatten habe mit Hexerei den Zugang zur Unterwelt versperrt, und er könne die Schichten der Illusion nicht mehr durchdringen, um in der Unterwelt zur Ersten Frau zu finden. Vielleicht war Rotluchs' Vermutung gar nicht so abwegig. Wollte Tharon es selbst versuchen? Jemand mußte etwas unternehmen – und zwar schnell. Oben im Hochland waren Eichen und Hickorybäume fast völlig verschwunden. Im Frühling traten Flüsse und Bäche über die Ufer und überschwemmten die Äcker. Die Pflanzen verkümmerten. Die Maisfelder waren nicht ergiebig genug, um die vielen tausend hungrigen Mäuler zu stopfen. Der alte Murmeltier hatte erklärt, Mutter Erde sei in Verzweiflung versunken.

Als die Flotte eine Biegung umrundete, erstarb die betörende Melodie der Flöte. Lauschend neigte Dachsschwanz den Kopf. Die schwachen Geräusche des erwachenden Dorfes drangen zu ihm herüber.

»Was meinst du? Ob Jenos wohl argwöhnt, daß Tharon tausend Krieger losgeschickt hat, um ihn zur Übergabe des Tributs zu ›ermuntern‹?« Rotluchs' Stimme klang bitter.

»Wenn Nachtschatten Bescheid weiß, dann auch Jenos.«

Rotluchs überlief ein Frösteln; erschrocken hob er das Paddel halb aus dem Wasser. »Willst du damit sagen, sie hat unser Kommen vorausgesehen? Glaubst du, sie weiß von Tharons Befehl, sie nach Cahokia zurückzuschleppen? Wenn du davon wirklich überzeugt bist, laß uns schleunigst umkehren und nach Hause zurückfahren!«

»Mit letzter Gewißheit wissen wir gar nichts. Seit Murmeltiers Tod gibt es in Cahokia keinen Priester mehr, der die Macht besitzt, seine Seele schwimmen zu lassen und zu erkennen, was Nachtschatten vorhat. Wie dem auch sei, bald wissen wir Bescheid.«

»Ja, sobald die Pfeile von Hagelwolkes Kriegern über die Palisadenwände schwirren und sich in unsere Körper bohren. Ich habe Hagelwolke gern, ich will nicht gegen ihn kämpfen. Dachsschwanz, das Ganze ist Wahnsinn!« Aufgebracht drosch Rotluchs mit seinem Paddel an die Seitenwand des Kanus.

Betont ruhig antwortete Dachsschwanz: »Ja, ich weiß, Bruder.«

Die Krieger starrten sie neugierig an. Dachsschwanz bemerkte es und murmelte unhörbar etwas vor sich hin, dann stieß er sein Paddel wieder energisch in das ruhige Wasser.

Er konzentrierte seinen Blick auf den Horizont. Blauviolettes Leuchten überflutete den Himmel und ergoß sich über das Land, tauchte das vor ihnen liegende Ufer in unwirkliches Licht. »Da vorn«, befahl er und deutete auf eine Stelle auf dem schimmernden Ufersand. »Dort legen wir an.«

Beim Knirschen des auf Grund laufenden Bugs sprang er in das kalte Wasser. Die anderen folgten ihm und halfen, den schmalen Rumpf auf den Sand zu ziehen.

Die Kanus landeten nebeneinander. Die Krieger griffen zu ihren Waffen und hängten sich die bunt bemalten Köcher über die Schultern. Lautlos wie Gespenster verschmolzen sie mit dem Licht der Morgendämmerung und begannen nach Dachsschwanz' Plan das Dorf zu umstellen.

Er beobachtete das Ausschwärmen von Waldmurmeltiers Kriegern, zählte sie und prägte sich ihre Positionen ein. Erst dann bückte er sich und hob seine Waffen auf. Sein Köcher erschien ihm schwerer als sonst. Sorgenvoll hakte Dachsschwanz seinen Bogen in den um seine Hüfte geschlungenen Lederriemen ein.

Kämpfe nicht gegen mich, Jenos. Hagelwolke mag ein so guter Krieger sein, wie er will, ich werde gewinnen, und du weißt das. Gewähre mir einen anständigen Ausweg aus diesem Irrsinn!

»Heuschrecke!« rief Dachsschwanz. Sie trat neben ihn und straffte sich unter seinem Blick. Dachsschwanz zeigte auf die Hügel. »Rotluchs und ich gehen allein. Du und deine Männer, ihr wartet hier, bis ich mein Zeichen gebe. Du kennst den Plan.«

»Gut.« Heuschrecke deutete auf eine kleine Erhebung am Ufer. »Dort warte ich.« Sie winkte ihren Männern, ihr in die düsteren Schatten des Ufers zu folgen.

Dachsschwanz blickte gen Osten und verzog unwillig das Gesicht. Seine Beine waren wie gelähmt. Er mußte sich zwingen, den Hang zum Dorf hinaufzusteigen. Reif überzog die dürren Grashalme, die seine feuchten Fellstiefel niedertraten. Ihm blieben noch zwei Finger Zeit, bevor Vater Sonne über dem Horizont auftauchte. Das mußte reichen. Die Befehle des Sonnenhäuptlings waren eindeutig und unmißverständlich. Dachsschwanz und seine Flotte hatten morgen wieder in Cahokia zu sein, und zwar *mit dem geforderten Tribut.*

Rotluchs stapfte mit widerwillig verzogenem Gesicht neben ihm her, doch seinen Abscheu trug er stolz wie ein Ehrenzeichen. Sie stapften mit ihren fransenbesetzten Stiefeln über den feuchten Boden und erklommen den Hang. Oben angekommen, traten sie auf die offene, mit winterdürrem Gras bewachsene Ebene hinaus. Dachsschwanz überlief eine Gänsehaut. Auf dem Weg bis zur Palisade waren sie völlig ungeschützt und somit leicht verwundbar. Das sich dunkel von der Wand abhebende Haupttor wirkte trutzig und gefährlich. Dachsschwanz streckte die Hände aus und drehte die Handflächen nach oben. So zeigte er Jenos, daß er ein letztes Mal gekommen war, um mit ihm zu reden.

Die Palisaden aus senkrecht in die Erde gerammten Pfählen erhoben sich zwanzig Hand hoch um die Mitte des Dorfes. Die Wand hatte man mit einer dicken Lehmschicht bestrichen, die zum Schutz gegen Feuer, Insekten und Fäulnis hart gebrannt worden war. Dachsschwanz wußte, weiter vom Seeufer entfernt, auf der Westseite von River Mounds, befanden sich die Häuser der Nichtadeligen. Weder Berufskrieger noch Palisaden schützten sie, aber zweifellos hatte sich jeder Mann mit einer Keule oder einem Bogen bewaffnet. Er hoffte, sie hatten ihre Ankunft bemerkt und waren in die Hügel geflohen.

»Da oben sind sie«, warnte Rotluchs und machte eine Kopfbewegung zu den über die gesamte Länge der Palisade errichteten Schießplattformen.

»Ich sehe sie.«

Über den zugespitzten Enden der Pfähle leuchteten die hellen Flecken der Gesichter auf. Jede Plattform war von vier Kriegern besetzt; das bedeutete insgesamt an die sechshundert. Weitere Krieger warteten hinter der Palisade. Die fünfundvierzig Erdhügel des Dorfes boten ihnen gute Deckung. Dachsschwanz schätzte die Gesamtzahl der bewaffneten Gegner auf ungefähr achthundert: verzweifelte Männer und Frauen, die diesen Kampf unbedingt gewinnen mußten, um ihre Familien für den Rest des Winters ernähren zu können.

Er blieb stehen und rief zu der über dem Haupttor befindlichen Plattform hinauf: »Anführer Dachsschwanz wünscht, den Häuptling Großer Mond zu sprechen. Empfängt er heute seine Verwandten mit offenen Armen?«

Jenos' heisere Stimme antwortete: »Befiehlt der finstere Cousin meines Vaters seinen Kriegern, bis zum Ende unserer Unterredung die Bogen niederzulegen?«

Rotluchs schnaubte empört: »Dieser alte Bärenköder!«

Dachsschwanz lächelte grimmig über Jenos' beleidigende Worte. Im Häuptlingtum richtete sich der Verwandtschaftsgrad nach der weiblichen Linie. Ein Mann gehörte dem Stamm seiner Mutter an und erzog die Kinder seiner Schwester. Heiratete er, siedelte er ins Haus seiner Frau über und arbeitete auf den Feldern ihres Stammes. Im Haushalt seiner Frau besaß er keinerlei Mitspracherecht. Er durfte nicht mit seiner Schwiegermutter reden, sondern mußte ihr nach Möglichkeit aus dem Wege gehen, ja, es war ihm sogar verboten, ihr in die Augen zu sehen.

Den Kriegerstämmen gehörten nur Männer und Frauen an, die der Verbindung Sonnengeborener mit Nichtadeligen entsprossen. Auch Dachsschwanz' Mutter hatte sich mit einem Sonnengeborenen, seinem Vater, gepaart. Doch Jenos spielte mit seinen Worten darauf an, daß niemand der Behauptung von Dachsschwanz' Mutter Glauben schenke – falls sein Vater tatsächlich kein Sonnengeborener gewesen war, würde dies Dachsschwanz den Status und sämtliche Privilegien eines Kriegers kosten.

Dachsschwanz rief: »Der finstere Cousin wird diesen Befehl erteilen – für eine Hand Zeit. Länger nicht. *Wenn* du für denselben Zeitraum für die Sicherheit meiner Leute garantierst.«

»Gut, damit bin ich einverstanden.«

Wachsam drehte sich Dachsschwanz um und gab Heuschrecke ein Zeichen, die Waffen niederzulegen. Während der langen gemeinsamen Kriegsjahre hatte sie ihn nie im Stich gelassen. Beruhigend berührte Dachsschwanz Rotluchs an der Schulter und trat auf das Tor zu. Er hörte, wie seine Kriegsführer hintereinander mit den Stimmen ihrer Geisterhelfer – Eule, Falke, Wolf – das Signal riefen, daß sie die Bogen niedergelegt hatten.

Das Tor öffnete sich und gab den Blick auf drei Kriegerreihen frei, die mit schußbereiten Bogen auf der Erde knieten. Dachsschwanz und Rotluchs streckten ihnen die offenen Handflächen entgegen und gingen beherzt auf sie zu.

Aus der ersten Reihe lösten sich vier Männer und eine Frau, umringten sie und drängten sie auf einen schmalen, sich durch das Dorf schlängelnden Pfad. Jenos nahm einen anderen Weg. Dachsschwanz' Argwohn war geweckt. Warum? War es eine Falle? Oder wollte Jenos unbedingt vor ihm am Treffpunkt sein, um ... ja, um was?

Die grasbewachsenen, aus Erde aufgeschichteten Hügel erhoben sich dunkel vor dem zarten Leuchten der Dämmerung. Jeder Hügel wurde von gekalkten Mauern gekrönt, über denen sich strohgedeckte Dächer deutlich gegen das Morgenlicht abhoben: die stolzen Häuser der Elitestämme. Wie viele dieser Häuser würden noch stehen, wenn sich die Nacht über das geschundene Land senkte?

Sein Volk baute die Hügel in drei verschiedenen Formen: oben abgeflachte Hügel, abgeschnittenen Pyramiden ähnlich, auf denen die bedeutendsten Gebäude, die Tempel und die Häuser der Elite, standen; kegelförmige Hügel, in denen die größten Anführer begraben wurden; und Hügel mit einem scharf verlaufenden Grat, die zur Markierung der Dorfgrenzen und als Grabstätte für besonders hervorragende Krieger dienten, die von ihrer letzten Ruhestätte aus auf ewig das Dorf bewachten. Dachsschwanz' Blick schweifte anerkennend von den Hügeln zu den silbernen Teichoberflächen. Trotz seiner Anspannung war er für die fast überirdische Schönheit der Umgebung empfänglich. Der Anblick beruhigte und tröstete ihn.

Zu Anbeginn der Zeit hatten Mutter Erde und Vater Sonne geheiratet. Durch eine Katastrophe wurden sie auseinandergerissen und Vater Sonne in den Himmel geschleudert. Seitdem versuchte Mutter Erde angestrengt, sich neue Formen zu schaffen, um Vater Sonne am Himmel berühren und ihr Verlangen nach ihm stillen zu können. Nach der Geburt der Ersten Frau und des Ersten Mannes befahlen diese allen ihren Nachkommen, Mutter Erde bei ihren Anstrengungen zu helfen. Mehr als dreihundert Zyklen lang hatte Dachsschwanz' Volk Körbe voller Erde auf den Rücken geschleppt, sie zu riesigen Hügeln aufgeschüttet und versucht, die unendliche Kluft zwischen Mutter Erde und Vater Sonne zu überbrücken.

Die Wachen führten sie am letzten Lehmhaus der Handwerker vorbei über den zentralen Platz, auf dem die hohen Pfähle standen, deren Spitzen jeweils ein geschnitztes Stammestotem zierte. Beim Überqueren des quadratischen Platzes wurden sie von ängstlichen, in farbenprächtige Stoffe gekleideten Menschen beobachtet. Im vergangenen Sommer – vor nicht mehr als neun Monden – hatte er auf ebendiesem Platz im Stabwurfspiel gegen Jenos' Meisterspieler Malve seine Geschicklichkeit gezeigt und als Wetteinsatz einige von Tharons besten Waren aufs Spiel gesetzt.

Wie konnte seine Welt nur so aus den Fugen geraten sein?

Vor ihnen erhob sich der höchste Hügel des Dorfes, der Tempelhügel. Dachsschwanz stieg die in die steile Rampe eingelassene Holztreppe hinauf. Nachdem er die Hälfte der Treppe hinter sich gebracht hatte, sah er den Tempel. Er maß zweihundert Hand Länge und fünfzig Hand Breite. Das spitz zulaufende Dach ragte fünfzig Hand hoch.

Neben Rotluchs durchschritt er das Tor der letzten schützenden Umzäunung. Sie überquerten einen freien Platz und gingen am Totempfahl vorbei, der so hoch war wie zehn einander auf den Schultern stehende große Männer. Die am Fuß des Pfahls liegenden Opfergaben dienten dazu, den an der Spitze eingeschnitzten Geisterhelfer, die Spinne, zu besänftigen.

Vor dem Haupteingang des Tempels erwartete sie Malve. Hinter ihm standen zwei muskulöse Männer, die sich zu beiden Seiten des Tempelportals postiert hatten. Die Männer trugen die prunkvollen Gewänder der Tempelwachen. Schmale Dreiecke aus gehämmertem Kupfer bedeckten ihre Arme und das Oberteil ihrer roten Gewänder. An ihren Gürteln hingen mächtige Keulen aus Hartholz.

In Malves Obsidianaugen glomm Wiedererkennen auf. Waren die warmen Sommernächte, in denen sie miteinander gespielt und geredet hatten, bereits verblassende Erinnerung?

Malve versperrte Dachsschwanz mit seiner Lanze den Weg. Die Morgenbrise trug den Rauchgeruch der im Innern des Tempels brennenden heiligen Feuer herbei.

»Halt, Kriegsführer von Cahokia. Mein Befehl lautet, dir zu sagen, du sollst dich deiner Waffen entledigen.«

Unwirsch schob Rotluchs das Kinn vor. »Warum? Führer Dachsschwanz hat sein Wort gegeben, daß bis zum Ende seiner Unterredung mit dem Häuptling Großer Mond kein Bogen erhoben wird. Zweifelt Jenos an seinem Wort?«

»Du kannst ihn selbst fragen – sobald ihr euch eurer Waffen entledigt habt.«

»Du verlangst, daß wir außer Sichtweite unserer Truppen unbewaffnet in euren Tempel gehen? Ha!«

»Tu, was er sagt«, wies ihn Dachsschwanz an. »*Ich* vertraue dem Häuptling Großer Mond.« Er schwieg einen Moment. »Und ich vertraue Malve. Er ist ein Mann von Mut und Ehre.«

Ein Leuchten flackerte über Malves steinerne Miene.

Rotluchs' Augen blitzten auf. »Dachsschwanz! Wir können nicht – «

»Gehorche. Sofort.«

Widerwillig nahm Rotluchs Köcher und Bogen ab, küßte die Waffen und legte sie behutsam an Mutter Erdes Busen. Dachsschwanz legte seine Waffen neben die von Rotluchs. Anschließend trat er einen Schritt zurück und zog seinen Bruder am Arm mit sich. »Das sind alle unsere Waffen.«

Malve, der größer war als Dachsschwanz, musterte ihn mißtrauisch von oben bis unten. Kleine Knopfaugen glänzten in seinem runden Gesicht. »Ihr tragt keine Messer bei euch?«

Zornig trat Rotluchs einen Schritt vor. »Beleidige meinen Bruder nicht! Wenn er sagt, das sind alle unsere Waffen, dann sind es alle!«

Dachsschwanz packte Rotluchs an der Schulter und zog ihn beschwichtigend zurück. »Wir tragen keine Messer bei uns. Durchsuch uns, wenn du willst.«

Malve gab einem der Wächter ein Zeichen, ihm Rückendeckung zu geben, ging vor ihnen in die Knie und tastete ihre Arme und Beine ab. Nach gründlicher Überprüfung sagte Malve: »Geh weiter, Kriegsführer. Häuptling Großer Mond erwartet dich.«

Ehrerbietig neigte Dachsschwanz den Kopf und schritt zur Tür. Dort blieb er stehen und verbeugte sich nach Osten, Norden, Westen und Süden, blickte zum Himmel hinauf und dann zur Erde hinunter, eine Huldigung an die Sechs Heiligen, die den Wind in ihren Händen halten. Erst im Anschluß an diese Huldigung zog er vorsichtig den aus Rinde gewebten Vorhang beiseite und betrat den Tempel.

Rotluchs war ihm gefolgt und sog scharf die Luft ein. Dachsschwanz riß vor Bewunderung die Augen auf. Er war bereits vor zehn Zyklen einmal in diesem Tempel gewesen, aber an diese großartige Schönheit und Pracht hatte er sich nicht mehr erinnert.

Der dämmrige Flur erstreckte sich über fünfzig Hand, gesäumt von immer kleiner werdenden Türen, die das Auge unwiderstehlich auf den riesigen Raum am Ende lenkten, in dem Dutzende von Feuerschalen glühten. Dachsschwanz' Blick schweifte bewundernd über die glänzenden, die ganze Länge des Flures schmückenden Symbole: stilisierte Abbilder von Adler, Vater Sonne und Schlange, merkwürdige, konzentrisch angeordnete schwarze Quadrate, von Kreisen weißer Augen umringt. Überall standen reich geschnitzte Ständer, auf denen Schalen in der Form von Vogelköpfen ruhten und wunderschöne Opfergaben, herrliche Halsketten und Armbänder, lagen.

Dachsschwanz hatte wohl die Großartigkeit, nicht aber das Prickeln der Mächte in Nachtschattens Tempel vergessen. Er schüttelte den Kopf. Tharon war ein Dummkopf gewesen, sie aus Cahokia zu verbannen. In River Mounds hatte man sie mit offenen Armen aufgenommen. Nachtschattens Ruf reichte um die halbe Welt. Aber er fragte sich, wie sie damit fertig geworden war, ohne ihr Schildkrötenbündel zu leben. Der alte Murmeltier behauptete, nach Nachtschattens Verbannung habe er dem Bündel kaum noch eine Macht entlocken können; es schien, als habe sich der Geist des Bündels zurückgezogen – oder sei vor Kummer gestorben. Noch immer beehrte das Bündel den Hauptaltar in der Großen Sonnenkammer mit seiner Anwesenheit, doch Dachsschwanz konnte sich kaum erinnern, daß jemand in letzter Zeit das Bündel auch nur einmal erwähnt hätte.

»Los, komm. Wir haben nicht viel Zeit.« Dachsschwanz ging weiter, doch seine Gedanken verweilten bei Nachtschatten. War sie da? Sie mußte jetzt vierundzwanzig Sommer alt sein. Er hatte sie seit zehn Zyklen nicht mehr gesehen. Ihre Macht war mit jedem Zyklus gewachsen. Schon bei ihrer letzten Begegnung hatte sie ihn so haßerfüllt angesehen, daß er ihrem Blick nicht hatte standhalten können. In der Erinnerung daran kitzelte ein Flattern wie von Schmetterlingsflügeln seinen Magen.

Während sie weitergingen, schweifte Rotluchs' Blick durch den Flur. »Noch nie habe ich so viel Macht gefühlt«, flüsterte er. »Nicht einmal in unserem Großen Tempel.«

»In unserem Tempel lebt keine Nachtschatten, Bruder.«

»Noch nicht«, berichtigte Rotluchs bitter. »Erst wenn wir Jenos völlig ausgenommen haben.«

Dachsschwanz fühlte überall ihre Gegenwart. Ihre Seele lebte in den Zedernpfählen und durchdrang den Boden. Sie sah, hörte, *beobachtete* ihn aus jeder Faser der Schilfmattenwände. Als sie sich der inneren Kammer näherten, hörte Dachsschwanz das leise Schlagen einer Trommel. Oder war es Nachtschattens Herzschlag, der durch die Adern des Flures pulsierte? Wieder verneigte er sich vor den Sechs Heiligen, bevor er die Schwelle überschritt.

»Du bist ein kühner Mann, Führer Dachsschwanz.« Jenos' rauhe Stimme hallte durch die goldene Wärme der Halle.

Dachsschwanz konnte nirgends einen Trommler entdecken, doch das rhythmische Geräusch hielt unvermindert an und schien aus der angrenzenden Kammer zu kommen. Dachsschwanz' Blick wanderte durch den Raum. Vom mittleren Altar aus liefen Feuerschalen in zwölf Reihen strahlenförmig nach außen. Ihr warmes Licht liebkoste die Lehmwände und flackerte über die auf den weißen Lehm gemalten Ornamente.

Der Altar erhob sich vier Hand hoch und maß zwanzig Hand im Durchmesser. Drei Stufen führten über das heilige Piedestal zum heiligen Altar. Die aus dem Stamm einer längst ausgestorbenen Zypressenart geschnitzten hellroten, purpurfarbenen und gelben konzentrischen Kreise des Sockels formten einen Ring um das rosarote Gesicht von Nachtschattens Geisterhelfer. Allein beim Anblick dieses verzerrten Gesichts überfiel Dachsschwanz ein Gefühl des Unbehagens. Aus den Räucherschalen auf dem Altar stieg der durchdringende Geruch nach Akeleisamen, vermengt mit dem Duft nach Kalmus, auf. Jenos stand mit verschränkten Armen vor dem Altar. Ein hartes Glitzern funkelte in seinen braunen Augen.

»Nicht kühn, Cousin«, erklärte Dachsschwanz. »Nur gehorsam.«

Jenos schnaubte verächtlich. »Gehorsam gegenüber Tharon? Du bist ein Dummkopf. Sieh dir die Katastrophe an, die dieser Knabenhäuptling bereits angerichtet hat. Ich hörte, die kleinen Kinder in den Hickory-Hügeln leiden Hunger. Quält das deine Seele nicht, Dachsschwanz? Wie viele Dörfer hast du in den vergangenen zwei Monden überfallen? Drei? Oder sind es inzwischen vier? Wie lange noch glaubt der Häuptling Große Sonne uns zwingen zu können, für die Ernährung seiner Leute zu sorgen? Bis wir uns gegen ihn erheben? Wir würden den Tribut geben, wenn wir könnten. Aber wir können nicht!«

Jenos war kaum zehn Hand groß, doch er hatte die barsche Stimme und die unverwechselbare dreieckige Gesichtsform der Sonnengeborenen. Das spitze Kinn und die dünnen Lippen wurden von einer schmalen Nase überragt. Auf sein Gesicht war ein schwarzer, von einem Ohr zum anderen verlaufender Streifen tätowiert, die hohen Backenknochen zierten schwarze Halbmonde. Das schulterlange graue Haar trug er oben auf dem Kopf zu einem Knoten gebunden. Es war mit Kupfernadeln und den Federn einer in Erdhöhlen lebenden braun-weißen Eule geschmückt. Um seinen Hals hing ein handtellergroßer Muschelschmuck, der vor dem goldenen Stoff seines Gewandes erstrahlte.

Im flackernden Schein der Feuerschalen schritt Dachsschwanz nach vorn. Rotluchs blieb an der Tür stehen und bewachte den Haupteingang, Dachsschwanz mußte die winzige Pforte in der Nähe der nördlichsten Strahlenreihe der Feuerschalen im Auge behalten.

Nachdem er vor dem Altar niedergekniet war und seine Referenz erwiesen hatte, erhob er sich und durchbohrte Jenos förmlich mit seinem Blick. »Wo ist Nachtschatten, Häuptling Großer Mond? Wir haben den Befehl, sie nach Cahokia zurückzubringen.«

Jenos' Gesichtsmuskeln erschlafften schlagartig. »*Was? Warum?*«

»Der alte Murmeltier ist tot. Häuptling Große Sonne braucht eine neue Priesterin. Er will Nachtschatten.«

Angesichts dieses unerwarteten Frevels ballte Jenos eine Hand zur Faust und schüttelte sie drohend. »Er will uns nicht nur unserer Lebensmittel berauben, *sondern auch unserer Macht?* Was für ein Ungeheuer ist aus ihm geworden? Wir alle haben gehört, was mit Murmeltier und Tharons Frau geschehen ist. Man sagt, *er* habe sie getötet – weil sie etwas Furchtbares über ihn herausgefunden hätten. Hulin, der Priester von Spiral Mounds, behauptet, einzig durch Tharons Schuld habe sich Mutter Erde gegen uns gewandt. Er sagt, Tharon habe ein schreckliches Sakrileg begangen, und Murmeltier und Singw seien dahintergekommen.«

Dachsschwanz senkte den Blick. Wie hatten sich diese Gerüchte so rasch verbreiten können? Es war erst fünf Tage her, seit zwölf Menschen, darunter Singw und Murmeltier, gestorben waren. Ihre Leichen trugen keine sichtbaren Merkmale von Gewalt, aber alle hatten angstvoll aufgerissene Augen, als man sie fand. Beim Gedanken an jene schreckliche Nacht wagte Dachsschwanz kaum zu atmen. Die Mondjungfrau hatte angesichts dieser Morde schrille Schreie ausgestoßen und den Sechs Heiligen befohlen, die Winde zu entfesseln. Die Strohdächer vieler hundert Häuser wurden aufgerissen. Bruchstücke der Dächer wälzten sich durch Cahokia und sammelten sich zu Füßen der Hügel. Mit Ausnahme von Singw gehörte jedes Opfer den Sternengeborenen an. Die Angehörigen dieser religiösen Elite kümmerten sich um den Tempel und beaufsichtigten schwierige Zeremonien. Fast die gesamte Priesterschaft war getötet worden.

»Wo ist Nachtschatten, Häuptling Großer Mond?«

Jenos lehnte sich an den Altar. »Sie ist nicht da. Sie ist für ein paar Tage weggegangen. Binse, ihr Geliebter, kam vor sieben Tagen bei einem Unfall ums Leben. Donnervogel schickte einen Blitzstrahl in den Baum, neben dem Binse schlief. Der Baum stürzte auf ihn. Nachtschatten braucht Zeit zum Trauern.«

Dachsschwanz senkte den Kopf. Voller Wehmut erinnerte er sich an Binse. Er war immer zu Scherzen aufgelegt, immer fröhlich gewesen. Niemand hatte sich vorstellen können, daß sich ein solch lebenslustiger Mensch mit Nachtschatten einlassen würde, aber sie waren zusammengewesen. Wie lange? Zehn Zyklen? »Wir haben keine Zeit. Niemand von uns hat Zeit. Besonders du nicht, Häuptling Großer Mond. Händigst du den fälligen Tribut aus? Oder wirst du mich zwingen, ihn aus deinen Vorratshütten zu holen?«

Jenos schlug mit der Faust auf den heiligen Altarsockel. Seine Nasenflügel bebten vor Wut. »Vor uns liegt noch ein Mond Winter. Ohne diesen Mais werden meine Leute verhungern! Wir befinden uns mitten in der Hungerzeit. Und du weißt das. Wir haben sämtliche Tiere im Umkreis von einigen Tagesreisen erlegt. Im Vater der Wasser schwimmt kaum noch ein Fisch. Ich kann dir unseren Mais nicht aushändigen.« Flehentlich streckte er die Hände aus, ein Gefühl der Kälte sickerte in Dachsschwanz' Seele. »Ich bitte dich, Dachsschwanz. *Bitte*. Geh zurück und sage Tharon, wir können seinem Befehl nicht Folge leisten. Er soll uns noch eine Ernte Zeit lassen, dann geben wir ihm den doppelten Tribut, den er verlangt.«

»Es tut mir leid«, erwiderte Dachsschwanz. Er fing Rotluchs' von Abscheu erfüllten Blick auf und empfand vor sich selbst Widerwillen. »Tharon ist deiner überheblichen Anmaßung überdrüssig. Dir bleibt noch ein Finger Zeit. Was wählst du – Krieg oder Frieden?«

»Dachsschwanz, ist dir klar, was mit uns passiert, wenn du uns angreifst? Es geht nicht nur um den Tribut. Wenn du River Mounds erst zerstört und unsere Krieger getötet hast, sind wir völlig schutzlos gegen alle Überfälle. Die unabhängigen Häuptlingtümer südlich der Mündung des Moon River sind hochmütig geworden. Die Gerüchte über deine Überfälle reisen auf Schwingen, schneller als die Flügel einer Schwalbe. Sollte einer dieser Häuptlinge sich entschließen, uns anzugreifen, wird er in weniger als einer Mondreise hier sein. Du verurteilst jeden Mann, jede Frau und jedes Kind in diesem Dorf.«

Heiser stieß Dachsschwanz hervor: »Die Entscheidung liegt nicht bei mir, Häuptling Großer Mond. Wenn es so wäre – « Das Geräusch von Rotluchs' über den Boden schlurfenden Stiefeln veranlaßte Dachsschwanz, sich umzudrehen. »Was ist los?«

Rotluchs kniff die Augen zusammen und spähte angestrengt in den dämmrigen Flur. »Leute. Sechs an der Zahl. Sie kauern hinter dem Vorhang. Sie nähern sich.«

Dachsschwanz starrte Jenos an. Ein kleines, bitteres Lächeln umspielte dessen schmale Lippen. »Was soll das, Häuptling Großer Mond? Brichst du dein Versprechen? Du hast uns Sicherheit garantiert.«

Die Schultern des alten Mannes krümmten sich, er schien plötzlich schwach und gebrechlich. »Du läßt mir keine Wahl, Dachsschwanz. Wir sind verzweifelt. Gleich führe ich dich auf die Schießplattform über dem Haupttor. Du wirst deinen Kriegern das Zeichen geben, den Angriff abzubrechen. Dann rufst du einen deiner Krieger zu dir und befiehlst ihm, Tharon meine Bitte um Verlängerung der Frist zu überbringen.«

»Tharon würde nicht einmal zuhören. Innerhalb von zwei Tagen greifen dich meine Krieger in jedem Fall an. Du gewinnst nichts, wenn du uns als Geiseln festhältst.«

»Doch, Dachsschwanz, ich gewinne Zeit. Vielleicht kann ich in diesen zwei Tagen die Mütter und Kinder hinausschmuggeln. Vielleicht auch die Alten. Dann – « Er stieß einen Seufzer der Verzweiflung aus. »Nun, dann sollen deine Krieger machen, was sie wollen. Wir werden bis zum letzten Mann gegen sie kämpfen.« In einer hilflosen Geste hob er die Hand. Das lodernde Feuer in seinen dunklen Augen erlosch, haßerfüllt sagte er: »Wenn ihr uns unserer Vorräte und unserer Macht beraubt, sterben wir ohnehin. Besser ein schneller Tod als ein langsamer Tod, dessen Qual unsere Seelen frißt.«

Erwartungsvoll blickte Jenos zur Tür. Dachsschwanz wappnete sich. Die leuchtenden Feuerschalen blendeten ihn, aber seinen scharfen Ohren entging nicht das leise Geräusch schleichender Mokassins. Rotluchs drückte sich flach an die Wand neben dem Eingang. Schwer atmend hob und senkte sich seine Brust. Er nickte Dachsschwanz zu und ließ seinen Blick weiter zu Jenos wandern.

Zu oft waren sie miteinander auf dem Kriegspfad gewesen, Dachsschwanz konnte den Blick seines Bruders unmöglich mißverstehen; er bedeutete ihm, er warte, bis der erste feindliche Krieger durch die Tür schlich.

Plötzlich schrie Rotluchs: »Lauf!« und stieß seine Faust mit voller Wucht in die Kehle eines Mannes. Dachsschwanz ließ sich zu Boden fallen und kroch blitzschnell zu Jenos hinüber.

Dieser schwang sich mit der Vitalität eines jungen Mannes über den Altar und sprintete zu der winzigen Tür in der Nordwand. Durch die Sonnenkammer hallten Schreie und Wutgebrüll. Dachsschwanz erhaschte einen flüchtigen Blick auf Rotluchs, der gerade herumwirbelte und einem Mann in den Magen trat, während zwei weitere Krieger sich auf ihn warfen. Eine unsichtbare Faust preßte Dachsschwanz' Herz zusammen …

»*Häuptling Großer Mond!* Stehenbleiben!« brüllte Dachsschwanz, packte Jenos und schlug ihn zu Boden.

Jenos schrie auf und hämmerte mit seinen alten Fäusten in Dachsschwanz' Gesicht und gegen seinen Rücken. Gellend schrie er: »Nein! *Nein!* Dachsschwanz, hast du deine menschliche Seele verloren? Laß mich gehen!«

Rotluchs stieß einen gurgelnden Laut aus.

Verzweifelt packte Dachsschwanz Jenos' Hals und drückte ihm brutal die Kehle zu. »Sag deinen Kriegern, sie sollen aufhören! Sofort, oder du bist tot! Hast du mich verstanden?«

Zwei Männer fielen gleichzeitig über Dachsschwanz her und zwangen ihn mit wie Steinschlag herabprasselnden Schlägen, von Jenos abzulassen. Er kämpfte wie ein Wahnsinniger, riß rote Kleidung in Fetzen, stieß mit den Fingern in feindliche Augen und schmetterte sein Knie mit aller Kraft in die Leiste eines Gegners. Als der Mann keuchend auf dem Boden zusammensackte, verpaßte ihm Dachsschwanz einen tödlichen Tritt gegen die Schläfe. Der Mann fiel zur Seite, die toten Augen standen weit offen. Doch der zweite Krieger schlang seine Finger in Dachsschwanz' schwarzen Haarkamm und zerrte ihn erbarmungslos nach hinten.

Dachsschwanz erkannte Malves funkelnde Augen. Sie kämpften, traten um sich, rollten bis zur Kante des Altarsockels. Dort packte Dachsschwanz Malve bei den Schultern, stieß ihn mit aller Kraft über die kleine Stufe und stürzte kopfüber hinter ihm her. Er rammte Malve ein Knie in das Gesicht und zertrümmerte ihm das Nasenbein. Entsetztes Geheul drang aus der Kehle des Mannes. Dachsschwanz ballte die Fäuste und hämmerte sie wieder und wieder auf Malves Schädel, bis der Krieger aufhörte, um sich zu schlagen. Er ließ den Mann los und wollte seine Faust in Malves verwundbare Kehle stoßen … aber seinen Armen fehlte die Kraft.

Ein schmerzerfülltes Schluchzen lenkte seine Aufmerksamkeit ab.

Auf der gegenüberliegenden Seite des Raumes wand sich Rotluchs in einer Blutlache. Golden leuchtendes Licht funkelte vom Kupferschaft der Lanze, die Rotluchs' Magen durchbohrt hatte und ihn an die Erde nagelte. Zwei Krieger standen lachend über ihn gebeugt und hielten ihre Lanzen stoßbereit auf ihn gerichtet.

Oh, heilige Sonne, nein. »Rotluchs!« brüllte Dachsschwanz, ließ von Malve ab und rannte quer durch die Halle.

Als er über eine gräßlich zugerichtete Leiche sprang, drehten sich die beiden Krieger um und zielten mit ihren Lanzen auf seine Brust. Ohne auf die Waffen zu achten, warf er sich auf sie. Er heulte vor Wut auf wie ein verwundeter Wolf. »Laßt meinen Bruder in Ruhe! Haut ab! Verschwindet, oder ich bringe euch um!«

Die scharfe Spitze einer Lanze bohrte sich in seinen rechten Unterarm. Ein wildes Durcheinander aus Armen und Beinen wirbelte um ihn herum. Nur schemenhaft nahm er wahr, wie einer der Männer die Keule hob. Der erste Schlag traf die Lendenwirbel, seine Beine wurden gefühllos. Bevor er wußte, wie ihm geschah, brach er zusammen und stürzte wie ein gefällter Baum zu Boden. Der Krieger schlug gnadenlos auf ihn ein. Dachsschwanz krümmte sich und war bemüht, mit den Armen seinen Kopf zu schützen. Er versuchte, sich auf die Seite zu drehen und von ihnen wegzukriechen, da traf ihn ein furchtbarer Schlag auf den Schädel.

»Nein!« hörte er Jenos schreien. »Tötet ihn nicht. Wir brauchen ihn lebend!«

Bevor er das Bewußtsein verlor, hörte er Jenos erneut schreien und den anschwellenden Lärm entsetzter Stimmen vom Dorf herauf.

Undeutlich vernahm er noch die sich nähernden Kriegsrufe seiner Krieger.

Kapitel 3

Langsam, mit sinnlichen Bewegungen, ließ Nachtschatten ihre Hände über Binses muskulösen Rücken streichen, ergötzte sich an den kräftigen Sehnen, berührte sanft jede wohlbekannte Narbe. Seine Hand glitt langsam über ihre nackte Hüfte, lockend massierte er ihr Fleisch. Sie verschränkte ihre Finger hinter seinem Nacken, zog seinen Kopf zu sich herunter und blickte in die warmen Tiefen seiner dunklen Augen. Er lächelte.

Unwillkürlich sehnte sie sich danach, in den Schleier seiner ihr Gesicht umhüllenden Haare zu schluchzen.

»Binse, ich habe Angst.«

Das brauchst du nicht. Ich bin da. Spürst du mich?

Mit einem Finger strich er über die glatte Linie ihres Kiefers, preßte seinen Mund auf ihren und küßte sie mit der ihr so vertrauten Leidenschaft.

Das trockene Maigras, mit dem Nachtschatten ihr Bett gepolstert hatte, knisterte leise, als sie ihre Arme mit aller Kraft um seinen Rücken schlang und seinen hochgewachsenen Körper an sich preßte. Angst lauerte hinter ihrem Verlangen wie ein Ungeheuer, das nur darauf wartet, sich auf sie zu stürzen. Ein stummer Schrei hallte durch die Hütte aus Buschwerk, die sie auf einer Klippe über dem Vater der Wasser errichtet hatte. Goldene Lichtstreifen fielen durch das Gitterwerk aus Zweigen, tanzten über ihre Decken und ließen die langen, sich wie ein Lichthof um ihr schönes Gesicht ausbreitenden schwarzen Haare aufschimmern. Nachtschatten öffnete die Beine und spürte Binse ...

Irgendwoher aus weiter Ferne schallten schrille Schreie an ihr Ohr und drangen in ihr Bewußtsein.

Schmerzerfüllt zuckte Nachtschatten zusammen, und der Traum zerbrach. Sie fühlte, wie ihre Seele durch die Schichten des Schlafes an die Oberfläche gerissen wurde und spürte die Wärme und Helligkeit des grün-golden auf ihre geschlossenen Lider scheinenden Sonnenlichts. *Nein!* Mit aller Kraft kämpfte sie darum, in den Traum zurückzukehren – zurück in Binses Arme.

Doch das Licht wurde heller, und Binse glitt in die quälenden Schatten ihrer Seele.

Nachtschattens Herz hämmerte entsetzlich.

Langsam öffnete sie die Augen und blinzelte in die grünlich diffusen Streifen von Vater Sonnes Strahlen, die durch die Spalten der runden Kuppel ihrer Hütte fielen. Das aus Ästen errichtete Gerüst, in dessen Gitterwerk sie zum Schutz gegen die Elemente trockenes Heu geflochten hatte, war eine mühselige Arbeit gewesen. Die Behausung maß zwölf Hand im Durchmesser. Am Fußende ihres Bettes waren die Konturen ihres bunten Machtbündels und des Wasserkrugs erkennbar. Darüber stachen ein paar Heubüschel aus der Wand hervor; der nächste Windstoß würde sie herausreißen.

Wie lange war sie schon hier? Sechs Tage? In Gedanken zählte sie rasch die Sonnenauf- und Sonnenuntergänge, die sie in dieser Hütte erlebt hatte. Ja, sechs. Eine heilige Zahl. Inzwischen müßte Binse die Reise über den Dunklen Fluß der Unterwelt hinter sich gebracht haben und im Land der Ahnen angelangt sein.

Der Kummer schien ihre Brust wie mit Adlerklauen zu umklammern und alles Leben aus ihr herauszupressen. Warum hatte sie nicht das Gefühl, genesen zu sein? Sie litt noch schlimmer als zuvor. Ihre Seele schrie auf, als habe sie der scharfe Schnitt eines Obsidianmessers durchtrennt. Der schmerzerfüllte Laut drang tiefer und tiefer in die verborgensten Winkel ihrer Erinnerungen an Binse und suchte Trost in seiner zärtlichen Stimme, seinem humorvollen Lachen, seinem freudigen Lächeln. Der Aufschrei ging in schwaches Wimmern über, bis ihr Körper sich über ihre Seele hinwegsetzte und aufzuwachen versuchte.

Jeden Morgen, wenn sie noch im Halbschlaf lag, würde sie wieder die Wärme seines Körpers spüren, seinem Herzschlag im Einklang mit dem Rhythmus ihres Herzens lauschen wie an den unendlich vielen Morgen in den vergangenen zehn Zyklen. Schlaftrunken läge sie da, genösse seine Gegenwart, die Weichheit ihres Bettes, die Lieder der auf dem spitzen Dach des Tempels sitzenden Vögel, den süßen Duft der die Wände tragenden alten Holzpfähle. Sie würde die Hand nach ihm ausstrecken. Und plötzlich erwachen, verwirrt, weil er nicht da wäre. Für den winzigen Bruchteil eines Augenblicks würde sie glauben, er sei hinausgegangen, um Fische zum Frühstück zu fangen.

Doch blitzschnell würde die furchtbare Erkenntnis zurückkehren, und sie müßte sich aufs neue damit abfinden, daß sein Körper zehn Fuß tief unter der Erde eines Grabhügels am Rande des Dorfes lag.

Krampfhaft hielt Nachtschatten die Augen geschlossen und zwang sich, nicht daran zu denken.

Hin und wieder trug der Wind Geräusche aus River Mounds herbei, und sie bildete sich ein, die über die Klippe fegenden Böen würden Schreie zu ihr heraufschicken. Doch wer sollte schreien? Es konnte sich nur um das Lied einer Flöte oder das Kreischen spielender Kinder handeln.

Trotzdem versuchte sie, ihre Seele zu zwingen, sich auf die Geräusche zu konzentrieren und ihren exakten Ursprung festzustellen. Doch seit Binses Tod hatten sich die in ihr wohnenden Mächte in die Dunkelheit der Verzweiflung zurückgezogen. Außer ihrem eigenen Schmerz fühlte sie nichts mehr. Erinnerungen flackerten auf, ungebeten und quälend.

Sie war vierzehn Sommer alt, als sie, kurz nach ihrer Verbannung aus Cahokia, Binse begegnete. Binse war ihr zwiespältiger Ruf gleichgültig gewesen; auch ihre Gabe, in den Quell der Ahnen eintauchen und die Schichten der Illusion durchschwimmen zu können, die die Erste Frau zum Schutz ihrer Baumhöhle gewebt hatte, kümmerte ihn nicht. Nur sie, Nachtschatten, war für ihn wichtig gewesen.

Wieder und wieder hatte sie darüber nachgegrübelt und zu verstehen versucht, warum sie seinen Tod nicht vorausgesehen und warum Schlammkopf sie im Stich gelassen hatte. Sie hatte sogar den Versuch unternommen, in den Großen Quell zu tauchen, um ihm diese Frage von Angesicht zu Angesicht zu stellen; doch es war ihr nicht gelungen, das Tor zu öffnen. Die Erste Frau hatte ihr den Zutritt verwehrt, und sie wußte nicht, warum. In den letzten fünf Zyklen war es ihr immer schwerer gefallen, Einlaß zu bekommen. Was hatte sie getan? Womit hatte sie diese Strafe verdient? In einem Traum sagte

Schlammkopf zu ihr: »*Die Menschenwesen haben die Welt aus dem Gleichgewicht gebracht. Nichts wird mehr so sein, wie es war.*« Damals hatte sie nicht verstanden, was er meinte.

Binse …

Vielleicht konnte sie jetzt verstehen. Sechs Tage waren vergangen.

Sie stützte sich auf die Ellenbogen und richtete sich auf. Ihre Muskeln brannten, als habe der Kummer sie versengt. Um den kühlen Atem der Morgendämmerung abzuhalten, schlang sie die wärmende Decke fest um ihre Schultern. Obwohl sie die letzten sechs Tage fast ununterbrochen geschlafen hatte und ihr rotes Kleid und die Hirschlederstiefel an ihr klebten wie eine zweite Haut, verlangte ihr Körper nach mehr Schlaf. Aber die Aussicht, in die Unterwelt eintauchen und Binse wiedersehen zu können, ließ ihr keine Ruhe. Erschöpft kroch sie über den weichen, grasbedeckten Boden und griff nach dem Machtbündel des Schlammkopfs.

Sie ließ sich zurücksinken und drückte es schützend an ihre Brust. Mit der Spitze ihres Zeigefingers berührte sie die blaue Spirale der Mondjungfrau und folgte ihrer Linie über Vater Sonnes vier konzentrische Kreise in die weißen und schwarzen Figuren der Heldenzwillinge, die die Menschen zu Anbeginn der Welt durch eine Öffnung im Boden in dieses reiche Land geführt und sie gelehrt hatten, in Harmonie mit diesem Land zu leben.

Mit einer Hand strich sie über die Umrisse des verzerrten Gesichts von Bruder Schlammkopf. Leise stimmte sie das monotone, uralte Lied der Mächte an:

Ich rufe dich, Erste Frau, ich rufe. Ich habe mich in die kräftigen Farben des Vogelmanns, der Großen Schlange des Himmels, gehüllt, Karmesinrot, Smaragdgrün, Sandbraun.
Öffne mir das Tor. Ich rufe, rufe. Ich möchte hinabsteigen aus dem hochgelegenen Land,
hinunter in die Unterwelt und mit dir reden.
Erste Frau, hilf mir. Vogelmann, hilf mir.
Ich rufe, rufe.
Öffne das Tor zum Quell.

Voller Ehrfurcht küßte Nachtschatten das Bündel des Schlammkopfs und schnürte die Lederbänder auf. Vater Sonne war inzwischen höher gestiegen. Seine Strahlen drangen an tausend Stellen in die Hütte und sprenkelten ihre wirren Haare wie mit Kupferstaub. Vorsichtig entnahm sie dem Bündel einen kleinen Korb und ein schwarzes Gefäß. Behutsam stellte sie die Gegenstände auf den Boden. Noch einmal küßte sie das Bündel, bevor sie es beiseite legte.

»Ich komme, Erste Frau. Hilf mir, hilf mir.«

Sie hob den Korb auf, betrachtete prüfend die verblassenden roten Linien und entfernte den geflochtenen Deckel. Ein graues Pulver bedeckte den Boden. Nachtschatten sprach ein kleines Dankgebet zu Schwester Datura. Händler brachten diese kostbaren Samen von Inseln im Großen Salzwasser weit im Südwesten. Die Samen kosteten ein Vermögen, aber ihre zwei gefüllten Vorratsschalen reichten für ein ganzes Leben. Sie tauchte die Hand in den Wasserkrug, sprengte ein wenig Wasser auf die pudrigen Samen und goß ihr schwarzes Quellgefäß halbvoll mit Wasser.

Nachtschatten atmete tief ein. Die feuchte Morgenluft stach scharf in ihre Lungen. Sie zwang ihre Seele in ruhig fließende Bahnen, steckte einen Finger in die graue breiige Masse in ihrem Korb und massierte diese in die Haut ihrer Schläfen.

»Ich komme, Vogelmann. Hilf mir. Hilf mir. Hilf mir.«

Ein plötzlicher Windstoß fegte durch die Hütte und zerrte an ihren langen Haaren. Erst als der Wind nachließ, wagte es Nachtschatten, das Quellgefäß aufzuheben und hineinzublicken.

Beim Anblick ihres Spiegelbildes im Wasser erstarrte sie. Ihr wirres Haar umrahmte ihr Gesicht mit purpurroten Kreisen um die Augen. Ihre vollen Lippen und die nach oben gerichtete Nase wirkten angespannt, als ringe sie darum, etwas in diesem bronzefarbenen Körper gefangenzuhalten. Sie fühlte, wie Schwester Datura in ihre Knochen sickerte und mit granitharter Hand nach ihrer Seele griff, um die Angst aus ihr herauszupressen – oder sie dieser Angst wegen zu töten.

Nachtschatten schauderte, Übelkeit bemächtigte sich ihrer. Ihre Seele drehte sich, und sie begann mit ihrer Schwester den

Tanz des Todes zu tanzen. Beider Seelen verbanden sich wie die von Liebenden, wiegten sich, kämpften gegeneinander, erfreuten sich aneinander oder ängstigen sich gegenseitig, während sie über das todbringende, zum Quell der Ahnen führende Tor hinweg tanzten. Vorsichtig drehte Nachtschatten über der endlosen Tiefe eine Pirouette und folgte Datura durch die Dunkelheit. Den aufwallenden Brechreiz bekämpfte Nachtschatten mit inbrünstigem Singen. Sie sang mit aller Kraft in das Quellgefäß und betete um die Hilfe und Führung von Vogelmann und Bruder Schlammkopf.

Und endlich begann sich ihre Seele von ihrem Körper zu lösen, entfloh in Spiralen durch Nachtschattens Nabel und drang wie dünne Fäden azurblauen Lichts in das Quellgefäß ein. *Ich komme, Schlammkopf. Ich komme. Binse, hörst du mich?*

Als Schwester Datura ihren Griff lockerte, verschmolz Nachtschatten mit dem Wasser. Ihr schwankendes Spiegelbild liebkoste sie kühl. Sie blickte hinauf in ihr eigenes, über dem Wasser verschwimmendes Gesicht, und gleichzeitig sah sie tief hinunter. Hinunter, hinunter durch das Tor in die leuchtend helle Dunkelheit des Quells der Ahnen. Sie bereitete sich zum Eintauchen vor und trieb die Farben ihres Spiegelbilds auseinander wie ein warmer Herbstwind die bunten Blätter.

Flechte erwachte jäh und starrte erschrocken in das goldene Licht, das in das Zimmer fiel.

»Morgendämmerung«, wisperte sie.

Im Traum hatte sie mit Fliegenfänger Ring-und-Stock gespielt – bei diesem Spiel warf man einen durchbohrten Knochen hoch in die Luft und versuchte, ihn mit einem angespitzten Stock aufzufangen. Plötzlich hatte eine unbekannte Frau ihren Namen gerufen. Flechte hatte es so deutlich gehört, als sei der Ruf wirklich und von dieser Welt.

Sie lauschte angestrengt, doch nur das klagende Heulen eines Kojoten in der Ferne störte die Morgenstille.

Sie kuschelte sich tiefer in die kostbare Bisondecke – ihre Mutter hatte die Decke von einem Händler als Dank für eine Gesundbetung geschenkt bekommen – und blinzelte hinauf zu den Kastanienholzpfählen der Zimmerdecke. Der Pfosten ganz rechts, genau über ihrem Kopf, hatte einen großen, in die nächste Pfahlreihe ragenden Astknoten, der das ganze Dach auf dieser Seite kaum merklich anhob und so eine leichte Schräge erzeugte. Hier und da baumelten Adlerfederbüschel herab, jedes bedeutete eine inständige Bitte für die Genesung eines Kranken oder für die gesunde Rückkehr eines Jägers. Die Büschel drehten sich langsam in der kühlen, durch den Raum ziehenden Brise.

Flechte gähnte träge. Wer könnte nach ihr gerufen haben? Ihr Blick schweifte über die miteinander verbundenen Reihen der auf die Lehmwände gemalten gelben Spinnen, deren rote Augen in dem durch das Fenster hereinfallenden Licht glühten. Sie hatte die Stimme nicht gekannt. Das erschreckte sie. Die Stimme mußte von weit her gekommen sein.

Flechtes Blick folgte den gelben Spinnen bis zu der Wandnische am Fußende des Bettes ihrer Mutter. Der winzige schwarze Steinwolf, leuchtend wie ein Stückchen flüssigen Obsidians, starrte sie an.

Sie schlüpfte tiefer unter ihre Decke und lugte über den Rand des schwarzen Bisonfells zu dem Wolf hinüber. Sollte sie versuchen, mit ihm zu sprechen? Wanderer hatte gesagt, sie solle es tun.

Aber der Steinwolf jagte ihr Angst ein. Ihre Mutter hatte ihr verboten, ihn zu berühren, weil die dem Wolf innewohnende Macht Flechte töten könne. Flechte war allerdings zutiefst davon überzeugt, er könne sie auch töten, ohne daß sie ihn anfaßte. Sie fühlte im ganzen Raum die prickelnde Gegenwart seiner Macht wie kribbelnde Grillenbeine auf ihrem Arm.

Tapfer schob sie die Decke ein wenig nach unten und blickte dem Steinwolf direkt ins Gesicht. »Weißt du, wer mich gerufen hat?« fragte sie. »Kannst du mir etwas über den Traum sagen, den ich vor zwei Tagen gehabt habe?«

Deutlich spürte sie, wie die Macht wuchs. Flechte glaubte, etwas zu hören. Es klang wie das schwache Grollen einer nahenden Flut, die das Antlitz des Landes machtvoll überschwemmte. Angst packte sie. Sie schluckte hart und versteckte sich zitternd unter ihrer Decke.

In der Dunkelheit hörte sie, wie sich ihre Mutter bewegte.

Ein Ellenbogen schlug dumpf gegen die Wand, dann ertönte die verschlafene Stimme ihrer Mutter: »Flechte? Hast du etwas gesagt?«

»Ja!« Sie warf die Decke beiseite und eilte quer durch den Raum. Die Kälte des harten Lehmbodens biß schneidend in ihre bloßen Füße. »Ich habe Angst!«

Wühlmaus setzte sich in ihrem Bett auf, strich die langen schwarzen Haare zurück und hob die Decken, damit Flechte darunterkriechen konnte. Ihre Tochter krabbelte auf das schmale Bettpodest und schmiegte sich eng an ihre Mutter. Sie fühlte sich endlich geborgen und stieß einen tiefen Seufzer der Erleichterung aus.

»Wovor hattest du Angst, Flechte?«

»Vor dem Steinwolf. Er hat mich angesehen.«

»Du brauchst dir keine Sorgen zu machen. Heute morgen ist alles ruhig.«

Flechte runzelte die Stirn, drehte den Kopf und blickte in das vertraute runde Gesicht mit den vollen Lippen und der leichten Hakennase. Skeptisch sah sie ihre Mutter an. »Hast du die Macht nicht gespürt?«

»Nein. Ich habe gar nichts gespürt. Vielleicht hast du geträumt.«

Flechte hielt den Mund. Sie fühlte die Macht immer noch, überall, wie eine Schlinge, die sich um sie zusammenzog.

»Flechte!« Die Stimme ihrer Mutter klang verändert. »Warst du gestern bei Wanderer? Fliegenfängers Mutter sagte, er sei weiß wie Lehm nach Hause gekommen und hätte sich in eine Ecke verkrochen. Sogar zum Essen hätte sie ihn überreden müssen. Weißt du, was mit ihm los ist?«

»Nein«, antwortete Flechte wahrheitsgemäß. Seit sie bei Wanderer gewesen waren, hatte sie Fliegenfänger nicht mehr gesehen. Sie glaubte nicht, daß er etwas ausgeplaudert hatte. Nach Wanderer war Fliegenfänger ihr bester Freund.

»Warst du oben bei Wanderer?«

»Nun – Mutter, er fühlt sich einsam. Er braucht Menschen um sich; er freut sich über Besuch.«

Wühlmaus seufzte und drückte ihr Kinn auf Flechtes Scheitel. »Wie oft habe ich dir gesagt, daß er gefährlich ist? Bei Wanderer weiß man nie, was ihm als nächstes einfällt. Seine Stimmungen wechseln so schnell wie die von Großvater Braunbär. Ich wünschte, du würdest nicht – «

»War er auch schon so sonderbar, als du bei ihm gelernt hast?«

Wühlmaus' Muskeln spannten sich kurz an, dann spürte Flechte, daß sie nickte. »Er war immer sonderbar. Bevor er mich unterwies, hat er viele Zyklen lang Nachtschatten unterrichtet. Ich vermute, sie hat ihn mit einem Zauber belegt, der seine Seele verwirrte. Deshalb will ich, daß du dich von ihm fernhältst.«

Ein Lichtstrahl wanderte langsam über die Wand und beleuchtete das Gesicht einer der gelben Spinnen. »Aber ich mag ihn, Mutter. Hast du ihn nie gemocht?«

»O doch, aber das liegt lange zurück. Das war, bevor – nun ja, bevor sehr viele Dinge passiert sind.«

»Bevor mein Vater starb?«

Das lange Zögern ihrer Mutter machte Flechte ganz zappelig. Sie rollte sich im Bett herum und blickte in Wühlmaus' bekümmerte Augen. »Warum erzählst du mir so wenig von meinem Vater?«

»Da gibt es nicht viel zu erzählen. Wir waren nur einen Zyklus lang verheiratet, und dic meiste Zeit war er nicht da.«

»Er war auf Kampfgängen.« In langen Winternächten sprachen die Leute in Redweed Village häufig davon, welch großer Krieger ihr Vater gewesen war. Stolz strahlte sie ihre Mutter an, aber Wühlmaus' Augen blickten leer in weite, unfreundliche Fernen.

»Ja, auf Kampfgängen. Er hat immer gekämpft.« Wühlmaus wandte sich ab. »Warum versuchst du nicht, noch ein bißchen zu schlafen? Wir müssen bald aufstehen.«

Beunruhigt von dem abweisenden Ton in der Stimme ihrer Mutter überlegte Flechte angestrengt, mit welchem Thema sie sie wieder freundlicher stimmen könnte. »Bist du dann zu Wanderer gegangen, Mutter, während mein Vater kämpfte?«

»Ja. Wanderer hat mir vieles beigebracht. Er – «

»Warum gingst du später nicht mehr zu ihm? In ihm wohnt große Macht. Ich wette, er hätte dir noch vieles beibringen können.«

Die Augen ihrer Mutter blickten unverwandt auf den Steinwolf. »Ja, sicher. Ich wußte nur nicht, wie ich mich auf seine Seele einstellen sollte. An einem Tag war sie ein Adler und am nächsten Tag eine Packratte.« Sie lachte leise und zupfte spielerisch an Flechtes Nase. »Jetzt wollen wir noch zwei Finger lang schlafen. Wir haben einen anstrengenden Tag vor uns. Ich muß noch einige Vorbereitungen für die Zeremonie des Weges zur Schönheit treffen, und du mußt mir dabei helfen.«

Flechte drängte sich dichter an ihre Mutter und barg ihr Gesicht zwischen Wühlmaus' weichen Brüsten. Sie versuchte zu schlafen, aber ihre Gedanken kehrten immer wieder zu der verzweifelten Stimme der unbekannten Frau zurück.

Kapitel 4

»Dachsschwanz!« rief Heuschrecke.

Er lag in der Inneren Kammer im grellen Licht der Feuerschalen und hörte die Angst in ihrer Stimme. Lautes Kreischen und Flehen um Gnade hallten durch den Tempel.

»Dachsschwanz! Hörst du mich?«

Sie beugte sich über ihn. Mit zitternden Fingern hob sie sein Augenlid, um festzustellen, ob er noch lebte. Als suche er nach Halt, kratzte Dachsschwanz schwach mit den Fingernägeln über den Boden. Der durchdringende Geruch nach Blut und die hämmernden Schmerzen in seinem Kopf bereiteten ihm Übelkeit. »Hilf – hilf mir auf.«

Heuschrecke legte einen Arm unter seine Achseln und half ihm vorsichtig, sich aufzusetzen. Die Wunde in Dachsschwanz' Unterarm pochte unangenehm, aber schlimmer war der gallenbittere Geschmack auf seiner Zunge. Sein Magen drehte sich um. Die Bilder vor seinen Augen verschwammen, er sah doppelt. »Schnell, sag, was ist passiert?«

Heuschrecke hockte sich neben ihn auf den Boden. Blutspritzer befleckten ihre Wangen und ihr Kriegshemd. »Nachdem eine Hand Zeit vergangen war, griffen wir an. Wir haben

Jenos' Streitmacht überwältigt wie Wölfe ein Rudel Rehkitze. Ich eilte mit meinen Kriegern direkt hierher, weil ich dachte, du könntest Hilfe brauchen.«

Dachsschwanz nickte schwach und berührte dankbar Heuschreckes Arm. »Und Waldmurmeltier?«

»Er hat so viele feindliche Krieger umgebracht, wie er nur konnte. Er hat sie für ihre Heimtücke bestraft. Wapitihorn hat die Vorratshütten geplündert und den dem Häuptling Große Sonne zustehenden Tribut eingetrieben.« Ihr Gesicht wurde hart. Sie warf einen feindseligen Blick auf die andere Seite der Kammer. »Jenos und seine Sternengeborenen haben wir gefangengenommen. Sie versuchten, über den Fluß zu fliehen.«

Erschüttert blickte Dachsschwanz auf den Leichnam von Rotluchs. Tränen der Wut und des Kummers traten in seine Augen. Müde hob er den Kopf und suchte mit den Augen den Mann, der für den Tod seines Bruders verantwortlich war. Heuschrecke, die sein Leid bemerkte, stand auf und trat zögernd einen Schritt vor. Dachsschwanz schüttelte den Kopf, und sie blieb stehen.

Vor seinen Augen verschwammen die lodernden Feuerschalen zu einer goldenen Bernsteinkette. In der Westecke hinter den Schalen kauerten im Halbkreis um Jenos zwölf Priester und Priesterinnen in roten Gewändern. Dachsschwanz nahm sie nur unscharf wahr, aber eine kleine Priesterin mit knielangen schwarzen Haaren hob sich im Kreis der Priester deutlich von den anderen ab.

Er stützte sich mit einer Hand auf Heuschreckes Schulter und bemühte sich, aufzustehen. Sie griff nach seinem Ellenbogen und half ihm auf. Unendlich mühsam kam er auf die Beine. Mit wackligen Knien taumelte er auf Jenos zu. Er schaffte es bis zum heiligen Piedestal und lehnte sich schwer dagegen. »Häuptling Großer Mond, wo ist Nachtschatten?«

Jenos' grauer Haarknoten hatte sich gelöst, die reichverzierte Kupferspange hatte er verloren. Verfilzte Haarsträhnen hingen über seine Wangen. Niedergeschlagen schüttelte er den Kopf. »Ich weiß es nicht.«

»Sie wäre nie weggegangen, ohne dir zu sagen, wohin. *Wo ist sie?*«

»Sie trauert, Dachsschwanz. Ich habe nicht von ihr verlangt, mir Einzelheiten mitzuteilen.«

Fest umklammerte Dachsschwanz das kühle Holz des Altarsockels. Nach und nach kehrten seine Empfindungen zurück. Sein Körper schrie danach, sich hinzulegen. Aber daran durfte er nicht einmal denken. Nicht jetzt. Vorher mußte er seine letzte Aufgabe erfüllen. Er holte tief Luft, um ruhig zu werden.

Dachsschwanz strich sich mit zitternder Hand über die schweißnasse Stirn. Um nicht den Halt zu verlieren, spreizte er die Beine. Er gab Heuschrecke ein Zeichen. »Die junge Priesterin. Bring sie her.«

Das Mädchen schrie und wehrte sich, aber Heuschrecke zerrte sie grob aus dem Kreis der Sternengeborenen und schleuderte sie Dachsschwanz unsanft vor die Füße. Das hübsche Gesicht der Priesterin verzerrte sich in höchstem Entsetzen.

»Wer bist du?« Er mußte sich zwingen, ruhig zu sprechen, und wünschte sehnlichst, Nachtschatten bereits gefunden zu haben, damit sie dieses besiegte Dorf endlich verlassen und nach Cahokia zurückkehren konnten.

»Ich heiße Goldrute. Bitte, ich habe nichts getan. Töte mich nicht!« Demütig warf sie sich vor ihm zu Boden. »*Ich habe nichts getan!*«

»Wo ist Nachtschatten, Goldrute?«

Sie schüttelte heftig den Kopf. Der schwarze Schleier ihres Haares fiel über ihr Gesicht und verdeckte halb ihre Augen. »Sie hat keinem von uns gesagt, wohin sie geht, Führer Dachsschwanz. Ich schwöre es!«

Dachsschwanz streckte die Hand aus und befahl der jungen Priesterin: »Steh auf, Goldrute!«

Zögernd gehorchte sie, ihr Blick wanderte angsterfüllt zwischen Dachsschwanz und Heuschrecke hin und her. Ihr dünnes Kleid, gewebt aus der weichen Innenrinde der inzwischen selten gewordenen heiligen Roten Zeder, schmiegte sich an die Kurven ihres Körpers und betonte Brüste und Hüften.

Eine Weile richtete Dachsschwanz den Blick starr auf Jenos, der sich auf der anderen Seite des Raumes befand und mühsam atmete; die Kiefer des Häuptlings Großer Mond zitterten, obwohl er fest die Zähne zusammenbiß. Die heiligen Angehörigen der Sternengeborenen, die ihn umringt hatten, rückten von ihm ab, als gäben sie ihren Häuptling Dachsschwanz' Zorn preis.

Jenos hob den Kopf und begegnete Dachsschwanz' eiskalten Blick. »So«, flüsterte er, »du hast meine Leute umgebracht, meine Vorräte geplündert, und jetzt willst du uns noch der letzten Kraft berauben, die River Mounds geblieben ist. Wir werden es dir nicht sagen, Dachsschwanz. Keiner von uns. Wenn Nachtschatten zurückkehrt und sieht, was du getan hast, wirst du dir wünschen, du hättest dich selbst ausgeweidet.«

Ein Windstoß drang in den Raum und ließ die Flammen in den Schalen aufzischen. Sie flackerten so stark, daß sie fast verlöscht wären. Woher kam dieser heftige Luftzug? Ein von unbekannter Hand zurückgezogener Türvorhang?

In höchster Alarmbereitschaft spannte Heuschrecke ihren Bogen, legte einen Pfeil an und kniete nieder. Wachsam machten die anderen Krieger ebenfalls ihre Bogen schußbereit und blickten sich unbehaglich miteinander flüsternd um. Hoch über ihren Köpfen raschelte etwas im Dachstroh.

Dachsschwanz spitzte die Ohren. Angestrengt lauschte er auf Schritte oder Stimmen. Ein unheimliches Prickeln rieselte seinen Rücken hinab. Er hatte das Gefühl, Nachtschatten habe eben den Raum betreten und mit dem Saum ihres Gewandes den Wind vor sich her gefegt.

Jenos preßte eine Faust auf die schmalen Lippen. »Wir sagen es dir nicht.« Tiefster Abscheu schwang in seiner Stimme mit. »Wenn du uns umbringst, wird Nachtschatten dich suchen. Sie wird uns rächen.«

Dachsschwanz richtete den Blick wieder auf Goldrute. Sie umklammerte ihre über der Brust verschränkten Arme so fest, daß ihre Fingerknöchel weiß hervortraten. Sie schien davon überzeugt, ihre letzte Stunde habe geschlagen.

»Ich will niemanden töten, Goldrute, aber ich muß Nachtschatten finden. Und wenn ihr nicht redet, werde ich euch alle, einen nach dem anderen, umbringen.«

Dachsschwanz wandte sich an Heuschrecke und hob eine Hand. »Siehst du den Priester da ganz links?«

Die weiße Hornsteinspitze an Heuschreckes Pfeil funkelte, sie visierte ihr Ziel an. »Ja.«

Dachsschwanz hielt die Hand in der Schwebe und durchbohrte Goldrute mit seinem Blick. »Sag es mir, Goldrute. Ich habe keine Zeit für Spielchen.«

Schluchzend rang sie die Hände. »Ich weiß es nicht! Ich weiß es nicht – «

Dachsschwanz' Faust durchschnitt die Luft, im selben Moment schoß Heuschrecke den todbringenden Pfeil ab. Ein qualvoller Aufschrei hallte durch den Tempel; das Geschoß hatte die Brust des Mannes durchbohrt. Goldrute schlug vor Entsetzen die Hände vor das Gesicht. Der Priester stolperte nach vorn, stürzte auf die Knie und schlug mit dem Gesicht voraus auf den Boden. Unter panischem Geschrei versuchten die Sternengeborenen, außer Reichweite der Pfeile zu gelangen.

Jenos' ältliches Gesicht wurde aschfahl.

Erneut hob Dachsschwanz die Hand, und Heuschrecke legte einen weiteren Pfeil in die Kerbe. »Häuptling Großer Mond! Wie viele muß ich noch umbringen?«

Jenos wandte den Kopf ab.

Gereizt herrschte ihn Dachsschwanz an. »Häuptling Großer Mond, du bist ein Narr! Wir finden Nachtschatten ohnehin! Sie kann nicht weit sein. Sobald wir den Tribut zusammengetragen und die Gefangenen entwaffnet haben, gehen wir auf die Suche nach ihr. Fünfzig Krieger nehmen sich die Hügel vor – «

»Sie werden sie nicht finden«, sagte Jenos mit kläglicher Stimme. »Sie wird sich in einen Puma verwandeln und deine Männer in Stücke reißen.«

Hinter Dachsschwanz erhob sich ein entsetztes Gemurmel. Er drehte sich jäh um und starrte seine Krieger an, die unruhig von einem Bein aufs andere traten und so verängstigt schienen, als sei Vater Sonne eben vom Himmel gestürzt, um sie alle zu versengen. »Niemand besitzt eine solche Macht!« brüllte er sie an. »Nicht einmal Nachtschatten!«

Als er ihre zweifelnden Mienen sah, wirbelte Dachsschwanz herum und befahl: »Heuschrecke, nimm Goldrute ins Visier.«

Die junge Priesterin schrie gellend auf, fiel auf Hände und Knie und kroch zu Jenos hinüber. Unter Tränen stieß sie hervor: »O nein, nein, nein! Bitte, ich habe nichts getan!«

Dachsschwanz hob die Hand.

Goldrute umklammerte Jenos' Fußknöchel und vergrub ihr Gesicht jämmerlich schluchzend im Saum seines Gewandes. Jenos zuckte zurück.

»Häuptling Großer Mond?« Dachsschwanz ließ die Frage ein paar Sekunden im Raum schweben, dann setzte er an, seine Hand hinabsausen zu lassen.

Jenos schrie: »*Warte!* ... Warte.«

Heuschrecke hielt sich noch zurück, visierte aber weiterhin Goldrutes schmalen Rücken an. Das durch Jenos' Gewand gedämpfte Wimmern der Priesterin war fast nicht mehr zu hören.

»Wo?« verlangte Dachsschwanz zu wissen.

»Ich – ich bin nicht ... irgendwo oben in den westlichen Klippen am anderen Ufer des Vaters der Wasser. Ich weiß nicht genau, wo. Es ist ein geheimer Ort der Mächte. Dorthin zieht sie sich zurück, wenn sie allein sein will. Niemand kennt die Stelle genau.« Nachdem er die Worte über die Lippen gebracht hatte, sanken seine Schultern herab, und Tränen traten in seine Augen. Tröstend legte er eine Hand auf Goldrutes Haar. »Mehr wissen wir nicht.«

»Heuschrecke«, befahl Dachsschwanz, »gib mir deine Axt. Bring – « Seine Stimme brach, sein Ekel vor sich selbst erreichte einen neuen Höhepunkt. Vielleicht konnte er einem seiner Krieger den Befehl erteilen, die letzte Pflicht zu erfüllen. Das würde es ihm leichter machen ... aber wie konnte er einen anderen dazu verdammen? *Er ist ein Verwandter! Wir – wir sind eine Sippe, eine Familie ... Familie.* »Bring den Häuptling Großer Mond zu mir.«

Jenos starrte ihn mit offenem Mund an. »Was? Was geht hier vor?«

Heuschrecke zerrte ihn quer durch den Raum und ließ ihn sechs Hand von Dachsschwanz entfernt los. Sie stellte sich direkt hinter Jenos auf. »Ist das ein weiterer Akt der Gewalt Tharons gegen mich?«

Dachsschwanz prüfte das Gewicht der Axt und brummte: »Nein. Das ist seine Methode, sich für die Zukunft deines Gehorsams zu versichern. Wo ist dein Sohn, Häuptling Großer Mond?«

Jenos' Unterkiefer bebte. »Mein Sohn? Warum?«

»Wo *ist* er?«

Jenos senkte den Kopf. »Petagas Zimmer befindet sich fünf Kammern weiter. Er hat – er hat vorhin die Trommel geschlagen und zu Vater Sonne um Frieden gebetet.«

Auf Dachsschwanz' Nicken hin ging Heuschrecke los. In dem sich ausbreitenden gespannten Schweigen hörte Dachsschwanz jeden Atemzug der in der Kammer Anwesenden. Plötzlich brach der entsetzte Aufschrei eines jungen Mannes die angsterfüllte Stille. Heuschrecke schob einen ungefähr sechzehn Sommer alten Jungen vor sich durch die Tür. Zwei Körperlängen vor Dachsschwanz blieb sie stehen. Mit eisernem Griff umklammerte sie Petagas Arm. Der in ein gelbes Gewand gekleidete junge Mann sah seinem Vater auffallend ähnlich, nur hatte er ein etwas runderes Gesicht. Die langen schwarzen Haare hingen offen über seine Schultern.

Jenos schenkte seinem Sohn einen warmen, zuversichtlichen Blick, dann wandte er sich wieder Dachsschwanz zu. Er öffnete den Mund, um eine letzte Frage zu stellen, doch Dachsschwanz wirbelte die Axt mit aller Kraft herum und schmetterte sie Jenos ins Genick. Ein furchtbares Knirschen folgte, und Jenos brach zusammen. Petagas panische Schreie gingen im entsetzten Geheul der Sternengeborenen unter.

Gebieterisch hob Dachsschwanz die Hand. »Hört auf. *Hört sofort auf damit!* Hört mir zu!«

Die Sternengeborenen, gewohnt, Befehle zu befolgen, verstummten, aber Petaga versuchte schluchzend, sich aus Heuschreckes Umklammerung zu befreien.

»Laß ihn los, Heuschrecke«, sagte Dachsschwanz leise.

Sie ließ den jungen Mann frei. Petaga stürzte zu seinem Vater, sank auf die Knie, nahm ihn in seine Arme und weinte in den Schleier von Jenos' grauen Haaren. »O Vater, Vater – «

»Petaga«, sagte Dachsschwanz ehrerbietig, »du bist der neue Häuptling Großer Mond. Ich überbringe dir eine Botschaft des Häuptlings Große Sonne. Der Tribut ist nach der Ernte fällig, während des Mondes-des-fliegenden-Schnees. Wird er im nächsten Zyklus nicht zu dieser Zeit übergeben, erwartet dich das gleiche Schicksal wie deinen Vater. Zwinge den Häuptling Große Sonne nicht zu dieser Tat. Nun geh. Verlasse diese heilige Kammer, bevor ich meine letzten Befehle ausführe.«

Petaga blickte auf, Tränen liefen über seine runden Wangen und tropften von seinem spitzen Kinn. »Welche Befehle?«

»Heuschrecke, bringe Petaga und die Sternengeborenen zu den Frauen und Kindern. Anschließend ...«, seine Stimme schwankte, »bringe ... bringe den Leichnam von Rotluchs zu meinem Kanu und warte am Westtor auf mich. Ich werde einen Suchtrupp zusammenstellen. Wir müssen Nachtschatten finden.«

Als der letzte die Innere Kammer verlassen hatte, kniete Dachsschwanz nieder und setzte die Schneide der Axt an Jenos' entblößte Kehle. Ein Tropfen Blut quoll unter der scharfen Hornsteinklinge hervor. »Verzeih mir, Cousin«, murmelte er und begann, die Muskeln und Bänder durchzuhacken. Er brauchte einen vollen Finger Zeit, bis er den Kopf abgetrennt hatte.

Dachsschwanz riß ein breites Stück Stoff von Jenos' Gewand, breitete es auf dem kalten Boden aus und legte den abgehackten Kopf darauf. Unbeholfen steckte er die grauen Haarsträhnen zu einem Knoten zusammen und befestigte ihn mit einer Eulenfeder, dann faltete er sorgsam die Ecken des goldenen Tuches zusammen und verknotete sie fest.

Das Bündel mit dem Kopf an seine Brust gepreßt, schritt Dachsschwanz durch die Kammer. Vergeblich versuchte er, den warmen Blutstrom zu ignorieren, der sein Kriegshemd tränkte und auf seinen muskulösen Bauch sickerte.

Ehe er den Tempel verließ, verharrte er vor einem der kunstvoll geschnitzten Ständer und nahm ein außergewöhnlich schönes Halsband aus Meeresmuscheln und Amethysten in die Hand. Er band es an seinen Gürtel und verließ den Tempel, ohne sich noch einmal umzublicken.

Dachsschwanz lehnte sich über Bord und tauchte seine Hand in den kalten Fluß. In den schattigen Nischen am Ufer schmolz das Eis nicht, silbern bewegte es sich in kleinen Klumpen auf den Wellen. Er bespritzte sein Krötengesicht mit Wasser und wusch die Wunde an seinem Unterarm aus. Die Kälte brannte schmerzhaft wie sengendes Feuer. Wenigstens hatten seine Kopfschmerzen nachgelassen, nur die fast unerträgliche Enge in seiner Brust dauerte an. Rotluchs' Leichnam lag eingehüllt in eine prächtige rotgoldene Decke im Heck des Kanus. Sein Kopf war neben den von Jenos gebettet. Dachsschwanz brachte es nicht fertig, seinen Bruder anzusehen. Durch die Tiefen seiner Seele hallten unausgesetzt die Worte: »*Ich hasse, was wir tun ... ich hasse, was wir tun ... Ich wünschte, wir könnten davonlaufen.*«

Dachsschwanz trocknete seine von der Kälte gefühllosen Hände ab und blickte blinzelnd zu der vor ihnen aufragenden Klippe hinauf. Auch Heuschrecke und der kleine Flöte betrachteten den Fels aufmerksam. Flöte kniete im Heck, direkt hinter Rotluchs. Der siebzehn Sommer alte Junge blickte sich unruhig um, sein Kehlkopf hüpfte beim Schlucken. Ihm behagte die ihm zugewiesene Aufgabe ganz und gar nicht.

»Ist das die Stelle?« rief er Dachsschwanz zu.

»Ja.«

Flöte nickte hektisch. Er paddelte ein wenig zu flott, so daß Heuschrecke Mühe hatte, den Bug auf ihr Ziel am Fuß der Klippe zu richten. Dürres Gras und ein paar Feigenkakteen überwucherten die sandigen Flanken des Felsens. Rosen- und Wildkirschenbüsche reckten ihre kahlen Zweige aus Rissen und Spalten, als wollten sie nach dem unter ihnen vorbeifließenden, Leben spendenden Wasser greifen. Im Norden schwebte ein blauer Rauchschleier über den brennenden Häusern von River Mounds.

Dachsschwanz wandte sich ab und schielte auf sein von Blut getränktes Kriegshemd. Der grüne Schnabel des darauf gemalten Falken war fast eine Handbreit von einem dunkelroten Fleck verdeckt. »*Wir könnten davonlaufen ...*«

»Ich wünschte, du hättest recht gehabt, Rotluchs«, murmelte er leise. »Aber ich bin ein Krieger. Das Töten liegt in der Natur meiner Seele.« *Stimmt das? Liegt es in deiner Natur, deine eigenen Verwandten umzubringen?* Liebkosend strich er über die ebenfalls blutbesudelten Federn des Falkenbildes. Doch das so vertraute Prickeln der Macht blieb aus. Sogar sein Geisterhelfer hatte ihn verlassen.

»Wie wäre es damit, Dachsschwanz?« Heuschrecke deutete mit dem Paddel auf eine winzige Bucht, an deren felsige Ufer sich ein dürres Büschel Katzenpfötchen mit lanzettförmigen, wie geballte Fäustchen eingerollten Blättern schmiegte.

»Ja. Gut.«

Heuschrecke sprang in den Fluß und zog das Kanu an einen geeigneten Anlegeplatz. Auch Dachsschwanz stieg in das knietiefe Wasser. Gemeinsam zerrten sie das Boot auf den Sand.

»Flöte«, befahl Dachsschwanz erschöpft von der Anstrengung, »du bleibst hier. Bewache ... bewache das Kanu. Falls wir bei Sonnenuntergang noch nicht zurück sind, fahr nach Hause.«

Flöte nickte eifrig. »Gut.« Ein flüchtiges Lächeln glitt über sein Gesicht. Doch als sein Blick auf die neben ihm im Boot liegende Leiche fiel, ließ er sich gegen den Rumpf zurücksinken und blickte betreten auf seine Knie.

Dachsschwanz nahm Bogen und Köcher aus dem Boot. Er verstand Flötes Dilemma nur zu gut. Im Tod spaltete sich die Seele in zwei Teile. Der eine Teil trennte sich vom Körper und streifte über die Hügel, aß die Überreste in den Kochtöpfen oder klirrte mit Schmuck, um die Leute in Angst und Schrekken zu versetzen. Der andere Teil klammerte sich an den Körper und wartete auf ein würdiges Begräbnis, damit er sich auf die lange Reise den Dunklen Fluß hinunter zum Land der Ahnen begeben konnte. Hätte Dachsschwanz die Wahl gehabt zwischen der Bewachung eines unruhigen Geistes und der Gefangennahme der mächtigsten Priesterin der Welt, hätte er sich zwar für ersteres entschieden – allerdings nicht gern.

Kritisch musterte Heuschrecke das steile Ufer. »Ich glaube, über diesen Erdrutsch da drüben können wir hinaufklettern, da ist es weniger steil.«

»Ja, gut – gehen wir. Ich will das alles so rasch wie möglich hinter mir haben.«

Er stapfte voran über die abgerutschte Erde, die wie eine lockere Rampe die Klippe hinaufführte. Unter seinen Stiefeln raschelte leise das taufeuchte dürre Gras. Er hatte eine Menge Kondition eingebüßt und mußte nach einem kurzen Stück bereits stehenbleiben und verschnaufen. Prüfend betrachtete er die über ihnen aufragende, mit Knöterich bewachsene Felsklippe.

Heuschrecke maß ihn mit schmalen Augen abschätzend von oben bis unten. Beim Anblick seiner steifen Knie und der zitternden Hände verhärtete sich ihr Mausgesicht sorgenvoll. »Warum läßt du mich nicht alleine gehen? Ich kann sie auch alleine suchen.«

»Nein. Kann sein, daß du mich brauchst.«

»Wir finden sie ohnehin nicht. Immerhin sprechen wir von *Nachtschatten.* Und was ist, wenn du auf halbem Weg die Klippe hinauf schlappmachst?«

Spöttisch zog er die Augenbrauen hoch. »Dein Vertrauen in mich war mir immer ein großer Trost, Heuschrecke.«

Brüsk verschränkte sie die Arme vor der Brust und schielte ihn von der Seite an. »Gut, wenn du unbedingt darauf bestehst, dich zu quälen. Wo fangen wir an? Nachtschatten kann überall sein.«

Dachsschwanz' suchender Blick glitt über die Felsspalten und Berghänge. »Bestimmt ist sie ganz oben. Da ist sie näher bei Vater Sonne und der Mondjungfrau. Versuchen wir es zuerst über den sanft ansteigenden Hang im Westen.«

»Wie du meinst. Allerdings hätten wir zwanzig Krieger mit Lanzen und Bogen mitnehmen sollen. Die Jagd nach Nachtschatten ist nicht gerade das, was ich mir unter einem Vergnügungsspaziergang vorstelle.«

»Wenn ich mich nicht täusche, hast du angeboten, sie lieber allein suchen zu wollen.«

»Ich habe nicht gesagt, daß mir das Spaß machen würde.«

Dachsschwanz lachte in sich hinein. Heuschrecke hatte die Begabung, ihn auch dann zum Lachen zu bringen, wenn ihm am wenigsten danach zumute war. Er sagte: »In River Mounds sind nach dem Kampf noch viele Dinge zu erledigen. Ich dachte, wir beide genügen, um sie aufzuspüren. Sollten wir sie bis

Sonnenuntergang nicht gefunden haben, machen wir uns morgen mit fünfzig Kriegern noch einmal auf die Suche.«

»Wie kommst du darauf, daß wir sie überhaupt finden? Ihre Seele reitet auf den Wellen der Unterwelt. Wenn sich irgend jemand vor uns verbergen kann, dann sie.«

»Sie trauert und ist aus dem Gleichgewicht. Ich kann mir nicht vorstellen, daß sie Ausschau nach Fremden hält.«

»Nun«, seufzte Heuschrecke zweifelnd, »wir werden ja sehen.«

Sie begannen den Hang hinaufzuklettern. Heuschrecke übernahm die Führung, umging loses Geröll und den dürren Knöterich. Die Sonne hatte dem Stein so viel Leben eingehaucht, daß Dachsschwanz zum erstenmal an diesem Tag nicht fror.

Auf einem kleinen Plateau blieb er stehen und sah sich um. Von diesem Aussichtspunkt aus hatte er einen guten Blick auf River Mounds. Kein Laut drang von dort herüber, denn der Nachmittagswind trug alle Geräusche in die andere Richtung. Am Südende des Marsh Elder Lake hinter weiten Flächen abgeernteter Maisfelder erhoben sich die fünfundvierzig Hügel des Dorfes in einem riesigen Halbkreis. Rauch stieg aus dem Tempel empor, wurde vom Wind weggeweht und zog als breiter blaugrauer Streifen über das durch Abtragung freigelegte Schwemmland. Weiter im Osten konnte Dachsschwanz gerade noch Cahokia erkennen.

Er dankte Vater Sonne, daß seine Eltern vor Zyklen gestorben waren und er ihnen nicht die Nachricht von Rotluchs' Tod überbringen mußte. Ihren Kummer hätte er nicht ertragen. Der immer ausgelassene und zu Späßen aufgelegte Rotluchs war ihr Lieblingssohn gewesen, Dachsschwanz ging ihnen wie den meisten Leuten mit seiner Ernsthaftigkeit etwas auf die Nerven. Aber Rotluchs' Frau, Mondsamen, mußte er es sagen. Heilige Sonne, wie sollte er das machen?

»Was ist das?« Heuschreckes besorgte Frage erschreckte Dachsschwanz; er duckte sich wie zur Selbstverteidigung.

»Siehst du das?« fragte Heuschrecke fordernd. »Da oben, auf dem Grat neben dem Findling.«

Dachsschwanz blinzelte gegen die Sonne und starrte gebannt auf den kürbisförmigen Felsen. Vor dem Hintergrund des tiefblauen Himmels bewegte sich eine schlanke Silhouette in Rot. »Ein Mann?«

»Keine Ahnung«, antwortete Heuschrecke, »aber die Gestalt kommt genau auf uns zu. Der Farbe nach kann es nur ein Sterngeborener sein.«

Dachsschwanz straffte sich und spreizte die Beine. »Wer immer das sein mag, er ist allein und kommt auf uns zu. Er erspart uns also eine längere Wanderung. Verschnaufen wir solange.«

Heuschrecke ging nicht auf seinen leichten Ton ein, sondern legte die Hand auf ihren am Gürtel befestigten Bogen. Ihr Blick schien sich an der geheimnisvollen Gestalt festzusaugen.

Dachsschwanz nutzte die Rast, sich gründlich den Sand aus den Augen zu reiben. Er fühlte sich an der Grenze der Erschöpfung. Der Kampf im Tempel hatte ihm alles Mark aus den Knochen gesogen. Ständig sah er Rotluchs sterbend vor sich auf dem Boden liegen. Das raubte ihm die letzte Widerstandskraft. Er brauchte dringend Schlaf, doch er fürchtete sich, die Augen zu schließen, denn dann würden die schrecklichen Bilder dieses Tages tausendmal in seinen Träumen wieder aufleben.

Ängstlich wich Heuschrecke einen Schritt zurück. »Es ist eine Frau. Sieh doch, wie sie sich bewegt.«

»Glaubst du, es ist Nachtschatten?«

»Wer sonst sollte hier oben allein umherlaufen?«

Dachsschwanz nickte knapp. »Nett von ihr, uns einen langen Fußmarsch zu ersparen.« Seltsamerweise begannen in diesem Augenblick die Narben an seinen Handgelenken an den Stellen zu jucken, wo Nachtschatten ihm die Haut aufgerissen hatte, als er sie in jener Nacht vor zwanzig Zyklen entführte.

»Das sagst du jetzt«, erwiderte Heuschrecke. »Warte, bis sie Leichenpulver auf dich bläst und deine Seele tötet.«

Die Gestalt wich einer tiefen Felsspalte aus und kam dann direkt auf sie zu. Für eine so hochgewachsene, gertenschlanke Frau bewegte sie sich mit ungewöhnlicher Anmut. Häufig nickte sie oder wandte den Kopf und sprach in die Luft.

Dachsschwanz biß die Zähne zusammen und versuchte, nicht weiter darüber nachzudenken.

»Was macht sie?« zischte Heuschrecke. »Mit wem spricht sie? Da ist doch niemand!«

»Niemand, den wir sehen«, verbesserte Dachsschwanz und wünschte, er hätte den Mund gehalten. Heuschrecke zuckte zusammen, als habe er ihr mit einer Kriegskeule in den Magen geschlagen.

»Was sollen wir machen?« flüsterte sie in Panik. »Vielleicht hat sie eine ganze Geisterarmee dabei. Gegen die können wir nicht kämpfen!«

»Wir bleiben tapfer hier stehen, Cousine, und warten ab.«

»Abwarten?« Heuschrecke ließ die Hände rasch über ihren Bogen und ihre Keule gleiten, anschließend strich sie über das Abbild der Bisamratte, ihres Machttotems, auf ihrem Hemd. »Ja, ich werde tapfer sein«, meinte sie. »Und zwar genau so lange, bis mich etwas Unsichtbares berührt. Von dem Augenblick an bist du auf dich selbst gestellt – Cousin.«

Dachsschwanz lächelte, aber seine Nackenhaare sträubten sich, als habe eine unsichtbare Hand darüber gestrichen. Nachtschatten war nun so nah, daß er ihr Gesicht erkennen konnte; trotz der verschwollenen Augen, die von ihrer Erschöpfung zeugten, war es ein schönes Gesicht mit einer leicht nach oben gerichteten Nase und vollen Lippen. Ihre langen schwarzen Haare flossen über ihre Schultern bis hinab zur Taille. Am Gürtel ihres roten Kleides baumelte ein kleines Machtbündel. Sonst trug sie nichts bei sich – keine Decke, keinen Umhang, nicht einmal einen Behälter für lebensnotwendige Dinge wie Bogenfeuerbohrer und Nahrungsmittel.

Wie konnte sie hier draußen ohne Vorräte überleben? Noch dazu im Winter. Er warf einen Seitenblick auf Heuschrecke, die ebenfalls zu ihm herüberschielte. Unbehaglich strafften beide den Rücken.

Dachsschwanz legte die Hände wie einen Trichter an den Mund und rief: »Du bist die Priesterin Nachtschatten, nicht wahr?«

Unbeirrt lief sie weiter den Hang hinab; ihre fließenden Bewegungen und das um ihre Fellstiefel schwingende rote Kleid ließen sie aussehen wie ein Gespenst. Zielstrebig marschierte sie geradewegs auf Dachsschwanz zu. Ohne Heuschrecke eines Blickes zu würdigen, ging sie an ihr vorbei, blieb vor Dachsschwanz stehen und starrte forschend in seine Augen, als könne sie in die Tiefen seiner Seele blicken. Der ungewöhnliche Türkisanhänger, den sie seit ihrer Kindheit trug, leuchtete im Sonnenlicht schillernd auf.

»Ja«, flüsterte sie heiser. »Er ist genauso groß und grimmig wie in meiner Erinnerung.« Ihre Augen verengten sich zu schmalen Schlitzen. »Ich erinnere mich an dich, Führer Dachsschwanz – du Mörder, Dieb und Entführer.«

Gelähmt wie ein Kaninchen unter dem Blick einer Mokassinschlange starrte Dachsschwanz in diese riesigen, gehetzten Augen. Sie blinzelte nicht, und ihre Pupillen waren so groß wie ihre Augäpfel, schwarz wie Kohle und so eisig kalt, daß seine Seele erschauerte. Er wußte, die Sternengeborenen tauschten bei den Händlern den Geist von Schwester Datura ein, damit er ihnen beim Durchschreiten des Tores zum Quell der Ahnen half. Aber noch nie zuvor hatte er jemandem gegenübergestanden, der von diesem Geist besessen war. Trotzdem war sich Dachsschwanz ziemlich sicher, jetzt Zeuge dieser Besessenheit zu sein.

Er räusperte sich und sagte ehrerbietig: »Verzeih, daß wir dich auf deiner heiligen Reise stören, Priesterin. Tharon, der Häuptling Große Sonne, schickt uns, um ...«

Sie trat noch einen Schritt vor und stand nun so dicht vor Dachsschwanz, daß er die Wärme ihres Körpers spürte. »Ich weiß, warum du gekommen bist, und ich weiß, was du in River Mounds angerichtet hast.« Aufflammender Kummer beseelte ihre Worte. Nachdenklich blickte sie ins Nichts. »Ja«, sagte sie sanft. »Ich bin mir dessen bewußt, aber es *ist* seine Schuld! Dachsschwanz hat diese Befehle befolgt, oder?«

Heuschrecke stotterte: »W-was ist los?« Sie hob ihre Keule, schlagbereit begann sie Nachtschatten und Dachsschwanz wachsam wie eine ihre Beute verfolgende Katze zu umkreisen. Nachtschatten schien davon gänzlich unbeeindruckt; ihre großen, anklagenden Augen wandten sich wieder Dachsschwanz zu.

Er wich ihrem scharfen Blick aus und sah finster auf das leuchtende Band des Flusses. Hier und da schnellten Fische aus dem Wasser und hinterließen beim Eintauchen glitzernde Ringe. »Du bist dazu geboren, deine Seele schwimmen zu lassen und zu den Geistern zu schicken, Priesterin. Ich bin zum Kämpfen geboren. Nicht aus Haß oder Rache kämpfe ich, sondern weil es die Natur meiner Seele und meine Pflicht ist. Ein Schwan ist ein Schwan. Ein Bär ist ein Bär.«

Er fühlte ihren bohrenden Blick auf sich gerichtet und wandte sich ihr zögernd zu. Erschrocken beobachtete er, wie das Blut auf seinem Kriegshemd ihre besondere Aufmerksamkeit erregte. Ihre zarte Hand berührte jeden Blutspritzer auf dem Bild des Falken mit solch schmerzhafter Sanftheit, daß Dachsschwanz' heftig hämmerndes Herz seine Brust zu sprengen drohte.

»Wen von meinen Freunden hast du in Ausübung deiner Pflicht verstümmelt, Dachsschwanz?« fragte sie. »Wen ...« Die Schärfe ihrer Stimme schwand, sie neigte den Kopf zur Seite und schien wieder ihrem unsichtbaren Gefährten zu lauschen. Ihre Lippen kräuselten sich zu einem kleinen Lächeln. »Ja, ich weiß, Rotluchs. Aber er hätte weglaufen können. Ich bin kein Ungeheuer. Sollte er jetzt diesen Wunsch haben, ich halte ihn nicht auf, aber ich bezweifle, daß er den Mut dazu aufbringt. *Ein Bär ist ein Bär.*«

Dachsschwanz stand wie angewurzelt da. Atemlos starrte er in Richtung des Unsichtbaren, mit dem sie gesprochen hatte. Er konnte die Augen nicht abwenden. Nachtschatten stürmte an ihm vorbei und rannte in fliegender Hast den Hang zum Fluß hinunter.

Grüne Esche, eine Angehörige des Blaudecken-Stamms, schlang ihren Umhang aus Kaninchenfell enger um ihre Schultern und beobachtete den über den Fluß-Hügeln aufsteigenden Rauch. Der frostige Atem der Sechs Heiligen huschte sacht über das eisige Wasser des Cahokia Creek und bewegte schwach die wenigen grünen, am Ufer wachsenden Pflanzen.

Die Leute neben Grüne Esche flüsterten aufgeregt und beschatteten ihre Augen zum Schutz vor Vater Sonnes Glanz.

Primel, ihr Bruder, blickte sorgenvoll auf die sich aufwärts kräuselnden grauen Rauchfahnen, die das blauviolette Leuchten der Morgendämmerung verdunkelten. Er war mittelgroß und von feinem Knochenbau. Der Stoff seines grünen Kleides spannte sich über gut ausgebildeten Muskeln.

»Dachsschwanz blieb keine Wahl«, sagte Nessel mit unheilvoller Stimme. »Er mußte den Tribut für uns eintreiben.«

Grüne Esche warf einen raschen Blick auf ihren zukünftigen Ehemann. Obwohl er fast alle anderen im Dorf an Größe überragte, besaß er die freundliche Seele eines Hündchens. Er war elf Hand groß und hatte das Gesicht von Schwester Puma: rund, mit einer flachen Nase und scharfen Augen. Das schwarze Haar trug er am Hinterkopf zu einem Knoten gebunden, den er mit einer Nadel aus Kaninchenknochen zusammenhielt. Die Fransen seiner braunen Ärmel flatterten in der Brise, als er, wie um sich selbst zu schützen, die Arme vor der Brust verschränkte.

Die Rauchwolken in der Ferne zauberten einen Hoffnungsschimmer in die ausgezehrten Gesichter. Die alte Winterbeere war bereits so mager, daß sie an ein Skelett erinnerte. Der Winter war ungewöhnlich streng gewesen. Das bißchen Vorrat an Mais, Sonnenblumensamen und getrocknetem Kürbis, das sie im letzten Herbst hatten zurücklegen können, war schnell aufgebraucht. Seit drei Monden herrschte in Cahokia Hungersnot.

Nur Dachsschwanz' Überfälle auf die Dörfer und das gewaltsame Eintreiben des Tributs hatten die völlige Katastrophe bisher abgewendet.

Aber wie lange noch?

Zärtlich legte Grüne Esche eine Hand auf ihren dicken Bauch und betete lautlos zur Ersten Frau. *Mein Baby braucht Essen. Schick uns Regen, Erste Frau.*

Eine leise Stimme stieg aus den tiefsten Regionen ihrer Seele empor. Lauschend schloß sie die Augen. Das Baby sprach oft zu ihr. Hin und wieder glaubte sie wie eben in diesem Augenblick, ein paar Worte festhalten zu können: *Petaga kommt ... südwärts ... nach Süden müssen wir gehen ... zum Ende des wehenden Schnees ...*

Angstschauder zuckten durch ihren Magen. Petaga? Der Sohn des Häuptlings Großer Mond? Häuptling Großer Mond. Armer Jenos. Wie sollte er jetzt seine eigenen Leute ernähren?

»Nun«, meinte Primel und atmete tief aus, »mir gefällt das zwar nicht, trotzdem werde ich mich morgen früh gleich anstellen und auf unsere Ration Mais warten.« Er bückte sich zum Fischnetz, prüfte die Spannung und sah nach, ob er irgendeinen Fisch in dem todbringenden Geflecht entdecken konnte. Beim Anheben des Netzes kräuselten silbrig aneinanderstoßende Ringe das Wasser.

»Ich auch«, pflichtete ihm Nessel bei und packte hilfreich mit an.

Auch Grüne Esche wollte helfen. Doch ihr Bauch war so dick, daß sie ihre Zehen nicht mehr sah. Nur mit Mühe konnte sie sich neben Nessel niederknien. Bei ihrem Volk war es Brauch, eine Frau erst dann einem Mann zu geben, wenn sie durch eine Schwangerschaft ihren Wert unter Beweis gestellt hatte – es sei denn, bei der zukünftigen Ehefrau handelte es sich um einen *Berdachen* wie Primel.

Unbeholfen ergriff sie das Netz und half beim Einholen. Primel war schon immer ein wenig sonderbar gewesen. Er hatte häufig Geisterträume und war viel zu freundlich für diese rauhe Welt. Eine ihrer frühesten Erinnerungen an Primel war, wie er auf der Erde kauerte und seinen Kopf vor den Schlägen der Dorfkinder schützte. Grüne Esche wurde zu seiner Beschützerin. Mehr als einmal war sie in Schwierigkeiten geraten, wenn sie mit ihren Fäusten Primels Peiniger zu vertreiben versuchte.

»Ich spüre nicht die geringste Bewegung im Netz«, sagte sie besorgt zu Primel.

»Holen wir es ganz ein, dann werden wir sehen.«

Hand über Hand zogen sie das Netz aus dem Wasser, bis das geknüpfte Geflecht auf dem sandigen Ufer lag. Es war wieder einmal leer.

»Mutter Erde haßt uns. Sie rächt sich an uns für die Art und Weise, wie wir mit ihr umgegangen sind«, brummte die alte Winterbeere. »Wir müssen einen mächtigen Schamanen aus den kleinen Dörfern kommen lassen. Vergessen wir die Sternengeborenen, diese Elite der Priester und Priesterinnen ... Sonst drohen uns Hunger und Krieg.«

Nessel warf einen ängstlichen Seitenblick auf Winterbeere und wandte die Augen rasch wieder ab, und Primel malte mit den Händen magische Zeichen in die Luft, die das drohende Unheil abwenden sollten.

Grüne Esches Blick schweifte über die öden Hügel, in die der Regen tiefe Einschnitte gegraben hatte. An den Hängen standen keine Bäume mehr, die die Erosion hätten verhindern können. Das Wasser war in Sturzbächen die Hänge herabgeströmt und hatte Erde und Feldfrüchte mit sich gerissen. Schon seit vielen Zyklen mußten die Einwohner von Cahokia Hickoryöl, Zuckerahornsaft, Lindensaft und die heiligen Roten Zedern beim Seen-Volk im Norden eintauschen – von den Häuten aller Art gar nicht erst zu reden, denn nach dem Abholzen der Bäume dauerte es nicht lange, bis auch die Tiere verschwanden. Die Wapitis waren schon so lange fort, daß Kinder unter fünfzehn Sommern nicht einmal mehr wußten, wie sie aussahen.

Grüne Esche wechselte einen trostreichen Blick mit Primel, dann suchten ihre Augen erneut die Rauchspiralen in der Ferne.

Kapitel 5

Flechte kauerte hinter einem Kalksteinfelsen und spähte vorsichtig um die Ecke. Sie beobachtete Wanderer, der über ein im letzten Zyklus abgeerntetes gelbbraunes Maisfeld ging. Plötzlich stieß er einen schrillen Pfiff aus, der wie der Triumphschrei eines Falken klang, wenn er ein Backenhörnchen erbeutet hat. Umsichtig, Schritt für Schritt ging Wanderer weiter und schlug mit einem Stock auf die Überreste der Stengel ein.

Sommermädchen, überraschend aus ihrem neun Monde dauernden Schlummer erwacht, sandte schlaftrunken ihren warmen Atem über das Land. Das für diesen Mond außergewöhnlich schöne Wetter dauerte nun schon drei herrliche Tage. Flechte wandte ihr Gesicht der Sonne zu und genoß die Wärme des hellen Glanzes. Schweißtropfen liefen ihr kühl von den Achselhöhlen über die nackte Haut und benetzten den Bund ihres gelben Rockes. Damit ihr die Wärme bis in die Knochen drang, lief sie seit dem Vortag mit nacktem Oberkörper herum.

Keine einzige Wolke zierte Vater Sonnes Brust. Ein endloses hellblaues Tuch wölbte sich über die Welt, senkte sich in die Täler zwischen den Bergkuppen und zeichnete die spärlichen Baumgruppen auf den Bergrücken als dunkle Silhouetten. Unten an den Ufern des Flusses sproß ein hauchdünner Flaum zarten Grüns.

Die Erste Frau hatte wieder begonnen, sich um das Land zu kümmern.

Lächelnd sog Flechte tief die feuchte, nach Erde riechende Luft in ihre Lungen. Plötzlich verharrte sie regungslos. Sie hatte aus den Augenwinkeln heraus eine Bewegung im Maisfeld wahrgenommen – nur das leichte Zittern einiger Blätter, wo alles hätte ruhig sein müssen. Langsam hob sie ihren Bogen, legte einen Pfeil in die Kerbe und zielte.

Pfeifend ging Wanderer unbeirrt weiter. Die grauen Haare umwogten sein Gesicht wie reifbedecktes Gras. Er trug nur einen Lendenschurz, und sein schlaksiger Körper sah nach diesem langen Winter kränklich aus. Flechte wurde nicht recht schlau aus seinem Verhalten. Tiefe Sorgenfalten furchten seine Stirn und fraßen sich in seine ausgemergelten Wangen. Ständig blickte er ängstlich über die Schulter, als werde sich jeden Moment ein Ungeheuer aus den Rissen des verwitterten Kalksteins schleichen und über ihn herfallen. Seit ihrer Ankunft hatte er kaum ein Wort gesprochen; er hatte sie nur gefragt, ob sie ihm bei der Jagd auf etwas Eßbares helfen wolle. Geistesabwesend hatte er ihr das Versteck zwischen den Felsen zugewiesen, ihr zerstreut den Kopf getätschelt und sich auf die Suche nach einem Stock gemacht.

Zwei Raben schwangen sich vom Rand der Klippe in die Luft, ihre nachtschwarzen Flügel blitzten in der Sonne. Wanderer blickte auf, winkte ihnen zu und stieß einen tiefen Laut aus.

Einer der Raben flog zu ihm und kreiste über seinem Kopf.

Einige Sekunden lang unterhielten sie sich, dann flog der Rabe über das Maisfeld davon. Als der glänzende Vogel den Rand des Feldes erreichte, brach ein Wildkaninchen zwischen den Stengeln hervor und lief genau auf Flechte zu.

Rasch schwenkte sie den Bogen herum. Das Kaninchen bemerkte die Bewegung, schlug einen Haken und hüpfte zwischen die Stoppeln der dürren Halme. Fast versteckt in dem gelbbraunen Gestrüpp verharrte es. Rasch schlüpfte Flechte wieder hinter den Felsen und legte sich auf den Bauch. Sie robbte über den warmen Kalkstein näher an das Kaninchen heran. Der schnelle, keuchende Atem des Kaninchens ließ seine Flanken zittern. Langsam hob Flechte den Bogen und zielte auf ihr Opfer. Das Kaninchen schien zu wissen, was ihm bevorstand. Es warf den Kopf zurück und starrte sie voller Angst durch die Halme hindurch an.

Flechte wagte kaum zu atmen. Wie immer schien ihr dieser quälende Moment des Augenkontakts ewig zu dauern. Sie fühlte das Entsetzen und die Verwirrung des Kaninchens. Wie gelähmt blickte es in ihre Augen und wartete auf ihre erste Bewegung.

Flechte fühlte das vor Todesangst heftig pochende Herz des Kaninchens im engen Gefängnis seiner Brust. Tiefer Kummer ergriff sie. Sie versprach, gut zu zielen, und flehte um Vergebung. Das Kaninchen hoppelte auf den grauen öden Stein hinaus, in die Schutzlosigkeit, und Flechte ließ ihren Pfeil davonschnellen. Als er das Herz des Kaninchens durchbohrte, spürte sie ihn wie einen Dolch in ihrer eigenen Seele. Sie brach in Tränen aus. Unsicher erhob sie sich und ging zu dem Kaninchen hinüber.

Als der Körper des Tieres erschlaffte und der Glanz des Lebens aus seinen Augen wich, kniete Flechte nieder und strich liebkosend über das seidige Fell des Kaninchens. »Ich liebe dich, Kaninchen«, flüsterte sie. »Hab vielen Dank.«

Sie blickte nicht auf, als sie auf dem Kalkstein Wanderers tapsende Schritte näher kommen hörte. Unablässig streichelte sie das Kaninchen.

»Dein Schuß war perfekt«, lobte Wanderer sie sanft. »Nun

komm. Wir bringen es nach Hause und singen seine Seele hinauf zum Großen Kaninchen im Himmel.«

Flechte schnüffelte unter Tränen. »Ja, gut.«

Wanderer zog den Pfeil mit unendlicher Zartheit aus dem Körper des Kaninchens und hob das Tier auf. Nebeneinander machten sie sich zwischen den Felsen hindurch auf den Rückweg. Über ihren Köpfen kreischte und krächzte ein Rabenschwarm. Die Vögel ließen sich von der Luftströmung wie dunkle, im tiefsten Winter verwehte Blätter dahintragen. Flechte litt innerlich Qualen. Sie wußte nicht, warum sie beim Töten so viel Schmerz verspürte. Die meisten Menschen schienen dazu imstande, ohne etwas zu empfinden, manche schienen es sogar zu genießen. Aber in Flechtes Seele brannte jeder Akt des Tötens mit der Intensität von Klapperschlangengift.

Als sie nun dieses Gefühl verspürte, erinnerte sie sich an die Geschichte von Wolfstöter und Vogelmann, den Söhnen der Ersten Frau. Gleich nach dem Erscheinen der Menschen aus der Unterwelt machten Ungeheuer die vierte Welt des Lichts unsicher. Der Große Riese, das Felsadlermonster, das Große Gehörnte Ungeheuer und all die anderen trieben die Menschen fast in den Wahnsinn und quälten sie fürchterlich. Sie fraßen sogar die Kinder. Da forderte die Erste Frau Wolfstöter und Vogelmann auf, zu Vater Sonne zu gehen und ihn zu fragen, wie sie sich von diesen Ungeheuern befreien könnten. So wanderten sie sechs Tage, stiegen auf blaue, in den Himmel ragende Kreuze und kletterten auf dem Rücken eines Regenbogens noch weiter hinauf. Das Katzenschwanz-Volk und das Wasserwanzen-Volk versuchten, die Brüder vom Rand des Regenbogens herunterzuholen, aber diese versteckten sich in den Bändern aus Licht und krochen bäuchlings weiter, bis sie ganz oben anlangten.

Vater Sonne sprach zu ihnen: »Ich will euch sagen, wie ihr die Ungeheuer töten könnt. Aber ihr müßt mir versprechen, euer Wissen weiterzugeben, damit meine Weisheit stets bei meinem Volk auf der Erde verweilen wird, denn Menschenwesen müssen viele Arten von Ungeheuern töten, auch in sich selbst.«

Wolfstöter und Vogelmann wanderten weit, weit in den Süden bis zu den Schwarzen Bergen, wo der Große Riese, der Häuptling der Ungeheuer, lebte. Sie warfen Pfeile aus Blitzen auf den Großen Riesen und töteten ihn.

Anschließend brachten sie alle anderen Ungeheuer um. Sie töteten und töteten, bis ihr Volk vor den Monstern sicher war. Aber die Brüder hatten so oft getötet, daß ihre Seelen in den Hüllen ihrer Körper dahinsiechten und starben. Die Sechs Heiligen befahlen das Ritual *Als die Brüder den Regenbogen bestiegen*. Alle in der vierten Welt des Lichts lebenden Menschenwesen schlossen sich den Gesängen an, und die Seelen von Wolfstöter und Vogelmann genasen.

Flechte fragte sich verwundert, warum dieses Ritual nicht jedesmal vollzogen wurde, wenn ein Kaninchen oder Eichhörnchen sterben mußte. Vielleicht würden die Gesänge die Qual ihrer Seele nach dem Töten lindern.

Flechte und Wanderer stapften wortlos über den Hügel. Ihre Sandalen aus Schilfrohr schlurften leise über die sandigen Wegstücke des Pfades. Wanderer duckte sich als erster in das Eichendickicht und hielt die Äste zurück, damit sie ihr nicht ins Gesicht peitschten.

»Es ist schön warm heute«, meinte Wanderer. »Warum zünden wir das Kochfeuer nicht draußen an? Sammelst du ein paar dürre Äste bei den Wildkirschenbüschen, während ich Bruder Kaninchen ausnehme?«

Flechte ging zum Rand der Klippe, wo sich die Wildkirschen in mageren Strauchgruppen in das Felsgesims krallten. Sie zerrte abgestorbene Äste aus dem Gehölz, bis sie einen Haufen aufgeschichtet hatte, der halb so groß war wie sie selbst. Ächzend schleppte sie das Holz zurück und warf es neben Wanderers Höhle auf den Boden.

Er war gerade dabei, vorsichtig den Bauch des abgehäuteten Kaninchens aufzuschlitzen und blickte neugierig zu ihr herüber. Als er ihren bekümmerten Blick auf dem Kaninchen ruhen sah, fragte er: »Was ist los?«

»Können wir es jetzt zum Großen Kaninchen im Himmel hinaufbeten?«

»Natürlich.« Behutsam legte Wanderer das tote Kaninchen auf die aufgestapelten Wildkirschenäste, wischte sich die blutbesudelten Hände im Sand ab und ging zu dem Stein hinüber, auf dem der abgetrennte Kopf lag.

Flechte stellte sich auf die linke Seite des Kopfes, den Platz von Großmutter Morgenstern, und Wanderer auf die rechte Seite, auf den Platz von Großvater Abendstern. Gemeinsam erschufen sie durch Gebärden die in den Himmel führende Straße des Lichts, damit das Kaninchen in das jenseits des Horizonts im Westen liegende Land der Ahnen gelangen konnte. Menschenwesen mußten die Reise auf dem Dunklen Fluß wagen, Tiere dagegen durften auf der leuchtenden Straße des Lichts gehen.

Flechte blinzelte zu einer Wolke hinauf, die sich über dem Fluß zusammenballte, und schloß die Augen. Die Worte des heiligen Liedes stiegen aus den Tiefen ihrer Seele empor, schwebten um die Höhle und wogten wie ein Schleier über den Klippenrand. Wanderers tiefe Stimme fiel in ihre hohe Kinderstimme ein.

Sieh dort, Bruder Kaninchen, die Leben spendende Straße des Erdenschöpfers.
Wir beten, das Große Kaninchen im Himmel möge deine Seele fügen lassen,
deine Hände nach dem Sternennebel greifen lassen
und dich über den westlichen Horizont hinausführen
zum Haus von Vater Sonne,
wo du nie wieder Hunger leiden wirst,
wo es immer warm ist und wo du niemals im Schnee frieren mußt.
Wir danken dir, Bruder, daß du dein Leben für uns gegeben hast,
damit das allumfassende Leben im Großen Einen ohne Unterbrechung bestehenbleibt.
Komm, Großes Kaninchen im Himmel, komm, komm, komm.
Lasse die Seele deines Bruder fliegen.
Wir spenden dir unseren Atem, um dir Kraft zu verleihen.
Komm, Großes Kaninchen im Himmel, komm, komm, komm ...

Flechte schnüffelte unter Tränen, aber ihr war ein wenig wohler zumute. Sie sah die Seele des Kaninchens emporsteigen und über die Straße des Lichts laufen. Begütigend legte ihr

Wanderer eine Hand auf den Rücken und führte sie zurück zu seiner Höhle.

Dort ließ sie sich auf den Boden nieder, lehnte sich an die Außenwand und sah ihm zu, wie er mit dem Wildkirschenholz, das eine besonders starke Hitze entwickelte, ein Feuer in Gang brachte. Flammen prasselten, und Funken stoben in verschwenderisch goldenen Girlanden auf. Wanderer warf Steine auf die knisternden Zweige und holte anschließend einen Dreifuß aus Weidenholz aus seiner Höhle. Behutsam spießte er das Kaninchen auf einen Wildkirschenstecken, der dem Fleisch ein äußerst wohlschmeckendes Aroma verlieh, und legte es zum Braten oben auf den Dreifuß. Nach getaner Arbeit ließ er sich neben Flechte nieder und musterte sie mit einem fragenden Blick.

Sie kannte Wanderer gut genug, um zu wissen, daß er sie nicht zum Reden drängen würde. Geduldig lehnte er sich an die Wand und faltete die schwieligen Hände im Schoß. Flechte schöpfte etwas Sand in die Hand, ließ ihn durch die Finger rieseln und konzentrierte sich völlig auf die glitzernden Körner. Endlich brach sie das Schweigen. »Wanderer, warum weine ich, wenn ich töten muß?«

Ernst sah er sie an. »Oh, ich glaube, weil es für dich keinen Unterschied zwischen Jäger und Gejagtem gibt. Ich empfinde genauso.«

»Das verstehe ich nicht.«

»Nun, jeder gute Jäger nimmt die Seele des Tieres in sich auf, bevor er es tötet. Was empfindest du, wenn sich das Tier umdreht und dir während der Pirsch zum erstenmal in die Augen blickt?«

»Ich fühle seine Angst und Verwirrung.«

»Genau. Erinnerst du dich, was Vogelmann bei seinem ersten Besuch zu dir gesagt hat? Damals warst du erst vier Sommer alt.«

»Was denn?«

»Daß zu Anbeginn der Zeit Menschenwesen und Tiere ein Leben teilten. Tiere konnten, wenn sie wollten, Menschenwesen sein, und Menschenwesen konnten Tiere sein.«

»Ja, sicher – aber was hat das mit der Jagd zu tun?«

Wanderer zerrte einen Wildkirschenzweig aus dem noch verbliebenen Haufen, biß einen schmalen Streifen Rinde ab und kaute nachdenklich. »Die meisten Menschen können das mit dem Tier geteilte Leben nur noch bei der Jagd empfinden. In dem Moment, in dem die Augen des räuberischen Menschen dem Blick des Opfers begegnen, tauschen beide ihre Seelen aus. Aus diesem Grund stirbt ein Teil der Seele des Jägers mit dem Tier, sobald er es tötet. Und das ist auch richtig so, denn er hat etwas Schreckliches getan. Etwas Notwendiges, aber Schreckliches.«

»Warum müssen wir töten, Wanderer? Wir könnten uns doch von Pflanzen ernähren wie das Rotwild.«

Sacht strich er sich mit dem Zweig über die Wangen. Sein sonst wild abstehendes graues Haar hing in Strähnen herab und klebte ihm schweißnaß an Schläfen und Stirn. »Ah, aber du bist kein Hirsch, Flechte. Du hast den Körper eines Menschen. Der Erdenschöpfer hatte einen guten Grund, die Dinge so einzurichten. Rotwild ißt Gras und Wildblumen. Menschen essen Wildblumen, Gräser und Tiere. Alle Dinge haben ihre ureigenste Aufgabe zu erfüllen – aus gutem Grund.« Er verstummte. Die Falten zwischen seinen dunklen Augen vertieften sich. »Weißt du, wer der größte Jäger ist, Flechte?«

»Der Mensch?«

»Nein.«

»Wer dann?«

»Mutter Erde. Sie pirscht sich ständig an uns heran. An uns alle. An Pflanzen, Tiere und Menschen. Sie lebt nur durch unseren Tod. Unsere Körper versorgen sie mit Nahrung. Deshalb ist das Sterben *heiliger* als das Leben. Wenn wir leben, leben wir nur für uns selbst. Aber wenn wir sterben, tragen wir zu allem Leben in der Welt bei. Eine wichtigere Aufgabe haben wir nicht. Fressen und gefressen werden. Verstehst du, was ich meine?«

Zögernd zuckte sie die Achseln. Schließlich antwortete sie: »Ja, ich glaube schon. Aber ... aber, Wanderer, ich fühle mich dabei immer schuldig. Meine Seele brennt und schmerzt. Wenn das Töten für Mutter Erde so wichtig ist, warum fühle ich mich dann nicht wohl dabei? Kennst du den alten Knochenpfeife? Ihm macht das Töten Spaß. Er prahlt ständig damit. Warum läßt Mutter Erde uns nicht alle so empfinden? Dann wäre sie doch auch viel glücklicher, oder?«

Seine Augen wurden schmal. »Knochenpfeife ist ein Dummkopf. Wenn du das Tier, das du jagst, liebst und achtest, kannst du dich über seinen Tod nicht freuen. Und damit zu prahlen ...« Er spuckte angewidert auf den Boden. »Jäger sind keine Mörder! Und Mörder sind keine Jäger!«

Unter der Heftigkeit seiner Stimme zuckte Flechte zusammen. Zornig warf Wanderer den Zweig auf den Boden und stand auf, um das Kaninchen umzudrehen. Der süße Duft gebratenen Fleisches stieg ihr verlockend in die Nase. Sie beobachtete, mit welcher Ehrfurcht er das brutzelnde Fleisch behandelte, mit welch unendlicher Zartheit er es beim Wenden des Spießes berührte.

»Was ist los, Wanderer?«

»Nichts, Flechte. Tut mir leid. Mach dir meinetwegen keine Gedanken.«

»Hattest du einen bösen Traum?«

Er drehte ihr den Rücken zu, seine Arme sanken langsam herab. »Nicht ... ich ... ich will nicht darüber reden. Ich brauche Zeit zum Nachdenken.«

Flechte nickte. »Ist gut.«

Sie verstand. Ihr ging es manchmal ebenso, wenn sie einen wirklich schlimmen Traum gehabt hatte. Nicht immer wollte sie gleich mit ihm darüber reden, sondern erst einige Zeit verstreichen lassen und darüber nachdenken. Sie litt mit ihm, denn sie kannte das ständig nagende Entsetzen, das auf diese Träume folgte. Flechte saß ruhig da, zupfte an ihrem Rock und legte den Stoff spielerisch mit den Fingerspitzen in Falten.

Wanderer trat vom Feuer zurück, ging zum Rand der Klippe und blickte sinnend über das flache Schwemmland. Sein Blick war unverwandt auf die braungrauen Klippen im Westen gerichtet, an die sich die Schönen Hügel anschmiegten. Langsam schüttelte er den Kopf, dann wandte er sich um und blickte sie über die Schulter an. In seinen dunklen, gequälten Augen sah Flechte, wie die Macht zu ihm kam, doch sie fühlte, wie er, voller Angst vor sich selbst, dagegen ankämpfte.

Sie zog die Knie an die Brust und ließ ihm Zeit. Mit der Spitze ihrer Sandale malte sie eine Spirale in den feinen, vom Kalkstein ausgewaschenen Staub. Sie betete zur Mondjungfrau und erflehte Hilfe für Wanderer. Nur die Mondjungfrau hatte die Macht, ihm zu helfen – nur sie konnte die Dunkelheit durchdringen.

Kaninchenfett tropfte in das Feuer, brodelte über die heißen Steine in die Glut und ließ die Flammen aufzischen. Das Geräusch schreckte Wanderer auf. Er kniete vor dem Dreifuß nieder und prüfte den Braten. Da er gar zu sein schien, nahm er den Spieß vom Feuer. Er blies über das dunkle, dampfende Fleisch von Bruder Kaninchen, um es abzukühlen, trug es hinüber zu Flechte und setzte sich neben sie.

Mit einem seltsam abwesenden Blick pustete er so lange auf das Kaninchen, bis das Fett auf dem Fleisch wieder erstarrte. Sie aß Fleisch zwar mit Vorliebe heiß und saftig, sagte aber nichts. Sie wollte ihn nicht aus seinen Gedanken reißen.

»Verzeih mir, Flechte.« Wanderer riß ein Kaninchenbein ab und reichte es ihr. Dankbar nahm sie es. Sie hatte einen langen Tag hinter sich und mußte unbedingt etwas essen. Hungrig biß sie in das saftige Fleisch. Es hatte einen intensiven, kräftigen Geschmack nach einer Mischung aus Süßgras und Mais.

Flechte wischte sich mit dem Handrücken den Mund ab. »Weißt du, daß wir morgen den Tanz des Weges zur Schönheit tanzen?«

Mitten im Kauen hielt Wanderer inne. »Ja, das ist morgen, nicht wahr?«

»Komm doch.«

Er schloß die Augen und lehnte sich an die Wand zurück, den Fleischspieß mit dem Kaninchen legte er auf sein Knie. Er schien über die heilende Wirkung der Zeremonie nachzudenken. Der Tanz führte die Welt zur Harmonie zurück und heilte die Wunden, die Mutter Erde von den Menschen zugefügt worden waren. Erst nach vollzogener Zeremonie bepflanzten die Menschen erneut ihre Felder.

»Ich kann nicht kommen, Flechte. Du weißt genau, sie würden mich nie teilnehmen lassen.«

»O doch. Wenn meine Mutter dich einlädt, dann schon«, versicherte sie ihm kühn.

Ihr wurde warm ums Herz, als sie Wanderer zum erstenmal an diesem Tag lächeln sah. »Und wie bringen wir deine Mutter dazu, mich einzuladen? Als ich Wühlmaus das letzte Mal sah, sagte sie einige Dinge zu mir, die ich aus gutem Grund so schnell wie möglich vergessen habe.«

»Ich sage ihr, daß ich dich dabeihaben möchte. Sie wird dich einladen. Komm einfach hin. Du weißt, die Zeremonie beginnt bei Einbruch der Nacht. Du kannst neben mir tanzen, ich halte deine Hand. Bestimmt fühlst du dich anschließend besser; der Traum wird dich nicht mehr so beunruhigen.«

Wanderers Lächeln erstarb. »Flechte, hast du immer noch nicht mit dem Steinwolf gesprochen?«

Sie wand sich unbehaglich. »Ich habe es versucht. Er wollte überhaupt nicht mit mir reden. Er hat nicht einmal einen Versuch unternommen, mir zu antworten – zumindest glaube ich das. Warum fragst du?«

»Seit wir über deinen Traum gesprochen haben«, flüsterte er mit tiefer Stimme, »hatte ich stets denselben Alptraum. Allerdings glaube ich nicht, daß es ein Traum ist – kein richtiger jedenfalls. Es ist mehr wie ein – ein ›Ruf‹.« In einer hilflosen Geste zuckte er die Achseln. »Ich weiß nicht, wie ich es erklären soll. Immer, wenn ich im Halbschlaf liege, senkt sich ein Leichentuch auf mein Gesicht und droht mich zu ersticken. Während ich dagegen ankämpfe und versuche, es abzuschütteln, höre ich ständig diese Stimme. Ich …« Er schürzte die Lippen. »Ich glaube, es ist Nachtschattens Stimme. Sie ruft mich.«

Flechte leckte das glänzende Fett von ihren Fingern. Angst krampfte ihren Magen zusammen, aber sie gab sich Mühe, sich nichts anmerken zu lassen. »Ist es die Stimme einer Frau?«

»Ja.«

»Eine tiefe, schöne Stimme?«

Wanderer blinzelte und wandte sich ihr zu. »Hast du dieselbe Stimme gehört, Flechte?«

»Ja, ich glaube. Aber ich bin mir nicht sicher. Ich weiß nicht, wer die Frau ist, aber sie rief meinen Namen und weckte mich auf.«

»Sie rief nur deinen Namen? Weiter sagte sie nichts?«

Flechte schüttelte den Kopf. »Nur meinen Namen. Vielleicht sind unsere Seelen krank, Wanderer. Was meinst du? Ich könnte meine Mutter bitten, für uns zu singen. Falls unsere Seelen krank sind – «

»Nein«, unterbrach er sie mit fester Stimme. »Ich glaube, da steckt mehr dahinter.«

Wanderer fuhr sich mit der fettverschmierten Hand durch das graue Haar und starrte geistesabwesend in das Feuer. Das Wildkirschenholz war zu einem Haufen grauer, mit roten Kohlen gesprenkelter Asche heruntergebrannt. Dünne Rauchfäden kräuselten sich nach oben zu der dicken, den Felsüberhang schwarz färbenden Patina aus Holzkohlenruß. »Ich bin beunruhigt, Flechte. Vielleicht – vielleicht komme ich doch zum Tanz des Weges zur Schönheit. Und wenn die Leute mich aus dem Dorf jagen – nun, dann habe ich wenigstens deine Mutter wiedergesehen. Vielleicht kann ich sogar kurz mit ihr reden.« Eine wehmütige Sehnsucht leuchtete in seinen Augen auf.

Wanderer legte einen Arm um Flechtes schmale Schultern und drückte sie an sich. Wie ein schutzsuchendes Adlerküken schmiegte sie sich in seine Armbeuge und legte den Kopf an seine knochige Brust. Wolken hatten sich zusammengeballt und zogen wie schwerfällige Tiere über den Himmel. Sie lachte zu ihnen hinauf. Als sie sich vorbeugte, um ihre fettigen Hände an ihrem Rock abzuwischen, fiel ihr Blick auf Wanderers Kaninchenspieß.

»Teilst du das Fleisch mit mir?«

»Sicher!«

Mit den Zähnen riß Flechte ein Stück Fleisch heraus und ließ sich seufzend in seine Armbeuge zurückfallen.

»Vielleicht komme ich morgen«, sagte er beschwörend, als versuche er, sich selbst davon zu überzeugen. »Vielleicht geht ja alles gut.«

In seinem schwingenden goldenen Gewand umkreiste Petaga den nicht scharf abgegrenzten Fleck auf dem Boden der Inneren Kammer. Im flackernden senfgelben Licht sah dieser Fleck aus wie eine Pfütze aus Sumachbeerenfarbe: dunkel und braun.

Versorgt mit Nahrung und Getränken für seinen Geist, war Jenos im Haus der Toten auf dem Beinhügel aufgebahrt worden. Sklaven hatten den kopflosen Leichnam gewaschen und sein Fleisch in dem aus den Feuerschalen aufsteigenden Rauch der Zedernrinde gereinigt. Das Ritual dauerte sechs Tage, dann würde Jenos in einem durch Stämme befestigten Grab im kegelförmigen Hügel neben dem Tempel bestattet werden. Seine Frau würde man neben ihn legen ...

Der Brauch verlangte, daß sie von einem Verwandten erwürgt wurde – das bedeutete, von Petagas eigener Hand. *Ich kann das nicht. Mir wird schlecht bei dem Gedanken. Mein Blut verdünnt sich zu Wasser.*

Jenos' Sklaven und alle, die dem Mondhäuptling verpflichtet waren, mußten sich ebenfalls zur Strangulation zur Verfügung stellen. Die Sonnengeborenen unter ihnen begrub man anschließend entlang der Hänge. Die Nichtadeligen wurden verbrannt und ihre Asche über den Grabhügel verstreut. Schließlich käme noch eine neue Schicht Erde auf den ganzen Hügel – Tribut für einen auf abscheuliche Weise ermordeten Führer.

Belastet von zwiespältigen Gefühlen tiefsten Leids und höchster Verantwortung hatte Petaga erst nach geraumer Zeit den Mut aufgebracht, den heiligen Raum erneut zu betreten. Das Gefühl, als sei etwas Entsetzliches anwesend, legte sich schwer auf seine Seele und drohte ihn zu ersticken. Das leise Gemurmel der Sternengeborenen, die vor dem Altar mit dem Kriegsführer von River Mounds, dem großen Hagelwolke, sprachen, drang zu ihm herüber.

In der Erinnerung sah Petaga noch einmal seinen Vater vor sich, den letzten warmen, zuversichtlichen Blick, den er ihm geschenkt hatte. Petagas Magen zog sich vor Schmerz und Haß zusammen, seine Knie begannen zu zittern. Noch zweimal umkreiste er den Blutfleck, dann blieb er stehen und blickte grübelnd über die in den ausladenden Tonschalen brennenden heiligen Feuer zum Altar.

Verunreinigt! Dachsschwanz hatte Blut und Gewalt in den

heiligen Raum gebracht. Zu viele Menschen waren hier gestorben. Wie sollte man ihn jemals reinigen? Bei der nächsten Zeremonie mußten sie, nachdem Nachtschatten die rituellen Gesänge gesungen hatte und spezielle Opfergaben dargebracht worden waren, die Feuer mit Wasser löschen und wieder anzünden. Aber würde das genügen? Wie sollte man die Wände und das Dach reinigen?

War die Entweihung nicht zu groß? War nicht das gesamte Gebäude mit Schmutz besudelt worden? Die ganze Spitze des Hügels mußte gereinigt werden – zu nackter Erde verbrannt und mit festem Lehm bedeckt werden, bevor eine neue Schicht Erde aufgetragen wurde.

Sich der leichten Berührung des Bösen bewußt werdend, blickte er sich um. Die auf die weiß gekalkten Wände gemalten Figuren der Tiere, der Ungeheuer und des Langnasigen Gottes beobachteten ihn herausfordernd. Petaga hob die Hände und musterte prüfend die feinen Linien auf seinen Fingern und in den Handflächen. Er schloß die Augen, ballte die Hände zu Fäusten und preßte sie zusammen, bis die Muskeln seiner Unterarme schmerzten.

Mit diesen Händen mußte er seine Mutter am nächsten Morgen bei Sonnenaufgang erwürgen. Und wie viele andere noch? Der Raum verschwamm vor seinen Augen, höchste Verzweiflung befiel ihn. Er knirschte mit den Zähnen. *Ich kann das nicht! Ich werde Schande über mich und meinen Stamm bringen – über ganz River Mounds.*

In diesem Fall mußte Jenos allein in das Leben nach dem Tode gehen, verspottet von den anderen Geistern. Bereits die Erniedrigung, ohne Kopf in die Unterwelt gehen zu müssen, war Schmach genug. Doch Jenos würde weitere Schande nicht erspart bleiben, wenn die anderen Geister glaubten, seine Frau habe ihn verlassen und sein ältester Sohn sei ein Feigling.

Petaga wandte sich um. Fieberhaft überlegte er, ob er nicht Nachtschatten zu sich rufen und um Rat fragen sollte. Doch sogleich fielen ihm die Berichte ein, denen zufolge sich vor Angst zitternde Nichtadelige im Gras am Ufer des Vaters der Wasser versteckt und beobachtet hatten, wie Nachtschatten in Dachsschwanz' Kanu flußaufwärts gepaddelt wurde. Was war mit ihr geschehen? Wollte Tharon sie töten? Oder handelte es sich nur um eine Entführung? Petagas Herz schmerzte bei dem Gedanken an die hochgewachsene Priesterin. Sie hatte seinen Vater seit Zyklen zuverlässig beraten. Petaga war in dem sicheren Wissen aufgewachsen, sich stets auf sie verlassen zu können – und er liebte sie.

»Ich komme, Tharon«, sagte er böse. »Und ich komme nicht allein … Hagelwolke?«

Der stämmige Anführer erhob sich, stolzierte am Altar vorbei und blickte auf Petaga hinab. Er war ein großgewachsener Mann mit einer schmalen Adlernase und eiskalten schwarzen Augen. Der schwarze Haarkamm auf seinem rasierten Kopf schimmerte orangefarben im Schein der heiligen Feuer, die Ohrspulen aus Kupfer leuchteten prunkvoll auf. Seine untere Gesichtshälfte war ganz schwarz tätowiert. »Ja, mein Häuptling?«

»Wie viele Krieger haben Dachsschwanz' Überfall überlebt?«

»Er ließ ungefähr hundert am Leben, meist alte Männer und Knaben.« Hagelwolkes Stimme klang bitter. »Wir können keinen Krieg führen, dafür hat er gesorgt.«

Petaga straffte seine Beinmuskeln und versuchte, das Zittern seiner Knie zu unterdrücken. »Wie viele Krieger haben in Hickory Mounds, Red Star Mounds und den anderen Dörfern überlebt, die Dachsschwanz in diesem Zyklus verwüstet hat?«

Hagelwolkes Augen wurden schmal, als er Petagas Gedankengang weiterverfolgte. »Es könnte gehen, mein Häuptling. Falls die anderen Führer ihre Feigheit überwinden – und falls ihre Leute auch mit wenig Essen im Bauch zu kämpfen bereit sind.«

»Die Zeit des Hungerns ist bald vorüber. Während des Pflanzmondes wachsen Schmetterlingskräuter und Gänsefußkräuter. Und Kaninchen gibt es immer.«

Hagelwolke nickte beklommen. Offensichtlich beunruhigte ihn die Aussicht, eine lange Reihe von Kämpfen führen zu müssen. »Sollten wir uns dazu entschließen, mein Häuptling, kommt es auf schnelles Handeln an. Tharon und Dachsschwanz dürfen keinen Wind von unseren Plänen bekommen.

Wenn Dachsschwanz zuschlägt, bevor wir darauf vorbereitet sind, brennt er in seiner Wut alle unsere Dörfer nieder.«

Petaga hob den Blick und sah Hagelwolke an. »Gut, fangen wir an. Stell eine Gruppe von Kriegern zusammen, die mich begleiten. Ich selbst möchte mit den Häuptlingen sprechen. Wir brechen auf, sobald ... sobald ...« Das Gesicht seiner Mutter stand ihm vor Augen.

Hagelwolkes schwielige Hand legte sich leicht auf Petagas Schulter. »Weißt du, wer in die Kriegerstammesverbände aufgenommen wird, mein Häuptling?«

»Ja, selbstverständlich. Die Erste Frau verlangt, daß die Angehörigen der Vereinigung von Sonnengeborenen und Nichtadeligen entstammen, damit sich beider Stärken vereinen.«

»Mein Häuptling ...« Unbehaglich starrte Hagelwolke zu Boden. »Meine Mutter ...«

»Sie hat behauptet, mein Vater Jenos sei auch dein Vater. Ja, ich weiß«, unterbrach ihn Petaga.

Hagelwolke holte tief Luft und senkte seine Stimme zu einem Flüstern. »Ich sah heute dein Gesicht. Der Gedanke, deine Mutter ... nun, das hat dich zermürbt. Morgen sieht die ganze Welt zu.«

»Hagelwolke, ich – «

»Ich möchte dich um die Ehre bitten, mein Häuptling.« Seine Stimme festigte sich. »Begreifst du?«

Petaga warf ihm einen unsicheren Blick zu. »Du würdest dadurch an Ansehen gewinnen. Das würde dich fast auf eine Stufe mit den Sonnengeborenen stellen.« Aber nicht ganz. Hagelwolkes Rang würde nie über die Zugehörigkeit zu einem Stamm der Nichtadeligen hinausgehen, solange er nicht offiziell von einem Sonnengeborenen an Kindes Statt angenommen wurde. Trotzdem gewännen Hagelwolkes Worte nach der Vollziehung des Rituals bei den anderen Häuptlingen und Kriegsführern an Bedeutung.

»Sehr gut, mein Freund. Du vollziehst morgen die rituellen Pflichten.« Befreiende Erleichterung zog durch Petagas Herz. Hagelwolke hatte ihn von dem Entsetzlichen erlöst. Eine Qual weniger lastete auf seiner wunden Seele. Mit geballten Fäusten ging er an den lodernden Feuerschalen vorbei zur Tür.

Hinter ihm erhob sich ein erstauntes Gemurmel unter den Sternengeborenen.

Kapitel 6

»Hör genau zu, Nachtschatten. Hörst du ihre Worte? Sie haben die einzige Familie getötet, die du je hattest.«

Wie ein frostiger Wind wehte Schwester Daturas Stimme aus den Tiefen von Nachtschattens Seele herauf. Sie versuchte, nicht auf sie zu hören, ihrer beider totale Abhängigkeit voneinander zu durchbrechen, doch ihre Schwester kämpfte mit größerer Verbissenheit und trug den Sieg davon.

»Sie haben dein Dorf zerstört. Zuerst Binses Tod und nun dies. Wessen Blut befleckt ihre Kriegshemden? Hör gut zu! Sie prahlen mit ihren Taten!«

Rohes Gelächter umzingelte sie und schien sich in sie hineinzufressen wie eine widerliche ansteckende Krankheit. Von einem farbenprächtig bemalten Kanu zum anderen riefen sich die Krieger prahlerisch ihre Geschichten zu.

»Ha!« krähte einer der Krieger hinter ihr triumphierend. »Ich habe sieben Männer getötet und drei Frauen genommen! Im nächsten Winter seht ihr dort Söhne von mir!«

Die Kanus glitten dicht an den mit Minze bewachsenen Ufern des Cahokia Creek entlang. Die Luft war vom bläulichen Rauch der Kochfeuer und den qualmenden Heizfeuern verpestet. Die Nachricht von Dachsschwanz' Rückkehr hatte sich wie ein Lauffeuer verbreitet. Hunderte waren von den vor der Stadt liegenden Maisfeldern herbeigeeilt und säumten die Ufer.

Nachtschatten kniete in der Mitte des Führungskanus; ihre gefesselten Hände baumelten gefühllos auf ihrem Rücken. Der Gestank der sich dicht um sie drängenden Krieger reizte ihren Magen. Gerüche nach Blut, Urin und zerfetzten Eingeweiden belästigten sie. Sie versuchte, die Luft anzuhalten, doch dadurch pulsierte Schwester Datura nur noch stärker durch ihre Adern. Die Farben wirbelten durcheinander, Blau verschmolz in kräuselnden Wellen mit Braun, verwandelte sich in Grün und Hellgelb und verband sich wieder schlagartig mit den Farben von Himmel, Pflanzen, Erde und Wasser. Gegen Nachtschattens Willen riß Schwester Datura das blendende Licht der Sonne aus den Wolken und ließ es wie flüssige Kristalle über die um das Boot strömenden Wellen tanzen.

Ihr drehte sich der Magen um. Sie stieß mit den Schultern zwei Krieger beiseite, schob sich an den Rand des Kanus und übergab sich in den aufgewühlten Fluß. Hilflos hing sie über Bord, schwebend zwischen Wasser und Himmel wie eine verbannte Göttin. Ihr Körper zitterte. Sie erbrach sich, bis sich ihr leerer Magen nur noch in verzweifelter Qual verkrampfte.

»Du bezahlst den Preis für deinen heiligen Tanz. Spürst du den Schmerz, Nachtschatten? Ich bin noch da ... noch da ...«

Die Krieger im Boot verstummten und beobachteten sie gespannt. Nachtschatten versuchte, sich zurückzuziehen und ins Boot zu setzen, aber ihre Muskeln gehorchten ihr nicht. Sie stemmte die Knie gegen den Rumpf und stürzte fast aus dem Kanu. Ihre langen Haare ergossen sich ins Wasser, wogten in schlängelnden Mustern unter ihr. Mit den auf dem Rücken gebundenen Händen war es ihr beinahe unmöglich, das Gleichgewicht zu halten.

»Hilfe. Helft mir. Irgend jemand ...«

Entsetzt wichen die Krieger hinter ihr zurück. Jeder war eifrig darauf bedacht, die Berührung mit ihrem von Geistern besessenen Fleisch zu vermeiden. So viele Krieger drängten sich auf der anderen Seite des Kanus, daß das Boot stark zur Seite kippte. Aufgeregtes Gemurmel setzte ein. Überall von den Ufern des Flusses aus starrten Menschen herüber.

Nachtschattens rotes Kleid hatte sich um ihre Beine gewickelt, sie konnte sich kaum bewegen. Völlig erschöpft und verzweifelt über die Aussichtslosigkeit ihrer Lage begann sie zu weinen.

Erstauntes Geflüster erhob sich hinter ihr, und gleichzeitig fühlte sie, wie das Kanu unter dem tastenden Schritt eines Mannes ins Schwanken geriet. Jemand legte seine Arme um sie und zog sie ins Boot zurück. Als sie den Blick hob, sah sie direkt in Dachsschwanz' nachdenkliche Augen. »Alles in Ordnung? Ist das der Geist von Schwester Datura?«

Nachtschatten ließ den Kopf auf die Brust sinken. Sie sagte nur: »Sie ringt jedesmal mit mir um mein Leben.«

»Kann ich irgend etwas für dich tun?«

»Nein. Es ist allein eine Sache zwischen ihr und mir – ein alter Tanz. Wir kennen die Schritte der anderen zu gut.«

»Würde es helfen, wenn du dich hinlegst?«

Nachtschatten musterte forschend sein derbes Krötengesicht und fragte sich erstaunt, warum ausgerechnet er ihr Hilfe anbot. Dieser Mann hatte sie aus ihrer Heimat entführt, sie in dieses fremde Land verschleppt und dem bösartigen Sonnenhäuptling Gizis – Tharons Vater – ausgeliefert. »Ja«, antwortete sie schlicht.

Dachsschwanz stützte sie mit einer Hand an den Schultern und half ihr, sich auf den Boden des Kanus zu legen. Als sie sich an den Rumpf schmiegte, sah sie die dunkelbraunen Blutflecken auf seinen Lederstiefeln. Ihre Seele schrie auf. Schwester Datura raunte: *»Das ist vielleicht das Blut von Jenos oder Goldrute oder …«*

Dachsschwanz richtete sich auf, und das Kanu geriet ins Schaukeln. »Wir sind fast zu Hause.«

»Cahokia war nie mein Zuhause, Dachsschwanz. Wer wüßte das besser als du.«

Er blieb ruhig stehen. Schließlich drehte er sich um und ging zum Bug.

»Warum bist du damals nicht nach Hause gegangen, Nachtschatten? Als Tharon dich aus Cahokia verbannt hat, warum bist du da nicht nach Talon Town zurückgekehrt? Du bist so feige.«

»Ich war noch ein Kind.« Unhörbar formte sie die Worte. Damals wünschte sie nichts sehnlicher, als nach Hause zurückzukehren, aber mit vierzehn war sie zu ängstlich gewesen und hatte sich nicht alleine auf die lange Reise gewagt – diese Entscheidung hatte sie stets bitter bereut.

Nachtschatten öffnete die Augen einen kleinen Spalt. In der Ferne fielen die Sonnenstrahlen schräg auf den wie ein künstlicher Berg aussehenden Tempelhügel. Es hatte dreihundert Zyklen gedauert und fünfzehn Millionen Körbe mit Erde gebraucht, um dieses überwältigende Monument für Mutter Erde zu errichten – und jetzt hatte Mutter Erde die Menschen verlassen.

»*Ja, natürlich*«, zischte Schwester Datura. »*Die Erste Frau weigert sich, mit Mutter Erde oder Vater Sonne zu sprechen, weil Tharon davon profitieren könnte. Er hat etwas Furchtbares getan. Du mußt herausfinden, worum es sich handelt. Warum die Erste Frau den Eingang zum Land der Ahnen mit einer Wand der Dunkelheit verriegelt hat. Du weißt, was Schlammkopf sagte. Jemand muß herausfinden, was Tharon getan hat, und die Angelegenheit in Ordnung bringen.*«

Sie nickte und flüsterte: »Ich weiß.«

Schlammkopf kam zu ihr, als Nachtschatten vergeblich versucht hatte, die tiefschwarze Wand zu durchdringen. Sie hatte um Hilfe geschrien und an alle in Hörweite lebenden mächtigen Träumer einen Ruf gesandt, aber keine Antwort auf ihr Flehen erhalten. Schließlich war Bruder Schlammkopf gekommen und hatte zu ihr gesagt, sie müsse in die Welt der Menschen zurückkehren, mit Dachsschwanz zusammentreffen und wieder in Tharons Käfig leben. Sie hatte darum gebeten, Binse noch einmal sehen zu dürfen, und versprochen, sich dann in ihr Schicksal zu fügen. Aber Bruder Schlammkopf hatte ihr mitgeteilt, die Erste Frau habe sich in ihre Höhle zurückgezogen und weigere sich, den Menschen Einlaß in die Unterwelt zu gewähren.

Tharon. Nachtschatten versuchte, ihre grauenvolle Angst vor ihm zu unterdrücken. Als sie noch Kinder waren, hatte er sie immer wieder geschlagen – nur, weil ihm sein abgeschirmtes Leben langweilig war und er seinen Spaß haben wollte. Einmal schlug er ihr beide Augen blau und hämmerte ihr so brutal auf den Kopf, daß sich ihre Seele für zwei volle Tage von ihrem Körper trennte.

Ihr von Angst durchsetzter Haß auf Tharon gärte im Laufe der Zyklen zu einer aufwühlenden Mischung aus Verachtung und Bösartigkeit.

Das Kanu drehte nach links ab, um einer Flotte langsam fahrender, mit Baumstämmen beladener Flöße auszuweichen. Die Bäume waren im Hochland, zwei Tagesreisen von Cahokia entfernt, gefällt worden. Mit jedem Zyklus mußten die Leute eine weitere Reise auf der Suche nach Holz unternehmen. Zwar sprossen entlang der Ufer noch Schößlinge, aber sie wuchsen kaum länger als zwei Monde, dann wurden sie bereits als Bauholz oder Feuerholz verwendet.

Beim Durchfahren der letzten Flußbiegung stürmte der durchdringende Geruch nach Fisch und jungen Pflanzen auf sie ein. Wasserschildkröten schleppten sich die schlammigen Ufer hinunter und platschten ins Wasser. Das Schilf war wieder zum Leben erwacht, grüne Blätter schossen zwischen den gelbbraunen Gerippen der im letzten Zyklus abgestorbenen Pflanzen hervor.

Gespenstische Furcht packte Nachtschatten und schüttelte sie, ohne daß sie wußte, warum. Ein mitleiderregendes Wimmern drängte sich aus einem seit langer Zeit verschütteten Teil ihrer Seele herauf.

»*Nein* ...«, flehte sie stumm. »Nein, meine Schwester, das nicht.« Doch die Erinnerungen griffen mit eisernen Fäusten nach ihr und zogen sie unaufhaltsam in die Zeit vor zwanzig Zyklen, als sie zwischen fremden Kriegern eine andere Reise hatte antreten müssen. Zuerst blitzten nur vereinzelte Bilder auf; schließlich begannen sie zu fließen – und die Szenen kehrten mit erschreckender Wirklichkeit zurück: die wahnwitzige Flucht aus Talon Town, als man sie von einem Krieger zum anderen weitergereicht hatte. Die halbe Nacht trug man sie, dann zwang man sie zum Laufen, bis sie glaubte, ihr Herz werde zerspringen. Wieder erlebte sie die Verzweiflung und die Kämpfe, als sie das Land des Sumpfvolkes durchquerten und durch ekelhaft schleimiges Wasser schlichen, das ihr bis ans Kinn reichte. Sie erinnerte sich an die Schlangen, die beißenden und stechenden Insekten, die Sehnsucht nach den lodernden Feuern, die anzuzünden nur der Feind wagen konnte; an die durch die heißen, schwülen Nächte gellenden Schreie verwundeter Krieger – und an die schmerzhafte Einsamkeit.

Nur Dachsschwanz hatte mit ihr gesprochen. Er brachte ihr die Sprache seines Volkes bei, hielt sie fest und beruhigte sie in den Nächten, wenn die Träume sie heimsuchten. Sein Körper war die einzige Quelle der Wärme in jener kalten, furchterregenden Welt gewesen. Nun hatte er sie wieder geholt – seine Stimme war noch immer die einzig freundliche, allein sie spendete ihr Trost.

Nachtschatten blickte mit den Augen eines verängstigten, vier Sommer alten Mädchens auf die vor ihr auftauchende Anlegestelle. Als die Krieger hinaussprangen und lachend und einander derbe Scherze zurufend das Kanu auf den Sand zogen, verkroch sie sich völlig in sich selbst.

Unter halbgeschlossenen Lidern hervor fixierte sie Dachsschwanz, dessen geflochtene Stirnfransen in grauen Strähnen herabhingen und um dessen Augen sich tiefe Falten eingegraben hatten. Er stapfte das schlammige Ufer zur ersten Terrasse hinauf und gab zweien seiner Krieger ein Zeichen, Nachtschatten zu ihm zu bringen.

Die beiden Männer, der eine sehr jung, der andere ungefähr zwanzig Sommer alt, beugten sich über sie und forderten sie auf, sich zu erheben. Jede Berührung mit ihr wollten sie tunlichst vermeiden. Sie sah sie entsetzt an. Als der Junge sie leicht mit dem Fuß anstieß, schrie Nachtschatten: »Nein! Bitte zwingt mich nicht! Laßt mich in Ruhe! Ich will nach Hause. Ich will zu meiner Mutter! Bringt mich nach Hause!«

Dachsschwanz fuhr herum. Seine Silhouette hob sich deutlich vom flammenden Rot des sterbenden Sonnenuntergangs ab. Verblüfft neigte er den Kopf auf die Seite. Erst langsam begriff er.

»Verschwindet!« rief er den Kriegern zu. »Laßt sie in Ruhe!« Er eilte zum Anlegeplatz zurück und drängte sich zwischen seinen geschäftig am Ufer umherlaufenden Kriegern hindurch, die Vorräte ausluden und ihre Habseligkeiten einsammelten.

Die beiden jungen Krieger stolperten bei seinem Eintreffen hastig aus dem Boot. Nachtschatten vergrub ihr Gesicht in den schmutzigen Falten ihres roten Rocks. »Mutter!« schluchzte sie. »Wo bist du? Warum hast du zugelassen, daß sie mich mitnehmen?«

Schwester Datura bemächtigte sich der Bilder in der geheimen Kammer in Nachtschattens Seele und zwang sie, sich an den jungen Dachsschwanz zu erinnern – an einen hochgewachsenen, herrischen jungen Mann. Sie erinnerte sich an die Nacht, die sie in Black Warrior Mounds in der Nähe eines großen Flusses verbracht hatten. Das von Bäumen und Gestrüpp überwucherte Dorf war bereits vor langer Zeit von seinen Bewohnern verlassen worden. Dort sah sie zum erstenmal in ihrem Leben Leuchtkäfer. Die Glühwürmchen kamen bei Sonnenuntergang, funkelten im Gras und breiteten sich wie ein leuchtendes Netz aus glitzernden Sternen auf den Bäumen aus. Damals hatte Dachsschwanz einen Krieger in einem der kegelförmigen Hügel begraben …

Als er nun vor ihr niederkniete, sah sie nichts außer seinem Gesicht. Entsetzliches Grauen überfiel sie. Verzweifelt versuchte sie, wegzukriechen. »Laß mich in Ruhe! Ich will zu meiner Mutter! Ich will nach Hause! Bitte«, weinte sie, »bring mich nach Hause.«

Dachsschwanz' Blick wurde weich. »Es tut mir leid, ich verstehe kein Wort. Nicht ein Wort mehr als damals vor zwanzig Zyklen.«

»Bitte, *bitte!*«

Unsicher streckte er die Hand aus, als wolle er ihr beruhigend übers Haar streichen; doch er zog sie rasch wieder zurück, ließ sie sinken und ballte die Faust. »Nachtschatten, ich weiß nicht, was Schwester Datura mit dir macht, aber – «

»Vor zwanzig … Zyklen?«

Ein Schrei hallte in ihren Erinnerungen wider. Das Gesicht ihrer Mutter tauchte auf, ihr aufgerissener Mund, der Sand in ihren Augen, tot lag sie da, und Blut tränkte ihr Zeremonienkleid … Nachtschatten brach in haltloses Schluchzen aus. Alle, die sie liebte, waren tot, nur Bruder Schlammkopf kümmerte sich noch um sie.

»Nachtschatten!« Dachsschwanz' Stimme klang so liebevoll, daß sie ihr fast fremd war.

Schwester Datura wich zurück, tanzte hinweg und wirbelte knapp außerhalb ihrer Reichweite um sie herum. Nachtschatten schluckte die Tränen hinunter.

Dachsschwanz beugte sich weiter vor. Seine angespannte Miene verriet Furcht und Verwirrung. »Ich weiß nicht, was ich tun soll, Nachtschatten. Sag mir, was ich tun soll.«

Sie schüttelte den Kopf. »Nur ... mir nur beim Aufstehen helfen.«

Er klemmte das blutige Bündel mit Jenos' Kopf unter einen Arm und griff nach ihrem Ellenbogen, um sie zu stützen. Zitternd stieg sie aus dem Kanu und ging auf wackligen Beinen über den weichen Sand. Als sie die steile Uferböschung hinaufkletterte, verhakte sich ein Dornenzweig in ihrem Kleid. Die Krieger wichen vor ihr zurück. Schweigend starrten sie sie an.

Vom Hochufer aus konnte Nachtschatten Leute sehen, die mit Hacken aus Hornstein und Muschelschalen die Felder im Norden bestellten. Die Pflanzzeit hatte begonnen, und sie säten die Samen in lange, aufgehäufelte Erdreihen. Vier verschiedene Maissorten wurden angebaut: Puffmais und Süßmais, Mais zum Schroten und Mais für Mehl. Alte Baumstümpfe, umrankt von wilden Brombeeren, umgaben die Felder wie ein natürlicher Zaun. Die jungen grünen Blätter hoben sich deutlich von der fruchtbaren dunklen Erde ab.

Nachtschattens Blick flog über die zahlreichen, verstreut im Westen und Süden liegenden, von Menschenhand errichteten Hügel hinweg. Dieses furchteinflößende Erbe der Elite schürte eine tiefe Angst in ihr. Sie wandte sich um und entdeckte einen Platz, auf dem sich eine Familie der Nichtadeligen ein neues Haus baute. Der Großvater beaufsichtigte eine ganze Arbeiterschar. Die Kinder entrindeten Kastanienstämmchen, um sie gegen Insektenbefall widerstandsfähig zu machen. Anschließend behandelten sie die Enden der Stämmchen im Feuer, damit die Bodenfeuchtigkeit nicht in das Holz eindringen konnte, und reichten die Stämmchen an zwei Männer weiter, die sie in ausgehobenen Gruben verankerten. Im Hintergrund saßen drei Frauen – wahrscheinlich Großmutter, Mutter und Enkelin – und verwoben Schilfrohrblätter zu Matten. Diese wurden später mit Lehm bestrichen und dienten als Wände. Zwei Seiten des Hauses waren auf diese Weise bereits fertiggestellt.

Erstaunt runzelte Nachtschatten die Stirn. Zwischen dem Hochufer und der hohen, rund um Cahokia errichteten Palisade verteilten sich Hunderte neuer Häuser auf der Fläche zwischen den Hügeln. Die schäbigen Dächer erstreckten sich, so weit das Auge reichte. Selbst der Platz zwischen den Häusern wurde noch landwirtschaftlich genutzt, frische Ackerfurchen warteten auf die Einsaat.

Kein Wunder, daß Mutter Erde die Menschen im Stich gelassen hatte und daß die Erste Frau sich weigerte, sich für sie einzusetzen! Wie konnte Tharon nur hoffen, diese Menschenmassen jemals ernähren zu können? Sie ernteten die Felder viel zu früh ab und bepflanzten sie unverzüglich neu. Das Getreide konnte gar nicht hoch genug wachsen. Jedes Fleckchen Boden, das bestellt werden konnte, wurde genutzt, selbst auf den und am Fuße der Felsklippen und im weiten fruchtbaren Schwemmland wurde gesät. Dennoch gab es in Cahokia nicht genug zu essen. Trotz der vielen Tribute, die in Booten über die Wasserläufe aus den Dörfern herausgeschafft wurden, reichte die Nahrung für so viele Menschen bei weitem nicht aus. Der Handel versorgte sie zwar mit so exotischen Dingen wie getrockneten Mollusken, Häuten, Kupfer und Pfeifenstein, aber die Nichtadeligen tauschten diese entbehrlichen Waren sofort gegen Nahrungsmittel ein, sofern sie welche bekommen konnten. Nur die Elite konnte sich solche Luxusgüter noch leisten.

Die neugierigen Zuschauer deuteten beifällig nickend auf die ans Ufer laufenden schweren Kanus, die bis zur Bordkante mit Tribut aus River Mounds vollgepackt waren.

»Heuschrecke!« schrie Dachsschwanz. »Such zwanzig Krieger aus. Sie sollen Nachtschatten beim Gang durch die Stadt begleiten. Und ich will keine Zwischenfälle! Sollte es einer der Nichtadeligen wagen, einen Bogen auch nur zu heben, erwarte ich von deinen Kriegern, daß sie ihn auf der Stelle töten!«

Dachsschwanz trat neben Nachtschatten und warf ihr einen beunruhigten Blick zu. Die ausgewählten Krieger, angeführt von Heuschrecke, scharten sich um sie.

Rasch setzte sich die Gruppe in Bewegung. Die Eskorte öffnete eine Gasse durch das Gewühl der anderen Krieger und beschritt den Hauptweg in die Stadt. Nachtschatten war todmüde. Unter Aufbietung ihrer letzten Kräfte zwang sie sich, einen Fuß vor den anderen zu setzen, und schleppte sich vorwärts. Eine Hundemeute sprang ihr schwanzwedelnd und freudig bellend entgegen, dicht gefolgt von einer neugierigen Kinderschar. Sie starrten Nachtschatten wie beutegierige Wiesel an und überschütteten die sie begleitenden Krieger mit Fragen.

»Wer ist das, Heuschrecke? Warum bringt ihr sie her?« wollte ein kleiner Junge wissen.

»Wo habt ihr sie gefangen?« Ein anderer versuchte sich nach vorn zu drängeln und hüpfte immer wieder hoch, um über die Köpfe der vor ihm Stehenden einen Blick auf Nachtschatten zu erhaschen. »Habt ihr sie in der Schlacht bei den Fluß-Hügeln gefangengenommen? Ist sie eine Opfergabe?«

Ein Mädchen von ungefähr vierzehn Sommern bückte sich und spähte zwischen den Beinen der Krieger hindurch. Es riß die Augen auf und schrie gellend: »Das ist Nachtschatten! Lauft! *Lauft weg!*« Die Kinder zerstreuten sich wie ein Schwarm Fische, wenn man einen Stein ins Wasser wirft, und rannten davon, lauthals die Neuigkeit verkündend. Nach nur wenigen Augenblicken hatte sich eine schaulustige Menschenmenge am Wegrand versammelt. Sogar die Alten und Kranken kamen, gestützt auf die Schultern der anderen, aus ihren Häusern, um Zeugen von Nachtschattens Rückkehr nach Cahokia zu werden.

»Bleib dicht bei mir«, befahl Dachsschwanz.

»Wo soll ich auch sonst hingehen?« Sie bemerkte, wie er unruhig seine hornsteinbewehrte Kriegskeule aus dem Gürtel nahm.

Bevor sie die Lagerhäuser erreichten, tauchte links von ihnen der den Himmelskreis markierende Ring aus geschnitzten, bunt bemalten Zedernpfosten auf. Der alte Murmeltier hatte unerbittlich darauf beharrt, den exakten Lauf von Vater Sonne, der Mondjungfrau und der Sternenungeheuer darzustellen. So konnte er die Pflanz- und Erntetage und auch die Tage der großen Zeremonien genau bestimmen. Murmeltier war der Überzeugung gewesen, eine Darstellung des heiligen Tanzes der Sonnengötter werde Vogelmann dazu bewegen, die Mysterien der Großen Helligkeit und der Großen Dunkelheit in der Schöpfung enträtseln zu helfen. In den alten Legenden hieß es, Vogelmann sei zu Lebzeiten ein böser Mensch gewesen. Er habe einen vernichtenden Krieg gegen Wolfstöter geführt und sei deshalb nach seinem Tod dazu verurteilt worden, den Menschen dabei zu helfen, auf dem Weg des Lichts und der Harmonie zu bleiben. Ein Teil seiner Aufgabe bestand darin, Botschaften zwischen den Menschenwesen, den Himmelsgöttern und der Unterwelt hin- und herzutragen.

»Seht doch! Das ist Nachtschatten. O heilige Mutter Erde! Warum kommt sie zurück?« jammerte jemand. Nachtschatten wandte sich um und entdeckte eine alte grauhaarige Frau, die völlig kopflos durch die Menge floh. Noch neugieriger geworden, drängten sich die Leute heran und gafften sie an. Kannte sie die alte Frau? Konnte das Winterbeere gewesen sein? Während des ersten Zyklus', den sie in Cahokia verbrachte, hatte sich Winterbeere um sie gekümmert. Nachtschatten hatte damals kaum jemanden von den Nichtadeligen gekannt. Der alte Murmeltier hatte ihr den Umgang mit ihnen verboten, war nur mit den Stammesführern in Berührung gekommen und mit privilegierten Handwerkern, die in vollendeter Weise Faustkeile, Handkeulen und Steinpfeifen bearbeiteten, töpferten oder Pfeilspitzen, Axtköpfe und aus Muschelperlen Halsketten, Ohrspulen und Armbänder für die Elite der Stadt herstellten.

»Heuschrecke!« rief Dachsschwanz. »Wir nehmen das Westtor durch die äußere Palisade.« Er machte eine Kopfbewegung nach links zu dem schmalen Pfad am Fuß des ganz im Westen liegenden Beinhügels, wo sich das Gewirr aus Wohnhäusern und Lagergebäuden auf einen freien Platz öffnete.

Gefolgt vom johlenden Pöbel, schwenkte Heuschrecke ab. Die Gruppe ließ die Häuser der Nichtadeligen hinter sich und überquerte den kleinen Platz vor dem Beinhügel. Als ein paar Steine auf den Zug geschleudert wurden, begannen die Krieger wilde Drohungen auszustoßen. Nachtschatten achtete nicht auf das Getümmel. Ihre Nase roch den Übelkeit erregenden süßlichen Geruch des Todes. In dem großen Haus oben auf dem Hügel wurden die Körper bedeutender Sternengeborener für das Begräbnis vorbereitet. Man kleidete sie in prächtige Gewänder, bemalte die Gesichter mit scharlachroter Farbe und rieb ihre Haut mit einer kostbaren Mixtur aus heiliger Zedernrinde und Hickoryöl ein. An heißen Sommertagen war der Gestank unerträglich.

»Dachsschwanz, wer ist gestorben?«

Er zuckte die Achseln und behielt wachsam den Pöbel im Auge. »Tharon wird es dir sagen.«

Nachtschatten sog tief die Luft in ihre Lungen. Vor ihnen tauchte hoch und weiß die große Palisade auf. Die senkrecht stehenden Pfähle, mit Lehm bestrichen und im Feuer gehärtet, reckten sich als fünfundzwanzig Hand hohe Wand gegen den Himmel. Sie schützten die Zeremonienstätten und die Häuser der Sonnengeborenen, Sternengeborenen und anderen Eliten. Hinter den mit Kriegern bemannten Schießplattformen ragten die abgeflachten, vierkantigen Hügel in den sich rötenden Himmel. Unverwandt ruhte ihr Blick auf dem höchsten Hügel. Der darauf erbaute riesige prachtvolle Tempel schien Vater Himmels Bauch aufzuschlitzen. Das eindrucksvolle Gebäude ließ selbst den hohen Geisterpfahl mit dem Abbild des Vogelmanns winzig erscheinen. Dort oben wartete Tharon auf sie, gekleidet in seine prächtigsten Gewänder und herausgeputzt mit einem herrlichen Kopfschmuck.

Das riesige Tempelgebäude erstreckte sich über ein Quadrat von tausend Hand und ragte hundert Hand hoch. Schon konnte sie die geschnitzten Abbilder von Adler, Hirsch und Klapperschlange erkennen. Der rötliche Schimmer der Abenddämmerung leckte wie Feuerzungen über die das Grasdach und die Wände des monumentalen Gebäudes zierenden Kupferamulette. Die herkömmlichen Kupferbrocken, gegen Hackenblätter aus Hornstein beim Seenvolk im Norden eingetauscht, wurden von Tharons Metallbearbeitern zu dünnen Platten gehämmert und zu fein ziselierten Kunstwerken und Schmuck verarbeitet.

Der gewaltige Hügel mit dem überwältigenden Tempelgebäude raubte den Menschen den Atem. Alle Macht der Welt schien hier versammelt. Wieder sah Nachtschatten den Tempel mit den Augen des Mädchens, das sie vor zwanzig Zyklen gewesen war. Entsetzen packte sie. *O Binse, was ist mit mir geschehen? Mein Blut ist geschwächt wie das einer alten Frau. Anscheinend kann ich ohne dich nichts und niemandem die Stirn bieten.*

Sie schloß fest die Augen und versuchte, sich Mut zuzusprechen. Als sie wieder aufblickte, begegnete sie Dachsschwanz' neugierigem Seitenblick. Wußte er, was in ihr vorging? Konnte er sich vorstellen, welche Qual es für sie bedeutete, diesen Weg zum zweitenmal in ihrem Leben als Gefangene zurücklegen zu müssen?

Er hängte die Kriegskeule wieder an seinen Gürtel und gab den Wachen auf der Plattform über dem Tor ein Zeichen, zu öffnen. Während die Männer eilfertig davonhasteten, nahm Dachsschwanz Nachtschattens Arm und geleitete sie nach vorn. Rasch bildeten seine Krieger einen halbmondförmigen Kreis um sie. Die Menge drängte sich so dicht wie möglich heran. Aufgeregtes Gemurmel erhob sich. Die Leute stellten sich auf die Zehenspitzen. Alle wollten einen Blick auf den von der Palisade umschlossenen heiligen Ort erhaschen – die meisten in der Hoffnung, den Sonnenhäuptling in Person zu sehen.

Mit einem dumpfen Schlag glitt das Tor aus Baumstämmen zurück und gab den Blick auf einen L-förmig angelegten Zugangsweg frei. Dachsschwanz klemmte das Bündel mit Jenos' Kopf unter seinen linken Arm, schob Nachtschatten durch den Eingang und wartete, bis die Krieger das Tor wieder geschlossen hatten. Die Schönheit der Anlage linderte das Leid seiner Seele. Wie hellgrüne Säume zogen sich herrliche Gärten an den Sockeln der Hügel entlang. Rauchsäulen, rötlich gesprenkelt vom flackernden Schein der Kochfeuer, kräuselten sich in den abendlichen Himmel.

Nachtschatten schüttelte Dachsschwanz' fest zupackende Hand ab. Erstaunt blickte er sie an. Ihre Augen schienen ihn zu verschlingen, ihn in dunkle, beängstigende Tiefen zu ziehen. Er konnte ihrem Blick nicht länger standhalten und sah zum Torwächter.

»Südwind, wie stehen die Dinge hier?«

Der kleine, stämmige Krieger, dessen sauberes Kriegshemd mit dem Gesicht eines Fuchses auf der Brust ihm bis zu den Knien hing, zuckte die Schultern. »So gut, wie man es nach den Vorfällen der letzten Woche erwarten kann. Die Leute sind meist ängstlich in den Häusern geblieben.«

Dachsschwanz nickte ernst. Die furchtsame Stimmung der Bewohner von Cahokia war deutlich spürbar.

»Wo ist Häuptling Große Sonne?«

»*Im Tempel*«, flüsterte Nachtschatten.

Südwind erbleichte und griff nach seinem Messer. »Im – im Tempel, Dachsschwanz. Er zog es vor, oben auf dich zu warten.«

Dachsschwanz nickte Südwind mit gespielter Sicherheit zu. »Ich danke dir, mein Freund. Geh wieder auf deinen Posten. Wir reden morgen weiter.« Er sah Nachtschatten an. Sie stand regungslos da und starrte wie gebannt auf die zum Tempelhügel hinaufführende Treppe, deren Stufen aus poliertem Zedernholz im Abendlicht rötlich aufschimmerten. Dachsschwanz fühlte sich unbehaglich, doch er wollte ihr Zeit lassen, mit den auf sie einstürmenden quälenden Erinnerungen fertig zu werden. Seit ihrem Weggang hatte sich wenig verändert. Ein paar weitere Hügel waren fertiggestellt worden, und in den tiefen Gruben, wo die Erde für die Errichtung der Hügel ausgehoben worden war, hatte man drei weitere Teiche angelegt ... Dachsschwanz besaß inzwischen ein Haus auf einem kleinen Hügel auf der Ostseite des Tempels. Unwillkürlich wünschte er, durch die Lehmwand spähen und einen Blick auf sein Haus werfen zu können.

Er blickte zum Himmel. Das mächtigste der Sternenungeheuer war erwacht. Die lange Schnauze des Jungen Wolfes schnüffelte an der Spitze des Tempels, sein Schwanz streifte die um den Hals der Gehenkten Frau gelegte Schlinge.

»Der Käfig ist geschlossen, Dachsschwanz. Kannst du mich jetzt losbinden?« unterbrach Nachtschatten mit ihrer weichen schönen Stimme seine wehmütigen Betrachtungen.

»Natürlich.« Er zog einen hellen Hornsteinsplitter aus einem Beutel an seinem Gürtel und durchschnitt damit die Fesseln an ihren Händen. Nachtschatten rieb ihre schmerzenden Handgelenke. Als das Blut wieder zu zirkulieren begann, legte sie die Hände auf das bunte Bündel, das sie am Gürtel trug, und strich fast schüchtern darüber.

»Weißt du den Weg noch?« fragte er mit hochgezogenen Augenbrauen.

»In meinen Alpträumen bin ich diesen Weg tausendmal gegangen. Ich glaube, ich werde ihn niemals in meinem Leben vergessen.«

Entschlossen schritt sie auf dem festgetretenen Pfad zum Fuß der Treppe. Dort verharrte sie kurz und fuhr sich mit der Zunge über die Lippen, ehe sie mit dem Aufstieg begann. Ihre Hirschlederstiefel knirschten leise auf dem vom Wind in die Zwischenräume des Holzes geblasenen Sand. Dachsschwanz folgte ihr schweigend.

Beim Aufstieg offenbarte sich die ganze Schönheit der Stadt. Hundertundzwanzig Hügel erhoben sich aus dem flachen Schwemmland und verteilten sich wie gigantische Ameisenhaufen über das Land. Den Raum dazwischen füllten weite Plätze und kleine, strohgedeckte Häuser. Überall schlängelten sich funkelnde Bäche, und in den glitzernden Punkten der Teiche spiegelten sich die ringsum leuchtenden Feuer.

Sie durchquerten den erste Treppenabsatz, an dessen Südwestecke ein kleiner Tempel errichtet war. Das Gebäude befand sich auf einer vorgeschobenen Plattform. Am Morgen und am Abend konnte man von der Mitte des Tempels aus über die Stadt blickend den genauen Tag im Zyklus bestimmen, denn die gesamte Stadt Cahokia war nach dem 365-Tage-Kalender angelegt worden.

Als sie die höchste Terrasse des Hügels erreichten – zweihundert Hand über dem Schwemmland – und vor dem Tor der letzten Palisade anlangten, war Nachtschatten völlig erschöpft.

Hinter der Palisade rief jemand: »Wer da?«

»Kriegsführer Dachsschwanz! Ich komme auf Befehl des Häuptlings Große Sonne. Ich bringe gute Neuigkeiten. Alle Befehle erfolgreich ausgeführt!«

Das schwere Tor, in dicke, mit Leder ummantelte Angeln eingehängt, schwang geräuschlos auf.

Aus den Augenwinkeln bemerkte Dachsschwanz, wie Nachtschatten beim Betreten des letzten Innenhofes ein heftiges Zittern befiel.

Vor ihnen erhob sich der gewaltige, den Nachthimmel verdunkelnde Tempel. Zum erstenmal schlich sich Angst in

Dachsschwanz' Seele ein. Was war das? Woher kam dieses vage Gefühl von Fäulnis und Verwesung?

Du fühlst dich unbehaglich. Das rührt von Nachtschattens Gegenwart und Rotluchs' Tod her. Weiter ist nichts.

Seitlich von ihnen ragte der riesige Pfahl mit dem Abbild von Vogelmann wie ein Pfeil in den Himmel. Rund um den Sockel der gewaltigen Säule lagen Opfergaben. Etliche Bahnen gefärbten Tuches waren um den Stamm gebunden, jedes mit einer Botschaft für Vogelmann.

Dachsschwanz nahm Nachtschatten bei der Hand und zerrte sie so heftig weiter, daß sie ins Stolpern geriet. An der Tür zum Tempel riß sich Nachtschatten mit einem Ruck los und blieb stehen. Ihre Knie unter dem roten Stoff ihres Kleides zitterten unübersehbar.

»Häuptling Große Sonne wartet. Schaffst du es allein, oder brauchst du Hilfe?«

Sie holte tief Luft, als könne das Einatmen des üppigen Geruchs nach würzigem Rauch, der aus dem Tempel drang, ihren Willen stählen. »Ich habe Verpflichtungen den Göttern gegenüber, Entführer. Ich schaffe es.« Sie verneigte sich vor den Sechs Heiligen und stimmte einen leisen, rhythmischen, überirdisch widerhallenden Singsang an.

Dachsschwanz hob die Türvorhänge, damit sie mühelos den Hauptflur betreten konnte, und bückte sich hinter ihr in das warm glänzende Licht. Der Tempel verzweigte sich in einem Labyrinth aus Licht und Schatten. Zwölf Flure kreuzten den Hauptkorridor, sechs von jeder Seite. Sie öffneten sich im Lichtkreis der an den Wänden aufgestellten Feuerschalen wie dunkle Schlünde. Das in den Schalen brennende würzige Hikkoryöl verbreitete seinen Wohlgeruch im ganzen Tempel. Sechs rote Türbehänge schirmten die Räume der heiligen Sterngeborenen ab, die den vordersten Bereich des Tempels bewohnten.

Nebeneinander gingen sie an den imposanten Wandmalereien vorbei, die Vogelmann, die Große Spinne, die Große Klapperschlange, den Großen Wolf, das Auge-in-der-Hand, den Großen Specht und all die anderen darstellten. Entlang des Ganges wurden sie von den geschnitzten Gesichtern von

Tharons Ahnen aufmerksam beobachtet. Waren ihre Mienen immer schon so unangenehm gewesen, oder hatten sich die Schnitzereien verändert?

Hin und wieder hob Nachtschatten die Hand und strich mit den Fingern über die Wandfiguren, meist über das Bild einer Schlange oder einer Spirale. Liebevoll streichelte sie die Gesichter von Großvater Braunbär und der Ersten Frau.

Vor dem Eingang zur Kammer der Großen Sonne verneigte sich Nachtschatten erneut. Sie hatte sich noch nicht wieder aufgerichtet, da wehte schon Tharons schrilles, kindisches Gelächter, vermischt mit dem leisen Gewimmer eines kleines Mädchens, in den Flur. Zweifellos jammerte wieder Tharons neun Sommer alte Tochter Orenda. Nachtschatten straffte entschlossen ihre Schultern und trat in den hellen Raum. Ohne ihre Schritte zu verlangsamen, ging sie weiter, bis sie vor dem erhöhten Altar stand, wo Tharon in überheblicher Pose auf dem heiligen Piedestal herumlungerte. Im gelben Licht der zwölf heiligen Feuer offenbarte sich Cahokias unermeßlicher Reichtum: Kunstvoll gehämmerte Kupferplatten schimmerten auf in strahlendem Glanz; die wunderbar bemalten, erlesenen Holzstatuen und Masken glänzten in den herrlichsten Farben; Perlmuttschmuck und endlose Ketten aus Muschelperlen waren überall kunstvoll drapiert. Die edelsten Töpferwaren der Welt säumten die Wände des Raumes. Die einzelnen Stücke waren mit eingravierten Linien, Punkten oder Bildnissen verziert; die Glasur leuchtete bunt auf oder schimmerte sanft perlfarben. Wunderschöne Gewebe, in verschiedenen prächtigen Farben und in komplizierten, farblich kontrastierenden Webmustern gearbeitet, bedeckten Wände und Boden.

»Tharon«, sagte Nachtschatten, »ich sehe, du hast dich kaum verändert. Noch immer lästerst du die Götter.«

Tharon senkte den Blick und wisperte: »So ... bist du also doch wieder hier.«

Tharon maß über zwölf Hand und hatte das dreieckige Gesicht und die spitze Nase einer Fledermaus. Rote konzentrische Kreise waren auf seine Wangen tätowiert, die Linien verliefen bis zu den an seinen Ohrläppchen baumelnden Ohrspulen aus Kupfer. An diesem Abend sah er gereizt und müde aus. Die Erschöpfung verdunkelte mit indigoblauen Schatten die verschwollenen Tränensäcke unter seinen braunen Augen. Seine hohen Backenknochen hoben sich markant ab. Ein Kopfschmuck aus leuchtend gelben Tangarafedern umfaßte das schwarze, auf dem Kopf aufgetürmte Haar. Kunstvoll gearbeitete Perlen aus Glimmer, dem Stein aus den Steinbrüchen der Gegend, faßten Saum und Kragen ein und funkelten bei jeder Bewegung. Armbänder und Fußspangen aus Bleiglanz bedeckten fast vollständig Arme und Beine. Jeder andere Mann, der sich so protzig gekleidet und mit Edelsteinen geschmückt hätte, wäre verächtlich für weibisch gehalten worden – nicht aber der Häuptling Große Sonne.

Tharon fummelte an seinem Herrscherstab herum. Der Stab, eine stilisierte, aus dem herrlichsten weißen Hornstein gemeißelte Kriegskeule, diente ihm als Symbol seines mächtigen Amtes. Viermal klopfte er damit irritiert gegen das Piedestal. Endlich schien er wieder Mut gefaßt zu haben und öffnete den Mund, um weiterzusprechen. Aber Nachtschatten beachtete ihn nicht. Sie wandte sich dem auf einem kleinen Tisch am Rand des Altars liegenden Schildkrötenbündel zu. Die auf die Hülle gemalten roten, gelben, blauen und weißen Spiralen waren fast bis zur Unkenntlichkeit verblaßt. Offensichtlich wurde es seit Zyklen vernachlässigt. Nachtschatten streckte die Hand aus und berührte es. Sie zitterte.

In dem drückenden Schweigen wanderte Dachsschwanz ruhelos zwischen zweien der zwölf strahlenförmig vom erhöhten Altar aus verlaufenden Feuerschalenreihen hin und her. Der Künstler, der die Schalen geschaffen hatte, hatte den Ton zu Vogelköpfen geformt, die sich über den Rand der Gefäße erhoben: Adler, Falken und Tauben. Sie symbolisierten die von Vater Sonne erschaffenen Vögel, die Vogelmann als Helfer dienten und Botschaften zwischen den Menschen und anderen Lebewesen hin- und hertrugen. Wie die Legende prophezeite, würde Vater Sonne auflodern und die Welt sterben, sollten je die Flammen einer Schale in dieser heiligen Kammer verlöschen.

»Oh!« Tharon hatte Dachsschwanz erspäht. Er ließ seinen Herrscherstab fallen, ging die drei Stufen vom Altar herunter und lief freudig erregt durch den Raum. Er klatschte in die Hände und hüpfte in seinem flatternden Umhang aus Adlerfedern auf und ab wie ein fünf Sommer alter Junge. »Oh, Dachsschwanz, ich freue mich, dich zu sehen! Was hast du mir mitgebracht? Wo ist es? Wo ist es?« Er wieselte um Dachsschwanz herum und tastete dessen Kriegshemd und Stiefel ab. Wie immer in dieser Situation hob Dachsschwanz ergeben die Arme, damit Tharon ihn absuchen konnte. »Ich weiß, du hast etwas. Was hast du mir mitgebracht? Gib es mir. Ich kann nicht warten!«

Dachsschwanz zog das Halsband aus Amethysten und Muscheln aus seinem Gürtel und hielt es dem Sonnenhäuptling hin. Tharons Augen weiteten sich. Gierig griff er nach der Kette, trat einen Schritt zurück und betrachtete sie genauer. »Oh, sie ist wunderschön! Vielen Dank. Ich danke dir, getreuer Dachsschwanz. Rasch, leg sie mir um.«

Tharon reichte sie Dachsschwanz, der küßte die Halskette und streifte sie behutsam über Tharons Kopf. Große Vorsicht war geboten, da sich die Launen des Häuptlings Große Sonne so schnell änderten wie die Formation der Wolken. Die leichteste Berührung an der falschen Stelle oder der kleinste Unterton in der Stimme konnte einen tödlichen Wutanfall auslösen.

»So, mein Häuptling.«

Tharon schlenderte gemächlich zum Altar zurück und zupfte begeistert an seinem Geschenk herum.

Auf der Westseite der Kammer saß Orenda, das einzige Kind des Sonnenhäuptlings, mit übereinandergeschlagenen Beinen auf dem Boden. Sie ließ ihren Vater nicht aus den Augen. Sechs Angehörige der Sternengeborenen standen hinter ihr – junge Männer und Frauen, alle in scharlachrote Gewänder gehüllt. In einem Halbkreis um sie herum lag eine stattliche Anzahl von Gegenständen der Mächte: elf Machtbündel, etliche Adlerfedern-Gebetsschwingen, ein Halsband aus runden weißen Steinen, ein Armband aus Amethyst, Kopfschmuck aus Eulenklauen und kunstvoll mit Perlen bestickte Mokassins.

Nachtschattens Blick schweifte über diese Gegenstände und blieb an einem Machtbündel hängen. Es stellte eine seltsame

Kreatur mit dickem, beinlosem Körper und einem langen, platten, mit grauer Farbe auf die Außenseite gemalten Schwanz dar. Sie neigte den Kopf zur Seite, als lausche sie auf unhörbare, von diesem Bündel ausgehende Stimmen.

Noch immer auf der Hut vor seinem unberechenbaren Häuptling, streckte Dachsschwanz die Hände aus. »Mein Häuptling, hast du nicht etwas vergessen?«

Verständnislos sah Tharon ihn an.

Lautlos formte Dachsschwanz die Worte: »Der Trank.«

»Oh! Ja!« Tharon klatschte in die Hände. »Kriegsführer Dachsschwanz und die große Nachtschatten sind angekommen! Bringt uns den heiligen weißen Trank!«

Ein junger Sonnengeborener verschwand im Hintergrund. Nachtschatten schien sich des verlegenen Schweigens nicht bewußt zu sein, sie war völlig in sich versunken und starrte mit leeren Augen auf das Bündel.

Langsamen, gemessenen Schrittes kehrte der junge Mann zurück. In den Händen hielt er einen großen, wunderschön gravierten Muschelschalenkelch. Singend trug er die Legende vor, wie einst die Erste Frau den Menschen das Geschenk des weißen Tranks brachte, damit sie einen klaren Kopf bekämen und einsichtig würden. Der »weiße« Trank war tiefdunkel, das Weiß stand für die Reinheit des Getränks. Als der junge Sonnengeborene näher kam, bemerkte Dachsschwanz das Zittern seiner Hände und die krampfhaft zusammengebissenen Zähne.

Tharon, finster dreinblickend und scheinbar in Gedanken versunken, nahm das dargebotene Gefäß und trank einen großen Schluck, bevor er es zurückreichte. Der Junge ging weiter zu Dachsschwanz, der den Kelch mit beiden Händen entgegennahm und die Gravuren darauf bewunderte: miteinander kreuzförmig verbundene Klapperschlangen, deren Schwänze sich im rechten Winkel nach links krümmten. Dachsschwanz trank das bittere schwarze Gebräu. Dann gab er dem Jugendlichen den Kelch zurück, und dieser reichte ihn Nachtschatten. Geistesabwesend nahm sie die Trinkmuschel entgegen, nippte zuerst zögernd, dann trank sie mit fester Entschlossenheit, und ihre Augen erstrahlten. Dankbar gab sie das Gefäß dem jungen Mann, und nachdem alle anderen ebenfalls getrunken hatten, entfernte sich dieser.

Den Regeln der Zeremonie gehorchend, kniete Dachsschwanz vor dem Piedestal nieder. »Heiliger Tharon, Häuptling Große Sonne, wir sind im Triumph zurückgekehrt. Während wir hier sprechen, wird dein Tribut entladen.« Behutsam legte er Jenos' Kopf auf den Altarsockel zu Tharons Füßen. »Ich bringe dir den Kopf deines ›verfluchten Feindes‹ – so, wie du verlangt hast.«

»Tatsächlich?« Tharon leckte sich nervös die Lippen, als ergreife ihn plötzlich Furcht. Er spielte mit seinem neuen Halsband. »Ich bin überrascht. Ich dachte – nun, ich hatte nicht geglaubt, daß mein Cousin den Mut aufbringen würde, sich dir zu widersetzen.« Unruhig wedelte er mit der Hand. »Wickel ihn aus.«

Dachsschwanz band die Enden des goldenen Tuches auf, schlug den von getrocknetem Blut steif gewordenen Stoff zurück und enthüllte Jenos' Kopf. Die harten Falten des Stoffes hatten sein Gesicht scheußlich entstellt.

Voller Abscheu schürzte Tharon die schmalen Lippen. »Dieser Narr. Er hätte es besser wissen müssen, als sich gegen mich zu stellen. Ist er anständig gestorben?«

»Er starb als tapferer Mann.«

»Hast du seinen Sohn – wie heißt er doch gleich? – gezwungen, zuzusehen?«

»Petaga. Ja.«

»Nun, Jenos hat es nicht anders verdient. Er hätte sich meinen Befehlen nicht widersetzen dürfen.« Tharon nickte heftig. »Gut, jetzt wird der Junge gehorchen wie alle anderen auch. Nicht wahr, Dachsschwanz?«

»Ja, mein Häuptling.«

Mit wehendem Adlerfedernumhang verließ Tharon das Piedestal und wandte sich bösartig grinsend Nachtschatten zu, die wie betäubt und ohne zu blinzeln auf Jenos' rumpflosen Kopf starrte.

»Jetzt«, sagte Tharon mit schneidender Stimme, »gehörst du wieder mir, Nachtschatten, und ich kann nach Belieben mit dir umspringen.«

Einen Augenblick herrschte Stille. Dann brach ein tiefes, kehliges Lachen aus ihr heraus. Dachsschwanz warf ihr einen warnenden Blick zu, doch sie lachte nur noch lauter. Ihre zügellose Heiterkeit schnitt durch die totale Stille. Sogar die ständig wimmernde Orenda verstummte vor Schreck.

»Du warst es nicht, der mich zurückgeholt hat, Tharon, mögen deine Launen auch der Grund für mein Hiersein sein«, erwiderte sie nach einer Weile ruhig. »Du hast also den alten Murmeltier umgebracht. Was – «

»Lügnerin! Wie kannst du es wagen, mir so etwas zu unterstellen?« fuhr er sie an. Sein Blick huschte zu den Sternengeborenen hinüber. Unschlüssig drängten sie sich enger um Orenda zusammen und flüsterten miteinander.

Mit geschmeidigen Bewegungen schritt Nachtschatten zum Altar. Ihr schmutziges rotes Kleid klebte an ihrem wohlgeformten Körper wie eine zweite Haut. »Es war keine ›Unterstellung‹, denn ich bezweifle sehr, daß Murmeltiers Machtbündel mich belügen würde. Schließlich befand es sich in seinem Zimmer, als er mit letzter Kraft hineintaumelte, nachdem du ihn vergiftet hast.«

Dachsschwanz erhob sich ruckartig. Fast wäre er über seine eigenen Füße gestolpert. Er mußte sich am Altar festhalten, um nicht hinzufallen. Nachtschattens Auftreten hatte sich dramatisch verändert. War das dieselbe Frau, die noch vor kurzem schluchzend wie ein kleines Kind Trost gesucht hatte? Nun ging eine ungeheure Macht von ihr aus, beseelte ihre tiefe Stimme und drückte sich in ihren fließenden, sinnlichen Bewegungen aus. War dies eines der anderen Gesichter von Schwester Datura? Ein Lächeln huschte über ihr Gesicht. Mit einem gespenstischen Leuchten in den Augen zischte sie: »Was hat Murmeltier entdeckt, Tharon? Was hast du getan? Womit hast du die Götter so verärgert, daß sie uns im Stich gelassen haben?«

Tharon lehnte am heiligen Piedestal. Er hob seinen Herrscherstab, als wolle er damit zuschlagen, doch er ließ die Hand wieder sinken. Lange stand er reglos da und sah sie nur an. Dann sagte er: »Weißt du, daß der alte Murmeltier überzeugt war, du seist eine Hexe?« Er fletschte die Zähne. »Er sagte, du hauchtest Tod in die Quellgefäße. Dieser Verdacht hätte genügt, dich töten zu lassen, das weißt du.« Er machte eine alles umfassende Geste mit der Hand. »Alle hätten das gebilligt.«

Herausfordernd zog Nachtschatten eine Augenbraue hoch. »Die einzige, die den Gefäßen noch Leben einhauchen kann, bin ich, Tharon. Töte mich, und du brichst die Verbindung zur Unterwelt für immer ab. Und ohne die Führung der Ersten Frau verdammst du dein Volk zur Vergessenheit.«

Tharon schmetterte seinen Herrscherstab auf den Altarsockel und kämpfte mit den Tränen. »Wir sind schon verdammt! Sieh doch, was mit uns geschieht!« schrie er. »Mutter Erde weigert sich, Bäume wachsen zu lassen. Die Erste Frau schickt keinen Regen oder gleich so viel, daß die furchtbaren Fluten unser Getreide vernichten!« Er schleuderte den Stab quer durch den Raum. Der Stab traf eine Feuerschale und polterte schlingernd weiter, bis er mit einem dumpfen Knall gegen die Wand schlug.

Eine der Sternengeborenen, eine unscheinbare junge Frau namens Kessel, keuchte entsetzt, als sie Öl aus der Schale tropfen sah. Sie rannte zum Altar und holte eine andere Schale, mit der sie die zerbrochene ersetzte. Dabei sang sie unablässig. Kessel war die neue Wächterin der Feuerschalen, die nie mehr einen Fuß aus dem Tempel setzen würde, immer darauf achtend, daß keines der Feuer je erlosch. Tharon beobachtete sie voller Abscheu.

»Genug!« schrie er. »Bring mir meinen Herrscherstab.«

Kessel vollendete zuerst den Austausch der Schalen. Behutsam versetzte sie den Docht von dem zerbrochenen in das unbeschädigte Gefäß. Als das Feuer wieder ruhig brannte, holte sie schnell den Herrscherstab und reichte ihn mit einer tiefen Verbeugung Tharon. Grob riß er ihn ihr aus den Händen und befahl: »Kehre sofort an deinen Platz an der Seite meines Kindes zurück!«

»Ja, mein Häuptling.« Sie eilte verängstigt zur Westseite des Raumes zurück.

Unschlüssig klopfte Tharon mit seinem Herrscherstab in seine Handfläche. Dann stieg er die Altarstufen hinab und ging auf Nachtschatten zu.

Schweigend beobachtete sie, wie er sie mit zuckendem Mund umkreiste. Plötzlich blieb er stehen und näherte sich vertraulich.

»Ich hatte keine Ahnung, wie schön du geworden bist«, sagte Tharon schmeichlerisch. »Ich hörte, auch deine Macht sei gewachsen.« Wieder umkreiste er sie. »Weißt du, was ich für dich getan habe?« Fragte er sie in einer Mischung aus gespielter kindlicher Freude und tiefer Besorgnis. Als Nachtschatten schwieg, rief er: »Ich habe dein altes Zimmer für dich herrichten lassen!«

Nachtschatten schielte aus den Augenwinkeln zu ihm hinüber. »Warum hast du befohlen, mich zurückzubringen, Tharon?«

Sein Mund öffnete und schloß sich lautlos. »Ich ... nun ...« Lächelnd zuckte er die Achseln und umkreiste sie erneut. »Du und ich, wir sind zusammen aufgewachsen. Weißt du noch, wie du mir beigebracht hast, aus Gras Armreife zu flechten?«

Sanft antwortete Nachtschatten: »Ja, ich erinnere mich daran.«

Sein Gesicht hellte sich auf. »Und weißt du auch noch, wie du mir Tanzschritte deines Volkes beigebracht hast?«

»Ja.«

Dachsschwanz legte den Kopf schräg. Seltsamerweise hatte er nie die Möglichkeit in Betracht gezogen, Nachtschatten und Tharon könnten Freunde gewesen sein. Es entzog sich seiner Vorstellungskraft, überhaupt jemand könne Tharons Freund sein. Aber Tharon war ungefähr acht gewesen, als Dachsschwanz die vier Sommer alte Nachtschatten nach Cahokia gebracht hatte. Beide waren damals einsame Kinder gewesen, die die Gesellschaft des anderen gesucht hatten.

Tharon versuchte es mit einem freundlichen Lächeln. »Ich wollte dich hierhaben, Nachtschatten. Ich bedauere zutiefst, dich vor zehn Zyklen verbannt zu haben, aber du hast mich so wütend gemacht. Du hast mich im Stabwurfspiel geschlagen!« Er schmollte einen Moment und bedachte sie mit einem verstohlenen Blick unter den Wimpern hervor. »Vielleicht können wir wieder Freunde sein. Du hauchst Leben in die Quellgefäße und sprichst mit den Geistern, und ich regiere das

Land. Wäre das nicht großartig? Was hältst du davon? Hmm?«

Leise, doch mit fester Stimme erwiderte sie: »Tharon, antworte mir. Warum hast du Murmeltier getötet? Kam er dahinter, aus welchem Grund die Erste Frau sich gegen uns gewandt hat? Was hast du getan?«

»Nachtschatten!« Mit der Schnelligkeit einer Schlange schoß Tharons Hand vor und packte ihr dunkles, wirres Haar. Brutal zerrte er ihr Gesicht bis auf Handbreite vor das seine. »Frag mich das nie, nie wieder. Hast du mich verstanden?«

Nachtschattens Lippen umspielte ein Lächeln. »Laß mich los, Tharon. Oder soll ich all die Hunderte von Geistern rufen, die in den von dir gestohlenen Gegenständen der Mächte wohnen? Sie gehen sicher nicht so freundlich mit dir um wie ich. Sie werden mit Freuden deine Seele verspeisen.«

Tharon brach in nervöses Gelächter aus. Dachsschwanz' Muskeln strafften sich. Eine Weile rührte sich niemand – kaum spürbar begann sich in dem Raum etwas zu verändern. Es schien, als kämen die Eisriesen in diese Welt zurück. Gletscherkälte breitete sich aus. Dachsschwanz fröstelte. Das Licht an den Grenzen seines Blickfeldes begann sich in winzigen Wirbeln zu drehen. Er konnte fast sehen, wie die Mächte aus den Bündeln sickerten und das im Raum schwebende goldene Glühen durchdrangen. Unwillkürlich trat er einen Schritt vor.

»Droh mir nicht, Nachtschatten!« Tharon blickte sich furchtsam um. »Droh mir *nie* wieder! Ich bin der Häuptling Große Sonne. Du mußt mir gehorchen. Weiter hast du nichts zu tun!«

»Ich gehorche keinem Narren, Tharon.«

Bereit zum Zuschlagen schwang Tharon die Faust über ihrem Kopf. Dachsschwanz lief los. Als der Schlag herabschmetterte, kauerte sich Nachtschatten zusammen. Dachsschwanz kam gerade rechtzeitig, um Tharons Faust mitten im Hieb abzufangen. Er preßte sie fest gegen sein blutgetränktes Kriegshemd.

»Tu es nicht, mein Häuptling«, flüsterte er eindringlich. »Du bist müde. Ruh dich ein wenig aus und denke nach ... bevor du etwas tust, was du später bereuen wirst. Eine solche Behandlung verdient Nachtschatten nicht.«

Schweißperlen rannen an Tharons Hals hinab. Ein krächzendes, unheimliches Gelächter drang aus seiner Kehle. »Ja. Du hast … du hast recht, Dachsschwanz. Ich bin wirklich erschöpft. Das war eine furchtbare Woche.«

Dachsschwanz ließ Tharons Hand los und trat zurück. »Niemand kann klar denken, wenn er müde ist. Mit deiner Erlaubnis geleite ich Nachtschatten zu ihrem Zimmer, damit du dich ausruhen kannst.«

Orenda begann wieder leise zu wimmern. Tharon knirschte mit den Zähnen und warf seiner Tochter einen haßerfüllten Blick zu. Das Mädchen vergrub sein kleines Gesicht in den Händen und schluchzte weiter.

»Gut, Dachsschwanz. Bring Nachtschatten auf ihr Zimmer.« Tharon wischte sich mit dem Handrücken über den Mund und starrte Nachtschatten durchdringend an. »Mach schon. Bring sie weg.«

Rasch geleitete Dachsschwanz Nachtschatten aus dem Sonnenzimmer in den dämmrigen Flur. In den Wohnbereichen glühten nur an den Abzweigungen der Flure Feuerschalen, der größte Teil des Tempels lag in unheilvollem Dunkel. Schweigend gingen sie nebeneinander her, bis sie den zu Nachtschattens Raum führenden Korridor erreichten und nach links abbogen.

Als sie vor der Tür zu ihrem alten Zimmer stehenblieben, atmete Dachsschwanz tief durch. Zum erstenmal an diesem Abend fiel ihm das Atmen etwas leichter. »Nachtschatten – «

»Du willst ihn doch nicht etwa verteidigen, oder? Gib dir keine Mühe. Du haßt ihn so sehr wie alle anderen.«

Er nickte leicht. »Kann sein. Trotzdem, du darfst nicht vergessen, er hat in den letzten sieben Tagen seine Frau und elf seiner Freunde verloren. Er ist – «

»Er hat den alten Murmeltier umgebracht, Dachsschwanz«, entgegnete sie kühl. »Ich weiß nicht, warum. Aber ich muß es herausfinden. Gelingt es niemandem, die Wunde zu heilen, die Tharon der Seele der Ersten Frau zugefügt hat, setzt sie sich nie wieder für uns ein, und Mutter Erde läßt uns alle sterben.«

Das wilde Leuchten von Schwester Datura war aus ihren

Augen verschwunden und hatte einem sanfteren, ein wenig ängstlichen Ausdruck Platz gemacht. Spuren des Leids hatten sich um ihren schönen Mund eingegraben.

Er verbeugte sich leicht. »Schlaf gut, Nachtschatten. Wir sehen einander wieder.«

Voller Unbehagen machte sich Dachsschwanz auf den Rückweg. Nun stand ihm der Besuch in Rotluchs' Haus bevor. Er mußte Mondsamen die Nachricht vom Tod ihres Mannes überbringen. In seinen Ohren gellten bereits ihre Schreie.

»Dachsschwanz!« rief Nachtschatten hinter ihm her.

Er blieb stehen, drehte sich aber nicht um. »Ja?«

»Rotluchs bat mich, dir zu sagen, er verzeihe dir.«

Die Worte schnitten wie ein Messer in sein Herz ... Dachsschwanz biß die Zähne zusammen und wandte sich halb um. »Was denn?«

»Daß du nicht weggegangen bist, als du noch die Möglichkeit dazu hattest.« Sie ließ die Türbehänge fallen und verschwand in der Dunkelheit ihres Zimmers.

Dachsschwanz stützte sich mit der Hand an die Zedernwand, wehmütige Erinnerungen an seinen Bruder überschwemmten ihn. Leise flüsterte er: »Sag Rotluchs, es tut mir leid.«

Rücksichtslos drängte sich Grüne Esche durch die Menschenmenge und rief: »Tante! Tante, was ist denn?« Die Schwangerschaft schränkte ihre Beweglichkeit erheblich ein. »Aus dem Weg«, schrie sie einen großen Mann an, der ihr im Weg stand. »Laß mich bitte durch.« Mit den Schultern stieß Grüne Esche gegen ihn und schob sich weiter. In der kühler werdenden Luft der hereinbrechenden Nacht bildete ihr Atem kleine Wolken. An- und abschwellendes Stimmengewirr umwogte sie. Die Leute unterhielten sich über die heutigen Geschehnisse.

Grüne Esche zwängte sich durch ein Menschenknäuel und umrundete ein Haus. Dabei achtete sie sorgfältig darauf, nicht in die frisch aufgehäufelten Furchen eines kleinen, neu angelegten Gartens zu treten. Endlich entdeckte sie vor sich ihre Tante.

Mit einem unheimlichen, atemlosen Jammern lief Winterbeere im blauvioletten Dämmerlicht zwischen den Menschen hindurch. Die Leute öffneten eine kleine Gasse für sie, beachteten sie aber nicht weiter. Aller Augen waren auf Dachsschwanz' Krieger gerichtet, die vor den Palisaden herumlungerten und sich hochmütig ihrer Heldentaten bei den Fluß-Hügeln brüsteten.

Grüne Esche folgte ihrer Tante um eine Wand aus Stroh herum. Winterbeere, deren graue Haare zerzaust das runzlige Gesicht einrahmten, ließ sich auf die Knie sinken und kroch durch die niedrige Tür in ihr Haus.

»Tante!«

Schützend legte Grüne Esche eine Hand auf ihren gewölbten Bauch und krabbelte hinter Winterbeere hinein. Das Haus bestand aus einem zwanzig mal fünfzehn Hand großen Zimmer. Im Innern zeugten heilige Göttermasken mit funkelnden Einlegearbeiten aus Kupfer und Muscheln von Winterbeeres Stellung als mächtige und respektierte Führerin des Blaudecken-Stammes. Eine Leiter führte an der linken Wand zu einem kleinen Podest hinauf das ihr als Bett diente. Dicht unterhalb des Daches sorgte ein schmaler Schlitz für einen Luftzug, der den Rauch des Feuers von der Schlafstätte fernhielt.

Grüne Esche blinzelte in die fast völlige Dunkelheit und erspähte Winterbeere hinten an der Wand. Die alte Frau hatte sich auf einem Haufen Decken zusammengekauert und eine rot, blau und braun gestreifte Decke vor das Gesicht gezogen. Heftig zitternd saß sie da und lugte nur mit einem Auge dahinter hervor.

Grüne Esche streckte die Hand aus. »Tante! Fehlt dir etwas?«

Kaum hörbar flüsterte Winterbeere: »Sie ist zurück.«

»Falls sie es überhaupt war.«

»Das Böse – das Böse begleitet sie. Hast du es nicht gefühlt?«

»Und wenn es Nachtschatten war, was macht es – «

»Was es macht?« schrie Winterbeere, und die Decke glitt ihr auf die Schultern herab. »Sie hat meine ganze Familie umgebracht! Mein armer kleiner Hopfenblatt. Oh, Hopfenblatt ...« Winterbeere brach in ersticktes Schluchzen aus.

Grüne Esche ballte die Fäuste. Damals war sie noch nicht geboren, aber sie kannte die alten Geschichten. Wie der Große Gizis Winterbeere – schon damals eine respektierte und angesehene Frau – dazu auserwählt hatte, Nachtschatten in der Lebensart ihres neuen Volkes zu unterweisen. Winterbeere widmete sich dieser Aufgabe noch nicht einmal zwei Monde, da kam ihr Mann bei einem Jagdunfall ums Leben. Im selben Zyklus starben alle ihre drei Kinder nacheinander an einem merkwürdigen Fieber. Das hatte Winterbeeres Seele zerrüttet. Sie war nie mehr dieselbe gewesen wie zuvor.

»Oh, meine Nichte, meine Nichte. Sie war gefesselt und von Wachen umgeben. Sie ist nicht aus freiem Willen zurückgekommen. Wir sind verdammt! Es wird keinen Regen geben. Das Getreide auf den Feldern wird verdorren!«

Grüne Esche tastete mit der Hand zu ihr hinüber und berührte liebevoll Winterbeeres Knie. »Nein, bestimmt nicht, Tante. Du weißt, die Erste Frau beschützt uns. Sie – «

»Nachtschatten ist mächtiger als die Erste Frau. Sie wird Leichenpulver auf uns streuen und uns alle töten! Sie ist eine Hexe«, zischte Winterbeere. »Eine Hexe! Warte nur ab. Du wirst schon sehen.«

Kapitel 7

Keuchend kroch Flechte den kiesigen Felshang hinauf, der Redweed Village halbkreisförmig umschloß. Fliegenfänger kletterte hinter zwei anderen Jungen ein Stück über ihr. Unter ihren Sandalen lösten sich Sand und Kies, prasselten kaskadenartig herunter und hagelten auf Flechte herab.

Fünfzig Hand unter ihr an den Ufern des Pumpkin Creek liefen lachende Menschen über den großen, von fünfzehn Häusern mit struppigen Strohdächern eingerahmten rechteckigen Platz. Die Leute bereiteten sich auf die Zeremonie des Wegs zur Schönheit vor, die bei Einbruch der Dunkelheit begann. Wasserschildkröten ohne Panzer und abgeschuppte, bläulich schimmernde Süßwassersonnenfische lagen auf Trockengestellen. Ihr köstliches Fleisch dörrte in der hellen

Nachmittagssonne. Von hier oben sah man die auf Pfählen errichteten Vorratshütten am Rande des Dorfes. Ein Waschbär versuchte vergeblich, die Pfähle einer Hütte in der Nähe der Bachbiegung hinaufzuklettern und an den Maisvorrat heranzukommen.

»Beeil dich, Flechte!« rief Fliegenfänger von oben und winkte ungeduldig. Sein schulterlanges Haar glänzte schweißnaß.

Schleiereule, der größte Junge des Dorfes und niederträchtiger als ein Nerz in der Paarungszeit, stemmte die Fäuste in die Hüften und feixte höhnisch zu Flechte herunter. Seine in früher Kindheit gebrochene Nase erinnerte an die scharfen, zickzackförmigen Konturen eines Blitzes. Er hatte kleine dunkle Augen, und sein Mund sah aus wie das Maul eines Katzenfisches. Sein häßliches Kindergesicht saß über Schultern, die so breit waren wie die eines Mannes – dabei zählte er kaum elf Sommer. Flechte fürchtete sich halb zu Tode vor ihm. »Komm schon, Mädchen!« brüllte er. Dann wandte er sich an seine Gefährten und meinte geringschätzig: »Lassen wir sie in Ruhe. Sie schafft es nicht.«

»Ich komme!« schrie Flechte, als sie die Jungen in einer Staubwolke verschwinden sah. »Fliegenfänger! Warte! Ich komme!«

Sie schob ihr Knie auf ein Felsgesims, klammerte sich mit den Fingern in eine darüberliegende Spalte und zog sich kraftvoll hoch. Der bröckelige Stein gab nach, ihre Hand fand keinen Halt, sie rutschte weg und fiel. Hart schlug sie ein Stück tiefer auf einer Kante auf. Verzweifelt krallte sie sich in den Fels. Es gelang ihr, die Daumen in Felsrisse einzuhaken. Blut tropfte warm von ihrem zerschrammten Knie. Sie biß sich auf die Lippe, einen Schmerzensschrei unterdrückend, und versuchte den Aufstieg erneut. Endlich oben angelangt, zog sie sich über die Kante der letzten Felsplatte.

Flechte rollte sich herum und rang keuchend nach Luft. Sandkörner pieksten in ihren nackten, schweißnassen Rücken. Seufzend betrachtete sie die Wolken, die in langen Bändern am türkisblauen Himmel Richtung Südwesten zu den größeren Orten an den Ufern des Vaters der Wasser zogen.

Als Schleiereules johlendes Gelächter ertönte, drehte sie sich neugierig auf den Bauch. Sie sah die drei Jungen Schulter an Schulter hinter einem hoch aufragenden Findling kauern. Sie schienen etwas zu beobachten und sich blendend zu amüsieren. Flechte wollte wissen, was es da zu sehen gab, stand auf und trabte zu ihnen hinüber. Als ihr klar wurde, worauf sich ihr Interesse konzentrierte, verlangsamte sie ihre Schritte. Von dieser Stelle aus schauten sie genau auf den Umkleideplatz der Maskentänzer hinunter, die bei der nächtlichen Zeremonie die Schönheit der Erde und Pflanzen beschwören würden. Sie duckte sich und schlich leise wie ein Puma heran. Unten auf dem grasbewachsenen Platz auf der Rückseite des Tempels bemalten sich zwei nackte Frauen gegenseitig die Brüste mit leuchtendem Ocker. Die Spiralen liefen von den Brustwarzen fächerförmig aus und gingen in der Mitte des Brustkorbs in das majestätische Bild des fliegenden Donnervogels über. Seine Schwingen hoben sich in einem abgerundeten Bogen, die Enden der Federn reichten bis an die Ohrläppchen der Tänzerinnen.

In der Legende hieß es, Wolfstöter käme den Tänzern bei der heiligen Bemalungszeremonie zu Hilfe, und deshalb waren alle darauf aus, sie zu beobachten. Aber es brachte Unglück, die Bilder zu sehen, bevor die Tänzer in der Nacht der Zeremonie zu ihrem Auftritt erschienen. Flechte warf einen finsteren Blick auf die Jungen. Heiser flüsterte sie: »Ihr habt wohl alle das Gehirn eines Truthahns! Wollt ihr die Zeremonie gefährden? Ihr wißt genau, daß niemand die Tänzer sehen darf, bevor sie heute abend aus dem Tempel kommen. Das bringt Pech. Schreckliche Dinge können geschehen!«

Fliegenfänger zuckte beschämt zusammen und krabbelte auf Händen und Füßen von der Felskante weg, aber Schleiereule packte ihn an den Riemen seines Lendenschurzes und zerrte ihn wieder nach vorn. Fliegenfänger jaulte auf und wand sich unter den kräftigen Händen des größeren Jungen. »Laß los, Schleiereule! Laß mich!«

»Was fällt dir ein, auf ein *Mädchen* zu hören? Was weiß sie schon?«

Flechte knirschte zornig mit den Zähnen, ihre Augen wurden schmal. »Eine Menge mehr als du, du garstiger Junge ... zumindest über Rituale. Meine Mutter ist die Hüterin des Steinwolfs.«

»Na und?« Schleiereule lachte höhnisch. »Sie besitzt überhaupt keine Macht. Mein Vater sagt, sie ist nur deshalb die Hüterin, weil irgendein alter Mann namens Linke Hand vor einer Million Zyklen den Wolf bekommen hat und bestimmte, allein seine Familie dürfe sich um ihn kümmern. Das ist einfach dumm. Ich wette, mein Vater könnte sehr viel besser auf den Wolf aufpassen als deine Mutter. Er ist der Ururur – «, er wedelte mit der Hand, eine ganze Menge weiterer »Urs« andeutend, » – enkel der Ersten Frau.«

»Das ist noch dümmer!« urteilte Flechte. »Niemand ist mit der Ersten Frau verwandt!« Sie zögerte, weil sie sich nicht sicher war, ob das stimmte, aber zumindest hörte es sich überzeugend an, deshalb fuhr sie selbstsicher fort: »Meine Mutter kennt sämtliche heiligen Legenden. Was weiß dein Vater schon vom Anbeginn der Zeit, vom Auftauchen aus der Unterwelt oder vom Kampf Wolfstöters mit seinem finsteren Bruder, dem Vogelmann? Gar nichts.«

Schleiereule sprang auf die Füße, straffte seine breiten Schultern und stolzierte auf Flechte zu wie Großvater Braunbär, der sich auf die Hinterbeine gestellt hat.

Kreischend rannte sie los.

Doch die frischen Verletzungen behinderten sie. Ihr aufgeschürftes Knie schmerzte mit jedem Schritt stärker. Sie wurde zusehends langsamer, und Schleiereule holte rasch auf. Flechte versuchte, ihr Tempo zu steigern, aber als sie über einen niedrigen Strauch sprang, gab ihr Knie nach, und sie fiel hin. Ein wenig benommen sah sie ihren Verfolger nahen.

Schleiereule brüllte triumphierend und stürzte sich auf sie, aber Flechte rollte sich flink zur Seite und entwischte ihm. Sie sprang auf die Füße, schob herausfordernd den Unterkiefer vor und hob drohend die Fäuste. »Hör auf, Schleiereule, oder ich breche dir deine Nase noch einmal!«

Statt ihr zu antworten, trat Schleiereule Flechte brutal in das verletzte Knie. Als sie aufschreiend an die Wunde faßte, packte er ihre Hand.

»Jetzt hab' ich dich! Du redest nie mehr schlecht über meinen Vater!«

Er schwang die Faust und zielte auf ihre Wange. Flechte wich aus, rammte ihm den Kopf in den Magen und grub ihre Zähne in sein Fleisch. Vor Schreck lockerte er seinen Griff, und sie konnte sich losreißen.

Fast hätte Schleiereule vor Schmerz geheult, aber er beherrschte sich und richtete sich kerzengerade auf. An seine beiden Freunde gewandt, die inzwischen herangekommen waren, sagte er: »Kommt schon! Jetzt kriegen wir sie dran!«

Fliegenfänger stand stumm daneben und warf verstohlene Seitenblicke auf Flechte. Warze hüpfte von einem Bein aufs andere. Er schien darauf zu warten, daß ihm jemand sagte, was er tun solle. Man sah ihm an, daß er erst sieben war und noch nicht viel Verstand besaß. Mit seinem fliehenden Kinn, den Rehaugen und der auffallend hohen Stirn machte er nicht gerade einen sehr hellen Eindruck. Unruhig zupfte er an seinem langen schwarzen Zopf, der ihm struppig über die linke Schulter baumelte.

Flechte wappnete sich für den bevorstehenden Kampf. »Fliegenfänger! Du bist mein bester Freund!«

»Ich weiß!« entgegnete er, rührte sich aber nicht.

»Dein bester Freund ist ein Mädchen!« spottete Schleiereule. »Du hast die Hoden eines Wurms! Los, Warze, hilf mir. Wir kriegen sie!«

Warze mahlte unentschlossen mit den Zähnen. Er dachte so angestrengt nach, daß sein Kopf wackelte. Dann trat er einen Schritt nach vorn, stieß einen Schrei aus und stellte sich neben Schleiereule.

Flechte, die vor Angst fast die Kontrolle über ihre Blase verlor, schielte zu Fliegenfänger hinüber. Sie versuchte, ein finsteres Gesicht zu machen, aber sie wußte genau, ihr Zorn würde rasch in Flehen übergehen. »Fliegenfänger! Deine Großmutter war die Schwester meiner Großtante!« Wenn sonst nichts half, dann vielleicht ein Appell an die Verwandtschaft.

Abschätzend richtete Fliegenfänger den Blick hinauf zu den Wolken. Offensichtlich versuchte er sich zu erinnern, ob das der Wahrheit entsprach; schließlich nickte er widerwillig und stellte sich neben sie. Er warf sich in die Brust und erklärte: »Schubst meine Cousine nicht herum!«

Flechte grinste Schleiereule an, aber der schien von ihrem Erfolg nicht sonderlich beeindruckt. Er ging in die Hocke, breitete die Arme aus wie ein Falke die Flügel, wenn er sich anschickt, in den Himmel hinaufzufliegen, und krähte: »Gut. Wir kommen!«

Warze lief hinter Schleiereule her, der sich auf Fliegenfänger stürzte. Fliegenfänger hob das gestreckte Bein und traf Schleiereule an der Schulter. Der einzige Erfolg seiner heldenhaften Tat bestand darin, daß er das Gleichgewicht verlor und Schleiereule ihn flach zu Boden schlagen konnte. Fliegenfänger lag ausgestreckt auf dem grauen Stein und brüllte.

Flechte hüpfte ängstlich umher und überlegte verzweifelt, wie sie sich vor Warzes Angriff schützen könnte. Als er sich mit weit aufgerissenem Mund kreischend auf sie warf, hob sie die Faust und schmetterte sie in die dunkle Höhle. Seine Zähne knirschten; im selben Moment verspürte sie heftige Schmerzen in ihrer Hand. Gleichzeitig stießen beide gellende Schmerzensschreie aus.

Flechte starrte auf ihre blutigen Knöchel und schüttelte die Hand, als könne sie den Schmerz so loswerden. Sie drehte sich nach Schleiereule um. Ihm war es gelungen, Fliegenfänger bis auf zehn Schritte an den Abhang zu treiben.

Mit spöttisch zuckenden Lippen wandte Schleiereule seine Aufmerksamkeit Flechte zu.

»Wag es nicht, Schleiereule!« sagte sie drohend. In einer Eingebung des Augenblicks deutete sie zum Himmel. »Vogelmann ist mein Geisterhelfer. Wenn du mir etwas tust, rufe ich ihn, dann kommt er, trägt dich zu den Sternen hinauf und läßt dich von ganz oben auf Redweed Village hinunterfallen!«

Schleiereule lachte ... ein tiefes, ungläubiges Gelächter. Herausfordernd schlenderte er auf sie zu, aber Flechte wich nicht zurück. Sie hob einen Stein auf und blieb mit zitternden Knien stehen.

Als sich der bedrohliche Schatten seiner breiten Schultern über sie senkte, öffnete Flechte entsetzt den Mund. Doch bevor der Angstschrei über ihre Lippen kam, fiel aus heiterem Himmel ein Stein herab und schlug an Schleiereules Ohr.

Aufheulend taumelte er rückwärts. Eine hochgewachsene Gestalt mit einer unheimlichen Rabenmaske erhob sich gespenstisch hinter einem Felsen. Glänzende schwarze Federn hingen über den Vogelkopf und formten eine Krause um dessen Hals. Der gewaltige hölzerne Schnabel öffnete sich langsam und knarrend und gestattete damit einen flüchtigen Blick auf einen spöttisch verzogenen Mund. Plötzlich stieß die Gestalt ein schrilles Krächzen aus. Es klang so natürlich, daß Schleiereule wie versteinert stehenblieb.

Da schoß die Gestalt wie ein Blitz den Hang herab. Sie hielt die Säume ihres Kaninchenfellumhangs wie Flügel nach außen und kreischte etwas Unverständliches. Entsetzt preßte Schleiereule eine Hand auf sein Herz, die andere auf sein verletztes Ohr und floh zum Dorf hinunter, Warze stolperte heulend hinter ihm her.

Flechte und Fliegenfänger klammerten sich ängstlich aneinander fest. Die Gestalt drehte sich um und legte eine mit Altersflecken gesprenkelte Hand an die schmalen Lippen hinter dem aufgerissenen Schnabel.

»Flechte«, sagte der Rabenmann, »halte dich von Schleiereule fern. In seinen Adern fließt schlechtes Blut. Wußtest du, daß seine Großmutter einfach zum Spaß Krötenaugen auslutschte? Den ganzen Tag lang rollte sie ein Paar Augen von einer Backe in die andere. Ich konnte sie nie leiden.« Er hob seine Hand und nahm die Maske ab. Darunter kam ein abwechselnd mit roten, gelben und blauen Streifen bemaltes Gesicht zum Vorschein. Mitten auf der Stirn prangte ein einzelner schwarzer Fleck.

»Wanderer!« jauchzte Flechte erfreut. Sie schob Fliegenfänger von sich und klammerte sich an das rechte Bein des alten Mannes. »Seit wann bist du hier? Ich dachte, du kommst erst nach Einbruch der Dunkelheit, damit dich die Leute nicht gleich sehen.«

Wanderer grinste. »Nein, nein. Ich bin absichtlich früh gekommen, weil ich noch mit den Felsen sprechen will.«

Flechte wechselte einen erstaunten Blick mit Fliegenfänger. »Wozu denn?«

»Nun, ich möchte hören, was sie vom Anbeginn der Welt erzählen. Kommt mit.« Er wirbelte den glänzenden Umhang aus Kaninchenfell herum und ging wieder den Hang hinauf.

Flechte folgte ihm bis zu einer hoch gelegenen Felsengruppe, wo sich Wanderer niederkauerte. Sie drehte sich nach Fliegenfänger um, aber er lief bereits den Pfad hinunter.

»Anscheinend will er nicht mit den Felsen reden«, meinte sie.

»Oh, das wollen die wenigsten Leute«, bemerkte Wanderer. »Muß sich um ein seltsames Vorurteil handeln. Komm hier rüber, Flechte ... ich will dir etwas zeigen.«

Er bückte sich tief, schlängelte sich durch eine breite Felsspalte, die sich höhlenähnlich öffnete, und streckte ihr die Hand entgegen. Flechte ergriff sie und ließ sich von ihm in die Dunkelheit ziehen. Nur ein winziger, schwacher Sonnenstrahl fiel zwischen den senkrechten Platten aus grauem Stein in eine Ecke des Hohlraums. Wanderer schlüpfte in den Lichtschein und hockte sich so hin, daß ihm das Licht mitten auf die Brust fiel.

»Was jetzt?« fragte Flechte und quetschte sich neben ihn.

»Alle Felsen haben eine Stimme«, antwortete er. »Aber nicht jeder kann sie hören. Du mußt sehr aufmerksam lauschen.«

In der Felsspalte roch es muffig nach Packrattenmist. Als sich ihre Augen an das Dunkel gewöhnt hatten, erkannte sie unterhalb einer schmalen Kante an der Rückwand ein aus immergrünen Zweigen und schimmernden Schieferstückchen gebautes verlassenes Rattennest.

Sie blickte sich neugierig um. Die Felsen sahen für sie aus wie ganz gewöhnliche Felsen: grau und massig. »Ich lausche, aber ich höre nichts.«

»Warte ab.« Wanderer griff hinter eine der Felsplatten und zog einen grauen Strang aus geflochtenem Menschenhaar hervor. Er wickelte den Zopf um den genau über seinem Kopf vorspringenden Fels und flüsterte heiser: »Bist du bereit?«

»Ja. Ich will mit den Felsen reden.«

Wanderer begann, den Haarzopf vor und zurück zu ziehen, unentwegt vor und zurück. Ein leises, protestierendes Stöhnen erklang. Er keuchte: »Verstehst du, was sie sagen?«

Sie konzentrierte sich auf die Laute und versuchte, einzelne Worte zu unterscheiden. »Nein. Was denn?«

»Sie erzählen die Geschichte von Vater Sonnes erster Paarung mit Mutter Erde. Du mußt wissen, diese Steine sind sehr alt. Sie leben seit unermeßlich vielen Zyklen und können sich noch daran erinnern.«

Flechte neigte den Kopf zur Seite und bemühte sich, Worte zu erfassen, doch sie hörte nur Töne wie bei einem Lied. Steigend und fallend verschmolzen sie zu einer uralten Melodie. »Sie singen vom Anbeginn der Zeit, nicht wahr?«

»Ja.« Wanderers Mund verzog sich zu einem breiten Lächeln. »Ich wußte, du verstehst sie. Den meisten Leuten gelingt das nicht. Aber das Loch in deiner Schädeldecke ist noch ein wenig offen.«

»Was sagen sie jetzt?«

»Hmm? Oh, sie erzählen die Geschichte von Vogelmann, der gegen seinen Bruder Wolfstöter kämpfte. Es war ein großer Kampf zwischen Licht und Dunkelheit. Dieser Kampf spaltete Mutter Erde und schuf die Öffnung, durch die unser Volk aus der dunklen Unterwelt in diese Welt kam, in der es sowohl Licht als auch Dunkelheit gibt. Wie Licht und Dunkelheit wird alles auf der Welt immer ausgewogen und in Harmonie sein, sofern wir das Gleichgewicht nicht stören.«

Flechte schob sich näher an den Haarstrang heran. »Wanderer, kannst du die Felsen etwas fragen?«

»Frag sie selbst.«

»Na gut.« Flechte zögerte. Sie wußte nicht, welche Worte sie wählen sollte, damit die Felsen sie verstanden. »Ihr vom Felsenvolk«, begann sie, »ich habe etwas von euch vernommen, das wie ein Lied klang, und ich danke euch für euren Gesang. Da ihr über den Anbeginn der Zeit Bescheid wißt, könnt ihr mir vielleicht helfen. Als ich noch ein kleines Mädchen war, kam Vogelmann zu mir und sagte, ich müsse lernen, das Leben mit den Augen eines Vogels, eines Menschenwesens und einer Schlange zu sehen. Wißt ihr, was er meinte? Ich glaube, die Zeit ist gekommen, da ich darüber Bescheid wissen muß.«

In tiefe Konzentration versunken, bewegte Wanderer den im Dämmerlicht wie ein schimmernder Eiszapfen aussehenden Zopf vor und zurück. Flechte zog die Knie an – vorsichtig achtete sie dabei auf das verletzte Bein – und schlang die Arme um die Schienbeine.

»Ah«, sagte Wanderer nachdenklich. »Ich verstehe.«

»Was?«

»Die Felsen sagen, du sollst dir auf keinen Fall gegen deinen Willen Vogelmanns Flügel aufzwingen lassen.«

Blinzelnd schielte Flechte auf ihr Knie hinunter. Die Verletzung schien heiß zu glühen und war zu einer dicken dunklen Beule angeschwollen. »Aber Vogelmann behauptete, ich müsse fliegen lernen ... damit ich in die Höhle der Ersten Frau gelange und mit ihr reden kann.«

Der Zopf sang weiter sein Lied. Es klang mehr und mehr wie ein im Unkraut sitzender Schwarm Heuschrecken, die ihre Beine rieben. »Ja, die Felsen sagen, das stimmt. Aber damit dir das gelingt, mußt du dich erst von deinem Menschenwesen lösen. Dann erst kannst du zu einer Schlange werden, die in der dunklen Unterwelt lebt, und zu einem Falken, der in das strahlende Licht des Himmels emporsteigt. Wenn du alle drei Welten in dir vereinen kannst – Schlange, Vogel und Mensch –, läßt dich die Erste Frau in ihre Höhle ein.«

»Ja, schon ... aber ... ich weiß nicht, wie ich das machen soll. Kann Vogelmann nicht kommen und mir dabei helfen?« Die hochgezogenen buschigen grauen Augenbrauen Wanderers stießen aneinander, so konzentriert lauschte er den Stimmen. »Die Felsen sagen, er habe dich nie verlassen.«

»Wo ist er denn?« Argwöhnisch blickte sich Flechte um, suchte zwischen den dunklen Felsrissen nach der winzigsten Spur einer schimmernden Schlangenhaut oder dem Flattern einer Feder.

Wanderer nahm den Haarstrang vom Felsen und rollte ihn in aller Ruhe zusammen. »Sie sprechen nicht mehr.«

»Warum nicht?«

»Ich weiß es nicht.«

»Sie wollen es mir nicht sagen?«

»Vielleicht erlaubt Vogelmann es nicht. Außerdem wissen auch Felsen nicht alles, obgleich sie, wenn es die Menschen am wenigsten vermuten, genau zuhören und sehr viel Wissen in sich aufnehmen.«

Flechte schielte durch den Spalt über ihrem Kopf zum Himmel hinauf. Ein Wolkenbausch zog vorbei. Er war an den Rändern bereits in tiefes Rosa gefärbt. »Wir müssen gehen, Wanderer. Die Sonne geht bald unter. Wir dürfen nicht zu spät zur Zeremonie kommen. Meine Mutter hat fast den halben Tag gebraucht, bis sie die Leute im Dorf davon überzeugt hat, daß du kommen kannst.«

Seine Miene verfinsterte sich. Er blickte auf den Zopf hinunter. »Es war nett von Wühlmaus, die Leute zu fragen. Und nett von dir, Flechte, mich zu fragen.«

Liebevoll tätschelte sie seinen Arm und kroch zwischen den Felsen hindurch in das schwindende Tageslicht. Vater Sonnes purpurrotes Gesicht stand eine Handbreit über dem Horizont. In der rot gefärbten Abendstille näherten sich Stimmen den Hang herauf – leise, ehrfurchtsvolle Stimmen, als verwandle das Nahen der Zeremonie die Welt in etwas so Zartes und Zerbrechliches wie eine Pflaumenblüte und als müsse man sie deshalb entsprechend behandeln.

»Was habt ihr, du und die Buben, hier oben gemacht?«

»Fangen gespielt. Aber dann guckte Schleiereule von oben auf den Platz, auf dem sich die Frauen für die Zeremonie bemalten. Ich sagte, das dürfe man nicht, und wir begannen zu kämpfen.«

Wanderers Mund verzog sich wie das Leder eines Beutels, dessen Schnur straffgezogen wird. »Schlechtes Blut! Nun, ich bete trotzdem darum, die Mächte mögen ihm gegenüber Milde walten lassen.«

»Milde?«

»Ja. Die Mächte rächen sich stets an den Menschen.«

Bei dem Gedanken, wie sich die Mächte wohl an Schleiereule rächen würden, regte sich in Flechtes Magen ein leichtes Kitzeln.

Wanderer klemmte die Maske unter einen Arm und trat neben sie. Nebeneinander gingen sie den Pfad hinunter, der sich zwischen den mit Kletterpflanzen bewachsenen Steinen nach Redweed Village schlängelte. In der kühlen Abendluft begann Flechte zu frösteln. Wanderer bemerkte es. Er breitete seinen Kaninchenfellumhang aus und ließ sie darunter schlüpfen.

»Wanderer«, fragte sie, »was soll ich nur tun? Ich meine, wie soll ich lernen, in die Höhle zu gelangen?«

»Willst du denn hinein?«

»Ich muß hinein. Vogelmann sagte, sonst würde die Erste Frau die Welt im Stich lassen und wir müßten alle sterben.« Sie blickte in dieses schmale, von widerspenstigen grauen Haaren eingerahmte Gesicht. Sie war sich nicht ganz sicher, ob er sie ernst nahm. Meistens machten sich die Erwachsenen über sie lustig, wenn sie ihnen von Vogelmanns Besuch erzählte. Sogar ihre Mutter lachte sie deshalb aus.

»Nun«, erwiderte er, »ich glaube, wir brauchen nichts weiter zu tun, als dir beizubringen, wie du dich in eine Schlange und in einen Falken verwandeln kannst. Dann kannst du dich auf die Suche nach Vogelmann begeben.«

»Muß ich dafür meine menschliche Seele aufgeben, so wie du?«

»Ja, zumindest eine Zeitlang.«

Bei diesen Worten griff Flechte erschrocken nach seinem Hirschlederärmel und hielt sich daran fest. Ihr Herz hämmerte heftig gegen ihre Rippen. »Wanderer!«

»Ja, Flechte?«

»Und wenn ich Angst habe?«

Er lächelte. Das strahlende Freudenfeuer des Sonnenuntergangs warf geisterhafte Lichtringe auf sein Gesicht und zeichnete die Schatten seiner Runzeln wie ein dunkles Spinnennetz nach. »Oh, mach dir darüber keine Sorgen. Ein Menschenwesen zu sein, bedeutet nicht alles. Du würdest dich wundern, was dich ein Falke über den Erdenschöpfer lehren könnte. Ich wünschte nur – nun, ich wünsche mir, du könntest eine Weile bei mir leben. Ich könnte dir all die Kleinigkeiten beibringen, die bei einem Tausch der Seelen wichtig sind.« Er verstummte kurz. »Aber ich bezweifle, daß deine Mutter damit einverstanden wäre.«

Während Flechte über einen im Weg liegenden Felsbrocken stieg, versuchte sie sich ein Leben bei Wanderer vorzustellen. Sie war sich nicht sicher, ob ihr der Gedanke gefiel. Sie hatte immer unter den wachsamen Augen des Steinwolfs bei ihrer Mutter gelebt und höchstens einen Steinwurf weit entfernt von Fliegenfänger. Sie liebte ihre Mutter. Aber Wanderer liebte sie ebenfalls. »Darf ich mir aussuchen, von welchem Vogel und von welcher Schlange ich die Seele bekomme? Ich hätte gerne die Seele einer Wasserschlange oder die eines Falken.«

»Du kannst es versuchen. Aber wenn man auf der Suche nach einer Seele in der großen Stille schwimmt, kommt es vor, daß eine andere dich erreicht, als du erwartet hast.«

»So wie das Wiesel, das versucht, sich deiner Seele zu bemächtigen?«

»Ja, genau so.«

Flechte kratzte ihre juckende Nase. Wie sollte sie gegen ein Wiesel um ihre Seele kämpfen? Sie hatte gesehen, wie Wiesel Tiere angriffen, die zehnmal so groß waren wie sie selbst. Sie zogen ihre Beute schnell und grausam zu sich heran und bissen ihr die Kehle durch. Erschrocken fragte sie sich, ob es beim Kampf um Seelen ähnlich unbarmherzig zuging.

Sie erreichten das Ende des Felsenpfades und gingen zwischen Maisfeldern hindurch in Richtung des Dorfplatzes. Im verblassenden Glanz des Abends leuchteten die Strohdächer der Häuser wie mit Honig bestrichen. Schnüffelnd sog Flechte den würzigen Geruch nach Klee und Knöterich ein. Sie kamen an der auf Pfählen errichteten Vorratshütte vorbei, die der Waschbär zu plündern versucht hatte, und Flechte sah sich die Kratzspuren auf dem mit Bärenfett bestrichenen Pfahl an. Bärenfett war äußerst rar und hatte daher einen hohen Tauschwert.

Im Weitergehen fragte Flechte: »Wanderer, was haben die Felsen wohl damit gemeint, als sie sagten, Vogelmann habe mich nie verlassen? Ich sah ihn doch durch mein Fenster davonfliegen.«

Am Rande des großen Platzes begannen sich die Menschen zu versammeln. Interessiert begutachtete Wanderer die herrlichen Farben und Formen ihrer heiligen Masken. Nur noch leises Stimmengemurmel und das ferne Kläffen eines Hundes drangen durch den Zauberbann der beginnenden Zeremonie. Nachdenklich kniff Wanderer die Augen zusammen. »Oh, ich glaube, sie meinten, Vogelmann lebe sowohl in dir als auch außerhalb von dir. Als er wegflog, flog er zugleich in dich hinein.«

»Das verstehe ich nicht. Was bedeutet das? Wo in mir soll er denn sein?«

»Wenn wir das wüßten, müßten wir uns nicht auf der Suche nach ihm in eine Schlange oder einen Falken verwandeln.«

»Was ist, wenn wir ihn nicht finden? Egal, wieviel Mühe wir uns auch geben?«

»Darüber mache dir keine Sorgen«, sagte er sanft. »Wenn du die Suche nach deinem Geisterhelfer aufgibst, fällt er nicht selten mit gebleckten Zähnen über dich her wie Großvater Wolf.«

Flechte senkte den Kopf und beobachtete das über die jungen Grashalme spielende Licht der untergehenden Sonne. Sie beschloß, ihre nächste Frage lieber für sich zu behalten. Doch in ihrer Seele wiederholte sie sie ständig: *Und wird er mich verschlingen? Verschlingt er dich, Wanderer? Tötet er so die menschliche Seele?*

Kapitel 8

Hochaufgerichtet stand Hagelwolke neben der Tür und betrachtete die Schäden am Haus des Rates in Hickory Mounds. Etliche Pfosten hingen lose vom aufgerissenen Dach herunter, das Reet drohte abzusacken und in den Raum zu fallen. Bei dem noch nicht sehr lange zurückliegenden Angriff unter der Führung von Dachsschwanz war das Dorf schwer verwüstet worden. Fünf Hand große Löcher klafften in den Wänden. Über siebzig Prozent der Bewohner waren umgebracht worden. Außerdem hatten Dachsschwanz' Krieger sämtliche Nahrungsmittelvorräte mitgenommen. Unruhig strichen Hagelwolkes Finger über die todbringenden Hornsteinspitzen seiner Kriegskeule. *Kommen sie denn nie zu einer Entscheidung? Was gibt es noch zu diskutieren? Wenn wir nicht kämpfen, sterben wir. Warum ist den Alten das nicht klar?*

Das Mondlicht fiel durch die Risse im Dach und warf silberne Schleier über die in einem Kreis auf dem Boden sitzenden Männer und Frauen. Eine große Pfeife aus Steatit, die einen Krieger darstellte, der einen Feind enthauptet, wurde von einer Hand zur anderen gereicht. Beißender Tabakqualm durchzog den Raum. In der Hütte hinter dem Haus des Rates brauten vier um ein Feuer versammelte Frauen den starken weißen Trank. Nachdem er lange genug gezogen hatte, gossen sie ihn in kunstvoll verzierte Muschelschalen.

Eine Stammesführerin trat in den Kreis der Versammlung. Ehrfürchtig hielt sie die Trinkmuschel in den Händen und stimmte das Lied der Gabe der Ersten Frau an. Zuerst reichte sie das Gefäß Petaga, anschließend Hagelwolke. An der heißen dunklen Flüssigkeit verbrannte sich der Kriegsführer fast den Mund, außerdem lag sie ihm stets schwer im Magen. In seinen Gliedern begann es unangenehm zu kribbeln. Als das Trinkgefäß geleert war, trat eine andere alte Frau ein. Singend ging sie umher und vergewisserte sich, daß keiner der Anwesenden beim Genuß des heiligen weißen Trankes, der Geist und Worten Macht verlieh, zu kurz gekommen war.

»Also.« Endlich brach Naskap, der Häuptling der Hickory Mounds, das Schweigen. Der kleine Mann mit den buschigen Augenbrauen, die in einer geraden Linie über seiner Knollennase zusammenstießen, hatte sich für die Sitzung des Rates herausgeputzt. Die von silbernen Strähnen durchzogenen schwarzen Haare hatte er sorgfältig zu zwei langen Zöpfen geflochten. Er trug einen schönen, blau und rot gestreiften Umhang. Eine prachtvolle Kette aus Meeresmuscheln schmückte seine nackte Brust. »Mein junger Cousin Petaga möchte hundert unserer Krieger, die die ihm noch verbliebenen Männer unterstützen sollen. Sag mir, wie viele wirst du wohl brauchen, um Dachsschwanz entgegentreten zu können, hmm? Eintausend? Zweitausend?«

Hagelwolke sah, wie schwer sein Häuptling an diesen Worten zu schlucken hatte. Am liebsten wäre er Petaga zu Hilfe geeilt, aber damit hätte er den jungen Anführer gedemütigt. Der Junge hatte den Mut aufgebracht, etwas zu unternehmen, also würde er auch diese Situation alleine meistern. Hagelwolke erinnerte sich, wie Petaga mit unbewegter Miene den Menschenopfern für Jenos beigewohnt hatte. Obwohl Petaga innerlich noch nicht bereit war, die Würde des Mondhäuptlings anzunehmen, hatte er sich doch dazu durchgerungen. Welch eine

Überwindung mußte den jungen Mann dieser Bittgang kosten! Fest umklammerte Hagelwolke seine Kriegskeule. Er hörte aufmerksam zu, wie Petaga, die vor Aufregung feuchten Hände ruhig über seinem goldenen Gewand gefaltet, seine überzeugendsten Argumente vorbrachte.

»Fünfzehnhundert, Cousin«, antwortete Petaga mit fester Stimme. »Dachsschwanz' Krieger sind müde. Sie haben den ganzen Winter Überfälle verübt. Wenn wir bald losschlagen, noch bevor sie – «

»Was heißt bald?« Die alte Regenbogenfrau, deren weißes Haar im Nacken zu einem Knoten geschlungen war, hob herausfordernd das Kinn und sah ihn fragend an. Hagelwolke senkte respektvoll die Augen. Zu ihrer Zeit war sie eine listige Kriegerin gewesen – und die wahre Anführerin der Hickory Mounds. Niemand wollte sich mit ihr anlegen.

Petaga erwiderte: »Innerhalb eines Mondes.«

»Glaubst du, Dachsschwanz hält sich so lange zurück?«

»Ja, Großmutter. In Cahokia gibt es wieder genug zu essen. Die Leute dort haben bereits Mais und Kürbisse gepflanzt. Ich glaube nicht, daß Tharon Dachsschwanz vor dem nächsten Winter wieder auf den Kriegspfad schickt.«

Regenbogenfrau wippte auf den Fersen hin und her und paffte nachdenklich an ihrer Pfeife. Es schien eine Ewigkeit zu dauern, doch auf einmal legte sie den Kopf schief und sah Naskap an. »Ich sage, wir machen mit.«

Naskap atmete hörbar aus. »Glaubst du wirklich, wir können Dachsschwanz schlagen? Mit einer in aller Eile zusammengewürfelten – «

»Ja.« Um ihren Worten noch mehr Nachdruck zu verleihen, hob sie den Zeigefinger. »Jemand muß es versuchen. Oder sollen wir bis zum nächsten Zyklus warten? Dann müssen wir uns alleine verteidigen. Die Hickory Mounds haben kaum noch zweihundert Krieger, Naskap. Auf uns allein gestellt, sterben wir. Gemeinsam haben wir wenigstens die Chance zum Sieg.«

Naskap hob die Hand und wandte sich direkt an die Alten. »Wer ist anderer Meinung? Wer ist dafür, daß wir noch warten?«

Dumpfes Stimmengemurmel verbreitete sich im Raum. Hagelwolke mahlte zornig mit den Zähnen. *Dummköpfe!* Die Männer und Frauen steckten die Köpfe zusammen und schwatzten miteinander. Einige nickten nur, andere hoben beifällig die Fäuste und schüttelten sie wütend.

Wann gelangten sie endlich zu einer Entscheidung? Sehnsüchtig blickte Hagelwolke durch das große Loch in der Westwand. Am nachtblauen Himmel zogen Wolkenstreifen dahin, leuchtend wie polierter Bleiglanz. Die langsam im Westen versinkende Mondjungfrau ließ die Schatten der Bäume wie schwarze, filigrane Ranken über das Land wandern. Er wollte nicht kämpfen; niemand, der noch seine halbe Seele besaß, wollte kämpfen. Aber ihnen blieb keine andere Wahl. Sie mußten Dachsschwanz' Streitmacht noch vor dem nächsten Mond des Fliegenden Schnees auslöschen. Mit einer guten Maisernte zu rechnen, wäre Leichtsinn, denn schon machten sich die ersten Anzeichen ungewöhnlicher Hitze und ausbleibenden Regens bemerkbar. Hagelwolke bezweifelte, daß noch jemand das kommende Frühjahr erleben würde, wenn die Ernte in diesem Zyklus wiederum so schlecht ausfiel. *Jetzt müssen wir handeln.*

Seetaucher, mit zweiundsechzig Sommern der älteste Mann des Dorfes, fragte mit lauter Stimme: »Falls wir uns für eine Beteiligung an dieser Armee entscheiden, wer wird sie führen?«

Petaga sah allen Angehörigen des Rates nacheinander in die Augen. Schließlich deutete er mit der Hand in Richtung Tür. »Hagelwolke. Er hat Seite an Seite mit Dachsschwanz gekämpft – und er hat gegen ihn gekämpft. Er kennt Dachsschwanz' Schwächen genau.«

Das Vertrauen Petagas bereitete Hagelwolke Unbehagen. Sein Magen verkrampfte sich. Kannte er Dachsschwanz' Schwächen? Er suchte in seiner Seele nach einem Beweis für diese Behauptung. Ja, in gewisser Weise traf das zu, wahrscheinlich kannte er sie; doch im Augenblick fiel ihm nicht die geringste seiner Schwächen ein.

»Hagelwolke, was hast du mit den Dörfern vor, die sich uns nicht anschließen?« Die alte Regenbogenfrau sah ihn mit einem scharfen Funkeln in den Augen herausfordernd an. »Sie erfahren von unseren Plänen, denn schließlich müssen wir mit ihnen reden. Wie gehen wir vor, wenn sie sich uns nicht anschließen? Wie versichern wir uns ihres Stillschweigens?«

Nachdenklich blickte Hagelwolke auf die Rußflecken am Dach an den Stellen, wo die brennenden Pfeile eingeschlagen hatten. »Diese Entscheidung ist nicht Sache eines Kriegers, Großmutter. Ich werde tun, was immer die Alten beschließen.«

Aber er konnte die Entscheidung auf den wie aus Stein gemeißelten Gesichtern ablesen. Unter ihren harten Blicken stockte ihm fast der Atem.

Das fahle Licht der langsam tiefer sinkenden Mondjungfrau breitete die Schatten der Hügel über das Dorf. Das Schimmern der Gras- und Schilfdächer erlosch, nachtschwarze Dunkelheit senkte sich über Heuschreckes Haus. Darauf bedacht, Primel nicht zu wecken, stützte sie vorsichtig das Kinn auf die Hände und spähte zum Himmel hinauf. Ihr Bett aus Fellen und Dekken befand sich auf einem erhöhten Podest knapp unterhalb des Daches. Durch den Luftschlitz in der Wand konnte sie auf das Treiben draußen blicken. Wolkenfetzen zogen am bleigrauen Himmel dahin und leuchteten bleich im schwindenden Mondlicht.

Obwohl ihr erschöpfter Körper dringend nach Ruhe verlangte, konnte sie nicht schlafen. Ständig standen ihr die Bilder dieses Kampfganges vor Augen. Wieder sah sie Dachsschwanz' von Qual gezeichnetes Gesicht, als sein Blick auf seinen toten Bruder fiel. In diesem Moment war die Flamme in seinen Augen erloschen – als sei mit Rotluchs auch ein Teil von ihm selbst gestorben. Heuschreckes Seele empfand einen tiefen brennenden Schmerz. Wem konnte sich Dachsschwanz nach Rotluchs' Tod anvertrauen? Von wem durfte der große Kriegsführer Trost empfangen? Sie war zwar seine beste Freundin, doch sein Leid würde er vor ihr zu verbergen suchen. Er würde niemanden an seinem Kummer Anteil nehmen lassen. Nach Rotluchs' Tod war er wahrhaft allein.

Heuschrecke legte den Kopf auf Primels muskulösen Arm und sah ihn an. Die tiefliegenden Augen und der zarte Knochenbau verliehen seinem Gesicht etwas Zerbrechliches und Unschuldiges. Schimmernd flossen seine sauberen Haare über die Decken wie Wellen aus pechschwarzer Seide. Zärtlich streckte sie die Hand aus und strich über die glänzende Fülle.

»Schläfst du immer noch nicht?« flüsterte Primel.

»Nein.«

»Machst du dir Sorgen wegen Dachsschwanz?«

»Ich muß ständig an ihn denken.«

Primel schien stets zu wissen, was ihr Kummer bereitete. Seine Seele schien so eng mit der ihren verbunden, daß ihm keines ihrer Gefühle fremd war. Als sie ihn zur Frau nahm, hatten ihre Verwandten anfangs hinter vorgehaltener Hand getuschelt und gespottet. »Du nimmst einen *Berdachen* zur Frau? Lächerlich! Such dir eine ordentliche Frau, die sich um dein Haus kümmert und dir Kinder schenkt.« Normalerweise nahm sich eine Kriegerin eine Frau weiblichen Geschlechts. Die meisten dieser Ehefrauen gebaren Babys, nachdem sie mit sorgfältig ausgewählten Männern – bevorzugt mit Sonnengeborenen – zusammengelegen hatten. Aber Heuschrecke haßte den Gedanken, eine Horde lärmender Bälger in ihrem Haus zu haben; sie wollte friedlich und in Ruhe mit Primel leben. Sanft strich sie mit einem Finger über die zarte Linie seines Kiefers. Die jungenhafte Reinheit seines Gesichts schien seine ausgeprägt weibliche Seele Lügen zu strafen.

»Er ist allein, Primel. Zum erstenmal ist er wirklich allein. Ich weiß nicht, was er tun wird.«

»Alleinsein ist schrecklich.«

Heuschrecke drückte seine Hand. Primel wußte, was Einsamkeit bedeutete. Den meisten Menschen blieb der Berdache ein Rätsel. Manche fürchteten sich vor ihm, viele verehrten ihn wegen der besonderen Macht, die der Erdenschöpfer ihm verliehen hatte. Er war die Brücke zwischen den Welten der Männer und der Frauen, zwischen Licht und Dunkelheit. Aber nur ganz wenige Menschen fühlten sich in seiner Gegenwart wirklich wohl. Er stand am Rande der Gesellschaft, von manchen respektiert, von anderen gefürchtet und gehaßt, aber von niemandem völlig akzeptiert.

Primel stützte sich auf die Ellenbogen und blickte auf ihr Gesicht hinunter. Seine prachtvollen Haare umfluteten sie in schimmerndem Reichtum. Heuschrecke ließ sich in der Wärme seiner schönen Augen treiben. »Dachsschwanz wird lernen, wie er überlebt, glaube mir.«

»Du scheinst dir sehr sicher zu sein.«

»Ja. Er ist stark. Bestimmt findet er jemanden, dem er vertrauen kann. Ich hoffe, er schenkt dir sein Vertrauen, Heuschrecke. Du bist jetzt seine einzige wirkliche Freundin.«

Beklommen wandte sie sich ab. Die durch den Luftschlitz hereinwehende Brise strich kühl über den Schweiß auf ihrem Hals. Sie wünschte sich verzweifelt, Dachsschwanz würde sich vertrauensvoll an sie wenden, doch gleichzeitig fürchtete sie sich davor. Es war ihnen nie ganz geglückt, die seit ihrer Kindheit bestehende Anziehungskraft füreinander zu ersticken. Manchmal, wenn Dachsschwanz sie nach einem schweren Kampfgang über das Feuer hinweg ansah, las sie Schmerz und eine tiefe Sehnsucht nach ihr in seinen Augen – das weckte in ihr ein unstillbares Verlangen, ihn auf die einzige ihr mögliche Art zu trösten.

Blutschande! Die Leute würden dich umbringen.

Nur Primel hätte dafür Verständnis. Als *Berdache* verstand er menschliche Schwächen besser als andere. Primel würde instinktiv wissen, daß die Vereinigung des Fleisches nur der Versuch war, den Schmerz zweier Seelen zu lindern.

Trotzdem würde er darunter leiden.

Wie ein in der Hitze eines Gefechts zerrissenes Kriegshemd zerbräche der kostbare Zauber ihres gemeinsamen Lebens. Der Schmerz über ihren Treuebruch würde sich auf ewig in Primels Augen widerspiegeln. Aber er würde es ihr verzeihen.

»Wie geht es Grüne Esche?« erkundigte sich Heuschrecke. Sie wollte nicht mehr über Dachsschwanz reden.

Primel schürzte die Lippen und streichelte ihre nackte Brust. »Nicht gut. Sie ist erst im siebten Monat, aber das Kind ist schon so groß … die alten Frauen tuscheln bereits darüber.«

»Glaubst du, sie denken, sie könnte sterben?« fragte Heuschrecke in ihrer direkten Art.

»Das ist sicher nur Gerede. Ich – ich glaube es nicht. Manche

Babys sind eben größer als andere. Und ein großer Mann wie Nessel zeugt vermutlich große Kinder.«

»Wann heiraten die beiden?«

»Sobald das Kind geboren ist. Heuschrecke, ich habe das Gefühl, mit dem Baby stimmt etwas nicht. Irgend etwas ist merkwürdig.«

»Merkwürdig?«

»Ja. Ich weiß nicht, wie ich es erklären soll. Aber ich hatte Träume.« Nach kurzem Schweigen fuhr er fort: »Seltsame Träume. Riesige Gestalten tanzten um eine Wiege. Die Geschöpfe trugen grellbunt bemalte Tiermasken, die Kojoten, Wölfe, Raben darstellten ... aber diese Wesen hatten keine Arme und keine Beine. Ich weiß nicht, was ich davon halten soll.«

»Hast du Grüne Esche von diesen Träumen erzählt?«

»Ich wollte sie nicht noch mehr beunruhigen, sie ängstigt sich schon genug.«

Heuschrecke runzelte die Stirn. Vage erinnerte sie sich an etwas, das Dachsschwanz ihr erzählt hatte. Als er Nachtschatten geraubt hatte, hatte er im Verbotenen Land etwas gesehen. Was war es nur gewesen? »Was hält Winterbeere davon? Sie hat bei Dutzenden von Geburten geholfen. Macht sie sich Sorgen?«

Primel veränderte seine Lage und setzte sich bequemer hin. »Seit sie Nachtschatten gesehen hat, verhält sie sich sonderbar. Ich glaube, sie hat einen Schock erlitten.«

Heuschrecke hatte die alten Geschichten über die Todesfälle in Winterbeeres Familie während des ersten Zyklus, in dem sie sich um Nachtschatten gekümmert hatte, oft gehört. Sie machten an den Winterfeuern der Stämme regelmäßig die Runde. »Glaubst du, sie hat Angst, Nachtschatten könnte sie wieder verhexen oder dem Blaudecken-Stamm neuen Schaden zufügen?«

»Ja. Diese Angst scheint ihren Geist verwirrt zu haben. Sie sitzt da, starrt ins Nichts und murmelt vor sich hin. Sie prophezeit schreckliche Dinge für die Zukunft: Hungersnöte, Überschwemmungen und Krieg. Ich weiß nicht, was ich davon halten soll. Grüne Esche jedenfalls fürchtet sich sehr.« Nach kurzem Schweigen fügte er hinzu: »Ich habe heute Gerede gehört, das mich ängstigt.«

»Was?«

Primel legte sich neben sie und schmiegte seine Stirn an die Biegung ihres Halses. Er zögerte lange, als fürchte er sich vor ihrer Reaktion. Heuschrecke drängte ihn nicht.

»Versprichst du mir, nicht böse zu werden?« fragte Primel. »Du bist erst die zweite Nacht zu Hause, und ich könnte es nicht ertragen, wenn du einen Wutanfall bekämst.«

»Primel, sag mir, worum es geht. Ich bin viel zu müde, um wütend zu werden. Was ist los?«

»Als ich mit Grüne Esche von den Kürbisfeldern zurückkam, lungerten zwei Krieger bei den Palisaden herum. Sie unterhielten sich über Dachsschwanz.«

Er blickte ihr genau ins Gesicht, um zu sehen, ob der ihm wohlbekannte unheilverkündende Ausdruck in ihren Augen aufblitzte. Heuschrecke versuchte, sich nichts anmerken zu lassen, aber ein heißer Strom durchflutete alarmierend ihre Brust. Was hatten diese Krieger gesagt?

»Und?« fragte sie rasch.

»Sie meinten, Dachsschwanz habe die Nerven verloren. Einer behauptete sogar, er habe Dachsschwanz weinen sehen. Er spottete über ihn und sagte, Cahokia brauche einen neuen Kriegsführer.«

Heuschrecke bemühte sich, ruhig und regelmäßig zu atmen. Aber durch ihre Adern begann feurige Wut zu pulsieren. »So, sagte er das?«

Wieder sah sie Dachsschwanz' Gesicht vor sich, als sein Blick auf Rotluchs' blutüberströmten Körper fiel. Tränen standen in seinen Augen. Die Erinnerung daran durchbohrte ihr Herz wie die Obsidianspitze einer Lanze. Entschlossen warf sie die Decken beiseite, erhob sich und kletterte die Leiter hinunter. Als ihre Füße den kalten Boden berührten, erschauerte sie.

Primel beeilte sich, ihr zu folgen. Er stand mit eindrucksvoll gewölbten Muskeln im schwachen Mondlicht, das durch das Fenster hereinfiel. Das rechteckige Haus maß fünfzehn mal zehn Hand. An der langen Südwand stapelten sich Reihen bunter Körbe, alle nach Größe und Form geordnet: oben die runden, darunter die viereckigen und dann die ovalen. Die beiden Regale an der Nordwand enthielten Kochtöpfe und Gefäße mit Gewürzen. Primel mußte den Bestand während ihrer Abwesenheit aufgefüllt haben. Der Wohlgeruch von getrocknetem Spinnenkraut und blauviolettem Ysop vermischte sich angenehm mit dem frischer Minze.

Primel verschränkte schützend die Arme vor seiner nackten Brust. Traurig sagte er: »Heuschrecke, bitte, ich wollte dich nicht aufregen. Ich dachte nur, du solltest wissen, was – «

»Natürlich muß ich wissen, was hinter Dachsschwanz' Rücken über ihn geredet wird! Wer waren diese Krieger? Wie heißen sie?«

»Ich weiß es nicht. Es gibt so viele Krieger, ich kann nicht alle kennen.«

Heuschrecke blickte ihn in ohnmächtiger Wut an. In den stillen Tiefen seiner Augen entdeckte sie schmerzliches Verständnis und Zuneigung. Ihre Wangen röteten sich vor Scham.

»Tut mir leid, wenn ich dich verletzt habe«, sagte sie leise. »Mein Zorn richtet sich nicht gegen dich.«

»Nein, ich – ich weiß.«

Als sie versöhnlich die Arme ausstreckte, eilte Primel zu ihr und hielt sie fest. Er preßte seine Wange an ihr Haar, sein muskulöser Körper fühlte sich plötzlich zerbrechlich an. Geistesabwesend streichelte Heuschrecke ihn, über die Folgen nachdenkend, die der Spott der Krieger nach sich zog. Die Krieger beschuldigten Dachsschwanz offen der Gefühlsduselei. Aber ein Kriegsführer mußte eine harte Schale haben, er durfte nur praktisch denken. Jedes Zeichen von Schwäche erschütterte das Vertrauen seiner Krieger. Ein verletzlicher Führer wurde unberechenbar, und in Zeiten großer Belastung war kein Verlaß mehr auf ihn.

Heuschrecke faßte Primel fester um die Taille. »Danke, daß du es mir gesagt hast. Ich muß solche Dinge wissen. Das verschafft mir genügend Zeit, mich auf eventuelle Folgen vorzubereiten.«

Er wich ein wenig von ihr zurück und sah sie mit diesem jungenhaften Lächeln an, dem sie sich immer wehrlos ausgeliefert fühlte. »Heuschrecke, gehen wir wieder ins Bett? Ich möchte dich lieben. Du hast mir so sehr gefehlt.«

»Du mir auch, Primel.«

Er beugte sich vor, küßte sie sanft und schlang zärtlich seine Arme um sie. Seine Wärme und der regelmäßige Rhythmus seines Herzens trösteten sie – wie immer in den letzten fünfzehn Zyklen.

Kapitel 9

Flechte saß fröstelnd auf ihrer Decke am Nordrand des Platzes und lauschte der Melodie der Flöten. Die anderen Kinder neben ihr lehnten mit dem Rücken an den Hauswänden und dösten. Manche drückten ihre Hunde an sich, um sich zu wärmen. Die Alten und die Mütter mit ihren Babys hockten vor den Häusern auf der Südseite des großen Platzes. Die Mondjungfrau lugte über den östlichen Horizont, ihr fahler Lichtschein schien die Kälte dieser Nacht noch zu verstärken. Flechte zog ihre Decke bis über die eiskalte Nasenspitze.

Das Feuer, über dem der weiße Trank zubereitet worden war, brannte langsam nieder. Der heilige Trank war bereits bis zum letzten Tropfen getrunken worden. Einige Male hatte Flechte die Männer klagen hören, in der guten alten Zeit hätten die Händler so viel von den dazu benötigten Kräutern aus dem Küstenland im Süden gebracht, daß der Trank für die ganze Nacht gereicht habe. In den letzten paar Jahren, so beschwerten sie sich, habe Redweed Village zu viel Mais für die paar Kräuter eingetauscht, die sie dafür bekommen hatten.

Flechte seufzte. Der weiße Trank war nur für die Erwachsenen bestimmt.

Sie und die anderen Kinder hatten lange getanzt, bevor man sie vom Platz geschickt hatte. Sie sollten ein wenig schlafen, während die Erwachsenen die Zeremonie weiter vollzogen. Flechte beobachtete die sich deutlich vor den Flammen des Feuers abhebenden Silhouetten der Tänzer, die, zu sechs Kreisen formiert, singend auf und nieder hüpften und sich in Schlangenlinien über den Platz bewegten.

Der alte Waldente mit dem verkrüppelten Bein stand singend neben den Kreisen. Er schüttelte eine Kürbisrassel und wiegte den Oberkörper vor und zurück. In seinen von Ehrfurcht erfüllten Augen spiegelte sich der Feuerschein. Er hatte die kratzigste Stimme von allen Dorfbewohnern, aber das störte niemanden. Heute nacht kam es nur darauf an, der Ersten Frau die Redlichkeit ihrer Herzen zu zeigen. Wenn sie ihre Seelen rein hielten und einander mit Güte behandelten, so hatte die Erste Frau gelehrt, werde sie sich bei Mutter Erde und Vater Sonne für die Menschen einsetzen. Auf ihre Fürsprache hin werde Regen kommen und die Ernte reichhaltig ausfallen.

Fliegenfänger murmelte Unverständliches im Schlaf. Er rollte sich auf die andere Seite, stieß dabei Flechte schmerzhaft mit dem Ellenbogen und träumte weiter. Sie reckte sich und versuchte, ihren steifen Rücken zu entspannen.

Die Gestalten der Tänzer verschwammen vor ihren müden Augen, sie schienen mit der Dunkelheit und der Kälte zu verschmelzen. Nur ihre Stimmen und die klingelnden Glöckchen an ihren Mokassins gaben ihr die Gewißheit, nicht von den häufig bei den Zeremonien anwesenden Wassergeistern in die Tiefe gezogen worden zu sein. Alle Farbstoffe, mit denen die Menschen ihre Körper bemalten, wurden aus den Knochen der Wassergeister gewonnen. In Nächten wie dieser, in der so viele Farben bunt erstrahlten, wurden die Geister von den Seelen ihrer toten Ahnen magisch angezogen. Sie kamen aus den Schatten heraus und sahen dem Treiben zu. Manchmal tanzten sie auch selbst, und gelegentlich raubten sie ein unartiges Kind und nahmen es mit in den See.

Eine Windbö peitschte heftig von den Felsen herab und fegte über den Platz. Asche und Sand wirbelten durch die Luft, das Feuer zischte und schickte einen Funkenregen in den nächtlichen Himmel hinauf.

Fliegenfänger drehte sich wieder um und schob sich näher an Flechte heran, damit er seinen Kopf in ihren Schoß legen konnte. »Mir ist kalt«, flüsterte er. »Ich wünschte, es wäre endlich vorbei.«

Sie blickte auf sein rundes Gesicht hinunter. Direkt unter seiner Nase hatte sich Reif auf seiner Decke gebildet. »Mir ist auch kalt. Aber wir dürfen erst nach Hause, wenn der Tanz vorüber ist. Die Erste Frau wird sonst böse.«

»Ich weiß«, erwiderte er. »Flechte, was haben die Felsen heute nachmittag zu dir gesagt?«

»Oh, nicht viel. Sie sprachen vom Anbeginn der Zeit.« Sie beschloß, mit keiner Silbe zu erwähnen, daß sie ihr gesagt hatten, sie müsse ihre menschliche Seele aufgeben.

»Du hast sie gehört? Wirklich?«

»Ja sicher. Wanderer zog einen Strang aus geflochtenem Menschenhaar über einem Felsvorsprung hin und her und unterhielt sich dabei mit ihnen ... eigentlich klang es für mich eher wie Musik, einzelne Wörter konnte ich nicht verstehen.«

»Er ist verrückt, Flechte. Ich mag ihn nicht.«

Sie blickte auf und entdeckte Wanderer zwischen den anderen Tänzern. Er war einen Kopf größer als alle anderen, deshalb war er leicht zu erkennen. Auch seine im Licht der Flammen aufleuchtende Rabenmaske war sehr auffällig. Sie beobachtete eine Weile, wie er tanzte. Zu Flechtes Erstaunen hatte er den ganzen Abend neben ihrer Mutter getanzt. Sie fand das äußerst merkwürdig, denn ihre Mutter mochte Wanderer nicht sonderlich. »Vielleicht gehe ich eine Zeitlang zu Wanderer und lebe bei ihm, Fliegenfänger.«

Erschrocken fuhr er von ihrem Schoß hoch und starrte ihr ungläubig ins Gesicht. Seine Augen sahen aus wie zwei riesige Monde. »Warum denn? Vielleicht kommst du dann nie mehr zurück!«

Vielleicht komme ich nie mehr als menschliches Wesen zurück, meinst du wohl. »Er muß mir ein paar Dinge beibringen. Ich glaube, manches kann ich nur von ihm lernen.«

»Welche Dinge? Meinst du Traumdinge?«

»Hauptsächlich.« Sie zog ihre Decke enger um die Schultern. »Und Geschichten. Er kennt viele Geschichten, die sonst niemand kennt. Vermutlich, weil nur wenige so alt sind wie er.«

»Und er unterhält sich mit Felsen.«

Sie nickte.

»*Willst* du denn bei ihm leben, Flechte?«

»Ich weiß nicht recht. Ich vermisse Wanderer, wenn ich nicht bei ihm bin, aber ich glaube, meine Mutter würde mir mehr fehlen. Sie hat sich mein Leben lang um mich gekümmert.«

»Hast du keine Angst, mit jemandem zu leben, der kein Menschenwesen ist?«

Heldenhaft schüttelte sie den Kopf. »Nein. Ich lebe jetzt ja auch mit Vögeln, Waschbären und anderen Tieren zusammen. Sie machen mir keine Angst. Fürchtest du sie?«

»Also, nein. Jedenfalls nicht, wenn sie in dem zu ihrer Seele passenden Körper leben«, antwortete Fliegenfänger mit beißendem Spott. »Warum kommt er nicht ins Dorf und unterrichtet dich hier?« Er verstummte. Sein Gesicht verfinsterte sich. »Nein, das ginge nie gut. Wahrscheinlich würde ihm jemand bald den Schädel einschlagen.«

Plötzlich fuhren beide vor Schreck zusammen. Waldente hatte einen schrillen Freudenschrei ausgestoßen und tanzte unbeholfen, trotz seines verkrüppelten Beins. Ekstatisch schüttelte er seine Kürbisrassel im Takt der hämmernden Trommel. Die Tänzer wichen zurück und stellten sich in zwei Gruppen auf, die den Weg vom Tempel an der Ostseite zur Mitte des Platzes flankierten.

»Da kommen sie!« rief Fliegenfänger aufgeregt. Er sprang auf die Füße und lief zu dem alten Waldente hinüber. Flechte rannte erwartungsvoll hinter ihm her. Rund um den Platz erwachten die Leute. Alte und Kinder erhoben sich und eilten nach vorn, um sich den letzten Teil der Zeremonie nicht entgehen zu lassen.

Der Höhepunkt begann langsam und steigerte sich. Ein Grollen wie von einem Erdbeben ließ die kalte Luft erzittern. Aus dem Tempel erklang monotoner Gesang. Tief und kraftvoll widerhallend begrüßte die Melodie die Geister der Pflanzen und Tiere.

Flechte fiel in die melancholische Weise ein. Bald sang das ganze Dorf mit. Der Gesang schwoll an, wurde lauter und lauter und rollte wie Donner über den vom Feuerschein erhellten Platz.

Die Vorhänge der Tempeltür wurden beiseite gezogen. Zwölf Maistänzer tauchten nacheinander in das zinnfarbene Licht der Mondjungfrau und tanzten mit stampfenden Füßen auf den Platz hinaus. Ihre Masken aus kunstvoll gehämmertem Kupfer glühten, als würden Vater Sonnes Strahlen auf sie fallen. Das sich darin reflektierende Licht der Flammen sprühte und funkelte in unglaublicher Pracht. Maiskolben von der letzten Ernte hingen um den Hals der Tänzer und schlugen im Rhythmus des Tanzes gegen ihre nackten, mit komplizierten Mustern bemalten Körper. Alle hielten Adlerfedern in der rechten Hand.

Die Vortänzerin breitete die Arme wie Flügel aus und drehte sich immer wieder im Kreis, als werde sie vom Wind herumgewirbelt. Sie neigte sich seitwärts, berührte mit den Fingerspitzen den Boden und nahm die in den Wurzeln lebende Macht in ihren Körper auf.

Die anderen Tänzer folgten ihr mit den gleichen Bewegungen.

Am Feuer in der Mitte des Platzes angelangt, tanzten sie im Kreis um die Flammen. Immer wilder und unberechenbarer sprangen sie herum wie vom Licht angezogene Nachtfalter.

Die Umstehenden liefen los und schlossen sich den Maskentänzern an. Sie sangen ihren Dank an die Erste Frau und Mutter Erde und bewegten dabei ihre ausgebreiteten Arme im flackernden Licht wie sich windende Spiralen auf und nieder.

Auch Flechte wirbelte wie wild herum, aber sie beobachtete dabei die sich über ihr drehenden Sternenungeheuer. Je länger sie tanzte, um so stärker verschmolzen die einzelnen Lichtpunkte der Himmelskörper zu gewaltigen, silbrig glühenden Ringen. Sie schienen in ihrer eigenen, sich hebenden und senkenden Musik zu pulsieren, glitten übereinander und vereinigten sich. *Ich danke euch, Sternenungeheuer,* betete sie, *daß ihr eure Musik mit mir teilt. Eines Tages, wenn ich genug gelernt habe und Vogelmann begegne, wachsen mir vielleicht Falkenflügel, dann kann ich mich emporschwingen und für euch singen.*

Verzückt lächelnd wirbelte sie im Kreis, drehte sich immer schneller und schneller. Die Leute um sie herum fielen ermattet zu Boden, preßten ihre Brust an Mutter Erde und küßten sie. Auch Flechte taumelte zu Boden und grub ihre Finger in die kalte Erde; die Welt verschwamm vor ihren Augen.

Die Maistänzer liefen durch die Menge und bestreuten alle

mit Maismehl. Jeder konnte das Mehl, das sich über ihn ergoß, in seinen Träumen zur Ersten Frau bringen. Wenn alle die richtigen Träume hatten, erhörte die Erste Frau sie vielleicht dieses Mal ...

Flechte rollte sich auf den Rücken und schaute wieder zu den Sternenungeheuern hinauf. Durch den Schleier ihrer mehlbestäubten Haare schienen die Ungeheuer noch heller zu leuchten. Ihr war, als strahlten sie vor Freude über die Zeremonie. Ein riesiger Rabe, dessen schwarze Federn im Wind flatterten, beugte sich über Flechte. Hinter dem geöffneten Schnabel zeigte sich Wanderers schelmisches Grinsen. Flechte brach in lautes Lachen aus.

»Komm mit«, sagte er. »Deine Mutter hat mich zu Nußkuchen und Tee eingeladen, und ich sterbe vor Hunger.«

»Mutter hat dich *eingeladen?«* platzte sie überrascht heraus und setzte sich hin.

»Jawohl. Anscheinend war sie heute nicht ganz bei sich«, verkündete er vergnügt. »Ich weiß nicht, was mit ihr los ist. Aber eines sage ich dir: Ich frage sie bestimmt nicht danach.«

Er streckte eine Hand aus und zog Flechte auf die Füße. Hand in Hand überquerten sie den Platz. Die Leute machten einen großen Bogen um Wanderer. Er hatte seine ganze Rabenseele in den Tanz gelegt, trotzdem waren sie sich nicht sicher, ob sie ihm erlauben sollten, sich in menschlicher Gesellschaft aufzuhalten.

Flechte ärgerte sich, weil alle Wanderer mieden. »Ich habe dir zugesehen. Du warst der beste Tänzer.«

»Ich habe dich auch beobachtet und gesehen, wie du dich mit den Sternenungeheuern unterhalten hast. Sie haben dich gehört.«

»Woher weißt du das?«

»Oh, ich fühlte es.« Er klopfte sich an die Brust. »Da drin. Was hast du zu ihnen gesagt?«

Sie zuckte die Achseln. »Ich habe ihre Musik gehört. Sie war wunderschön, Wanderer. Ich habe mich bei ihnen bedankt und ihnen versprochen, eines Tages zu versuchen, mir Falkenflügel wachsen zu lassen, damit ich zu ihnen fliegen und für sie singen kann.«

Bekräftigend drückte Wanderer seine Hand gegen ihre Schulter. Auf dem Weg hinunter zu ihrem Haus schien das Mondlicht so hell, daß sie jeden einzelnen Grashalm unterscheiden konnten. »Ich bin sicher, deine Worte haben ihnen Freude gemacht. Sie sind einsam dort oben. Nur noch sehr wenige Menschen sprechen mit ihnen. Adler und Falke tun es natürlich immer noch.«

»Ich würde gerne öfter mit ihnen reden, wenn ich könnte.«

Als sie um die Wegbiegung kamen, sah sie deutlich die erhellten Ränder neben den Türvorhängen. Ihre Mutter hatte bereits Licht im Haus angezündet. Der Geruch nach Wasser und feuchter Erde, der vom Pumpkin Creek heraufwehte, hing schwer über diesem Teil von Redweed Village. Aber Flechte roch noch einen anderen Duft, der von dem speziellen Himbeertee ihrer Mutter herrührte, den sie nur zu seltenen Gelegenheiten zubereitete.

Flechte bückte sich unter den Türvorhängen hindurch und streifte mit dem Kopf zwei von der Decke baumelnde Büschel aus Adlerfedern.

»Du hast heute abend wunderschön ausgesehen, Mutter«, rief sie und lief quer durch den Raum zu ihrer warmen Decke aus Bisonfell. Flechte fand es gemütlich in diesem Haus, das ein Quadrat von dreißig Hand umschloß. In der Mitte des Fußbodens flackerte das wärmende Feuer in der von Steinplatten gesäumten Herdstelle. Das Licht tanzte über die gelben Spinnen an den Wänden und ließ die Augen des Steinwolfs, der sich in die Wandnische zu Füßen von Wühlmaus' Bett kuschelte, geheimnisvoll aufblitzen. An der Südwand, unterhalb von Flechtes Bett, stapelten sich etliche Kochtöpfe. Daneben standen drei große, mit Kreuzkraut-, Mais- und Sonnenblumensamen gefüllte Vorratsbehälter.

Wühlmaus lächelte. Sie trug ein weißes Kleid mit schwarzen und roten Spiralen am Saum und auf der Brust. Das lange Haar hatte sie aus dem Gesicht gekämmt und über den Ohren mit Muschelkämmen befestigt. Ihre Augen sahen seltsam groß und dunkel aus – dunkler, als Flechte sie je gesehen hatte. »Du auch, Flechte. Ich war stolz auf dich. Ich – «

Leise rief Wanderer von draußen: »Ich bin's, Wühlmaus. Bist du soweit?«

»Komm rein, Wanderer. Wir sind fertig. Der Tee allerdings noch nicht.«

Wanderer bückte sich unter den Türvorhängen hindurch. Die Rabenmaske hatte er abgenommen; voller Ehrfurcht hielt er sie in Händen. Die grauen Haare standen ihm wirr vom Kopf ab. Er blinzelte Flechte unsicher zu, setzte sich ans Feuer und blickte auf den an zwei roten Holzstümpfen hängenden Teetopf. Der aufsteigende Dampf schwängerte die Luft mit reichem Himbeerduft.

Wanderer lächelte Wühlmaus verlegen an. Sie erwiderte sein Lächeln, erhob sich und holte den Teller mit Nußkuchen.

»Hast du Hunger, Flechte?« erkundigte sie sich.

»Nein, ich bin nur furchtbar müde.«

»Warum versuchst du nicht zu schlafen? Wanderer und ich müssen uns noch ein bißchen unterhalten.«

Wanderers Gesicht wurde schlagartig ernst. Betreten senkte er den Kopf. »Ja, schlaf, Flechte. Es dauert bestimmt nicht lange.«

Erschrocken über den beunruhigten Ausdruck auf Wanderers Gesicht, verkroch sich Flechte tiefer unter ihrer Decke. Sie schloß die Augen bis auf zwei schmale Schlitze, damit sie noch sehen konnte, was vor sich ging.

Ihre Mutter kniete neben Wanderer nieder und bot ihm Nußkuchen an. »Vielen Dank, Wühlmaus. Es ist lange her, seit ich Kuchen von dir gegessen habe.« Er biß hinein. Seine Lippen verzogen sich zu einem kaum merklichen Lächeln. »Er schmeckt genauso gut, wie ich ihn in Erinnerung habe ... Vielen Dank«, wiederholte er.

Beide schwiegen eine Zeitlang. Flechte fühlte die Spannung zwischen ihnen. Schließlich ergriff Wühlmaus das Wort. »Wanderer, ich muß mit dir reden. Irgend etwas geht vor, und ich weiß nicht genau, was.«

Seine Augen weiteten sich vor Erstaunen. »Was meinst du?«

»Es hängt mit Cahokia zusammen und mit Tharons irrwitzigen Überfällen auf die umliegenden Dörfer. Wußtest du, daß auf seinen Befehl hin die River Mounds vor ein paar Tagen angegriffen worden sind?«

»Nein, ich ... ich bildete mir ein, etwas zu fühlen, aber ... was ist passiert?«

Ihre Mutter strich sich mit der Hand über das Haar. »Ich weiß es nicht genau. Nach allem, was ich gehört habe, weigerte sich Jenos, Cahokia den schuldigen Tribut auszuhändigen. Daraufhin drehte Tharon durch. Er – das heißt, eigentlich war es Dachsschwanz. Also Dachsschwanz tötete Jenos und brachte Tharon den Kopf des Mondhäuptlings.«

»Oh«, sagte Wanderer so leise, daß Flechte ihn kaum verstehen konnte. In seinen Augen stand tiefer Kummer. »Jenos war ein anständiger Mann und ein guter Häuptling. Ich habe seine Freundlichkeit Nachtschatten gegenüber nie vergessen. Ich bat ihn, sie aufzunehmen, nachdem Tharon sie aus Cahokia verbannt hatte.«

»Das hast du wirklich getan?«

»O ja. Sie konnte sonst nirgendwo hingehen. Außerdem wußte ich, daß sie und ihre Mächte für Jenos von großer Hilfe sein konnten.«

Bei dem Wort »Mächte« senkte Flechtes Mutter unsicher die Augen. Sie schien Vorwürfe von Wanderer zu erwarten, weil sie selbst keinerlei Macht besaß. »Das Schlimmste aber sind die Gerüchte, auch Petaga sei verrückt geworden. Er war gestern in Hickory Mounds und redete irre. Er will, daß sämtliche Dörfer in der Umgebung ihre Streitkräfte vereinen und den Kampf gegen Tharon riskieren. Dieses Vorhaben ist leichtsinnig. Selbst in unser kleines Redweed schickte er Boten und ließ fragen, ob wir uns ihm anschließen. Aber Tharon befehligt zu viele Krieger. Auch wenn wir anderen uns alle verbünden, glaube ich nicht –«

»Wo ist Nachtschatten?«

»Ich hörte von einem Händler, sie sei gefangengenommen und nach Cahokia zurückgebracht worden. Aber ich weiß nicht, ob es stimmt.«

Wanderer saß reglos da. Ohne zu blinzeln, blickte er ins Feuer; seine starren Augen sahen aus wie Spiegel aus Glimmer. »Tharon muß verrückt geworden sein, oder er sehnt seinen Tod herbei.«

Flehend streckte Flechtes Mutter ihm die Hände entgegen. »Was sollen wir tun, Wanderer? Für morgen ist eine Versammlung einberufen worden. Wir wollen darüber abstimmen, ob wir uns Petaga anschließen sollen oder nicht. Was meinst du?«

Er seufzte. »Wenn du mich in der Hoffnung fragst, ich hätte einen Traum gehabt, muß ich dich enttäuschen. Ich habe nichts geträumt. Ich wußte überhaupt nichts davon. Außer ...« Er biß noch einmal in den Nußkuchen und kaute nachdenklich. »Nun, ich hörte Nachtschatten nach mir rufen. Es schien, als brauche sie Hilfe. Aber ich weiß nicht, wo sie ist, und wie sehr ich mich auch anstrenge, sie zu finden, es gelingt mir nicht. Es ist, als habe sie sich selbst verloren. Ich habe keine Spur, auf der ich ihr folgen könnte.« Genußvoll aß er das Kuchenstück auf.

Flechtes Mutter erhob sich und ging vor dem Feuer auf und ab. Orangerote Lichter spielten auf ihren Haaren. »Na gut, ich danke dir jedenfalls. Solltest du einen Traum haben – «

»Sage ich dir sofort Bescheid.«

»Dafür wäre ich dir dankbar.«

Wanderers Augen flackerten unruhig. Endlich gab er sich einen Ruck und sagte: »Da ist noch etwas, worüber ich mit dir sprechen möchte, Wühlmaus.«

»Was?«

»Es geht um Flechte. Weißt du, daß sie Träume hat? Sehr mächtige Träume.«

Bestürzt runzelte ihre Mutter die Stirn. Sie drehte sich um und starrte ihre Tochter an. Flechte schloß rasch die Augen, um ihrem gekränkten Blick nicht begegnen zu müssen. Sie fühlte sich gemein und schlecht. Zwar hatte sie des öfteren versucht, mit ihrer Mutter darüber zu reden, aber Wühlmaus machte sich entweder über ihre Träume lustig oder tat sie mit gleichgültigen Worten ab. Seither sprach sie nur noch mit Wanderer darüber. Er war der einzige Erwachsene, der ihr aufmerksam und voller Ernst zuhörte.

»Nein«, entgegnete ihre Mutter ruhig. »Mir gegenüber hat sie nichts dergleichen erwähnt. Was träumt sie denn?«

Wanderer preßte die Lippen zu einem schmalen Strich zusammen. »Das spielt keine Rolle. Entscheidend ist, daß sie inzwischen alt genug ist, um zu lernen, wie sie damit umgehen muß, und ... ich möchte sie gerne unterrichten.« Unsicher blickte er auf. »Erlaubst du es?«

»Nun, ich ... ich weiß nicht. Ich muß darüber nachdenken.«

Wanderer stand auf und stellte sich dicht vor sie hin. »Jedesmal, wenn ich das von dir gehört habe, hieß das ›nein‹. Sollte das wieder der Fall sein, sag es mir bitte gleich, Wühlmaus.«

»Wenn du versuchst, mich unter Druck zu setzen«, erwiderte Wühlmaus mit mühsam unterdrückter Heftigkeit, »dann *lautet* die Antwort allerdings nein!«

Wanderers Blick fiel auf Flechte, die völlig reglos dalag. In seinem runzligen Gesicht spiegelte sich eine weiche Zärtlichkeit, und in den Tiefen seiner Augen flammte Kummer auf, als sähe er in ihrer Zukunft etwas unerträglich Schreckliches.

»Wühlmaus«, flüsterte er, »gestehst du mir nicht einmal das Recht zu, sie zu lehren, wie sie glücklich sein kann? Du weißt, wenn sie nicht lernt, die Träume zu beherrschen, wird es ihr erbärmlich ergehen. Bald werden die Träume sie *verfolgen.*« Angesichts der unnachgiebigen Härte in der Miene ihrer Mutter fügte Wanderer hinzu: »Bitte, Wühlmaus. Du hast mir stets jedes Recht verweigert. Laß mich doch – «

»Sie ist *meine* Tochter, Wanderer. Was sie betrifft, hast du keinerlei Rechte.« Ablehnend verschränkte sie die Arme vor der Brust und wandte sich ab. »Bitte geh jetzt.«

Einen Moment lang schloß Wanderer erschöpft die Augen, dann bückte er sich unter der Tür hindurch und verschwand in der Nacht. Flechte lauschte seinen sich entfernenden Schritten. Ihr Magen verkrampfte sich. Sie wartete, bis ihre Mutter sich umdrehte und den Kuchenteller holte, dann zog sie die Bisonfelldecke über den Kopf und weinte.

Schweigen hüllte das Sonnenzimmer ein.

Tharon wanderte unruhig zwischen den Feuerschalen auf und ab. Die Muschelbänder auf seinem goldenen Gewand funkelten im flackernden Lichtschein. Zu still! Er hörte die Atemzüge jedes einzelnen der im Tempel schlafenden Menschen. Das Geräusch verfolgte ihn wie das Zischen von Hunderten tückischen, giftige Warnungen ausstoßenden Schlangen.

Ja, sie schlafen, und du gehst ruhelos auf und ab. Was sind das bloß für Diener, diese Sternengeborenen? Nachlässig sind sie. Sie sind nicht besser als die Bande vor ihnen. Nun ... vielleicht muß ich früher als gedacht neue Priester und Priesterinnen auftreiben.

Gereizt wanderte Tharon durch den heiligen Raum und schlug mit seinem Herrscherstab gegen alles, was in seine Reichweite kam. Die Bruchstücke mehrerer zerbrochener Muscheln glitzerten bereits auf dem Boden. Diesen Herrscherstab liebte er über alles. Er maß in der Länge über vier Hand und hatte oben eine Wölbung wie eine sich öffnende Purpurwindenblüte. Die Kanten des Steins vereinigten sich zu einer schön gearbeiteten, tödlich scharfen Spitze.

Tharon trank einen großen Schluck Bleiglanztee und leckte sich zufrieden die Lippen. Gemischt mit zerstoßenen Purpurwindensamen hatte Bleiglanz einen stark metallischen Geschmack. Die Sternengeborenen behaupteten, der Tee sei ein Heilmittel gegen fast jede Krankheit ... allerdings konnten ihn sich nur wenige Leute leisten. Da sich Tharon in der letzten Zeit nicht wohl fühlte, sprach er dem Tee kräftig zu. Doch er schien wenig zu helfen. Noch immer überfielen ihn unvermittelt Schwächeanfälle und starke Kopfschmerzen, und zwar mit solch heftiger Grausamkeit, daß er sich die schwarzen Haare gleich büschelweise ausriß.

Selbst der Widerschein der Feuerschalen an den Wänden schmerzte qualvoll in seinen Augen. Die Wandmalereien schienen ihn boshaft anzugrinsen, und die hölzernen Gesichter der Schnitzereien verhöhnten ihn. Sobald er direkt in die Flammen sah, schossen unerträgliche Schmerzen wie Dolchstöße durch seinen Kopf.

Tharon schlenderte die zur Tür führende siebte Reihe der Feuerschalen entlang und spuckte haßerfüllt in jede Schale. Die Flammen zischten und krachten; die Feuer flackerten heftig. Sein Schatten, durch die zahlreichen Lichtquellen vervielfacht, tanzte in mannigfaltigen Silhouetten über die Wände.

Lachend drehte er sich im Kreis, damit sich seine dunklen Abbilder noch stärker bewegten. Der Anblick gefiel ihm. Immerhin hatte er jetzt eine Gespensterarmee, die auf seinen leisesten Wink gehorchte! Und die konnte er in diesen Tagen brauchen, wo alle sich gegen ihn verschworen hatten.

Alle, bis auf Dachsschwanz. Der stämmige Krieger gehorchte Tharons flüchtigster Laune. Er brachte ihm sogar Jenos' abgeschlagenen Kopf. – Dummkopf. Glaubte er etwa, so viel Unterwürfigkeit würde Tharon Respekt abverlangen? Ha!

Aber vielleicht war Dachsschwanz schlauer, als er zu erkennen gab, und imstande, eigene Entscheidungen zu treffen. Tharon beschloß, ihn besser im Auge zu behalten. Schließlich war Dachsschwanz ein *Krieger*.

Verschlagen senkte Tharon die Augen und blickte prüfend auf die von überall her zusammengestohlenen Machtbündel, die heiligen schmuckvollen Kopfbedeckungen und Halsbänder auf der Westseite des Raumes. »Was glaubt ihr? Man behauptet, ihr wüßtet über solche Dinge Bescheid. Zettelt Dachsschwanz hinter meinem Rücken eine Verschwörung an?«

Voller Ungeduld wartete er auf eine Antwort. »Was ist los mit euch?« fragte er die Bündel fordernd. »Ich weiß, ihr könnt sprechen. Ich *befehle* euch, mir zu antworten!«

Bösartig starrten sie ihn an. Er konnte ihre Blicke *fühlen*, hinterhältig und haßerfüllt ruhten sie auf ihm. Besonders der des Machtbündels, das dem alten Murmeltier gehört hatte. Die Augen des in die Mitte gemalten blauen Falken starrten ihn an, als wolle er sich jeden Moment auf ihn stürzen.

»Du kannst mir gar nichts anhaben! Ich bin der Häuptling Große Sonne! Während *du*« – er nahm seinen Herrscherstab wieder auf und gestikulierte selbstgefällig – »nichts weiter bist als um alberne Knochenstücke und Steine gewickelte Lederstreifen.«

Tharon spürte die Entrüstung der Machtbündel und brach in ersticktes Gelächter aus. »Alberne, blöde Dinger! Glaubt ihr, ihr könnt mir Angst einjagen? Mir? Ich fürchte nichts und niemanden. Außer – Nachtschatten natürlich.«

Er nahm die Teeschale, leerte sie und schleuderte das Tongefäß durch den Raum. Die zersplitternden Stücke fielen auf die am Boden liegenden Muschelscherben.

Aus dem Flur drang das gespenstische Schlurfen von Sandalen an sein Ohr. Tharons Knie begannen zu zittern. Vergeblich versuchte er, sich zusammenzureißen. »Oh, Heilige Mondjungfrau, nicht wieder diese Übelkeit! Was geschieht mit mir?«

Das Feuer in seiner Seele erlosch urplötzlich. Er konnte kaum noch stehen, seine Hände bebten. Wütend brüllte er: »Kessel! Drossellied! Rauhrinde!«

Im Nu eilten die drei Priesterinnen in das Sonnenzimmer und warfen sich ihm zu Füßen. Die Haare hingen ihnen zerzaust über die Schultern. Konnten sie sich nicht einmal kämmen, bevor sie ihm unter die Augen traten? Tharon blickte drohend auf ihre fetten Körper hinunter. Sie waren häßlich, nicht eine von ihnen hatte ein ansprechendes Gesicht.

Voller Abscheu trat er Drossellied in den Bauch. Sie stieß einen kleinen Schrei aus und fiel auf die Seite. Wütend herrschte er die Frauen an: »Keine von euch kümmert sich um mich! Ihr wartet alle auf meinen Tod, damit ihr Cahokia für immer den Rücken kehren könnt!«

Kessels reizloses Gesicht überzog sich mit fleckigem Rot. Sie brachte den Mut auf, ihm mit flehender Stimme zu widersprechen. »Nein, mein Häuptling. Das ist nicht wahr. Sag uns, was du brauchst. Wir bringen es dir sofort.«

»Was ich brauche?« wütete Tharon. »Was habt ihr mir je gegeben? Nichts! Ich brauche alles! Meine – meine Teeschale ist leer. Ich habe sie an die Wand geschmettert!« Er hob den zitternden Arm und deutete auf die Scherben. »Vor euren Augen wird mein Körper aufgezehrt von dieser – dieser *Krankheit*, und ihr habt noch keinen einzigen Geistertrank für mich zubereitet. Ihr tut nichts, um mir zu helfen!«

»Ich werde einen Trank zubereiten, mein Häuptling.« Geschwind erhob sich Kessel und wollte in Richtung Tür gehen.

»Nicht jetzt! Jetzt will ich keinen! Habe ich dir erlaubt zu gehen?«

Auf der Stelle fiel Kessel auf die Knie und bedeckte demütig das Gesicht mit den Händen.

Tharon stolzierte vor Drossellied und Rauhrinde auf und ab und betrachtete angeekelt ihre unterwürfige Haltung. Plötzlich begannen die Schmerzen in seinem Kopf wieder zu hämmern. Er fühlte sich elend und hätte sich am liebsten übergeben. Seine Hände krallten sich in das goldene Gewebe seines Gewandes.

Von irgendwoher glaubte er das Flüstern einer Stimme zu vernehmen. Ruckartig hob er den Kopf und lauschte. »Was? Was hast du gesagt?«

»Was, mein Häuptling?« fragte Rauhrinde ängstlich.

»Nicht du, du Dummkopf. In meinem Kopf spricht ein Geist. Aber ich ... ich verstehe ihn nicht. Seid still! Wagt nicht einmal zu atmen!«

Schwer lastete das Schweigen auf dem Raum. Schwach wiederholte sich in seinem Kopf ein geflüstertes *Tu es nicht, tu es nicht.* Aber das laute Zischen und Knistern aus den Feuerschalen machte es ihm unmöglich, die anderen Worte des Geistes zu verstehen. »Ruhe! Ich befehle euch, sofort mit diesem Lärm aufzuhören!«

Doch die Feuerschalen trotzten seinem Befehl. Tharon sprang wutentbrannt vor wie ein gereizter Puma. Er schwang seinen Herrscherstab und zerschlug jede Feuerschale, die ihm in die Quere kam. Keramikscherben fielen klirrend zu Boden, Vogelköpfe aus Ton rollten durch den Raum, als versuchten sie, sich vor seinem Wutanfall in Sicherheit zu bringen. Duftendes Hickoryöl spritzte ihm auf Gesicht und Haare und lief ihm über den Nacken.

»Nein!« schrie Kessel und sprang mit einem Satz auf die Beine. »Nein, hör auf. Hör auf, mein Häuptling. Vater Sonne wird uns alle töten! Hör auf mit diesem Wahnsinn, bevor du das Ende der Welt heraufbeschwörst!«

Tharon verharrte mitten in der zum Schlag ausholenden Bewegung und richtete sich mit der gemächlichen Behäbigkeit von Großvater Braunbär auf. Entsetzt öffnete Kessel den Mund und wich einen Schritt zurück. Ohne einen Muskel zu verziehen, ließ Tharon seinen Blick zwischen zusammengekniffenen Lidern hervor forschend durch den Raum wandern.

Öllachen, dunkel wie geronnenes Blut, bedeckten den Boden. Überall lagen Tonscherben verstreut, aus denen ihn körperlose Vogelköpfe mit starr auf ihn gerichteten glänzenden Perlenaugen unheilvoll anstarrten. *Das Böse.*

Tharons Kehle war trocken, er schluckte krampfhaft. Die

Gespensterarmee, die ihm den Rücken frei gehalten hatte, war verschwunden. An den Wänden tanzten die Schatten von Kessel, Drossellied und Rauhrinde wie riesenhafte Ungeheuer aus der Unterwelt und ragten drohend über seinem eigenen Schatten auf.

»Ihr. Ihr alle. Ihr versucht – ihr versucht, mich umzubringen!«

Rauhrinde bewegte sich, und ihr Schatten sprang auf ihn zu.

Vor Entsetzen geriet er ins Stolpern und schrie: »Nein!«, wirbelte herum und trieb die Spitze seines Herrscherstabs in Rauhrindes Brust.

Sie taumelte auf ihn zu, ihre Stirn schlug gegen seine Schulter. Tharon riß seinen blutbesudelten Herrscherstab aus ihrem Körper und schob sie von sich. Unter Kessels ersticktem Aufschrei sank Rauhrinde zu Boden – leise wie eine Feder, die auf ein Bett aus gelbbraunem Gras herniederschwebt. Blut strömte aus ihrer Brust.

Tharon ging rückwärts, bis er an den Altarsockel stieß. Dort setzte er sich hin.

Merkwürdig. Seine Übelkeit war verschwunden.

Mit ruhiger Stimme sagte er: »Glaubt ihr, ich weiß nicht, daß ihr Idioten von Sternengeborenen versucht, meinen Tod zu träumen? Nun, wenn ihr in Zukunft von mir träumt, erinnert ihr euch am besten jedesmal daran, daß ich Bescheid weiß.«

Kessel schloß die Augen und unterdrückte mit zitternden Lippen ein Schluchzen. Tharon holte tief Luft, stand auf und ging durch den Raum.

»Bring diese Schweinerei in Ordnung, Kessel«, befahl er im Vorübergehen. Eine neue Kraft strömte durch seine Adern. Zuversichtlich ging er den Flur hinunter zu seiner Schlafkammer. *Heute nacht schlafe ich sicher gut.*

Kapitel 10

Funkelndes Sternenlicht fiel auf die gelben Spinnen an der Wand über Wühlmaus' Kopf. Sie lag unter ihren Decken und lauschte den gestammelten Worten Flechtes, die im Schlaf zu

Wanderer sprach. Flechtes trostlose, tränenerstickte Stimme tat Wühlmaus in der Seele weh. Sie rollte sich auf die Seite und betrachtete nachdenklich ihre Tochter. Nur Flechtes Scheitel lugte unter der Bisonfelldecke hervor. Ihr langer Zopf fiel wie ein aus dem Sommerpelz eines Hermelins geflochtenes Lasso auf die Schilfmatte am Boden.

Flechte drehte sich wimmernd auf den Bauch. Ihre kleinen Hände krallten sich krampfhaft in die Decke. Ihre Haltung erweckte den Eindruck, als befände sie sich auf der Flucht vor etwas Grauenvollem.

Wühlmaus schlug die Decken zurück, stand auf und kniete neben ihrer Tochter nieder. Zärtlich legte sie eine Hand an ihre Wange. »Flechte!« rief sie leise. »Flechte, wach auf. Es ist alles gut. Flechte!«

»Mutter«, murmelte Flechte schlaftrunken.

»Ich bin da. Du bist in Sicherheit.«

Schläfrig setzte sich Flechte auf und schlang ihre Arme um Wühlmaus. »O Mutter, ich hatte einen furchtbaren Traum: Ein Mädchen ruft nach mir, und ich – ich weiß nicht, wer es ist. Und ich sah einen Mann, einen schrecklichen Mann ...«

Völlig durcheinander vergrub sie ihr Gesicht in Wühlmaus' dunkler Haarfülle. Liebevoll streichelte diese Flechtes Rücken, flüsterte ihr beruhigend ins Ohr und fragte dann: »Was hast du sonst noch in deinem Traum gesehen?«

Flechte setzte zum Sprechen an, doch dann schüttelte sie den Kopf. »Ich ... es ... kümmere dich nicht darum. Tut mir leid, ich wollte dich nicht wecken.«

Müde drückte Wühlmaus ihr Kinn an Flechtes Kopf; ihr sank das Herz. Flechte wollte ihr den Traum nicht erzählen, und sie wußte, warum. Wühlmaus fürchtete wirkliche Träume: sie hatte nie gelernt, damit umzugehen, und kämpfte gegen sie an. Wenn sie von solchen Träumen heimgesucht wurde – was selten vorkam –, beherrschten sie sie mit furchterregender Macht. Verzweifelt versuchte sie, Flechte vor diesem Erbe zu schützen, und hielt sie von allem, was mit Träumen zu tun hatte, fern.

Flechte löste sich aus Wühlmaus' Umarmung. Still ließ sie sich auf ihr Bett sinken, zog die Decke über die Schultern, und als unübersehbares Zeichen, daß sie auf keinen Fall weitersprechen wollte, schloß sie die Augen. »Ich danke dir, Mutter, aber du kannst jetzt wieder schlafen gehen. Mir geht es gut. Wirklich.«

Wühlmaus seufzte. Liebevoll nahm sie das strähnige Ende von Flechtes langem Zopf in die Hand. »Flechte, möchtest du bei Wanderer leben?«

Ein ausgedehntes Schweigen folgte.

»Möchtest du es denn?« fragte Flechte schließlich zaghaft.

»Im Grunde nicht«, gab Wühlmaus zu. »Aber er kann dir vieles beibringen, und vielleicht ... vielleicht war es ein Fehler, daß ich so beharrlich versucht habe, die in dir wohnende Macht zu unterdrücken. Anscheinend hat dich die Erste Frau dazu verurteilt, das Leben einer Träumerin zu führen. Ich bete, sie möge deiner Seele gnädig sein.«

Lange blickten die beiden einander stumm an, dann schloß Wühlmaus ihre Tochter in die Arme und drückte sie an sich. Aus der Wandnische am anderen Ende des Zimmers glaubte Wühlmaus, zum erstenmal nach vielen Zyklen wieder den Ruf des Steinwolfs zu vernehmen – ihr war, als stimme er ihr zu.

»Schlaf jetzt, Flechte. Morgen packen wir deine Sachen, und ich bringe dich zu Wanderer.«

Vorsichtig hielt Wanderer, nur mit einem Lendenschurz aus Hirschleder bekleidet, das Gleichgewicht und robbte bäuchlings auf einer Felsspitze entlang, die aus dem Gesims in der Nähe seines Hauses vorragte. Die immer schmaler werdende Spitze stand ein gutes Stück über die Klippe hinaus, so daß er zweihundert Fuß senkrecht hinunterschauen konnte. *Was für ein Gefühl von Freiheit!* Er breitete Arme und Beine freischwebend in der Luft aus und ahmte die Bewegungen eines über ihm fliegenden Rabenschwarms nach. Die krächzenden Vögel ließen sich von den warmen, auf dieser Seite der Klippe aufwärts führenden Luftströmungen tragen. Tief atmete Wanderer die nach Gras duftende Luft ein und krächzte ebenfalls. Dabei konzentrierte er sich auf das silberne Band des Vaters der Wasser, das sich in der Ferne durch das baumlose Schwemmland schlängelte.

Gekreuzter Schnabel, der Anführer des Schwarms, stieß herab und schwebte dicht vor Wanderers Gesicht. Er bewegte die Flügel, um ihm zu zeigen, wie es ging. Wanderer schwenkte seine Arme genauso auf und ab, aber bei ihm funktionierte es nicht richtig.

»Meine Seele möchte ja gern, Gekreuzter Schnabel«, erklärte er verlegen, »aber mein menschlicher Körper sträubt sich.«

Gekreuzter Schnabel stieß ein heiseres Krächzen aus und segelte enttäuscht in den von einzelnen Wolken bedeckten Himmel.

»Vielleicht schenkt mir der Erdenschöpfer in meinem nächsten Leben Flügel, damit ich richtig fliegen kann«, rief Wanderer den Vögeln zu. »Ich – «

»Das bezweifle ich«, wehte eine vertraute Stimme von seinem Haus zu ihm herauf. »Vermutlich wirst du in deinem nächsten Leben eine Ratte.«

Die Stimme riß ihn aus seiner Konzentration, und Wanderer verlor das Gleichgewicht. Er neigte sich bedenklich zur Seite und drohte, von der Felsspitze abzurutschen. Doch im letzten Moment fanden seine Finger Halt in einem Felsspalt. Zehn Herzschläge lang hing er zwischen Himmel und Erde und starrte aus weit aufgerissenen Augen auf die ameisenkleinen Kalksteinfindlinge hinunter. Endlich fand er die Kraft, die Beine auf die Felsspitze zu schwingen und sich über die Kante des Überhangs zu ziehen, der gleichzeitig das Dach seines Hauses war. Nach Atem ringend blickte er auf Wühlmaus und Flechte hinunter. Das schwere Gepäck auf ihren Rücken erschwerte ihnen den Blick zu ihm hinauf. Ihre nackten Oberkörper glänzten in der Mittagssonne wie mit Kupfer überzogen. Wühlmaus' Brüste waren prall und fest, bei Flechte waren dagegen noch nicht einmal Knospen zu sehen.

»Hallo!« brüllte der überraschte Wanderer. Nach dem Abend in Redweed Village hatte er nicht erwartet, Wühlmaus hier vor seiner Behausung wiederzusehen. Sein Blick fiel auf das Gepäck, und ein winziger Hoffnungsblitz durchzuckte sein Herz. »Was führt euch hierher?«

Mißbilligend zog Wühlmaus eine Augenbraue hoch. Ihre langen Haare, blauschwarz wie das Gefieder einer Elster, flossen in weichen Wellen über ihre Schultern. »Komm da runter wie ein Mensch, und wir sprechen drüber.«

»Oh, natürlich!« Wanderer eilte über den schmalen Pfad bis zur niedrigsten Stelle des Überhangs und sprang hinunter. Er landete mit einem harten Aufprall vor seinem Haus, stolperte ein paar Schritte zur Seite und ruderte wild mit den Armen, um nicht zu stürzen. »Meine Güte, ist das schön, euch beide zu sehen! Kommt rein. Trinken wir Tee!«

Er eilte voraus, aber Wühlmaus' Stimme hielt ihn zurück, als er sich eben unter der Tür bücken wollte.

»Wanderer ...«, begann sie. Dann strömten die Worte so quälend und schnell aus ihrem Mund, als müsse sie jetzt sprechen oder nie. »Du hattest recht. Es tut mir leid, daß ich versucht habe, Flechte daran zu hindern, eine Träumerin zu werden. Ich wollte sie nur schützen. Du weißt – «

»Ja.« Er schenkte ihr ein freundliches Lächeln und winkte ab, als sie erneut zu einer Erklärung ansetzte. »Ich weiß, was du sagen willst. Das Leben eines Träumers ist außerordentlich hart, und du liebst Flechte sehr. Das weiß ich alles. Ich danke dir, daß du Flechte die Entscheidung überlassen hast.«

Wühlmaus machte eine hilflose Gebärde. »Ich gebe dir zehn Tage. Das sollte ausreichen, Flechte in das Träumen einzuweisen. Kommst du mit der Zeit aus?«

»Ich tue, was ich kann. Drei Monate wären natürlich besser ... aber es wird auch so gehen.« Einladend deutete er auf sein Haus. »Und jetzt kommt bitte mit hinein und trinkt eine Schale Tee. Ihr habt einen weiten Weg hinter euch.«

Nervös leckte sich Wühlmaus die Lippen. Sie machte ein Gesicht, als fürchte sie sich nach all den Zyklen noch immer vor ihm. »Nein, danke. Ich muß zurück. Am Spätnachmittag tritt der Rat des Dorfes zusammen ... du weißt, welch wichtige Entscheidung wir treffen müssen.«

Wühlmaus nahm das Gepäck von ihrem Rücken und stellte es in den Schatten des Felsüberhangs, dann kniete sie neben Flechte nieder und umarmte sie verzweifelt. »Lerne, so viel du kannst«, flüsterte sie ihrer Tochter ins Ohr. »Vielleicht kannst du mir später noch etwas beibringen.«

»Ja, Mutter«, versprach Flechte kleinlaut und küßte Wühlmaus auf die Wange. Zwei Tränen kullerten aus Wühlmaus' Augen und zogen feine Spuren über ihr staubbedecktes Gesicht.

Während sie sich von ihrer Tochter verabschiedete, drehte ihr Wanderer den Rücken zu und betrachtete angelegentlich die flaumige Wolkenbank über der Klippe der Schönen Hügel.

Seine Gedanken kehrten zurück in die Zeit vor vielen Zyklen, als Wühlmaus zum erstenmal zu ihm gekommen war und ihn bat, sie zu unterrichten. Die Träume, die sie im Schlaf quälten, hatten sie an den Rand des Wahnsinns getrieben. Sie war so jung gewesen damals, gerade fünfzehn, und völlig verängstigt. Er hatte eingewilligt. Doch dann entwickelte sich alles anders, als er es sich vorgestellt hatte. Anstatt mit Hilfe ihres neuen Wissens ihre Fähigkeit zu träumen weiterzuentwickeln, setzte Wühlmaus ihre Kenntnisse dafür ein, eine unüberwindlich hohe Mauer um ihre Seele zu errichten und die Mächte fernzuhalten. Und als ihr Ehemann zu seinem letzten Kampfgang aufgebrochen war, wandte sie sich mit einer Bitte an Wanderer, die einer Frau zu erfüllen er nie bereit gewesen war. Denn sexuelle Intimität störte die Wege der Träume. Trotzdem hatte er es ein paar Monde lang genossen, sie zu lieben. Als sie die Nachricht vom Tode ihres Mannes erhielt, verließ sie ihn. Aber früher oder später hätte sie ihn ohnehin verlassen. Wühlmaus fürchtete Träumer mehr als die unsichtbaren Krallen des Todes.

Flechte schniefte unter Tränen und streichelte zärtlich Wühlmaus' Wange. »Mir fehlt es bestimmt an nichts, Mutter«, sagte sie tapfer. »Wanderer kümmert sich um mich.«

»Das weiß ich«, antwortete Wühlmaus. Langsam stand sie auf. Mit einem flehenden Glanz in den Augen drehte sie sich zu ihm um. »Soll ich sie in zehn Tagen wieder abholen, Wanderer?«

»Nein, ich bringe sie nach Hause.«

Flechte widersprach. »Ich kann gut allein heimgehen. Ich bin schon hundertmal von hier aus nach Hause gegangen.«

»Schon, aber das Leben ändert sich, sobald dir die Flügel einer Träumerin gewachsen sind«, erklärte Wanderer und zwinkerte ihr verschwörerisch zu. »Deine Seele konzentriert sich von da an auf andere Dinge. Ich möchte nicht, daß du dich verirrst. Ich bringe dich heim.«

Flechte blinzelte verständnislos, aber sie nahm seine Entscheidung ohne weiteren Widerspruch hin.

Zum Abschied strich Wühlmaus noch einmal liebevoll über Flechtes Haar. »Auf Wiedersehen. Noch vor dem nächsten Mond sehen wir uns wieder.« Entschlossen drehte sie sich um und lief in das Eichendickicht. Klatschend schlugen die Zweige hinter ihr zusammen. Wanderer sah ihr nach, bis ihre Gestalt hinter dem Hügelkamm verschwunden war.

Flechte biß sich auf die Unterlippe und sah unschlüssig zu Wanderer auf. »So, jetzt bin ich da.«

»Ja, und ich bin froh darüber. Wie hast du das fertiggebracht?«

»Gestern nacht hatte ich einen bösen Traum – ich träumte wieder von dem kleinen Mädchen. Mutter ist davon aufgewacht. Und plötzlich beschloß sie, ich solle für eine Weile zu dir gehen.«

»Hm«, brummte Wanderer und betrachtete prüfend den ängstlich verzogenen Mund. »Und wie steht's mit dir? Findest du es auch richtig?«

Hilflos fuchtelte sie mit den Armen. »Ich muß Vogelmann unbedingt finden, Wanderer. Das weißt du doch. Du sollst mir zeigen, was ich machen muß, damit mir das gelingt.«

»Ich werde mein Bestes tun. Warum stellst du dein Gepäck nicht ab? Wir können gleich anfangen.«

Verblüfft starrte ihn Flechte an. »Was, jetzt gleich? So bald schon?«

»Ja. Jetzt ist eine ebenso gute Zeit wie nachher. Auf uns wartet in den nächsten zehn Tagen ein weiter Weg.«

Zögernd nahm Flechte das Gepäck von ihrem Rücken und legte es auf das Bündel, das ihre Mutter dagelassen hatte. Unruhig knetete sie ihre Hände. »Was muß ich tun?«

»Zuerst«, sagte er, »lernst du fliegen.«

»Gleich zu Anfang?«

»O ja. Ich habe mich heute morgen darin geübt. Die Raben brachten es mir bei. Aber ich bin bestimmt nicht annähernd so talentiert wie du. Komm, gehen wir auf den Felsüberhang; ich zeige es dir.«

Flechte zögerte noch einen Moment, dann gingen sie gemeinsam den Pfad zum Felsüberhang hinauf.

Kapitel 11

»Tharon hat deinen Bruder *ermordet*, Onkel!« Petaga hieb mit der Faust gegen die Wandpfosten. »Bist du ein Feigling? Willst du nichts unternehmen, um den Mord an meinem Vater zu rächen?«

Die von Falten umgebenen Augen von Aloda, Sternenhäuptling der Spiral Mounds, wurden schmal. »Nenn mich nicht Feigling, junger Häuptling, oder du wirst eine Überraschung erleben, die du nie wieder vergißt. Ich mag zweiundfünfzig Sommer alt sein, aber mit einer Kriegskeule kann ich immer noch gut umgehen.«

Zornentbrannt mahlte Petaga mit den Zähnen und begann unruhig im Haus des Rates auf und ab zu gehen. Er hatte einfache Sandalen an und trug ein goldenes Gewand mit roten Vierecken am Saum. Sein Kopfschmuck aus Eulenfedern betonte sein herzförmiges Gesicht und ließ ihn ein wenig älter aussehen, was ihm bei solchen Zusammenkünften sehr zupaß kam. Hagelwolke stand mit gleichmütiger Miene neben der Tür, aber seine Augen blickten wachsam.

Der Raum maß im Quadrat hundert Hand. Das nach Dachsschwanz' letztem Überfall neu errichtete Gebäude war fast schmucklos. Bänke aus Hartholz standen an den Wänden. In allen vier Ecken hingen Fetische aus Falkenfedern von den Deckenpfosten. Vier kunstvoll geflochtene, rot-schwarz gemusterte Körbe standen neben Aloda auf dem Boden. Der Häuptling lehnte Pfeife rauchend an einem gewaltigen Stapel aus alten Bisonhäuten. Eine Muscheltrinkschale, im Tauschhandel von der Südküste erworben, stand noch halbvoll neben dem Ellenbogen des Häuptlings. Der zur Begrüßung der Gäste üblicherweise gereichte weiße Trank war bereits merklich abgekühlt. Die Felldecken, aus denen die Haare schon büschelweise ausgefallen waren, sahen äußerst schäbig aus. Der Rauch aus Alodas Pfeife kräuselte sich in duftenden Fahnen und waberte durch den Raum. Petaga hatte den alten Häuptling vor drei Zyklen zum letztenmal gesehen, seitdem war Aloda so dünn geworden wie eine Fichtennadel. Aber seine schwarzen Augen hatten nichts an Schärfe eingebüßt. Er trug herrlich gegerbte Hirschhautkleidung, eine Kette aus Bleiglanz und Kupfer schmückte seinen Hals.

»Die Hickory Mounds und mehrere andere kleinere Dörfer haben sich uns bereits angeschlossen«, erklärte Petaga mit fester Stimme. »Wir haben über neunhundert Krieger zusammen. Wenn auch du dich uns anschließt, Onkel, sind wir – «

»Petaga, bitte, du mußt mich verstehen.« Alodas Geste drückte Erschöpfung aus. »Während des Mondes des Fliegenden Schnees hatten wir vierhundertzweiunddreißig Krieger. Zwei Monde später hatten wir nur noch siebzig, und unser halbes Dorf war bis auf die Grundmauern niedergebrannt worden. Ich habe darum gebetet, daß wir wenigstens noch einen Zyklus überstehen.«

Tief zog Aloda den Rauch aus der riesigen Pfeife in die Lungen. Die Pfeife, aus hartem Granit gemeißelt, geglättet und poliert, stellte einen kniend betenden Mann dar, der sein Gesicht zum Himmel hob. Der Steinkopf war so schwer, daß er auf einer mit Schnitzereien verzierten, drehbaren Holzscheibe ruhte. So war es möglich, den Stiel aus Hickoryholz, der so lang war wie das Bein eines Mannes, allen Besuchern anzubieten.

Respektvoll stieß Aloda eine Rauchwolke nach oben und hoffte, sie werde seine Gebete zu Vater Sonne tragen. »Meine Leute haben sich wieder zusammengeschlossen. Die ersten verlassen bereits Spiral Mounds. Sie fürchten, auch in diesem Sommer werde die Maisernte nicht ausreichen, um Tharons geforderten Tribut zu entrichten und uns noch im nächsten Winter zu ernähren. Natürlich«, setzte er bitter hinzu, »hat Dachsschwanz dieses Problem teilweise gelöst. Er hat die Hälfte, die *Hälfte* unserer Leute umgebracht – darunter fast alle unsere Männer. Wir machen eine schreckliche Zeit durch.«

Petaga musterte ihn mit kritisch zusammengezogenen Brauen. »Du weigerst dich also, dich uns anzuschließen? Du weigerst dich, deinen in Bedrängnis geratenen Verwandten zu helfen?«

»Wenn wir könnten, würden wir – «

»Gib uns nur fünfzig Krieger, Onkel. Nur fünfzig!«

»Petaga«, sagte Aloda, »begreifst du denn nicht? In eben diesem Moment arbeiten meine Krieger draußen auf den Maisfeldern. Wir können nicht auf eine einzige Hand verzichten. Wenn nicht alle Dorfbewohner von Sonnenaufgang bis Sonnenuntergang an einem Strang ziehen, können wir im Mond des Fliegendens Schnees unmöglich unsere Verpflichtungen erfüllen.«

»Aber Onkel«, warf ihm Petaga zornig vor, »begreifst *du* denn nicht, daß sich keiner von uns mehr Sorgen wegen irgendwelcher ›Verpflichtungen‹ gegenüber Tharon machen muß, wenn wir genügend Krieger zusammenbekommen und Cahokia zerstören?«

Schweigend rauchte Aloda seine Pfeife, seine harten Augen blickten unverwandt auf Petaga. »Weißt du, welchen Preis wir dafür bezahlen müßten? Was ist, wenn du gewinnst?«

Petaga straffte sich. Ein Windstoß drang durch die Tür, spielte mit seinem Kopfschmuck und kühlte sein schweißnasses Gesicht. »Dann sind wir frei. Jedes Dorf kann sich unabhängig von den anderen regieren. Wir haben genug zu essen und können alle miteinander in Frieden leben.«

Aloda schüttelte den Kopf. »Nein, mein junger Neffe – aber ich wünschte, du hättest recht. In diesem Fall würde ich dir die fünfhundert Männer, Frauen und Kinder, die noch in den Spiral Mounds leben, für deinen Kampf zur Verfügung stellen. Ich hasse Tharon ebensosehr wie du. Aber wenn du Cahokia zerstörst, bedeutet das den Untergang aller Dörfer unseres großen Häuptlingtums.

»Wovon sprichst du? Wir organisieren die Dörfer neu.«

»Tatsächlich?« Aloda richtete sich auf. »Sag mir, warum wohl wurde Cahokia der Mittelpunkt der Welt?«

Petaga zwang sich, höflich zu bleiben. Ihm schien diese Frage für seine Sache völlig unerheblich. »Warum?«

»Sieh dir die Lage der Stadt an.« Aloda beugte sich vor und malte ein paar Wellenlinien auf den Boden.

Petaga erkannte die Flüsse. »Willst du darauf hinaus, daß Cahokia am Zusammenfluß der größten Wasserwege liegt?«

»Ja. Und was tun wir auf den Wasserwegen?«

»Wir fischen, wir führen Krieg, wir handeln, wir – «

»Halt.« Aloda hob seine von Altersflecken gesprenkelte Hand. »*Wir handeln.* Genau. Jeder, der den Vater der Wasser stromauf- oder stromabwärts bereist, kommt zwangsläufig an Cahokia vorbei. Unser großes Häuptlingtum kontrolliert diesen Fluß – und nicht nur den Vater der Wasser, auch die Mutter der Wasser und den Moon River und sämtliche Nebenflüsse, die in diese Ströme münden. Nur ein Beispiel. Welche Aufgabe hat River Mounds in dieser Hierarchie?«

Verwirrt schüttelte Petaga den Kopf. »Du weißt, welche Aufgabe wir haben, Onkel. Wir sorgen dafür, daß jeder Händler, der an unseren Dörfern vorbeikommt, anlegt und mit uns Handel treibt. Will er das nicht, muß er für das Recht, passieren zu dürfen, bezahlen. Sobald Tharon und seine Diebe nicht mehr das Sagen haben, können wir den Fluß viel besser kontrollieren als jetzt, weil wir uns nicht mehr auf Tharon konzentrieren und uns seiner Tributforderungen nicht mehr erwehren müssen. Wir können – «

»Ah.« Aloda nickte und lehnte sich zurück. »Das wäre der Anfang vom Ende. Verstehst du denn nicht? Seit Hunderten von Zyklen haben wir diese Form des Handels stetig weiterentwickelt. Jedes Dorf im Häuptlingtum profitiert davon. Cahokia verwaltet zentral den Handel im ganzen Häuptlingtum. River Mounds und Pretty Mounds sorgen dafür, daß die Flußhändler unsere Gesetze einhalten. Wir tauschen von Cahokia exotische Nahrungsmittel und Materialien gegen unsere Waren ein und bezahlen Tribut in Form von Nahrungsmitteln an Cahokia. Auf diese Weise funktioniert das ganze System. Alles hängt miteinander zusammen. Wurden in der Vergangenheit in irgendeinem Dorf im Winter die Vorräte knapp, öffnete man in Cahokia die Vorratslager und entnahm Teile des Tributs, um die Hungernden überall im Häuptlingtum damit zu versorgen. Seit sich Mutter Erde gegen uns gewandt hat, kam diese Verteilung zum Stillstand, aber …« Aloda hob den Zeigefinger. »Aber wenn wir den Kopf unseres Häuptlingtums abhacken, versucht jedes Dorf, allein zurechtzukommen, weil jeder glaubt, er könne alles besser als die anderen. In ein paar Zyklen werden wir alle gegeneinander Kriege führen und töten – es wird schlimmer sein als jetzt. Kein Händler wird es wagen, unsere Wasserwege zu befahren. Wir werden isoliert sein und verzweifelter denn je. Beziehe das in deine Überlegungen mit ein …«

Mit wachsendem Befremden hörte Petaga zu. Der beißende Qualm der von Dachsschwanz' Kriegern niedergebrannten Häuser schwebte noch immer über Spiral Mounds, und Aloda sprach sich für Cahokia aus. Wie konnte er wollen, daß dieses grausame System, das sein Dorf zerstört und über die Hälfte seiner Leute ermordet hatte, bestehenblieb?

»Onkel«, fiel er ihm ins Wort, »Dachsschwanz hat deinen Bruder getötet, um Tharons Blutdurst zu stillen. Wovon reden wir überhaupt?«

Aloda starrte ihn ungerührt an. »*Du*, mein lieber Neffe, sprichst von Rache. *Ich* spreche vom Überleben.«

Petaga beugte sich vor. Ein unheimliches Feuer loderte in seinen Augen. »Ich will nicht noch einmal Zeuge werden, wie auch nur ein einziger meiner Leute ermordet wird. Ich werde kämpfen. Schließt du dich uns an oder nicht?«

»Ich kann nicht.«

Mit betonter Bedächtigkeit richtete sich Petaga auf. »Ist das dein letztes Wort?«

»Ja.«

Petaga ging zur Tür. Eine maßlose Wut gärte in ihm. Die Erinnerung an den Mord an seinem Vater schnitt schmerzhaft in seine Seele. Und niemals, bevor der Tod sich an seinen Körper heranschlich, würde er den Blick in den Augen seiner Mutter vergessen, als sie an Jenos' Gruft kniete und Hagelwolke von hinten an sie herantrat, um sie mit dem biegsamen schwarzen Strang in den kräftigen Händen zu erwürgen.

Petaga gab Hagelwolke ein Zeichen, er möge vor ihm hinausgehen. Unter der Tür drehte er sich ein letztes Mal um. »Dieser Tag wird dir noch Kummer bereiten, Onkel.«

Er trat ins helle Licht der Mittagssonne hinaus. Als er den Hügel hinunterging, hörte er Aloda hinter sich schreien: »Soll ich jetzt auf der Stelle mein Dorf auflösen, Petaga? Am Ende geschieht das sowieso!«

Mutter Erde war von einer sengenden Hitzewelle überflutet. Durch eine Dunstglocke fiel das Sonnenlicht in erstickenden goldenen Bahnen auf die Mais- und Kürbisfelder des Blaudecken-Stammes. Die ersten zartgrünen Blätter, so vielversprechend herangereift, welkten vor Grüne Esches Augen. Der Bach führte so wenig Wasser, daß die Bewässerungsgräben bereits ausgetrocknet waren. Die Leute begannen, das Wasser zur Bewässerung der Feldfrüchte in Körben vom Bach herbeizutragen. Die Frauen hatten sich in zwei Reihen aufgestellt. In der einen Reihe wanderten die leeren Körbe von einer zur anderen zum Bach hinunter, die andere Reihe reichte die randvollen Körbe zurück. Die letzte in der Reihe goß das Wasser auf die langen, aufgehäufelten Ackerfurchen. Alle arbeiteten mit der Emsigkeit von Ameisen.

»O Erste Frau«, flüsterte Grüne Esche und hoffte, Primel, der in der ihr am nächsten stehenden Reihe mitarbeitete, möge sie nicht hören. »Was denkst du dir bloß? Ohne Regen können wir nicht überleben.«

Sie ließ ihre Hacke mit der Hornsteinspitze zu Boden fallen und streckte ihren schmerzenden Rücken. Das Kind in ihrem Bauch war sehr groß geworden. Oft wurde sie die ganze Nacht lang von den Rückenschmerzen wach gehalten. Sie hatte sich neue, lose fallende Röcke genäht, damit sie es während der langen Arbeitstage bequemer hatte. Die sonnengelbe Farbe, erzielt durch das Kochen des Gewebes in Flechtensud, hellte ihre Seele auf, war aber wirkungslos gegen die Schmerzen. Ihre schweren, nackten Brüste taten ihr weh. Kupferfarben glänzten sie im Sonnenlicht. Es war ihr erstes Kind, und sie wußte nicht, welches Gefühl normal war und welches nicht. Die Frauen, die bereits große Familien hatten, beruhigten sie und sagten, sie solle sich keine Sorgen machen, kurz vor der Geburt breche jedes Baby der Mutter fast das Kreuz.

Sie strich sich über die schweißnasse Stirn. Insekten summten in schimmernden Wolken über das Maisfeld und kräuselten sich wie lebendige Säulen himmelwärts, so weit sie sehen konnte. Sie verabscheute diese Moskitos, Fliegen und Kriebelmücken, die sie schon vor Morgengrauen gequält hatten.

Erschöpft machte sich Grüne Esche wieder an ihre Arbeit und hackte das Unkraut zwischen den Maispflanzen heraus. Letzte Woche hatte sie diese Arbeit noch mit einer Hacke mit Muschelschalenspitze verrichten können – inzwischen ging das nicht mehr. Kein Tropfen Regen war gefallen. Vor ihren Augen hatte sich die fruchtbare Erde in harten Schlammstein verwandelt. Jeder Hieb mit der Hacke erzeugte ein klirrendes Geräusch, so unheilvoll, als würden Erdklumpen in ein Grab geschaufelt.

Winterbeere arbeitete zwanzig Hand von ihr entfernt und hieb ihre Hacke in den Boden, als übe sie Vergeltung. Ihr alter Rücken schien sich in den letzten Wochen stark gekrümmt zu haben. Das schweißnaß an ihrem Kopf klebende graue Haar betonte ihre Knollennase und den vorstehenden, zahnlosen Unterkiefer. Seit Nachtschattens Ankunft wirkte Winterbeere so unnatürlich ruhig, als warte sie geduldig auf das Ende der Welt.

Über der Klippe im Westen baute sich eine Gewitterfront auf; Wolken türmten sich übereinander und formten riesige schillernde Gebilde. »Sieh mal, Tante«, rief Grüne Esche freudig erregt und hob den Arm. Primel blickte neugierig auf. »Vielleicht regnet es doch noch.« Sie lachte übermütig und hoffte, Winterbeere aus ihrer Trübsal zu reißen.

Die alte Frau schleuderte ihre Hacke unter Aufbietung all ihrer schwachen Kräfte zu Boden. »Nein«, entgegnete sie knapp, »bestimmt nicht.«

Primels jungenhaftes Gesicht verzog sich wie unter Schmerzen, dann warf er Grüne Esche rasch einen tröstenden Blick zu und arbeitete weiter. Seine kräftigen Muskeln spannten eindrucksvoll sein blau-gelb gemustertes Kleid.

Entmutigt schaute Grüne Esche zu den Wolken hinauf und betete, Donnervogel möge dafür sorgen, daß Winterbeere nicht recht behielt. Sie holte tief Luft und machte sich erneut über das Unkraut her.

Kapitel 12

Die Morgendämmerung sickerte durch die Fenstervorhänge von Tharons Zimmer und tauchte das neben ihm auf dem Bettpodest liegende Schildkrötenbündel in graues Licht. Tharon hatte es in der Nacht zuvor dort hingelegt, weil er neugierig war, ob es Einfluß auf seine Träume nehmen würde. Doch nichts war geschehen. Er blickte das Bündel geringschätzig an. Die Spiralen an den Rändern der Hülle waren so stark verblichen, daß Tharon sie kaum noch erkennen konnte. Aber das Auge inmitten der roten Hand war prüfend auf ihn gerichtet, als sei es lebendig.

Er hatte beschlossen, das Bündel Nachtschatten zu bringen, vielleicht gewänne es dann wieder an Macht.

Tharon nahm das Bündel und bückte sich unter den Türvorhängen hindurch. Seine Schritte hallten laut durch die Stille. Von irgendwoher hörte er den leiernden Singsang einer Priesterin, die vor Sonnenaufgang ihre Morgengebete verrichtete. Eingehüllt vom würzigen Duft des Hickoryöls ging er durch das Sonnenzimmer und wandte sich nach links in den zu Nachtschattens Zimmer führenden Flur.

Tharon preßte das Schildkrötenbündel an seine Brust, holte tief Luft und schlüpfte geräuschlos unter den Türvorhängen in ihr Zimmer. Die Feuerschale in der Mitte des fensterlosen Raumes glimmte nur noch schwach. Er konnte gerade noch eine Reihe bunter Gefäße erkennen, die, bis zum Rand mit Samen und Pflanzen gefüllt, übereinandergestapelt an der rechten Wand standen. Er wußte, was die Gefäße enthielten – lauter Dinge, die Träumer liebten: Purpurwinden, Leinkraut, getrocknete Fingerhutblätter, Mistelbeeren und Schwester Daturas schrumplige schwarze Samen von den Inseln im Großen Salzwasser. Tharon wußte das, weil diese Töpfe einmal Murmeltier gehört hatten. *Dieser dreckige alte Kerl hat es nicht verdient, von meinem Reichtum zu profitieren.*

Murmeltiers komplizierte, stark verzweigte Sternenkarte bedeckte die gesamte linke Wand über Nachtschattens Schlafbank. In miteinander verbundenen Kreisen stellten silberne Punkte die Himmelsgötter während jedes Monds im Zyklus dar. Am Fuß des Bettes standen ein Wasserkrug und ein halbvolles Waschbecken. Anscheinend hatte sie vor dem Schlafengehen noch gebadet. Im langsam unter den Türvorhängen hereinkriechenden Licht der Morgendämmerung schimmerten ihre glatte Haut und ihre Haare wie Seide. Er hörte ihren gleichmäßigen Atem. Sie schlief.

Auf Zehenspitzen schlich er durch das Zimmer und setzte sich mit übereinandergeschlagenen Beinen neben sie. Behutsam legte er das Bündel auf den seidigen Schleier ihrer schwarzen Haare. Sie rührte sich nicht. Grinsend beugte er sich so weit vor, daß er ihren warmen Atem im Gesicht spürte. Am liebsten hätte er vor Begeisterung in die Hände geklatscht! Sie hatte keine Ahnung, daß er an ihrem Bett saß! Er konnte es kaum abwarten, bis sie aufwachte und ihn entdeckte.

Tharon ließ seinen Blick über ihren Körper wandern. Sie lag auf dem Rücken, und ihre elfenbeinfarben und grün gemusterte Decke bedeckte knapp ihre nackten Brüste. Die dünne Decke enthüllte ihre sinnlichen Formen in schamloser Deutlichkeit. Es kostete ihn einiges an Selbstbeherrschung, nicht die Hände auszustrecken und ihre bloßen Schultern zu berühren. Ja, sie war zu einer schönen Frau herangewachsen. Das ovale Gesicht mit den großen Augen, den vollen Lippen und der leicht nach oben gerichteten Nase war vollkommen.

Und du hast sie aus Cahokia hinausgeworfen? Idiot. Du hättest Nachtschatten und nicht diese kichernde kleine Närrin Singw heiraten sollen. Nachtschatten hat dich sehr gern gehabt, als ihr noch jung wart. Er lächelte und rief sich selbstgefällig die Erinnerung an die Bewunderung in ihren Augen zurück, mit der sie ihn als Kind angeblickt hatte.

Nachtschatten bewegte sich, rollte sich auf die linke Seite und berührte mit der Stirn das Schildkrötenbündel. Aber sie wachte nicht auf.

Tharon beugte sich vor, bis seine Nase fast die ihre berührte. Ein breites Grinsen zog sich über sein Gesicht, als sie kurz die Augen öffnete und gleich wieder schloß. Er glaubte platzen zu müssen vor unterdrücktem Gelächter!

Doch als sie schließlich die Lider aufschlug, reagierte sie

völlig anders als erwartet. Anstatt aufzuspringen oder vor Überraschung zu schreien, starrte sie ihm ungerührt in die Augen. Ihre schwarzen Pupillen bohrten sich tief in seine Seele. Er hatte das Gefühl, von einer Lanze aufgespießt zu werden. Die Härchen auf seinen Armen prickelten und stellten sich auf.

Aufgebracht fuchtelte Tharon mit den Händen. »Nachtschatten! Du bist eine Spielverderberin! Das bist du schon als Kind gewesen. Kannst du mir nicht einmal etwas Spaß gönnen?«

Wortlos warf sie die Decke beiseite, erhob sich von ihrer Bank und schwebte anmutig durch den Raum. Der Anblick ihres makellosen nackten Körpers traf Tharon wie ein Schlag. Während sie ein sauberes rotes Kleid anzog und die langen Haare zu einem Zopf flocht, starrte er sie unentwegt an.

Ungeschickt stolperte er auf die Füße und stemmte die geballten Fäuste in die Hüften. »Nachtschatten, sprich mit mir. Ich *befehle* dir, mit mir zu reden!«

Gemessenen Schrittes kam sie durch das Zimmer auf ihn zu, nahm, um ihn herumgreifend, das Schildkrötenbündel an sich und strich ehrfürchtig darüber. »Ich verbringe den Tag in Murmeltiers Sternenkammer, Tharon, und singe für das Bündel. Ich bin überrascht, daß es nach allem, was du ihm angetan hast, noch lebendig ist. Stör mich nicht.«

Sie bückte sich unter dem Vorhang und verschwand.

Zornbebend stampfte Tharon mit den Füßen. »Nachtschatten, ich hasse dich! Ich hasse dich, *ich hasse dich!«* Das Echo warf seine Stimme zurück. Gedemütigt und wütend floh er aus dem Zimmer, lief eilends durch die Flure zur Vordertür des Tempels und rannte in das helle Licht des Tages hinaus.

Schweißgebadet hatte sich Dachsschwanz von schweren Alpträumen geplagt hin und her gewälzt. Immer wieder tauchten die Bilder des sterbenden Rotluchs' vor ihm auf. Von innerer Unruhe erfüllt erwachte er, erhob sich und ging zu Heuschreckes Haus. Er weckte sie und forderte sie auf, mit ihm ein Stabwurfspiel zu spielen. Auf diese Weise glaubte er sich von seinem quälenden Kummer ablenken zu können. Sie spielten in der Morgendämmerung, und nach einer Spielserie ruhten sie sich aus.

In den letzten zwei Finger Zeit war das übrige Dorf erwacht. Aus der Ferne erklang das rhythmische Stampfen der Stößel, mit denen in Mörsern Mais zu Mehl verarbeitet wurde. Von den Kochfeuern kräuselte sich der Rauch in den Morgenhimmel. Gedämpfte Stimmen drangen durch die Stille, die Luft war geschwängert vom süßen Duft nach Maisbrei. Dachsschwanz bewunderte für ein paar Augenblicke die Schatten der Hügel, die sich wie lange schwarze Finger über den Platz streckten. Aufmunternd wandte er sich an Heuschrecke. »Fertig?« fragte er und hob den runden Spielstein auf, um mit dem achten Spiel zu beginnen.

Erschöpft klammerte sich Heuschrecke an ihren sechzehn Hand langen, mit einer roten und einer blauen Schlange bemalten Stab. »Nein. Laß mich noch ein bißchen verschnaufen.« Einige Strähnen ihres kurz geschnittenen Haares, das hölzerne Kämme hinter den Ohren festhielten, hatten sich gelöst und flatterten um ihre geröteten Wangen. »Du hast eben sechs Spiele gewonnen«, keuchte sie. »Ich komme mir langsam vor wie eine Anfängerin.«

»Keine falsche Bescheidenheit. Du bist die beste Spielerin im Häuptlingtum, und alle wissen das – ich eingeschlossen.«

»Bisher dachte ich das auch. Jetzt bin ich mir da nicht mehr so sicher. Vielleicht sollte ich lieber auf Wolfstöters Seite spielen.« Sie deutete auf das weiße Band, das er um seinen Oberarm gebunden hatte.

Dieses aus uralten Zeiten überlieferte Spiel stellte den Kampf der urzeitlichen Helden gegen die Ungeheuer zu Anbeginn der Zeit dar, die von den Helden getötet worden waren. Ein Spieler repräsentierte Wolfstöter, der andere Vogelmann. Der runde Spielstein symbolisierte die Ungeheuer, die lanzenförmigen Wurfstäbe der Spieler sollten die von den heiligen Brüdern geschleuderten Blitze darstellen.

Errötend nahm Dachsschwanz das weiße Band von seinem Arm und reichte es Heuschrecke. »Nimm es. Es gehört dir.«

Sie maß ihn mit einem schiefen Blick und band es um ihren Arm. »Da bleibt mir wohl keine Ausrede mehr, wie?«

Lächelnd überblickte er das zweihundert Hand lange und vierzig Hand breite Spielfeld. Eine weiße, mit Ton aufgetragene Linie, zwanzig Hand vom Spielfeldrand entfernt, markierte die Abwurfstelle. Das Spiel begann, indem ein Spieler den Stein schleuderte und über das Feld rollen ließ; dann rannten beide Spieler zur Wurflinie und warfen ihre lanzenförmigen Stäbe, wobei jeder versuchte, den schnell rollenden Stein zu treffen. Der Spieler, dem dieses Kunststück gelang, erhielt zwei Punkte. Glückte es keinem, bekam der Spieler, dessen Stab dem Stein nach dem Ausrollen am nächsten lag, einen Punkt. Bei gleichem Abstand der Stäbe zum Stein wurde kein Punkt vergeben.

Heuschrecke atmete ein paarmal tief durch. »Gut. Ich bin soweit.«

Dachsschwanz vollführte mit dem Arm einen kraftvollen Kreis und schleuderte den Stein in hohem Bogen durch die Luft. Als der Stein auf dem Boden aufschlug und weiterrollte, stürmten er und Heuschrecke zur Wurflinie und berechneten bereits die Geschwindigkeit und die Richtung, in die der Stein rollte. Kaum hatten ihre Fußspitzen die Abwurflinie berührt, warfen sie fast gleichzeitig und rannten, die Augen auf die Stäbe gerichtet, hinter ihnen auf das Spielfeld. Die Lieder ihrer jeweiligen Mächte singend, versuchten sie, die Flugbahn der Stäbe zu beeinflussen. Als Dachsschwanz sah, daß sein Stab in einem perfekten Bogen zum Stein flog, fiel er in einen langsamen Trab. Sein Stab traf den Stein und lenkte ihn zur Seite. Heuschrecke stieß einen enttäuschten Schrei aus.

»Das glaube ich nicht!« rief sie. »Ich gebe es auf. Ich spiele nie wieder mit dir.«

Lachend schlug ihr Dachsschwanz auf die nackte Schulter, bückte sich und hob seinen Stab auf. »Ich habe heute einfach Glück.« Etwas leiser fügte er hinzu: »Vielleicht hilft mir Rotluchs.«

Besorgt forschte Heuschrecke in Dachsschwanz' Gesicht, dann senkte sie den Blick auf den festgetretenen Boden. »Du konntest gar nichts tun, Dachsschwanz. Hör auf, dich schuldig zu fühlen.« Sie hob den Stein auf und ging das kurze Stück bis zu ihrem Stab.

Dachsschwanz drehte seinen Wurfstab zwischen den Fingern. Eine elende Leere öffnete sich in seiner Brust. Er schaute hinauf zu den rosaroten, in Richtung Westen über das Dorf hinwegziehenden Wolken.

Gar nichts konnte ich tun? O doch! »Ich – ich weiß«, log er.

Heuschrecke trat zu ihm und legte ihm tröstend die Hand auf den Unterarm. »Ich hätte nichts gegen ein Frühstück einzuwenden.«

»Ich auch nicht. Zu schade, daß Primel nicht für uns kochen kann. Seine Maiskuchen schmecken wundervoll.«

Heuschrecke nickte. Primel hatte Grüne Esche, die seit zwei Tagen an ernsten Beschwerden litt, heute morgen zu den geburtskundigen Frauen begleitet.

Heuschrecke sah ihn mit einem wehmütigen Lächeln an. »Nun, morgen vielleicht ... wenn Primel wieder zu Hause ist.«

»Vielleicht bist du morgen schon Tante«, antwortete Dachsschwanz ermutigend und tätschelte ihr den Rücken. Ihr Gesicht wurde blaß und sorgenvoll.

Als sie den Platz überquerten, entdeckte Dachsschwanz auf der obersten Treppenstufe des Tempelhügels Tharon. »Heuschrecke«, sagte er. »Warte.«

»Was ist los?« Sie folgte seinem Blick und verstummte.

Reglos stand Tharon oben auf dem Hügel, sein Gesicht wirkte wie aus Granit gemeißelt. Die rotgoldenen Gewänder schimmerten im Morgenlicht. Hinter ihm erhob sich der funkelnde Reichtum des mit gehämmertem Kupfer verkleideten Tempels.

»Er sieht wütend aus«, bemerkte Heuschrecke.

»Ja, das kann man wohl sagen.«

»Es geht das Gerücht um, er habe gestern die junge Rauhrinde umgebracht. Ohne jeden Grund.«

»Ich habe davon gehört. Ich glaube, jetzt ist er völlig verrückt geworden. Kessel erzählte mir – «

Mitten im Satz verstummte Dachsschwanz, denn Tharon stürmte, drei Stufen auf einmal nehmend, die Treppen herunter. Dachsschwanz' Eingeweide verkrampften sich, als er sah, wie Tharon über den Platz auf sie zusprintete.

»Heuschrecke, gib mir deinen Wurfstab!« befahl Tharon

und riß ihn grob aus Heuschreckes ausgestreckter Hand. »Dachsschwanz, spiel mit mir.«

»Selbstverständlich, mein Häuptling«, erwiderte Dachsschwanz mit einer leichten Verneigung. Er warf Heuschrecke einen besorgten Blick zu und streckte die Hand nach dem Spielstein aus. Sie gab ihm den Stein und die Armbinde.

»Willst du auf Wolfstöters Seite spielen, mein Häuptling?«

Langsam legte Tharon den Kopf schief. Sein rechtes Auge zuckte. »Nein. Ich hasse Wolfstöter. Er hat die Menschen dazu verdammt, auf dieser Welt, wo alles so schwer ist, zu leben. Ich kämpfe auf der Seite von Vogelmann. Er wollte nie, daß Menschen in diese Welt kommen.«

Dachsschwanz senkte höflich den Kopf und ging zum Spielfeld, Tharon folgte ihm. »Soll ich den Stein werfen, mein Häuptling, oder möchtest du es tun?«

»Du wirfst.« Tharon ging in Startstellung, hob den Stab und beugte sich vor. »Mach schon. Wirf!«

Dachsschwanz schleuderte den Stein, und Tharon stürmte los. Rasch holte Dachsschwanz ihn ein. Sie erreichten die Wurflinie und warfen beide gleichzeitig, aber Dachsschwanz warf seinen Stab absichtlich zu kurz. Gemächlich trabte er über das Spielfeld und ließ Tharon einen Vorsprung. Tharons Stab lag zwanzig Hand näher am Stein, und Dachsschwanz zollte ihm gebührend Beifall. »Ein hervorragender Wurf!«

Dachsschwanz ließ Tharon nicht aus den Augen. Das Gesicht des Sonnenhäuptlings spiegelte düstere Gedanken wider. Bei seinem Anblick überlief Dachsschwanz eine Gänsehaut.

»Ich hasse Cahokia. Wußtest du das, Dachsschwanz? Ich hasse mein Heimatdorf.«

»Nein, das wußte ich nicht«, antwortete er matt.

Als Dachsschwanz die beiden Stäbe und den Stein aufhob, platzte Tharon heraus: »Immer läßt du mich bei diesem Spiel gewinnen, Dachsschwanz. Warum? Glaubst du, ich könnte dich in einem fairen Spiel nicht schlagen?«

»Ich habe dich nicht gewinnen lassen, mein Häuptling.«

»Doch. Ich habe noch nie gesehen, daß du so weit daneben geworfen hast wie eben!«

»Ich spiele schon den ganzen Morgen. Ich bin müde. Vielleicht sollten wir später noch einmal gegeneinander antreten. Im Laufe des Tages erlange ich meine Zielsicherheit bestimmt wieder zurück.«

Tharon stieß mit der Spitze seiner Schilfrohrsandale in den Boden wie ein verdrossenes Kind. »Nein, ich – ich will nicht. Ich fühle mich nicht wohl.«

»Es tut mir leid, das zu hören. Vielleicht solltest du dich ein wenig ausruhen, dich mit – «

»O Dachsschwanz«, flüsterte Tharon mit kläglicher Stimme, »ich muß mit jemandem reden. Kommst du mit mir in das Sternenzimmer?«

»Ja, natürlich, mein Häuptling«, antwortete er etwas zu rasch. Unter Tharons mißtrauisch funkelndem Blick zuckte er zurück. Jeder normale Mensch drückte sich davor, mit Tharon allein zu sein. Schon der leiseste Unterton in der Stimme oder ein falsches Neigen des Kopfes konnte bei ihm einen verheerenden Wutanfall auslösen. »Ich meine, ich würde mich glücklich schätzen. Was ... was gibt es denn zu besprechen?«

»Ich bin bestürzt wegen Nachtschatten. Heute morgen wollte ich sie überraschen, und sie ... also, sie war überhaupt nicht überrascht. Sie verhielt sich sehr gemein zu mir.«

»Zweifellos hat sie sich in Cahokia noch nicht wieder eingewöhnt. Außerdem hat sie erst vor kurzem ihren Geliebten verloren. Bestimmt leidet sie noch unter dem Verlust. Sie wollte ganz sicher nicht unfreundlich sein.« Er fragte sich, woher Nachtschatten den Mut nahm, Tharon derart zu kränken.

Er nahm die beiden Wurfstäbe und den Stein in die rechte Hand, folgte Tharon über den Platz und händigte Heuschrecke die Spielgeräte aus. Vielsagend starrte sie auf Tharons Rücken und formte lautlos die Worte: *»Sei vorsichtig!«* Dachsschwanz nickte und stieg hinter Tharon die Stufen zum Tempelhügel hinauf.

Jenseits der Palisaden sah Dachsschwanz die Nichtadeligen ihren alltäglichen Pflichten nachgehen. Ein friedvolles Bild. Die Frauen arbeiteten auf den Feldern, sie jäteten Unkraut und dünnten den sprießenden Mais mit Hornsteinhacken aus. Die Männer standen am Flußufer, ihre Angelruten tanzten auf und ab, und manche hatten Netze ausgelegt, um Katzenfische und Karpfen zu fangen. Auf den Pfaden spielten die Kinder fröhlich lachend unter Aufsicht der Alten.

Aber Tharon schien für das friedliche Bild nicht empfänglich. Seine Miene hatte sich wieder verhärtet. Auf der obersten Stufe angelangt, entdeckte Dachsschwanz Jenos' Kopf auf einer hohen, aus der Palisade ragenden Stange. Die Raben hatten sich schon darüber hergemacht.

Tharon lachte. »Ich habe ihn eigenhändig hier aufgespießt. Diese häßliche Kessel mußte mir die Stange bringen.«

Dachsschwanz konnte nur nicken, ihm fehlten die Worte.

»Gefällt es dir nicht?« erkundigte sich Tharon.

»Doch, mein Häuptling. Gut gemacht.«

Sie betraten den Innenhof und umrundeten den Tempel auf dem zum Sternenzimmer am Nordrand des Hügels führenden Trampelpfad. Das Zimmer bestand lediglich aus kreisförmig errichteten, von senkrechten Pfosten gestützten Lehmwänden. Das unendliche Himmelsgewölbe selbst formte das Dach. Der alte Murmeltier pflegte nächtelang hier zu sitzen und die Position der Sternenungeheuer aufzuzeichnen – und andere Dinge, von denen Dachsschwanz nichts verstand.

Unvermittelt blieb Tharon stehen. »Ich ... ich habe es mir anders überlegt. Ich will lieber nicht dorthin gehen. Setzen wir uns hierher und reden.«

»Eine gute Idee. Von hier aus kann man das halbe Häuptlingtum überblicken.«

Tharon ließ sich gegen die Wand des Tempels sinken. Er zog die Knie an und stützte sein spitzes Kinn auf. Dachsschwanz setzte sich neben ihn. Die im Schatten liegende Wand kühlte seinen schweißnassen Rücken. Gedankenverloren rupfte er einen Grashalm aus und kaute darauf herum. Der Horizont im Westen flimmerte in der Hitze, die Klippen über dem Vater der Wasser verwandelten sich in bleiche, schwebende Gespenster.

»Wie ist es dort draußen, Dachsschwanz?« Verzweifelte Sehnsucht schwang in Tharons Stimme mit. Er ließ die Augen über die welligen grünen Hügel schweifen.

»Oh, nicht so angenehm, wie es von hier aus scheint. Du versäumst nicht viel.«

»Sag das nicht. Es stimmt nicht. Ich wünschte, ich könnte hinaus. Aber ich – ich habe Angst davor. Erinnerst du dich an die Zeit vor zwanzig Zyklen, gleich nach Nachtschattens Ankunft? Ich bin weggelaufen, und die Krieger der Dark Water Mounds haben mich verwundet. Aber dann bist du gekommen und hast sie getötet.« Er krempelte den Ärmel auf und enthüllte eine lange Narbe.

Dachsschwanz betrachtete sie flüchtig. Kaum mehr als ein Kratzer. Aber etwas Schlimmeres war Tharon nie widerfahren. Trotzdem sagte er scheinbar teilnahmsvoll: »Ja. Ich erinnere mich. Du erlebtest drei Tage voller Angst und Schrekken.«

»Das war Nachtschattens Schuld. Sie hat mich immer gequält.« Tharons Kinn bebte. »Warum habe ich so viele Feinde? Warum wollen alle mich umbringen?«

Vorsichtig antwortete Dachsschwanz: »Wer Macht hat, hat Feinde. Das ist der Lauf der Welt.«

»Ich könnte die Regierungsgeschäfte einem meiner Cousins übergeben und fortgehen. Wenn ich wollte, könnte ich das tun.«

»Das könntest du. Ja.«

»Nein, das würde nie gutgehen. Das weißt du genau, Dachsschwanz. Meine Cousins sind zu jung. Sie könnten die Ordnung nicht aufrechterhalten.«

»Wahrscheinlich nicht.«

»Nur ich kann das. Deshalb muß ich hinter diesen Mauern bleiben, wo ich in Sicherheit bin. Ihr alle braucht mich. Jeder von euch.«

In sehnsuchtsvoller Qual beobachtete Tharon einen rotschwänzigen Falken, der über Cahokia schwebte. Als der Vogel durch einen breiten Streifen Sonnenlicht nach unten stieß, blitzten die Schwanzfedern auf wie polierte Korallen. »Alle Lebewesen auf der Welt sind frei, nur ich nicht«, flüsterte Tharon.

Dachsschwanz rieb über die Staubschicht auf seinem muskulösen Arm. Die Existenz des Häuptlingtums stand auf des Messers Schneide, und Tharon lamentierte über seinen Mangel an Freiheit. In den Dörfern rings um Cahokia brodelten

Wut, Haß und Verzweiflung, jederzeit drohte ein Aufstand auszubrechen. Nach den wahnwitzigen Kampfgängen, die Tharon im vergangenen Winter befohlen hatte, hätte er eigentlich selbst sehr gut wissen müssen, warum die Freiheit für ihn zu gefahrvoll war.

Tharon hob den Saum seines roten Spitzenüberwurfs und spähte durch das zarte Gewebe nach den Wolken. »Nachtschatten haßt mich, Dachsschwanz. Ich weiß nicht, warum. Ich habe sie immer geliebt.«

»Ich glaube nicht, daß sie dich haßt. Sie ist im Augenblick durcheinander und fühlt sich einsam. Laß ihr Zeit, über Binses Tod hinwegzukommen, vielleicht ...« Dachsschwanz bemühte sich, seine wahren Gefühle zu verbergen. Nachtschatten haßte Tharon mehr als alle anderen.

»Und wenn sie mich nie liebt?« Tharon ließ das Spitzengewebe los. Es verhakte sich in seinen kupfernen Haarspangen und fiel wie ein Schleier über sein Gesicht. Die Ränder flatterten in der Brise. »Das ist eine dumme Frage an einen Mann wie dich, nicht wahr, Dachsschwanz? Du hast nie geliebt. Du kannst nicht verstehen, was ich empfinde.«

Langsam atmete Dachsschwanz aus. »Ich war einmal verheiratet. Es ging nicht gut.« Tharon war zu jung, er konnte nichts von den Gerüchten über Dachsschwanz und Heuschrecke wissen – Vater Sonne sei Dank. »Der Krieg ist meine Leidenschaft gewesen.«

»Der Krieg? Das ist keine zärtliche Geliebte. Bist du nicht auch einsam, Dachsschwanz?«

»Manchmal. Ich glaube, alle Menschen sind zuweilen einsam.«

»Aber bei einem Krieger ist das noch schlimmer, oder? Ich meine, es muß schwer sein, Menschen Vertrauen zu schenken und dabei zu wissen, daß man sie vielleicht eines Tages ... töten muß. Außerdem verliert ein Krieger viele Freunde. Wie du vor kurzem Rotluchs.«

»Ja«, erwiderte Dachsschwanz mit dumpfer Stimme.

Tharon schien zu fühlen, daß er einen wunden Punkt berührt hatte. Er löste die Spitze aus den Spangen, strich sein Gewand glatt und starrte Dachsschwanz neugierig an. »Habe ich dir gesagt, daß ich mich entschieden habe, Rotluchs als vollwertigen Angehörigen der Sonnengeborenen zu adoptieren? Ich habe den Sternengeborenen bereits befohlen, für ihn ein Begräbnis innerhalb der Palisaden vorzubereiten. Sagte ich dir das schon?« Eifrig wandte er sich Dachsschwanz zu. »Oh, es wird großartig, Dachsschwanz. Wart's nur ab.

»Ich danke dir, mein Häuptling. Ich – «

In dem Sternenzimmer erklang der Gesang einer tiefen, wundervollen Stimme. Dachsschwanz verstummte verblüfft. Er hatte keine Ahnung gehabt, daß sich jemand dort aufhielt. Tharon fuhr herum und verharrte einen Augenblick mit entsetzt aufgerissenen Augen. Dann sprang er auf die Füße und rannte davon. Mit wehendem Spitzengewand wich er der Stange aus, auf der Jenos' Kopf aufgespießt war, und verschwand auf der Vorderseite des Tempels.

Dachsschwanz straffte die Muskeln. Langsam wurde ihm klar, wer da sang. Diese herrliche Stimme gehörte Nachtschatten.

Aus dem Sternenzimmer kräuselte Rauch. Der angenehme Duft nach brennendem Zedernholz stieg ihm in die Nase.

Dachsschwanz ließ sich auf den Rücken in das kühle Gras sinken und gönnte sich eine Hand Zeit, um mit der schönen Melodie von Nachtschattens Lied davonzugleiten. An einem Grabhügel in der Ferne sah er Staub aufwirbeln. Die Arbeiter hoben eine Grube aus und bereiteten Rotluchs' letzte Ruhestätte vor.

»Schnell, Aloda!« schrie Schwarze Birke, der Kriegsführer der Spiral Mounds, und riß die Türvorhänge zu Alodas Bettkammer beiseite. »Sie sind schon fast da! Sie sind durch die Bewässerungsrinnen geschlichen wie feige Hunde!« Schon rannte er wieder davon.

Aloda warf sein langes Hemd über, griff nach Bogen und Köcher und trat geduckt in die Nacht hinaus.

Er bemerkte kaum die beißende Kälte des Bodens unter seinen nackten Füßen und folgte Schwarze Birkes schwankendem Schatten über die Spitze des Hügels. Sternenlicht tauchte die Welt in vage Helligkeit. In ihr wirkte der strohgedeckte Tempel wie ein kauerndes Ungeheuer. Noch bevor er das Haus des Rates umrundet hatte, hörte er Schreie. Erfüllt von Todesangst gellten sie durch die Dunkelheit – sie schienen von überall her aus dem Nichts zu kommen.

»Verräter! Dreckige, verräterische Hunde! Sie sind schlimmer als Dachsschwanz!« zischte Schwarze Birke. Sie schlossen sich einigen Kriegern an, die über die Hügelkante nach unten spähten und die Geschehnisse verfolgten. »Für Dachsschwanz' Beweggründe kann man noch Verständnis aufbringen, aber dies ...!«

»Ich verstehe Petagas Gründe«, keuchte Aloda. »Wer von uns überlebt, *muß* zu Tharon gehen und ihm Bescheid sagen. Davor hat Petaga Angst.«

Feurige Bänder segelten durch die Luft und landeten auf den Strohdächern der Häuser. Die knochentrockenen Gebäude gingen sofort in Flammen auf. In panischer Flucht hasteten die Leute halbangezogen durch das Dorf und zerrten die kreischenden Kinder hinter sich her. Dicht auf den Fersen folgten ihnen Krieger, die durchdringende Kriegsrufe ausstießen.

»Los! Beeilt euch! Wir müssen wenigstens versuchen, die Kinder zu schützen!« brüllte Schwarze Birke und sprintete seinen Kriegern voran hügelabwärts.

Langsam begriff Aloda das ganze Ausmaß des Überfalls. Seine siebzig Krieger konnten Petagas neunhundert Mann nicht aufhalten. Es würde ein gnadenloses und grausames Gemetzel geben.

Petaga, du Narr. Du kommst daher und salbaderst von gegenseitiger Hilfe und Einigkeit, und dann greifst du uns mitten in der Nacht an. Wenn unsere Überlebenden zu Tharon gehen und um Schutz bitten, reißt das unser Volk in der Mitte auseinander. Du hast unser Volk in eine ausweglose Falle geführt.

Eine Frau mit einem Kind auf dem Arm wurde mitten im Lauf von einem brennenden Pfeil niedergestreckt. Alodas Kiefer bebten vor hilflosem Zorn. Sie schrie, als ihr Kleid Feuer fing. Die Flammen leckten in ihre langen Haare und verwandelten sie in eine lebendige Fackel. Sie schleuderte das Kind von sich und rollte sich wie rasend im taufeuchten Gras. Plötzlich erschlaffte ihr Körper. Das Kleinkind torkelte auf die Beine, weinte laut und streckte im Schein der lodernden Häuser blindlings die Händchen nach jedem vorbeieilenden Krieger aus. Schmerzerfüllt beobachtete Aloda, wie ein Mann heransprang, einen Moment innehielt und dem kleinen Kind mit seiner Kriegskeule den Kopf zerschmetterte. Das Kind stürzte zu Boden, zappelte kurz mit den Beinchen und rührte sich nicht mehr.

Erschüttert taumelte Aloda nach vorn. Unten sah er, wie sich Hagelwolke mit erhobenem Bogen in das Kampfgetümmel stürzte.

Kapitel 13

Wie ein goldener Umhang senkte sich der Sonnenuntergang über das Land. Das von den Felsen erklingende klagende Gurren der Tauben vermischte sich mit dem an- und abschwellenden Zirpen der Zikaden in den tiefer gelegenen Sümpfen zu einer eigenartigen Melodie. Flechte trabte hinter Wanderer über die Klippe und versuchte, mit ihm Schritt zu halten. Von hier oben konnte sie bis nach Redweed Village sehen. Der von den Kochfeuern aufsteigende Rauch zog in schmutziggrauen Fahnen zum Himmel. Einen Augenblick lang schmerzte ihr das Herz vor Heimweh. Wehmütig dachte sie an ihre Mutter und an Fliegenfänger. Sie fühlte sich innerlich ganz leer. Sie liebte Wanderer, aber ihre Familie fehlte ihr. Träumen lernen war so schwer. Noch vor ein paar Tagen hatte sie geglaubt, sich und ihren Platz in der Welt zu kennen. Aber inzwischen hatte sich alles verändert. Früher waren die Träume ohne jede Anstrengung zu ihr gekommen. Das absichtlich herbeigeführte Träumen jagte ihr Angst und Schrecken ein – oder belustigte sie. Sie wußte nie, welche Verrücktheit Wanderer als nächstes einfallen würde.

Lächelnd blickte Flechte auf die widerborstigen grauen Haare seines Hinterkopfs. Über seiner Schulter lag ein dickes, aufgerolltes Seil, in den Händen trug er eine Kastenfalle. Ihr Verhältnis zu Wanderer hatte sich verändert. Er behandelte sie nicht mehr wie ein Kind, sondern wie eine Träumerin. Sie wußte nicht, ob ihr das gefiel.

In den vergangenen Zyklen hatte sie ihn stets nur für ein paar Stunden besucht, nie war sie über Nacht geblieben. Erst seit zwei Tagen, seit sie Redweed Village verlassen hatte, lernte sie ihn mit all seiner liebenswürdigen Verrücktheit kennen. Sie sprachen oft über Träumer, die er gekannt hatte, und er berichtete von den Prüfungen, die ihnen auferlegt wurden, über das Wesen von Geistern und Geistermächten. Stets forderte er sie heraus, sich weiter vorzuwagen.

Flechte kniff die Augen zusammen und schnitt dem Felshang eine Grimasse. Die Eisriesen hatten den Kalkstein geglättet und zu Hügeln modelliert, die aussahen wie Büffelrücken. Träumen *müssen* quälte sie. Fremde Stimmen sprachen zu ihr, blitzartig offenbarten sich Orte und Dinge, die sie nie zuvor gesehen hatte. Sie sehnte sich danach, ihr Selbst aufzugeben und sich den Wegen der Mächte zu überlassen. Aber das erforderte viel Mut.

Inzwischen waren sie an einem hoch aufragenden grauen Fels, dem höchsten Punkte der westlichen Klippen, angelangt.

»Nun, wir sind da. Hier ist es!« rief Wanderer gutgelaunt. »Setz dich, Flechte.«

Sie gehorchte. Wanderer kniete neben ihr nieder. Ebenso wie ihr blaues Kleid und ihr Zopf waren auch sein Wildlederhemd und die Hosen staubbedeckt von der Kletterei. Aber sein graues Haar sah überraschend sauber aus.

»Bist du soweit, Flechte?«

»Was sollen wir hier denn fangen, Wanderer?« Erstaunt betrachtete Flechte den Platz, auf dem nicht ein einziges Grashälmchen wuchs. »Eine Eidechse? Eine Schlange? Hier ist nichts, außer ödem, nacktem Fels.«

Seine Augen blitzten auf, und sein langes Gesicht verzog sich. »Oh, warte ab. Du wirst es noch früh genug sehen.«

Aufmerksam sah sie zu, wie er die Kastenfalle vorbereitete, an der sie den ganzen Vormittag gearbeitet hatten. Er legte sie mit dem Deckel flach auf den Boden, dann hob er den Kasten an und klemmte einen Stecken der Länge nach zwischen die obere Öffnungskante und den am Boden liegenden Deckel, so daß der Kasten mit der Öffnung schräg über dem Deckel stand. Lächelnd erhob er sich. Die Augen unverwandt auf den Kasten gerichtet, rollte er das Seil aus, das noch immer über seiner knochigen Schulter hing.

»Legst du keinen Köder in die Falle, Wanderer?« fragte Flechte.

»Nein, nein. Wir brauchen keinen.«

Flechte schielte zu der Falle hinüber. Das alles ergab gar keinen Sinn. Warum sollte ein Tier in den Kasten gehen, wenn kein Köder lockte? Doch sie beschloß abzuwarten, ohne ihn weiter mit Fragen zu bedrängen.

Wanderer band ein Ende des Seils an den Stecken, das andere Ende behielt er in der linken Hand. »Schnell! Wir haben nicht viel Zeit.«

Er machte zwei Riesensprünge, packte Flechte am Arm und rannte den felsigen Abhang hinunter. Das lange Seil zog er hinter sich her. Sie folgte ihm bis zum Fuß des Hanges, wo sie heftig atmend stehenblieben.

»Versteck dich hinter dem Brombeerstrauch«, stieß Wanderer keuchend hervor und deutete auf eine dornenbewehrte Hecke. »Rasch!«

Flechte sprang über einen Busch und duckte sich. Ihr Herz hämmerte gegen ihre Rippen. Abertausende winziger Dornen stachen auf sie ein und versuchten, sie von den mit weißen Blüten bedeckten Zweigen fernzuhalten. Wanderer hechtete neben sie und begann geschwind das lockere Seil aufzuwickeln und zu straffen.

Flechte reckte den Hals und lugte zwischen den Dornenzweigen hindurch.

»Flechte, runter! Er darf uns nicht sehen!«

»Wer?« rief sie und schlüpfte unter den höchsten Brombeerstrauch.

Vor Aufregung stand Wanderers Mund halboffen. »Schsch. Da kommt er.«

Ihre Augen suchten den Fels ab. Angestrengt spähte sie nach irgendeiner Bewegung. Aber alles, was sie sah, war Vater Sonnes leuchtendes Gesicht, das gerade hinter einer dicken, wie eine schwere Decke über dem Horizont liegenden Wolkenschicht verschwand. Die Wolken loderten in flammenden Farben auf und wechselten von hellem Rosa zu düsterem Violett.

»Wanderer, was siehst du? Es ist bald dunkel. Meinst du nicht, wir sollten – «

»*Pst!*«

Sie senkte die Stimme, beugte sich zu ihm und hielt ihm die Hände wie einen Trichter ans Ohr. »He … fangen wir eine Fledermaus?«

»Nein.« Sein Blick war starr auf die Falle gerichtet, seine Hand verkrampfte sich um das Seil – er schien kurz davor, den Stecken wegzuziehen. Ein wildes Funkeln glomm in seinen Augen. »Wir versuchen, Vater Sonne zu fangen.«

»Vater … Sonne?« Ungläubig schielte sie ihn von der Seite an.

»Ja.«

»Wird er nicht außer sich geraten?«

»Nein, keine Sorge. Am Morgen lassen wir ihn wieder frei, dann hat er alles vergessen.«

Flechte nickte kurz. Ihr Blick wanderte wieder zu dem grauen Fels, auf dem sich ihre Falle scharf vor dem blauvioletten Licht der Abenddämmerung abhob. Ein schmaler Streifen klaren Himmels öffnete sich zwischen Wolken und Fels. Als das erste Stückchen geschmolzenen Goldes hinter den Wolken zum Vorschein kam, straffte Wanderer die Muskeln. Flechte hielt in höchster Spannung den Atem an.

»Nur noch ein bißchen«, flüsterte Wanderer heiser. »Ein kleines bißchen …«

Vater Sonne stieg herab, bis sein Gesicht voll und rund im klaffenden Mund der Falle leuchtete. Blitzartig riß Wanderer am Seil, und der Kasten schlug zu. Wanderer stieß einen schrillen Triumphschrei aus, ließ sich auf den Rücken fallen und strampelte vor Freude mit den Beinen. »Wir haben ihn! Wir haben ihn!«

Flechte war mit einem Satz auf den Füßen und wollte loslaufen und nachsehen, aber Wanderer hielt sie am Arm fest. »Nein, warte! Er wird noch eine Weile zappeln und versuchen, rauszukommen. Verstehst du? Schau zum Himmel hinauf. Sobald er sich beruhigt, gehen wir hin und sehen nach.«

Stirnrunzelnd blickte Flechte zum Horizont. Aufgewühlte Wolken türmten sich auf und veränderten ihre Farbe von Gold und Rosa zu einem grellen Purpurrot. Als der Himmel sich indigoblau gefärbt hatte, ließ Wanderer das Seil los und forderte Flechte auf, ihm zum Hang zu folgen. Dort angekommen, kauerten sie sich vor dem Kasten nieder. Flechte konnte sich nicht erinnern, daß Vater Sonne jemals so schnell verschwunden war ... *vielleicht haben wir ihn tatsächlich gefangen!* Aufgeregt schrie sie: »Darf ich sehen? Bitte, Wanderer, darf ich nachsehen?«

»Oh, nicht jetzt.« Wanderer summte leise vor sich hin. Er hob den Kasten auf und drückte ihn fest an seine Brust. »Später. Wir müssen uns zuerst vorbereiten. Komm mit, wir bringen ihn nach Hause.«

In einer Ecke von Wanderers Behausung saß Flechte auf ihrem Bett aus aufgestapelten Fuchsfellen. Wie Wanderer ihr aufgetragen hatte, blickte sie starr auf die Symbole der Mächte an den Wänden. Im düsteren Feuerschein leuchteten sie, als seien sie lebendig. Die schwarzen Halbmonde schienen sich zur Seite zu neigen und den purpurnen Sternenregen Geheimnisse zuzuflüstern. Und die roten Spiralen ... oh, die Spiralen! Sie biß sich auf die Unterlippe. *Sie bewegten sich heute nacht.* Aufsteigend und fallend kreisten sie über die ganze Wand und zerrten mit unsichtbaren Händen an ihr.

Wanderers Singsang verstärkte diese Empfindung. Er saß auf seinen Decken auf der anderen Seite des Raumes und kauerte sich über der Falle zusammen wie ein Geier. Stundenlang hatte er die Falle bemalt, bis die Spiralen, die Schlangen und die Gesichter von Vater Sonne, der Mondjungfrau und der Ersten Frau vollkommen waren. War er gerade nicht in seine künstlerische Arbeit vertieft, beobachtete er Flechte ... abschätzend, beurteilend.

Schließlich hob er die Falle hoch und stand auf. Flechte drehte sich um.

»Nein, sieh mich nicht an«, sagte er ruhig.

Gehorsam wandte sich Flechte wieder den Spiralen auf der Mitte der Rückwand zu.

Aus den Augenwinkeln sah sie, wie Wanderer in den rotgrün gemusterten Korb griff, in dem er die Wurzelspäne von Schmetterlingskraut, einer Pflanze der Mächte, aufbewahrte. In Redweed Village hatte nur ihre Mutter das Recht, diese Pflanze zu besitzen und zu hüten. Flechte erinnerte sich an die mit dem Ausgraben, Trocknen und Zerteilen der Wurzel einhergehenden Zeremonien, die im Frühling sechs Tage in Anspruch nahmen. Wanderer tauchte eine Handvoll Wurzelspäne in seinen Wasserkrug, nahm die nassen Wurzelstückchen heraus, schüttelte sie ein wenig ab und sprenkelte damit Wasser auf die Flammen. Dampf und Rauch stiegen auf und erfüllten den Raum mit dem süßen Duft eines regenfeuchten Waldes.

Wanderer schloß die Augen und begann singend die Falle durch den heiligen Rauch zu führen. Seine Füße bewegten sich dazu in einem Tanzschritt, den Flechte nicht kannte – *aber die Spirale an der Wand kannte ihn.* Sie hüpfte im richtigen Rhythmus von einer Seite zur anderen. Flechte wagte kaum zu atmen und beobachtete fasziniert das Schauspiel. Sie merkte kaum, wie Wanderer vom Feuer zurücktrat und vor ihr niederkniete.

»Was siehst du, Flechte?« fragte er mit sanfter Stimme.

»Die Spirale … sie tanzt.« Ihr Mund wollte nicht sprechen, und ihr Körper fühlte sich taub an. Er schien in die Bewegungen der Spirale einzufließen. Mit jedem Atemzug verstärkte sich dieses Gefühl. Wie lange starrte sie schon auf die Spirale? Die halbe Nacht? Oder erst ein paar Augenblicke? Sie wußte es nicht – aber sie konnte ihre Augen nicht mehr davon abwenden. Ihre Seele hatte begonnen, sich im Rhythmus der tanzenden Spirale auszudehnen und zusammenzuziehen.

»Gut. Beobachte sie weiter.« Wanderer setzte sich mit übereinandergeschlagenen Beinen vor sie hin und legte die Falle schützend in seinen Schoß. »Gut, Flechte. Jetzt sieh mich an.«

Es kostete sie gewaltige Anstrengung, den Kopf zu drehen. Wanderers tiefliegende Augen leuchteten schwarz wie die Dunkelheit und schienen sie unter grauen buschigen Augenbrauen hervor zu durchbohren. Schweißtropfen glitzerten auf seiner Hakennase. Im schimmernden Licht des Feuers glänzten seine grauen Haare wie polierte Silberperlen.

»Jetzt sieh die Falle an, Flechte.«

Sie gehorchte und entdeckte darauf eine weitere Spirale, blutrot wie die an der Wand.

»Was hörst du, Flechte?«

»Dich.«

»Hör genauer hin. Lausche der Bewegung der Spirale. Lausche ... lausche ...«

Wanderers Stimme wurde leiser und leiser, bis sie ihn kaum noch hörte. Gleichzeitig senkte sich Dunkelheit über sie, die alles um sie herum verschluckte bis auf die Spirale auf der Falle.

Sie *hörte* etwas – nein, eher fühlte sie etwas, warm und weich wie das Wasser in den heißen Teichen neben dem Vater der Wasser. Der »Ton« stieg aus der Spirale empor und hüllte sie ein. Zuerst schien sich Flechtes Körper vom Boden zu heben und zu schweben; dann löste er sich in nichts auf. Ihre Seele floß ein in die Stille der Spirale. *Stille?* Prickelnde Sehnsucht durchströmte sie. Fand sie heute die Seele des Falken? Oder die der Wasserschlange?

Vogelmann, bist du da? Ich muß mit dir reden. Kommst du? Sprichst du mit mir? Ich –

»Flechte! Flechte, sieh die Falle an.« Wanderers freundliche Stimme kam aus großer Ferne.

Sie hatte nicht gemerkt, daß sie die Augen geschlossen hatte, aber jetzt drückten ihre Lider so schwer herab wie Granit. Als sie die Augen unter äußerster Anstrengung zu einem schmalen Schlitz geöffnet hatte, sah sie Wanderers sanftes Lächeln vor sich.

»Nicht mich ansehen«, flüsterte er. »Die Falle.«

Sie senkte den Blick. Er hatte eine Hand auf den Deckelrand gelegt, seine Fingernägel waren weiß. Langsam hob er den Deckel.

Ein bernsteinfarbener Schimmer entschwebte durch den Spalt. Von Ehrfurcht erfüllt beobachtete Flechte, wie das schimmernde Licht über Wanderers Beine nach unten glitt und auf dem Boden zu einer Lache zusammenfloß.

»Flechte!«

Wanderer öffnete die Falle weiter. In einem plötzlichen Schwall strömte Licht heraus, sprudelte hoch in blendend goldenen Kaskaden. In Wellen begann es auf sie zuzufließen und sie zu berühren. Flechte hielt den Atem an. Das Licht fühlte sich kühl an. Es tanzte, schuf eigenartige, vogelähnliche Gebilde, die im Zimmer umherflatterten und um ihren Kopf kreisten. Schließlich verharrten sie schwebend in einiger Entfernung und starrten sie aus funkelnden Augen an. Vogelmanns Helfer. Geduldig wartete Flechte auf ihre Botschaft.

»Fürchte dich nicht«, sagte eine Stimme.

Flechte wußte nicht, wovor sie sich hätte fürchten sollen. Es war wunderschön. Die Lichtervögel flatterten näher heran, sie kamen ihr so nah, daß sie die Berührung der Flügel auf ihrem Gesicht spürte. Plötzlich fühlte sie, wie in ihrer Brust Flügel flatterten, sanft und sprunghaft. Ihr Körper hob sich vom Boden und stieg höher und höher. Donnervogels tiefes Grollen hallte durch ihre Seele, das Licht veränderte sich und formte das Gesicht eines lächelnden Mannes. Unter dem Blick seiner freundlichen Augen brach ihr fast das Herz. Sein Lächeln wandelte sich in einen Ausdruck höchster Verlassenheit. *Erinnere dich an die Eule, meine Kleine. Erinnere dich …*

Das Licht loderte in Flammen auf. Es überflutete die Symbole der Mächte an den Wänden, breitete sich nach unten aus und explodierte auf Wanderers Decken. Wieder dröhnte Donnervogel – ein ohrenbetäubender Laut inmitten der prasselnden Flammen. Glühende gelbe Zungen leckten nach ihr, verzehrten ihr Haar und verbrannten ihr Fleisch, bis es von den Knochen fiel!

»Nein!« schrie Flechte gellend. »Bleib weg!«

Wie von Sinnen stürzte sie zu Wanderers Tür. Das Licht verfolgte sie in einem gewaltigen goldenen Strom. »Hilfe! Hilf mir!«

Sie tauchte aus der Dunkelheit auf und torkelte. In diesem Moment wurde sie erneut von dem glitzernd lodernden Strudel verschlungen wie von einem gefräßigen Raubtier. Blindlings rannte Flechte weiter. Sie schrie: »Wanderer! Wanderer!«

Etwas Schweres fiel auf sie und riß sie zu Boden. »Flechte, alles ist gut. Dir fehlt nichts! Ich bin es, Wanderer. Sch ... schsch!«

Sein Gesicht schien mitten im blendenden Schein zu hängen, doch langsam löste sich das Licht auf wie mit Wasser verdünnte Farbe, bis nichts mehr davon übrigblieb.

»Wanderer?« fragte sie mit schwacher Stimme.

Seine Augen blickten sie starr an. Hinter ihm sah Flechte die Falle neben dem Feuer stehen. Es strömte kein Licht mehr aus ihr heraus. Sie blickte zu Wanderer auf und begann zu weinen.

»O nein, du brauchst nicht zu weinen. Alles ist gut.« Er nahm sie tröstend in die Arme. Sie vergrub ihr Gesicht in den Falten seines Wildlederhemds, das angenehm nach Rauch und Schweiß roch. »Du weißt nicht, was du gemacht hast, Flechte, nicht wahr?«

»Was denn?« Mit tränenverschleierten Augen sah sie zu ihm auf.

Wanderer lächelte. »Du bist *geflogen.* Noch nie habe ich jemanden gesehen, der so schnell fliegen gelernt hat. Bevor du es merkst, hast du die Seele eines Falken.«

»Vielleicht will ich sie gar nicht mehr, Wanderer. Das Licht hat mich verletzt!«

»Ich weiß«, sagte er und streichelte ihr übers Haar. »Das war meine Schuld. Ich hätte dich nicht so schnell so weit drängen dürfen. Aber du bist geflogen, Flechte. Einen Moment lang *bist du geflogen!«*

Lange vor Anbruch der Morgendämmerung hüllten sie sich in schwere Mäntel, wanderten mit der Falle zu dem grauen Buckelfelsen und ließen Vater Sonne frei.

Wie erstarrt beobachtete Dachsschwanz oben vom Hügel aus den Trauerzug. Feierlich bewegte er sich an den aufgereihten Fackeln vorbei, die den Weg über den sternenbeschienenen Platz markierten. Sechs Krieger – drei Männer und drei Frauen – trugen die Sänfte mit dem Leichnam. Sie bewegten sich wie Gespenster von einem Lichthof der Fackeln zum anderen, einen Augenblick lang sichtbar, dann wieder verschlungen von der Nacht. Hinter ihnen gingen Mondsamen und die Angehörigen ihres Stammes. Rotluchs' Dienerschaft, ungefähr zehn meist junge Frauen, folgte. Ihr Wehklagen erhob sich mitleiderregend wie das Wimmern eines Neugeborenen in die Stille der Nacht.

Dachsschwanz biß die Zähne zusammen. Er versuchte, nicht darüber nachzudenken …

Als nächste reihten sich achtzehn Angehörige der Sonnengeborenen in den Zug ein. Sie schlugen Trommeln oder schüttelten Kürbisrasseln und schwenkten Gebetsfedern über den Köpfen. Nachtschatten führte die Gruppe an. Sie sah ätherisch schön aus. Ihr rotes Kleid war mit Figuren bemalt, deren Farbe aus zerstoßenem Bleiglanz und Öl hergestellt wurde. Die stilisierten Symbole der Schlangen, Kreuze und Hände schimmerten in silbrigem Glanz.

Den Schluß bildete Tharon in einer mit Vorhängen versehenen Sänfte. Sie wurde von acht kräftigen Dienern getragen, deren mit Hickoryöl eingeriebene Haut golden im Schein der Fackeln glänzte.

Dachsschwanz wartete auf der Nordseite der mit Stämmen gesicherten Grube. Er vermied es, in das schrecklich funkelnde, gähnende Grab hinunterzublicken. Tharon hatte befohlen, Rotluchs auf einen Teppich aus zwanzigtausend Muschelperlen, Dutzenden glänzender Steine und Pfeilspitzen zu legen. Diese Schmuckstücke waren die besten Arbeiten der hervorragendsten Kunsthandwerker – ein Maisbauer hätte zehn Leben gebraucht, um so viel zu verdienen.

Rotluchs hätte diese Protzerei gehaßt.

In der Brise glaubte Dachsschwanz die verzweifelt hoffnungslose Stimme von Rotluchs zu hören, die ihm ein letztes Lebewohl zuraunte.

»Begräbnisse sind barbarisch«, flüsterte Dachsschwanz bitter Heuschrecke zu. »Erlaube nicht, daß sie das mit mir machen, wenn meine Zeit kommt.«

»Du meinst, Tharons Begräbnisse sind barbarisch«, berichtigte Heuschrecke.

Die beiden wechselten einen schmerzlichen Blick. Sie hatten ihre schönsten Kriegshemden angezogen. Heuschreckes Hemd war aus hellgoldenem Hirschleder genäht. Der kunstvoll eingearbeitete Federschmuck betonte die Rundungen ihrer Brüste und Hüften, in ihren geflochtenen Stirnhaaren glitzerten Kupferperlen. Dachsschwanz' Hemd, aus weißer Elchhaut gefertigt, war von den Knien bis zu den Schultern mit den Bildern grüner Falken, Wölfe und Dachse bedeckt: Raubtiere, die den Kriegern heilig waren. Auch er hatte seine Stirnhaare mit Kupferperlen geschmückt.

»Ich werde es nicht zulassen, Dachsschwanz. Nicht, wenn ich es verhindern kann«, antwortete Heuschrecke leise. Ihre Augen waren schmal geworden.

Als die Prozession den Hügel hinaufzusteigen begann, verkrampfte Dachsschwanz die Hände ineinander. Es schien eine Ewigkeit zu dauern, bis endlich alle den ihnen gemäßen Platz um das Grab eingenommen hatten, aber schließlich wurde auch Tharons Sänfte auf der Ostseite abgesetzt. Nachtschatten stand auf der Westseite. Alle anderen hatten sich auf der Südseite versammelt.

Dachsschwanz nahm all seinen Mut zusammen und warf einen Blick auf Rotluchs' geölten und bemalten Körper. Das Gesicht war leuchtend rot bemalt, gelbe Linien kreuzten seine Brust, und schwarze Zickzackstreifen zogen sich über die Beine. Der Leichnam war entstellt. Das von der Hitze während der Aufbahrung im Beinhaus aufgequollene Fleisch blähte sich stellenweise und deformierte seine Gesichtszüge. Er hatte kaum noch Ähnlichkeit mit Rotluchs.

Die Diener zogen die Vorhänge von Tharons Sänfte zurück. Er war in voller Pracht zu sehen, ganz in Gold gekleidet, mit einem Kopfschmuck aus gehämmertem, im Schein der Fakkeln aufblitzendem Kupfer. Er trug eine wundervoll gearbeitete Maske des Langnasigen Gottes – zwar nicht ganz das Passende für diese Zeremonie, aber äußerst eindrucksvoll. Hochmütig blickte er um sich, dann neigte er huldvoll den Kopf vor den Sechs Heiligen, hob seinen Herrscherstab zu den Sternenungeheuern, senkte ihn wieder und deutete auf die Unterwelt. Ungezügelte Erregung schwang in seiner Stimme mit, als er sich an die Trauernden wandte. »Wir haben uns versammelt, um für einen großen Krieger unseres Volkes zu beten! Der ehrwürdige Rotluchs vom Kürbisblüten-Stamm, Bruder des Führers Dachsschwanz, begibt sich auf die lange Reise auf dem Dunklen Fluß in das Land der Ahnen. Wer begleitet ihn auf dieser Reise?«

Die Trommeln wurden geschlagen, erst leise, dann anschwellend zu einem Dröhnen wie Donner. Verzweifelte Schreie wurden hörbar. Dachsschwanz erkannte Mondsamens Stimme.

Zwei Familienmitglieder führten Mondsamen nach vorn. Ihr Gesicht war blaß. Unablässig weinend hing sie schlaff in den Armen der Verwandten. Als sie aus dem Schein der Fakkeln gezerrt und gezwungen wurde, sich an den Rand des Grabes zu stellen, verstummte ihr Jammern. Voller Ehrgefühl flehte sie nicht um ihr Leben. Der Schlag erfolgte rasch. Der Hammer zerschmetterte ihren Hinterkopf wie eine reife Melone.

Beim Geräusch dieses Schlages zuckte Dachsschwanz zusammen. *Mondsamen, warum hast du dir dein Leben nicht erkauft oder statt deiner ein anderes Opfer bestimmt? Wäre es so schwer gewesen, ohne Rotluchs zu leben?*

Behutsam senkten die Verwandten Mondsamens Körper über den Rand der Grube. Darin stand ein Sonnengeborener, der die Leiche mit den Armen auffing und auf das funkelnde Bett aus Muschelperlen legte.

Als sie die Dienerin brachten, die Rotluchs in der Unterwelt dienen sollte, wandte Dachsschwanz den Blick ab. Sie konnte nicht älter als zwölf sein. Ihre Schreie, bevor die Schnur sie strangulierte, zerrissen seine Seele.

Nur der Körper stirbt, nicht die Seele. Wenn man bedenkt, was noch vor uns liegt, sind sie vielleicht die Glücklicheren. Sein Blick huschte über den Sternenhimmel und weiter zu den Hügeln, die sich innerhalb der schützenden Palisadenmauer zusammendrängten. Schließlich verweilte sein Blick auf Nachtschatten.

Das gellende Schreien eines weiteren jungen Mädchens schien Dachsschwanz nicht mehr zu hören. Die Welt um ihn war still geworden. Er fühlte die Gegenwart der Leute, aber er sah nur Nachtschattens schwarze, leuchtende Augen, die ihn in sich einsogen und seine Seele verschlangen.

Mit langsamen Schritten kam sie auf ihn zu. Er runzelte die Stirn.

»Was macht sie?« fragte Heuschrecke. »Das darf sie nicht! Die Priesterin muß bis zum Ende des Rituals im Westen stehen bleiben!«

Die Trauernden zeigten mit den Fingern auf sie und flüsterten hinter vorgehaltener Hand. Tharon sprang voller Entrüstung auf.

Kaum eine Handbreit von Dachsschwanz entfernt, blieb Nachtschatten stehen und legte ihre schlanke Hand auf sein Herz. Ein Prickeln strömte durch ihn hindurch.

»Was ist, Nachtschatten?«

»Wanderer«, sagte sie leise. Ihr schönes Gesicht zeigte keine Regung. »Du darfst ihn nicht töten. Bring ihn zu mir. Er hat den Weg zur Ersten Frau gefunden.«

»Wanderer? Ich dachte, er sei tot. Wo ist er?«

Kopfschüttelnd wich sie zurück. »Ich weiß es nicht. In ein paar Tagen werden wir es wissen.« Sie kehrte auf ihren Platz an der Westseite zurück.

Dachsschwanz spreizte die Beine, als könne er so die Welt wieder ins Gleichgewicht bringen. *Wanderer? Der alte Irre?* Der Körper einer weiteren Frau wurde in das Grab hinabgelassen. Plötzlich lief eine eisige Kälte über Dachsschwanz' Rückgrat. Rotluchs wurde nach vorn getragen, behutsam in das Grab gelegt und neben seine Frau gebettet. Mit den Tränen kämpfend versuchte Dachsschwanz den in seinem Innern tobenden Aufruhr zu besänftigen. *Ja, wahrhaftig, sie sind die Glücklicheren.*

Vielleicht lag es nur am trügerischen Schein der Fackeln, aber er hätte schwören können, neben Nachtschatten eine riesige, durchsichtige Gestalt stehen zu sehen, die sich im Rhythmus der Trommelschläge wiegte.

Kapitel 14

Der Dunst über den Maisfeldern unten im Tal reflektierte das fahle Licht der Nachmittagssonne und spannte in allen Farbtönen schimmernde Regenbogen über die Felder.

Flechte lächelte. Halbversteckt, den Bogen schußbereit erhoben, stand sie hinter einem Felsmassiv. Seit dem frühen Morgen waren sie auf der Jagd und auch auf einiges Wild gestoßen, aber Wanderer hatte ihr bisher nicht erlaubt zu schießen. Er schien es auf ein besonderes Wild abgesehen zu haben, wollte ihr aber nicht sagen, auf welches. Als er ihr sogar verbot, ein Waldhuhn zu erlegen, das genau vor ihren Füßen herumstolzierte, war sie richtig wütend geworden. Sie stieß einen hoffnungslosen Seufzer aus, denn Wanderer huschte gerade auf Zehenspitzen, die Augen unverwandt auf den Boden gerichtet, über den Fels.

Plötzlich blieb er, einen Fuß in der Luft, wie erstarrt stehen. Langsam ging er in die Knie, berührte sacht den Boden und flüsterte: »Komm her und sieh dir diese Spuren an, Flechte.«

Sie senkte den Bogen und trabte durch den Schatten der hohen Felsen zu Wanderer. Ihr Blick fiel auf nackten Fels, den hie und da kleine Anhäufungen alter Nadeln bedeckten.

»Ich sehe keine Spuren, Wanderer.«

»Ah, streng dich ein bißchen an. Sieh genauer hin.«

Flechte bückte sich so tief, daß ihr Gesicht nur knapp eine Handbreit vom Boden entfernt war. Der Wohlgeruch von Zedern stieg ihr in die Nase, aber Spuren entdeckte sie keine.

»Was für Spuren?«

Er fuhr herum und guckte sie an wie ein aufgescheuchter Storch. Sein Hemd aus Kaninchenfell und sein Lendenschurz schimmerten weißlich in einem zwischen den Felsen hereinfallenden Lichtstrahl. »Flechte, du bist nicht so dumm, wie du dich anstellst. Was siehst du da unten?«

»Fels.«

»Und was noch?«

Wieder starrte sie auf den Stein. »Ein paar Zedernnadeln, die wahrscheinlich der Sturm am Vormittag hergeweht hat.«

»Jawohl!« Er stand auf und schlug ihr liebevoll auf den

Rücken. »Jetzt mach deinen Bogen schußbereit. Sie ist hier irgendwo.« Vorsichtig setzte er einen Fuß vor den anderen, seine Augen suchten sorgfältig das Gelände ab.

Flechte warf ihm einen mißtrauischen Blick zu und folgte ihm achselzuckend.

Die Nachmittagsluft roch feucht und klamm, als ob es bald regnen würde. Aufgetürmte Wolken zogen über den trüben, bernsteingelben Himmel. Zwei volle Monde waren seit dem letzten richtigen Regenguß vergangen.

»Ha!« rief Wanderer aus. »Noch mehr!«

Flechte trottete zu ihm und lugte über seinen gebeugten grauen Kopf. Mit dem Zeigefinger tippte er auf eine weitere Ansammlung von Zedernnadeln.

»Wir sind in ihrer Nähe, Flechte, sei also still. Am besten bleibst du hinter mir.«

»Gut. Geh voraus.«

Er zwinkerte ihr vertrauensvoll zu, dann stakste er auf Zehenspitzen weiter.

Sie schlich hinter ihm her, zwischen vereinzelten Felsen hindurch, wo Windmutter eine dünne Erdschicht hingeweht hatte und sich Wurzeln wie Fußangeln über den Pfad schlängelten. Wanderer streckte eine Hand nach hinten und hielt Flechte zurück. Er kniete nieder und strich ehrfürchtig über die Wurzeln. Schließlich drehte er sich um und starrte sie so durchdringend an, daß sie kaum zu atmen wagte.

»Ich muß dir etwas sagen«, murmelte er so leise, daß sie ihn kaum verstehen konnte. »Du weißt, rote Zedern sind heilig. Aber dieser Baum ist selbst unter den Zedern etwas Besonderes. Du darfst auf der Jagd nach dieser Zeder keinen Fehler machen. Das richtige Ritual muß unbedingt eingehalten werden – sonst wird sie dich töten. Verstehst du?«

»Warum ist sie etwas Besonderes?«

Er beugte sich näher zu ihr und hauchte: »Diese Zeder ist der Baum der Ersten Frau. Sie wächst in drei Welten. Ihre Wurzeln sind neben der Höhle der Ersten Frau tief in der Unterwelt eingegraben, aber ihr Stamm und ihre Äste erstrecken sich über die Erde bis in den Himmel hinauf. Donnervogel legt seine Eier in ihre Zweige.«

Flechte hörte ihm fasziniert zu. »Und ich soll sie töten? Das scheint mir keine gute Idee.«

»Oh, wir müssen nur vorsichtig sein und alles richtig machen.«

Flechte befeuchtete ihre Lippen. »Bist du sicher? Und wenn Donnervogels Eier herunterfallen und zerbrechen?«

»Das wäre sehr schlimm. Es würde nie wieder regnen. Und wir haben ohnehin schon genug Kummer mit der Trockenheit.«

Sie nickte eifrig. »Ich weiß. Aber, Wanderer, ich glaube, ich bin nicht die richtige für diesen Schuß. Hier«, sie reichte ihm den Bogen, »mach du es.« Geschwind trat Flechte einen Schritt zurück und faltete demonstrativ die Hände auf dem Rücken, falls er auf den Gedanken kommen sollte, ihr den Bogen zurückzugeben.

Freundlich sagte Wanderer: »Ich kann es nicht. Du willst Vogelmann finden.«

»Ist er auch in diesem Baum?«

»O ja«, erwiderte Wanderer.

»Warum kommt er nicht hervor und spricht mit mir? Dann müßte ich den Baum der Ersten Frau nicht töten.«

Nachdenklich blickte Wanderer auf ihren kleinen Bogen. Er zupfte an der straff gespannten Sehne aus geflochtenem Haar und lauschte mit seitlich geneigtem Kopf dem erzeugten Klang. Dabei hoben und senkten sich seine buschigen grauen Augenbrauen vielsagend. »Wenigstens weiß dein Bogen, warum.«

Flechte blickte finster auf ihren Bogen. »So? Was sagt er denn?«

»Er sagt, bevor Vogelmann von Angesicht zu Angesicht mit dir spricht, mußt du ihm erst einen Beweis deines Mutes geben. Du willst doch mit ihm reden, oder?«

»Ja, schon ... aber ...«

»Flechte?« fragte er mit einem vorwurfsvollen Unterton.

»Ich mach' es«, erklärte sie sich widerwillig bereit. »Gut, Wanderer. Und wie erlege ich den Baum der Ersten Frau?«

Seine dunklen Augen wurden schmal. »Er steht gleich hinter diesem Felsen. Du mußt genau zwischen seine Äste schießen. Ziel nicht auf den Stamm, sonst spürt Donnervogel das Zittern des Baumes und schleudert aus den Astspitzen Blitze nach dir.«

Flechte nahm den Bogen und legte einen Pfeil in die Kerbe. »Ob ein Pfeil reicht?«

»Er sollte genügen. Aber wenn sie dich verfolgt, schieß noch einmal.«

Mich verfolgt? »Natürlich.«

Wanderer ging in die Hocke und stimmte eine merkwürdige Melodie an. Er reihte nur schöne, harmonische Töne aneinander.

Tapfer pirschte Flechte um den grobkörnigen Felsen herum. Der bedrohliche Schatten einer über die Klippe wandernden dunklen Wolke fiel auf ihr Gesicht.

Entschlossen schob sich Flechte weiter nach vorn und sprang erschrocken zurück. Vor ihr fiel die Klippe jäh hundert Hand tief ab. *Wanderer, hier ist kein Baum.* Sie reckte den Hals, spähte über die Kante und entdeckte eine winzige Zeder, die sich auf einem Fleckchen Erde, nicht größer als ihr Fuß, festklammerte. Der Baum reichte ihr höchstens bis zu den Knien.

Das sollte der Baum der Ersten Frau sein?

Flechte sah keine Eier von Donnervogel im Wipfel. Stirnrunzelnd warf sie einen Blick über die Schulter auf Wanderer, hob seufzend den Bogen und schoß in die Zweige. Der Baum schwankte leicht, als versuche er, ihren Pfeil abzuschütteln.

Ein Blitz zerriß die Luft und schlug tausend Hand entfernt in den Fels ein. Bruchstücke von Steinen wirbelten durch die Luft wie riesige Hagelkörner. Donnervogels Dröhnen erschütterte den Boden so heftig, daß es sie von den Beinen riß.

»Flechte!« schrie Wanderer.

»Ich habe den Stamm nicht getroffen!« kreischte sie entsetzt.

Donnervogels Grollen verhallte. Keuchend lag Flechte auf der Erde und starrte mit weit aufgerissenen Augen zu der Wolke hinauf. Schweißtropfen liefen ihr über den Hals.

Wanderer lief zu ihr und schloß sie fest in die Arme. »Bist du in Ordnung?«

»Ja, aber ich weiß nicht, was ich falsch gemacht habe.«

»Oh, Donnervogel steckt voller Widersprüche. Ihm macht es

manchmal Spaß, die Leute in Angst und Schrecken zu versetzen. Hast du den Baum erlegt?«

»Ich glaube schon.«

Er ließ sie los und sah nach. »O ja. Das hast du sehr gut gemacht. Setz dich doch in den Schatten und ruh dich etwas aus. Ich schneide währenddessen die Spitze ab.«

Flechte ließ sich gegen den Fels sinken und wischte sich die feuchte Stirn. Die Jagdgeister verlangten eine Menge Kraft. »Nur die Spitze? Warum nehmen wir nicht den ganzen Baum mit?«

Sie hörte das leise Geräusch des Sägemessers, als Wanderer den Wipfel mit seinem Messer abzuschneiden begann.

»Man braucht nur ein kleines Stück, um einen Tunnel zu öffnen, durch den du mit Vogelmann sprechen kannst.«

»Einen Tunnel?«

»Ja. Diese Zweige gleichen hohlen Schilfrohren. Sie verbinden die Unterwelt mit den Menschen und dem Himmel.«

»Muß ich in den Tunnel hineinkriechen?« Diese Vorstellung ängstigte sie noch mehr als Donnervogels Zorn.

»O ja, wie eine Schlange. Heute abend bereiten wir dich auf das Sterben vor und – «

»*Was?*«

Wanderer verharrte mitten in der Bewegung und blickte überrascht auf. »Habe ich dir das nicht gesagt?«

»Nein!« verwahrte sie sich heftig. »Du hast kein Wort davon gesagt, daß ich sterben muß!«

»Ich werde wirklich vergeßlich.« Kopfschüttelnd machte er sich wieder an die Sägerei. Als er das oberste Ende der Baumspitze in Händen hielt, legte er Gebetsfedern neben den Stamm und sang ein leises Lied des Dankes an die Erste Frau.

Vorsichtig zog er sich vom Abgrund zurück und überreichte Flechte lächelnd die duftenden Zweige. »Wie dem auch sei, wir haben noch eine Menge zu tun. Gehen wir heim. Wir müssen eine Totensänfte bauen und ein Essen für deine Reise in die Unterwelt zubereiten.«

»Wanderer, ich will heute nacht nicht sterben.«

»Warte nur ab, du wirst schon wollen.«

Mit übereinandergeschlagenen Beinen saß Flechte dicht am Feuer auf dem Boden. Die prasselnden Flammen ließen Wanderers hageren Schatten über die Wände tanzen. Er eilte geschäftig umher, brachte leise vor sich hin singend Flechtes Felle und Decken zu der Totensänfte und ordnete sie darin an. Die Sänfte bestand aus vier Pfosten, jeweils zwei vorne und hinten, die mit zwei aus Haaren geflochtenen Seilen verbunden waren. Eine aus dem Unterfell von Wölfen geflochtene Matte war daran befestigt. Von den vorderen Pfosten baumelten zwei Schlaufen herab.

Wanderers Augen leuchteten munter wie die eines Raben, der sich über einen eine Woche alten Kadaver hermacht. Er holte einen gelb, rot und schwarz gemusterten Korb und füllte ihn bis zum Rand mit in Streifen geschnittenem, an der Luft gedörrtem Kaninchenfleisch, Sonnenblumensamen und einer kräftigen Prise Maispollen. Den Korb stellte er vorsichtig an das Fußende der Totensänfte.

»Flechte, du darfst folgendes nicht vergessen: *Falls* Vogelmann dich dieser Reise für würdig erachtet, wirst du verschiedene Stufen durchlaufen. Zu Beginn reist du auf einer bequemen Straße, aber je weiter du dich dem Land der Ahnen näherst, um so größer werden die Schwierigkeiten. Du triffst auf einen breiten, reißenden Fluß, der den Eingang versperrt – manchmal ist es auch eine hohe Wand. Nur ein sehr guter Träumer kann dieses Hindernis überwinden und – «

»Das bedeutet für mich das Ende der Reise. Was passiert, wenn ich nicht vorbeikomme?«

Nachdenklich schürzte er die Lippen. »Das weiß ich nicht. Vermutlich kehrst du einfach zurück. Vielleicht wirst du aber auch aufgefressen.«

»Von wem?«

»Oh, dort unten gibt es sonderbare Geschöpfe. Schlangen mit Flügeln. Büffel, die unter Wasser leben. Ich bekam es einmal mit einer geweihtragenden Kröte zu tun, die mich auf die Hörner nehmen wollte.« Abwesend blickte er zur Decke hinauf, als sei er in Erinnerungen versunken. »Hmm. Also, wenn du am Fluß oder welchem Hindernis auch immer angelangt bist, dann überläßt du es deinem Gespann, die Sänfte zu ziehen. Mach auf keinen Fall – «

»Welchem Gespann?«

Das Feuerlicht spiegelte sich gespenstisch in seinen dunklen Augen. »Dem Wolfsgespann. Es zieht die Sänfte durch die Unterwelt. Das heißt, falls Vogelmann einverstanden ist. Bevor du dich auf den Weg machst, mußt du ihn bitten, die Wölfe einzuspannen. Wölfe lassen sich fast nie von Träumern berühren.«

Flechte schauderte, ihr gefiel das ganz und gar nicht. »Wanderer, bist du sicher, daß ich schon für diese Reise bereit bin?«

»Nein«, erwiderte er schroff. »Aber wenn wir es nicht versuchen, erfahren wir es nie, oder?«

»Nein, aber – «

»Also machen wir dich reisefertig.« Ein Funke Ungeduld glomm in seinen Augen auf. »Zuerst legst du dich mit dem Gesicht nach unten auf die Sänfte.«

Flechte nickte verdrossen. »Na gut. Irgendwann muß ich es sowieso machen.«

Sie bestieg die Sänfte, streckte sich aus und kuschelte sich in die Weichheit des auf der Wolfsfellmatte ausgebreiteten Fuchspelzes. »Gut so?«

»Ja. Dein Kinn befindet sich genau über den Zedernzweigen vom Baum der Ersten Frau. Sie liegen unter dem Fell. Jetzt dreh dein Gesicht so, daß sich dein Mund über dem Fuchsfell befindet.«

Flechte gehorchte. »Das Fell kitzelt mich in der Nase, Wanderer.«

Er trat zu ihr und hockte sich neben sie. »Das ist gut so. Du wirst dich daran gewöhnen. Du mußt nur auf dem Bauch liegen bleiben, deinen Mund gegen das Fell drücken und die ganze Nacht nach Vogelmann rufen. Wenn er will, antwortet er dir.«

»Und dann muß ich ihn bitten, die Geisterwölfe vor meine Sänfte zu spannen.«

»Genau. Und jetzt«, sagte er und tätschelte ihren Fuß, »machst du dich am besten auf den Weg.«

Flechte preßte ihren Mund auf das Fell und rief: »Vogelmann, Vogelmann, ich bin es. Ich muß zu dir und mit dir reden. Vogelmann …«

Sie wandte leicht den Kopf und sah Wanderer barfuß inmitten seiner Decken herumkriechen. Er legte verschiedene Gegenstände der Mächte im Kreis um sein Bett. Rasch arrangierte er bemalte Steine immer abwechselnd mit Adlerfedernfächern, Raubtierschädeln von Mardern, Dachsen, Kojoten, Wieseln – nein, eilig warf er den Wieselschädel wieder in den Korb zurück. Statt dessen zog er eine riesige Bärentatze hervor und legte sie neben die Stelle, an der er sonst seinen Kopf bettete. Die langen Krallen leuchteten purpurn im Feuerschein.

»Wanderer, was machst du da?«

»Hmm?« Mit flinken Bewegungen korrigierte er die Lage eines Steines und eines Schädels. »Kümmere dich nicht darum. Das dient nur zum Schutz, weiter nichts.«

Sie spürte das winzige Stechen aufkeimender Panik in ihrer Brust. »Zum Schutz? Wovor?«

Er grinste wie ein zähnebleckender Kojote. »Vogelmann ist dein Geisterhelfer, nicht meiner. Ich kenne ihn nicht so gut wie du.« Auffordernd wedelte er mit der Hand. »Ruf ihn, Flechte.«

»Vogelmann, Vogelmann, Vogelmann …«

Voll angekleidet streckte sich Wanderer auf seinen Decken aus und schloß die Augen. Fast sofort begann er zu schnarchen.

»Vogelmann, hörst du mich? Vogelmann! Vogelmann!«

Flechte atmete durch den Mund, um nicht die feinen roten Fuchspelzhärchen in die Nase zu bekommen, die einen fast unerträglichen Niesreiz auslösten. Mit gedämpfter Stimme näselte sie: »Vogelmann, mir gefällt das bestimmt nicht besser als dir, aber anscheinend haben wir keine andere Wahl. Also warum kommst du nicht endlich und bringst die Geisterwölfe mit? Vogelmann, Vogelmann …«

Ihr Rufen ging in einen monotonen Singsang über. Mit der Zeit tat ihr der Hals so weh, daß sie fürchtete, er würde entzweibrechen. Doch nach und nach schien ihre Seele wie betäubt und ihr Körper schmerzunempfindlich zu sein.

Dunkle Schatten klammerten sich an die Decke. Das Feuer

war längst heruntergebrannt, nur rote Glutsprenkel leuchteten zu Flechte herüber.

Mit dem Gefühl, etwas Verbotenes zu tun, zog sie die Knie an. Aber gewissenhaft preßte sie unentwegt den Mund auf die Decke – genau auf die Stelle über dem Zedernholz. »Vogelmann, weißt du noch, wie du mir sagtest, ich müsse lernen, mit den Augen eines Vogels, eines Menschenwesens und einer Schlange zu sehen? Das versucht Wanderer mir gerade beizubringen.«

Die Symbole der Mächte an den Wänden blickten düster auf sie herab. Sie sahen sie mit den Augen von Geistern an, die sich längst an versagende Träumer gewöhnt hatten.

»Vogelmann … Warum kommst du nicht?«

Ein einsamer Wolf bellte scharf in der mitternächtlichen Düsternis nach seinem Rudel. Von der anderen Seite der Felsklippe antwortete Jaulen. Der erste Wolf stieß ein freudiges Geheul aus, und ein ganzer Chor fiel in die unheimliche Melodie ein. Flechte gähnte herzhaft. Ihr erschöpfter Körper schwebte auf den Lauten der Wölfe, wiegte sich wie ein Blatt auf einem träge fließenden Strom. Pfoten tappten im beruhigenden Takt der heiligen Trommelschläge näher, hallten wider …

Aus den Zweigen unter der Decke ertönte ein Wispern. Flechte erstarrte. Zaghaft rief sie: »Vogelmann!«

»Ich höre dich, meine Kleine. Ich habe die Wölfe gebracht.«

Flechte hörte das Schnüffeln eines Tieres. Sie drehte sich um und sah schemenhaft zwei riesige schwarze Gesichter im Türeingang. Mit ihren Schnauzen hatten die Tiere die Türvorhänge beiseite geschoben. In ihren gelben Augen glühte ein feuriger Schein. Einer der Wölfe tappte in das Zimmer und hob abwartend eine Pfote.

Flechte kniete sich hin. Ihre Kehle knisterte trocken wie Pappelblätter im fahlen Glanz des Herbstes, ängstlich krächzte sie: »Spannst du sie mir ein, Vogelmann?«

»Ja, wenn du bereit bist.«

»Meinst du, ich bin noch nicht soweit?«

»Dir sind die Flügel einer Träumerin gewachsen, aber sie sind noch leicht und zerbrechlich. Die Reise wird schwer für dich.«

Flechte schluckte den Kloß in ihrem Hals hinunter. »Irgendwann muß ich es lernen, Vogelmann.«

»Ja, doch du bist noch so jung. Aber tapfer. Gut. Komm durch den Tunnel. Komm. Ich warte auf dich, Flechte.«

Die Wölfe näherten sich der Sänfte, steckten ihre Schnauzen durch die Schlaufen, die Wanderer aus seinen eigenen Haaren geflochten hatte, und hoben aufmerksam die Köpfe.

Sie warf einen letzten Blick auf Wanderers schlaffes, altes Gesicht. Sein Mund stand offen. Leise rief sie: »Ich habe Vogelmann gefunden, Wanderer. Ich versuche, zu dir zurückzukommen.«

Die Wölfe schauten sie fragend an. Einer wedelte mit dem Schwanz, als erwarte er Anweisungen. Flechte hielt sich an den vorderen Pfosten ihrer Totensänfte fest. »Auf geht's.«

Dunkelheit senkte sich auf sie herab, und sie tauchten hinein in die Finsternis.

Kapitel 15

Winterbeeres brüchige alte Stimme begleitete brummend das kindliche Gekicher. Umringt von zwölf Kindern unter zehn Sommern schien die alte Frau wahrhaft glücklich zu sein. Zum erstenmal seit Wochen glühten ihre runzligen Wangen in zartem Rosa. Sie wirkte verjüngt, selbst ihre Knollennase und ihr gekrümmter Rücken fielen kaum noch auf. Sie hatte das graue Haar zu einem festen Knoten geschlungen und mit Kämmen aus Schildkrötenpanzern befestigt. Ihr orangefarbenes Kleid verlieh ihr einen fröhlichen Farbtupfer.

Seufzend veränderte Grüne Esche ihre Lage auf dem dicken Deckenpolster neben der Eingangstür von Primels Haus. Sie fühlte sich erbärmlich.

Normalerweise hätte das Gelächter der Kinder Grüne Esche Freude gemacht, doch an diesem Tag nicht. Im Laufe der letzten Woche waren ihre Schmerzen immer unerträglicher geworden, und die Geburtshelferinnen hatten es nicht vermocht, die Qualen zu lindern. Sie versuchte sich abzulenken und sah zu Primel hinüber, der über dem Feuerloch in der Mitte kauerte und hingebungsvoll in einer Maissuppe, gewürzt mit Gänsefußkraut und Minze, rührte. Er trug ein einfaches hellbraunes Kleid mit fransenbesetzten Ärmeln. In seinen langen schwarzen Haaren glitzerten Seemuscheln. Weil er als Berdache wie eine Frau behandelt wurde, hatte der Blaudecken-Stamm Primel ein Stück Land für das Haus und die umliegenden Felder gegeben.

Heuschrecke döste auf dem erhöhten Schlafpodest hinter Primel, nur die Spitzen ihrer Mokassins waren zu sehen. Primel blickte liebevoll zu ihr hinauf, als wolle er sich vergewissern, daß Heuschrecke noch da war.

Grüne Esches Blick schweifte über die langen Reihen bunter Körbe an den Wänden. Woher hatte Primel nur das Talent, Farben und Formen so geschickt miteinander zu verbinden? Ein runder roter Korb stand in vollendeter Harmonie auf einem eckigen grünen. Die bunte Mischung der Farben erfreute das Auge und beruhigte die Seele.

Grüne Esche sehnte sich nach Ruhe. Das ungeborene Kind trat so heftig um sich, daß sie vor Panik fast krank wurde. War mit dem Baby alles in Ordnung? Die Geburtshelferinnen schienen es nicht zu wissen. Sie hatte die anderen schwangeren Frauen im Dorf nach deren Befinden gefragt. Vier dieser Frauen waren wie Grüne Esche ebenfalls seit sieben Monden schwanger, aber keine berichtete von ähnlich starken Schmerzen.

Einmal in jedem Mond versammelten die Stammesführerinnen die Kinder um sich und erzählten ihnen die alten Geschichten. Wenn die Kinder dreizehn oder vierzehn Sommer alt und erwachsen waren, erwartete man von ihnen, daß sie die heiligen Geschichten fehlerlos vortragen konnten. Primel hatte Grüne Esche gebeten, an der Erzählstunde teilzunehmen.

Primels Sorge um Winterbeere erwies sich als unbegründet. In dem Augenblick, da sich die Kinder an ihre Knie drängten, rappelte sich die alte Frau auf und schüttelte ihre Trübsal ab wie glitzernde Schneeflocken von einem Mantel. Winterbeere schien vergnügter, als es Grüne Esche seit Monden erlebt hatte. Ihre runzligen Lippen verzogen sich zu einem breiten Lächeln. Sie beugte sich vor und deutete auf den kleinen Höhleneule. »Und was geschah dann?«

Der fünf Zyklen alte Junge war hingerissen, daß ausgerechnet er antworten durfte. »Die Schildkröte holte Schlamm herauf!«

»Richtig«, lobte ihn Winterbeere. »Die Schildkröte brachte Schlamm aus den Tiefen des Ozeans herauf, und der Erdenschöpfer formte den Schlamm zu Land und knetete auch die Formen der Bäume, Tiere und Menschen daraus. Und was folgte dann?«

Ysop rutschte unruhig auf den Knien. »Der Erdenschöpfer hauchte Geist in die Welt, so wie wir in die Pfeilspitzen! Und alles Lebendige erhielt seine eigene Farbe. Die Bäume wurden grün, und die Tiere – «

»Gut. Du hast es verstanden.« Winterbeere wippte mit dem Oberkörper vor und zurück und lächelte breit. »Doch als der Erdenschöpfer sein Werk vollendet hatte, bemerkte er entsetzt, daß er vergessen hatte, Platz für Flüsse und Bäche zu lassen – und er wußte nicht, wohin mit ihnen. Alles war ihm so wunderschön geglückt, daß ihm die Vorstellung verhaßt war, Gräben aufzureißen, in denen das Wasser hätte fließen können. Unschlüssig zauderte er so lange, bis die Pflanzen die Köpfe hängen ließen und die Tiere verdursteten. Da ging die Bisamratte mit vor Durst heraushängender Zunge zum Erdenschöpfer und sagte ihm, er täte gut daran, sich zu beeilen.«

»Deshalb hat der Erdenschöpfer die Flüsse gemacht!« nuschelte der zwei Zyklen alte Bussard, ohne den Finger aus dem Mund zu nehmen. Sofort wurde er von den anderen Kindern laut kreischend überschrien: »Nein, hat er nicht! Bist du dumm! Jetzt doch noch nicht!«

»Du, Klapperschlange.« Winterbeere wählte ein älteres Mädchen aus. »Was sagte der Erdenschöpfer zur Bisamratte?«

»Er sagte, er wisse nicht, wo er die Flüsse hintun soll.«

»Genau. Der Erdenschöpfer sagte: ›Ja, ja, Bisamratte, du hast recht, aber wo soll ich Platz für die Flüsse und Bäche schaffen? Hast du irgendeine Vorstellung?‹

Der Erdenschöpfer und die Bisamratte gingen zusammen

zum Rand des Himmels und guckten auf die Welt hinab. Von so hoch oben konnten sie nur die riesigen Schlangen deutlich erkennen, die der Erdenschöpfer erschaffen hatte. Sie wanden sich über das ganze Land und hinterließen überall ihre schnörkeligen Spuren. Als aber ein dunkler Schatten über das Antlitz der Welt flog – es war der rotschwänzige Falke auf der Suche nach einer Mahlzeit –, erstarrten die Schlangen im Nu. Nur ihre gespaltenen Zungen schnellten vor und zurück, um die Witterung der Gefahr aufzunehmen.«

»Ha!« platzte Klapperschlange entzückt heraus. »Das waren wunderschöne Schnörkelspuren!«

»Ja«, pflichtete ihr Winterbeere bei. »Die Bisamratte zeigte auf die Schlangen und sagte: ›Schau! Sieh nur diese herrlichen Muster! Da, wo die Schlangen kriechen, kommen die Flüsse hin. Wäre das nicht großartig?‹ Da verwandelte der Erdenschöpfer alle riesigen Schlangen in Flüsse – und seitdem führen die Bäume, Tiere und Menschenwesen ein angenehmes Leben.«

Ysop stieß einen Freudenschrei aus und schlang ihre Arme um Winterbeeres Hals. »Erzähl uns noch eine Geschichte, Großmutter«, bettelte sie, und alle anderen Kinder schlossen sich ihr an.

Lachend gab Winterbeere Ysop einen Klaps. »Also gut, setz dich hin. Ich werde euch erzählen, wie der Riesenbiber den Bären verhext und gezwungen hat, Dämme für ihn zu bauen. Das war zu der Zeit, als Biber so groß waren wie Bären ...«

Ein wahnsinniger Schmerz durchzuckte Grüne Esches Bauch. Sie beugte sich vor und krallte die Hände in den gelben Stoff ihres Kleides.

»Grüne Esche!« rief Primel. Hastig lief er zu ihr und stieß in der Eile einen Wasserkrug um. »Was ist los? Kommt das Baby?«

Im Zimmer war es still geworden. Dutzende großer Augen starrten Grüne Esche an. Heuschrecke beugte sich über den Rand des Schlafpodests; ihr mageres tätowiertes Gesicht war voller Sorge. Das kurze schwarze Haar umrahmte ihren Kopf wie ein Heiligenschein. Rasch warf sie einen Blick auf Winterbeere, die wie eine Statue aus verwittertem Holz dasaß. Nur ihre bebenden Nasenflügel verrieten, daß sie noch atmete. »Verhext ...«, flüsterte sie. Das Gesicht der alten Frau hatte sich verdüstert.

Primel eilte zum Feuer, füllte Kräuter in eine Schale und goß heißes Wasser darüber. Stöhnend wiegte sich Grüne Esche vor und zurück. Ihr Körper brannte, als seien unsichtbare Geschöpfe aus der Unterwelt in ihren Schoß gekrochen und würden sich mit ihren Zähnen aus Feuer in ihr festbeißen.

Winterbeeres heisere Stimme durchbrach die Stille. »Kommt her und hört mir zu, Kinder. Ich erzähle euch eine Geschichte, die lange zurückliegt. Die wahre Geschichte von Nachtschatten und den bösen Kreaturen, die auf ihre flehenden Bitten hin gekommen sind.«

Zögernd wandten die Kinder den Blick von Grüne Esche ab und guckten Winterbeere an, die sich mit funkelnden Augen vorbeugte.

»Ich hörte sie rufen«, begann Winterbeere. »Es war mitten in der Nacht, und ich dachte, sie riefe nach mir. Sie war gerade erst aus dem Verbotenen Land gekommen – vier Sommer alt war sie und hilflos. Ich hatte beschlossen, ein paar Nächte im Tempel zu schlafen für den Fall, daß sie mich brauchte.

Der Wind heulte gespenstisch um den Tempel, als ich durch die düsteren Flure eilte, dorthin, wo ich Nachtschatten weinen hörte. Mir brach ihretwegen fast das Herz. Damals hatte ich auch ein kleines Mädchen, ein hübsches Mädchen mit großen braunen Augen. Ich stellte mir vor, wie sich mein Töchterchen fühlen würde, entführt in ein fremdes Land, ohne Familie und Freunde.

In dem Flur, der zu Nachtschattens Zimmer führte, brannte nicht eine einzige Feuerschale. Alle waren erloschen. Ich konnte nicht die Hand vor Augen sehen – trotzdem ging ich weiter. Ich tastete mich durch die Finsternis, bis ich vor ihrer Tür stand.

Die Türvorhänge schwangen unheimlich hin und her, als wäre gerade jemand eingetreten. Ein feiner Lichtrand zeichnete sich am Türrahmen ab und erhellte ein wenig den Boden.«

Die kleine Ysop öffnete vor Entsetzen den Mund. Unruhig knetete sie die Hände in ihrem Schoß.

»Plötzlich hörte ich Nachtschatten lachen. Ein fröhliches Lachen, als seien alle ihre Ängste wie weggeblasen. Als ich die Türvorhänge beiseite zog und in den vom Feuerschein beleuchteten Raum blickte, schnürte es mir fast die Kehle zu. Ich weiß nicht, was sie waren. Riesige Körper ohne Arme und Beine. Sie tanzten um ihr Bett, und ihre Schnäbel klapperten dröhnend wie Donner, während sie im Rhythmus einer Musik, die ich nicht hören konnte, tanzten und hüpften.«

Primel ließ die Schale fallen. Klirrend zerbarst sie auf dem Boden. Er stand starr und reglos da, als hätten die Worte etwas in seiner Seele zerrissen.

Winterbeeres Mund stand offen; sie schien zurückversetzt in jene schreckliche Nacht. Klapperschlange warf einen flehenden Blick auf Primel und formte lautlos die Frage: »Was ist los mit ihr?«

Hilflos schüttelte Primel den Kopf; Winterbeere blinzelte und kam zu sich, als kehre sie von einer langen Seelenreise zurück.

»Ich ... ich schrie auf – vor Angst, versteht ihr. Und die dunklen Schatten ... Ein rosaroter Dämon mit verzerrtem Gesicht flog auf mich zu. Er trieb mich vor sich den Flur hinunter, krallte sich in meine Haare und in mein Kleid. Ich schrie mir die Kehle wund. Am nächsten Tag starb mein Baby – mein Hopfenblatt. Verhext von Nachtschatten, weil ich die bösen Geister gesehen hatte, die sie zu sich rief, um Gesellschaft zu haben.«

Eine unheilvolle Stille folgte ihren Worten. Winterbeere hob den Kopf und blickte Grüne Esche direkt an. Primel schlug die bebenden Hände vor seinen Mund und sah hilfesuchend zu Heuschrecke auf, die mit schmalen Augen über den Rand des Schlafpodests lugte.

»Verhext«, wiederholte Winterbeere. *»Mein Baby starb!«*

Grüne Esche richtete sich mit einem Ruck auf. Eine warme Flüssigkeit strömte aus ihrer Vagina und tränkte ihr gelbes Kleid. »O Primel! Hilf mir! Ich brauche die Geburtshelferinnen. Ich glaube ...«

Sie torkelte wie benommen auf die Füße und blickte nach unten. Es war kein Wasser, das über ihre Beine tropfte, sondern Blut.

Ein gequältes Ächzen drang aus Grüne Esches Kehle. »Schnell. Die Schmerzen. Ah!«

Das Zimmer begann sich um sie zu drehen, und sie sank zu Boden. Sie hörte die Schreie der Kinder und sah Primels Gesicht über sich, der halbverrückt vor Angst auf sie herunterblickte und mit heiserer Stimme nach Heuschrecke schrie. Er legte einen Arm unter Grüne Esches Kopf und sagte mit zitternder Stimme zu Heuschrecke: »Hol die alte Nisse. Schnell. Sie wohnt am Südende der Palisaden.«

Heuschrecke eilte davon. Grüne Esche hörte das Knirschen ihrer Sandalen draußen auf dem Kies.

Beruhigend strich Primel seiner Schwester über das Haar. »Es ist alles gut. Alles wird gutgehen. Bleib ganz ruhig.«

Doch im Hintergrund dieser tröstenden Worte hörte Grüne Esche Winterbeere leise murmeln: »Nachtschatten ... sie ist eine Kindesmörderin.«

Immer wieder durchzuckten grelle Schmerzen Grüne Esches Unterleib, aber das Baby kam nicht. Bei Einbruch der Dämmerung ließen die Schmerzen nach. In der Nacht wurde sie von entsetzlichen Alpträumen heimgesucht, in denen armlose Kreaturen im Mondschein tanzten und die Kinder in den Straßen tot umfielen.

Auf Zehenspitzen schlich Tharon durch die halbdunklen Flure und blies die in den schönen Feuerschalen aus Keramik flackernden Lichter aus. Kessel würde glauben, ein Windstoß habe sie ausgelöscht. Meckernd würde sie morgen herumgehen und die Dochte wieder anzünden. Er lächelte boshaft und blickte befriedigt auf den ölig blauen Rauch, der von den verglimmenden Dochten aufstieg.

Als er vor ihrer Tür angekommen war, schlich sich leichte Nervosität in seine Begierde. Schweißperlen standen auf seiner Stirn. Prüfend blickte er die Flure entlang und vergewisserte sich, daß niemand um diese Stunde umherwanderte. Erst dann griff er nach den Türvorhängen, riß sie ruckartig zur Seite und duckte sich hinein.

Schlafend lag sie auf ihrer Bettstatt; ihr schwarzes Haar rahmte ihr verschwollenes Gesicht ein wie ein Schleier. Anscheinend hatte sie sich wieder in den Schlaf geweint. Er lächelte geringschätzig.

Mit Maiskörnern ausgestopfte Puppen beobachteten ihn aus starren Obsidianaugen. Sie hatte die Puppen der Größe nach geordnet nebeneinander an die Wände gesetzt. Eine riesige zwölf Hand große Puppe lag in Reichweite neben ihrem Bett. Ob sie wohl mit ihr schmuste und ihr ihre Geheimnisse anvertraute? *Wahrscheinlich. Aber du weißt, was ich mit Leuten mache, denen du deine Geheimnisse anvertraust.* Die Puppe strahlte Böses aus. Ja, Tharon fühlte ihren finsteren Blick auf sich gerichtet. Er würde sie in den nächsten Tagen verbrennen lassen – nur, um ihr zu zeigen, was er von ihren »Gefährten« hielt.

Lautlos wie ein Wolf schlich er durch das Zimmer und preßte ihr eine Hand auf den Mund, damit ihre Schreie nicht die Wachen vor dem Tempel alarmieren konnten.

Entsetzt riß sie die braunen Augen auf und schlug wild auf ihn ein. Aber ihre schwachen Kräfte waren Tharons Stärke nicht gewachsen. Ein unterdrückter Schrei erklang unter seiner groben Hand, und ihre Tränen flossen warm über seine Finger.

»Gib keinen Laut von dir«, warnte er sie.

Kapitel 16

Nachtschatten kniete auf einer Matte in der erstickenden Dunkelheit der kegelförmigen, im Durchmesser zehn Hand großen Schwitzhütte. Schon vor Morgengrauen war sie hergekommen, hatte gesungen und mit Bruder Schlammkopf gesprochen. Das Schildkrötenbündel, auf einem Dreifuß zu ihrer Linken ruhend, streckte zarte Ranken der Macht nach ihr aus. Sie berührten ihre Haut, als suche es verzweifelt ihre Nähe. Ihre Seele dehnte sich aus, streichelte es und versicherte ihm beruhigend, sie werde es nie mehr verlassen. »Ich bin da, Bündel.«

Der bittere Schmerz in ihrer Seele war nicht mehr allgegenwärtig. Die langen durchwachten Nächte hatten Binses Lachen und sein freundliches Lächeln fast ausgelöscht. Nur gelegentlich, für den winzigen Bruchteil eines Augenblicks, wurde es wieder Frühling. Dann fand sie sich in Binses Armen liegend wieder und blickte zu den wogenden, am tiefblauen Himmel dahinziehenden Wolken hinauf. Der durchdringende Geruch des Flusses stieg ihr in die Nase, und Binses fröhliche Stimme klang in ihren Ohren ...

Nur in solchen Momenten senkte sich das entsetzliche Leichentuch des Schmerzes auf sie. Doch Nachtschatten hatte inzwischen gelernt, mit ihren Gefühlen umzugehen. Sie handhabte sie wie ein Messer und trennte sich von sich selbst ab. Die Erinnerungen glitten von ihr ab, als handle es sich um die eines anderen Menschen.

Nachtschatten tauchte eine Schale in den roten Krug mit dem nach Zedern duftenden Wasser und goß die kühle Flüssigkeit langsam auf die heißen Steine in der Mitte des Hüttenbodens. Dampfschwaden stiegen auf. Der Schweiß lief in Strömen über ihren Körper, säuberte und reinigte sie. Sie senkte das Kinn. Bäche von Schweiß rannen über ihr Gesicht, tropften auf ihre Brüste und flossen auf ihren flachen Bauch.

Bruder Schlammkopfs verzerrtes Gesicht schwebte im glitzernden Schleier des Dampfes – riesig und rosarot gefärbt vom Lehm des heiligen Sees. Seine dunklen Augen verrieten seine Anteilnahme. *»Die Zeit ist gekommen. Du mußt das Bündel erneuern. Dazu mußt du deinen Geist auf ewig an das Bündel binden. Das Bündel braucht dich.«*

»Ja«, wisperte sie. Ihre Stimme kam ihr unwirklich und fern vor.

Der Schlammkopf verschwand im wogenden Nebel.

Nachtschatten erhob ihre tiefe Stimme und sang das Lied vom Ursprung des Lebens. Die Melodie schien durch die Dampfschwaden zu gleiten wie funkelnde Edelsteine.

Als sie das Lied beendet hatte, streckte sie ehrfürchtig die Hände nach dem Schildkrötenbündel aus und legte es auf ihre Knie. Die aufgefrischten roten, gelben, blauen und weißen Spiralen schimmerten düster im spärlichen Licht, das durch die vor der Tür hängenden Häute hereinfiel. Das schwarze Auge inmitten der roten Hand blickte sie starr an.

»Gehen wir gemeinsam zum Anbeginn der Zeit zurück.«

Sie sang ihr ganz persönliches Geisterlied und löste behutsam die feuchte Verschnürung des Bündels. Kaum wahrnehmbar stieg die Macht auf, stumm, fast schon tot. Die »Tausend Stimmen« waren bis auf das Flüstern einiger weniger, deren Worte unverständlich blieben, verklungen.

Tränen des Kummers traten Nachtschatten in die Augen. »Was hat er dir angetan?«

Alle anderen Bündel und Gegenstände der Mächte, die Tharon angesammelt hatte, hatten sich im selben schlimmen Zustand befunden. Ihre Seelen waren fast zu einem Nichts geschrumpft, sogar die des Bündels des alten Murmeltier. Wie konnte jemand so viel Macht in so kurzer Zeit zerstören? Oder waren die Mächte im Laufe der Zeit schwächer geworden? Falls es ihr gelang, die Stimmen des Bündels zu kräftigen, gaben sie ihr vielleicht die Antwort auf diese Frage – und sagten ihr, womit Tharon die Erste Frau so erzürnt hatte, daß sie die Menschen im Stich ließ.

»Hilf mir, Schildkrötenbündel.«

Mit der Zärtlichkeit einer Liebenden schlug Nachtschatten die den heiligen Inhalt umhüllenden Häute auseinander. Ihre Finger liebkosten die Kanten einer langen, gerillten Speerspitze. Es schien ihr fast unmöglich, aber mit solchen Speerspitzen hatten die Menschen zu Anbeginn der Zeit riesige, zweischwänzige Ungeheuer erlegt. Zuunterst im Bündel befanden sich winzige, unglaublich alte und brüchige Knochensplitter. Ihre Mutter hatte ihr erzählt, sie stammten von dem Geisterwolf, der Wolfstöter half. Ein glatter, schwarzer Stein – eindeutig ein versteinerter Haifischzahn – lag auf der linken Seite. Durch ein sauber ausgebohrtes kleines Loch war ein uralter Lederriemen gezogen, der, als sie ihn leicht berührte, vor ihren Augen zerfiel. Nur der versteinerte Haifischzahn hatte in sich genügend Macht bewahrt, um sich mit ihr in Verbindung setzen zu können. Während sie ihre Hand darauflegte, die Kühle spürte und ihren Geist mit dem seinen austauschte, betrachtete sie die anderen Reliquien. Neben dem Schrumpfkopf einer Klapperschlange lag ein herrlicher Schildkrötenpanzer mit dem eingravierten Gesicht von Donnervogel.

Oft schon hatte sie diese uralten Gegenstände der Mächte betrachtet und dabei stets das Gefühl gehabt, es fehle etwas – ein Stein oder ein Muschelsplitter, der die schlafenden Geister wieder zu vollem Leben erwecken würde. Was war mit dem fehlenden Gegenstand passiert? War er verlorengegangen? Oder hatten die Götter ihn zur Strafe für ein vor ewig langen Zeiten begangenes, längst vergessenes Verbrechen vor den Menschen versteckt?

Vor Zyklen hatte Nachtschatten von einem unscheinbaren, seltsam albern lächelnden Mann geträumt. Er öffnete das Bündel und berührte sanft den Steinzahn. Dann wandte er sich um und blickte verwundert zur aufgehenden Sonne. Ein rötlichgelber Lichthof aus Sonnenstrahlen hüllte ihn ein, und mit seinem kräftigen linken Arm deutete er ... nach Osten. In diesem Augenblick überflutete ihn das rötlichgelbe Licht und verschlang ihn wie Flammen einen Baum.

Seit diesem Traum hatte sie das Gefühl, der fehlende Gegenstand müsse mit dem Steinzahn in Zusammenhang stehen, mit ihm durch einen dünnen, die Jahrhunderte überbrückenden Strang der Macht verbunden sein.

Vorsichtig nahm Nachtschatten jeden einzelnen Gegenstand in die Hand und führte ihn sechsmal durch den reinigenden Dampf. Im Wohlgeruch der Zedern verjüngte sie die Mächte. Anschließend führte sie jeden Gegenstand an den Mund und hauchte ihm Geist ein. Sie versprach, ihn mit ihrem Leben zu schützen. Erleichtert schrien die »Tausend Stimmen« leise auf.

Nachdem sie jedem Gegenstand neuen Geist eingehaucht hatte, ordnete sie die Dinge auf den heiligen Häuten an und zog langsam die Kette mit dem Türkisanhänger über den Kopf. Sie hatte ihn bei jenem letzten Maistanz in Talon Town getragen und seitdem nie abgelegt. Nichts auf der Welt war so von ihrer Seele erfüllt wie dieser winzige Steinsplitter mit dem eingravierten Bild des Wolfes *Thlatsina.* Sie drückte den Anhänger fest an ihre Brust, sang leise das Lied der Lobpreisung für den *Thlatsina* und legte den Türkis zu den anderen Gegenständen. Nun war ihre Seele auf immer und ewig an die Seele des Schilkrötenbündels gebunden.

Sie blinzelte. Die drückende Hitze ließ die Welt vor ihren

Augen verschwimmen. Benommen zog sie ein Knie an und lehnte ihre Stirn dagegen. Der zischende Dampf pulsierte ... pulsierte ... Stimmen flüsterten ... »*Die Erste Frau hat unsere Macht absichtlich zerstört. Sie will die Mächte von Tharon fernhalten. Er hat den Tempel entweiht ... Murmeltier und Singw umgebracht ... und all die anderen ...*«

Ihr Magen verkrampfte sich, in ihrem Kopf hämmerte es mit jedem Schlag ihres rasenden Herzens stärker. Dann wurden die Stimmen leiser und leiser, bis sie verklangen und sich grauer Nebel wie eine erstickende Decke auf ihre Seele legte.

Hals über Kopf stürmte Dachsschwanz die Treppe vom Tempelhügel hinunter. Seine Lungen stachen vom raschen Laufen. Er überquerte die Grasfläche, umrundete die Ostecke des Hügels und sprintete an seinem Haus vorbei zu der niedrigen, runden Kuppel der dicht an der Palisade errichteten Schwitzhütte.

Nachtschattens rotes Kleid hing an einem Pflock an der Außenwand, der Saum schwang in der warmen Brise hin und her. Dachsschwanz verlangsamte seine Schritte und blieb schwer atmend vor der Hütte stehen. Neben dem Eingang lagen faustgroße Steine auf glühenden Kohlen.

»Nachtschatten!« Ein langes Schweigen folgte. »Nachtschatten ... Tut mir leid, dich stören zu müssen. Der Häuptling Große Sonne verlangt nach dir im Tempel. Gerade kam ein Bote und – «

»Ja, ja«, antwortete sie müde. »Tharon will wissen, was ich von Petaga geträumt habe.«

Nachtschatten tauchte aus der Hütte auf. Ihr nackter Körper troff vor Schweiß. Sie faßte das lange Haar auf dem Oberkopf zusammen, feuchte Locken kräuselten sich über ihren Ohren und im Nacken. Obwohl ihre Bewegungen tiefe Erschöpfung verrieten, funkelten ihre Augen, als ob ihn aus der Tiefe von Nachtschattens Seele ein anderes Wesen prüfend betrachte.

Sie schloß die Augen, warf den Kopf in den Nacken und atmete tief die frische Luft ein. Beim Anblick ihrer im Sonnenlicht glänzenden Haut begann Dachsschwanz' Herz zu rasen.

Er wandte die Augen ab. Die plötzliche Anziehung, die sie

auf ihn ausübte, machte ihn nervös. Unruhig wippte er auf den Zehen und versuchte, gelassen zu wirken.

»Wirf mir mein Kleid rüber.« Nachtschattens Stimme klang wie immer, aber eine merkwürdige, darin mitschwingende Macht veranlaßte Dachsschwanz, ihrer Bitte sofort nachzukommen.

Er tastete nach dem Kleid und nahm es vom Pflock. Dann warf er es ihr zu.

Nachtschatten zog das Kleid an, griff noch einmal in die Schwitzhütte und holte das Schildkrötenbündel heraus. Sie wiegte es in den Armen und machte sich zielstrebig auf den Weg zum Tempel. Die zuvor auf ihr lastende Erschöpfung schien schlagartig verschwunden.

Dachsschwanz eilte neben ihr her und behielt sie wachsam im Auge. »Weißt du auch, welche Nachrichten der Bote überbracht hat?«

Nachtschattens Augen wurden schmal. »Tharon ist wirklich ein Einfaltspinsel. Glaubt er im Ernst, ich würde Petaga verraten?«

Dachsschwanz mußte an sich halten, um sie nicht anzuschreien. Der Blick über die Hügel, deren Hänge von blauen Wildblumen gesprenkelt waren, besänftigte die in seinem Magen gärende, krank machende Angst. Über den Blüten summten Wolken von Insekten, die sich in schillernden Säulen zum sonnenüberfluteten Himmel emporhoben.

»Nachtschatten«, sagte er und bemühte sich, ruhig zu sprechen, »Petaga hat die Spiral Mounds angegriffen. Demzufolge plant er auch einen Angriff auf uns – wenn auch vermutlich nicht sogleich, denn zuerst wird er die anderen Dörfer überfallen und genügend Vorräte zusammenraffen und Krieger rekrutieren.«

Sie würdigte ihn keines Blickes und ging wortlos weiter.

Als sie um die Ostecke des Tempelhügels bogen, trat er vor sie hin und versperrte ihr den Weg. Auf dem großen Platz jauchzten und klatschten die Leute; während das Stabwurfspiel fortschritt, wurden lautstark Wetten abgeschlossen und wertvolle Gegenstände eingesetzt.

Dachsschwanz streckte ihr die Hände entgegen. »Begreifst

du denn nicht, daß auch du in Gefahr bist? Und was ist mit den anderen unschuldigen Menschen? Haßt du diese Menschen so sehr, daß – «

»Ich hasse niemanden, Dachsschwanz. Ich sehe nur mehr als du.« Geschmeidig schlüpfte sie an ihm vorbei, hob den Saum ihres Kleides und stieg die Treppe zum Hügel hinauf.

Er trottete neben ihr her. Seine aus Schilfrohr geflochtenen Sandalen knisterten auf den Holzstufen. Unbändiger Zorn wallte in ihm auf. »Was soll das heißen? Kannst du in die Zukunft sehen?«

Als sie nicht antwortete, packte er sie an der Schulter und riß sie herum. Auge in Auge standen sie sich gegenüber. Ihr Blick – gefährlich wie der eines verwundeten Bären – war furchterregend. Aber er achtete nicht darauf; er konnte nur an die Auswirkungen eines neuerlichen Krieges denken, der mit hoher Wahrscheinlichkeit totale Zerstörung, Tod und Grauen mit sich bringen würde. Diese Vorstellung zerriß seine Seele und kehrte sein Innerstes nach außen.

»Nachtschatten«, fragte er beschwörend, »stellt Petaga eine Armee gegen uns auf?«

Sie lachte in sich hinein, und ihr Gelächter machte ihn fast wahnsinnig.

»Bitte!« Er streckte die Hände nach ihr aus. »Sprich mit mir. Du sollst nur ... mit mir sprechen.«

Nachtschattens Blick wanderte von seinen Händen über die tätowierte Brust zu seinen Augen. »Wir haben uns nichts zu sagen, Dachsschwanz.«

»Ich *bitte* dich«, flehte er. »Schenk mir nur eine Hand Zeit. Rede mit mir.«

»Gut, Kriegsführer. Aber nicht jetzt. Später. Tharon – «

»Heute abend? In meinem Haus. Ich schicke dir einen Krieger, der dich zu mir geleitet.«

»Morgen. Heute nacht muß ich einige Rituale vollziehen. Aber jetzt müssen wir uns beeilen. Ich will wissen, welche Befehle Tharon dir erteilt.«

»Befehle?«

»Natürlich«, entgegnete sie kühl. »Glaubst du, er hört von den Vorgängen in den Spiral Mounds und erwägt nicht, dich auf einen neuen Kampfgang zu schicken? Aus diesem Kampf sieht er sich bereits als Helden hervorgehen.«

Bei dem Gedanken, so kurz nach dem Angriff auf River Mound erneute Überfälle begehen zu müssen, erstarrte Dachsschwanz' Seele. »Was?«

Prüfend betrachtete Nachtschatten sein verblüfftes Gesicht, wandte sich um und stieg ungerührt weiter die Treppe hinauf. Sie hatte bereits den Tempel betreten, ehe er sich wieder gefaßt hatte und weitergehen konnte. Mit weiten Sprüngen jagte er die Treppe hinauf, verneigte sich vor den Sechs Heiligen und eilte hinter ihr her.

Aus einer der Flurtüren sah Orenda heraus. Ihr Gesicht war vom Weinen verquollen, die Nase gerötet. Sie preßte eine große Puppe an ihre Brust. Mit schwacher Stimme rief sie: »Nachtschatten ...« Dann fiel ihr Blick auf den hinterhereilenden Dachsschwanz, und sie zog sich rasch zurück.

Dachsschwanz schüttelte den Kopf. In Orendas ganzem, neun Zyklen dauernden Leben hatte er sie noch nie mehr als drei oder vier zusammenhängende Sätze sprechen hören. Nie verließ sie den Tempel, nie spielte sie mit anderen Kindern. Der einzige Trost des kleinen Mädchens war ihre Mutter Singw gewesen. Wie sollte das Kind nach Singws Tod weiterleben?

Schweigend gingen sie den Flur hinunter auf das Sonnenzimmer zu, aus dem zornige Stimmen drangen. Wieder verneigte sich Nachtschatten, bevor sie über die Schwelle trat. Dachsschwanz folgte ihr auf den Fersen.

Tharon starrte den Boten, den Kriegsführer der Spiral Mounds, wütend an. Schwarze Birke war eine Hand größer als Dachsschwanz. Die schräg über seine hohe Stirn und die Wangen tätowierten parallel laufenden Linien ließen seine Haut blaß erscheinen und hoben seine platte Mopsnase hervor. Sein Kriegshemd aus hellem Leder war blutbesudelt.

»Das habe ich nicht gesagt, Häuptling Große Sonne!« erklärte Schwarze Birke soeben mit fester Stimme. Als er Dachsschwanz erblickte, wandte er sich an ihn. »Kriegsführer, sicher siehst du ein, daß Cahokia nicht zulassen darf, wie die Schwesterdörfer von Petagas Kriegern in den Staub getreten werden!

Woher soll denn euer Tribut im nächsten Zyklus kommen? Ohne uns könnt ihr in Cahokia nicht überleben!«

Ruhig ging Nachtschatten zu den Gegenständen der Mächte, die im Kreis um den Altar lagen. Ehrfürchtig legte sie das Schildkrötenbündel neben das des alten Murmeltier und setzte sich daneben. Das Licht aus den Feuerschalen schimmerte wie Honig auf ihren feuchten Locken. Aber die Flammen verbreiteten heute nicht die gleiche Helligkeit wie sonst. Die hohe Decke lag in tiefer Dunkelheit, nicht einmal die neuen Seemuscheln glitzerten.

»Geht es darum, mein Häuptling?« fragte Dachsschwanz. »Werden alle unsere Schwesterdörfer dem Erdboden gleichgemacht, oder betrifft es nur die Spiral Mounds?«

Tharon schlenderte zum heiligen Piedestal und stützte sich mit den Ellenbogen darauf. In seinem goldenen Gewand und dem Kopfschmuck aus Tangarafedern sah er aus wie eine aus reinem Bernstein geschnitzte Statuette. »Augenblicklich nur die Spiral Mounds. Aber Schwarze Birke behauptet, alle größeren Dörfer würden sich gegen uns stellen. Angeblich haben sich sogar einige kleinere Dörfer auf Petagas Seite geschlagen. Er sagt, Petaga wolle uns überfallen, sobald er genügend Krieger zusammen hat. Glaubst du das?«

Dachsschwanz schielte zu Schwarze Birke hinüber. Erst vor ein paar Monden hatte er gegen diesen Mann gekämpft. Er wußte, wie überheblich und rücksichtslos er war. Konnte man ihm trauen? Und wenn er mit Petaga unter einer Decke steckte und versuchte, Dachsschwanz in eine Falle zu locken? Ein tödliches Funkeln wie von frisch geschlagenem Hornstein blitzte in Schwarze Birkes Augen auf. Dachsschwanz kannte diesen Blick. »Ja, mein Häuptling. Ich glaube Schwarze Birke.«

Tharons Blick fiel auf Nachtschatten. Ihre Lippen zuckten belustigt. »Und du, Priesterin? Was hast du in dieser Sache gesehen?«

Sanft strich Nachtschatten über das Machtbündel des alten Murmeltier. »Nichts, Tharon. Nichts habe ich gesehen.«

»Nichts?«

»Nichts.«

Tharon knirschte mit den Zähnen. »Was bist du eigentlich

für eine Priesterin? Meine Leute verschwören sich hinter meinem Rücken, und du ...« Nachtschatten legte den Kopf schräg und blickte ihn vernichtend an. Tharon zuckte sichtlich zusammen und schluckte die Worte, die ihm auf der Zunge lagen, hinunter. »Nun«, fuhr er an Dachsschwanz gewandt fort, »Schwarze Birke behauptet, selbst kleine Dörfer wie Redweed Village hätten sich auf Petagas Seite geschlagen.«

»Redweed Village?« Dachsschwanz winkte geringschätzig ab. »Über die brauchen wir uns keine Sorgen zu machen, mein Häuptling, die haben kaum mehr als fünfzig Krieger.«

Schwarze Birke warf ein: »Petaga zieht Streitkräfte zusammen, Kriegsführer. Er hat bereits über neunhundert Krieger von den Dörfern im Süden zusammengetrommelt. Wenn er von jedem Dorf fünfzig Krieger bekommt, kann ihn bald niemand mehr aufhalten.«

Zornig funkelte Schwarze Birke Dachsschwanz an. Seine unausgesprochenen Worte *nicht einmal du* schwebten bedrohlich wie eine Kriegskeule über Dachsschwanz' Kopf.

»Ich glaube, Schwarze Birke hat recht, mein Häuptling. Wir müssen Petaga aufhalten. Wir dürfen nicht warten.«

»Du empfiehlst einen Angriff?«

»Ja.« Aus den Augenwinkeln sah er, daß ihn Nachtschatten ohne sichtliche Regung beobachtete, als habe sie genau gewußt, was er sagen würde. Am liebsten hätte er jede ihrer Visionen aus ihr herausgeprügelt.

»Ich verstehe«, sagte Tharon. »Also gut. Aber bevor du Petaga angreifst, befehle ich dir, Redweed Village zu überfallen.«

Dachsschwanz runzelte ungläubig die Stirn. »Aber ... warum?«

»Das Dorf hat sich gegen mich gestellt! Jeder dieser Verräter muß vom Angesicht der Erde getilgt werden.«

»Aber, mein Häuptling ...« Fassungslos schüttelte Dachsschwanz den Kopf. »Diese Leute sind völlig unwichtig. Ich muß meine Streitkräfte auf Petaga konzentrieren und – «

»Nein!« brüllte Tharon gebieterisch. »Du greifst Redweed Village an und ... und bringst mir den Steinwolf.«

»Den *was?*«

»Den Steinwolf. Ein Händler hat mir von ihm erzählt. Angeblich besitzt er große Macht.«

Unfähig, seine Fassungslosigkeit zu verbergen, stieß Dachsschwanz hervor: »Du hast Dutzende derartiger Gegenstände, mein Häuptling! Warum willst du noch einen? Und ausgerechnet einen Steinwolf? Wie soll ich ihn überhaupt finden? Es kann sich um eine Halskette, ein Armband, eine Pfeife oder sonstwas handeln! Warum bist du so erpicht auf den Besitz dieser Gegenstände der Mächte?«

Tharons Gesicht lief vor Zorn hochrot an. Dachsschwanz verschränkte die Arme vor der Brust.

Nachtschatten lachte. »Er versucht, sich zu schützen. Das ist der Grund, nicht wahr, Tharon? Du glaubst, wenn du alle Gegenstände der Mächte um dich herum anhäufst, kannst du dich vor dem Zorn der Ersten Frau schützen.« Schlagartiges Begreifen glomm in ihren Augen auf. »Deshalb also hat sie die Kräfte der Bündel aufgezehrt – «

Tharons Blick huschte ruhelos durch den Raum. »Ich *will* diesen Steinwolf. Dachsschwanz, du *wirst* Redweed Village überfallen und ihn für mich holen!«

Mit heftig hämmerndem Herzen verbeugte sich Dachsschwanz. »Jawohl, mein Häuptling.«

Voller Eifer wandte sich Schwarze Birke an Tharon. »Wird Dachsschwanz anschließend seine Truppen mit den uns noch verbliebenen Kriegern vereinen, damit wir Petaga vernichten können?«

Dachsschwanz zog sich der Magen zusammen. In Gedanken beschäftigte er sich bereits mit Schlachtplänen. Er sah einen *Zyklen* dauernden Krieg vor sich, einen Krieg, der erst enden würde, wenn Tausende gestorben waren. Ein gallenbitterer Geschmack stieg ihm in die Kehle.

»Ja«, bestätigte Tharon. »Anschließend unterstützt er euch bei der Vernichtung Petagas. Hast du mich verstanden, Dachsschwanz?«

»Ja ... ja, natürlich.«

Tharon trat vom Altarsockel herunter und verließ hoch erhobenen Hauptes den Raum. Dachsschwanz fuhr sich mit der Hand über das Gesicht, als müsse er einen schrecklichen Alptraum vertreiben. »Schwarze Birke«, sagte er leise, »wir treffen uns morgen. Die Vorbereitung erfordert Zeit. Über Einzelheiten sprechen wir morgen.«

»Ich habe nicht allzuviel Zeit, Dachsschwanz. Petagas nächstes Ziel ist Red Star Mounds. Dort verfügen sie noch über dreihundert Krieger. Falls es ihm gelingt, sie zu überzeugen – «

»Ich verstehe«, sagte Dachsschwanz schroff. »Wir reden bei Tagesanbruch darüber.«

Schwarze Birke warf einen argwöhnischen Blick auf Nachtschatten, verbeugte sich und ging.

Dachsschwanz' Blick verlor sich in den Flammen einer Feuerschale. Als das Licht aufflackerte, kurz davor, zu verlöschen, brachte er nicht einmal die Willenskraft auf, Kessel zu rufen und zu bitten, Öl nachzugießen.

Nachtschatten erhob sich und stellte sich vor ihn hin. »Schicke mir morgen, bevor der Junge Wolf aufgeht, deine Eskorte. Ich werde warten.«

Das Echo von Schwester Daturas wissendem Lachen erklang.

Langsam atmete Nachtschatten aus. Mit dem Zeigefinger zeichnete sie die vielfältigen Muster auf den heiligen Körben nach. Sie sank auf die Knie. Die leisen Geräusche des schlafenden Tempels drangen in ihr Zimmer: Jemand schnarchte, Pfosten knackten und ächzten, der Wind raschelte im Strohdach. Nachtschattens Quellgefäß stand vor ihr auf dem Boden, sein schwarzer Umriß war in der Dunkelheit fast nicht zu erkennen. Sie beugte sich vor.

»Ich komme, Erste Frau. Ich komme. Öffne das Tor zum Quell der Ahnen.«

Das Wasser reflektierte leicht gelblich schimmernd das unter den Türvorhängen hereinfließende Licht. Bilder blitzten auf dem Wasserspiegel auf: Singw, die Orenda heftig schüttelte ... Orenda, die in panischer Angst durch den Tempel floh und einen Raum nach dem anderen nach einem Versteck absuchte, bis sie sich endlich hinter einem Stapel Decken verkroch ... der alte Murmeltier, der wie ein verwundeter Geier in sein Quellgefäß blickte ... und Tharon ... Tharon, der durch die Flure schlich ...

»Was soll das, meine Schwester? Ich muß mit der Ersten Frau reden. Diese flüchtigen Bilder sagen mir nichts. Laß mich tiefer gehen.«

»Die Erste Frau hat das Tor geschlossen. Niemand darf eintreten. Heute nacht gibt es nur dich und mich, Nachtschatten.«

»Was? Warum? Was habe ich getan, warum – «

Übelkeit überwältigte sie. Sie erhob sich und versuchte schwankend ihr Bett zu erreichen. Auf halbem Weg erbrach sie sich. Sie sank nieder und preßte ihre heiße Wange an den kühlen Boden. »Oh, meine Schwester, geh sanft mit mir um.«

Kapitel 17

Das lang anhaltende, tiefblaue Dämmerlicht des Pflanzmondes breitete sich über das Land und trug Windmutters Wut herbei. Die ganze Nacht über tobte ein brausender Sturm, der alles, was sich ihm in den Weg stellte, niederriß. Am Morgen wütete der Sturm noch immer. Er zerrte an Wanderers fransenbesetzten Ärmeln, fauchte durch die Wildkirschensträucher und raste den Abhang hinunter auf die Wiesen im Tal. Wanderer stand auf dem Felsgesims vor seinem Haus und blickte über das Land. Seine Gedanken erstarrten wie Regentropfen in Winterjunges eisigem Griff. Von den Spiral Mounds im Süden stieg Rauch auf und zog sich als breite dunkelrote Spur am Horizont entlang. *Krieg!*

... Und Flechte war seit zwei Tagen nicht aufgewacht. Leblos lag das Mädchen auf der Sänfte in seinem Haus. Voller Verzweiflung fuhr sich Wanderer durch das verfilzte graue Haar.

Er hatte ihren Herzschlag geprüft und ihr einen Spiegel aus Glimmer unter die Nase gehalten. Nichts.

»O Flechte, was habe ich dir angetan? Ich ... ich wollte doch nur, daß du den Tunnel siehst. Nie hätte ich gedacht, daß du imstande bist zu – «

Der Wind riß ihm die Worte von den Lippen und trug sie in weite Fernen.

Wanderer schlang die Arme um seinen Oberkörper und spazierte am Rand der Klippe entlang. Die smaragdgrünen Flecken der Maisfelder sprenkelten das Schwemmland. Dazwischen schlängelte sich der Vater der Wasser und flocht ein blaues Band der Hoffnung in ein Land, das unter der Frühsommerhitze zu verdorren begann.

Wanderer hatte Flechte auf diese Reise geschickt, ohne daran zu denken, sie könne die Fähigkeit besitzen, in den in die Unterwelt führenden Tunnel einzutreten. Er hatte gebetet, es möge ihr wenigstens gelingen, über den Rand des Tunnels in die Finsternis zu schauen. Denn selbst die größten Träumer brauchten Zyklen, bis sie dazu imstande waren und den Mut aufbrachten, in den sich abwärtswindenden schwarzen Schlund zu tauchen.

»Du hast sie unterschätzt, du alter Narr.«

Die Wahrheit brannte wie Feuer in seiner Seele. Er wußte besser als alle anderen, welch unmenschliche Kraft der Eintritt in das Land der Ahnen erforderte. Die Geschöpfe der Unterwelt hatten sich schreckliche Fallen ausgedacht, mit deren Hilfe sie die Seele eines Träumers fingen.

»Und du ... du hast sie nicht einmal vor den Fallen gewarnt.«

Das Schuldgefühl schnürte ihm das Herz zu und drohte ihn zu ersticken.

Wenn sie morgen früh noch immer nicht aufwachte, mußte er etwas unternehmen. Aber was? Selbst in der kleinsten Störung lauerte Gefahr. Wenn Flechte gegen ein Wesen der Unterwelt ankämpfte und er auch nur ihren Namen rief, konnte diese Ablenkung sie ins Verderben stürzen. Aber falls sie einen Unfall gehabt hatte, falls ihre Sänfte umgestürzt war und sie sich auf der Flucht befand ... in diesem Fall irrte sie in einem Land ohne Orientierungspunkte umher ... einem Land, in dem das Entsetzen wohnte. Dann könnte ihr seine Stimme helfen und sie zum Tunnel zurückführen. Von da aus fände sie dann nach Hause.

»Aber du erfährst nie, was passiert ist, bevor du nicht nachsiehst.«

Seit Zyklen war er nicht mehr in der Unterwelt gewesen.

Aber wenn Flechte am nächsten Tag nicht aufgewacht war, würde er gehen. Doch die Unterwelt erstreckte sich endlos in alle Richtungen. Flechte zu finden, würde an ein Wunder grenzen.

Er verschränkte die Arme. Während sich seine Gedanken voller Angst wanden wie eine Schlange in den Klauen eines Dachses, betrachtete er aufmerksam die über die Spiral Mounds aufsteigende Rauchwolke.

Was war dort passiert?

War das wieder Dachsschwanz gewesen? Aber warum sollte Tharon seinen Kriegern befehlen …

Petaga?

Müde sanken Wanderers Arme herab. Der Rauch begann sich zu verflüchtigen, nur noch ein paar Streifen fahlen Graus strichen mit dünnen Fingern über den Himmel. Warum sollte Petaga die Spiral Mounds überfallen? Um Vorräte zu stehlen? Aber Wanderer hatte gehört, nach Dachsschwanz' Überfall seien Aloda kaum Nahrungsmittel geblieben.

Ein Geräusch unterbrach seinen Gedankengang. Lauschend neigte Wanderer den Kopf zur Seite. Da war es wieder – ein leises Wimmern, kaum zu hören im tosenden Wind.

Plötzlich vernahm er deutlich ein Husten und ein keuchend hervorgestoßenes: »Wanderer?«

»Flechte?«

Er duckte sich unter der Tür und sah sie auf der Seite liegen. Sie war völlig durchnäßt. Seltsame Moosstückchen hafteten an ihren hellbraunen Ärmeln. Wieder hustete sie. Verzweifelt versuchte Flechte, sich auf die Ellenbogen zu stützen und sich aufzurichten, aber vor Schwäche fiel sie wieder auf die Fuchsfelle zurück.

»Oh, Flechte.« Wanderer nahm sie in seine Arme und küßte wie ein Wahnsinniger ihr feuchtes Gesicht. »Der Ersten Frau sei Dank. Ich hatte solche Angst.«

Flechte versuchte zu sprechen, doch ein heftiger Hustenanfall würgte sie. Ein Wassertropfen rann aus ihrem Mund. Atemlos rang sie nach Luft. Erschrocken legte Wanderer sie bäuchlings auf den Boden. Er breitete ihre Glieder aus und preßte fest auf ihren Rücken. Wasser ergoß sich aus ihren Lungen und sammelte sich in einem kleinen kristallklaren Teich auf dem Boden. Wieder und wieder preßte er, bis sie endlich leichter zu atmen schien; erschöpft streckte er sich neben ihr auf dem Boden aus und betrachtete ihr Gesicht. Sie lächelte schwach. Wanderer streichelte behutsam ihre nassen Haare. »Geht es dir besser?«

»Ja«, wisperte sie.

Ihr hübsches Gesicht mit den vollen Lippen und der Stupsnase war so bleich wie Lehm. Aber in den mahagonifarbenen Tiefen ihrer Augen leuchtete eine strahlende Heiterkeit:. »Ich bin in den Fluß gefallen, Wanderer.«

»Tatsächlich? Wie bist du herausgekommen?«

»Ich war ... ich war am Ertrinken. Da sah ich etwas in den Wellen. Es kam heran und glitt in mich hinein.«

»Eine Schlange?«

Sie nickte. »Eine Wasserschlange. Ich ... ich bekam die Seele der Wasserschlange, Wanderer. Und dann ... dann konnte ich ans Ufer schwimmen.«

»O wie schön, Flechte. Du wolltest doch so gerne die Seele einer Wasserschlange. Wie – «

»Ich habe Wolfstöter gesehen. Er kam ... zu ...«

»Warte, Flechte«, sagte er liebevoll, als er sah, wie schwer ihr die Worte über die Lippen kamen. »Ruh dich aus. Du mußt auch etwas essen. Wir reden darüber, sobald du wieder bei Kräften bist.«

Flechtes Hand tastete sich spinnengleich über den Boden und krallte sich in sein Wildlederhemd. »Ich versuchte mit aller Kraft ... zu dir zurückzukommen. Ich liebe dich, Wanderer.«

Tränen der Erleichterung stiegen in seine Augen. »Ich liebe dich auch, Flechte. Aber jetzt mußt du schlafen. Wenn du aufwachst, essen wir und reden über alles.«

Der köstliche Duft gebratener Waldhühner zog durch Wanderers Höhle. Wanderer kauerte vor dem Dreifuß und drehte vorsichtig den darüber gelegten Spieß, damit die Vögel von beiden Seiten geröstet wurden. Flechte kniete neben der Feuerstelle. Er hatte sie gebadet und ihre langen Haare gekämmt, bis sie knisterten. Sie trug ein grünes Hemd mit roten Spiralen, das ihr bis zu den Knöcheln reichte. Es war eines seiner rituellen Gewänder gewesen – gesegnet vom Großen Raben im Himmel.

Die ganze Zeit über war sie still geblieben, völlig in Gedanken versunken. Ihre dunklen Augen blickten unverwandt auf die Leuchtkäfer, die draußen vor dem Eingang glitzerten wie tanzende Sterne. Wanderer hatte die Türvorhänge hochgebunden, damit der kühle, nach Regen riechende Wind in das Haus blasen konnte. Leise plätscherten Regentropfen auf die Erde. Nicht viel Regen, aber genug, um die Welt zu benetzen. Der stürmische Wind hatte sich gelegt, nun wehte eine leichte, angenehme Brise. Der üppige Geruch nach feuchter Erde war herrlich und beruhigend. Am liebsten wäre er hinausgelaufen und hätte seinen Dank zu Donnervogel gesungen. Aber Flechte war ihm in dieser Nacht wichtiger.

Er tauchte einen Hornlöffel in den Teetopf, rührte das Gebräu zum zwanzigsten Male um und wartete geduldig, daß Flechte anfing zu reden.

Auch er hatte nach jeder Reise zu den Mächten viel Zeit gebraucht, um sich wiederzufinden, hatte nur dagesessen und in die Welt geschaut. Das Reden mit den Geistern entzog einem Träumer Lebenskraft und laugte seinen Körper aus. Er war erfüllt von einer unergründlichen Stille, die sich daunenweich auf die Seele legte.

Wanderer stand auf, nahm eine Handvoll Phloxblüten und siebte sie durch einen dicht an der Rückwand stehenden Korb. Ein zarter, blumiger Duft stieg auf.

Flechte blinzelte. Langsam drehte sie den Kopf und sah ihn an. Ihre Augen leuchteten wie Sonnenlicht auf Schnee. Lächelnd rührte er die Blüten in den kochenden Wurzelsud.

»Ich habe Wolfstöter gesehen, Wanderer«, wiederholte sie leise.

»Tatsächlich? Wann?«

»Nachdem ich ans Ufer geschwommen war. Er saß am Ufer und wartete auf mich. Er ist wunderschön, Wanderer. Er glüht wie Vater Sonne.«

Wanderer hörte aufmerksam zu. Er hatte Wolfstöter nie gesehen – jeder Träumer traf in der Unterwelt auf die unterschiedlichsten Geisterhelfer. Flechte legte ihre Hände in den Schoß und bewegte sie unruhig. Sie wirkte sehr verletzlich. »Und weiter?«

»Wir saßen am Fluß und unterhielten uns. Er sagte mir Dinge ...«

Sie stockte. Ihr starrer Blick schien sich in der Ferne zu verlieren. Wanderer füllte zwei Holzschalen mit Tee, nahm die Waldhühner vom Bratspieß und legte sie in Tonschüsseln. Eine der Schüsseln brachte er Flechte und stellte sie neben ihre Knie. Sie war so in sich selbst versunken, daß sie seine Nähe nicht einmal wahrzunehmen schien. Er kehrte zum Feuer zurück, holte seine Schüssel und streckte sich auf seinem Bett aus.

Freundlich sagte er: »Erzähl mir von deiner Reise. Kam Vogelmann durch den Tunnel in den Zedernzweigen?«

»Ja. Er brachte die Wölfe mit. Sie steckten ihre Köpfe durch die Schlaufen, die du gemacht hast. Dann ... dann ging es abwärts ... in die Dunkelheit.«

Wanderer schlürfte dampfumwölkt seinen heißen Tee. »Iß etwas, Flechte. Wir haben genug Zeit.«

Sie riß ein Bein ihres Waldhuhns ab, biß hinein und begann nachdenklich zu kauen. Dabei betrachtete sie nacheinander jedes der an die Wände gemalten Machtsymbole. Die Spiralen und purpurnen Sternenregen schienen an diesem Tag besonders aufmerksam zuzuhören.

»Die Wölfe mußten Schwerstarbeit leisten, um die Sänfte durch den Fluß zu ziehen, Wanderer.«

»Das sind sie gewohnt. Der Fluß ist sehr tief und breit.«

»Und reißend. Die Strömung ist furchtbar schnell.«

»Du bist also hineingefallen und mußtest umkehren.«

Sie schluckte und schüttelte den Kopf. »Nein. Am anderen Ufer entdeckten wir Anzeichen für die Anwesenheit von Menschen. Fußspuren – «

Entgeistert setzte er sich auf. »Auf der anderen Seite? Ich dachte, du wärst auf dem Hinweg in den Fluß gefallen.«

»Nein, auf dem Rückweg.«

Wanderer straffte sich langsam. Sie hatte es quer durch das

Land der Ahnen geschafft und wieder zurück! In ihrem Alter! Fast unglaublich. Er hatte elf Zyklen gebraucht, um dieses Meisterstück zustande zu bringen.

»Wir sahen alte Feuerstellen und Espenstümpfe mit Axtmarkierungen. Und die Bäume, die Bäume, Wanderer! Sie waren so hoch, daß ihre Wipfel in den Wolken verschwanden. Vogelmann schwebte vom Himmel herab. Er war wunderschön. Seine Flügel schimmerten wie ein Regenbogen.«

»Brachte er dich in das Dorf der Ahnen?«

Gierig, fast ohne zu kauen, verschlang Flechte ein Stück Fleisch. »Er nahm mich ein kurzes Stück mit. Vogelmann sagte zu mir, ich solle mit einigen Leuten sprechen und werde eine Vision haben.«

»Was für eine Vision?«

Flechtes Augenlider begannen zu flattern, rasch senkte sie den Blick. In den dunklen Tiefen ihrer Augen glitzerten Tränen. »Menschen starben. Das Land starb. Genau wie hier. Aber dies geschah an einem Ort weiter im Süden. Ich glaube, dort leben die Palasterbauer. Es gab riesige Gebäude aus Stein. Vogelmann sagte, sie hätten Mutter Erde ebenso schrecklich verwundet wie wir, und auch sie brauchten einen Träumer, der die Dinge wieder in Ordnung bringt.«

Während Wanderer mechanisch sein Waldhuhn abnagte, beobachtete er Flechte aufmerksam. Sie hatte sich verändert, schien älter geworden zu sein. Auch ihre Stimme klang anders. Aber das geschah meist, wenn Träumer eine neue Seele bekamen. Eine Zeitlang fühlten sie sich desorientiert und betrachteten ihre frühere Welt mit fremden neuen Augen. Er kannte Träumer, die deswegen vor Angst verrückt wurden. Andere verließen ihr Zuhause und machten sich auf die Suche mit dem sehnlichen Wunsch, ihre Visionen in die Wirklichkeit umzusetzen.

»Flechte, hast du Wolfstöter gesagt, du möchtest mit der Ersten Frau über das sterbende Land sprechen?«

»Ja, aber er meinte, das ginge nicht. Jedenfalls jetzt noch nicht.«

Flechte nippte an ihrem Tee und betrachtete Wanderer mit den leuchtenden, starren Augen der Wasserschlange. Nachdem sie ihre Schale abgesetzt hatte, rutschte sie auf den Knien zu ihm hinüber und schlang ihre Arme um ihn. »Wanderer, warum hast du mir nie gesagt, daß du mein Vater bist?«

Er führte gerade seine Teeschale zum Mund und erstarrte mitten in der Bewegung. »Ich … Flechte …« Er versuchte, den Kloß im Hals hinunterzuschlucken. »Deine Mutter hat mich nie als deinen Vater ausgegeben. Die Leute sollten glauben, dein Vater sei ein tapferer Krieger. Das machte das Leben leichter für sie.«

»Woher wußtest du, daß du mein Vater bist?«

Er lächelte. »Oh, daran gab es keinen Zweifel. Ich fühlte es in dem Augenblick, als du empfangen wurdest. Ich sah das Leuchten in Wühlmaus' Schoß. Ich wußte sogar, daß du eine mächtige Träumerin werden würdest. Das sah ich an den Farben deiner Seele, einem strahlend leuchtenden Blau und Rot.«

»Warum hast du es niemandem gesagt?«

»Das konnte ich nicht. Du gehörst dem Stamm deiner Mutter an.« Er versuchte, seine Schale abzustellen, doch seine Hand zitterte so stark, daß der Tee überschwappte. »Es wäre für Wühlmaus sehr peinlich gewesen. Ich war nicht gerade beliebt. Die Leute fürchteten sich vor mir. Und … ich liebte deine Mutter. Ich wollte ihr nicht weh tun.«

Die Flammen im Feuerloch erloschen. Rauch kräuselte sich in wogenden Schwaden empor, schwebte an der Decke entlang und zog durch die Tür hinaus.

Flechtes Mund zuckte. »Weißt du was, Wanderer?«

»Was denn, Flechte?«

»Ich wünschte, ich hätte es früher gewußt. Dann hätte ich vielleicht häufiger kommen und dich sehen können.«

Wanderer senkte den Kopf. »Ich hätte mich darüber gefreut. Ich war einsam ohne dich.«

Beklommen biß sich Flechte auf die Unterlippe. Ihre Finger zupften am grünen Stoff über ihren Schienbeinen. »Was soll ich nur tun, Wanderer? Mutter gefällt es sicher nicht, daß ich die Seele der Wasserschlange habe. Ich will nicht …« Unruhig zappelte sie herum. »Ich will jetzt nicht nach Hause gehen. Ich möchte bei dir leben. Du verstehst etwas von diesen Dingen.«

»Ja, das stimmt. Außerdem mußt du noch versuchen, die

Seele des Falken zu finden. Wir sollten mit Wühlmaus sprechen, wenn ich dich nach Hause bringe.«

»Sie läßt mich bestimmt nicht mehr fort, Wanderer. Sie glaubt, du hast keinen guten Einfluß auf mich.«

Er seufzte. »Vielleicht gelingt es mir trotzdem, sie zu überzeugen. Früher hat sie ab und zu auf mich gehört.«

Ein Leuchtkäfer flog herein und flimmerte über Flechtes Kopf. Zum erstenmal an diesem Tag erklang ihr kindliches Lachen, das Wanderers Seele so erwärmte.

Sie hob den Kopf und verfolgte den launenhaften Flug des Käfers. Langsam streckte sie einen Finger aus. Das Glühwürmchen flirrte herunter und setzte sich auf ihre Fingerspitze. Mit offenem Mund starrte sie es an. Ein Ausdruck reinster Freude huschte über ihr Gesicht, als sie die gelben Muster auf dem Rücken des Käfers ansah, der bedächtig über ihre Hand und weiter ihren Arm hinaufkrabbelte.

Schließlich schwirrte das Glühwürmchen zur Decke und verharrte schwebend in der Nähe der Türvorhänge. Flechte stützte das Kinn auf die angezogenen Knie und sah Wanderer liebevoll an. »Ich bin froh, daß du mein Vater bist, Wanderer. Ich kann mir niemanden auf der ganzen Welt vorstellen, den ich lieber zum Vater hätte.«

Eine Welle tiefster Liebe durchflutete ihn. Als er verlegen den Kopf senkte, warf sich Flechte in seine Arme und schmiegte sich an seine Brust. Wanderer küßte sie zärtlich auf den Kopf und zog sie fest an sich.

Und wenn Wühlmaus Flechte nicht erlaubte, bei ihm zu bleiben? Wie sollte er es über sich bringen, sie in drei Tagen nach Hause zu begleiten und ohne sie wieder wegzugehen? Dieser Gedanke schnitt wie eine schartige Hornsteinklinge durch seine Eingeweide.

»Flechte?« Er konnte nicht anders, er mußte ihr diese Frage stellen. »Wer hat dir gesagt, daß ich dein Vater bin?«

»Wolfstöter. Er sagte, von dir hätte ich die Fähigkeit zu träumen.«

»Was sagte er noch?«

Flechte zog Wanderers Arm über ihre Schulter, legte seine Hand an ihre Brust und drückte sanft seine Finger. Einen Moment lang lenkte der Leuchtkäfer ihre Aufmerksamkeit ab. Er schimmerte in der Nähe der Tür und suchte eifrig den Weg nach draußen.

»Wanderer, versprich mir, niemandem etwas zu sagen. Wolfstöter sagte, es sei ein Geheimnis.«

»Ich verspreche es. Was sagte er?«

Sie runzelte die Stirn. »Also, er sagte, du und ich, wir müßten nach Cahokia gehen. Und Binse sagte mir, Nachtschatten braucht uns. Ich weiß nicht – «

Wanderer setzte sich jäh auf. Die plötzliche Bewegung brachte Flechte zum Schweigen. Liebevoll drückte er ihre Hand. Er versuchte, seine Besorgnis vor ihr zu verbergen. *Nachtschatten helfen? Hat sie aus diesem Grund nach mir gerufen?* »Sagte er, warum?«

»Nein, er sagte nur, Feuerschwamm würde uns bald rufen.«

»Wer ist Feuerschwamm?«

Sie schüttelte den Kopf. »Ich weiß es nicht. Vielleicht ein Träumer. Hast du nie von ihm gehört?«

»Nein. Aber wenn Wolfstöter dir angekündigt hat, er werde uns rufen, sollten wir uns darauf vorbereiten.«

»Warum?«

»Keinem Träumer gefällt es, von einem Geisterhelfer gerufen zu werden, von dem er noch nie gehört hat, Flechte. Es ist ein bißchen so, als ob du unvermutet im Wald auf Großvater Grizzly stößt. Man weiß nie, dreht er sich einfach um und geht seiner Wege – oder mußt du um dein Leben rennen.«

Nachtschatten schritt zielstrebig durch die langen Flure des Tempels. Im gedämpften Licht der Feuerschalen tanzten die Schatten ihres schwungvoll um ihre Beine flatternden roten Kleides gespenstisch über die Wände. Der Wohlgeruch des würzigen Hickoryöls war an diesem Abend so intensiv, daß er den feinen Duft der Zedernpfosten völlig überlagerte. Aus den Zimmern drang ängstliches Gemurmel. Von irgendwo weit entfernt her hallte Tharons hohes, schrilles Gelächter durch den Tempel.

Am Nachmittag hatten die Sternengeborenen sie – zum erstenmal – aufgesucht und gebeten, ihren Quellgefäßen Leben einzuhauchen. In ihrem verzweifelten Bestreben, Tharon zu gefallen, wollten sie in die Zukunft blicken und den Verlauf der bevorstehenden Kämpfe voraussehen. Nachtschatten hatte sie ausgelacht. Was war Tharon doch für ein Narr, wenn er dachte, sie würde ihm oder seinen Priestern und Priesterinnen jemals helfen.

An diesem Tag hatte sie sich zwölf neue Feinde gemacht. *Aber du wußtest, es mußte so kommen. Es war unvermeidlich.*

Nachtschatten ging weiter den Flur hinunter zu ihrem Zimmer ... plötzlich blieb sie wie angewurzelt stehen. Orenda lag seitlich zusammengerollt vor Nachtschattens Tür. Schlief sie? Das Kind drückte eine riesige Puppe an seine Brust. Das schwarz-weiße Maskengesicht des Spielzeugs starrte Nachtschatten geheimnisvoll an. Dieses Meisterwerk aus geschnitztem Zedernholz stellte den Triumph des Lichts über die Dunkelheit zu Anbeginn der Zeit dar.

Wie seltsam, daß Orenda den Mut aufgebracht hatte, vor ihrer Tür zu erscheinen. Niemand sonst besaß diese Kühnheit – nicht nach den Geschehnissen der vergangenen Woche –, nicht einmal Tharon.

Sie kniete neben Orenda nieder. Das hübsche Gesicht des Mädchens wirkte gehetzt, die Wangen, umrahmt von zerzausten Haaren, waren unnatürlich blaß. Ihre Augen waren geschlossen, der Mund zuckte. Schmutz und Ruß befleckten ihr goldenes Gewand. Nachtschatten runzelte die Stirn. Hatte Orenda keine Dienerschaft? Kümmerte sich niemand darum, daß sie aß und sich ordentlich anzog? Eigenartig. Als Nachtschatten neun Sommer alt gewesen war, hatte sie zwei Bedienstete gehabt, die mit ihr in einem Zimmer schliefen und sich stets um sie kümmerten.

Sanft strich Nachtschatten Orenda übers Haar.

»Nein! N-nicht!« Entsetzt rappelte sich Orenda auf und wich rückwärts bis zur Wand zurück. Ihre kostbare Puppe zerrte sie hinter sich her.

»Orenda, ich bin es, Nachtschatten. Es ist alles gut. Ich tue dir nichts.«

Orendas bebende Lippen formten lautlose Worte. Sie starrte

Nachtschatten aus ängstlich aufgerissenen Augen an. »Du ... kann ich ...«

»Was ist los, Orenda?« Beim Anblick der Tränen in den Augen des Mädchens lächelte Nachtschatten beruhigend.

Am ganzen Körper zitternd stieß Orenda hervor: »Ich – ich wollte wissen ...«

»Ja?«

»Kann ich ... ich möchte in deinem Zimmer schlafen!« Sie brach in ersticktes Schluchzen aus.

Eine dunkle Vorahnung pirschte sich prickelnd an die Grenzen von Nachtschattens Seele heran.

»Natürlich kannst du bei mir schlafen. Ich freue mich über deine Gesellschaft.« Sie erhob sich. »Seit meiner Rückkehr nach Cahokia fühle ich mich einsam. Ich richte die Decken neu her und mache dir einen Schlafplatz zurecht.«

Orenda stürzte auf sie zu und klammerte sich mit einer Hand an Nachtschattens Rock fest. Sie blickte auf. Die ganze Qual ihres Kinderherzens war in ihren Augen zu sehen. »Können ... können wir gleich hineingehen?«

Nachtschatten zog die Türvorhänge zur Seite. »Ja. Zufällig habe ich sogar noch etwas Fischsuppe übrig. Wir teilen sie uns.«

Kapitel 18

»Dieses Mal fürchte ich mich wirklich, Dachsschwanz. Wofür, im Namen der Mondjungfrau, kämpfen wir eigentlich?« Kopfschüttelnd ließ sich Heuschrecke gegen die Wand sinken. Sie trug eine einfache, blau und hellbraun gemusterte Tunika. Saubere und schlichte Kleidung schienen ihr als Nachtschattens Begleiterin passend zu sein. Kein Schmuck zierte ihre kurzen Zöpfe. Ihr ernstes Gesicht wirkte wie aus Stein gemeißelt.

»Für das Häuptlingtum«, erwiderte Dachsschwanz leidenschaftlich. »Wir kämpfen dafür, daß das Häuptlingtum und damit unsere Art zu leben, ohne Schaden zu nehmen, erhalten bleiben.«

»Warum habe ich dann so ein ungutes Gefühl dabei, Cousin? Weißt du, daß Tharon mich heute fünfmal in den Tempel hat rufen lassen? Und weißt du auch, weshalb?« Zornig schüttelte Heuschrecke die Faust. »Tobend und brüllend schwor er, alle Verräter auszulöschen.«

»Mit mir hat er das gleiche Spiel getrieben.«

Unruhig schritt Dachsschwanz über die abgenutzten Felle, die auf dem Fußboden seines rechteckigen, vierzig mal dreißig Hand großen Hauses lagen. Eine Vielzahl unterschiedlicher Kriegsbeutestücke schmückte die Wände. Die gesamte Westseite war mit leuchtend bunten gelben, roten und schwarzen Schilden bedeckt. In jeder Ecke thronten auf bearbeiteten Baumstümpfen bei Kampfgängen erbeutete exotische Tongefäße und Körbe. Sein Schlafpodest, erreichbar über eine Leiter, war entlang der Nordwand knapp unterhalb der Dachschräge errichtet. Die Eingangstür öffnete sich nach Osten. Von da aus konnte er direkt auf die Palisaden und auf Vater Sonnes erste Morgenstrahlen blicken.

An diesem warmen Abend hatte Dachsschwanz die Türvorhänge hochgebunden. Der silbrige Schleier des Mondlichts fiel durch die Öffnung und brachte jedes Härchen der auf dem Boden liegenden Hirschhäute zum Funkeln. Das helle Licht des Mondes überstrahlte den blassen Schein der in der Südecke schwach glimmenden Feuerschale.

»Dachsschwanz, was sollen wir bloß machen?«

»Wir befolgen die Befehle unseres Häuptlings, Heuschrecke.«

»*Können* wir das? Er hat uns befohlen, ein kleines, hundert Einwohner zählendes Dorf zu zerstören und jeden zu töten, der sich weigert, sich uns anzuschließen! Das ist Wahnsinn! Das ist der Untergang des Häuptlingtums.«

»Nein.« Dachsschwanz massierte mit den Fingern seine Stirn. »Nein, das glaube ich nicht. Wir müssen unsere Angriffe nur sorgfältig vorbereiten. Wenn alles nach Plan verläuft, verliert außer den Unruhestiftern niemand sein Leben.«

»Wer ist denn in diesen Zeiten *kein* Unruhestifter?« schrie Heuschrecke und schüttelte hilflos die Fäuste. »*Wer?*« Sie biß die Zähne so fest zusammen, daß ihre Kiefer deutlich hervortraten.

»Heuschrecke ...«

Verlegen wich Dachsschwanz ihrem Blick aus. Sie hatte recht. Seit dem Überfall auf River Mounds kämpfte er vergebens gegen eine Flut von Verzweiflung an. Sein Gespräch mit Schwarze Birke im Morgengrauen hatte das Gefühl der Sinnlosigkeit nur noch verstärkt. Der Mann mußte den Verstand verloren haben. Ihm ging es ausschließlich um Rache – und Rache war eine Angelegenheit der Stammesverbände, nicht des Häuptlingtums.

Um seine ohnmächtige Wut und die Übelkeit erregende Angst zu betäuben, war Dachsschwanz zu den Schießplattformen auf den Palisaden gegangen. Den ganzen Tag über hörte er seinen Kriegern zu. Sie lachten über den bevorstehenden Krieg, verfluchten Petaga und die abtrünnigen Dörfer, die sich auf dessen Seite geschlagen hatten. Sie prahlten mit ihrem Heldenmut und sprachen darüber, wie schnell sie diese unvermutet aufgetauchten Feinde vernichten würden. Die meisten der Krieger blickten Dachsschwanz ehrfürchtig und vertrauensvoll an. Sie waren überzeugt, der Kampf unter seiner Führung garantiere jedem von ihnen Sieg und Ehre. Manche allerdings hatten ihn ausgesprochen skeptisch angestarrt.

»Dachsschwanz, *hör auf mich.*« Heuschrecke beugte sich vor. »Unsere Krieger begreifen die Tragweite von Tharons Befehlen noch gar nicht. Erst, wenn sie sie ausführen ...«

Dachsschwanz hob in einer hilflosen Geste die Hände. »Was soll ich denn deiner Meinung nach tun, Heuschrecke? Soll ich mich den Truppen Petagas anschließen? Willst du, daß ich den Häuptling Große Sonne ermorde? *Willst* du das?«

»Ich weiß es nicht, Cousin. Ich will nur, daß du nachdenkst. Du weißt, ich bin auf deiner Seite, egal, wofür du dich entscheidest.«

Beim Langnasigen Gott, sie wollte genau das! Dachsschwanz' Seele schrumpfte zusammen wie ein Stück Fleisch, das achtlos in lodernde Flammen geworfen wird. Wer vertraute ihm noch? Noch nie in seinem Leben hatte er sich so einsam gefühlt. Mit den scharfen Krallen eines Adlers riß die Verzweiflung an seinen Eingeweiden.

»Ich verspreche, darüber nachzudenken, Heuschrecke. Aber

du weißt genau, wie meine Entscheidung letztendlich ausfallen wird.«

Dachsschwanz wußte den unbehaglichen Blick, den ihm Heuschrecke zuwarf, zu deuten. Er hatte diesen Blick schon einmal gesehen, und zwar in der Nacht, als sie Rotluchs' Leichnam aus der Inneren Kammer von River Mounds trugen. Darin lag die aufgezwungene Loyalität einer Kriegerin, die genau wußte, daß sie das Falsche tat, aber ihrem Kriegsführer zuviel schuldig zu sein glaubte, um aus dem Kampf auszusteigen, gleichgültig, was es ihre Seele auch kosten mochte.

Seufzend senkte Heuschrecke die Augen. »Der Junge Wolf ist aufgegangen. Ich mache mich wohl besser auf den Weg und hole Nachtschatten ab.«

»Ja. Vielleicht kann sie helfen, Ordnung in dieses Durcheinander zu bringen.«

Heuschrecke blieb stehen. »Glaubst du das im Ernst?«

»Jedenfalls möchte ich es gerne glauben.«

»Sie haßt uns, Dachsschwanz. Wenn sie die Geschehnisse zu unserem Nachteil beeinflussen und damit unseren Untergang heraufbeschwören kann, wird sie das tun.«

»Ich weiß, Cousine. Überlaß das mir. Ich glaube, ich merke, ob sie dazu imstande ist, und kann entsprechend handeln.«

»Das hoffe ich sehr«, knurrte Heuschrecke und ging.

Kopfschüttelnd, einen Kampf gegen sich selbst ausfechtend, marschierte Dachsschwanz eine Weile auf und ab. Schließlich holte er den Krug mit Tee aus der dunklen Nische in der Südwand, wo er ihn zum Abkühlen hingestellt hatte. Ungeschickt hob er den Krug hoch. Ein Schwall Tee schwappte zu Boden.

Nimm dich zusammen, mahnte er sich. *Oder soll Nachtschatten dich für einen Idioten halten?*

Vorsichtig goß er die Flüssigkeit in ein kleines, mit einem Falkenkopf verziertes Gefäß. Der Tee aus in heißem Birkensaft aufgebrühten Birkenzweigen duftete nach Wintergrün und Honig. Er stellte das Gefäß und zwei Schalen auf einen mit eingelegten Muscheln verzierten großen Holzteller und plazierte das Gedeck auf üppig aufeinander gestapelten Decken.

Anschließend nahm Dachsschwanz das rastlose Hin- und

Herwandern wieder auf. Als sein Blick zufällig in den neben dem Eingang hängenden Spiegel aus Glimmer fiel, erstarrte er. Vorquellende braune Augen stierten ihn aus einem Netz tiefer Falten heraus an. Die Tätowierungen auf seinen Wangen, früher einmal leuchtend blau, waren zu einem traurigen Indigo verblaßt. Das Grau in seinen Haaren schimmerte wie die Fäden eines Spinnennetzes im Sonnenlicht.

Wann bist du so alt geworden, Dachsschwanz? Und wann hast du begonnen, ehrlose Kriege zu führen?

Heftig massierte er seinen verspannten Nacken.

Tharon hatte ihm befohlen, mit der gesamten Armee von tausend Kriegern über Redweed Village herzufallen. Dachsschwanz hatte dagegen protestiert und Tharon erklärt, vernünftigerweise müsse er mindestens zweihundert Krieger zum Schutze Cahokias zurücklassen. Es war ihm gelungen, den Sonnenhäuptling zu überzeugen. Aber achthundert kampferprobte Krieger gegen einhundert Maisbauern? Wie konnte er das vor seinen Kriegern rechtfertigen? Heuschrecke hatte recht. Sobald sie die Brutalität dieses Befehls durchschauten, würde es bei den meisten zu offenem Unmut kommen. Er mußte sich etwas einfallen lassen. Vielleicht die Streitkräfte in kleine Gruppen aufteilen und nur die »stärksten« Krieger nach Redweed Village mitnehmen.

Draußen erklangen leise Stimmen, und Heuschrecke rief: »Ich bringe dir die Priesterin Nachtschatten, Führer Dachsschwanz.«

Nervös strich Dachsschwanz über seine hellbraun und schwarz gemusterte Tunika. Die schweren Muscheln in seinen Stirnhaaren schwangen bei dieser Bewegung mit und klapperten leise aneinander. »Herein.«

Nachtschatten trat gebückt unter den Türvorhängen hindurch. Ihre wunderschönen schwarzen Haare wogten über ihre Schultern; ihr rotes Kleid hatte sie mit einer erlesenen, aus Seidenpflanzenfäden gefertigten Kordel gegürtet, die ihre schmale Taille und ihre vollen Brüste betonte. Ein Muschelkragen mit einer eingravierten menschlichen Hand schmückte ihren Hals.

»Bitte, setz dich.«

Nachtschatten blieb stocksteif stehen. Wachsam blickte sie sich um.

Heuschrecke beugte sich durch die Tür. »Brauchst du mich noch?«

»Nein, danke, Heuschrecke. Ich begleite die Priesterin später selber zum Tempel zurück. Geh du nach Hause und ruh dich etwas aus.«

»Gut. Wir sehen uns morgen. Gute Nacht.« Lautlos huschte sie davon.

Dachsschwanz wandte sich um und merkte, daß Nachtschattens dunkler Blick forschend und unversöhnlich auf ihm ruhte.

»Darf ich dir Tee zu trinken anbieten?«

»Ja, gern – danke.«

Er kniete auf den Häuten nieder und goß den vorbereiteten Tee in zwei Muscheltrinkschalen, dabei beobachtete er Nachtschatten verstohlen. Sie wanderte in seinem Haus umher und betrachtete die Schilde an der Wand. Die Malereien darauf berührte sie mit der selbstverständlichen Vertraulichkeit einer Mutter, die ein verletztes Kind streichelt. Sprachen sie zu ihr? Konnte sie die blutige Geschichte dieser Kriegsgerätschaften durch bloßes Handauflegen aufdecken?

»Warum setzt du dich nicht, Nachtschatten?«

»Ich habe nicht vor, lange zu bleiben.«

»Bitte, wenigstens lange genug, um eine Schale Tee mit mir zu trinken.«

Unnatürlich ruhig, wie ein Wiesel, das sich seiner Beute sicher ist, kam sie auf ihn zu. Als sie sich ihm gegenüber niederließ, breitete sich ihr rotes Kleid wie eine sich öffnende Knospe um ihren Körper aus. Hinter ihr sah er durch die offene Tür die vor dem perlgrauen Hintergrund der Nacht tanzenden Leuchtkäfer.

Er reichte ihr eine Schale, lehnte sich dann zurück, hob vorsichtig seine Schale zum Mund und nippte daran. Das Wintergrün schmeckte kräftig und süß. »Nachtschatten, ich wollte mit dir reden, weil –«

»Erzähl mir von Orenda.«

»Orenda?« Er zuckte überrascht die Achseln. »Da gibt es

nicht viel zu erzählen. Sie ist ein eigenartiges Kind. Aber das ist dir sicher schon aufgefallen. Ich glaube, seit vier oder fünf Zyklen hat sie den Tempel nicht mehr verlassen. Sie spielt nie mit ... mit niemandem, weder mit Kindern noch mit Erwachsenen. Sie drückt sich nur im Tempel herum.«

»Ist sie von einem Geist berührt?«

»Nein, nein. Das glaube ich nicht. Obgleich – «

»Hast du sie je mit jemand anderem sprechen hören außer mit Tharon?«

»Mit Singw, als sie noch lebte. Ich sah sie auch mit dem alten Murmeltier flüstern.«

»Wie lange ist das her?«

Dachsschwanz trank gemächlich und überlegte, was wohl hinter Nachtschattens Fragen stecken mochte. Warum interessierte sie sich für Orenda? Das Kind war in Cahokia nie mehr gewesen als ein Nebelhauch, eigentlich noch unsichtbarer, wenn man es genau nahm. Dachsschwanz erinnerte sich, wie verblüfft er jedesmal gewesen war, wenn er die meist weinende Orenda im Tempel gesehen hatte – verblüfft, weil er völlig vergessen hatte, daß sie überhaupt existierte. »Zum erstenmal war das ein paar Tage vor Murmeltiers Tod. Warum kümmert dich das?«

»Ihr wurde Leid zugefügt. Von Tharon. Da bin ich mir ziemlich sicher.« Nachtschatten blickte intensiv auf die hinter ihm liegende Wand.

Unbehaglich drehte er sich um. Das durch die Tür eindringende Mondlicht warf ihren Schatten wie ein mißgestaltetes, dunkles und riesiges Geschöpf an die Wand. Dachsschwanz unterdrückte einen Schauder und fragte sich besorgt, ob es sich tatsächlich um ihren Schatten handelte oder um ihren Geisterhelfer, den Schlammkopf. Oft hatte er den alten Murmeltier über den furchterregenden Dämon mit dem verzerrten Gesicht, der Nachtschatten überallhin folgte, flüstern hören. Der alte Murmeltier, der große, mächtige Priester, hatte beim Erscheinen von Nachtschattens Geisterhelfer stets befürchtet, seine Seele sei in Gefahr.

Nachtschatten sagte: »Dachsschwanz, ich bin hier, weil du von mir etwas über Petagas Kriegspläne erfahren möchtest.«

»Ich verlange nicht, daß du ihn verrätst, Nachtschatten.«

»Nein? Was verlangst du denn?«

Dachsschwanz begegnete ihrem scharfen Blick und bemerkte zum erstenmal die von Müdigkeit herrührenden Schwellungen unter ihren Augen. War auch sie die ganze Nacht sorgenvoll auf und ab gewandert wie er? »Sag mir, wie man dem Töten ein Ende machen kann. Kannst du das? Weißt du, wie ich das Häuptlingtum retten kann, ohne ... ohne Tharons Befehle zu befolgen?«

»Nein.«

Nach kurzem Schweigen fragte er zögernd: »Weißt du es nicht oder willst du es mir nicht sagen?«

»Ich weiß es nicht.«

Stirnrunzelnd blickte Dachsschwanz in seinen Tee. »Warum nicht? Ich meine, ich verstehe nicht viel vom Träumen, aber ich dachte – «

»Du dachtest völlig richtig. Eigentlich hätte es mir gelingen müssen, in den Quell der Ahnen zu tauchen und weiter in die Unterwelt zu gelangen, wo ich die Erste Frau hätte fragen können.«

»Warum ist es dir nicht gelungen?«

Sie fuhr sich mit der Hand durch die üppigen schwarzen Haare. »Anscheinend hat die Erste Frau die Unterwelt versperrt ... aus Zorn.«

»Auf uns?«

»Ja. Wegen der Zerstörung des Landes. Und zur Strafe für etwas, das Tharon getan hat. Ich wünschte, ich wüßte mehr, aber das ist nicht der Fall.«

Nachtschatten setzte sich ein wenig seitlich hin und zog die Knie an, um ihre Schale darauf abstellen zu können. Das Mondlicht fing sich silbern leuchtend in jeder Linie ihres Gesichts und betonte die Schatten ihrer Wangenknochen und Nasenflügel. Ihr zerbrechlich wirkendes, fast verängstigtes Gesicht berührte die Tiefen seiner Seele und löste den Wunsch in ihm aus, sie festzuhalten und zu liebkosen.

»Nachtschatten«, sagte er, »wenn *du* nicht in die Unterwelt gelangen kannst, wer dann?«

»Eine Frau, die von Wanderer unterrichtet wird. Ich weiß ihren Namen nicht, aber sie besitzt große Macht. Sie ist mächtiger als ich.«

»Ich wußte nicht, daß es jemanden gibt, der noch mächtiger ist als du.«

Unsicher fingerte sie an ihrer Schale herum und schwieg.

»Deshalb soll ich Wanderer also herbringen. Damit wir den Namen dieser Frau erfahren?«

Nachtschatten nickte. »Ja. Sie ist das lebenswichtige Verbindungsglied.«

»Um was zu erreichen?«

»Die Beendigung dieses Krieges.«

Erleichtert atmete Dachsschwanz aus. »Mehr wollte ich gar nicht von dir wissen, Nachtschatten. Ich danke dir. Sobald ich Wanderer aufgespürt habe, bringe ich ihn her ... und ich wache über ihn mit meinem Leben.«

Nachtschatten trank einen großen Schluck Tee. Dachsschwanz erwartete, sie würde gleich die Schale absetzen und gehen. Aber er täuschte sich; sie deutete auf das Gefäß mit dem Falken. »Kann ich noch etwas Tee haben?«

»Natürlich«, antwortete er überrascht, füllte ihre Schale auf und goß sich ebenfalls nach.

Sie lächelte. Unter der Weichheit dieses Lächelns keimte eine wohlige Wärme in Dachsschwanz' Herzen. Sie atmete flacher, der rote Stoff über ihren Brüsten hob und senkte sich rasch.

»Ich wußte nicht, daß du jemanden fürchtest«, sagte er leise. »Am allerwenigsten mich.«

»*Falls* ich mich vor jemandem fürchte, dann nur vor dir, mein Entführer.«

Dachsschwanz blickte auf die Narben an seinen Handgelenken. »Ich habe dich nicht aus Bösartigkeit entführt, Nachtschatten. Der alte Murmeltier hatte geträumt, du und das Schildkrötenbündel, ihr könntet Mutter Erde wieder zum Leben erwecken.«

»Er hatte nicht begriffen, worum es ging.«

»Du meinst, sein Traum war falsch?«

Sie stellte die Schale auf den Boden. »Nicht falsch, nur ... unvollständig. Hätte er weit genug gesehen, hätte er gewußt, daß nicht ich diejenige war, die er brauchte. Und er hätte vorausgesehen, daß dein Volk – «

»Du betrachtest uns noch immer nicht als dein Volk nach all den Zyklen?«

Sie runzelte die Stirn, als habe sie noch nie darüber nachgedacht. Zögernd nahm sie ihre Schale auf, trank sie mit vier langen Schlucken leer und stellte sie auf den Holzteller zurück. »Ihr werdet nie mein Volk sein, Dachsschwanz. Ihr habt den Traum der Ersten Frau vergessen. ›Findet einen neuen Weg‹, sagte sie zu uns. ›Hört auf das Gras, die Wurzeln und die Beeren.‹ Tun wir das nicht, werden wir alle sterben. Dein Volk hat den Traum der Ersten Frau mißbraucht. Ihr findet es richtig, immer nur zu nehmen und zu nehmen.«

Müde stützte sie sich mit einer Hand auf den Häuten ab und erhob sich. »Vielen Dank für den Tee, Kriegsführer.« Sie wandte sich zur Tür.

Dachsschwanz stand so rasch auf, daß er stolperte und nach ihrer Hand griff. »Nachtschatten, bitte ...« Sie standen sich gegenüber und starrten einander an. Ihr Blick wanderte zu seiner Hand, die ihr Handgelenk mit festem Griff umschloß. Dann sah sie ihm abwartend ins Gesicht. »Wenn du einen Traum hast ... würdest du ... ich verlange nicht, daß du mir hilfst. Aber dort draußen leben Menschen, leben Kinder, die das, was kommt, nicht verdienen.«

Verzweiflung bemächtigte sich seiner. Er brauchte ihre Hilfe – aber sie würde sie ihm nie gewähren. Sein Blick folgte der Linie ihrer Kieferknochen. Er erinnerte sich, wie sie sich als Kind zu Tode verängstigt an sein Kriegshemd geklammert hatte, als sie auf der Suche nach dem Black Warrior River tage- und nächtelang durch die Sümpfe schlichen. Er hatte ihr nie weh tun wollen. Er hatte nur versucht, sein Volk zu retten. Unwillkürlich streichelte Dachsschwanz sanft über Nachtschattens Haar. Sie war zu einer erstaunlich schönen Frau herangewachsen ...

Nachtschatten erschauerte unter seiner Berührung. Instinktiv hob er einen Arm und wollte ihn ihr um die Schultern legen. Doch ihr Blick ließ ihn mitten in der Bewegung innehalten. Einige quälende Augenblicke folgten. Plötzlich veränderten sich ihre Augen, wurden sanfter und verletzlicher, als er sie je gesehen hatte. Sie trat einen Schritt vor und sank in seine Arme.

»Halt mich nur fest«, sagte sie.

Er zog sie an sich. Der Duft ihrer Haare und die Berührung seines Körpers durch ihre Brüste brachten ihn aus dem Gleichgewicht. Wie lange hatte er keine Frau mehr in den Armen gehalten? Zwanzig Zyklen? Ja – es war Zwei Fäden gewesen. Aber eine solche Intensität der Gefühle hatte er noch niemals gespürt. Nachtschattens Nähe gab ihm Trost bis in sein tiefstes Inneres und wärmte seine Seele wie eine warme Decke in einer kalten Winternacht den Körper. Er streifte mit dem Kinn über ihr Haar und gab sich einen scheinbar endlosen Augenblick lang diesem Gefühl hin. Warum hatte sie ihn gebeten, sie festzuhalten? War sie ebenso einsam wie er? Ebenso voller Sorge über die Zukunft?

Langsam, voller Angst vor ihrer Reaktion, beugte er sich zu ihr hinab und küßte sie. Bei der Berührung ihrer Lippen strömte eine feurige Woge durch seine Adern.

Nachtschatten wich zurück. Ihre Augen blickten suchend in sein Gesicht. »Binse lebt noch in meiner Seele, Dachsschwanz. Aber … ich danke dir.«

Er richtete sich auf. »Ich begleite dich zum Tempel zurück.«

»Das ist nicht nötig.«

»Ich halte es für vernünftig. Das Dorf ist nicht wie sonst. Es herrscht eine gereizte Stimmung – denke an das Verhalten der Leute bei deiner Ankunft. Vielleicht brauchst du mich.«

Sie senkte den Kopf. »Ich danke dir.«

Dachsschwanz geleitete sie hinaus und ging mit ihr über das von Leuchtkäfern funkelnde Gras. Morgen mußte er sich mit Tharon und Schwarze Birke zusammensetzen und seinen endgültigen Plan zur Vernichtung der von Petaga aufgestellten Armee darlegen. Tharons aberwitziger Befehl machte die beste Möglichkeit zunichte. Anstatt Redweed Village zu überfallen, sollte er zu den Häuptlingen der Dörfer im Norden gehen, insbesondere zu denen der größeren Orte, und Leute wie Blasenkirsche und Hennenfuß auf seine Seite bringen. Vielleicht gelänge es ihm dann, den Aufstand im Keim zu ersticken und einen großen Krieg zu verhindern. Möglicherweise könnte er sogar die White Glover Mounds zur Vernunft bringen; der Ort verfügte mindestens noch über vierhundert Krieger. Petaga würde niemals mit ihm verhandeln, solange seine Truppen in der Überzahl waren. Aber wenn Dachsschwanz ein gewisses Gleichgewicht der Kräfte herstellen konnte, hatte Petaga kaum eine andere Wahl.

Plötzlich wurde sich Dachsschwanz bewußt, daß er die ganze Zeit über Nachtschatten angesehen hatte. Die Anmut ihrer Bewegungen und ihre wundervollen, im Wind flatternden Haare waren Balsam für seine gequälte Seele.

Der durchdringende Geruch schwitzender Körper und menschlicher Ausscheidungen lastete stechend über dem versteckten Tal im Norden. Neunhundert Krieger hatten ihre Decken im Gras ausgebreitet und ihr Lager aufgeschlagen. Im Mondlicht waren die schwarzen Silhouetten der Wachposten auf der Felsklippe erkennbar.

Petaga klatschte vor Freude in die Hände und sah über das prasselnde Lagerfeuer hinweg Hagelwolke an. »Das sind noch einmal dreihundert mehr, Hagelwolke! Mit den Leuten von Red Star Mounds macht das insgesamt zwölfhundert. Wir können es schaffen. Wir *können Dachsschwanz schlagen!*«

Skeptisch zog Hagelwolke die Stirn in Falten. »Ich bete, daß du recht hast, mein Häuptling.«

Die Besorgnis in der Stimme seines Kriegsführers vertrieb Petagas Freude. »Bist du anderer Meinung?«

»Möglich ist es. Wenn es uns gelingt, unsere Krieger zusammenzuhalten. Sie kommen aus so vielen verschiedenen Stämmen.« Müde hob er die Hände. »Ich weiß es nicht. Uns steht eine schwere Prüfung bevor. Wir müssen weitere Krieger rekrutieren und schnellstens Vorräte zusammentragen und beten, daß wir den Vorteil des Überraschungsmoments noch auf unserer Seite haben. Aber wahrscheinlich haben wir den bereits verloren.«

»Warum?«

»Bei unserem Überfall auf Spiral Mounds sind zu viele entkommen. Jeder Überlebende kann nach Cahokia geflohen sein. Ich fürchte, mein Häuptling, Dachsschwanz sammelt bereits seine Krieger.«

Petaga senkte die Augen und blickte blinzelnd in die flackernden Flammen. »Auf welche Strategie wird Dachsschwanz zurückgreifen?«

Hagelwolke hob eine seiner kräftigen Schultern. »Bin ich er? Ich an seiner Stelle würde mich um alle Häuptlinge bemühen, die noch nicht mit uns im Bunde sind. Jedes kleine Dorf, an das wir noch nicht herangetreten sind, und jedes, das sich geweigert hat, sich uns anzuschließen – alle diese Dörfer wären mein Ziel. Ich würde ihnen sagen, das Häuptlingtum stehe auf dem Spiel, und sie zwingen, sich für eine Seite zu entscheiden.«

»Und wenn sie sich sperren? Die meisten haben sich geweigert, sich uns anzuschließen.«

Hagelwolke hieb mit der Faust auf sein Knie. »Er ist *Dachsschwanz.* Die kleinen Dörfer erstarren vor Entsetzen, wenn sie ihn nur kommen sehen.« Er fixierte Petaga aus harten schwarzen Augen. »Entweder ergreifen sie auf der Stelle die Flucht, oder sie ziehen es vor, es sich nicht mit ihm zu verderben.«

»Wie sollen sie fliehen, wenn er sie mit einer ganzen Streitmacht von tausend Kriegern umzingelt?«

Hagelwolke ballte erneut die Faust. »Ich glaube nicht, daß Dachsschwanz auf diese Weise vorgeht. Er wird vermutlich seine Krieger in kleine Gruppen aufteilen. Auf diese Weise erfährt er am schnellsten, welche Dörfer Freund und welche Feind sind.«

Petaga seufzte müde. »Wir müssen ihn aufhalten.«

»Ja … wenn wir können. Wenn er seine Truppen aufteilt, macht er es uns leichter.«

»Wie meinst du das?«

»Kleine Gruppen auf dem Kriegspfad sind leichter in Verwirrung zu stürzen als eine große Armee. Wenn wir auf die Taktik überfallartiger Angriffe zurückgreifen … nun, ich muß noch gründlicher darüber nachdenken. Als erstes müssen wir ihn von seinen Nachschublinien und Verbindungswegen abschneiden.«

»Du meinst, wir müssen an sämtlichen Aussichtspunkten jedes Weges, den er möglicherweise nimmt, Posten aufstellen?«

Hagelwolke nickte. »Und zwar in Gruppen, zu dreien oder vieren ... für den Fall, daß Dachsschwanz seine Kundschafter von Wachen begleiten läßt.«

Petaga starrte in die kühle, von Leuchtkäfern funkelnd erhellte Dunkelheit hinaus. Das ferne Flüstern des Windes im tiefer liegenden Tal klang wie das unheimliche Raunen von Dämonen. Aus den Tiefen seiner Erinnerung tauchte bittersüß das wissende, tröstliche Lächeln seines Vaters auf. Wieder hörte er Jenos' Worte: »Niemand kann führen, ohne ein Risiko einzugehen, mein Junge. Ein großer Führer weiß, wann es Zeit ist zu handeln und wann nicht.«

Petaga rieb sich die Stirn, dann massierte er sich mit den Händen die Schläfen, damit Hagelwolke seine von Trauer umwölkten Augen nicht sah. »Morgen wählen wir gleich als erstes die Wachposten und Späher aus, Hagelwolke. Wenn deine Vermutungen zutreffen, wird Dachsschwanz bald im Anmarsch sein.«

»Wie du befiehlst, mein Häuptling.«

»Gibt es noch einen Ausweg, Hagelwolke? Oder hatte Aloda recht? Sitzen wir am Ende alle in der Falle?«

Hagelwolke holte tief Luft und stieß vernehmlich den Atem aus. Ein leeres Lächeln umspielte seine Lippen. »Ich bin nur ein Krieger, mein Häuptling.«

Petaga nickte. Einem Krieger blieb immer ein Ausweg ... am Ende. Obwohl der Angriff auf Spiral Mounds schon viele Tage zurücklag, brannte der beißende Rauch noch immer in Petagas Nase. Er fragte sich, ob er diesen Gestank jemals loswerden würde.

Kapitel 19

Fest eingehüllt von den wärmenden Decken erwachte Flechte und blinzelte ins Dämmerlicht. Eine kühle Brise wehte durch die Tür hinüber zu den bunten, an der Rückwand aufgereihten

Körben. Die Symbole der Mächte, insbesondere die schwarzen Halbmonde, beobachteten Windmutters sonderbare Angewohnheiten mit gespielter Gleichgültigkeit.

Draußen, vor dem lilafarbenen Hintergrund der frühen Morgendämmerung, leuchteten die acht funkelnden Lichtpunkte der Gehenkten Frau über dem wolkenverhangenen Horizont.

Flechte streckte sich und blickte hinüber zu Wanderers Bett. Es war leer. Wo mochte er sein? Nachdenklich betrachtete sie seine zerwühlten Decken, stand kurz entschlossen auf und schlüpfte rasch in Kleid und Sandalen.

Im Geist ging sie alle Plätze durch, an denen sich Wanderer aufhalten könnte, und entschied sich für den Pfad, der sich über der Höhle die Felsen hinaufschlängelte. Die aufgehende Sonne schickte Lichtspeere zwischen den schnell ziehenden Wolken hindurch. Weit hinten am Horizont im Westen, wo die Füße der Gehenkten Frau bereits verschwunden waren, schimmerte purpurfarbenes Licht. In den Schatten unten im Schwemmland sah Flechte verschwommen die unregelmäßigen Umrisse von Gänsefuß und Sternwurz.

Flechte sog tief die Luft ein und gähnte. Der Duft blühender Prachtscharten schwängerte die Luft. Die zarten Stengel, schwer behangen mit rötlichen Blüten, überlebten auf den öden Hügelkuppen trotz der bereits von der Sonne ausgetrockneten Erde. Flechte wünschte, sie hätte ihren Grabestock mitgenommen, dann hätte sie zwei der langen Wurzeln herausheben und über einem Feuer zum Frühstück rösten können. So zeitig im Frühjahr schmeckten Prachtscharten süß und erdig, einen Mond später waren sie schon marklos und ungenießbar.

Sie blickte den Weg entlang. Mokassins hatten im Staub Spuren hinterlassen. Flechte rief: »Wanderer!«

Ein Krächzen brach die Morgenstille. Flechte hob den Kopf und beobachtete die Raben, die über den Rand der zerklüfteten Klippe flatterten. Sie tauchten nah heran, schwebten mit den Aufwinden wieder empor, legten sich seitwärts und schwangen sich hinaus.

Sie legte die Hände wie einen Trichter an den Mund und schrie: »Bist du das, Gekreuzter Schnabel?«

Einer der Raben flog dicht über ihren Kopf. Es war tatsächlich Gekreuzter Schnabel. Er krächzte grüßend zu ihr herunter.

»Wo ist Wanderer? Hast du ihn gesehen?«

»Ich bin hier drüben.« Beim unerwarteten Klang seiner Stimme, die vom Abgrund herauf erschallte, hüpfte sie vor Schreck in die Höhe.

Flechte trabte los und spähte vorsichtig in den tiefen Abgrund. Der Kalkstein fiel jäh zweihundert Hand ab. Sechs Hand weit unten saß Wanderer mit übereinandergeschlagenen Beinen auf einem schmalen, in die dünne Luft vorragenden Felsgesims. Zum Schutz vor der kühlen Morgenluft hatte er sich in eine rotbraune Decke gehüllt.

»Das sieht unheimlich aus, Wanderer.«

»Tatsächlich? Ist mir nicht aufgefallen«, antwortete er vergnügt.

»Was machst du da draußen?«

Er streckte die Hand nach ihr aus und rückte etwas beiseite. »Komm runter, dann sage ich es dir.«

Flechte hielt sich an seiner Hand fest und krabbelte über den bröckeligen Klippenrand. Etwas unsicher ließ sie sich neben ihm nieder. Sie rutschte so weit nach hinten, wie es nur ging. Erst als sie die Sicherheit des festen Felsens im Rücken spürte, entspannte sie sich ein wenig. Die drei Raben schwebten auf einem Luftstrom vor ihnen auf und ab.

»An diesem Platz wohnt eine Macht«, erklärte Wanderer. »Ich komme oft hierher, um über den Erdenschöpfer, die Spirale und das Große Eine nachzudenken.« Er lächelte, nahm seine Decke ab und legte sie ihr fest um die Schultern. Dankbar schmiegte sie sich an ihn.

»Wovon sprichst du? Oh, natürlich weiß ich, wer der Erdenschöpfer ist. Ich habe viele Geschichten aus seinem Leben gehört. Als er die Welt erschuf, war sie vollständig mit Wasser bedeckt, und die alte Schildkröte mußte hineintauchen und Erde heraufholen« – sie verdeutlichte die Mühen der Schildkröte mit einer entsprechenden Handbewegung –, »damit er daraus Land und Menschen formen konnte. Aber was sind die Spirale und das Große Eine?«

Wanderers runzliges Gesicht nahm einen ernsten Ausdruck an. »Was sie sind? Nun, sie sind alles.«

»Die Spirale ist alles?«

»Ja.« Er fuchtelte mit der Hand und zeigte auf das im blauen Schatten liegende Tal. »Die Spirale ist alles, was ist.«

»Und was ist das Große Eine?«

»Alles, was ist ... und was nicht ist.«

Flechte zog die Decke über ihre eiskalten Zehen. »Das ergibt keinen Sinn, Wanderer. Alles, was *nicht* ist, ist überhaupt nichts.«

»Nicht schlecht! Sag mir, was dir dazu sonst noch durch den Kopf geht.« Er veränderte seine Lage und sah sie an.

»Also, wenn das Große Eine überhaupt nichts ist, was ist es dann?«

»Nichts.«

Flechte schnitt eine Grimasse. Wanderer strahlte sie erwartungsvoll an, als erhoffe er sich die Erleuchtung von ihr. »Ein Nichts kann nicht existieren, Wanderer. Ich meine ... es ist nichts.«

»Genau! Darum ist das Große Eine der Herzschlag der Spirale. Wenn es *etwas* wäre, könnte es nicht die Grundlage für alles sein. Die Grundlage für alles kann es nur sein, wenn es überhaupt nichts ist.«

Flechte schüttelte zweifelnd den Kopf.

»Weißt du, Flechte«, sagte Wanderer, »es gibt Träumer, die glauben, alles in der Spirale sei Illusion.«

»Soll das heißen, sie glauben, die Welt sei nur eine Illusion?« Sie schnaubte vor Empörung. »Glaubst du das auch?«

Wanderer beugte sich dicht zu ihr und flüsterte: »Flechte, möchtest du wirklich in die Höhle der Ersten Frau gehen?«

»Ja«, antwortete sie inbrünstig. »Ich muß.«

Wanderer blinzelte. »Was wäre, wenn ich dir sagte, daß alles Wissen und Können auf der Welt nicht ausreicht, dich dorthin zu bringen? Gleichgültig, was ich dich lehre, gleichgültig, wie nachdrücklich du es auch versuchst.«

Flechte runzelte die Stirn. »Das begreife ich nicht, Wanderer. Du unterrichtest mich doch, damit ich lerne, meine Träume besser umzusetzen, oder? Aus diesem Grund haben wir Vater

Sonne in der Falle gefangen und den Baum der Ersten Frau erlegt. Stimmt das nicht?«

»Nein, Flechte. Ich habe versucht, dir beizubringen, dich von dir *selbst* loszulösen.«

»Wenn ich mich von *mir* selbst loslöse, wie kann *ich* dann eine Träumerin werden?«

Wanderer lehnte sich an den Kalkstein, schlang die Hände um die Knie und blickte in die Ferne. Die ersten Sonnenstrahlen ergossen sich in einer herrlichen goldenen Flut über das Land, und die Pflanzen streckten sich ihnen entgegen. Die Raben krächzten voller Freude und schwangen sich übermütig durch die Lüfte.

»Arme Flechte«, murmelte er, als wäre sie gar nicht da. »Sie glaubt, sie kann den Weg zur Höhle in ihren Träumen finden.« Er sah sie spöttisch an. »Nicht wahr, das glaubst du doch?«

»Natürlich. Ich dachte, um das zu lernen, sei ich bei dir.«

»Nein. Du wirst ihn nie finden. Dorthin gelangt man nicht mit Hilfe von Tricks oder irgendwelchen Methoden. Erst wenn du begreifst, daß alles, was du willst, alles, was du ersehnst und woran du glaubst, nichts weiter ist als durch die Dunkelheit huschende Leuchtkäfer – dann wirst du die Höhle der Ersten Frau finden.«

»Leuchtkäfer?«

»Ja«, kicherte er. »Wissen und Können sind nichts anderes als Leuchtkäfer, die mit der Fledermaus in wilder Jagd über den Abendhimmel flitzen. Die Fledermaus verbringt viel Zeit mit der Jagd nach Leuchtkäfern. Würde sie damit aufhören, würde sie bald merken, daß sie diese funkelnden Käfer überhaupt nicht braucht.«

Wanderer sah in ihr verständnisloses Gesicht, sprang auf die Füße und begann über den Rand der Klippe nach oben zu kriechen. Unter seinen Mokassins ergoß sich ein Regen aus Sand und Dreck über Flechtes Kopf. »Irgendwann wirst du das Große Eine auch noch begreifen. Das heißt, entweder du willst es begreifen, oder du lernst es nie. Und wenn ich dir überhaupt etwas nützen kann, dann wirst du ...«

Seine Stimme verklang. Er trottete mit seinem linkischen,

wipenden Gang über die Klippe zu seinem Haus. Die zerlumpten Ärmel wirbelten um seinen Körper.

Der Rabenschwarm schwebte über seinem Kopf. Krächzend und flügelschlagend gaben ihm die Vögel gute Ratschläge. Wanderer krähte zurück und fuchtelte mit den Armen, um seinen Lauten Nachdruck zu verleihen.

»Warte, Wanderer!«

Flechte band die Decke um ihre Hüften und erhob sich vorsichtig auf dem schmalen Kalksteingesims. Mit dem Rücken an den sicheren Fels gelehnt, grub sie ihre Finger in eine Felsspalte. Mühsam kletterte sie hinauf, doch als sie oben ankam, war von Wanderer weit und breit nichts mehr zu sehen.

Grüne Esche watschelte geduckt durch die Tür und sog tief die Nachtluft in ihre Lungen. Die in ihrem Leib hämmernden Schmerzen begleiteten jeden ihrer Schritte und machten sie schwach und zittrig. Vom Fluß wehte der Gestank der in Töpfen qualmenden Feuer herauf, der die Mücken vertreiben sollte. Irgendwo bellten und jaulten Hunde. Ein Baby weinte. Die lautstark streitenden Stimmen eines Mannes und einer Frau mischten sich in das Quaken der Frösche. Ansonsten herrschte in den Häusern der Nichtadeligen eine unheilvolle Ruhe. Die Feuer, wie verstreute Honigtropfen zwischen den Strohdachhäusern aufschimmernd, beleuchteten die düsteren Gesichter der Leute, die mit der Zubereitung des Abendessens beschäftigt waren. Der kühle Abendwind trug kein Gelächter herbei. In dieser Nacht wagten die Leute kaum zu atmen. Am Mittag war Dachsschwanz mit über achthundert Kriegern aufgebrochen. Später kamen scharenweise Händler in die Stadt, alle übersprudelnd von furchtbaren Neuigkeiten über Petaga.

Grüne Esche trug eine Platte mit Maiskuchen zu den Alten, die sich vor Winterbeeres Haus um ein Feuer versammelt hatten. Neben dem Feuer lag ein großer Haufen Maiskolben. Die Kolben loderten kurz auf und brannten schnell herunter, aber Holz war zu kostbar, um es einfach zu verbrennen. Die Leute in den umliegenden Dörfern konnten noch Eichen, Hickorybäume und Hartriegelzweige auftreiben, aber die Menschen aus Cahokia mußten dafür einen vollen Tagesmarsch auf sich nehmen.

Aufmerksam betrachtete Grüne Esche die um das Feuer versammelten mächtigen Frauen. Sie saßen zusammen und berieten, wie die Stammesangehörigen weiter vorgehen sollten. Zwar war Tharon der Häuptling Große Sonne, aber das endgültige Schicksal Cahokias lag in den Händen dieser Frauen.

Vier Stammesverbände kontrollierten sämtliche Felder in Cahokias näherer Umgebung. Sie bewirtschafteten sie und gaben die Hälfte der Ernte dem Sonnenhäuptling zur Verteilung im Häuptlingtum. Den Rest legten sie als Vorrat für die Ernährung ihrer eigenen Sippe zurück oder um benötigte Güter dafür einzutauschen. In den letzten fünf Zyklen war die Ernte erbärmlich dürftig ausgefallen, so daß die Vorräte kaum ausreichten. Im Mond des Tiefen Schnees hatte sich keiner gescheut, beim Sonnenhäuptling um eine Schale Mais zu betteln. Die Unzufriedenheit der Leute wuchs.

Sandbank vom Kürbisblüten-Stamm saß neben Mehlbeere vom Hirschknochenrassel-Stamm; und Mädchenauge, Führerin des Hornlöffel-Stamms, kauerte neben Winterbeere, der Ältesten des Blaudecken-Stamms. Die Frauen waren sehr alt. Jede hatte ein Gesicht wie eine Dörrpflaume und fast keine Zähne mehr. Die weißen Haare glitzerten im Feuerschein, als seien ihre Köpfe von Reif bedeckt. Hinter ihnen saßen einige Männer und Frauen im Kreis, die hofften, ihre Meinung kundtun zu können.

Grüne Esche stieg über einen am äußeren Rand des Kreises der Länge nach ausgestreckten Hund, eilte zur Mitte und stellte die Platte mit den Maiskuchen vor Winterbeere hin. Rasch zog sie sich zurück und setzte sich zwischen Nessel und Primel, die beide finster dreinblickten. Nessel hob die um seine Schultern liegende hellbraun und rot gemusterte Decke und hüllte Grüne Esche in seine Wärme ein. Sie schmiegte sich an ihn und fragte flüsternd: »Haben sie endlich angefangen?«

»Nein. Sie wetteifern immer noch um die Vormacht – jede prahlt damit, wie viele Kinder in diesem Zyklus in ihrem Stamm geboren worden sind und wie viele Hochzeiten bevorstehen.«

»Was hat Winterbeere gesagt?«

Er warf ihr einen Blick von der Seite zu. »Nichts.«

»Was? Aber ist ihr denn nicht klar, daß wir wie ein schlachtreifes Kaninchen in dieses Gemetzel marschieren, wenn wir nicht Stärke demonstrieren? Ich begreife nicht – «

Primel beugte sich zu ihr und sagte leise: »Seit Mehlbeere da ist, starrt Winterbeere ins Leere.«

»Aber ich – «

Grüne Esche verstummte, als Mehlbeere sich reckte und sehr aufrecht hinsetzte. Mehlbeere trug ein wunderschönes Hirschlederkleid. Es war über und über mit schimmernden Bleiglanzperlen bedeckt – ein Zeichen für Reichtum und Ansehen.

Ruhe gebietend hob Mehlbeere die Hand. »Der Hirschknochenrassel-Stamm hat sechs neue Ehemänner aus Yellow Star Mounds aufgenommen. Als Mitgift brachten sie Spitzen und Tausende von Seemuscheln mit. Wir können im nächsten Zyklus bis weit in den Süden und Osten Handel treiben.«

»So?« schnaubte Mädchenauge geringschätzig und hob ihr schlaffes Kinn. Ihr weißes Haar war so spärlich, daß es aussah wie ein dünnes, um ihren Schädel gewobenes Spinnennetz. Der Feuerschein fing sich mit trübem Glanz in ihren blinden Augen. »Wozu soll das gut sein, wenn wir von den Handelswegen abgeschnitten sind? Du hast gehört, was die Händler heute sagten – Petaga kontrolliert unsere Handelswege!« Das folgende Gemurmel über diese Ungeheuerlichkeit übertönend rief Mädchenauge: »Es wird kein Hickoryöl aus dem Osten mehr geben. Keine heilige rote Zeder kommt mehr aus dem Norden den Fluß herunter. Woher beziehen wir Ahornsaft? Von dem blaßroten Stein für Pfeifen oder Seemuscheln für unsere Perlenhandwerker gar nicht erst zu reden!« Sie beugte sich vor und starrte Mehlbeere aus ihren weißen Augen an. »*Du* wirst gar nicht in der Lage sein, Handel zu treiben, sofern wir nicht etwas unternehmen!«

Ein eisiger Abgrund öffnete sich in Grüne Esches Herz. Sie erschauerte. Nessel nahm sie noch fester in den Arm und flüsterte: »Warte ab. Vielleicht übertreibt sie ja absichtlich.«

Grüne Esche nickte. Aber sie kannte Mädchenauge besser

als er. Fünf Zyklen lang hatte Grüne Esche für Winterbeere Botengänge zu den anderen Stammesverbänden gemacht und Mädchenauge recht gut kennengelernt. Sie würde kaum versuchen, die anderen irrezuführen. Sie brauchte vielleicht etwas mehr Zeit, um ihre Worte sorgfältig zu wählen, aber sie sprach stets offen und ehrlich.

Sandbanks Augen über der breiten platten Nase wurden schmal. »Was schlägst du vor, Mädchenauge?«

»Wir alle wissen, was der Häuptling Große Sonne unseren Schwesterdörfern im letzten Winter angetan hat. Wir – «

»Er ließ den Cahokia schuldigen Tribut einziehen! Dieser Mais gehörte uns!« Mehlbeeres schrille Stimme hörte sich an wie Sand auf Stein.

Sandbank schüttelte den Kopf. »Es spielt keine Rolle, wem der Mais gehörte. Unsere Schwesterdörfer brauchten ihn, um zu überleben. Wir nahmen ihn aus den Mündern ihrer Kinder und fütterten damit unsere Kinder. Wir – «

»Mutter Erde stirbt«, murmelte Winterbeere. Sie fummelte mit einem Stock herum und versuchte, damit rund um ihren ausgestreckten Fuß Spiralen auf die Erde zu malen. Im warmen, bernsteinfarbenen Feuerschein funkelten ihre starren Augen wie die einer Wahnsinnigen.

Bei ihren Worten senkten die Leute stumm die Augen. Sie hatte die dunkelsten, verborgensten Ängste aller laut ausgesprochen. Jeder fragte sich, was mit den Priestern und Priesterinnen geschehen war, die bisher über die Wellen der Unterwelt getragen wurden. Wie ein Lauffeuer hatten sich im Dorf die Gerüchte verbreitet, daß es keinem der Sternengeborenen mehr gelang, in die Unterwelt zu reisen – weil die Erste Frau das Tor zum Quell der Ahnen geschlossen hatte.

Heilige Sternenungeheuer, was machen wir, wenn das stimmt? Wie sollen wir überleben, wenn uns die Götter im Stich gelassen haben?

Nervös fuhr sich Mehlbeere mit der Zunge über die welken Lippen. »Ich glaube nicht, daß es Petaga gelingt, die Handelswege lange zu blockieren«, begann sie und versuchte rasch, das Thema zu wechseln. »Dachsschwanz wird Petagas Armee in Stücke reißen – «

Doch Winterbeere schnitt ihr das Wort ab. »Es ist Nachtschatten! Sie ist eine Hexe. Sie hat uns verflucht! Sie hat uns immer gehaßt – seit Dachsschwanz sie als Kind aus ihrer Heimat entführt hat. Sie bringt uns um!«

Erschrockene Schreie und ängstliche Rufe erklangen. Die Leute suchten einen Schuldigen für ihre Misere, da kam ihnen Nachtschatten gerade recht. Ihr Name blies wie ein schwarzer Wind durch die verstörten Seelen der Versammelten.

Mehlbeere hob die Hände. »Aufhören! Aufhören! Das wissen wir nicht mit Gewißheit. Warum hat der Häuptling Große Sonne sie nicht längst getötet, wenn es wahr ist? Das ergibt keinen Sinn!«

Winterbeere beugte sich vor. Das Feuer, das kurz in ihren Augen aufgeglommen war, erlosch. »Trotzdem«, wisperte sie. »Es ist Nachtschatten. Sie tötet uns. Wartet ab. Ihr werdet ja sehen.«

Sandbank schluckte schwer und zupfte unruhig am Saum ihres grünen Kleides herum. Schließlich raffte sie sich auf und fragte: »Mädchenauge, habe ich dich vorhin richtig verstanden? Meintest du, wir sollten in dem bevorstehenden Krieg Partei ergreifen?«

Mädchenauge zuckte die schmalen Schultern. »Uns wird nichts anderes übrigbleiben. Früher oder später werden wir dazu gezwungen. Ihr wißt, wie es mit dem Mais steht; er wird auch in diesem Zyklus wieder verkümmern.«

Mehlbeere sagte: »Kann sein, ja, aber was – «

»Nur das zählt! Falls Dachsschwanz siegt, wird der nächste Winter noch schlimmer als der letzte. Niemand wird uns freiwillig Tribut geben. Wir müssen alle bis zum kleinsten Kind töten. Nur so kommen wir an die Vorratslager heran. Und ohne die Vorräte können wir nicht überleben.« Mit ihrem krummen Zeigefinger deutete Mädchenauge direkt auf Mehlbeeres Herz. »Siegt Petaga, ändert sich das System. Du hast gehört, was die Händler sagten! Geht es nach Petagas Willen, soll jedes Dorf in Zukunft seine Angelegenheiten selbst regeln. Dann könnten wir uns völlig neu organisieren. Jedes Dorf würde selbst bestimmen, wie es weitergeht. Wenn wir mit dem Süden keinen Handel mehr treiben wollen, können wir

Waren sparen und für Dinge nutzen, die wir tatsächlich benötigen – nicht für Güter, von denen Häuptling Große Sonne glaubt, das Häuptlingtum müsse sie besitzen!«

Mehlbeere schüttelte heftig den Kopf, Sandbank schürzte skeptisch die runzligen Lippen. Winterbeere schien Mädchenauges Worte nicht einmal gehört zu haben; sie blickte starr auf die Spitzen ihrer Sandalen.

Grüne Esches Herz schlug voller Liebe für ihre Tante. Es war nicht Winterbeeres Schuld. Ihre Seele schien halb in ihr, halb außerhalb ihres Körpers zu schweben, als dürste es sie danach, fortzugehen, über den Dunklen Fluß zu reisen und ihre Familie wiederzusehen. Grüne Esche war verzweifelt. Zu gerne hätte sie Winterbeere geholfen und ihr Leid gelindert, aber sie wußte nicht, wie. *Vielleicht irrt sie sich nicht und Nachtschatten ist wirklich schuld an unseren Problemen.*

»Du willst dich Petaga anschließen?« fragte Mehlbeere und starrte Mädchenauge entgeistert an.

»Die Stammesverbände müssen einstimmig entscheiden«, antwortete Mädchenauge vorsichtig. »Tharon muß alles, was wir heute abend beschließen, akzeptieren. Welcher Krieger – Dachsschwanz eingeschlossen – würde auf einen Kampfgang gehen, wenn sein Stamm es ihm verbietet? Wo will Tharon Männer und Frauen hernehmen, die Vorratslager ausräumen, wenn wir es den Leuten verbieten? Nirgendwoher! Unsere Leute sind zuallererst der Familie verpflichtet und erst dann den Sonnengeborenen!« Mädchenauge wägte ihre nächsten Worte sorgfältig ab. »Ich glaube, wir sollten alle Möglichkeiten in Betracht ziehen. Der Häuptling Große Sonne hat uns im vergangenen Zyklus nicht zu Rate gezogen, als er beschloß, unsere Schwesterdörfer anzugreifen – obwohl wir in diesen Dörfern *Verwandte* haben!«

Nachdenklich kratzte sich Sandbank an ihrer Nase. »Ja, Mädchenauge hat recht. Wir sollten die Augen offenhalten und gründlich überlegen. Warten wir ab, wie es zwischen Dachsschwanz und Petaga weitergeht. Wenn – «

»*Verräter!*« fauchte Mehlbeere. Sie erhob sich auf wackligen Beinen und schüttelte drohend die geballte Faust über ihrem Kopf. »Der Hirschknochenrassel-Stamm beteiligt sich nicht an einem Komplott gegen den Häuptling Große Sonne! Ich habe gesprochen!«

Sie stapfte davon in die Dunkelheit; die sechs Abgesandten ihres Stammes folgten ihr dicht auf den Fersen.

»Wartet!« rief Primel und schickte sich an, hinter ihnen herzueilen. »Wartet bitte! Niemand hier begeht Verrat. Kommt zurück! Mehlbeere!«

Grüne Esche warf einen verstohlenen Blick auf Nessel, der gequält die Augen geschlossen hatte.

Kapitel 20

Wanderer streckte sich lang auf der Seite aus und warf einen Blick durch das Zimmer auf Flechte. Er hatte sich angewöhnt, alle paar Finger Zeit aufzuwachen und sich zu vergewissern, daß mit ihr alles in Ordnung war. Er machte sich Sorgen, denn als sie sich zum erstenmal nach ihrer Reise in die Unterwelt wieder unter ihre Decken verkrochen hatte, fürchtete sie sich davor, die Ungeheuer der Unterwelt könnten aus der Dunkelheit emporsteigen und ihre Seele rauben.

Ein heißer Wind strich durch das Fenster herein. In der Brise wiegten und drehten sich die Gebetsfächer aus Adlerfedern, die Wanderer zu Flechtes Sicherheit mit größter Sorgfalt über ihr Bett gehängt hatte. Flechte lag im schwachen Licht des eindringenden Sternenscheins zusammengerollt und ruhig schlafend darunter.

Die Symbole der Mächte an den Wänden beobachteten sie stumm. Sie wirkten nachdenklich, anscheinend waren sie noch im ungewissen über die neue Flechte. Sie hatte ihre Erwartungen bei weitem übertroffen. Wanderer fühlte die Ehrfurcht der Spiralen, und er teilte ihre Empfindungen.

Das Licht der Sterne überhauchte silbern Flechtes lange Wimpern und floß über die zerzausten Zöpfe auf ihre nackten Schultern.

Oh, wie er dieses Kind liebte. Stets hatte er versucht, sich vorzustellen, wie es wäre, Flechtes Vater und nicht nur ihr

Freund zu sein. Aber an eine solche Freude hatte er nie zu denken gewagt. Jedesmal, wenn sie ihm einen dieser ironischen, vorwurfsvollen Blicke zuwarf, die besagten, *Wanderer, das meinst du doch nicht ernst, oder?*, schwang sich seine Seele freudig empor. Hörte sie ihm mit angestrengt gerunzelter Stirn atemlos zu und sah ihn dabei an, als wisse er mehr als der Erdenschöpfer – nun, dann wußte Wanderer nicht mehr, wie er sich verhalten sollte. Ihr grenzenloses Zutrauen zu ihm verursachte tief in seiner Kehle ein unangenehmes Prickeln und hinterließ Beklommenheit. Mit ihrem unerschütterlichen Vertrauen in ihn forderte Flechte mehr von Wanderers Seele, als er je irgend jemandem hatte geben müssen ... ausgenommen einer Macht.

Das jagte ihm Angst ein.

Der Ruf einer Macht erreichte die Grenzen seiner Seele und erinnerte ihn daran, daß er seine eigenen Träume vernachlässigt hatte.

Ich habe dich vergessen. Aber nur, weil sie mich im Moment mehr braucht.

Aus der Ferne drang schwach das Heulen von Wölfen. Den ganzen Tag über waren zwölf Wölfe um die Felsbehausung gestreift und hatten Flechte und ihn, versteckt hinter Felsen und im Gestrüpp, beobachtet. Jedesmal, wenn er eine Geschichte erzählte, spitzten sie aufmerksam die Ohren. Seltsam – noch nie hatte er so viele Wölfe gesehen, die sich furchtlos in die Nähe von Menschen wagten.

Wanderer schob einen Arm unter seinen Kopf und versank in die Erinnerung an die brennenden gelben Wolfsaugen. Sie hatten versucht, ihm etwas mitzuteilen. Aber was? Er ließ sich treiben und dachte darüber nach. Allmählich entspannte sich sein Körper, und er fühlte sich leicht wie ein schwebender Seidenpflanzensamen. In diesen Frieden hinein brach ein Traum mit der dröhnenden Macht von Donnervogels Grollen ...

Ein böiger Wind schlug auf Wanderer ein und drängte ihn seitwärts zwischen eisverkrustete Felsausläufer. Mit aller Kraft kämpfte er um Halt, doch als er sich mit den Händen an der durchsichtig schimmernden, glatten Oberfläche festklammern wollte, rutschte er ab. Hals über Kopf stürzte er den Hang hinunter. Als er die turmhohe Schneewehe auf sich zukommen sah, hob er instinktiv die Arme, um seinen Kopf zu schützen. Schneeflocken stoben auf, als er in das glitzernde Weiß eintauchte.

Benommen schaufelte sich Wanderer frei und blickte sich um. So weit er sehen konnte, breiteten sich glitzernde Formen aus Eis aus. Hinter den Ebenen im Westen erhoben sich indigoblaue zerklüftete Gipfel, die so hoch aufragten, daß sie die Bäuche der Sternenungeheuer durchbohrten. Aber ... die Ungeheuer sahen ganz anders aus als sonst. Sie hatten ihre Gestalt verändert. Der Junge Wolf streckte sein Bein weiter aus, das Genick der Gehenkten Frau war zweimal gekrümmt.

»Wo bin ich?« schrie Wanderer angsterfüllt.

Der Wind packte seine klagende Frage und blies sie über die Einöde der Eishügel.

Blut sickerte aus einer klaffenden Wunde in seinem Arm und tränkte sein zerschlissenes Hemd aus Pappelrinde. Unter den leuchtend flackernden Lichtbändern am Himmel schimmerten die Blutstropfen wie schwarze Tränen.

Wanderers Zehen fühlten sich taub an. Er mußte einen Unterschlupf finden, oder er würde erfrieren. Er erhob sich und stapfte mit knirschenden Schritten aus dem Windschatten der Schneewehe den Hang hinauf. Von oben hatte er einen besseren Überblick über das Gelände.

In südlicher Richtung ritten Schaumkronen auf den Wellenkämmen einer riesigen, aufgewühlten See. Die Lichter des Himmels warfen einen opalisierenden Schimmer auf die dunkle Wasseroberfläche.

»Hallo! ... Ist da jemand? Wo bin ich?«

»Im Land der Langen Finsternis, Träumer.«

Der Himmel flammte auf, explodierte geräuschlos in ein Farbenmeer von Purpurrot, Grün und Azurblau. Windmutter hielt ehrfürchtig den Atem an. Stille. Als habe sie der Atem des Jungen Wolfes erwärmt, sickerten die den Himmel bedeckenden Farben wie bunte Flecken durch das funkelnde Sternennetz und verschmolzen zu einem Regenbogen, der sich zärtlich über den Busen der Nacht legte.

»Komm, Träumer, wir beide müssen miteinander reden.«

Die freundliche Stimme hallte von den Schneewehen wider. Auf dem Rücken des Regenbogens stand ein hochgewachsener junger Mann. Wanderer starrte ihn von Ehrfurcht erfüllt an. »Wer bist du? Was willst du?«

»Die Macht braucht deine Stärke. Komm. Klettere zu mir herauf. Sprich mit mir. Flechte ist eine große Träumerin, aber sie braucht deine Hilfe.«

»Wie?« Wanderer erstickte fast an diesem Wort. Gebannt blickte er zu der strahlenden Gestalt hinauf. »Wie kann ich ihr helfen?«

»Lehre sie folgendes: Um den Pfad zu betreten, muß sie ihn verlassen. Nur die Verirrten finden den Eingang zur Höhle, und nur die Schutzlosen überschreiten die Schwelle. Sie ist jung. Jemandem, der so voller Leben ist, fällt es nicht leicht, sich auszuliefern. Alles Gegensätzliche steht miteinander im Einklang. Sie wird das Licht nur finden, wenn sie begreift, Licht ist auch Dunkelheit, Blöße, Nichts. Lehre sie das.«

»Wer *bist* du?«

»Dein Volk nennt mich Wolfstöter. Mein Volk nannte mich Wolfsträumer. Ich tanzte mit der Macht.«

»Wolfstöter?« Wanderers Stimme bebte. »Bist du der Geist, der in der Unterwelt zu Flechte sprach?«

»Ja. Beeil dich ... beeil dich ...«

Wanderer ging auf wackligen Beinen zum Rande des Regenbogens. Dort drückte er seine vor Kälte steifen Finger in die Lichtbänder und zog sich hinauf. Während er zum Mittelpunkt des Regenbogens kletterte, durchlief ihn ein immer stärker werdendes Prickeln. Keuchend erreichte er den Scheitelpunkt, wo ihn der junge Mann erwartete. Herrliche Farben umwogten ihn mit lichtdurchlässigem Glanz.

Wolfstöters Körper erstrahlte in einem goldenen Licht, als lebe Vater Sonne in seinem Innern. Der Kummer und die Anteilnahme in seinen dunklen Augen zerrissen Wanderers Seele. Wolfstöter lächelte wehmütig.

»Hörst du sie, Träumer? Lausche.«

Aus dem glitzernden Regenbogen drangen schwache Schreie. Qual ergriff Wanderer und steigerte sich zu einem solch überwältigenden Schmerz, daß er sich auf die Knie warf und seine Hände in die purpurroten Bänder grub.

Die Farben wirbelten durcheinander und verschmolzen, verfestigten sich zu Bildern eines Krieges. Leuchtkäfer funkelten zwischen tätowierten Kriegern, die mit erhobenen hornsteinbewehrten Kriegskeulen über einen Platz rannten. Zuckende Flammen sprangen von Haus zu Haus, erfaßten das knochentrockene Gras und verbanden sich zu einer grell orangefarbenen Feuersbrunst, die das Unterholz verzehrte und sich wie ein wütendes Raubtier auf die dürren Maisfelder stürzte.

Wanderer fühlte, wie er abwärts glitt und mitten in die Schlacht gezogen wurde. Frauen und Kinder stürmten aus brennenden Häusern in die unter dem sternenübersäten Himmel wogenden Rauchschwaden. Schreie zerrissen die Luft, und Menschen rannten in panischem Schrecken durcheinander. Der Schein der alles verschlingenden Flammen enthüllte das Entsetzen in ihren bleichen Gesichtern.

»Wo ist das, Wolfstöter?«

»Erkennst du es nicht?«

»Nein, ich – « Ein weiteres strohgedecktes Haus fing Feuer. Im hell auflodernden Lichtschein erhaschte Wanderer einen Blick auf den drohend aufragenden Umriß eines Hügels. »Cahokia?«

»Ja. Die Zeit ist knapp. Bereite dich vor, Träumer. Als Gizis' Vater, der alte Keran, beschloß, das Land von seinem Volk ausbeuten zu lassen, warf er die Spirale aus dem Gleichgewicht. Nun hat Tharon eines der heiligsten Tabus des Volkes gebrochen und dadurch die Spirale auf den Kopf gestellt. Aus der Dürre und der Hungersnot ist Krieg entstanden. Die Erste Frau hat sich abgewandt. Ihrer Meinung nach verdienen es die Menschen, den Weg des Mammuts und des Säbelzahntigers zu gehen. Sie hat vor dem Eingang zu ihrer Höhle einen undurchdringlichen Schleier der Illusion gesponnen, den kein Träumer bisher hat durchdringen können.

Dachsschwanz ist heute gegen Petaga in den Kampf gezogen. Nimm dich in acht. Mutter Erde klammert sich nur noch schwach an das Leben in diesem Land. Ihr Lebenswille wird zunehmend schwächer, je länger die Erste Frau den Eingang zur Höhle versperrt. Ge-

lingt es Flechte nicht, die Höhle zu betreten, fegt der Zorn der Ersten Frau die Menschen aus diesem Land. Sie werden so hilflos sein wie Gänsedaunen im Wüten eines Sturmes.«

Wanderer rang nach Luft. Aus Wolfstöters Brust platzten rote Spiralen und entrollten sich zu Armen und Beinen. Der große junge Mann verwandelte sich in eine riesige rote Spinne, die sich auf langen, dünnen Gliedmaßen aufrichtete. Das bedrohlich über Wanderer aufragende Tier beugte sich vor und starrte ihm in die Augen. Wanderer fiel auf die Knie. »Ich helfe dir! Ich verspreche es. Sag mir, was ich tun muß! Füge mir kein Leid zu!«

»Sieh genau hin ... sieh die Zukunft, die kommt, wenn Flechte nicht in die Höhle gelangt.«

Die Spinne drehte sich um und sprang vom Scheitelpunkt des Regenbogens in das eisig funkelnde Herz des Jungen Wolfes.

»Warte! Warte!« rief Wanderer erschrocken. »Laß mich nicht allein! Wolfstöter, komm zurück! Wieviel Zeit bleibt mir, um Flechte zu unterweisen?«

Voller Angst blickte Wanderer auf die um ihn herum tobende Schlacht. Im Schein der wütenden Flammen sah er undeutlich eine Menschenmenge von der Sohle des Cahokia Creeks heraufstürmen ... und vor der Meute erkannte er Nachtschatten. Ihr Gesicht schien aus weißem Ton geformt. Es sah hart und unversöhnlich aus. Sie erreichte die Palisaden und rannte mit wehenden Haaren durch das Tor.

Eine Horde feindlicher Krieger überrannte die Palisade. Als sie Nachtschatten entdeckten, stießen sie ein Triumphgeheul aus und verfolgten sie. Einer schrie: »Da ist sie, die Verräterin! Tötet sie!« Der vorneweg laufende Krieger stürzte vor, packte Nachtschatten und schlug sie zu Boden. Ein zweiter Krieger hob seine Kriegskeule über ihren Kopf. Nachtschatten schrie.

Ein Beben erschütterte den Regenbogen. Wanderer zuckte erschrocken zusammen. Leuchtende Fäden schossen zwischen den Sternen hindurch und bohrten sich knisternd wie Blitze in den Himmel. Ein Blitzstrahl schoß genau auf Wanderers Brust zu. Die kleinen, runden, glänzenden Spinnenaugen näherten sich mit dem Strahl, wurden größer und größer. Ein

Netz in Regenbogenfarben begann sich um ihn zu spinnen, zog sich fester und fester um seinen Körper, bis er völlig gefangen war und sich nicht mehr rühren konnte ...

Er fuhr im Bett hoch und schrie in höchster Verzweiflung: »Wolfstöter! Nein!« Kalter Schweiß bedeckte seinen Körper.

»Wanderer!« rief Flechte.

Er drehte sich nach ihr um und sah sie, einen Fächer aus Adlerfedern an ihre nackte Brust gepreßt, auf ihrem Bett knien. Die Spitze ihres über die Schulter fallenden Zopfes berührte ihren grün-hellbraunen Rock. Aus ängstlich aufgerissenen Augen blickte sie ihn an.

»Wanderer, fehlt dir etwas?«

»Flechte, eine ... eine *Spinne* versucht, meine Seele in ihre Gewalt zu bekommen!«

»Was? Eben jetzt?«

»Ja, sie spann ein Netz, um mich darin zu fangen.«

Flechte sprang auf die Beine wie ein erschrockener Hirsch, hinter dessen Rücken sich ein Pfeil in einen Baum bohrt. Sie rannte zu ihm und hüpfte in sein Bett. Zitternd zog Wanderer seine Decken bis unter ihr Kinn und schmiegte sich eng an sie. *Oh, Nachtschatten ... so viel Verantwortung ruht auf meiner Tochter. Kann ich sie alles schnell genug lehren? Bin ich gut genug?* Die Symbole der Mächte beobachteten ihn verstört.

»Die Spinne hatte kein Geweih, oder?« fragte Flechte eindringlich mit schwacher, furchtsamer Stimme.

»Nein, nur kleine, runde, glänzende Augen.«

Sie entspannte sich ein wenig. »Aber es war ein Traum? Ein Geistertraum?«

»Ja.«

»Worum ging es?«

»Um Krieg ... meistens.«

»Du hast ›Wolfstöter!‹ gerufen, als du aufgewacht bist. Ist er zu dir gekommen?«

Wanderer strich sich über seine schweißnassen grauen Haare. »Ja. Ja, er ist gekommen. Aber jetzt laß uns schlafen, Flechte. Ich erzähle es dir morgen auf dem Nachhauseweg. In Träumen stecken so viele verborgene Bedeutungen. Spinnen und Regenbogen und Krieger. Ich brauche Zeit zum Nachdenken.«

Flechte nickte und kuschelte sich tiefer in seine schützenden Arme. »Es war wohl ziemlich schlimm, wie?«

»Ziemlich schlimm, ja.«

Wanderer küßte sie ungestüm auf die Schläfe. Dann ließ er seinen Blick durch das Zimmer schweifen und nahm die Wirklichkeit in sich auf. Er betrachtete die Feuerstelle, die Gebetsfächer, und schließlich entdeckte er den Riß in seinem blutgetränkten Hemdsärmel. Durch das Loch im Stoff sah er eine klaffende Wunde in seinem Arm.

Tharon griff nach einer von Orendas Puppen und riß sie brutal in zwei Hälften; die Stücke schleuderte er quer durch den ganzen Raum. Schwer atmend trat er mit aller Kraft gegen ihre anderen Spielsachen. Maishülsen und Seidenfetzen flatterten im schwachen Lichtschein zu Boden. Wo war die große Puppe? Er durchsuchte jeden dunklen Winkel. Doch vergebens – der erbärmliche kleine Wurm hatte seinen liebsten »Gefährten« mitgenommen.

»Du hast es so gewollt«, krächzte er. »Wenn ich dich finde, Orenda, wirst du dir wünschen, du wärst so tot wie deine verabscheuungswürdige Mutter!«

Wütend stieß Tharon Orendas Bett um, dann zerbrach er systematisch jedes Gefäß und jedes Schmuckstück, das ihm in die Finger kam. Seine Wut wuchs ins Unermeßliche. Er riß die Türvorhänge zurück und stapfte in den Flur hinaus.

Neben den schwach brennenden Feuerschalen fiel das Licht in der zarten Farbe frischen Ahornsaftes auf die Wände. Kessel hatte die Dochte schmaler geschnitten, weil sie von den Händlern beim letztenmal kein Hickoryöl bekommen hatte. Anscheinend hatte Petaga sie von ihren Handelswegen abgeschnitten. Nun, Dachsschwanz würde das regeln. Dachsschwanz regelte immer alles. Tharon lächelte. Der stämmige Krieger war wirklich ein vortrefflich dressierter Bär.

»Warte nur, Petaga. Ich werde mit großem Vergnügen zusehen, wie Dachsschwanz dir das noch schlagende Herz aus der Brust schneidet. O ja, ich habe ihm befohlen, dich lebendigen Leibes gefangenzunehmen, Petaga. Ich will dich mit eigenen Augen sterben sehen!«

Tharon schritt nacheinander alle beleuchteten Flure ab. Unter den winzigen Zierlöchern seiner roten Spitzentunika blitzte das Gold seines Gewandes auf wie die Strahlen der Sonne. Wo hatte sich dieses verrückte Kind verkrochen? War es etwa nach draußen entflohen? Vielleicht versteckte es sich bei Dachsschwanz' Kriegern.

Tharon raste vor Wut. Er bog um eine Ecke und riß den erstbesten Türvorhang beiseite. Dreist stolzierte er in das Zimmer. Noch ehe sich seine Augen an die Dunkelheit gewöhnt hatten, hörte er eine Frau entsetzt keuchen.

»Mein Häuptling!« Ruckartig setzte sich Drossellied in ihrem Bett auf und versuchte hastig, den Schlaf aus ihren Augen zu blinzeln.

»Wo ist meine Tochter?«

»Ich … ich weiß nicht. Ich habe sie nicht – «

»*Suche sie!*« Tharon fletschte die Zähne und beobachtete mit gehässiger Zufriedenheit, wie Drossellied aus ihrem Bett taumelte und sich in höchster Eile die Kleider überwarf. »In weniger als einer Hand Zeit will ich sie in meinem Zimmer sehen. Suche in der Südhälfte des Tempels, Priesterin. Ich nehme mir die Nordhälfte vor. Wenn nötig, wecke alle Sternengeborenen.«

»Ja, mein Häuptling!«

Gebückt trat Tharon wieder in den Flur und rannte zum nächsten Vorhang. Dahinter befand sich ein Lagerraum, angefüllt mit Gefäßen, die seltene Meeresmuscheln, gehämmerte Kupferplatten, Bleiglanzstücke und elegant gewobene Decken enthielten. Rücksichtslos durchsuchte er den Raum und schob die größten Krüge achtlos beiseite, so daß sie krachend umkippten und ihren glitzernden Reichtum auf den Boden ergossen. Tharon schlug mit den Fäusten an die Wände und schrie: »Ich will Orenda! Bringt mir meine Tochter! *Bringt mir meine Tochter!*«

Er hörte Drossellied den Flur entlangtrippeln und mit angstvoller Stimme die anderen Sternengeborenen wecken. Aufgeregtes Gemurmel erklang.

Tharon stürmte aus dem Lagerraum, sein Blut pochte. Er raste durch den Flur, bog in den nächten ab und verlangsamte plötzlich seine Schritte. Das einzige in diesem Flur bewohnte Zimmer gehörte Nachtschatten. Alle anderen Sternengeborenen waren bei Nachtschattens Einzug aus diesem Trakt ausgezogen.

Tharon schürzte die Lippen. Er versuchte, die Panik zu unterdrücken, die ihn bei dem Gedanken befiel, sie herauszufordern. Nachtschatten hatte sich in den letzten beiden Tagen ausgesprochen merkwürdig verhalten. Wenn sich nachts alle anderen schon zurückgezogen hatten, geisterte sie durch die Flure. Sie war kaum mehr als ein Schatten in der Dunkelheit und benahm sich, als hielte sie nach einem bösen Geist Ausschau.

Versteckt hinter seinen Türvorhängen hatte Tharon sie heimlich beobachtet. Sie schien mehr und mehr Zeit außerhalb ihres Zimmers zu verbringen, und dieser Gedanke versetzte ihn in Angst und Schrecken. Warum? Was führte sie im Schilde? Wollte sie ihn einschüchtern? Wenn ihn sein Gefühl nicht trog, würde sie auch jetzt nicht in ihrem Zimmer sein. Plötzlich meinte er, beobachtet zu werden. Verstohlen blickte er sich um und spähte den Flur hinunter. Unwillkürlich seufzte er vor Erleichterung, als er niemanden entdeckte.

Er war nervös, denn am Tag zuvor, früh nach dem Aufwachen, hatte er über seiner Tür angenagelt einen Beutel aus Waschbärhaut entdeckt. Als Kessel ihn abnahm und aufschlitzte, schrie sie entsetzt auf. Die Macht, die diesem bösen Gegenstand innewohnte, ängstigte sie zu Tode. Auf einer Unterlage aus Zedernrinde lag ein eingeschrumpfter Tumor. Aus dem gräßlichen Stück Fleisch wuchsen Haare und Zähne. Und jemand hatte sein Ebenbild auf einen der Zähne gemalt.

Tharon hatte einen furchtbaren Wutanfall bekommen. Über zwei Hand Zeit lang warf er mit Gegenständen und brüllte herum. Er zwang alle Sternengeborenen, sich in dem Sonnenzimmer zu versammeln, und versetzte sie mit übelsten Drohungen in Angst und Schrecken.

Es gab keinen Beweis, daß Nachtschatten ihn mit diesem Beutel verhext, nicht einmal, daß sie ihn über seine Tür gehängt hatte. Aber er *glaubte* es. Als Gegenmittel hatte er schalenweise Bleiglanztee in sich hineingeschüttet. Aber seine körperliche Schwäche schien eher noch zuzunehmen.

»*Hexe!*« zischte er. »Der alte Murmeltier hat recht gehabt. Ich hätte dich gleich bei deiner Ankunft umbringen sollen.«

Tharon straffte die Schultern. Nachtschatten hatte kein Recht, ihm Angst einzujagen! Er war der Häuptling Große Sonne! Er regierte Tausende. Sie war eine – eine *Frau,* weiter nichts!

Leise schlich er zu ihrer Tür und faßte nach den Vorhängen. Aber erst nach einigen bangen Augenblicken brachte er den Mut auf, den Stoff einen Spaltbreit auseinanderzuschieben und in die Dunkelheit zu spähen. Während sich seine Augen an die Finsternis gewöhnten, starrte er forschend auf die schwarzen Umrisse der an der rechten Wand aufgereihten Gefäße; von dort wanderte sein Blick weiter zu Murmeltiers Sternenkarte. Sie warf zarte silberne Kreise auf den Dreifuß mit dem Schildkrötenbündel. Schließlich schielte Tharon zu Nachtschattens Bett hinüber. Schwarze Haare lugten unter den Decken hervor und streiften fast den Boden.

Tharon steckte den Kopf durch die Türvorhänge. Die Dunkelheit lag wie dicke staubige Spinnenweben in den Ecken, aber das vom Flur eindringende Licht fiel genau auf das Bett.

Rasende Wut kochte in ihm.

Orenda? In Nachtschattens Bett? Links neben der Tür entdeckte er ihre häßliche Puppe. Das abscheuliche Spielzeug war auffallend liebevoll in eine Decke gehüllt worden. Die Puppenaugen starrten Tharon feindselig an. Glaubte Orenda im Ernst, sie könnte ihm so leicht entkommen?

»*Orenda!*«

Entsetzt schreckte seine Tochter hoch und warf sich mit dem Rücken gegen die Wand. Er lachte rauh.

»Nein, nein, nein!« schluchzte Orenda.

Tharon stürzte mit hocherhobener Faust auf sie los. Für diesen Frevel verdiente sie Schläge. In diesem Moment raschelten Kleider in der gegenüberliegenden Ecke des Zimmers. Tharon wirbelte so rasch herum, daß er zur Seite taumelte.

Aus der dunklen Ecke funkelten ihn, silbrig leuchtend wie gefrorene Seen, Nachtschattens Augen an.

»Nachtschatten!« knurrte er. »Wie kannst du es wagen, mein Kind zu entführen?«

Ihr tiefes kehliges Lachen ertönte, und das Glitzern ihrer Augen versank in der Dunkelheit.

Tharon wich zurück, bis er an den Fuß des Bettes stieß. Warum sah er sie nicht mehr? Wo in diesem schattenhaften Dunkel steckte sie? »Nachtschatten, antworte mir! Ich befehle dir – «

Das Knirschen von Sandalen auf dem Boden ließ Tharon erschrocken zusammenzucken. Hastig riß er das Schildkrötenbündel an sich, von dem er wußte, daß es Nachtschatten viel bedeutete.

Tharon preßte das Bündel an seine Brust und stieß keuchend hervor: »Da! Jetzt habe ich es. Wenn du näher kommst, werde ich ... werde ich es verbrennen, Nachtschatten! Hörst du? Ich werde es umbringen!« Seine Augen versuchten angestrengt, die Dunkelheit zu durchdringen. Doch er konnte keine Spur von ihr entdecken.

»Leg es hin.« Ihre Stimme klang unnatürlich ruhig.

»Nein! Ich – ich will meine Tochter und dann weg von hier. Weiter will ich nichts. Bleib, wo du bist!«

Tharon streckte eine Hand aus und packte Orenda an den Haaren. Das Kind schrie gellend und wehrte sich, doch er zerrte es brutal aus dem Bett und warf es zu Boden. Wie eine verängstigte Maus vergrub Orenda ihr Gesicht in den Händen und heulte. »Halt den Mund!« befahl Tharon.

Nachtschattens höhnisches Lachen traf ihn wie ein Schlag. »Nur zu, Tharon. Drück das Bündel nur weiter an deine Brust.«

»W-warum?«

»Weil du es genau über deinem Herzen hältst ... es wird dich töten.«

»Du machst mir keine Angst, Nachtschatten. Ich lege es nicht weg! Ich weiß, was du ...«

Eine feuchte Kälte wie aus einer offenen Gruft kroch in das Zimmer. Eisige Finger drangen durch sein Gewand und krallten sich in seinen Bauch und seine Lenden. Die Grabeskälte breitete sich bis in seine Brust aus, ballte sich zusammen und brachte sein Herz aus dem Takt. Unvermittelt ließ er Orendas Haare los. Er stolperte nach vorn und warf dabei polternd den Dreifuß um, auf dem das Bündel gelegen hatte.

»Siehst du, Tharon?« Nachtschattens Stimme klang spöttisch. »Sie kommen zu dir.«

»Wer …«

Flüsternde Stimmen umgaben Tharon, unheimliche, *vertraute* Stimmen. Sie schwebten durch die Dunkelheit wie Falken, schwangen sich empor und stießen auf ihn herab. Tausende Stimmen, von überall her.

»Was geschieht da?« schrie er voller Panik.

In der Dunkelheit leuchteten Gesichter auf; weiß und durchsichtig bewegten sie sich durch eine fremdartige Landschaft: In einem dunklen Land mit am Himmel tanzenden Lichtern zerrte eine alte Frau einen jungen Mann aus einer Schneewehe; eine schöne Frau schwebte auf Donnervogels Flügeln über der Welt; ein kleiner Junge, dessen Mutter sich umgebracht hatte, schluchzte …

Die Landschaftsbilder verblaßten, nur noch die Gesichter schwebten in der Dunkelheit des Zimmers. Sie schwankten auf Tharon zu und verlangten zornig, er solle das Bündel niederlegen. Er stieß einen Schrei aus und schleuderte das Bündel auf den Boden. Nachtschatten keuchte auf. Sie taumelte und übergab sich.

Tharon eilte zur Tür, packte Orendas große Puppe am Hals und stürmte auf den Flur. Er brüllte: »Kessel! Drossellied! Hilfe! Helft mir!«

Orendas Jammern hallte herzzerreißend durch die Tempelkorridore.

Kapitel 21

Flechte raffte den Saum ihres grünen Kleides mit den roten Spiralen, das einmal Wanderers Zeremonienhemd gewesen war, damit sich die über den Weg kriechenden Brombeerranken nicht darin verfingen, deren stark riechende weiße Blüten die Luft schwängerten. Ihr Zopf war mit einem Holzkamm oben auf dem Kopf festgesteckt, doch ein paar widerspenstige Strähnen hatten sich gelöst und kitzelten ihre Ohren. In dem

Bündel auf ihrem Rücken trug sie all die heiligen Dinge, die Wanderer zu ihrer Unterweisung verwendet hatte: Vater Sonnes Falle, die Zedernzweige vom Baum der Ersten Frau, ein hohles Rohr zum Wegblasen böser Geister und die Kleider, die sie von zu Hause mitgebracht hatte.

Wanderer ging mit seinem typisch federnden Gang neben ihr. Den Kopf neigte er so unnatürlich weit nach links, daß es aussah, als müsse er jeden Moment abknicken. Den ganzen Vormittag über, während sie an der gezackten Kante der Felsklippe entlang ins Schwemmland hinuntergingen, blieb er sehr nachdenklich. Er schwitzte. Schweißtropfen rannen von seiner langen Nase auf sein rotes Hemd. An die Bänder seines Lendenschurzes hatte er Machtbeutel und Schellen aus Muscheln gehängt – um übermütige Seelen abzuschrecken, wie er sagte.

»Der Regenbogen war also kein normaler Regenbogen?«

»Nein.« Wanderer schüttelte den Kopf. »Er erstreckte sich über den ganzen Himmel. Ich habe die Lichtbänder berührt; sie fühlten sich warm an.« Sein runzliges Gesicht sah aus, als ob er ein schwieriges Problem auszuloten versuche.

»Und was sagte Wolfstöter über den Krieg, Wanderer?«

»Oh, er zeigte mir nur Cahokia und die im Dorf tobende Schlacht. Es war schrecklich, Flechte. Ich habe mich gefürchtet. Ich …«

Flechte wich einem Distelgestrüpp aus. Verwundert, daß seine Stimme plötzlich verklang, drehte sie sich um. Er lief, immer noch redend und mit den Armen fuchtelnd, in eine verkehrte Richtung.

»Wanderer! Nein, nicht diesen Weg! *Hier* entlang.«

Flechte trabte zu ihm hinüber und führte ihn an der Hand auf den Weg zurück. Schon fünfmal war er in die falsche Richtung marschiert, einmal wäre er dabei fast von der Felsklippe gestürzt. »Versuch einfach, bei mir zu bleiben, Wanderer. Hast du verstanden?«

»Oh, ist es mir wieder passiert?« fragte er bestürzt. Mit großen Augen betrachtete er staunend das Land. »Tut mir leid, Flechte.«

»Ist schon gut. Du warst in Gedanken versunken.«

»Ich bin keine sehr unterhaltsame Gesellschaft heute, nicht wahr? Ich versuche immer noch, diesen Traum zu ergründen.«

»Ich weiß. Erzähl mir mehr von Wolfstöter. Du sagtest, er habe von innen heraus geglüht. Glaubst du, bei Feuerschwamm ist das genauso?«

»Ich weiß es nicht. Die Erste Frau jedenfalls glüht überhaupt nicht.«

Mit offenem Mund starrte ihn Flechte an. *»Du hast sie gesehen?«*

Selbstbewußt erwiderte er ihren Blick. »Ja, vor langer Zeit. Als ich das Träumen erlernte.«

»Wanderer, warum hast du mir das nie gesagt? Ich muß solche Dinge wissen – du weißt schon, falls ich sie sehe. Wie ist sie?«

»Streitsüchtig. Ich bekam nicht einmal ihre Höhle zu Gesicht. Sie lief auf mich zu, schwang drohend ihren Gehstock und vertrieb mich.«

»Tatsächlich?«

»Ja. Ich glaube, sie mochte mich nicht.« Wanderers knochige Schultern sanken herab, und er seufzte tief auf.

Beide schwiegen nachdenklich.

Wie Keulenhiebe schlugen Vater Sonnes Strahlen heftig auf Mutter Erde ein und blendeten die an den Ufern der Bäche auf den Feldern arbeitenden Menschen. An den Stellen, an denen der Boden schutzlos den sengenden Strahlen ausgesetzt war, war die Erde vor Trockenheit geborsten.

Die welken Überreste von Gänsefußkräutern, Erdbeeren und Anemonen hingen schlaff auf die schwarze Erde. Am Fuße der Felsen wucherte Purpurwinde. Ihre purpurroten Blüten wanden sich schutzsuchend zwischen die Felsspalten. Ein paar kräftige Sonnenblumen reckten ihre Blätter zum Himmel und flehten um ein paar Tropfen Regen. Aber keine einzige Wolke trübte das endlose Blau des Himmels.

Flechte ging ein Stück des Wegs voraus. Der Boden war eingesunken und rissig wie eine zu lange über einem Feuer aus Wildkirschenholz gebratene Speckschwarte. *Ich komme, Erste Frau. Sobald ich kann, komme ich und rede mit dir. Aber willst du vorher nicht wenigstens einen ergiebigen Regenschauer zu uns schicken?*

Bei dem Gedanken, wieder in die Unterwelt gehen zu müssen, zuckte Flechte zusammen. Die Erinnerung daran, wie sie aus ihrer Sänfte in den Fluß gestürzt war, verfolgte sie. In der Nacht suchten sie Alpträume heim; sie schluckte Unmengen eiskalten Wassers und fühlte, wie sich ihre Lungen damit füllten und sie zu ersticken drohte. Solange sie die Seele der Wasserschlange hatte, schaffte sie die Durchquerung des Flusses, ohne Schaden zu nehmen. Aber was, wenn sie, ohne es zu wissen, eine neue Seele bekommen hatte?

Sie betete zu Donnervogel, daß sie keine andere Seele bekäme, bevor sie noch einmal mit Vogelmann gesprochen hatte.

Wanderer riß sie aus ihren Gedanken. »Was mich an meinem Traum wirklich beunruhigt, Flechte, ist, daß das ganze Land in Brand gesteckt wurde. Wenn die Ernte verbrennt, wird es uns nicht mehr geben.«

»Hat Wolfstöter gesagt, wie du unseren Untergang aufhalten kannst?«

Wanderer bedachte sie mit einem sorgenvollen Blick. Ahnungsvolle Angst ergriff Flechte, und ihr Magen verkrampfte sich. »Ja, meine Tochter. Er sagte, ich solle dich folgendes lehren: Um den Pfad zu betreten, mußt du ihn verlassen. Allein die Verirrten finden den Eingang zur Höhle, und nur die Schutzlosen überschreiten die Schwelle. Wolfstöter sagte auch, alles Gegensätzliche stehe miteinander im Einklang. Du wirst das Licht nur finden, wenn du begreifst, Licht ist auch Dunkelheit, Blöße, Nichts. Außerdem soll ich dir ausrichten, wenn es dir nicht gelingt, in die Höhle zu gelangen, wird der Zorn der Ersten Frau uns Menschen vom Angesicht dieser Erde fegen.«

Ein panisches Kribbeln kroch über Flechtes Rückgrat. Sie verlagerte das Gewicht ihres Bündels. »Wanderer, warum ich? Warum ausgerechnet ich? Warum nicht du? Oder Nachtschatten? Ihr beide wart viel häufiger in der Unterwelt als ich.«

»Eine Macht trifft ihre eigene Wahl. Letzten Endes kann niemand ihre Wege verstehen. Ich wünschte nur, ich wüßte, wieviel Zeit mir noch bleibt, um dir alles Nötige beizubringen. Ich will dich nicht drängen, Flechte, aber – «

»Am besten zögern wir nicht, sondern machen uns gleich an die Arbeit, Wanderer.« Schaudernd erinnerte sie sich, wie sehr ihre Seele beim letztenmal, als er zu schnell zu viel von ihr verlangt hatte, gelitten hatte. Unbehaglich biß sie sich auf die Unterlippe. Könnte sie das noch einmal ertragen? »Vielleicht brauche ich länger, als wir glauben, deshalb – «

»Oh!« rief Wanderer aus. »Da ist sie! Warte, Flechte! Den ganzen Morgen habe ich versucht ...«

Wild um sich schlagend bahnte sich Wanderer den Weg durch ein Dickicht welker Nesseln. Erst sprang er auf die rechte Seite und versuchte, etwas vom Boden aufzuheben, dann sprang er nach links und murrte: »Nein, nein, komm her. Ich tue dir nichts!«

Ergeben setzte sich Flechte auf den Boden in den schmalen Schatten eines Büffelbeerenstrauches, dessen Zweige lange, behaarte Blätter und ein paar verschrumpelte Beeren trugen. Sie pflückte eine Beere und steckte sie in den Mund. Süße Feuchtigkeit benetzte ihre Zunge.

Wanderer sauste im Gestrüpp herum, beugte sich vor und griff nach etwas. »Ha!« platzte er vergnügt heraus und stapfte, eine Hornkröte in der Hand, zu Flechte zurück. Die Kehle des Tieres blähte sich zornig, während Wanderer mit seinem schmutzigen Daumen den stachligen Kopf streichelte.

»Da, da«, gurrte Wanderer. »Alles ist gut. Wir brauchen nur kurz deine Hilfe.« Er ließ sich neben Flechte im Schatten nieder und schlug die Beine übereinander. »Hornkröten gehören zur Familie der Eidechsen und sind sehr verschwiegen. Aber sie besitzen ein ausgezeichnetes Sehvermögen.«

»Sehen sie besser als die Antilopen?«

»O ja. Viel besser.«

»Wird sie dir erzählen, was sie gesehen hat?«

»Ich bezweifle es. Sie hassen es, so behandelt zu werden.«

Wanderer reichte Flechte das Tier und zupfte einen roten Faden aus dem Ärmel seines Hemdes. Die Hornkröte sah sie feindselig an und begann, ihre Hand mit Schleim zu überziehen. Sie nahm sie in die andere Hand und wischte die Finger im Gras ab, mußte aber gleich darauf die Hornkröte wieder in die andere Hand nehmen.

»Wanderer ...«

»Halt sie noch ein bißchen, Flechte.«

Sie hob die Hand, auf der die Hornkröte saß, und blickte sie drohend an. Doch das Tier starrte so bösartig zurück, daß Flechte es unangenehm berührt in ihren Schoß legte.

»Schon gut, Flechte. Ich nehme sie.«

Die Hornkröte rutschte wie ein schlüpfriger Fisch von ihrer Hand in die seine. Flechte wischte sich die Finger am Boden sauber.

»Ruhig, ruhig«, gurrte Wanderer leise zu dem Tier. »Alles ist gut. Wir tun dir nichts. Wolfstöter sagte, Dachsschwanz habe Cahokia gestern verlassen und Petaga erwarte ihn. Wir müssen wissen, wo sich diese Krieger im Augenblick befinden.«

Er streichelte den Kopf der Hornkröte, bis sich das Tier beruhigte und aufhörte, Schleim abzusondern. Behutsam setzte Wanderer die Hornkröte auf den Boden und band ein Ende des roten Fadens um ihre Kehle, das andere Ende wickelte er um die Spitze seines Zeigefingers. Anschließend hob er die Hornkröte auf und begann mit ihr herumzuspazieren.

Flechte trottete neben ihm her. »Wo gehen wir hin?«

»Dort hinauf.«

»Wozu das?«

Wanderer antwortete nicht, sondern stapfte mit Mühe eine kleine Anhöhe hinauf, von der aus das Schwemmland gut zu überblicken war. Redweed Village lag im Südwesten zu Füßen der Felsausläufer. Flechte stellte sich neben ihn zwischen ein paar Sonnenblumen.

»Gut«, flüsterte Wanderer. Er hielt die Hornkröte hoch über seinen Kopf und schloß die Augen. »Wollen wir mal sehen, was da draußen vor sich geht.«

Wanderer drehte sich langsam im Kreis; sein vom Sonnenlicht überflutetes graues Haar erstrahlte wie ein weißer Glorienschein. Flechte blickte die Hornkröte an, die mit geblähter Kehle über die sanft gewellten Hügel starrte. Bei jedem Blinzeln des Tieres blieb Wanderer sofort stehen. Nach einer Weile drehte er sich wieder eine Hand weiter.

Nachdem er drei volle Kreise gedreht hatte, zogen sich Wanderers Brauen über seiner langen Nase zu einem Strich zusammen, seine Stirn legte sich in nachdenkliche Falten. Er nahm die Hornkröte herunter, löste den Faden und ließ sie frei. Das Tier lief ins Gras zurück und kroch davon.

»Konntest du etwas sehen?«

Wanderer fuhr sich mit der Zunge über die Lippen. »Petaga. Er ist noch im Süden, aber es sieht aus, als bewege er sich nach Norden. Den Rauchspuren nach zu schließen, hat er auf seinem Weg einige Dörfer überfallen.« Der rote Faden löste sich von Wanderers Finger und flatterte zwischen die Brennesseln. »Aber im Norden oder Westen sah ich gar nichts. Ich begreife das nicht.«

Flechte schob sich näher an ihn heran. »Was begreifst du nicht?«

»Wenn Dachsschwanz gestern Cahokia verlassen hat, hätte ich sehen müssen ... irgend etwas hätte ich sehen müssen. Krieger oder aasfressende Vögel, die den Kriegern folgen. Wo könnte sich Dachsschwanz herumtreiben? Er muß mit beinahe tausend Kriegern unterwegs sein.« Er runzelte die Stirn. »Glaubst du, Wolfstöter hat sich geirrt?«

Flechte beschattete die Augen und suchte den Westen ab. Die Felsklippen am Vater der Wasser waren von hier aus nur eine undefinierbare graue Masse. Aber je länger Flechte hinüberstarrte, um so größeres Unbehagen befiel sie. Als der Wind in den Sonnenblumen raschelte, glaubte sie, eine Stimme zu hören, die verzweifelt nach ihr rief. »Wanderer, etwas stimmt da draußen nicht. Fühlst du es auch?«

»Ja.« Er nickte. »Ich fühle es schon den ganzen Morgen.«

»Beeilen wir uns!« Schon lief Flechte den Hang zum Pfad hinunter, Wanderer folgte ihr dicht auf den Fersen. Über die Schulter rief sie: »Wann machen wir mit dem Unterricht weiter, Wanderer? Heute abend?«

»Wenn deine Mutter es erlaubt, ja. Es wäre das beste, dir die nächste Lektion bei euch zu Hause zu erteilen. Dort fühlst du dich am sichersten.«

Flechte fiel in einen raschen Trab, bei jedem ihrer weit ausgreifenden Schritte schlug das Bündel gegen ihren Rücken. Rauhe Nesseln und dorniges Gestrüpp klammerten sich an ihre Ärmel und versuchten, sie aufzuhalten. Ohne darauf zu achten, eilte sie weiter. »Was willst du mir beibringen, Wanderer?«

Seine schweißnassen grauen Haare flogen, so schnell hastete er hinter ihr her. »Ich glaube, du bist jetzt soweit zu lernen, dich völlig auszuliefern – das heißt, in den Mund eines Geistes zu treten, der dich verschlingen will.«

Heuschreckes Stiefel erzeugten schmatzende Geräusche im nassen Sand. Sie stapfte hinter Dachsschwanz am Pumpkin Creek entlang, pflückte ein Blatt der wohlriechenden Minze und kaute es genußvoll. Sie waren die halbe Nacht und den ganzen Tag gegangen, hatten Dörrfisch und Pflanzen, die am Wegrand wuchsen, gegessen. Heuschrecke war in Gedanken bei ihrer Schwägerin. Sie machte sich Sorgen. Die Geburtshelferinnen hatten gesagt, Grüne Esches Zeit stünde dicht bevor, und Heuschrecke wünschte verzweifelt, dabeizusein, wenn das Kind aus der Welt der Dunkelheit in die Welt des Lichts drängte. Primel würde sie brauchen, falls etwas schiefging.

Aber Dachsschwanz brauchte sie auch ... besonders jetzt. Sie blickte auf seinen breiten Rücken.

Hinter Heuschrecke folgten fünfzig Krieger in einer langen Reihe. Sie bewegten sich ruhig und vorsichtig voran. Die Uferböschungen des Baches stiegen zu beiden Seiten steil an und schirmten sie von neugierigen Blicken ab. Nur von den höchsten Klippen im Osten konnte man sie erspähen. Wohin sie auch blickten, stiegen Rauchfahnen auf.

Was macht Petaga? Brennt er jedes Dorf im Hochland nieder?

»Bei Mondaufgang sind wir dort«, rief Dachsschwanz leise über die Schulter. Er hob eine Hand und deutete voraus. »Das Dorf liegt am Fuße dieses halbmondförmigen Felsausläufers da vorn.«

Der Sonnenuntergang reflektierte in einem prächtigen Farbenspiel auf den glatten Felswänden – ein schillerndes Mosaik aus Blauviolett, Indigoblau und Goldgelb. Geblendet wandte sie den Blick ab.

»Greifen wir heute nacht an, Dachsschwanz? Oder warten wir bis Sonnenaufgang? Die Krieger sind müde. Wir haben einen langen Marsch in der Hitze hinter uns.«

»Kommt auf die Lage an, die wir vorfinden. Vorher kann ich das nicht entscheiden. Erinnere die Krieger noch einmal daran, daß wir auf der Suche nach zwei Dingen sind: einem großen alten Mann mit grauen Haaren namens Wanderer und – «

»Willst du Wanderer retten, weil Nachtschatten sich seinetwegen an dich gewandt hat?«

»Ja. Sie hätte mich nicht darum gebeten, wenn dieser alte Mann für die Zukunft nicht eine besondere Rolle spielen würde.«

Heuschrecke machte eine besorgte Gebärde. »Und wenn die Rolle, die er spielt, sich *gegen* uns richtet, Dachsschwanz? Woher sollen wir wissen – «

»Wir können es nicht wissen, Cousine. Aber sollte sich herausstellen, daß er zu Petagas Hilfe ausersehen ist, können wir ihn später immer noch umbringen. Wie dem auch sei, schärfe den Kriegern ein, Wanderer auf keinen Fall zu töten und diesen Steinwolf zu suchen.«

»Ja, gut ... Dachsschwanz.«

Heuschrecke beschleunigte ihren Schritt, schloß weiter zu ihm auf. Von der Uferböschung war Erde herabgekollert und hatte einen kleinen Hügel aufgehäuft, den sie umgehen mußten. Heuschrecke atmete tief durch. »Dachsschwanz, ich ... Falls sich Redweed Village Petaga angeschlossen hat, sind nur noch die ganz Alten, die Kranken und ein paar Frauen und Kinder im Dorf.«

Dachsschwanz blieb unvermittelt stehen, und Heuschrecke wäre fast in ihn hineingerannt.

»Ich habe es dir bereits mehrmals gesagt, Heuschrecke: Der Häuptling Große Sonne wünscht, daß dieses Dorf dem Erdboden gleichgemacht wird – als abschreckendes Beispiel für andere, die mit Verrat liebäugeln. Begreif das endlich.«

»Ich weiß, du hast die Krieger wohlüberlegt ausgewählt, Dachsschwanz, aber in den meisten schlägt ein menschliches Herz. Dieser Befehl wird ihnen nicht gefallen. Du weißt, wie sie sich fühlen, wenn – «

»*Mir* gefällt er auch nicht!« Dachsschwanz verzog angewidert das Gesicht. »Aber ich bin beunruhigt wegen Petaga. Sag den Kriegern, sie ...« Er seufzte. »Also, sag ihnen einfach, sie müssen ihre Pflicht erfüllen.«

»Ich sage es ihnen.«

Sie blieb stehen und blickte hinter Dachsschwanz her, der so rasch weiterging, als wolle er außer Hörweite sein, wenn Heuschrecke den Männern seinen Befehl übermittelte. Dachsschwanz kam an eine Biegung, an der eine dicke Felsplatte über den Bach ragte. Heuschrecke beobachtete, wie er sich mit einer Hand abstützend an den Stein lehnte.

Fast lautlos flüsterte sie: »Siehst du die Gesichter der Toten, Dachsschwanz?«

Die ganze Nacht und den ganzen Tag über sprudelten immer dann, wenn sie es am wenigstens erwartete, schreckliche Bilder und Stimmen vergangener Kämpfe aus ihrer Seele. Aber es war sinnlos, Dachsschwanz von der Ausführung seines Befehls abbringen zu wollen.

Im Morgengrauen hatte Dachsschwanz einige Kundschafter ausgeschickt und die übrigen Krieger in Gruppen zu jeweils ungefähr fünfundsiebzig aufgeteilt. Die einzelnen Gruppen hatte er als Abgesandte zu den größeren Dörfern im Norden geschickt mit dem Befehl, sich auf keinen Fall sehen zu lassen und sicherheitshalber in den Entwässerungsrinnen weiterzugehen.

Dachsschwanz' Strategie war es, die Dörfer im Norden dazu zu bewegen, sich ihnen anzuschließen. Danach sollten die einzelnen Gruppen südlich von Bladdernut Village zusammentreffen und auf einer Länge von einem halben Tagesmarsch eine undurchdringliche Kette bilden, die dann nach Süden zog, bis sie auf Petaga traf.

Heuschreckes Augen wurden schmal. Dachsschwanz stieß sich kraftlos vom Felsen ab; seine Hand fiel wie taub nach unten. Er sah müde und niedergeschlagen aus, als müsse er sich dazu zwingen, weiterzugehen.

Kapitel 22

Wühlmaus kniete auf einer Matte vor ihrem Haus und rieb eine Handvoll Seidenpflanzensamen an ihrem nackten Oberschenkel, um die inneren Fasern freizulegen, aus denen der kostbare Faden gewonnen wurde. Die aufgeregten Schreie spielender Kinder hallten vom großen Platz herüber. Die Eltern hantierten an den Feuern und bereiteten Eintöpfe aus Truthahnfleisch, Pflanzensprossen und Pfefferwurzelknollen zu. Aus den über den Flammen brodelnden Topfen stieg ein appetitlicher Duft. Eine leichte Brise wehte vom Bachbett herauf und spielte mit Wühlmaus' Haaren.

Sie lächelte. Weit hinten am endlosen Himmel ballten sich gewaltige Gewitterwolken zusammen. Im Schein der letzten Sonnenstrahlen leuchteten sie violett auf.

Ihre Augen suchten beständig den Pfad ab. *Sie werden kommen. Eines muß man Wanderer lassen: Was er verspricht, das hält er. Er bringt Flechte heute nach Hause ... vorausgesetzt, er hat sich nicht verirrt.* Sie warf die Seidenpflanzenfasern in einen neben ihr stehenden Korb.

Den ganzen Tag hatte sie gegen das Verlangen angekämpft, den Pfad hinaufzulaufen und ihnen auf halbem Weg entgegenzugehen. Flechte fehlte ihr weit mehr, als sie je für möglich gehalten hätte. In den zehn Tagen, seit ihre Tochter fort war, hatte sich Wühlmaus leer und nutzlos gefühlt. Es schien, als habe ohne Flechte nichts mehr für sie Bedeutung.

Sie erhob sich, streckte ihren müden Rücken und ging zum großen Platz. Fliegenfänger und Schleiereule lieferten sich in der Nähe der in der Mitte errichteten Feuerstelle einen Ringkampf. Schleiereule nagelte mit seinem Gewicht Fliegenfänger am Boden fest. Dieser wehrte sich und fuchtelte wild mit den Armen. Einige alte Leute scharten sich um die beiden. Vergnügt beobachteten sie den Kampf und schlossen lautstark Wetten ab.

»Schleiereule, geh runter!« kreischte Fliegenfänger atemlos. »Das ist kein Spaß mehr.«

»Kein Spaß für dich.« Schleiereule kicherte. »Aber eine Menge Spaß für mich.« Er packte Fliegenfänger am Arm und drehte ihn grob um.

Verzweifelt wand sich Fliegenfänger unter seinem Peiniger. Schließlich gelang es ihm, Schleiereule aus dem Gleichgewicht zu bringen und sein Knie in dessen Leiste zu rammen. Der größere Junge stieß ein wütendes Geheul aus und fiel von seinem Gegner herunter. Rasch rappelte sich Fliegenfänger auf und stürzte wie ein gehetzter Eselhase in das Dickicht. Schleiereule folgte ihm dichtauf.

Die Leute lachten und feuerten aufmunternd mal den einen, dann den anderen der Jungen an. Wühlmaus kümmerte sich nicht weiter darum, sondern genoß die anheimelnde Schönheit des Abends. Die fünfzehn, in einem Rechteck um den Platz stehenden Strohdachhäuser erinnerten an zottige Tiere. Die Vorhänge waren oben an den Türen festgebunden, um die Abendbrise einzulassen. Am glitzernden Band des Baches kauerten Frauen und wuschen.

Der Tag war heiß gewesen. Die alten Leute, die Wasser zu den Mais- und Kürbisfeldern geschleppt hatten, saßen mit verschwitzten, staubverkrusteten nackten Oberkörpern da und ruhten sich aus. Keine junge männliche Stimme war zu hören. Alle gesunden, kräftigen Männer und vier junge Frauen waren zum Kampf an Petagas Seite ausgezogen. Nur zweiundsechzig Menschen waren in Redweed Village geblieben.

Wühlmaus schlenderte zu Sternzwiebel, Fliegenfängers Mutter. Die plattnasige, untersetzte Frau hatte die langen Zöpfe oben auf dem Kopf zusammengesteckt, damit sie sie nicht behinderten. Sie war damit beschäftigt, Löcher in die Ohren ihrer jüngsten Tochter zu stechen. Die kleine Krickente kauerte sich zusammen und bewegte unruhig die Hände in ihrem Schoß.

»Brauchst du Hilfe?« erkundigte sich Wühlmaus, als sie neben Sternzwiebel niederkniete.

»Nein, es dauert nur noch einen Moment. Krickente ist jetzt zwei Sommer alt – alt genug, um eigene Ohrspulen zu bekommen. Ich habe letzten Monat ein paar kleine Grünsteinspulen eingetauscht. Genau die richtige Größe für den Anfang.«

Prüfend begutachtete Sternzwiebel ihre aus dem Flügelknochen eines Goldadlers gefertigte Ahle. Das Ergebnis schien sie zufriedenzustellen, denn sie steckte vorsichtig ein kleines Stück Holz hinter Krickentes Ohr, um beim Durchstechen einen Widerstand zu haben. Mit einem schnellen Stoß durchbohrte sie das Ohrläppchen. Krickente zuckte zusammen, gab aber keinen Laut von sich. Ihre dunklen Augen blickten starr geradeaus, während Sternzwiebel das andere Ohrläppchen durchstach und die kurzen Stacheln eines Stachelschweins durch die Löcher schob, damit sie offenblieben.

»Fertig«, verkündete Sternzwiebel und tätschelte Krickentes Arm. »Geh spielen.«

Das kleine Mädchen rannte erleichtert davon und schloß sich den Kindern an, die Ring-und-Nadel spielten. Die »Nadel« war ein zugespitzter Stock, an dessen stumpfem Ende eine Schnur festgebunden war, woran der »Ring«, ein ausgehöhlter Knochen, hing. Die Spieler mußten den Knochen hochwerfen und versuchen, ihn mit der Spitze des Stockes aufzufangen. Einem der Kinder gelang das Kunststück. Die anderen hüpften begeistert klatschend auf und ab. In einiger Entfernung scheuchte Schleiereule noch immer Fliegenfänger durch das Dickicht. Das Gebrüll der Jungen hallte bis zum Platz herüber.

»Also heute soll Flechte wieder nach Hause kommen?« fragte Sternzwiebel.

»Ja. Ich bin sicher, sie kommen.« Wühlmaus' Blick folgte dem kurvenreichen Pfad, der über den das Dorf umschließenden halbmondförmigen Felsausläufer führte. »Vermutlich sind sie schon fast da.«

Sternzwiebel schielte sie mißtrauisch an. »Das klang nicht so, als seist du davon überzeugt. An deiner Stelle ginge es mir genauso. Ich mag gar nicht daran denken, mein Kind könnte zum alten Wanderer gegangen sein, um das Träumen zu lernen. Er ist so verrückt wie selten einer. Ich weiß nicht, warum du Flechte erlaubt hast zu gehen.«

»Aus zwei Gründen: Flechte mag Wanderer, und er ist der beste Träumer weit und breit. Er hat auch mich unterrichtet. Und Nachtschatten, nicht zu vergessen. Seine Mächte sind in den letzten zehn Zyklen sogar noch größer geworden. Ich könnte mir keinen besseren Lehrer für Flechte vorstellen.«

Sternzwiebel ging in die Hocke. »Wenn er so ein guter Träumer ist, warum wußte er dann nicht, daß Petaga die umliegenden Dörfer angreift?«

»Träumer wissen auch nicht alles, Sternzwiebel. Manchmal verhindert eine Macht, daß sie gewisse Dinge sehen – aus eigennützigen Gründen.«

»Wahrscheinlich wissen die Mächte sehr gut, daß Wanderer kein Menschenwesen ist. Ich blicke auch nicht gerne in seine Rabenaugen.« Sie hob ihre Knochenahle auf und verwahrte sie in einem kleinen roten Kasten, der auf dem Boden stand. »Ich fand den alten Mann immer sonderbar, auch damals, als er dich unterrichtet hat. Ich habe ihm nie getraut.«

Wühlmaus strich sich die verschwitzten Haarsträhnen aus der Stirn. »Ich schon. Und er hat mich nie enttäuscht.«

»Warum hast du dann nicht weiter mit ihm gearbeitet? Ich dachte, du hast aufgehört, weil er dir etwas Furchtbares angetan hat.«

»Nein.« Sie zögerte. Aber vielleicht war die Zeit der Wahrheit gekommen. Wühlmaus senkte die Augen und knetete nervös ihre Hände. »Seine Mächte waren so groß, sie ... sie jagten mir Angst ein. Ich war nicht bereit zu lernen, was er mich lehren wollte.«

Seufzend schloß Wühlmaus die Augen. *Ich war auch zu jung, um seine Liebe zu mir zu verstehen – sanft, ungebunden, auf so zarte Weise Sicherheit bietend wie ein Spinnennetz zwischen zwei jungen Blättern. Und meine Liebe zu ihm war kindisch – halb Anbetung, halb die Schwärmerei für einen älteren Mann, der auf den Wellen der Unterwelt reiten kann. Und ich litt unter entsetzlichen Schuldgefühlen wegen meines Mannes.*

Sternzwiebel sah sie forschend an.

Wühlmaus zuckte die Achseln. »Jetzt wünschte ich, ich hätte mich überwunden, weiter bei ihm zu lernen. Flechte hat seit Jahren mächtige Träume. Hätte ich damals mehr von Wanderer gelernt, könnte ich ihr jetzt weiterhelfen.«

Inzwischen war es Nacht geworden. Die Tiere der Dunkelheit erwachten. Am anderen Ufer des Pumpkin Creek sah Wühlmaus hie und da den schwarzweißen Körper eines Skunks aufblitzen, der durch das Gras watschelte und auf der Suche nach Larven feuchte Holzstücke umdrehte. Aus den Hartriegelsträuchern an der nächsten Bachbiegung drang der Schrei einer großen Ohreule. Kurz darauf erhaschte Wühlmaus einen Blick auf den geisterhaften Vogel, der in geringer Höhe über das Land flog.

Sie schlug nach einer Stechmücke, die sich auf ihr Handgelenk gesetzt hatte. »Komm«, sagte sie. »Es wird Zeit, daß wir uns ans Feuer setzen. Der Rauch hält die Insekten ab.«

Im Aufstehen sah sie vor dem schieferblauen Horizont zwei dunkle Punkte den Felsenpfad herunterkommen. Fliegenfängers Stimme bestätigte Wühlmaus' heimliche Hoffnung.

»Flechte!« schrie er begeistert. »Das ist Flechte! Sie kommt nach Hause!« Fliegenfänger rannte den beiden Punkten entgegen. Er ließ den keuchenden Schleiereule weit hinter sich, brach rücksichtslos durch Büsche und sprang über kleine Felsen. Ihn hielt nichts auf, er mußte Flechte begrüßen.

Wühlmaus vergrub eine Hand in ihrem hellbraunen Rock und begann mit dem Aufstieg. Sie zwang sich, langsam zu gehen ... damit Flechte nicht sah, welch ungeheures Glücksgefühl sie durchströmte.

Flechte ließ Wanderers Hand los, als sie Fliegenfänger und ihre Mutter den Hang heraufkommen sah. Sie sauste ihnen entgegen; der grüne Saum flatterte wild um ihre Beine. Der vertraute Ausblick auf das Dorf öffnete sich vor ihr. Die Leute auf dem Platz erhoben sich und blickten neugierig zu ihr herauf. Der Wind trug ihre leisen Stimmen zu ihr und badete ihr Gesicht in den angenehmen Gerüchen ihrer Heimat. Der wunderbare Duft der auf den Feuern brodelnden Eintopfgerichte stieg in ihre Nase. Ihr leerer Magen knurrte.

»Flechte! Flechte!«

»Fliegenfänger!«

»Bin ich froh, daß du wieder zu Hause bist, Flechte!« Er schlang seine Arme um sie und drückte sie fest. Sie balgten sich eine Zeitlang und versuchten lachend, einander aus dem Gleichgewicht zu bringen. Obwohl sie eine Hand größer war als er und diesen Wettstreit meist mühelos gewann, war Flechte durch das Bündel auf ihrem Rücken behindert und bewegte sich etwas unbeholfen, so daß sie ins Stolpern geriet und den Kampf verlor.

»Wie war's da oben?« Fliegenfängers blaues Stirnband war verrutscht und schob sein Haar auf einer Seite ein wenig nach oben. Grashalme und kleine Zweige hingen in den wirren Strähnen. »Was hast du alles gelernt? Bist du immer noch ein Menschenwesen?«

»Ich ...«

Ihre Mutter kam schwer atmend heran und breitete die Arme aus. »Flechte, laß dich ansehen.«

Flechte stürzte zu ihr und warf die Arme um den Hals der Mutter. Es war so gut, wieder ihre Nähe zu spüren. Ihre Mutter bedeckte Flechtes Haare und Gesicht mit Küssen, und Flechtes Seele schmerzte vor so viel Glück. »Oh, Mutter, du hast mir unsagbar gefehlt.«

»Du mir auch«, sagte ihre Mutter mit vor Freude zitternder Stimme.

Flechte streichelte ihre Mutter liebevoll, trat ein wenig zurück und blickte in ihre tränenfeuchten, dunklen Augen. »Mutter, rate mal! Ich war in der Unterwelt! Wanderer hat eine Todessänfte für mich gemacht, und Vogelmann brachte Geisterwölfe mit, die sie gezogen haben. Und auf dem Rückweg bin ich in den Fluß gefallen – «

»Du ...« Ihre Mutter blinzelte nachdenklich. Zögernd hob sie den Blick und sah Wanderer an, der inzwischen ebenfalls herangekommen war und wie ein großer gertenschlanker Baum hinter Flechte stand. Wanderer nickte bestätigend. Erstaunt strich ihre Mutter über Flechtes Haar. »Ich bin stolz auf dich, Flechte. In meinem ganzen Leben kannte ich bisher nur einen Träumer, der zu Besuch in der Unterwelt gewesen ist.« Sie lächelte Wanderer an.

Flechte sprudelte überglücklich hervor: »Wolfstöter sagte mir, daß das nicht viele Träumer können, aber ich habe meine Macht zum Träumen schließlich auch von Wanderer.«

Das Lächeln ihrer Mutter gefror. Verärgert blickte sie Wanderer an.

»Ich habe mein Versprechen gehalten«, sagte Wanderer leise. »Ich habe es ihr nicht gesagt. Wolfstöter sagte es ihr.«

Ungläubig senkte ihre Mutter den Blick. Dann richtete sie sich auf. »Wir reden später darüber, Wanderer. Flechte hat sicher Hunger. Ein frischer Kaninchenbraten wartet schon auf sie.«

Wanderer streichelte Flechte über den Kopf, dann ging er an ihr vorbei und schritt neben Wühlmaus in Richtung Dorf. Er redete leise auf sie ein. Flechte konnte nichts verstehen, aber sie sah, wie sich die Schultermuskeln ihrer Mutter in Abwehr verkrampften. Flechte und Fliegenfänger folgten ihnen in einigem Abstand, sich angeregt unterhaltend.

Im Dorf angekommen, umarmte Flechte Fliegenfänger zum Abschied, und Fliegenfänger gesellte sich zu seiner Mutter und Krickente. Die alten Leute blickten hinter Flechte her. Unverhohlene Neugier stand in ihren runzligen, verwitterten Gesichtern.

Flechte fühlte sich unwohl. Vor lauter Übereifer, ihrer Mutter ja nicht zu erzählen, daß sie die Seele einer Wasserschlange bekommen hatte, hatte sie sich leichtsinnig verraten. Es war ihr einfach herausgerutscht. Niemals hätte sie ihr geheimes Wissen, daß Wanderer ihr Vater war, preisgeben dürfen. Welche Folgen würde dieser Schnitzer haben? Bei diesem Gedanken begann sie nach Hause zu rennen.

Hagelwolke preßte seinen Bogen an die Brust und stieg über die Klippe zu einer Höhle in den Felsen, in der ihn seine Krieger erwarteten. Während die Abenddämmerung ihren dunkelblauen Mantel über das Land senkte, gab er sich der Schönheit der Landschaft hin. Er sog den Geruch nach Leinkraut und Erde ein und versuchte, die kommenden schrecklichen Tage für einen Moment zu vergessen.

Er bog ab, ging ein Stück weiter abwärts und sprang auf eine tiefer liegende, aus der Klippe ragende Felsnase. Große Kalksteinbrocken waren vom Fels gebrochen und bedeckten eine Wiese am Fuß der Klippe. Hagelwolkes Blick fiel auf die mit Spalten und Rissen übersäten Felswände, die schimmernd das schwindende Licht reflektierten. Aus einer dunklen Spalte stiegen Fledermäuse auf und flogen als wogende dunkle Masse himmelwärts. Hagelwolke kämpfte sich über den schmalen Felsvorsprung und blieb vor der Höhle stehen. Leise rief er: »Linde, ich bin's.«

Die zwölf Männer, die sich an die Rückwand der Höhle gelehnt ausruhten, starrten ihn aufmerksam an. In ihren schmutzigen Gesichtern zeigte sich tiefste Erschöpfung. Keiner hatte in den letzten zwei Tagen geschlafen. Schweiß glänzte auf ihren stark tätowierten Körpern und tränkte ihre Lendenschurze. Linde, ein mittelgroßer, wie ein Granitblock gebauter Mann, rappelte sich auf und ging Hagelwolke entgegen. Seine feste Umarmung preßte Hagelwolke die Luft aus den Lungen.

»Wir haben uns Sorgen gemacht. Wieso hast du so lange gebraucht?«

Der Krieger musterte Hagelwolke von oben bis unten und vergewisserte sich, daß mit ihm alles in Ordnung war. Lindes Augen waren rotgerändert und lagen tief in den Höhlen, sein Gesicht war dunkel und runzlig wie altes Leder. Der kraftstrotzende Mann mochte etwas über dreißig sein, besaß aber noch immer das Feuer eines Kämpfers. Seit fünfzehn Zyklen kämpfte er an Hagelwolkes Seite.

»In Bluebird Village hat es länger gedauert als erwartet«, erklärte Hagelwolke. »Die jungen Leute gingen fort und schlossen sich Petaga an. Nur noch ein paar alte Leute blieben im Dorf. Zwar haben sie uns tüchtig beim Holzsammeln geholfen, aber es dauerte trotzdem seine Zeit. Manche rissen sogar ihre eigenen Häuser nieder, um einen Beitrag zum Freudenfeuer zu leisten.«

Linde schlug ihm anerkennend auf die Schulter. »Gut. Bestimmt gelingt das Täuschungsmanöver.«

Linde ging neben Hagelwolke zu der Rückwand der Höhle, wo ein weiches Polster aus Gras aufgehäuft war. Müde ließen sich die beiden Krieger auf das Lager fallen und lehnten sich an den kühlen Stein. Hagelwolke genoß das beruhigende Gefühl der Sicherheit an seinen nackten Schultern. Der junge Bullenhorn wandte ihm das Gesicht zu. Er war siebzehn Sommer alt und hatte buschige, hängende Augenbrauen – ein seltsamer Kontrast zu seinen mädchenhaft langen Wimpern. Auch er sah außerordentlich erschöpft aus. Krächzend sagte er: »Mit dem Feuer in Bluebird Village macht das insgesamt vierzehn. Meinst du, das reicht? Ob sich Dachsschwanz täuschen läßt und wirklich glaubt, wir befänden uns noch im Süden?«

Linde wiegte den Kopf. »Ja, das wüßte ich auch gern. Hoffentlich glaubt er, wir brennen uns vom Süden her den Weg nach Norden.«

Hagelwolke ballte die Fäuste. Seit zwei Tagen stellte er sich unausgesetzt diese quälenden Fragen: Wie viele Feuer reichten aus? Waren zu viele Feuer verdächtig? Was machten die kleinen Störtrupps? Hatten ihre Späher sämtliche Boten von Dachsschwanz gefangengenommen und getötet? Oder erhielt er noch Informationen? Und wenn Dachsschwanz tatsächlich auf ihre List hereinfiel, wo und wie würde er seine Krieger Stellung beziehen lassen?

»Ich weiß es nicht«, antwortete Hagelwolke. »Wir rechnen damit, daß er nach Norden geht. Ich bete darum. Geht er jedoch statt dessen nach Süden ...« Er schüttelte den Kopf.

Bullenhorn strich mit der Hand über seinen schmutzstarrenden Haarkamm. »Wann treffen wir mit den Kriegern von Kürbis zusammen?«

»Morgen – wenn alles wie geplant läuft.« *Vater Sonne, laß nichts schiefgehen.* »Wir müssen wissen, was im Norden vor sich geht.«

»Petaga ist es bestimmt gelungen, alles in die Wege zu leiten.«

»Ja«, versicherte ihm Hagelwolke. »Bestimmt.«

Aber Zweifel nagten an ihm. Als Petaga ihm befahl, die Ablenkungstruppen zu führen, hatte Hagelwolke mit dem Argument Einspruch erhoben, er müsse in der Nähe bleiben für den Fall, daß ihre Pläne scheiterten. Aber Petaga hatte auf seinem Befehl beharrt. Er könne die erste Angriffswelle nur erfolgreich führen, wenn Hagelwolke genügend Verwirrung stifte. Dachsschwanz dürfe ihre Pläne keinesfalls durchschauen.

Linde schnürte seinen Wassersack von seinem Marschgepäck, das an der Höhlenwand lehnte, öffnete ihn und nahm einen ordentlichen Schluck. Anschließend reichte er den Sack an Hagelwolke weiter. »Alles ist ein Spiel. Wir wollen alle beten, daß Vater Sonne uns beisteht. Hat einer von euch heute im Schwemmland etwas Auffälliges bemerkt?«

Alle schüttelten die Köpfe. Doch eine bange Sorge bohrte sich wie ein Messer in Hagelwolkes Gedärme. Wo steckte Dachsschwanz? *Welche Falle bereitete er vor?*

Kapitel 23

Flechte saß auf ihrem Bett, das Kinn auf die Knie gestützt. Die gelben Spinnen an den Wänden flüsterten fast unhörbar mit dem Steinwolf. Sie bemühte sich, die Worte zu verstehen. Seltsam, sie hatte sie nie zuvor sprechen hören, obwohl sie tausendmal in diesem Zimmer geschlafen hatte. Die Mächte gingen frei um in dieser Nacht. Sie fühlte, wie sie mit winzigen Zähnen in ihr Fleisch bissen.

Unruhig zupfte sie mit den Fingerspitzen an den roten Spiralen am Saum von Wanderers grünem Zeremonienhemd, ohne dabei Wanderer und ihre Mutter aus den Augen zu lassen. Die beiden saßen mit übereinandergeschlagenen Beinen dicht an der erkalteten Feuerstelle in der Mitte des Hauses. Um ungestört zu sein, hatten sie kein Feuer entfacht und die Türvorhänge heruntergelassen.

Seit Flechtes Eintreffen lastete ein unheilvolles Schweigen zwischen ihnen. Wenn es noch länger andauerte, bekam Flechte in der bedrückenden Atmosphäre keine Luft mehr. Was hatten sie unter vier Augen zueinander gesagt? Etwas Schlimmes, wie sie stark vermutete. Ihre Mutter sah wütend aus. Wanderer lächelte traurig und malte mit dem Zeigefinger magische Zeichen auf den harten Boden.

Unterhielten sich der Steinwolf und die Spinnen über die beiden? Ihre Stimmen waren eher noch leiser geworden.

Flechte drehte den Kopf und blickte aus dem Fenster. Sie beobachtete Mondjungfraus Gesicht, das in der Nähe der Stelle, wo sie und Wanderer mit den Felsen gesprochen hatten, am Horizont heraufzog. Vor dem silbernen Hintergrund des Mondlichts standen die steil aufragenden Klippen da wie dunkle Wächter.

Kommt Vogelmann und hilft mir? Die Felsen sagten, er habe mich nie verlassen … aber ich sah doch, wie er aus meinem Fenster flog.

Aus diesem Fenster.

Flechte neigte neugierig den Kopf. Vielleicht lebte Vogelmann in ihrem Innern wie der Schatten ihrer Seele – immer da und doch nicht wirklich. In der Unterwelt hatte sie gewußt, daß er kam, noch bevor sie ihn durch den Himmel hatte fliegen sehen. Es war, als hätten sich ihre Seelen berührt.

»Wühlmaus«, sagte Wanderer sehr sanft. Beim Klang seiner Stimme begann Flechtes Herz heftig zu hämmern. »Ich kann dich nicht zwingen, an meinen Traum zu glauben, aber – «

»Ich glaube *nicht* an ihn«, erwiderte ihre Mutter mit tiefer, bebender Stimme. Ihre Miene drückte zugleich Zorn und Schmerz aus. »Ich glaube, du hast Flechte genug beigebracht. Vielleicht lasse ich sie nie mehr zu dir. Sie soll dich nie wiedersehen!«

Unaufhörlich zeichnete Wanderers Finger magische Symbole auf den Fußboden. Die tiefen Falten um seine Augen gruben sich noch stärker ein. »Träumer werden nicht in zehn Tagen gemacht, Wühlmaus. Gewitter entstehen nicht aus Wolkenfetzen. Ein Blitz ist mehr als eine Feuerzunge. Wenn Flechte auf sich allein gestellt lernen muß, bringt sie die damit verbundene Qual wahrscheinlich vom bewußten Träumen ab. Die Macht hat sie *erwählt*. Du oder ich, wir haben darauf keinen Einfluß. Auf uns kommt es nicht an. Sie *ist* eine Träumerin. Wir haben nur die Wahl, ihr entweder zu helfen … oder sie hilflos herumstolpern zu lassen bei dem Versuch, den ihr bestimmten Weg zu finden.«

»Manche Leute sind besser dran, wenn sie herumstolpern, anstatt von einem verrückten alten …«

Als ihre Mutter plötzlich aufstand, zuckte Flechte unwillkürlich zusammen. Tränen traten in ihre Augen. Sie zog die Lippen zwischen die Zähne und biß darauf, damit sie nicht verräterisch bebten. Sie wollte doch nur für eine Weile bei Wanderer leben – sie wollte ihrer Mutter doch nicht weh tun.

Ihre Mutter durchquerte das Zimmer und holte den Steinwolf aus seiner Nische. Mit dem Wolf in der Hand ging sie zu ihrer Tochter und kniete neben ihr nieder. Flechte mußte gegen die Tränen kämpfen, als sie in das ernste Gesicht ihrer Mutter blickte.

»Sieh her, Flechte«, sagte ihre Mutter und hielt den Wolf hoch, als wolle sie ihr, aber besonders Wanderer etwas demonstrieren. »Ich habe einen Lederriemen an den Wolf geknotet, damit du ihn nach deiner Heimkehr um den Hals legen und tragen kannst.« Sie zog den Riemen über Flechtes Kopf.

Flechte erschauerte, als der Wolf über ihrem Herzen lag. Fäden der Macht rankten sich aus dem Stein und drangen in ihre Brust. Sie hörte kaum noch die Worte ihrer Mutter. »Der Wolf hilft Flechte, Wanderer. Du brauchst nicht ...« Da begann der Wolf zu ihr zu sprechen, leise und freundlich, mit der Stimme einer Frau.

»Deine Mutter weiß nicht, daß ihr kleines Mädchen in der Unterwelt bei der Durchquerung des Dunklen Flusses gestorben ist. Flechtes Seele lebt tief unten bei den wogenden Halmen, die am Grund des Flusses wachsen. Auch ich durchquerte einmal den Fluß – und verlor dabei meine Seele.«

Flechte schluckte. »Ist zu dir auch die Wasserschlange gekommen und hat dich gerettet?«

»Nein.« Ein leises Lachen erklang. *»Ein Träumer rettete mich – allerdings wußte er damals noch nicht, daß er ein Träumer war. Er rettete mich auf dieselbe Weise, wie Wanderer dich zu retten versucht – indem er sich meiner neuen Seele annahm, damit sie sich nicht selbst verletzen konnte, bevor sie stark genug geworden war, um die Schmerzen zu ertragen.«*

»Und wenn mich meine Mutter nicht mehr zu Wanderer läßt?«

»Merke dir eines, Flechte: Eine Macht verfolgt ihre eigenen Ziele ... und sollte es nötig sein, Leben zu zerstören, um die Spirale im Gleichgewicht zu halten, so wird sie das tun. Das einzelne Leben ist einer Macht nicht heilig. Alles Leben *ist heilig. Menschenwesen sind nicht wichtiger als Adler. Adler sind nicht wichtiger als ein winzig kleines Reisgrassamenkorn, das im Herbst über die Prärie geweht wird. Alle Dinge haben ihren Platz in der Spirale. Der Weg, der vor dir liegt, ist sehr schwer. Bist du tapfer genug?«*

»Was muß ich machen? Ich weiß, ich muß in die Höhle der Ersten Frau gehen und mit ihr reden, aber – «

»Vorher mußt du in eine Höhle auf dieser Welt gehen. Sie wird dunkel sein und kalt. Aber dort brennt ein Feuer. Wie vor langer Zeit auf einem Berg, als ein anderer Träumer zur Rettung der Spirale seine Seele verlieren und seine Familie verlassen mußte. Vielleicht ... vielleicht stößt du auf Blut ...«

»Warum ich, Geist? Warum nicht jemand, der es besser kann? Wanderer – «

Wieder ertönte ein Lachen, so sanft wie eine durch ein Sonnenblumenfeld wehende Sommerbrise. »*Die gleiche Frage habe auch ich einst gestellt. Vermutlich stellt jeder Träumer diese Frage. Die Wahl des besten und größten Träumers ist für eine Macht stets mit einem großen Risiko verbunden. Doch du bist diese Träumerin.*«

»Aber ich habe Angst, Geist. Was ist, wenn ich es nicht kann? Wenn ich niemals gut genug bin, um in die Höhle der Ersten Frau zu gelangen?«

Wühlmaus war mit zittrigen Beinen auf den Boden gesunken. Aus glasigen Augen und mit leicht geöffnetem Mund beobachtete sie ihre Tochter. Flechtes Blick hatte jeden Fixpunkt verloren: Sie war hellwach und träumte. Das Mondlicht fiel durch das Fenster, liebkoste ihr herzförmiges Gesicht und floß in die grünen Falten ihres Kleides.

Zögernd begann Flechte erneut zu sprechen; ihre Stimme klang jämmerlich: »Und was ist mit meiner Mutter? Mit Wanderer? Ich kann sie nicht verlassen! Ich will nicht allein sein, Geist! Ich habe Angst.«

Flechte stieß einen Schrei aus und fiel vornüber. Sie vergrub ihr Gesicht im abgeschabten Fell ihrer Büffeldecke. Wanderer und Wühlmaus stürzten gleichzeitig vor, beide streckten die Hände nach dem Mädchen aus.

»Was ist los, Flechte?« fragte Wühlmaus und küßte die Stirn ihrer Tochter. »Mit wem hast du gesprochen?«

»Mutter, o Mutter!«

Auf den Knien rutschte Wanderer näher heran und berührte Flechte sanft an der Schulter. Seine Seele schmerzte vor Kummer um sie. »Hat dir der Steinwolf gesagt, du müßtest uns verlassen? Deine Mutter und mich?«

Flechte schluchzte: »Ja!«

»Aber warum? Was – « Jäh wurde Wanderers Frage unterbrochen.

Wie aus heiterem Himmel erklangen schrille Kriegsrufe. Die in einer hohen Tonlage beginnenden Schreie bewegten sich immer schneller von oben nach unten und hörten sich an, als würde jemand mit einem Stecken aus Wildkirschenholz auf einem Knochenkamm spielen. Durch das Fenster sah Wanderer einen Hagel brennender Pfeile durch die Dunkelheit schwirren. Sie segelten in glühenden Bogen nach Redweed Village. Rund um den großen Platz ertönten Schreie des Entsetzens. Wanderer stockte der Atem.

Er wirbelte herum und stürmte zur Tür. Mit einem Ruck riß er die Vorhänge auf und spähte hinaus. Das Mondlicht warf die langen Schatten vorbeihastender Krieger an die Häuser, einer von ihnen schoß gerade kreischend einen brennenden Pfeil auf den Tempel. Das Schilfdach erwachte prasselnd zum Leben, loderte auf zu einer gleißenden Lichtwand und beleuchtete grell die Felsklippen im Hintergrund. Überall gingen Häuser in Flammen auf; die Leute taumelten schlaftrunken aus den Türen und rannten in panischer Angst davon.

Die kreischenden Krieger stürzten sich wahllos auf alte Männer, Frauen und Kinder, schlugen mit ihren Keulen zu und schossen Pfeile in schmächtige, magere Brustkörbe. Durchbohrte Körper sanken auf das Gras und tränkten die Erde mit ihrem Blut. Ein alter Mann mit zerschmettertem Schädel krabbelte spinnengleich über den Boden und versuchte zu entkommen. Angstverzerrte Gesichter flackerten im lodernden Schein orangefarben auf.

Ein brennender Pfeil senkte sich in glühendem Bogen auf das Dach von Wühlmaus' Haus. Girlanden aus roten Funken schossen auf und zogen prasselnd zum schwarzen Bauch des Himmels.

Wanderer schlüpfte eiligst zurück ins Haus. Schon wirbelte Rauch in grauen Schwaden ins Zimmer. »Wühlmaus, greif Flechte! Wir versuchen, durch das Fenster rauszukommen.«

»Darauf warten sie doch nur!« schrie Wühlmaus in Todesangst. »Das weißt du. Bestimmt warten sie nur – «

»Raus! Das ist unsere einzige Chance!«

Flechte schrie gellend: »Da!« und zeigte zur Decke.

Wanderer warf sich auf seine Tochter und stieß sie zurück an die Wand. Im selben Augenblick stürzte ein Teil des brennenden Daches in das Zimmer. Flammen verschlangen Wühlmaus' Bett und züngelten an der Wand hoch, sprengten den Lehm ab und fraßen sich zu den Pfosten aus Hartholz durch.

Schwarzer Rauch wogte in erstickenden, alles einhüllenden Schwaden. Hustend drehte sich Wanderer um und sah den sonderbar verrenkten Arm von Wühlmaus inmitten der Flammen. Die herabstürzenden brennenden Trümmer des Daches hatten Wühlmaus unter sich begraben.

»Wühlmaus!« rief Wanderer.

»*Mutter!*« schrie Flechte. »Wo ist meine Mutter? Wanderer, hilf meiner Mutter!« Die Hitze des lodernden Feuers versengte Wanderers Gesicht; er mußte die Augen schließen. Grob packte er die Hand seiner Tochter und zerrte sie zum Fenster. Er hob sie hoch und schob sie nach draußen. Rasch wandte er sich wieder um.

»Wühlmaus! *Wühlmaus!*«

Nach Atem ringend legte sich Wanderer auf den Bauch und robbte am Boden entlang zu der Stelle, an der er Wühlmaus zum letztenmal gesehen hatte. Seine versengten Lungen schrien nach Luft, aber er kämpfte dagegen an. Blind suchte er mit den Händen verzweifelt den Boden ab, bis er gegen weiches Fleisch stieß. Er packte Wühlmaus am Unterarm und zerrte sie mit aller Kraft unter dem knisternden Dach hervor. Als Luft an ihr Kleid kam, ging es sofort in Flammen auf. Wanderer rollte sie am Boden hin und her, bis der Stoff nicht mehr brannte. Stöhnend nahm er sie auf die Arme, rannte zum Fenster und stürzte mit ihr in die Dunkelheit hinaus.

Wanderer trug Wühlmaus weg von dem brennenden Dorf und bettete sie auf ein weiches Lager aus Gras. Der widerliche Geruch versengter Haare haftete an ihr, Brandblasen bedeckten ihr rechtes Bein.

Weinend kam Flechte aus dem Dunkel herangelaufen; ihr Gesicht war rußverschmiert. Mit halberstickter Stimme fragte sie: »Was ist passiert?«

»Sie war unter dem Dach eingeklemmt. Vermutlich haben die herabstürzenden Trümmer sie gegen die Wand gedrückt. Ich glaube, sie hat sich den Kopf gestoßen.«

»Ist sie in Ordnung?« Verzweifelt sah Flechte Wanderer an.

»Ja, ich glaube schon, aber – «

Heisere Schreie übertönten das Brausen des Feuers. Ein Dutzend Menschen stürmte stolpernd und sich schubsend über die Ruine von Wühlmaus' Haus zum dunklen Band des Baches. Ganz vorn erkannte Wanderer Warze und seine Mutter.

Plötzlich sprangen fünf feindliche Krieger aus ihrem Versteck in einem Entwässerungskanal. Die Hornsteinnägel auf ihren Kriegskeulen blitzten auf. Sie hoben die Waffen hoch über ihre Köpfe und stürmten mit gellendem Kriegsgeheul mitten zwischen die fliehenden Menschen. Die Gruppe brach auseinander, jeder suchte sein Heil in wilder Flucht. Ein Krieger packte den rennenden Warze am Hemd, schmetterte seine Keule gegen dessen Schläfe und ließ den schlaffen Körper des Jungen achtlos zu Boden fallen. Mit einem Satz sprang der Krieger über Warzes Leiche und schlug auf ein anderes Kind ein.

Schreie zogen durch die Nacht wie kreisende Aasgeier, wurden immer lauter und lauter, bis die vom lodernden Feuer erhellte Nacht in Angst und Todesqual zu pulsieren schien.

»Flechte!« befahl Wanderer in Panik. »Lauf weg. Ich sagte, *lauf!*«

Sie rührte sich nicht von der Stelle, sondern starrte mit leerem Blick auf Warze, der fünfzig Hand von ihr entfernt mit gebrochenen Augen am Boden lag.

Wanderer schob sie mit all seiner Kraft weiter. »Lauf! Wir finden dich!«

Flechte stolperte und fiel zu Boden. »Ich kann nicht – «

»Ich sagte, *geh!*«

In maßlosem Entsetzen schlug Flechte die Hände vor den Mund; schluchzend erhob sie sich und rannte gehorsam in das dunkle Dickicht zwischen den Felsen. Die furchtbare Qual in ihrem Gesicht zerriß Wanderers Seele. Mit heftig pochendem Herzen blickte er der kleiner werdenden Gestalt nach, bis sie verschwunden war. Er wandte sich um und kümmerte sich um Wühlmaus. Er legte seine Arme unter ihre Knie und ihre Schultern und hob sie hoch. Taumelnd kam er auf die Beine und versuchte, hinter Flechte herzulaufen.

»Wanderer!«

Die vertraute Stimme ließ ihn einen Augenblick zögern – zu lang. Drei Krieger tauchten aus der Dunkelheit auf und umzingelten ihn. Sie hatten die Bogen erhoben, die Pfeilspitzen zielten auf seinen Rücken und seinen Magen. Wanderers Zunge klebte am Gaumen seines trockenen Mundes wie eine erstickende, zu groß geratene Wurzel.

Ein großer, stämmiger Krieger stolzierte aus der Dunkelheit in den Kreis der anderen Männer. Dunkle Blutflecken bedeckten seine stark tätowierte Brust. Als das Feuer plötzlich unter den zusammenbrechenden Resten von Wühlmaus' Haus hell und prasselnd aufloderte, duckte sich Wanderer instinktiv und preßte Wühlmaus' Körper fester an sich. Er erkannte den vom Licht in reinstes Gold gehüllten Krieger. Das harte Gesicht hatte in den letzten zehn Zyklen noch weitere Falten bekommen, aber die hervorquellenden Augen hatten nichts von ihrer Schärfe verloren.

Wanderer schluckte schwer. »Dachsschwanz!« flüsterte er.

Wie eine Wahnsinnige brach Flechte durch das Unterholz. Sie murmelte entsetzt vor sich hin und nahm nicht einmal die Brennesseln wahr, die ihre Arme und Beine berührten. Das Feuerlicht, reflektiert von der Felswand, wirbelte mit funkenstiebenden Flügeln hinauf in die Nacht wie eine gräßliche Kreatur. Aus der Mitte der Flammen rief eine Stimme nach ihr, flüsterte wieder und wieder ihren Namen: *»Flechte, Flechte, hier entlang ... hier entlang ...«*

»Wer bist du? Was willst du?«

Im Dunkeln stolperte Flechte über eine Senfstaude. Schluchzend rang sie um ihr Gleichgewicht und taumelte weiter. Reflexionen in allen Regenbogenfarben glitzerten vor ihrem verschwimmenden Blick. Sie lief in einen großen Brombeerstrauch hinein und fiel auf die Knie. Durch die dichten Ranken beobachtete sie verstört, wie die Krieger Wanderer zum Bach schubsten. Unablässig stießen sie ihm mit den stumpfen Enden ihrer Kriegskeulen in den Rücken. Der schlaffe Körper ihrer Mutter lag mit baumelnden Beinen auf Wanderers Armen. Die Gruppe verschwand in der dunklen Schlucht der Uferböschung. War ihre Mutter tot?

Eine Faust krallte sich um Flechtes Herz. *Mutter! Mutter, verlaß mich nicht!*

Inzwischen waren die Schreie erstorben. Nur noch vereinzeltes atemloses Keuchen war zu hören.

Verzweifelt schnappte Flechte nach Luft. Sie sog die rauchgeschwängerte Luft ein und versuchte, jemanden von ihren Leuten zu entdecken. Doch sie sah nur fremde Krieger, die überheblich zwischen den Ruinen der Häuser umherstolzierten. Einer inspizierte hämisch lachend die am Boden liegenden Körper und stieß mit dem Fuß nach ihnen, um sicherzugehen, daß sie tot waren.

Fliegenfänger, wo bist du? Vogelmann, kümmere dich um ihn. Ihm darf kein Leid geschehen. O Warze …

Flechte kroch am Brombeerstrauch entlang, um das Dorf aus einem anderen Blickwinkel sehen zu können. Leichen mit gräßlich verrenkten Gliedern lagen hingestreckt auf dem versengten Gras des Platzes. Vom Himmel regnete Asche herab wie furchtbare Schneeflocken und bedeckte die Toten mit grauen Tüchern. Beißender Qualm vermischte sich mit durchdringendem Blutgeruch. Flechtes Seele welkte.

»Steinwolf, was geschieht mit mir?« fragte sie weinend.

Acht Krieger trabten aus dem Dorf und begannen, mit ihren Kriegskeulen das Dickicht durchzukämmen. Sie stöberten ein Kaninchen auf, das zu den vom Feuer erhellten Felsspalten hetzte. Die Krieger lachten. Hinter ein paar Rosensträuchern erhob sich der alte Waldente und versuchte mit seinem verkrüppelten Bein davonzuhinken. Einer der lachenden Krieger fiel über ihn her. Die Kriegskeule knallte dumpf auf den Schädel des alten Mannes nieder. Flechtes Herz hämmerte wie wild.

»*Sie suchen nach Überlebenden, meine Kleine*«, sagte die Stimme in ihrem Kopf leise. »*Du mußt weglaufen. Lauf, Flechte. Schnell!*«

»Wenn ich aufstehe, sehen sie mich. Wie …« Schlagartig wußte sie, was sie zu tun hatte.

Sie legte sich auf den Bauch und glitt schlangengleich durch das Dickicht, so geräuschlos wie eine Wasserschlange. Ihre fließenden Bewegungen blieben im Tanz der flackernden Schatten verborgen.

Kapitel 24

Nördlich von Red Star Mounds saß Petaga neben Taschenratte in der seitlich offenen, provisorischen Behausung des alten Häuptlings und spähte aufmerksam in die Dunkelheit. Inzwischen hatten sich die meisten seiner Krieger bei ihm und seinen Truppen eingefunden. Die Hälfte war von Slippery Elm Village und Goat's Rue Village gekommen, ein weiteres Drittel war mit Hagelwolke in Axseed Village und Bluebird Village gewesen. Der Rest seiner Truppen, ungefähr dreihundert Krieger, hatte sich am Fluß südlich von One Mound Village gesammelt und wartete auf Dachsschwanz.

In dieser Nacht brannten keine Feuer. Alle wußten, mindestens drei Gruppen von Dachsschwanz' Kriegern lauerten einen Tagesmarsch entfernt im Norden hinter einem auf einer Klippe aufragenden Felsbuckel.

In zwei Tagen wollte Petaga angreifen. Sie durften kein Risiko eingehen. Auf keinen Fall durfte man sie entdecken – nicht jetzt, da der Kampf kurz bevorstand.

In der vom silbernen Mondlicht nur schwach erhellten Dunkelheit tasteten die Krieger ungeschickt nach ihren Beuteln und Decken. Wohin Petaga auch schaute, sah er sich geräuschlos wie der Tod bewegende schwarze Silhouetten. Die Männer bereiteten ihr Nachtlager, niemand sprach ein Wort.

Vater, beobachtest du uns? Wir kommen ... ja, wir kommen zu dir nach Cahokia, Vater. Wir kommen und holen deinen Kopf nach Hause und begraben ihn bei deinem Körper, damit du voller Stolz und Ehre in der Unterwelt umhergehen kannst.

Der alte Taschenratte lehnte sich zur Seite und lugte unter dem hastig errichteten Grasdach zur Mondjungfrau hinauf. Ihr Gesicht, umgeben von konzentrischen grünen, orangefarbenen und gelben Lichtkreisen, stand mitten am Himmel. Weit weg am westlichen Horizont zuckte ein Blitz aus dem Bauch einer dunklen Wolkenbank. Petaga lauschte und wartete auf das Grollen des Donners, aber er hörte nur das Pochen seines Herzens.

»Taschenratte!«

Erwartungsvoll legte der alte Häuptling den Kopf schräg. Er

war zweiundvierzig Sommer alt, seine langen schwarzen Haare und die buschigen Augenbrauen waren von grauen Strähnen durchzogen. Die Nase verbreiterte sich zu den Wangen hin und erinnerte an eine platt gedrückte Pflanzenknolle. Er trug ein uraltes Kriegshemd aus Hirschleder, auf dem in ausgebleichtem Blau das Bildnis eines Falken prangte – er prahlte, es habe ihm in seinen Anfangszeiten als Krieger Glück gebracht, er sei damit einer der größten Krieger der Red Star Mounds geworden. Aber Petaga hatte seine Zweifel, er hielt es nur für ein abgerissenes, schäbiges Hemd.

Taschenratte runzelte die Stirn. »Was gibt es, mein junger Petaga?«

»Ich bin ... beunruhigt ...«

»Weswegen?«

Petaga mahlte mit den Zähnen. *Wenn du nicht bald mit jemandem darüber sprichst, zerreißt dich die innere Unruhe. Warum nicht mit Taschenratte? Er könnte der Richtige sein, mit ihm solltest du reden. Er war der Lieblingscousin deiner Mutter, und er gab dir dreihundert Krieger für dieses riskante Unternehmen. Brauchst du noch mehr Beweise? Er glaubt an deine Sache. Trotzdem ...*

Petaga zog mit der Spitze seiner Sandale Rillen in den Boden. Im fahlen Mondlicht glichen sie der dunklen, sich windenden Spur einer Schlange. »Was, glaubst du, geschieht, wenn wir Tharon vernichtet haben?«

»Ich glaube, dann sind wir bedeutend besser dran.«

»Ja, schon ... ich meine ... also gut. Glaubst du, die dann noch bestehenden Dörfer werden weiterhin zusammenhalten? Schließlich ist Cahokia seit Hunderten von Zyklen der Mittelpunkt des Häuptlingtums. Seitdem diente der Handel jedem Dorf zum Vorteil. Von Cahokia aus wird der Handel zentral verwaltet, und auch die Umverteilung der Waren wird von dort aus organisiert. Und« – er zögerte und versuchte, sich Alodas Worte möglichst genau ins Gedächtnis zu rufen – »die Dörfer haben zur Aufrechterhaltung des Handels stets Tribut entrichtet. Auf diese Weise hat das System funktioniert. Was geschieht, wenn kein Tribut mehr bezahlt werden muß?«

Taschenrattes Augen blickten ihn durchdringend an. »Du

möchtest wissen, ob ich glaube, daß nach dem Sturz Cahokias der Handel zum Erliegen kommt?«

»Ja, ich befürchte das. Und du?«

Taschenratte hob den Kopf und betrachtete nachdenklich die ungewöhnlich hell funkelnden Sterne. Seine langen Haare hingen wirr über seine braun und grün karierte Decke aus gewebtem Stoff. »Wahrscheinlich.«

Taschenratte sagte das so unbekümmert, daß Petaga ihn mit offenem Mund anstarrte. »Aber was machen wir dann?«

»Einander bekämpfen, nehme ich an.« Taschenratte grinste breit. »Das ist doch nichts Neues. Wir haben zehn Zyklen lang gegeneinander gekämpft. Mit Kampf hat alles angefangen – mit den Brüdern Wolfstöter und Vogelmann. Auch sie haben sich bekämpft. Wir haben immer gekämpft, wenn auch nie mit so vielen Kriegern wie heute.«

»Du bist also überzeugt, wir werden einander an die Gurgel gehen? Es wird noch schlimmer als jetzt?«

»Mmmh ... nein.« Taschenrattes Lächeln wurde so hart wie ein Hammerstein aus Quarzit. Im Dunkeln sah Petaga das Funkeln in seinen Augen. »Wenn alles vorbei ist, gibt es ein paar weniger von uns. Ich vermute, zwei Drittel unserer Leute werden geflohen sein, wenn dieser Krieg vorüber ist.« Taschenratte verstummte und atmete tief die nach Erde riechende Luft ein. »Du hast die endlosen Schlangen der Flüchtlinge gesehen. Alle schleppen ihre Besitztümer auf dem Rücken. Du hast dir doch nicht eingebildet, die kommen wieder, oder doch?«

»Aber warum denn nicht?« stieß Petaga hervor. »Wir bauen für sie ein besseres Leben auf.«

Taschenratte lachte leise in sich hinein. »Wir bauen ein besseres Leben für *uns* auf, Cousin. Wer es sich leisten kann, treibt nach dem Krieg weiterhin Handel. Auf diese Leute wartet unvorstellbarer Reichtum. Die Preise werden steigen, denn nichtalltägliche Waren werden selten sein. Die Sonnengeborenen mit ihren Schätzen an Spitzen, Bleiglanz, Kupfer und Seemuscheln sind dagegen weiter nichts als arme Leute.«

Petagas Magen verkrampfte sich. Unruhig zupfte er am goldenen Tuch seines Gewandes. Er nahm sich zusammen und glättete rasch die Falten. Zorn und Abscheu wuchsen in ihm zu einer explosiven Mischung. Bitter stieß er hervor: »Hast du mir *deshalb* deine dreihundert Krieger für diesen Kampf überlassen?«

»Natürlich«, antwortete Taschenratte. Er lächelte hochmütig und sah Petaga an, als sei dieser ein kleines, unbedarftes Kind. »Glaubst du, deine Beweggründe – Rache und Haß – seien edler?«

Begriff Taschenratte nicht, daß die River Mounds für das Überdauern ihrer Lebensform kämpften? Daß sie von der Hoffnung getrieben wurden, das Leben für alle erträglicher zu machen, besonders für die Nichtadeligen, die in Zeiten von Hunger und Mangel am meisten zu leiden hatten?

Lässig legte sich Taschenratte auf seiner Decke auf die Seite. Er schien die Wogen der Gefühle, die über Petaga hereinstürzten, zu spüren. »Du bist so ein Kind, Häuptling Großer Mond. Du mußt erst noch lernen, die Welt mit den Augen eines Mannes zu sehen. Wir – «

Petaga erhob sich mit so viel Würde, wie er aufbringen konnte, und verneigte sich. »Entschuldige mich, Cousin. Ich habe versprochen, mit Hagelwolkes Sohn Löffelreiher zu reden, bevor ich mich zur Ruhe begebe.«

Petaga marschierte hinaus in die Dunkelheit; sein Herz drohte vor Zorn zu zerspringen. Er hatte sich die allergrößte Mühe gegeben, seinem Vater nachzueifern: ehrenhaft zu sein, offen für neue Gedanken, einfühlsam in das Leid anderer, kühl überlegend in der Kriegsvorbereitung.

Doch nun schienen all diese Tugenden plötzlich belanglos zu sein. *O Vater, ich wünschte, du wärst hier.* Der Kummer schnitt in seine Seele wie die scharfe Spitze eines Pfeiles. Seit Tagen hatte er den Schmerz unterdrückt, nun brach er sich Bahn. Er spürte einen würgenden Kloß im Hals, und brennende Tränen traten in seine Augen.

»Vater«, flüsterte er, »was hättest du an meiner Stelle getan? Hättest du dich passiv verhalten wie Aloda und das Beste gehofft? Hättest du nicht gekämpft, Vater ...?«

Ein leichter Wind zauste seine Haare, als striche die starke Hand seines Vaters liebevoll und sanft darüber. Ein Schluchzen stieg in Petagas Kehle.

Er eilte in ein dichtes Büffelbeerengestrüpp. Die ersten drei Schritte brachte er ungehindert hinter sich, dann verhakte sich sein goldenes Gewand in einem Beerenzweig. Wütend packte er den Saum und riß ihn los.

Das Geräusch des reißenden Stoffes hörte sich in der abendlichen Stille an wie schrilles Kreischen. Einer der Wachposten auf der Klippe duckte sich alarmiert.

Unfähig, Kummer und Selbstzweifel länger zu unterdrücken, sank Petaga im Schutz der Beerensträucher langsam auf die Knie und vergrub das Gesicht in den Händen.

»Wir sind das jetzt fünfmal durchgegangen, Zaunkönig! Wie oft muß ich es dir noch erklären?« sagte Schwarze Birke in barschem Ton. Er hockte vor dem Feuer im strohgedeckten Haus des jungen Häuptlings von Bladdernut Village.

Fahles Mondlicht fiel durch das Fenster und ließ die Konturen der einfachen Möbel auf der anderen Seite des Raumes in sanftem Taubengrau aufschimmern. Die elfenbeinfarbene Decke über Zaunkönigs Lagerstatt sah in diesem Licht fleckig und grau aus, und die fünf an der Wand über dem Bett aufgereihten Körbe waren nur als dunkle Schemen wahrnehmbar. Zaunkönig bot seinem Gast eine kleine Trinkmuschel an, die nur bis zur Höhe eines Fingers mit dünnem, weißem Trank gefüllt war; sonst hatte er nichts.

»Bis wir einander verstehen«, erwiderte Zaunkönig seelenruhig. »Oder willst du, daß ich dir Krieger verweigere, nur, weil ich nicht begreife, worum es dir geht? Und genau das werde ich tun, wenn du mich weiter bedrängst.« Er lag in ein hellbraunes Gewand gehüllt auf einem Berg bunter Decken auf der anderen Seite des Feuers und streckte seine langen Beine aus.

Zur Rechten Zaunkönigs stand ein Dreifuß mit einem wunderschönen Schild aus gegerbtem Büffelleder, dem einzigen wertvollen Gegenstand im Hause des Häuptlings. Bladdernut Village war eines der ärmsten Dörfer des Häuptlingtums. Die mit Perlen verzierten Fransen an den Seiten des Schildes schwangen sacht in der durch das Fenster wehenden Brise. In der Mitte des Schilds waren die hängenden weißen Blüten einer Blasenkirsche kunstvoll aufgemalt.

Schwarze Birke überdachte seine Lage. In dem Augenblick, in dem seine Krieger in das Dorf marschiert waren, hatte seine Haut unangenehm zu kribbeln begonnen. In dem Dorf war es zu ruhig gewesen, niemand schien dort zu sein. Er vermutete, daß die Dorfbewohner von ihren Wachen gewarnt worden waren, als diese die herannahenden Krieger entdeckten.

Schwarze Birke hatte das Gefühl, durch ein Geisterdorf zu gehen. Als er endlich am Haus des Häuptlings auf dem Hügel am Nordende des Häusergewirrs anlangte, erklärte Zaunkönig, nur dann bereit zu sein, mit ihm zu sprechen, wenn er allein und unbewaffnet zu ihm kam.

Schwarze Birke fühlte sich nackt ohne seine Waffen. Unbehaglich blickte er sich um. Fünf Wachen standen mit verschränkten Armen an strategisch günstigen Punkten des Hauses. Jeder hatte eine Kriegskeule bei sich und trug ein Messer an der Schärpe, mit der die hellbraunen Hemden über dem Lendenschurz gegürtet waren.

»Ich gebe mir Mühe, dich nicht zu drängen, Zaunkönig. Nur ist leider die Zeit sehr knapp. Wir müssen nach Süden. Übermorgen treffen wir mit Dachsschwanz zusammen.«

»Vielleicht wäre es das beste, du würdest gleich abziehen, Schwarze Birke. Damit ersparst du dir und mir eine Menge Kummer. Dies ist euer Kampf, nicht unserer.«

Gereizt knurrte Schwarze Birke: »Gib mir noch eine Chance. Du hast die Feuer im Süden gesehen. Dein Dorf ist viel leichter verwundbar als Bluebird Village oder Paintbrush Village. Sieh dich um.« Schwarze Birke zeigte mit der Hand nach Süden und Westen. »Bladdernut Village hat keine Palisaden. Du hast kaum genug Krieger, um die höchsten Punkte der Felsen mit Männern zu besetzen. Ein starker Wind kann deine Verteidigungsanlagen wegblasen. Wenn Petaga mit neunhundert Kriegern dein Dorf überfällt, löscht er euch bis zum letzten Kind aus.«

In Zaunkönigs zwanzig Sommer altem Gesicht blitzten grimmig dreinblickende Augen. Der junge Mann mit der Boxernase und den langen Zöpfen war nach dem Tod seines Vaters im vergangenen Winter Häuptling geworden und besaß noch wenig Erfahrung in Führungsangelegenheiten.

Er war noch nie auf einem Kampfgang. Wie sollte er die Bedeutung dieses Krieges verstehen?

Zaunkönig setzte sich auf und schlug die Beine übereinander. Stirnrunzelnd zog er sein Gewand über die Knöchel. »Ich zweifle nicht an deinen Worten, Schwarze Birke. Aber warum sollte Petaga hierherkommen? Wir haben nichts. Bei uns gibt es nichts zu holen.«

»O doch, ihr habt sehr wohl etwas. Du hast vierzig Krieger, die er womöglich für seinen Kampf gegen den Häuptling Große Sonne haben will.«

»So?« Zaunkönig drehte die Handflächen nach oben und spreizte die Finger. »Vierzig sind kümmerlich genug. Würde er hundert Frauen und Kinder töten, um – «

»In Spiral Mounds hat er fast vierhundert umgebracht! Und mindestens fünfzig in Bluebird Village und fünfundsiebzig in Paintbrush!« antwortete Schwarze Birke heftig. Die Wachen wurden unruhig und wechselten wachsame Blicke. Schwarze Birke ballte die Faust. Er mußte sich zwingen, ruhig zu bleiben. »Sieh mal, Zaunkönig, wir sind in gutem Glauben hergekommen. Wir bitten dich um deine Hilfe. Wir müssen Petaga in Grund und Boden stampfen, damit wir alle wieder in Frieden leben können. Ich – «

»Frieden?« spottete Zaunkönig. »Kerans Traum ist mit ihm gestorben – und mit ihm, seinen Dienern und seinen Grabbeigaben im Hügel beerdigt worden. Gizis kam es gelegen, den Traum seines Vaters weiterzuführen, weil er auf diese Weise seine Lagerhäuser mit Reichtum füllen und seinen Namen mit Macht verbinden konnte. Und was Tharon vom Frieden hält, haben wir erlebt. Warum, glaubst du, ist die halbe Gegend mit Palisaden eingezäunt? *Der Feind sind wir!* Nicht Petaga. Es ist unsere Art zu leben.«

»Wovon sprichst du?«

»Vom Handel … hauptsächlich. Die Gier nach Luxusgütern beherrscht die Sonnengeborenen. Du hast es mit eigenen Augen gesehen. Du weißt, was ich meine. Für einen Spitzenfetzen aus Yellow Star Mounds würde Tharon die Kinder im Umkreis von fünf Tagesmärschen um Cahokia ermorden lassen, wenn er dadurch genug Mais zusammenbekäme, damit er es bezahlen kann. Das ist dir doch sicher nicht neu, oder?«

Ungeduldig zuckte Schwarze Birke die Achseln. »Und wenn es so wäre? Dachsschwanz und ich kämpfen für die Nichtadeligen, nicht für die Sonnengeborenen.«

»Tatsächlich? Und wer profitiert am meisten davon?«

»Heiliger Vater Sonne!« Wütend sprang Schwarze Birke auf die Füße. »Die Nichtadeligen. Sie bleiben am Leben, oder ist das etwa nichts?«

»Es gibt Schlimmeres als den Tod.«

Schwarze Birke schnaubte spöttisch. »Zum Beispiel?«

Zaunkönig senkte die Augen und blickte in die prasselnden Flammen. »Unehre. Dutzende Menschen zu opfern, damit zwei oder drei Sonnengeborene kupferne Ohrspulen tragen können – oder der Kriegsführer weiterhin in seinem feudalen Haus oben auf dem Hügel innerhalb der Palisaden Cahokias wohnen kann. Meine Leute sind Dörfler, Schwarze Birke. Wir sind alle Nichtadelige. Vielleicht sehen wir deshalb klarer. Unsere Augen sind nicht vom nahen Umgang mit den Sonnengeborenen getrübt, die die Angehörigen der niederen Klasse für entbehrlich halten. Ich will, daß die Kinder meiner Schwester einmal ihr eigenes Leben führen können. Wollen unsere Stämme überleben, müssen sie sich aufeinander verlassen können.«

»Was hat das mit – «

»Verstehst du das nicht? Wenn ich dir meine vierzig Krieger für deinen Kampf zur Verfügung stelle und sie werden getötet, habe ich mein Dorf ausgelöscht. Diese vierzig Männer sind in erster Linie Väter, Bauern und Fischer – keine berufsmäßigen Krieger. Sie sind das Herz von Bladdernut Village. Wir können ohne Handel und ohne Tharons Häuptlingtum überleben, aber ohne unsere vierzig Krieger überleben wir nicht.«

»Wahrscheinlich hat man in Bluebird Village und Paintbrush Village genauso gedacht, junger Häuptling. Vermutlich sind sie deshalb alle tot.«

Zaunkönig fixierte Schwarze Birke mit besorgt prüfendem Blick. »Und wie lauten deine Befehle, wenn wir uns weigern, uns dir anzuschließen, Schwarze Birke?«

Schwarze Birke rutschte nervös hin und her. Er gab keine

Antwort. Die Wachen hatten die Arme nicht mehr verschränkt, sondern hielten ihre Kriegskeulen einsatzbereit. Im malvenfarbenen Schatten funkelten ihre Augen gefährlich. Schwarze Birke wünschte, überall zu sein, nur nicht hier. Draußen im offenen Gelände hätte er eine Chance gehabt. *Diese Dummköpfe. Wenn sie wissen, daß ihre Weigerung den Tod bedeutet, warum tun sie dann nicht wenigstens so, als würden sie zustimmen?*

»Mein Befehl lautet, auch ohne deine Unterstützung nach Süden zu gehen«, sagte Schwarze Birke vieldeutig.

Zaunkönig klopfte sich mit einem Finger an die Lippen. »Ich verstehe. Ich verstehe sogar sehr gut. Bladdernut Village ist tot, gleichgültig, auf welche Seite wir uns schlagen.« Schwarze Birke zog es vor, zu schweigen. Doch Zaunkönig ließ nicht locker. »Wirst du meine Leute töten, Schwarze Birke? So, wie Petaga deine Leute umgebracht hat? Wie sieht es aus, wenn ich verspreche, die Waffen nicht gegen Dachsschwanz zu erheben? Hmm? Wenn ich dir mein Wort gebe, daß sich meine Leute in alle Winde zerstreuen, bis dieser Wahnsinn vorüber ist, und nur mit Billigung des Häuptlings Große Sonne in ihre Häuser zurückkehren ... was dann?«

Mit dumpfer Stimme antwortete Schwarze Birke: »Du würdest zusehen, wie deine Schwesterdörfer zerstört werden, ohne einen Finger für sie zu rühren? Was bist du für ein Häuptling, Zaunkönig? Sind deine Leute Feiglinge? Begreifst du nicht: Wenn wir nicht alle zusammenstehen – «

Draußen ertönten aufgeregte Rufe. »Schwarze Birke! Schwarze Birke, schnell! Sie kommen!«

Angespannt wirbelte er herum und starrte zur Tür. Vorstehender Zahn, ein älterer kahlköpfiger Krieger, duckte sich unter den Vorhängen hindurch. Keuchend vom raschen Lauf erklärte Vorstehender Zahn: »Der Feind naht von Süden; er muß unseren Spuren gefolgt sein. Es ist bestimmt Petaga.«

Gebückt trat Schwarze Birke ins Mondlicht. Wie ein Regen aus Sternschnuppen schossen brennende Pfeile durch die Dunkelheit und fuhren in die Hausdächer und ins trockene Gestrüpp. Überall erwachten lodernde Flammen zum Leben. Zaunkönig trat neben ihn. Schwarze Birke deutete auf die brennenden Häuser und brüllte: »Sieh dir das an! Was habe ich dir gesagt? Petaga schert sich nicht um deine Leute! Schließ dich uns an, sonst verurteilst du sie alle zum – «

Aber Zaunkönig tauchte blitzschnell in der Dunkelheit unter; seine Wachen folgten ihm auf dem Fuße. Ein wenig später sah Schwarze Birke ihre Silhouetten. Sie rannten am südlichen Dorfrand zu einer kleinen Trockenrinne hinunter, wo sie von Dutzenden weiterer Leute bereits erwartet wurden. Alle verschwanden in der Dunkelheit.

Hatte Zaunkönig sein Dorf zur Flucht vorbereitet? Hatte der junge Häuptling keinen anderen Ausweg gesehen? Schwarze Birke schüttelte den Kopf.

»Vorstehender Zahn, lauf und suche Wespe. Sag ihr, sie soll zwanzig Krieger nehmen und auf der rechten Flanke unserer Angreifer Druck machen. Dann geh zu Bienenstock. Er soll mit seinen Männern die linke Seite abdecken. Ich führe den Rest unserer Krieger durch die Mitte.«

Als der alte Mann zögerte, stieß ihn Schwarze Birke so heftig an, daß Vorstehender Zahn leise grunzend zu Boden ging. »Überleg doch, Schwarze Birke, vielleicht ist das nur ein Ablenkungsmanöver, um uns – «

»Das Denken erledige ich! Steh auf, Alter! Beeil dich! Du siehst, woher die Pfeile kommen. Noch sind Petagas Kämpfer alle zusammen. Wenn wir sie umzingeln, bevor sie ausschwärmen, haben wir sie!«

»Ja, ja, schon gut. Ich beeile mich. Ich überbringe deine Befehle.« Vorstehender Zahn rappelte sich auf und lief humpelnd davon.

Schwarze Birke blickte finster in die Nacht hinaus. Wenn man bedachte, von welch schmalem Streifen Land die Pfeile kamen, so genügte eine kleine Gruppe Krieger, um einen wirkungsvollen Geschoßhagel loszulassen.

Schwarze Birke sprang über einen Busch und sprintete den Hang hinab, um seine Krieger zu sammeln.

Kapitel 25

Flechtes Lungen schmerzten, aber sie blieb nicht stehen, um zu verschnaufen. Beharrlich grub sie ihre Zehen in die bröckelnde, lehmige Erde des Pfades und trieb ihren Körper den steilen Hang hinauf. Über ihr ragte eine Felsklippe auf, eine hellbraune, zweihundert Hand hohe Wand. Flechte kämpfte gegen die brennenden Tränen und schöpfte neuen Mut. Vielleicht konnte sie von dieser Klippe aus Überlebende des Überfalls erblicken.

Langsam stieg der Nebel aus dem Tal herauf und tränkte die dürren Hyazinthenstengel und mageren Kreuzdornsträucher, die sich in den Fels krallten, mit Feuchtigkeit. Auf den bläulichen Blütenblättern glitzerten Wassertropfen. Vater Sonne lugte über die Kante des Grats und schaute auf die Welt herab. Mit zunehmender Erwärmung stiegen immer dichtere Nebelschwaden auf und liebkosten das leuchtende bernsteingelbe Gesicht mit zarten Fingern.

»Mutter«, krächzte sie leise. »Wo bist du? Ich brauche dich. Wanderer, hörst du mich? Ich rufe dich! Komm doch. Ich bin hier.«

Er hatte versprochen, nach ihr zu suchen, und sie war überzeugt, wenn man ihm die Gelegenheit dazu ließ, würde er sie finden. Was hatten die Krieger ihm angetan? Und ihrer Mutter? Dieser Gedanke schnürte ihr die Kehle zu; sie konnte kaum noch schlucken. Die grausamen Krieger hatten alle Dorfbewohner getötet. Sogar den alten Waldente mit dem verkrüppelten Bein – und Kinder wie Warze.

Das tödliche Entsetzen jener Nacht, in der sie nur gelaufen war, sich versteckt hatte und weitergelaufen war – dieses ständige Fliehen und Verstecken hatte einen Abgrund in Flechtes Seele geöffnet. Sobald sie an ihre Mutter, an Wanderer oder Fliegenfänger dachte, klaffte in ihrer Seele ein Loch so groß wie der gewaltige, aufgerissene Rachen eines Bären, der sie zu verschlingen drohte.

Flechte warf ihren zerzausten Zopf über die Schulter, hastete die Steigung hinauf und umrundete eine Biegung. Von dieser Stelle aus konnte sie über das Land blicken. Die von Redweed

Village aufsteigenden Rauchwolken schwebten zum kristallklaren Himmel hinauf. Die Krieger konnten nur aus Cahokia gekommen sein. Sicher hatte der Sonnenhäuptling Redweed Village bestraft, weil sich das Dorf auf Petagas Seite geschlagen hatte. Flechte hatte gehört, wie ihre Mutter mit Fliegenfängers Mutter darüber geflüstert hatte.

Mit Entsetzen dachte sie an ihre aussichtslose Lage. Was konnte sie tun, wenn niemand sie fand? Wohin sollte sie gehen? Wer würde sich um sie kümmern? Sie war erst zehn Sommer alt! Könnte sie für sich selbst sorgen?

Flechte schürzte die bebenden Lippen und betrachtete prüfend die Felswand. In den Nischen wuchs Leinkraut. Die eßbaren, urnenförmigen Früchte an den oberen Zweigen brauchten noch einen Mond, bis sie reif waren. Hie und da entdeckte sie kümmerlichen Klee. Sie konnte die Wurzeln ausgraben und roh essen, die Blätter ließen sich für einen Tee verwenden. Vielleicht fand sie auf den feuchten Wiesen etwas violetten Sauerklee, dessen Wurzelknollen ebenfalls eßbar waren. Sie nahm sich vor, bei der nächsten Gelegenheit ein paar Strähnen ihres Haares zu einer Bogensehne zu drehen und ein Weidenstämmchen zu schneiden, das sich zur Herstellung eines Bogens eignete. Mit Pfeil und Bogen konnte sie jagen. Sie wußte zwar nicht, wie man Pfeilspitzen anfertigte, aber für Kleinwild würde ein angespitzter Stock aus Hartholz genügen.

Vielleicht schaffte sie es.

Vielleicht ... *Wanderer, ich will nicht ohne dich leben ... und nicht ohne mein Dorf.*

Aber Redweed Village war bereits Vergangenheit – für immer ausgelöscht von dieser Erde. Ihr Verstand begriff diese unabänderliche Wahrheit, aber ihr Herz begehrte dagegen auf.

Je höher sie kletterte, um so besser wurde die Sicht über das Land. Von hier oben sah es aus, als sei die ganze Welt in Flammen aufgegangen. Im Norden kräuselten sich überall Rauchfahnen in den Himmel. War das Petaga? Oder hatten sich die Krieger aus Cahokia in Gruppen geteilt und zerstörten weitere Dörfer?

Flechte kämpfte sich auf den Grat des Felsens und ließ sich auf die warmen Steine sinken. Sie streckte sich der Länge nach auf dem Bauch aus und blieb eine Weile regungslos liegen. Ihr Atem ging stoßweise; das heftige Pochen ihres Herzens hämmerte laut in ihren Ohren. »O Mutter ...«

In der Erinnerung hörte sie die Stimme ihrer Mutter: *»Hör auf zu weinen, Flechte! Wie oft muß ich dir noch sagen, daß Tränen sinnlos sind? Sie sind für nichts und niemanden gut – am wenigsten für dich. Wenn Schleiereule dir wieder einen Fußtritt gibt, nimm einen Stock und schlage zurück.«*

Flechte hatte ihre Mutter nie weinen sehen – nicht ein einziges Mal. Oh, sie hatte in den Augen ihrer Mutter Tränen glitzern sehen. Erst gestern, als sie nach Hause gekommen war. Aber nie liefen ihr Tränen über das Gesicht. Ihre Mutter stand dem Leben mit einem zornigen Funkeln in den Augen gegenüber; tapfer forderte sie die Welt zum Kampf heraus.

»Ich kann nicht anders, Mutter«, hatte sie gesagt.

Je mehr Flechte über ihr Alleinsein nachdachte, um so mutloser wurde sie. Tränen kullerten aus ihren Augen. Sie bettete das Kinn auf die Arme und weinte leise.

Wanderer, geht es dir gut? Du brauchst mich nicht zu holen. Sie rollte sich auf die Seite und blickte über die sonnenüberflutete Ebene. *Kümmere dich ... kümmere dich um meine Mutter. Sie braucht dich jetzt. Vogelmann, kümmere dich um meine Mutter und um meinen Vater. Ich brauche sie.*

Erschöpft schleppte sich Wapitihorn zu der einsamen Pappel auf einer grasbewachsenen Kuppe und lehnte sich mit den Schultern an den Stamm. Von hier aus konnte er die fliehenden Feinde sehen. Die stechende Nachmittagssonne hatte seinem Körper jegliche Feuchtigkeit entzogen, seine Arme und Beine glänzten schweißnaß, und der braune Lendenschurz klebte feucht auf seiner Haut. Zu seiner Linken im Osten erhob sich eine Felsklippe, die fast den Himmel berührte. Ob sich wohl jemand da oben befand? Vielleicht Späher, die Petaga die Nachricht überbrachten, daß seine zehn Krieger trotz Wapitihorns größter Anstrengung, sie zu töten, entkommen waren?

In der unter ihm liegenden Senke jagten die flüchtenden Krieger davon. Ausgelassen sprangen sie über niedrige

Felsen und sahen so glücklich wie nur irgend möglich aus. Die hitzeflimmernde Luft wehte leises Gelächter zu ihm herauf.

Fünf seiner Krieger trotteten müde in den Schatten der Pappel.

»Wir haben sie verloren.« Wapitihorn wischte sich Schweiß und Schmutz von der mit Zickzacklinien tätowierten Stirn. Er war vierundzwanzig Sommer alt und nur zehn Hand groß, aber seine Gerissenheit machte seine mangelnde Größe wett. Er hob seinen Bogen und schüttelte ihn drohend zu den fliehenden Feinden hinüber. »Ich glaube es nicht! Ich kann es nicht fassen! Ich dachte, wir hätten sie.«

Seifenwurzel hockte sich neben Wapitihorn. »Ich auch. Wenn mir mein Verstand nicht das Gegenteil sagen würde, würde ich glauben, sie hätten sowohl den Angriff als auch ihren Rückzug äußerst sorgfältig geplant. Wie sonst könnten nach menschlichem Ermessen zehn Männer und Frauen unseren siebzig Kriegern entkommen?«

Wapitihorn warf einen prüfenden Blick auf Seifenwurzel, der einen langen grünen Tuchstreifen um den Kopf gebunden hatte, damit ihm seine langen schwarzen Stirnhaare nicht in die Augen fielen. Je länger Wapitihorn in dieses runde, kaum eine Gefühlsregung zeigende Gesicht blickte, um so unruhiger wurde er.

»Sah ganz so aus, als hätten sie alles geplant, nicht wahr?«

Weitere Krieger traten hinzu und fluchten hinter den flüchtenden Kriegern her, die eben um ein Himbeergebüsch liefen und in eine Entwässerungsrinne sprangen.

»Anscheinend habe ich dich auf einen Gedanken gebracht«, meinte Seifenwurzel. »Klingt so, als könntest du dir vorstellen, warum sie unser Lager in der Nacht angegriffen und uns hier heraus gelockt haben.«

Wapitihorn verzog das Gesicht zu einer Grimasse. *Gelockt?* Dieser Gedanke war ihm bereits zur Mittagszeit gekommen. Trotzdem ärgerte es ihn, daß ein anderer seine tiefsten Ängste ungeniert aussprach.

Von dem nackten Stein unter seinen Sandalen stieg Hitze auf und versengte seine Fußsohlen. Man hatte sie überfallen, als sie sich in Henfoot Village aufgehalten hatten. *Was hast du vor, Petaga?*

»Sollen wir die Verfolgung aufnehmen? Sieht so aus, als liefen sie geradewegs nach One Mound Village. Vielleicht erwischen wir sie noch vor Sonnenuntergang«, meinte Seifenwurzel.

Wapitihorn schielte abschätzend zu seinen Kriegern hinüber. »Vor Sonnenuntergang holen wir sie nie ein. Sie sind zu schnell.«

Er entfernte sich vom Baum und ging ein Stück den Hang hinab. Es gab jede Menge Spalten und Nischen in der Felswand; das Spiel von Licht und Schatten bot dem Feind perfekte Verstecke. Hatte Petaga im Fels mit Bogen bewaffnete Krieger postiert, die nur auf den ersten Dummkopf warteten, der seinen fliehenden Kriegern in die Senke folgte?

Nachdenklich gesellte sich Wapitihorn wieder zu seinen Männern. »Halten wir uns an Dachsschwanz' ursprünglichen Plan und treffen wir südlich von Bladdernut Village mit Schwarze Birke zusammen. Anschließend stoßen wir außerhalb von Balsam Village auf Amarant und seine Leute. Von da aus gehen wir gemeinsam weiter nach Süden, Dachsschwanz erwartet uns in der Nähe von One Mound Village.«

Seifenwurzel musterte ihn neugierig. »Das steckt dahinter, glaubst du? Petaga versucht, uns zu reizen, damit wir uns nicht an Dachsschwanz' ursprüngliche Pläne halten? Er will unsere Strategie durcheinanderbringen? Wir sollen hinter seinen Lockvögeln herstürmen und uns in einem Hinterhalt umbringen lassen?«

»Könnte sein.«

»Wenn es so ist, sollten wir alle Führer unserer Kriegertruppen warnen. Vielleicht sind wir nicht die einzigen, die Petaga zu überlisten versucht.«

Wapitihorn strich sich mit der Hand durch die feuchten Haare. »Wo ist Bergwiese? Er ist unser schnellster Läufer. Wir schicken ihn zu Schwarze Birke. Dann werden wir sehen, was los ist.«

»Ich hole ihn.« Seifenwurzel kehrte Vater Sonnes grellem

Licht den Rücken, zwängte sich an den Kriegern vorbei, die den Hügel heraufkamen, und schrie lauthals: »Bergwiese! Wo ist Bergwiese?«

Kapitel 26

Wanderer und Wühlmaus lehnten mit dem Rücken an großen Findlingen; die gefesselten Hände hatten sie im Schoß gefaltet. Heuschrecke schritt vor ihnen auf und ab. Auf Dachsschwanz' Befehl hin hatten seine Krieger die Gefangenen flußabwärts zu einem Wäldchen aus blühendem Hartriegel gebracht, das sich zwischen einige riesige, abgeschrägte Felsplatten schmiegte. Von hier aus konnte man auf die Ruinen des Dorfes jenseits des Pumpkin Creek sehen. Wölfe schlichen über den verbrannten Platz und stritten sich zähnefletschend um die aufgedunsenen Leichen. Goldadler zogen in den warmen Luftströmen ihre Kreise oder spähten von den Felsen herab. Sie warteten, bis die Reihe an sie kam. Jeder aus dem Norden kommende Windstoß wehte einen unerträglichen Gestank herüber.

Heuschrecke wandte ihre Aufmerksamkeit Dachsschwanz zu. Er stand inmitten eines Haufens wild gestikulierender Krieger, die den aus White Clover Mounds gesandten Boten mit Fragen überschütteten. Das Stimmengewirr war so laut, daß sie die einzelnen zornigen Stimmen kaum voneinander unterscheiden konnte.

Dachsschwanz gebot Ruhe und fragte: »Was soll das heißen, der Häuptling weigerte sich, Waldmurmeltier zu empfangen?«

Der Läufer, Kleine Pfote, hob hilflos die Arme. »Waldmurmeltier konnte *nichts* dagegen machen! Er hat alles versucht, aber Häuptling Pevon weigerte sich, das Tor zu öffnen. Pevon ließ Waldmurmeltier ausrichten, White Clover Mounds würde sich keiner der beiden Seiten anschließen!«

Niedergeschlagen blickte Heuschrecke auf die weißen Blüten der Hartriegelsträucher, die den Konturen der zerklüfteten

Felsen die Schroffheit nahmen. Das hochgewachsene Gebüsch und die Felsen versperrten die Sicht von der im Osten gelegenen Felsklippe und boten wenigstens etwas Schutz vor der Entdeckung durch Petagas Späher.

Nach Westen zogen sich sanfte, mit dürrem Grün bewachsene Hügel. Das sich in der Ferne schlängelnde Band des Vaters der Wasser flimmerte in der Hitze, die Teiche in der Nähe schimmerten dagegen klar und blau.

Müde fuhr sich Heuschrecke durch die von geronnenem Blut verkrusteten Haare. Sie hatte versucht, sie auszukämmen, aber das trockene Blut hatte sie stark verfilzt. Sie war übermüdet und fühlte sich schwach. Es war lange her, seit sie das letzte Mal geschlafen hatte.

Prüfend blickte sie auf Wanderer. Der alte Mann saß da wie ein magerer Storch. Er hielt den grauen Kopf gesenkt und starrte seltsam fasziniert auf den Boden. Das Gitterwerk der kreuz und quer über das Gras laufenden Schattenmuster schien ihn magisch anzuziehen. Heuschrecke betrachtete das abwechselnd helle und dunkle Muster mit Interesse, konnte aber nichts Besonderes darin erkennen.

»Wanderer«, sagte Heuschrecke.

Der alte Mann schrie: »Was?«, als habe ihn aus heiterem Himmel ein Blitz getroffen und aus tiefsten Gedanken gerissen. »Was willst du von mir, Heuschrecke?« Seine Körperhaltung drückte größte Angst aus.

Sie seufzte resigniert. »Ich wollte nur wissen, ob du irgend etwas von einem Steinwolf gehört hast. Angeblich soll Redweed Village in den Besitz davon gekommen sein.«

»O ja, vor vielen Zyklen.« Wanderer ließ sich wieder gegen den Felsen sinken und wischte sich mit seinem zerrissenen Ärmel über die Stirn. »Aber das ist schon sehr lange her. Der Wolf ist längst verschwunden.«

»Seit wann? Soll das heißen, er befindet sich seit Zyklen nicht mehr in diesem Dorf?«

»Hier? Nein. Irgend jemand hat ihn gestohlen. Liegt schon lange Zeit zurück. Das stimmt doch – oder, Wühlmaus?«

Die Frau streckte ihre gefesselten Hände aus, um ihr mit Brandwunden übersätes Bein ein wenig gegen die Sonne abzuschirmen. Finster blickte sie auf die im Lager umherwimmelnden Krieger. Den ganzen Morgen herrschte ein unaufhörliches Kommen und Gehen, Boten überbrachten flüsternd Nachrichten, rohes Gelächter ertönte. Nicht einer hatte sich das Blut von der Haut gewaschen. Wühlmaus wandte sich Heuschrecke zu, in ihren Augen kochte der Haß. »Ja, so ist es. Der Wolf wurde gestohlen.«

Heuschrecke verschränkte die Arme. »Ich glaube euch kein Wort. Der Häuptling Große Sonne weiß es von einem Händler. Erst vor ein paar Tagen hat man ihm erzählt, ihr wärt im Besitz eines Steinwolfs, dem große Macht innewohnt.«

»Also, wenn er hier wäre«, bemerkte Wanderer belehrend, »dann könnte er wohl kaum über sehr viel Macht verfügen. Wer wüßte besser als du, was Redweed Village zugestoßen ist?«

Heuschrecke achtete nicht auf diesen logischen Einwand. »Wir haben den ganzen Tag die Asche des Dorfes durchsucht und nichts gefunden.«

»Keine allzu große Überraschung, oder?« Unter abenteuerlichen Verrenkungen schaffte es Wanderer, trotz seiner gefesselten Hände den Beutel an seinem Lendenschurz zu öffnen und eine Handvoll getrockneter Holunderbeeren herauszuholen. Er begann die Beeren zu sortieren und gruppierte sie auf seinem rechten Handteller gewissenhaft in verschiedene Häufchen.

»Warum ist das nicht überraschend?«

»Was?« fragte Wanderer, die Augen unverwandt auf eines der vier Beerenhäufchen gerichtet. Mürrisch schnippte er mit einem Finger dagegen.

»Warum es keine Überraschung ist, daß wir nichts gefunden haben!«

Wanderer blickte kopfschüttelnd auf seine Beeren. »Heuschrecke, ist dir klar, daß deine Schwägerin Zwillinge erwartet? Du solltest bald nach Hause gehen, sonst verpaßt du das Ereignis. Ich ...« Seine Stimme brach ab, und seine Augen weiteten sich voller Angst.

Heuschrecke wagte kaum zu atmen. Wanderers Miene veränderte sich, als sähe er Ungeheuer aus der Unterwelt heraufsteigen, die seine Seele forderten. »Was ist? Stimmt etwas nicht? Geht es um Grüne Esche?«

»Nein, ich ... ich sah nur ein flüchtiges Schimmern.«

»Wovon?«

»Von eintausend kommenden Tagen – und mehr«, antwortete Wanderer. Sein Blick ruhte aufmerksam auf Heuschrecke.

Bestürzt packte Heuschrecke Wanderer an der Schulter und gab ihm einen Schubs. Er fiel mit dem Rücken gegen den Fels, und ein paar Beeren kollerten aus seiner Hand auf das Gras. »Hör mal, Wanderer, wir müssen diesen Steinwolf finden. Wo ist er? Was hast du mit ihm gemacht?«

Wanderer blinzelte sie fragend an. »Was soll ich mit ihm gemacht haben?«

Der alte Mann beugte sich vor und versuchte, seine Holunderbeeren wieder aufzusammeln. Heuschrecke warf fassungslos die Arme in die Luft. »Das ist einfach lächerlich. Warum versuche ich es überhaupt?«

»Also, höchstwahrscheinlich, weil Dachsschwanz dir den Befehl dazu gegeben hat. Armer Dachsschwanz. Tief in seinem Innern spürt er, daß dieser Kampfgang sein letzter ist. Es muß sehr schwer für ihn sein.« Geduldig ordnete Wanderer seine Beeren wieder zu Häufchen. »Wußtest du, daß die Runzeln auf getrockneten Holunderbeeren hauptsächlich fünf Formen haben? Klar abgesetzte Zickzacklinien, wellenförmige Schlangenlinien ...«

Heuschrecke ließ Wanderer nicht aus den Augen. In aller Gemütsruhe schnippte er sacht an eine einzelne Beere, damit er die Runzeln von der anderen Seite betrachten konnte. »Woher weißt du das?«

Wanderer blickte beleidigt auf. »Schließlich studiere ich sie seit Zyklen, Heuschrecke. Ich bin ein Experte für Holunderbeeren. Du wärst erstaunt, wenn du wüßtest, wie viele Beeren ich in den letzten hundert Monden untersucht habe.«

Zornig stieß Heuschrecke hervor: »Ich meinte deine Behauptung über Dachsschwanz! Woher willst du wissen, daß dies sein letzter Kampfgang ist?«

»Also, es erfordert keine besondere Erkenntnisfähigkeit, um zu sehen, daß er sein Herz an den Krieg verloren hat.«

Heuschrecke schluckte schwer. Dieser alte Mann hatte gerade so ungerührt über Dachsschwanz' weiteres Schicksal gesprochen, als kündige er einen leichten Sturm an. Erschüttert fragte Heuschrecke: »Was bist du bloß für ein Mensch? Wie kannst du so über Dachsschwanz' Tod reden und – «

»Oh, zum einen«, fiel ihr Wanderer ins Wort, »bin ich kein Mensch. Weißt du, als ich vor Jahren im Großen Schweigen trieb, kam ein *Rabe* und – «

»O heiliger Donnervogel«, stöhnte Wühlmaus.

»Du weißt, daß es stimmt, Wühlmaus. Wenn ich mich recht erinnere, habe ich dich damals ganz schön durcheinandergebracht.«

Vorsichtig öffnete Wanderer den an seinem Lendenschurz befestigten Beutel und ließ die Beeren hineinfallen.

Erleichtert sah Heuschrecke, daß sich Dachsschwanz aus der Versammlung der Krieger löste und zum Hartriegelwäldchen kam. Noch immer bedeckte getrocknetes Blut seine Brust. Sein Kriegshemd hatte er wie eine Schärpe um die Hüfte gebunden. Er schien äußerst nervös zu sein.

Dachsschwanz atmete tief durch. Streng sagte er: »Heuschrecke, was hast du herausbekommen?«

»Über den Steinwolf? Nichts. Die beiden da behaupten, der Wolf sei vor Zyklen gestohlen worden.«

Dachsschwanz drehte sich um und sah Wanderer scharf an. Der Gesichtsausdruck des alten Mannes veränderte sich nicht, aber als er seine gefesselten Hände in die Falten seines roten Hemdes schob, zitterten sie unübersehbar.

»Wanderer, ich habe dich auf den Wunsch von Nachtschatten hin gefangengenommen. Sie sagte mir, du hättest den Weg zur Ersten Frau gefunden und ich müßte dich schützen und nach Cahokia bringen. Stimmt das? Kennst du den Weg?«

Schweigend schaute Wanderer Dachsschwanz an. Heuschreckes Blick wanderte mißtrauisch von einem zum anderen. Wissen und Erkenntnis glommen in den Augen der Männer – dunkel und mächtig. Die alltäglichen Geräusche des Tages verstärkten sich. Das Lied einer Wiesenlerche dröhnte in Heuschreckes Ohren, und das Wispern des Windes in den Hartriegelsträuchern verwandelte sich zu unheilvollem Brausen.

»Ja«, antwortete Wanderer schlicht.

»Du *kennst* den Weg zur Ersten Frau?«

»Ja, ich kenne ihn.«

»Wenn das stimmt, müssen wir dich auf schnellstem Weg nach Cahokia bringen. Sobald es regnet und Mutter Erde wieder fruchtbar wird, können wir diesem Wahnsinn vielleicht ein Ende machen.«

Wanderer blickte angelegentlich auf seine langen, schlanken Finger. »Das glaube ich nicht, Dachsschwanz. Sicher brauchen wir die Führung und Anleitung der Ersten Frau, aber dieser ›Wahnsinn‹ endet erst mit Tharons Tod. Solange er lebt, wird er weiter die Spirale aus dem Gleichgewicht werfen. Er kann nicht anders.«

»Wovon sprichst du?«

Wanderer straffte sich und sah Dachsschwanz prüfend ins Gesicht. »Was will Tharon mit dem Steinwolf?«

»Er ist ... er strebt nach einer besonderen Macht. Ein Händler erzählte ihm von diesem Wolf. Ich weiß nicht, warum er ihn unbedingt haben will – das weiß nur er allein.« Dachsschwanz zog die Augenbrauen zu einem geraden Strich zusammen. »Warum? Weißt du, wo er ist?«

»Wenn ich ja sagen würde, was tätest du dann?«

»Ich würde verlangen, daß du ihn herausgibst.«

»Und dann?«

»Eine Gruppe Krieger beauftragen, dich und den Steinwolf nach Cahokia zu bringen.«

Wanderer schluckte schwer, die schlaffe Haut an seinem Hals bewegte sich sichtlich. »Und meine Freundin?« Mit einer Kopfbewegung deutete er auf Wühlmaus, die eine gleichmütige Miene zur Schau trug, deren Wangen sich aber verräterisch gerötet hatten.

Dachsschwanz wandte sich ab und blickte sinnend auf die Schattenmuster der Hartriegelzweige. Einzelne Sonnenstrahlen zwischen den schattenspendenden Ästen erzeugten ein Mosaik wie aus Bernsteinstückchen zusammengesetzt. Er sagte: »Sie geht nicht mit.«

Langsam sackte Wühlmaus in sich zusammen. Während Wanderer vorsichtig einen Fuß zu ihr hinüberschob und mit seinem Mokassin den ihren ermutigend anstieß, blickte er Dachsschwanz unverwandt an. »Und wenn ich mich weigere, den Aufenthaltsort des Wolfes preiszugeben?«

Schroff drehte sich Dachsschwanz um. Heuschrecke sah die Unentschlossenheit auf seinem Gesicht. Nachtschatten wollte Wanderer unbedingt in Cahokia haben. Dachsschwanz konnte ihn nicht umbringen, gleichgültig, ob er den Mund aufmachte oder nicht. Rasch, aber forschend glitt Dachsschwanz' Blick über Wühlmaus.

»Willst du um das Leben dieser Frau feilschen? Ist dir das so wichtig? Gut, Wanderer. Ich bewillige es dir. Sag mir, wo der Wolf ist.«

Wanderer schüttelte den Kopf. »Nein. Nicht dir, Dachsschwanz. Das kann ich nicht. Der Wolf ist der Gegenstand einer sehr bedeutenden Macht. Das ist keine Angelegenheit der Krieger. Aber ich werde es Nachtschatten sagen. Sie ist Cahokias höchste Priesterin geworden, oder irre ich mich?«

»Nein, aber – «

Das Gebrüll eines Kindes übertönte alle anderen Geräusche. Ungehalten über die Störung stellte sich Dachsschwanz auf die Zehenspitzen und starrte in die Richtung, aus der das Geschrei ertönte. Dicht am von Gestrüpp überwucherten Bachufer kniete Südwind; er schien mit jemandem zu kämpfen. Gleich darauf zerrte er einen jungen Burschen am Genick aus dem Dickicht. Der Junge schlug wild um sich, trat und biß und versuchte mit allen Tricks, sich Südwinds eisernem Griff zu entziehen.

Als Südwind seine Kriegskeule hob, um den Jungen zu erschlagen, schrie Heuschrecke: »Nein! Warte! Bring ihn her!«

»Warum?« erkundigte sich Dachsschwanz.

»Kinder sind weniger gute Lügner als Erwachsene. Vielleicht weiß er, wohin der Steinwolf verschwunden ist.«

Südwind stapfte zum Wäldchen hinüber und schleuderte den Jungen fluchend zu Boden. Der Junge, elf oder zwölf Sommer alt, war groß für sein Alter. Er hatte kleine dunkle Augen und eine krumme Nase. Schwer atmend richtete er sich auf die Knie auf.

»Wie heißt du?« fragte Heuschrecke barsch.

»Schleiereule«, antwortete der Junge. Ängstlich leckte er sich die Lippen. Da fiel sein Blick auf Wanderer und Wühlmaus, und Hoffnung leuchtete in seinen Augen auf.

Heuschrecke wechselte einen vielsagenden Blick mit Dachsschwanz. »Schleiereule, was ist aus dem Steinwolf geworden?«

»Warum fragst du nicht sie?« erwiderte der Junge und wies mit einer ruckartigen Kopfbewegung auf Wühlmaus. »Sie ist seine Hüterin.«

Dachsschwanz ließ sich nicht herab, Wanderer oder die Frau eines Blickes zu würdigen. Er gab Heuschrecke ein Zeichen, beiseite zu treten, und kniete vor Schleiereule nieder. Scharf blickte er in die jungen, angsterfüllten Augen. »Welches Haus gehörte Wühlmaus?«

»Das am Südende des Dorfes – nahe am Bach.«

Dachsschwanz sah Heuschrecke fragend an. Sie schüttelte den Kopf. »Wir haben es durchsucht. In den Ascheresten des Hauses haben wir nichts gefunden.«

Erneut wandte sich Dachsschwanz an Schleiereule. »Wo könnte er sein, wenn er sich nicht im Haus befand?«

»Ich weiß es nicht. Vielleicht hat Flechte ihn.«

Wanderer taumelte auf die Beine. Das runzlige Gesicht des alten Mannes war so weiß geworden wie Schnee. Dachsschwanz' Miene verhärtete sich.

»Wo ist Flechte?« fragte er gefährlich leise.

Wanderer schwieg.

Dafür sprudelte es aus Schleiereule heraus: »Sie ist *ihre* Tochter.« Er deutete auf Wühlmaus, die in ihrer Angst entsetzt die Augen schloß.

»Wo ist Flechte, Schleiereule?«

»Ich weiß es nicht«, sagte der Junge. »Ich sah sie gestern nacht weglaufen, aber ich weiß nicht, wohin sie rannte.«

Dachsschwanz erhob sich und richtete sich zu voller Größe auf. Seine Lippen zuckten. Mit rauher Stimme befahl er Heuschrecke: »Kümmere dich um den Jungen. Anschließend stellst du einen Suchtrupp zusammen. Sag den Kriegern, sie sollen nach einem kleinen Mädchen Ausschau halten.«

Kapitel 27

Die Morgendämmerung tauchte die Felsklippe in rosarotes Licht. Die Luft war kalt. Flechtes Atem bildete weiße Wölkchen. Sie hatte ein kleines Feuer entfacht, um Wurzeln zuzubereiten und sich ein wenig aufzuwärmen. Sie beugte sich vor und stieß mit einem Stock Kohlen in das Feuer. Orangefarbene Funken stoben auf und flimmerten vor dem Morgenhimmel. Inmitten der Glut rösteten sechs eigroße Prachtschartenwurzeln. Sie warf noch ein paar Wildkirschenzweige darauf, um das kleine Feuer in Gang zu halten. Traurig blickte sie zur höher steigenden Sonne hinüber. Es war der erste Sonnenaufgang, den sie erlebte, ohne daß ihre Mutter oder ihr Vater bei ihr waren.

Flechte biß sich auf die Unterlippe. Mit dem angekohlten Ende des Stocks kritzelte sie Schlangenlinien auf den Kalkstein. Wehmütig erinnerte sie sich an vergangene Tage, an denen sie vom verführerischen Duft gebratener Maiskuchen geweckt wurde. Die Augen nur einen Spaltbreit geöffnet, die Nase knapp über der Büffelfelldecke, hatte sie Wühlmaus zugesehen, die ruhig und heiter am Feuer kochte. Sie liebte es, eine Weile liegen zu bleiben, den Geruch des Frühstücks zu genießen und ihre Mutter aus der Wärme des Bettes heraus zu beobachten.

Flechte stocherte mit ihrem Stock in der Glut und drehte die Wurzeln um. Sie versuchte, die Bilder der Vergangenheit zu verdrängen, aber es gelang ihr nicht. Sie sah Wanderers Vogelgesicht vor sich. Balancierend auf dem über den Abgrund ragenden Kalksteingesims blickte er sie an. »*Weißt du, Flechte, es gibt Träumer, die glauben, alles in der Spirale sei Illusion.*«

Flechtes Magen begann vor Hunger zu knurren. Wie konnte jemand so etwas glauben? Widerlegte nicht jeder Schmerz diese Behauptung?

Geht es meinen Eltern gut, Vater Sonne? Sorge dafür, daß es ihnen gutgeht.

Sie hatte die Hoffnung, Wanderer könnte jeden Augenblick den Pfad heraufkommen und sie finden, noch nicht aufgegeben. Die ganze Nacht hatte sie in ihren Träumen nach ihm gerufen. *Wanderer, Wanderer, hier bin ich, oben auf der Klippe. Im Südwesten, bei dem alten niedergebrannten Baum.*

Schwarz ragte der gewaltige Stumpf zwanzig Hand von ihr entfernt in einer Mulde des gelbbraunen Felsens auf. Er sah aus wie ein riesiger, entblößter Zahn. Bruder Blitz hatte vor langer Zeit den Stamm in der Mitte gespalten und nur eine verkohlte Hülle hinterlassen. Die unverwechselbaren Spuren von Würmern zogen sich durch die uralte Rinde und ergaben ein Muster wie von einem kunstfertigen Holzbearbeiter gemeißelt.

Die letzte Nacht hatte Flechte zusammengerollt in dem hohlen Stamm verbracht. Sie hatte Ranken ihrer Seele ausgesandt und die Seelen ihrer Eltern gesucht. Beide waren am Leben. Wanderers Seele war leicht zu finden gewesen; sie leuchtete in einem freundlichen blauen Licht. Bei ihrer Mutter war es schwieriger gewesen. Flechte hatte lange suchen müssen, bis sie das helle gelbe Glühen erkannte. Aber Flechte konnte nicht in Erfahrung bringen, wie es ihnen ging.

Mit ihrem Grabestock, einem angespitzten Eichenstecken, hob sie die Prachtschartenwurzeln aus der Glut. Gelbe Flammen züngelten empor, erstarben aber sofort zu einem sanften, korallenroten Glühen. Sie legte die brutzelnden Wurzeln zum Abkühlen auf den Fels. Müßig beobachtete sie ein Reh mit seinem Kitz. Die Tiere grasten friedlich auf einer unter ihr liegenden Wiese.

Merkwürdig, die Tiere so nah bei Redweed Village zu sehen. Wapitis, Bisons und das meiste Rotwild waren längst vor Flechtes Geburt durch die Jagd ausgerottet oder von der Dürre vertrieben worden. Deshalb mußten inzwischen sämtliche Felle eingehandelt werden. Die beiden Tiere da unten hatten ein schattiges Plätzchen entdeckt, wo trotz der Dürre noch Wildblumen und Gras wuchsen. Sie schienen keine Angst zu haben, und das beruhigte Flechte. Ihr konnte das Nahen von

Kriegern entgehen, aber die Tiere würden die Witterung von Menschen rechtzeitig aufnehmen, noch bevor sie zu einer Bedrohung für Flechte werden konnten.

Die Wurzeln waren abgekühlt. Flechte schälte das angekohlte Äußere ab und verschlang gierig das Mark. Als sie alle sechs Wurzeln verspeist hatte, ergriff sie das Gefühl behaglicher Zufriedenheit; neue Kraft strömte durch ihren Körper. Ruhig blieb sie sitzen und blickte über das Land. Sie konnte bis zum Pumpkin Creek sehen, wo zwischen Felsplatten die weißen Blüten eines Hartriegelwäldchens in unwirklich anmutendem Licht aufleuchteten.

Der Gedanke, irgendwo da unten würden ihre Eltern jetzt denselben Sonnenaufgang betrachten wie sie, tröstete sie etwas.

Flechte warf die abgeschälten, faserigen Wurzelreste in das Feuer. Sie schrumpften und ballten sich wie winzige, gekrümmte Fäuste zusammen.

Im Norden schwebten Rauchwolken zum Himmel wie Federn im Wind. Wie viele Menschen waren gestorben? Dauerte der Krieg immer noch an?

Flechte faßte nach dem Lederriemen um ihren Hals und holte den Steinwolf unter ihrem grünen Zeremonienhemd hervor. Der Wolf blitzte in der Sonne auf.

»Bist du da drin, Geist?« fragte sie. »Ich … ich brauche Hilfe. Kannst du zu mir sprechen?«

Sie erhielt keine Antwort.

Plötzlich stoben die Rehe unten auf der Wiese in wilder Flucht davon. Mit ein paar Sätzen waren sie zwischen den Felsen verschwunden. Fieberhaft suchten Flechtes Augen den Pfad ab – und da, noch tief unten, entdeckte sie fünf Krieger, die anscheinend ihren Spuren folgten. Hin und wieder blieben sie stehen und prüften ihre Fußspuren, doch sie kamen zügig voran.

Panik brandete durch Flechtes Adern wie ein Feuersturm.

Sie riß ihre aus Wildkirschenholz gefertigten Feuerstöcke an sich, steckte sie in ihren Gürtel und rannte los. Ihre Füße hämmerten auf den körnigen Stein. Sie lief an der abbröckelnden Kante der Klippe entlang, um rasch außer Sicht zu kommen.

Sie zwang sich, schneller zu laufen. In fliegender Hast rannte sie an einem Findling vorbei und weiter unter einen schattigen Felsvorsprung, in dessen verzweigten Spalten Alaunwurzeln wuchsen. Die rauhen Stengel zerrten an ihrem zerrissenen Hemd.

Da! Eine Bewegung vor ihr! Flechte hielt inne und blickte sich um. Sie versteckte sich im Schatten des Steins, schien förmlich mit ihm zu verschmelzen. Mit jedem Atemzug wirbelten glitzernde Sandkörner vor ihrem Gesicht auf.

Schwarze Punkte betupften die vor ihr liegende Felsklippe; sie wimmelten wie emsige Ameisen durcheinander. Fünfzig, einhundert? Noch mehr? Kamen diese Krieger aus dem Süden herauf?

Flechte fuhr herum und blickte in die Richtung, aus der sie gekommen war. Sie sah die fünf Männer, die ihren Spuren folgten.

Entsetzt nach einem Fluchtweg suchend, blickte sie über die Felskante. Acht Hand tiefer befand sich ein schmaler Felsvorsprung, nicht breiter als zwei Hand. Hastig kletterte sie über den Rand der Klippe, sprang und kam sicher auf dem Sims auf. Unter ihr befand sich der sonnenüberflutete, gähnende Abgrund. Bei jeder Bewegung knirschte Kies unter ihren Sandalen; er rollte über den Rand und rieselte hundert Hand hinab auf die zerklüfteten, senkrechten Felsplatten am Fuße der Klippe.

Ein Kriegsruf durchschnitt die Luft. In Todesangst klammerte sich Flechte an die steile Felswand.

Schreie wie Kojotengeheul und Rufe ertönten. Waren die Krieger der beiden Gruppen miteinander verfeindet? Waren sie in einen Kampf verwickelt? Flechte nahm sich zusammen und bewegte sich auf der Suche nach einem besseren Versteck langsam und vorsichtig auf dem schmalen Sims weiter.

Ein durchdringendes Kreischen hallte von den Felswänden wider, gleichzeitig stürzte der Körper eines Mannes von der Klippe und wirbelte vor ihren Augen durch die Luft in den Abgrund.

Flechte stieß einen erschrockenen Schrei aus und verlor auf dem bröckeligen Kalkstein fast den Halt. Schwankend versuchte sie, sich festzukrallen, und kämpfte verzweifelt um ihr Gleichgewicht. Ihr wurde fast schlecht vor Entsetzen. Mit jedem Schlag ihres Herzens drehte sich die Welt. Der Fels unter ihren Füßen schien zu beben.

»Vogelmann, Vogelmann ... Vogelmann«, stammelte sie mit tränenersticker Stimme. »Vogelmann, hilf mir. Hilf mir ... Vogelmann ...«

Von oben brandete der Lärm des Kampfgetümmels zu ihr herab. Flechte nahm all ihren Mut zusammen und tastete sich Schritt für Schritt weiter. Verstört kratzte sie mit den Fingern auf dem Kalkstein. Hektisch suchte sie nach Rissen, in denen sie die Finger festhaken konnte.

»*Hilf mir, Vogelmann!* Wo bist du? Du bist doch mein Geisterhelfer!« Ihre tastende Hand suchte nach dem nächsten Halt ... und tauchte plötzlich ins Leere. Ein Schwall kühler Luft strich über ihre Finger. Flechte keuchte überrascht. In ihren Augen glomm ein Fünkchen Hoffnung auf. Vorsichtig zog sie sich näher heran und spähte in eine kleine Höhle.

»*... du mußt in eine Höhle auf dieser Welt gehen. Sie wird dunkel sein und kalt. Aber dort brennt ein Feuer.*«

Angst strömte durch ihre Adern. Was erwartete sie da drin?

Über ihr erklangen noch immer die Schreie der sterbenden Krieger.

Sie fiel auf die Knie und kroch in die Höhle.

Brutal riß Hagelwolke dem Feind die mit Muschelintarsien verzierte Kriegskeule aus der Hand und steckte sie in seinen Gürtel. Leblos sank der Körper des Mannes zu Boden. Blut strömte aus der Wunde, die der in seiner Brust steckende Pfeil aufgerissen hatte. Hagelwolke holte tief Luft. Ein fast schwindelerregendes Triumphgefühl ergriff von ihm Besitz. Er überblickte das Hochplateau und starrte auf die geschundenen Körper seiner Feinde. Noch gaben zwei der Krieger schwache Lebenszeichen von sich, doch ihr Todeskampf währte nicht mehr lange. Hagelwolke hatte nur einen einzigen Mann verloren. Aber würde noch jemand aus seiner Truppe am Leben sein, wenn all dies vorüber war?

Hagelwolke schritt um die Toten herum und schloß sich

Linde an. Das dunkle, lederne Gesicht des alten Kriegers war von einer mit Blutflecken durchsetzten Staubschicht überzogen. Linde hatte einen gnadenlosen Zweikampf mit dem Anführer der Krieger aus Cahokia hinter sich, der sich, obwohl von fünf Pfeilen gespickt, vor seinem Tod noch zu ihm vorgekämpft hatte.

Heftig schnaufend fuhr sich Linde mit dem Handrücken über den Mund. »Das waren keine grünen Jungs. Dachsschwanz hat seine besten Krieger in den Kampf geschickt.«

»Das ist seine Art. Immer vernünftig, immer berechnend.« Hagelwolke deutete mit dem Kinn nach Westen. »Diese Männer kamen vom Pumpkin Creek herauf.«

»Ja. Glaubst du, da unten halten sich noch mehr Krieger auf?«

»Möglich«, antwortete Hagelwolke. Angst zuckte durch seine Gedärme wie ein brennender Pfeil.

Er kniff die Augen zusammen und betrachtete das von schrägen Felsplatten fast verborgene Wäldchen mit den blühenden Hartriegelsträuchern. In der vergangenen Nacht, nachdem sie Zeuge der Zerstörung des Dorfes geworden waren, hatten sie dort das kaum sichtbare Glimmen eines Feuers gesehen. Im Morgengrauen hatten sie dann die fünf feindlichen Krieger entdeckt.

»Wie viele? Hast du eine Ahnung?« fragte Linde.

»Ich weiß es nicht.« Hagelwolke runzelte die Stirn.

»Was hast du?«

»Wir haben ... wie viele gezählt? Irre ich mich, oder waren es nördlich dieser Klippe sechs verschiedene Gruppen?«

»Ja, sechs. Eine für jedes der größeren Dörfer.«

»Warum verschwendet Dachsschwanz Zeit und Krieger auf Redweed Village? Da gibt es nichts von Bedeutung. Ein paar alte Männer und einige Frauen und Kinder. Welch eine Gefahr sollte von ihnen ausgehen?«

Hinter Hagelwolke erhob sich Gelächter. Seine Männer und Frauen durchsuchten die toten Feinde und stahlen alles von Wert.

»Glaubst du, es handelt sich um ein Täuschungsmanöver? Eine List, um uns abzulenken von ... ja, wovon?«

»Ich bin mir nicht sicher.«

Hagelwolkes Gedärme zogen sich zusammen. Im Norden bewegten sich schwarze, in der von den heißen Felsen aufsteigenden, hitzeflimmernden Luft nur schemenhaft erkennbare Punkte in einer langen Kette über das Land. Höchstwahrscheinlich handelte es sich um Flüchtlinge, die dem vom Krieg zerrissenen Land den Rücken kehren wollten. Aber so viele!

»Siehst du sie?« flüsterte Linde fast unhörbar.

»Ja.«

»Heilige Ahnen. Ob sich noch ein Mensch im Häuptlingtum aufhält, wenn das vorbei ist?«

»Alles ist besser als das, was wir hinter uns haben.«

»Da will ich nicht widersprechen«, sagte Linde. »Auf jeden Fall gibt es für unsere Leute mehr Ackerland, wenn die Zahl der Flüchtlinge weiter so ansteigt.«

Hagelwolkes Blick wanderte wieder zu dem blühenden Hartriegelwäldchen, in dem sie in der vergangenen Nacht das glimmende Feuer entdeckt hatten. Er richtete sich auf. »Glaubst du, er ist da unten, Linde?«

»Dachsschwanz? Könnte sein. Es gibt nur eine Möglichkeit, das festzustellen.«

Kapitel 28

Primel kniete neben Grüne Esches Kopf und fächelte ihr mit einem aus Binsen geflochtenen Fächer Luft zu. Seine Schwester lag nackt auf dem Boden, die rot und gelb gemusterte Decke war getränkt von ihrem Blut. Sie preßte die Lippen aufeinander; trotzdem entrang sich ihr ein gequältes Stöhnen. In den letzten zwei Hand Zeit hatte sie sich immer wieder schwach hin und her geworfen.

In der Nacht hatte sie ihre Hände in Primels braunes Hemd verkrallt und ihr Stöhnen noch unterdrücken können, aber nun gruben sich ihre Nägel in den Stoff seines Ärmels und zerrissen ihn.

Primel krümmte sich innerlich beim Anblick ihrer Qual. Wie

sollte Grüne Esche das aushalten? Er wäre lieber gestorben, als Zeuge ihrer Leiden zu sein. Ein paar Strahlen der Spätnachmittagssonne fielen an den Seiten der herabgelassenen Fenstervorhänge hindurch und warfen goldene Streifen auf das schmerzverzerrte Gesicht seiner Schwester.

»Es ist alles gut«, beruhigte er sie. »Du mußt nur weiter pressen. Das Baby kommt ... es kommt ...«

Die halbe Nacht hatte Primel so zu ihr gesprochen und sie mit seiner Stimme zu beschwichtigen versucht. Sobald er mit seiner Litanei aufhörte, jammerte Grüne Esche: »Bitte! Rede weiter!«

Zu beiden Seiten von Grüne Esche saß eine geburtskundige Frau, eine dritte kauerte zu ihren Füßen.

Primel leckte sich den Schweiß von der Oberlippe. Wie lange waren sie schon hier? Zwanzig Hand Zeit? Länger? In der Nacht war es wenigstens kühl gewesen. Jetzt war es erstickend heiß, das Atmen fiel schwer. Mücken summten in schwirrendem Tanz um sie herum, setzten sich auf ihre feuchten Gesichter und peinigten sie bis aufs Blut. Primel glaubte, bald verrückt zu werden.

»Ich mache mir Sorgen«, flüsterte die alte Nisse. Ruhelos wanderte ihr Blick über das erhöhte Schlafpodest, das sich hinter Primel befand. »Sie öffnet sich nicht richtig.«

Schwingelgras beugte sich vor und spähte zwischen Grüne Esches gespreizte Beine. Sie war die Älteste der Frauen, über sechzig Sommer alt. »Ich sehe den Kopf des Babys ... aber es hat nicht genug Platz zum Herauskommen.«

»Wartet noch«, bat die kleine Roggengras eindringlich. »Lassen wir ihr noch ein paar Hand Zeit. Noch kein Grund, in Panik zu geraten. Wenigstens kommt es nicht mit dem Steiß zuerst.« Sie nickte Primel ermutigend zu.

Seine Kehle war wie zugeschnürt. Liebevoll strich er über Grüne Esches feuchte Stirn. Ihr ganzer Körper war schweißgebadet. »Ich liebe dich, Grüne Esche. Mach dir keine Sorgen. Das Baby ist nur halsstarrig. Es läßt sich Zeit. Aber es kommt.«

Von einer neuen Welle von Wehen geschüttelt, bäumte sich Grüne Esche auf, trat mit aller Kraft um sich und knirschte mit den Zähnen. Zum erstenmal entfuhr ihr ein lauter Schrei. Primel nahm sie in die Arme und bedeckte ihren Kopf mit Küssen. »Versuch es weiter, Grüne Esche. Nicht aufgeben! Presse! *Presse!*«

Als sie keuchend in seine Arme zurücksank, bettete er sie wieder behutsam auf die feuchte Decke.

Die alte Nisse brummte: »Sprich mit ihr, Primel. Sag irgend etwas!«

Hilflos stotterte er: »Ich – ich habe eben an Heuschrecke gedacht. Ich wüßte gern, wo sie ist und wie es ihr geht.« Grüne Esche stieß zitternd den Atem aus und schloß die Augen. Primel streichelte beruhigend ihre Wange. »Inzwischen müßten Heuschrecke und Dachsschwanz mit den anderen Gruppen, die sie als Unterhändler zu den Dörfern im Norden geschickt haben, zusammengetroffen sein. Vielleicht haben sie nun genügend Krieger beisammen, um Petaga zu schlagen.«

Primel hob wieder den Fächer auf und fächelte Grüne Esche Luft zu.

»Es tut sich nichts«, murmelte Nisse und ließ sich zurücksinken. Sie war nach den vielen Stunden des Wartens völlig erschöpft und starrte wie blind auf die Schilfmatten am Boden. Wieder setzten Grüne Esches Schreie ein. Ihr mitleiderregendes Wimmern klang wie das eines Fuchses, der sich den Weg aus einer Falle zu beißen versucht. »Kleine Roggengras, lauf zu meinem Haus und hole meinen Beutel mit giftigem Astragaluskraut.«

Roggens Gesicht wurde ernst. »Bist du sicher?«

»Uns bleibt nichts anderes übrig. Geh schon.«

Roggen huschte durch das Zimmer und lief zur Tür hinaus. Die Türvorhänge schwangen einen Moment hin und her, und blendende Sonnenstrahlen, die den hinter ihr aufwirbelnden Staub aufleuchten ließen, drangen herein.

»Warum?« Primel wagte kaum zu fragen. »Wie wirkt das?«

Nisse fuhr sich mit der Hand über das uralte Gesicht. »Wenn das Gift in die Adern eintritt, sorgt es manchmal dafür, daß das Kind kommt. Wir werden ja sehen.«

»Aber wie wirkt sich das auf die Mutter aus?« erkundigte sich Primel.

»Es ist eine Chance.« Nisse sprach sehr leise. »Frag nicht weiter. Wir wollen nicht beide verlieren.«

»*Beide!*« schrie Primel.

Nisse warf ihm einen kurzen Seitenblick zu. »Halt den Mund. Wenn Grüne Esche merkt, was auf sie zukommt ... sie ist so schwach ... vielleicht zu schwach.«

Nachtschatten schwebte in der Herrlichkeit des Traumes. Ihre Gedanken glitten federleicht dahin, als seien sie auf den Flügeln eines Falken geboren. Unter ihr stand Talon Town stolz wie ein Juwel in der Hitze der Wüste. In der Nähe des zentralen Platzes saß eine junge Frau in einem blau-gelb karierten Kleid inmitten von Töpfergerätschaften. Eine Pfeife aus einem Adlerknochen hing um ihren Hals. Mit einem Polierstein glättete die Frau ein Stück gezogenen Ton. Anschließend nahm sie ihr Gravierwerkzeug zur Hand und schnitt unterhalb des Gefäßhalses feine Gewitterwolken und Regentropfen darstellende, abstrakte Formen ein. Eine Schar kichernder Kinder rannte an ihr vorbei, und die Frau blickte lächelnd von ihrer Arbeit auf.

Schmerzhafte Sehnsucht ergriff Nachtschatten. Dunkel war ihr bewußt, daß nur ihre Seele Zeugin dieser Szene war und ihr Körper sich an einem anderen Ort befand.

»Ich möchte nach Hause«, flehte sie die Mächte an. Sie kannte die Mächte, die in den hohen roten Felswänden rund um Talon Town wohnten. »Laßt mich nach Hause gehen.«

»*Dein Leben war wie ein Samen im Wasser – unfruchtbar, auf Erde wartend, um Früchte zu tragen. Fürchte dich nicht. Die* Thlatsinas *werden dich nach Hause geleiten. Der Augenblick der Erfüllung, des Früchtetragens, kommt.*«

»Wann? Meine Seele stirbt. Sie stirbt seit zwanzig Zyklen.«

Nachtschatten erschauerte; ihr war kalt bis auf die Knochen. Talon Town, nicht mehr als ein Trugbild, hervorgerufen von den Sehnsüchten ihrer Seele, löste sich in schimmernden roten Dunst auf.

Aus dem Dunst kristallisierte sich Bruder Schlammkopfs verzerrtes, mit heiligem Lehm bedecktes Gesicht. »*Mutter Erde ruht niemals.*« Seine vertraute Stimme tröstete sie. »*Es ist ihr*

Schicksal, unaufhörlich Leben zu schenken, allem, was leblos und unfruchtbar zu ihr kommt, Leben zu geben.«

»Wann kann ich nach Hause?«

»Wenn die Wasser dich ans Ufer spülen. Du wurdest geraubt, um dem Vater der Wasser übergeben zu werden. Er hat seine Arbeit gut gemacht. Der Samen deiner Seele wurde in seiner kühlen Strömung ertränkt, dadurch genährt, gestärkt und verwandelt. Du bist ein Kind des Flusses – und ein Kind der Wüste. Gegensätze kreuzen sich. Wie Licht und Dunkel. Gut und Böse. Vollkommenheit und Unvollkommenheit. Alle Dinge werden aus versöhnendem Einklang geboren.«

»Aber wofür sühne ich? Ich habe nichts getan.«

Schlammkopf lächelte traurig. Der rote Dunst vertiefte sich zu einem tödlich dunklen Karmesinrot. Stimmen begannen zu wispern. Sie kamen aus dem Nichts und von überall her auf einmal – leise, unhörbar, mit einem Anflug verzweifelter Hoffnung. Die Stimmen verrieten Nachtschatten, daß das Schildkrötenbündel in den Traum eingedrungen war. *»Ja, das Bündel weiß Bescheid. Es hat alles schon einmal gesehen. Die Macht hat dich geformt, Nachtschatten. Wie die Lanzen aus Sonnenlicht den Nebel durchdringen und Licht in die Düsternis tragen, so wird deine Seele den Weg erhellen und dem Pfeil erlauben, die Schichten der Illusion, gesponnen von der Ersten Frau, um den Zutritt zum Quell zu verhindern, zu durchbohren.«*

»Dem Pfeil? Ist das ein Mensch? Die Frau, die Wanderer unterrichtet?«

Schlammkopf lachte, hob seine kräftigen Hände und löste sein rosarotes Gesicht vom hochroten Hintergrund. Im Takt einer erklingenden Trommel begann er zu tanzen. Nachtschatten glaubte, im Rhythmus der Trommel seinen Herzschlag durch ihre Adern pulsieren zu fühlen. Der karmesinrote Dunst zersplitterte in wirbelnde Fragmente. Schlammkopf bewegte die Arme auf und nieder und setzte die Bruchstücke zusammen. Vor ihr entstand das Bild eines von Regen überfluteten Landes, wo Blitze durch mondhelle Wolken zuckten.

»Was ist das für ein Ort?« fragte Nachtschatten. Schemenhaft nahm sie rennende Menschen wahr, die als dunkle Schatten durch den Mittelpunkt des Traumes huschten.

»Was er sein könnte – wenn du es willst.«

»Wenn ich es will?« wiederholte sie verwirrt. Trotz des die Luft reinigenden Niederschlags stank die Nacht nach Rauch, als hätten vor dem Regen tagelang Feuer gewütet.

»Schütte dein Herz aus. Ergieße deine Seele auf den Pfad und bereite den Weg.«

Der Gestank nach Rauch und Qualm nahm zu. Zwischen den fast geschlossenen Lidern hindurch sah Nachtschatten geisterhafte weiße Finger nach der dunklen Decke ihres Zimmers greifen.

»Feuer! Feuer!«

Orendas Schreie weckten Nachtschatten vollends auf und trieben sie unter den warmen Decken hervor. Nur in ihr hellbraunes Schlafgewand gehüllt, stellte sie ihre nackten Füße auf den kalten Boden. Im selben Moment kroch Orenda, von Rauchschwaden umwogt, unter dem Bett hervor. Nachtschatten griff nach dem Schildkrötenbündel auf dem Dreifuß, nahm Orenda bei der Hand und lief mit ihr zur Tür.

Sie warf die Vorhänge zur Seite und blieb wie angewurzelt stehen. Orenda rannte in sie hinein und stieß ein erschrockenes »Was ...?« hervor.

Im Flur hockte Tharon, seinen Lieblingsherrscherstab an die Brust gedrückt. Die schwarzen Haare hatten sich aus den kupfernen Haarkämmen gelöst und fielen ihm in wirren Strähnen über die Wangen. Er sah schwach und krank aus. Sein Körper zitterte so stark, daß die Truthahnfedern seines Umhangs vibrierten. Im Schein des Feuers, das er im Bauch von Orendas Puppe entfacht hatte, glänzte sein Gesicht so weiß und kalt wie eine vom Winterwind geformte Eisskulptur.

Orenda zuckte zusammen und zerrte wie rasend an Nachtschattens Hand. »O nein. Nein, nein!«

Die Puppe verbrannte rasch; gierig verzehrte das Feuer den mit Mais ausgestopften Körper. Einen Moment lang schossen die Flammen durch die leeren Augenhöhlen der schwarz-weißen Puppenmaske und beleuchteten Tharons Mund. Seine Lippen hatten sich zu einem trägen Lächeln geteilt.

»Habe ich es dir nicht gesagt, Orenda?« zischte er. »Ich sagte dir, ich würde deine Gefährtin töten, wenn du mir aus dem

Weg gehst. Nun ist sie tot, genau wie deine Mutter. Und das nur, weil du mich im Stich gelassen hast, als ich dich am meisten gebraucht habe. Vergiß das nicht. Wenn du dir wieder eine Gefährtin wählst, der du Geheimnisse anvertraust, werde ich – «

»Verschwinde von meiner Tür, Tharon!«

Mit unheimlich funkelnden Augen blickte er Nachtschatten an. »Du machst mir keine Angst mehr, Nachtschatten. Ich habe mit diesem widerlichen Gebilde gesprochen, das du über meine Tür genagelt hast. Dieser bösartige Tumor sagte mir, deine Macht reiche nicht über dein Zimmer hinaus. Folglich bin ich hier draußen im Flur sicher.«

Nachtschatten ließ Orendas Hand los und sagte zu ihr: »Zieh dich an. Und bring mir mein rotes Gewand.«

Während das kleine Mädchen ins Zimmer zurücklief, musterte Nachtschatten Tharon nachdenklich. Er schien eher durch sie hindurchzublicken, als sie anzusehen. Es war, als schwebe seine Seele hinter dem grauen Rauchschleier in einer körperlosen Welt. Nachtschatten runzelte die Stirn. Sein losgelöster Blick ließ vermuten, er habe eine Geisterpflanze der Mächte zu sich genommen. Was hatte er in seinen Tee gemischt? *Hattest du etwa den Mut, ein wenig von der Datura des alten Murmeltier zu probieren, Tharon?*

»Was treibst du eigentlich, Tharon? Versuchst du, ein Träumer zu werden? Es überrascht mich, daß dich die Erste Frau nicht schon dem Tod zugeworfen hat.«

»Du machst mir keine Angst mehr. Nie mehr. Ich fürchte mich nicht vor dir! Deine Macht kann nicht – «

»*Meine Macht* kommt vom Schildkrötenbündel. Wo dieses Bündel ist, *ist* meine Macht.«

Kaum waren ihr diese Worte entschlüpft, wurde ihr bewußt, wie unüberlegt sie gehandelt hatte. Von nun an mußte sie das Bündel Tag und Nacht bei sich tragen, oder Tharon würde es an sich bringen und zu zerstören versuchen. Niemand außer Nachtschatten wußte, wie schwach das Bündel war. Seine Macht war zwar schon gewachsen, seine Stimmen schwangen sich wieder lauter empor, aber noch immer konnte es sich nicht verteidigen – nicht allein.

Nachtschatten spürte, wie ihr Orenda den Ärmel des roten Gewandes in die Hand schob. Einen Moment wandte sie die Augen von Tharon ab, zog das Kleid über den Kopf und löste die Verschnürung ihres Schlafgewandes. Sie ließ es achtlos zu Boden fallen. Mit einer Hand drückte sie das Schildkrötenbündel an die Brust, mit der anderen nahm sie Orenda bei der Schulter und trat auf den Flur.

Tharon umklammerte krampfhaft seinen Herrscherstab und nahm eine Haltung an, als wolle er sich jeden Moment auf sie stürzen. Doch unter Nachtschattens durchdringendem Blick erstarrte er wie ein Kaninchen, das den kühlen Schatten eines kreisenden Adlers auf seinem Rücken spürt.

»Zwing mich nicht, dich zu töten, Tharon. Ich will es nicht tun, solange es die Erste Frau nicht von mir verlangt. Aber wenn du mich bedrängst, läßt du mir keine Wahl.«

Aus glasigen Augen beobachtete Tharon, wie Nachtschatten und Orenda ruhig an ihm vorbeigingen und um die Ecke bogen.

»Rasch. Beeil dich«, flüsterte Nachtschatten Orenda zu, und das Kind stürmte zum Vordereingang.

Nachtschatten spürte einen eiskalten Windhauch im Genick, als habe sich plötzlich eine warnende Hand erhoben.

Einige Sternengeborene spähten durch die Spalten der Türvorhänge und beobachteten sie. Sie trugen Haß gegen Nachtschatten in ihren Herzen, weil sie Orenda in ihre Obhut genommen und damit Tharons Wut geweckt hatte. Tharon hatte seinen Rachedurst hemmungslos an ihnen ausgelassen.

Nachtschatten trat in den nebligen Morgen hinaus und sog tief die feuchte Luft in ihre Lungen, bis das Blut in ihren Ohren rauschte. Erstaunt blickte sie auf den großen Platz hinunter. Mindestens hundert Menschen eilten geschäftig umher oder unterhielten sich und lachten.

Sie hatte völlig vergessen, daß heute Tauschhandelstag war.

An jedem siebten Tag eines Mondes breiteten Tharons beste Handwerker ihre Waren am Fuße der Hügel aus. Wunderschöne Gefäße, Werkzeuge und Tuche lagen auf Decken vor ihren Schöpfern, die währenddessen weiter an neuen Stücken arbeiteten. Bisweilen blieben Zuschauer stehen und feilschten um die Preise.

Die Morgenbrise trug das Lied einer Flöte zu Nachtschatten. Sie stieg mit Orenda die Treppe hinab und ging über die Terrasse zum Palisadentor hinaus. Weich und süß berührten die Töne der Flöte Nachtschattens Seele und trösteten sie wie eine zärtliche Hand.

Sie folgte dem Lied der Flöte und kam an einem Bearbeiter von Feuerstein vorbei, der Bruchstücke des braunen Kieselgesteins in einem kleinen Feuer erhitzte, damit es sich leichter bearbeiten ließ. Neben seinem Knie lag ein aus einer Geweihsprosse gefertigtes und mit einer Kupferspitze versehenes Werkzeug, das zum Abschlagen von Steinsplittern diente. Ein abgenutzter Hammerstein zeugte von seinem Fleiß. Zahllose Handstäbe, kunstvolle Pfeilspitzen und lange Steinmesser waren auf seinen Decken ausgestellt.

In der Nähe arbeitete eine Weberin an ihrem Webstuhl. Emsig schob sie bunte Stränge vor und zurück. Die Decken und Hemden, die sie auf einer Reihe von Holzgestellen präsentierte, flatterten im leichten Wind.

Während sie an den ausgestellten Waren vorbeischlenderten, schien sich Orenda zu entspannen. Ihre dunklen Augen begannen zu leuchten und blickten nicht mehr so gehetzt drein wie die einer gejagten Maus. Nachtschatten führte sie zum Fuß des nächsten Hügels. Dort hatte eine Muschelperlenhandwerkerin auf einer Schilfmatte ihren Arbeitsplatz eingerichtet. Sandsteinglätter, Schleifgeräte, Sägewerkzeuge und Bohrer lagen neben ihr.

Nachtschatten kniete vor der hellbraun-grünen Decke nieder, auf der eine Auswahl an Halsketten angeboten wurde. Ein wunderschönes Halsband mit einem Anhänger von der Größe ihrer Hand stach ihr ins Auge. Auf dem Muschelanhänger war eine Spinne abgebildet, die ihre Beine ausstreckte. Ein Kunstwerk von atemberaubender Pracht.

»Was bekommst du für dieses Halsband?«

Die alte Frau blinzelte sie mit halbblinden Augen an. Plötzlich richtete sie den Rücken kerzengerade auf, die Muschelperle entglitt ihren Fingern. »Von dir – Priesterin – eine Hirschhaut.«

»Das ist nur die Hälfte ihres Wertes. Ich lasse dir zwei schicken.«

»Vielen Dank, Priesterin«, sagte die alte Frau mit zitternder Stimme und vertiefte sich hastig wieder in ihre Arbeit.

Nachtschatten legte sich das Halsband um. Der Anhänger reflektierte das Licht der Morgensonne wie ein Perlmuttspiegel.

Orenda zappelte unruhig und zog ungeduldig an Nachtschattens rotem Rock.

»Was ist, Orenda?«

Orenda flüsterte: »Sie kommt ... bald.«

»Wer? Von wem sprichst du?«

»Von ... dem kleinen Mädchen. Das, das m-manchmal in meinen Träumen zu mir s-spricht.«

»Wag ja nicht zu weinen, Primel«, befahl Nisse. »Wenn du weinst, verpasse ich dir einen Fausthieb. Wenigstens ... wenigstens sind alle am Leben.«

Primel zuckte zusammen, als die alte Frau ihm eines der mißgestalteten Babys reichte – einen kleinen Jungen mit verzerrtem Gesicht, eingehüllt in eine grüne Wickeldecke. Das Baby hatte einen kahlen Kopf, der oben aufgedunsen war und sich zum Kinn hin zuspitzte. Es sah überhaupt nicht aus wie andere Neugeborene. Die Augen waren schmale Schlitze, und es hatte keine Nase, nur Nasenlöcher mitten im Gesicht. Primels leises Stöhnen verwandelte sich in heiseres Schluchzen, aber es kamen keine Tränen. Im Verlauf der letzten dreißig Hand Zeit waren seine Augen so trocken geworden wie seine Kehle.

Grüne Esche hatte überlebt – nun lag sie so still wie eine Tote auf der besudelten Decke. Fast sofort nach der Geburt der Kinder war sie in bleiernen Schlaf gefallen.

»Wird sie wieder ganz gesund?« erkundigte sich Primel bei Nisse. Roggengras öffnete die Fenster- und Türvorhänge und ließ den schiefergrauen Schimmer der Abenddämmerung herein.

»Sieht so aus. Vermutlich schläft sie erst einmal einen ganzen Tag, aber am Ende des Mondes kann sie wahrscheinlich wieder aufstehen und umhergehen.«

»Ich wette, schon früher«, rief Schwingelgras, die an der Nordwand lehnte und sich mit Winterbeere unterhielt.

»Vielleicht kommt es vom Hunger«, meinte Winterbeere gerade. »Hunger macht seltsame Dinge mit dem Körper einer Frau. Wäre Grüne Esche gesünder gewesen, vielleicht – «

»Es ist sinnlos, jetzt Vermutungen anzustellen«, mahnte Nisse. »Die Kinder sind da, und sie leben. Sei dankbar.«

Primel ging mit dem Kind auf dem Arm durch das Zimmer. »Da, Winterbeere. Nimm du ihn. Du kennst dich mit Babys besser aus als ich. Ich habe Angst, etwas falsch zu machen.«

Doch er sagte nicht die Wahrheit. Der Anblick der Armstummel zerriß Primel vor Mitleid fast das Herz. Und dieses Gesicht. Er wappnete sich und guckte den anderen Jungen an, der, an Grüne Esche geschmiegt, auf der Decke lag. Das Kind starrte zurück – als könne es ihn aus diesen riesigen rosaroten Augen sehen. Weiße Haare klebten wie eine dicke, verfilzte Matte auf dem winzigen Kopf; der Mund stand so weit vor wie eine Schnauze. Das Gesicht ähnelte verblüffend dem eines Wolfes. Es versetzte Primel in Angst und Schrecken. Hastig wandte er den Blick ab.

»Da, Winterbeere«, wiederholte er. »Nimm du ihn.«

Behutsam nahm ihm die alte Frau das Bündel ab und drückte es an ihre welken Brüste. »Wo ist Nessel?«

»Ich habe nach ihm schicken lassen. Er wird bald dasein.«

Mit fortschreitender Dämmerung ließ die brütende Hitze nach. Eine kühle Brise wehte wie der Atem eines schlummernden Riesen zum Fenster herein. Primel fröstelte in seinen völlig durchgeschwitzten Kleidern. Kalter Schweiß tropfte von seinen Achselhöhlen, lief ihm an den Seiten hinab und tränkte den Bund seines Rockes.

Draußen näherten sich Schritte. Nessel duckte sich unter der Tür und eilte sofort zu Grüne Esche. Er kniete nieder und nahm ihre leblosen Finger fest in seine Hand – darauf bedacht, den mißgebildeten Jungen, der neben ihr auf der Decke lag, nicht anzusehen. Nessel wechselte einen Blick mit Nisse.

»Grüne Esche ... geht es ihr gut?« fragte er.

»Spiel nicht an ihr herum«, befahl Nisse energisch. »Sie ist todmüde und braucht Ruhe. Und ich will nicht, daß du sie wegen der Babys verrückt machst. Ich ... ich weiß nicht, warum die Erste Frau das getan hat, aber ich fühle große Mächte in diesen Kindern.«

Zärtlich küßte Nessel Grüne Esches Hände und erhob sich. Mit großer Würde sah er Winterbeere an. »Die Babys sind geboren. Wann darf ich Grüne Esche heiraten? Ich hoffte – «

»Du mußt sie nicht heiraten, Nessel«, sagte Winterbeere erschöpft. »Es gibt keine Garantie, daß zukünftige Kinder nicht auch – «

»Ich *will* Grüne Esche heiraten«, beharrte er heftig. »Wann kann ich sie heiraten? Wann gibst du deine Zustimmung?«

Winterbeeres Miene drückte Hochachtung vor seinem tapferen Entschluß aus. »Sobald sie aufstehen und gehen kann. Übereile nichts. Sie muß Vorbereitungen treffen ... und sie muß über andere Dinge nachdenken.«

Winterbeere wandte sich an Primel. Sie sah müde und erschöpft aus, dunkle Ringe umrahmten ihre Augen. »Da Grüne Esche bettlägerig ist, brauche ich eine Vertretung als Sprecherin des Stammes. Ich dachte, vielleicht erklärst du dich dazu bereit.«

Primel begann vor Überraschung zu stottern. »Ich ... das ... das hatten wir noch nie.« Er war eingeschüchtert, aber auch stolz, daß sie in diesem Zusammenhang an ihn gedacht hatte.

»Die Welt steckt voller Merkwürdigkeiten, Primel. Wir müssen uns dringend um wichtige Angelegenheiten kümmern. Mehlbeere hat uns bereits öffentlich des Verrats bezichtigt. Ich mache mir Sorgen, was ihr als nächstes einfällt. Du hast eine weibliche Seele – das allein zählt. Niemand wird so unhöflich sein und dich darauf ansprechen, daß dein Körper der eines Mannes ist.«

Zustimmend neigte Primel den Kopf. »Es ist mir eine Ehre, Tante.«

»Gut. Komm später in mein Haus. Dann sprechen wir über deine Pflichten.«

Winterbeere warf einen letzten Blick auf die schlafende Grüne Esche, drehte sich um und ging in das malvenfarbene Licht der Dämmerung hinaus. Primel und die anderen waren mit den wimmernden Neugeborenen allein.

Kapitel 29

Die westwärts über das Lager segelnden Wolken flammten rostrot auf. Dachsschwanz stand an einen Felsen gelehnt und sah in die Ferne. Er konnte bis zum Vater der Wasser blicken. Der Wind hatte aufgefrischt und bewegte den Baldachin aus blütenbefrachteten Zweigen über ihm.

Dachsschwanz riß sich von dem Anblick der Landschaft los und begann an seinem Stilett zu arbeiten, das aus dem Vorderbein eines Hirsches geschnitzt worden war. Die anfangs nadelscharfe Spitze war allzu rasch stumpf geworden, zu viele Opfer hatte er damit getötet. Sorgfältig begann er sie zu schärfen. Dabei dachte er besorgt über seine Lage nach. Er brannte darauf, dieser »Zufluchtsstätte« den Rücken zu kehren. Anfänglich hatten die Felsen wie ein Schutz vor Feinden gewirkt, doch nun fühlte er sich zwischen ihnen eingesperrt wie in einem Käfig. Noch schlimmer war, daß nicht einmal der Duft der Hartriegelblüten den von Redweed Village herüberwehenden Gestank des Todes überdecken konnte, sobald sich der Wind entsprechend drehte. Die ganze Nacht hatten Wölfe in dem zerstörten Dorf geknurrt und um die blutigen Leichenteile gekämpft. Mit der Hitze des Tages waren die Aasgeier gekommen. Ihre schrillen Schreie hatten ihn fast um den Verstand gebracht. Dachsschwanz schloß die Augen und schüttelte den Kopf. Die ganze Welt hallte wider von den Lauten des Todes.

Dachsschwanz erinnerte sich an seine Träume der vergangenen Nacht, die voller Bilder von Nachtschatten gewesen waren. Ihre Arme, die ihn umschlangen, hatten in seinem Körper längst vergessene Gefühle geweckt.

Sein Blick fiel auf Heuschrecke. Sie kniete auf dem Boden und war in ein Würfelspiel mit Flöte vertieft. Seit über zwanzig Zyklen war sie die einzige Frau in seinen Träumen gewesen. Ein Gefühl der Schuld beschlich ihn. Mit Wohlgefallen betrachtete er die in ein dünnes Kriegshemd aus gewobenen Binsenfasern gehüllten Formen ihres vollendeten Körpers. Wie alle umsichtigen Krieger hatte sie ihre Kriegskeule am Gürtel befestigt, Bogen und Köcher lehnten neben ihrer zusammengerollten Decke an einem Felsen. Sie hatte die Haare gewaschen und trug sie offen, damit sie rascher trockneten. Schwarze Löckchen umschmeichelten ihre Ohren.

Hör auf. Ungeduldig stieß Dachsschwanz den Atem aus. *Du hast keine Kontrolle über deine Träume, aber über deine Gedanken.*

Und die Träume von Nachtschatten waren so lebendig gewesen. In der Nacht war er mehrmals aufgewacht, jedesmal nach einem Akt verzweifelter Liebe mit ihr. Sie waren glücklich gewesen. Lachend waren sie durch Wacholder- und Kiefernwälder im Verbotenen Land gelaufen. Kein Krieg hatte die Welt zerrissen.

Er zog die Spitze seines Stiletts über ein Stück Sandstein und verlieh ihr den letzten tödlichen Schliff. Sein Blick schweifte über das Lager. Krieger standen in Gruppen beisammen und unterhielten sich leise. Andere schliefen oder ruhten sich für den bevorstehenden langen Nachtmarsch aus. Bei Einbruch der Dunkelheit wollten sie Richtung Norden zum vereinbarten Treffpunkt mit Schwarze Birke, Waldmurmeltier, Wapitihorn und den anderen Führern der einzelnen Kriegergruppen südlich von Bladdernut Village aufbrechen. Übermorgen war die Kehrtwendung nach Süden geplant und damit die Konfrontation mit Petaga.

Bei dem Gedanken fühlte Dachsschwanz ein Kribbeln auf seiner Haut. Die Feuer im Süden begannen zu verlöschen, aber warum hatten sie gebrannt? Hatte Petaga seine Wut an allen Dörfern ausgelassen, die sich ihm nicht angeschlossen hatten? Bereitete er sich gerade mit seinen Streitkräften darauf vor, Dachsschwanz' bevorstehendem Angriff siegreich zu begegnen?

Und wo blieben die Kundschafter, die Dachsschwanz ausgeschickt hatte? Bisher war kaum einer zurückgekehrt. Waren die anderen umgebracht worden? Wenn ja, hatte Petaga selbst Kundschaftertrupps losgeschickt, schon bevor Dachsschwanz Cahokia verlassen hatte. Aber warum hätte er das tun sollen? Aus Angst vor den Dorfbewohnern, deren Häuser er zerstört hatte? Oder weil er von Tharons Befehlen wußte?

Zu vieles paßte nicht zusammen.

Er blickte auf Wanderer und Wühlmaus, die mit dem Rükken an einen Felsen gelehnt ruhig nebeneinander saßen. Wühlmaus hatte die Stirn auf die angezogenen Knie gelegt und schlief. Wanderer blickte sich angesichts der Tatsache, daß er sich als Gefangener in diesem Lager befand, mit bemerkenswerter Milde um. Als Dachsschwanz prüfend das magere, ausdrucksvolle Gesicht betrachtete, drehte sich der alte Schamane plötzlich zu ihm um und sah ihm mitten ins Gesicht. Eine Weile hielt Dachsschwanz dem Blick dieser verblaßten braunen Augen stand. Schließlich schritt er langsam zu seinem Gefangenen hinüber und stellte sich vor ihn hin.

»Möchtest du etwas?« erkundigte sich Wanderer so höflich, als frage er einen Gast, der zum Essen gekommen war, und nicht den Mann, der ihn gefangenhielt.

»Wenn es dir nichts ausmacht. Weißt du, ob Hagelwolke Petagas Streitkräfte befehligt?«

»Oh, das nehme ich doch an.« Unbekümmert pflückte Wanderer trotz seiner gefesselten Hände angetrockneten Schlamm von seinem roten Hemd und legte die Stückchen unter grotesken Verrenkungen neben sich. »Ich kann mir keinen anderen Menschen auf dieser Welt vorstellen, dem Petaga so uneingeschränkt vertraut wie Hagelwolke.«

Dachsschwanz verschränkte die Arme. Seine freundschaftlichen Gefühle für Hagelwolke waren im Laufe der Zyklen gewachsen, ebenso sein Respekt und seine Bewunderung. Hagelwolke besaß die außergewöhnliche Begabung, die Kriegspläne eines Feindes vorauszusehen. Vor zehn Zyklen waren sie gemeinsam auf einem Kampfgang im Süden gewesen. Ihre Aufgabe bestand darin, einen vom Feind blockierten Handelsweg zu öffnen. Plötzlich hatte sich Hagelwolke geweigert, seine Krieger auch nur einen Schritt weiter zu führen. Als Dachsschwanz nach dem Grund für diesen Entschluß fragte, sagte man ihm lediglich, Hagelwolke habe das *Gefühl,* etwas stimme nicht. Zornig hatte sich Dachsschwanz schließlich bereit erklärt, Kundschafter auszuschicken. Die Kundschafter wurden in einem schmalen Hohlweg von feindlichen Kriegern überfallen. Drei überlebten den Hinterhalt und schleppten sich ins Lager zurück, um die anderen zu warnen. An jenem Tag hatte Hagelwolkes untrügliches Gefühl Dachsschwanz Hunderte toter Krieger erspart. Wie viele Krieger würde ihn Hagelwolkes Begabung im Laufe der nächsten Woche kosten?

»Wanderer«, fragte Dachsschwanz, »wo sind Petagas Krieger? Weißt du das?«

Wanderer sah ihn durchdringend an. »Weißt du es nicht?«

»Nein.«

»Du bist der Kriegsführer, Dachsschwanz. Wie kommst du darauf, ich könnte etwas wissen, das du nicht weißt?«

»Ich dachte an deine Träume. Du genießt großes Ansehen als Schamane – ich dagegen bin nur ein Krieger.«

Wanderer zog die buschigen Augenbrauen zusammen. »Träume sind kein Spezialgebiet der Schamanen, Dachsschwanz.«

Dachsschwanz zog eine Augenbraue hoch. »Wanderer, schon vor Zyklen habe ich mich gefragt, was von deinem sonderbaren Gebaren vorgetäuscht und was echt ist. Weißt du, zu welchem Schluß ich gekommen bin?«

»Nein. Zu welchem?«

»Ich entschied, daß du ein ausgekochter Schwindler bist. Du täuschst noch besser als ein Kojote oder ein Hirsch, die im Kreis laufen und auf ihren alten Spuren zurückgehen, um den Jäger zu verwirren.

»Dachsschwanz, glaubst du, ich bin unehrlich zu dir?«

»Was soll ich dazu sagen? Ich vermute, du tust alles, um mich in bezug auf den Steinwolf und Hagelwolke in die Irre zu führen.«

»Also ...« Wanderer richtete sich entrüstet auf. »Und warum fragst du mich dann über sie aus?«

»Ich hatte gehofft, ich könnte dich zum Häuptling Große Sonne zurückbringen und ihm mitteilen, daß du dich uns gegenüber hilfsbereit gezeigt hast. In diesem Fall würde der Häuptling Große Sonne wohl Nachsicht mit dir walten lassen.«

»Tatsächlich?« Nachdenklich kratzte sich Wanderer an der Wange. »Das wäre eine Überraschung, wenn man bedenkt, daß Nachsicht nicht gerade zu Tharons hervorstechendsten

Eigenschaften gehört. Übrigens, vergiß nicht, Tharon hat mich stets verabscheut. Schon als Junge hat er mich gepiesackt. Warum sollte er mir jetzt freundlicher gesinnt sein?«

»Wanderer, weißt du – « Dachsschwanz' Kopf fuhr herum. »Was war das?«

Er hatte ein leises Geräusch gehört. Das Knirschen einer Sandale auf dürren Pflanzen hinter den Felsen – einer Sandale, die viel zu vorsichtig aufgesetzt worden war, als daß es einer seiner Krieger hätte sein können.

»*Dachsschwanz!*« schrie Heuschrecke warnend und sprang auf die Füße. Da brachen Kriegsrufe die Stille; ein Pfeil schlug hinter Dachsschwanz auf den Fels. Er ließ sich zu Boden fallen, rollte sich herum und kam sofort wieder hoch. Seine Faust umklammerte die Kriegskeule.

Plötzlich erwachten die Felsen ringsum zum Leben. Männer und Frauen rannten durcheinander und sammelten ihre Bogen auf. Von allen Seiten sah Dachsschwanz feindliche Krieger heransprinten. Sie schossen in vollem Lauf. Wie viele waren es? Fünfzig? Sechzig? Nein ... mehr. Und Dachsschwanz hatte kaum fünfundvierzig Krieger.

»Südwind! Nimm zehn Leute, klettere auf die Felsen und schütze die Südseite des Lagers. Flöte, du übernimmst den Norden. Ich – «

Aus den Augenwinkeln sah er Heuschrecke herumwirbeln und in die Hocke gehen. Gleichzeitig riß sie den Bogen hoch, zielte über Dachsschwanz und schoß den Pfeil ab. Schreiend stürzte ein Mann vom Fels und schlug blutüberströmt genau vor Dachsschwanz auf.

Dachsschwanz schob die Leiche beiseite und kroch zu seinem Bogen und Köcher, die noch an der Stelle lagen, wo er vor kurzem sein Stilett geschärft hatte. Pfeile prasselten um ihn herum nieder. Krieger brachen zusammen, zappelnd und schreiend lagen sie auf der Erde. Büschelweise stoben Hartriegelblüten auf, und zarte weiße Blütenblätter regneten auf die rennenden Menschen.

In Dachsschwanz' Ohren rauschte das Blut. Er schlang seinen Köcher um die Schulter und griff nach seinem Bogen. Rasch rollte er sich auf den Rücken und legte einen Pfeil auf die Sehne. Währenddessen suchte sein Blick das Lager nach Stellen ab, an denen der Feind ungehindert eindringen konnte. Zu seiner Linken erklommen Pastinak und Kreuzkraut die Felsen, um die Angreifer von oben zu beschießen.

Ein Schrei durchschnitt die Luft. Unmittelbar vor Dachsschwanz tauchte ein feindlicher Krieger auf und sprang über das Labyrinth aus Verwundeten und Toten in das Lager hinein.

Noch bevor der Mann den Kopf zurückwerfen und einen weiteren gellenden Kriegsruf ausstoßen konnte, hatte Dachsschwanz seinen Pfeil schon abgeschossen. Der Krieger drehte sich um die eigene Achse. Brüllend klammerte er die Hände um den Schaft in seinem Bauch, stolperte rückwärts und sank auf die Felsen.

»Sie kommen!« schrie Südwind. Er und seine Leute hatten sich zwischen die senkrechten Steinplatten gezwängt und bewachten die Südseite. »Es müssen an die hundert sein!«

Dachsschwanz warf sich auf den Bauch und robbte bis zu einem großen Stein am Westrand des Lagers. Er zog den Bogen über seine Schulter, kroch auf den Felsbrocken und schaute auf das Flüßchen hinunter.

Die Feinde kamen von den Entwässerungsrinnen herauf. Zwanzig Krieger platschten durch das niedrige Wasser. Wie hatten sie es geschafft, so weit durchzukommen? Sie mußten seine Posten auf den Klippen getötet haben.

Die brüllende Horde der Feinde fiel über Dachsschwanz' Lager her. Sie schossen mitten in den Haufen seiner fliehenden Krieger hinein, verfolgten sie und schwangen ihre Kriegskeulen im Nahkampf. Welle um Welle brandeten sie heran, zehn auf einmal, und warfen sich in das Kampfgetümmel.

Aus den Augenwinkeln nahm Dachsschwanz ein Aufblitzen wahr. Er fuhr gerade noch rechtzeitig genug herum, um in den Felsen hinter Heuschrecke die Bewegung eines Mannes zu erkennen. »Heuschrecke, runter!« schrie er. Sie ging sofort in Deckung, und Dachsschwanz schoß dem Mann einen Pfeil zwischen die Rippen. Er sprang jäh rückwärts und verlor auf den unebenen Felsen das Gleichgewicht. Mit seitlich gedrehtem Körper stürzte er hinab.

»Es sind zu viele!« rief Dachsschwanz. »Lauft! Teilt euch in Gruppen zu fünft und macht, daß ihr hier wegkommt! Sie müssen sich teilen, wenn sie uns verfolgen! Flöte, du gehst zuerst! Wir geben dir Deckung.«

Flöte klopfte im Laufen vier Kriegern auf die Schulter, die ihm durch einen schmalen Durchgang zwischen den Felsen folgten und zum Flüßchen hinunterkletterten. Nach ihnen flohen weitere Fünfergruppen. Dachsschwanz feuerte drei Pfeile gegen die Verfolger ab, aber nur einer traf sein Ziel.

Abgehackte Befehlsrufe mischten sich in das Wimmern der Verwundeten. Dachsschwanz' Krieger zogen sich alle zurück, und der Angriff stieß ins Leere.

Dachsschwanz kletterte höher in die Felsen, um das Schwemmland überblicken zu können. Was sich dort unter seinen Augen abspielte, verursachte ihm Magenkrämpfe. Eingehüllt von einer erstickenden Staubwolke, zogen sich seine Krieger zurück. Sie stolperten durch die verkohlten Reste von Redweed Village und schossen, so gut es ging, auf die Reihen der Verfolger. Die Verwundeten, die sich in der Nähe des Lagers befanden und nicht mehr fliehen konnten, kämpften weiter. Schweißüberströmt und über und über mit Blut besudelt, wehrten sie sich bis zum letzten Atemzug.

»Dachsschwanz!« schrie Heuschrecke gellend. Sie kroch über einen Felsbrocken im Osten. Blut tränkte Schulter und Ärmel ihres Kriegshemdes. War sie getroffen? Oder war es nicht ihr Blut? »Hagelwolke hat seine Leute geteilt. Sie verfolgen unsere Krieger. Im Südwesten ist noch ein Fluchtweg offen. *Nimm ihn!*«

»Nicht ohne dich! Komm!« Dachsschwanz sprang vom Fels und lief zu ihr.

Heuschrecke schoß einen letzten Pfeil ab und sprintete ihm auf halbem Weg entgegen. Sie stürmten auf die Ebene hinaus. Sie mußten auf die andere Seite des Flüßchens kommen und zwischen den hochgewachsenen Sonnenblumen und dem Riesenkreuzkraut verschwinden, dann gelang es ihnen vielleicht, ungeschoren davonzukommen.

»Dachsschwanz! Hilfe ... hilf mir.«

Er drehte den Kopf und erblickte Südwind, der ihnen halb

taumelnd, halb laufend folgte. Die Lende des Kriegers war blutüberströmt, fest preßte er die Hand auf die Wunde. Zwischen seinen Fingern troff dunkles, karmesinrotes Blut aus den Eingeweiden hervor.

Dachsschwanz schlug Heuschrecke auf die Schulter. »Lauf auf die andere Seite des Flüßchens. Ich komme nach, so schnell ich kann.«

Er wollte zurückrennen, doch Heuschrecke hielt ihn am Arm fest und riß ihn herum. »Sei nicht dumm. Südwind ist so gut wie tot! Sein Körper weiß es nur noch nicht. Sieh dir die Farbe des Blutes an. Ich lasse nicht zu, daß du dich opferst, um – «

»Ich kann ihn nicht sich selbst überlassen! Sie verstümmeln jeden, der ihnen lebend in die Hände fällt.«

Dachsschwanz riß sich von ihr los. »Ich hole dich ein!«

Schon rannte er zurück, bahnte sich den Weg durch ein Gestrüpp wilder Rosen und erreichte Südwind. Der stämmige Krieger torkelte in Dachsschwanz' Arme; der schlang seinen rechten Arm um Südwinds Hüfte und schleppte ihn zum Flüßchen.

Vater Sonne sank tiefer. Nur noch ein kleiner Rand hochroten Lichts lugte über die graue Wand der westlichen Klippen. Bald hüllte die Nacht das Land ein. Wenn sie ein geeignetes Versteck fanden, wo sie sich bis zur völligen Dunkelheit verkriechen konnten, dann vielleicht …

Vor ihnen am Ufer erhob sich gackernd ein Schwarm Waldhühner in die Lüfte. Dachsschwanz stolperte. »Südwind, leg deinen Arm um meine Schultern.«

Südwind versuchte es, aber Dachsschwanz mußte ihm helfen und die Hand des Kriegers an seinem Rücken hinaufschieben, bevor er mit dem Aufstieg an der stark erodierten Uferböschung beginnen konnte.

Sie hatten die obere Kante der Böschung fast erreicht, da sackte Südwind gegen Dachsschwanz und flüsterte: »Tut mir leid … leid …« Dachsschwanz fühlte Südwinds Finger auf seiner Schulter schwächer und schwächer werden. Der Verwundete ließ sich im glitzernden Sand auf die Knie sinken.

»Südwind! Südwind, halt dich an mir fest!«

»Kann nicht … hätte nicht rufen sollen. Tut mir leid …«

»Komm weiter! Das darfst du nicht! Lebe!«

Dachsschwanz nahm Südwind auf die Arme und kletterte vollends hinauf. Oben bettete er ihn zwischen hohes, aromatisch duftendes goldenes Kreuzkraut. Die gelben Blumen wuchsen sechs Hand hoch – hoch genug, um sie für kurze Zeit zu verbergen. Dachsschwanz löste Südwinds Hand von seiner Schulter und warf einen Blick auf die Verletzung des Freundes. Übelkeit würgte ihn. Der feindliche Krieger mußte die Hornsteinstacheln seiner Kriegskeule wie eine Säge benutzt haben, um eine solche Wunde hervorzurufen. Der tiefe Schnitt begann unterhalb von Südwinds Rippen und reichte bis zur Leiste. Graue Innereien quollen aus der Öffnung.

»Ich wußte nicht, wie schlimm …« Träge blinzelte Südwind zu den purpurrot geränderten Wolken hinauf. Sein Blick begann sich zu trüben. »Tut mir leid, Dachsschwanz. Verschwinde. Keinen Sinn …«

Als vom anderen Ufer des Flüßchens Stimmen herüberdrangen, legte sich Dachsschwanz flach zwischen die Pflanzen. Durch den duftenden Blütenvorhang erspähte er Krieger, die zwischen den länger werdenden Schatten der Felsplatten umherhasteten.

Der größte der Krieger trat in einen von der untergehenden Sonne matt erhellten Lichtkreis. Unwillkürlich grub Dachsschwanz die Finger in den Sand. *Hagelwolke!* Und der untersetzte Krieger neben ihm – war das Linde? Vermutlich, aber Dachsschwanz war nicht sicher. Mit angehaltenem Atem lauschte er ihren leisen Worten.

»… sagt nein, aber er hat noch nicht alle Toten überprüft.«

»Wie viele haben wir verloren?«

»Neunzehn. Aber die anderen immerhin dreißig. Bullenhorn ist noch hinter den Flüchtenden her. Wenn er sie vor Einbruch der Nacht kriegt, wird keiner am Leben bleiben und uns verraten können.«

Dachsschwanz preßte die Faust gegen die Stirn. *Dreißig?* Nagende Furcht fraß an ihm. Wen von seinen Freunden hatte es erwischt? Was machte Hagelwolke überhaupt so weit im Norden? *Wußte* Hagelwolke, daß sich Dachsschwanz um die

Unterstützung der Dörfer im Norden bemühte, und hatte er Petaga deshalb davon überzeugt, seine Krieger hier in diese Gegend zu bringen?

Der Schrei einer Frau erklang. Dachsschwanz fuhr ruckartig hoch.

Hagelwolke trat aus dem Schutz der Felsen und beschattete mit der Hand seine Augen. Er blickte in Richtung Süden. Zwei Krieger zerrten Heuschrecke vom Flüßchen herauf. Dachsschwanz war vor Entsetzen wie gelähmt. Sie kämpfte verzweifelt, trat um sich, wand sich unter ihrem eisenharten Griff und überschüttete sie mit Flüchen.

»Heuschrecke…« Seine Hände verkrallten sich im goldenen Kreuzkraut. »Warum bist du nicht weggelaufen?« flüsterte er.

Was hatte sie da gemacht? Es sah ihr gar nicht ähnlich … *Sie hat auf dich gewartet.*

Unter Aufbietung all ihrer Kräfte riß sich Heuschrecke aus der Umklammerung der Männer los und stürmte mit wehenden Haaren über das grasbewachsene Gelände. Sie schaffte kaum zehn Schritte, da packten sie die Krieger erneut und schlugen sie zu Boden. Ihr wütender Schrei drang durch die dämmrige Stille bis zu Dachsschwanz.

Ihm drehte sich der Magen um. Die Krieger zerrten Heuschrecke im malvenfarbenen Licht zu den Felsen, wo Hagelwolke wartete.

Bei Ausbruch des Kampfes rollte sich Wühlmaus zusammen und suchte Deckung. Ängstlich beobachtete sie, wie Männer und Frauen wild durcheinanderrannten, ihre Waffen holten und auf die Felsen krochen, um von oben auf die Angreifer zu schießen.

Wanderer tauchte neben ihr auf; ein Schweißtropfen hing an seiner Nase. »Hier entlang, Wühlmaus. Folge mir.«

»Weißt du auch, wohin du gehst?«

»Sicher«, antwortete er schroff. »Weg von hier.«

Auf Händen und Füßen kroch Wanderer durch einen schmalen Spalt zwischen den Steinplatten. Sein Ziel war die grasbewachsene Ebene. Wühlmaus folgte ihm. Ihr mit Brandblasen übersätes Bein schmerzte unerträglich. Überall sah sie tätowierte Krieger mit in die Stirnhaare geflochtenen glitzernden Perlen umherrennen. Blauviolettes Licht fiel weich auf Sonnenblumenfelder, Disteln und Gras und ließ die Konturen verschwimmen.

Mit ihren gefesselten Händen konnte Wühlmaus nur mühsam kriechen. Sie kam an einer Leiche vorbei, an deren Gürtel noch ein Messer hing. Sie zog es mit den Zähnen heraus, drehte sich rasch um und ließ es vor Wanderer fallen. »Schnell! Schneid die Fesseln durch.«

Sie streckte die Hände aus. Wanderer sägte das Seil so weit an, daß sie es auseinanderreißen und mit einem Ruck ihre Hände befreien konnte. Sie nahm ihm das Messer aus der Hand und durchschnitt seine Fesseln. Anschließend steckte sie das Messer in ihren Gürtel.

Ihr Blick wanderte blitzschnell hin und her. Aus dem Süden stürmten Krieger heran, weitere Krieger kletterten vom Flußbett herauf. Das gequälte Stöhnen der Sterbenden mischte sich mit lauten Schreien des Triumphes.

»Wo entlang? Wohin, ohne daß sie uns – «

»Da!« Wanderer ließ sich auf den Bauch fallen und schob sich über das dürre Gras hin zu den Schatten hochgewachsener Pflanzen. Wühlmaus robbte hinter ihm her.

Ein Schwarm Krieger bog vor den Felsen ab und verfolgte etliche von Dachsschwanz' sich auf dem Rückzug befindlichen Männern. Pfeile schwirrten durch das Gebüsch. »Heiliger Vater Sonne«, zischte Wühlmaus von Panik erfüllt. »Sie kommen direkt auf uns zu!«

Wanderer änderte die Richtung und schwenkte scharf nach links ab in ein dichtes Distelgestrüpp. Wühlmaus folgte ihm. Die Stacheln ritzten ihr Arme und Gesicht auf. Keuchend blieb sie liegen und betete, es möge inzwischen dunkel genug sein, um sie vor den Blicken der Krieger zu verbergen. Doch obgleich die Sonne hinter dem Horizont verschwunden war, schimmerte auf den Hügelkuppen noch ein leuchtendes Grau.

Kriegsrufe ertönten. Die Krieger kamen näher. Wühlmaus hielt den Atem an. Sie rannten auf sie zu; einer lief noch nicht einmal sechs Hand von ihrem flach ausgestreckten Körper entfernt vorbei.

»Wir müssen hier raus!«

»Nein!« Wanderer umklammerte mit einem Arm ihren Rücken und drückte sie auf den Boden. Entgeistert starrte Wühlmaus ihn an. Dann haftete der Blick ihrer weit aufgerissenen Augen an den Felsen. Ein stämmiger Krieger zerrte einen Jungen von nicht mehr als vierzehn Sommern aus seinem Versteck. Vier Männer und eine Frau eilten heran und schwangen ihre todbringenden Kriegskeulen. Der untersetzte Krieger schleuderte den Jungen ungefähr dreißig Hand von Wühlmaus und Wanderer entfernt zu Boden.

»Wo ist Dachsschwanz?« fragte der Krieger mit befehlsgewohnter Stimme. »Antworte, Junge! Ist er hier?«

»Ich weiß es nicht«, antwortete der zu Tode verängstigte Junge. »Ich schwöre, ich – ich habe ihn nicht gesehen!«

»Du lügst!«

»Nein! Nein, ehrlich, ich – «

»Wir haben keine Zeit für so was.« Der Stämmige wandte sich an seine Krieger. »Tötet ihn. Anschließend durchsucht das Gestrüpp. Ich will Dachsschwanz!« Er machte auf dem Absatz kehrt und verschwand zwischen den Felsen.

Die fünf Krieger fielen mit ihren Keulen über den Jungen her. Zuerst zerschmetterten sie ihm das Rückgrat, dann hieben sie auf seinen Kopf, bis sein Gesicht nur noch eine breiige rote Masse war.

Wühlmaus' Magen verkrampfte sich vor Übelkeit.

Hagelwolke stellte eine Gruppe Krieger zusammen, die nach verwundeten Feinden suchen sollten. Sie schwärmten in einer langen Reihe aus und begannen auf das Gestrüpp einzuschlagen. Sie töteten jeden, der noch atmete. Mit zunehmender Dunkelheit ließ die Hitze des Gefechtes nach; die Krieger trabten zurück zu den Felsplatten und gruppierten sich neu.

Wanderer stieß Wühlmaus mit dem Ellenbogen an. »Jetzt. Los. Aber kriechen. Nicht aufrichten. Sonst fallen sie über uns her.«

Vorsichtig krochen sie aus den Disteln heraus und robbten in östlicher Richtung davon.

Kapitel 30

In der Kühle der Abenddämmerung begann Nebel aus den Teichen aufzusteigen. Die geisterhaften Schleier hoben sich in den dunkler werdenden Himmel und verschmolzen die düsteren Schatten der Felsen und Sträucher. Die Nacht wurde eins mit dem Quaken der Frösche und dem Summen der Insekten.

Flechte lag seitlich zusammengerollt dicht am Eingang der Höhle. Sie hatte den Kopf auf den Arm gebettet und kehrte dem kleinen Feuer den Rücken zu. Im Morgengrauen hatte sie Holz gesammelt; es war feucht vom Tau und qualmte fürchterlich. Nur nahe am Höhleneingang bekam sie genügend Luft zum Atmen.

O Wanderer, wo bist du?

Kam denn nie jemand und sah nach ihr? Von Sonnenaufgang bis Sonnenuntergang hatte sie die Wege beobachtet. Niemand war heraufgekommen.

Aber unten am Pumpkin Creek hatte sie fliehende Menschen erspäht. Fast alle wurden eingefangen und getötet. Weinend hatte sie das Gemetzel mit angesehen. Die Schreie der Sterbenden hallten den ganzen Tag über mit gespenstischem Echo von den Hügeln wider.

Was geht da draußen vor, Wolfstöter? Stirbt die ganze Welt in diesem Krieg?

Im Norden über Redweed Village kreisten Geier. Ihre schwarzen Silhouetten schwebten vor dem dunkelgrauen, kränklich anmutenden Abendhimmel. Die Schlacht hatte sie aufgescheucht, und für kurze Zeit zogen sie sich in ihre verborgenen Schlupfwinkel zurück. Am Abend aber waren sie zurückgekehrt – zu Dutzenden. Flechte wimmerte. Sie hatte die letzten beiden Tage kaum geschlafen. Das Kreischen der Vögel hatte sie wach gehalten.

Mutter, bist du am Leben?

Sie zog den Saum ihres grünen Kleides über die Zehen. Jedesmal, wenn sie an ihre Eltern dachte, stieg eine beißende Kälte in ihre Brust und breitete sich bis in die letzten Winkel ihres Körpers aus. Von den Felsen der kleinen Höhle sickerte feuchte Kälte hinein. Die ganze Nacht hatten ihre Zähne geklappert.

Sie war so müde … so furchtbar müde. Es kostete sie große Anstrengung, wach zu bleiben und unablässig die Wege zu beobachten.

»Vogelmann, Vogelmann, Vogelmann!« Verzweifelt rief sie nach ihrem Geisterhelfer. »Hilf mir, wach zu bleiben. Ich muß auf Wanderer oder auf meine Mutter warten. Es könnte sein, daß sie mich hier nicht finden. Ich muß wach bleiben.«

Ihre Stimme verklang ungehört, als habe sie der Wind verschluckt und zu den neugeborenen Sternen getragen. Flechte kämpfte gegen ihre schweren Augenlider an, aber die Erschöpfung war stärker und überwältigte sie. Orange und blau aufflackernde Bilder tanzten hinter ihren Lidern. Der Schlaf stahl sich in ihre Gedanken, betäubte ihren Körper …

Das Knirschen von Mokassins auf Steinen schreckte sie hoch.

Flechte setzte sich auf. Keuchend vor Entsetzen starrte sie den kleinen Jungen an, der in der Höhlenöffnung kauerte. Zwei schwarze Zöpfe umrahmten sein ovales Gesicht mit den dunkel glänzenden Augen. Er war jünger als sie, ungefähr acht Sommer alt, und in fremdartige Felle gekleidet. Das rote Gesicht eines Wolfes schmückte seine Brust.

»Wer … wer bist du?« krächzte sie.

»Mein Name ist Feuerschwamm. Dein Geisterhelfer schickt mich. Komm mit mir, Flechte. Wir haben nicht viel Zeit.«

»Wohin gehen wir?«

»Auf einen Traumgang. Wie die Krieger auf Kampfgängen, stellen sich Träumer ihren Feinden auf Traumgängen. Ich nehme dich mit. Beeil dich.«

Aber Flechte rührte sich nicht von der Stelle. Prüfend betrachtete sie die seltsamen Felle, in die er sich gehüllt hatte. Sie waren schön, aber besonders dick und warm und auf eine Art und Weise gesprenkelt, wie sie es noch nie gesehen hatte. Sie schienen von Tieren zu stammen, die nicht in ihrer Welt lebten.

Flechte legte den Kopf schräg. »Was sind das für Felle?«

»*Mammutfelle*« antwortete er freundlich und deutete auf seinen geflochtenen Gürtel. »*Und das sind Pferdehaare.*«

»Was sind das für Tiere? Ich habe nie von ihnen gehört.«

»*Komm mit. Wenn du willst, zeige ich sie dir.*«

Feuerschwamm entfernte sich aus der Höhle. Er stand auf dem schmalen Felssims, von dem aus man das Schwemmland überblicken konnte. Flechte folgte ihm rasch und stellte sich neben ihn unter das riesige, funkelnde Sternengewölbe.

»Wo leben diese Mammuts und Pferde?«

»*Weit weg ... vor langer Zeit. Als die Fäden des Sternennetzes zerrissen wurden, veränderte sich die Welt, und sie starben.*«

»Du meinst, sie sind alle fort?«

Er nickte wehmütig. »*Ja. Jedesmal, wenn ein Träumer versagt, stirbt ein Teil in der Spirale.*«

Traurigkeit befiel Flechte. So, wie sich jede lebendige Kreatur in der tiefsten Tiefe ihres Bewußtseins an die Geburt erinnert, so schien sich ihre Seele an das Mammut und das Pferd zu erinnern. »Wenn sie nicht mehr da sind, wie können wir sie dann sehen?«

»*Die Spinne hilft uns. Die Kreise vollenden sich wieder. Du mußt mit eigenen Augen sehen, was geschieht, wenn ein Träumer aufgibt.*«

Feuerschwamm streckte eine Hand aus und blies über die Handfläche. Lichtfäden schossen aus seinen Fingerspitzen und breiteten sich in der Dunkelheit aus wie ein in blauem Feuer gefrorenes Spinnennetz. Flechte riß Mund und Augen auf, als er das schwankende Netz betrat. »*Bitte, Flechte, wir müssen uns beeilen.*«

»Ich ... ich komme.«

Vorsichtig prüfte Flechte mit der Spitze ihrer Sandale die Festigkeit der blauen Fäden. Unsicher biß sie sich auf die Lippen, doch dann eilte sie entschlossen hinter Feuerschwamm her.

Wühlmaus erwachte. Nebelschleier wogten im Wind und tränkten die Luft mit feinem Regen. Die zarten Tröpfchen, die die Sonnenblumen vor dem Felsüberhang benetzten, unter dem sie lagerten, klangen wie sanftes, beruhigendes Geflüster.

Einen Augenblick lang vergaß Wühlmaus fast ihre Schmerzen. Doch als sie versuchte, ein Knie anzuziehen, kehrte die Qual mit einer Heftigkeit zurück, die ihr den Atem raubte.

Nein ... zwinge dich nicht. Ruh dich eine Weile aus.

Die halbe Nacht waren sie durch Dickicht gekrochen. Sorgsam wichen sie den in der Dunkelheit umhergeisternden Kriegern aus. Katzenpfötchen und Brennesseln hatten die Brandblasen an ihrem verletzten Bein aufgescheuert. Inzwischen konnte sie schon bei der leichten Berührung eines Grashalms nur mit Mühe ein Stöhnen unterdrücken. Irgendwann setzte das Fieber ein. Die Hitze brannte in ihrem Innern, machte sie schwach und zittrig und versengte ihre Seele wie Feuer.

Wühlmaus hob den Kopf und schaute ihr Bein an. Trotz des schwachen Lichts sah sie das verkrustete, geronnene Blut. Die Wunden eiterten, dürre Blätter klebten auf dem verbrannten Fleisch. Bei dem Anblick wurde ihr übel. Sie mußte die Wunden bald reinigen.

Erschöpft ließ sie den Kopf wieder auf ihr steinernes Kissen sinken. Erst jetzt bemerkte sie, daß Wanderers zerrissenes Hemd um ihre Schultern lag. Wo war er? Ihr Blick schweifte durch die kleine, ungefähr zwanzig mal zehn Hand große, graue Felsnische. Der abgerundete Überhang ragte dreißig Hand weit vor – gerade weit genug, damit sie nicht im kühlen Nieselregen lag. Kaum eine Armlänge von ihr entfernt markierte ein unregelmäßiger dunkler Rand auf der Erde die Grenzlinie zwischen Trockenheit und Nässe.

Wühlmaus richtete ihren Blick auf das Sonnenblumenfeld vor der Felswand, und da entdeckte sie Wanderer. Er stand, nur mit seinem Lendenschurz bekleidet, im Regen. Die an dem Schurz befestigten Machtbeutel baumelten wie Hüllen von Insektenpuppen um seine Hüften.

Sie beobachtete ihn. Wanderer hob das Kinn und hielt das Gesicht in den Sprühregen. Die Feuchtigkeit klatschte seine Haare eng an seinen Schädel. Ein ätherisches Leuchten schien von ihm auszugehen. Er breitete die Arme aus; seine mageren Rippen waren deutlich sichtbar. Langsam wie ein schwebender Turmfalke begann er mit den fließenden Bewegungen des

Donnervogel-Tanzes. Er schritt vor und zurück, drehte sich, senkte die Arme, berührte mit den Händen die Erde und hob sie anschließend ehrfürchtig zum Himmel auf. Dabei ahmten seine ausgestreckten Finger unentwegt das sanfte Rieseln des Regens nach.

Aus weiter Ferne antwortete das leise Grollen des Donners ...

Wanderer tanzte schneller. Mit stampfenden Füßen wirbelte er im Kreis. Verkrusteter Schlamm bröckelte von seinen Sandalen, die Spuren auf die feuchte Erde zeichneten. Eine Macht baute sich auf, begann sich mit jeder fließenden Bewegung seiner Arme weiter zu stärken, bis sich unter ihrem Einfluß Wühlmaus' Nackenhaare sträubten. Als sich Wanderer mit weit in den Nacken geworfenem Kopf zu drehen begann und seine Arme senkrecht zu Donnervogel emporstreckte, zuckte ein Blitz durch die Wolken – ein sanfter Blitz, als sei Donnervogel gerade erst erwacht und riebe sich den Schlaf aus seinen ewigen Augen. Träge rollte der Donner. Doch urplötzlich zerriß ein weiterer Blitzstrahl die Dunkelheit und raste im Zickzack durch das schwarze Vlies der Nacht. Der Blitz tauchte Wanderers ausgemergelten Körper in ein grellblaues Licht.

Ehrfurcht erwachte in Wühlmaus. Wieder empfand sie das an Anbetung erinnernde Gefühl wie damals vor vielen Jahren, als sie ihn geliebt hatte. Schon immer hatte er den Blitz aus den Wolken rufen können – zumindest, wenn er die Seele eines Vogels hatte, gleichgültig, ob die eines Adlers, einer Elster, eines Raben oder die Seelen der vielen anderen Vögel, die seinen Körper bereits bewohnt hatten. Einmal hatte sie ihn danach gefragt, und Wanderer hatte ihr erzählt, alle Tiere mit der Fähigkeit zu fliegen, sogar Flughörnchen, stünden in verwandtschaftlicher Beziehung zu Donnervogel. Ihre Rufe, so sagte er, weckten in Donnervogels Seele größere Resonanz als die Rufe aller anderen Tiere. Die Rufe der Vögel rüttelten ihn auf, als seien sie das stumme Echo seiner heiligen Stimme.

Tief atmete Wühlmaus die nach Regen duftende Luft ein, ohne die Augen von Wanderer abzuwenden. Er tanzte nicht mehr, sondern stapfte am Fuße der steilen Klippe entlang. Ab und zu bückte er sich und zupfte an den Blättern einer dürren Pflanze, dann setzte er seinen Weg fort. Er wich einem Felsvorsprung aus, fummelte wieder an einem Strauch herum und ging weiter zum nächsten.

Überall im Schwemmland und auf den Felsen wimmelt es von Kriegern. Wohin sollen wir gehen? Wir sitzen in der Falle.

Hatten Petagas Krieger den Überfall auf Dachsschwanz verübt? Sie hatte keinen von ihnen erkannt. Aber inzwischen mußte der Mondhäuptling Hunderte von Kriegern um sich versammelt haben, vielleicht Tausende. Sie konnte unmöglich alle kennen.

Wanderer beschäftigte sich mit einem dornigen Rosenstrauch. Die Pflanze erzitterte unter dem Schnitt seines funkelnden Hornsteinmessers.

Der leichte Nebel verzog sich ostwärts über die Klippen, und die Sterne erhellten mit ihrem funkelnden Baldachin die Welt. Wühlmaus konnte deutlich erkennen, daß Wanderer vor Kälte schlotterte. Schuldgefühle quälten sie. Ohne sein Hemd mußte ihn schon die leichteste Brise bis auf die Knochen auskühlen. Er beeilte sich, ging um Sträucher herum und sprang über herabgestürzte Felsbrocken zurück zu ihrem Unterschlupf.

»Ich dachte, du überläßt mich den Wölfen«, bemerkte sie spitz.

Bestürzt fuhr er herum und starrte stirnrunzelnd in die Dunkelheit. »Hast du welche gesehen?«

»Nein.« Sie seufzte.

Wanderer lächelte zufrieden, kniete nieder und häufte eine Handvoll der kleinen, runden Pflanzenauswüchse, die er gesammelt hatte, auf dem Boden in der Nähe der Feuerstelle auf. »Du hast im Schlaf gewimmert, Wühlmaus, deshalb habe ich dich kurze Zeit allein gelassen. Ich dachte, vielleicht kann ich dir helfen.«

»Mir helfen?«

»Ja. Diese knollenartigen Auswüchse stammen von den unteren Zweigen der Rosenbüsche. Wenn man sie ankohlt, zu Brei zerdrückt und auf die Brandwunden streicht, lindert das die Schmerzen. Zum Glück gibt es hier viele Rosensträucher.«

Er lächelte ihr flüchtig zu. Voller Tatendrang stand er auf und zog Holz und dürre Blätter aus einem Packrattennest in einer Felsspalte. Mit einem Stecken aus dem Unrat des Nestes vertiefte er die Feuerstelle ein wenig, dann schichtete er Blätter und Holz darin auf. Anschließend nahm er die beiden Feuerstöcke zur Hand. Er mußte sie angefertigt haben, während sie schlief.

Für den Quirl hatte Wanderer einen gerade gewachsenen Hickoryast entrindet, der so lang war wie sein Schienbein. Ein Ende hatte er zugespitzt. Das zweite Holz bestand aus einem Eichenstück, in das er eine runde Vertiefung gebohrt hatte. Diesen Zunderstock hielt er mit den Füßen horizontal auf dem Boden fest und streute Zundermaterial in die Vertiefung. Anschließend nahm er den zugespitzten Hickoryquirl, steckte ihn in den auf dem Boden liegenden Zunderstock und begann ihn, so schnell er konnte, zwischen den Handflächen zu drehen. In kürzester Zeit hatte die Reibung das Zunderholz soweit erhitzt, daß es zu glimmen begann. Rasch beugte er sich vor und blies, bis es rot aufglühte. Vorsichtig kratzte er die Glut heraus auf die dürren, in der Feuerstelle aufgeschichteten Blätter und blies ein wenig stärker, um sie zu brennendem Leben zu erwecken. Geduldig wartete er, bis die Blätter Feuer fingen. Nun brauchte er nur noch Grasbüschel, Zweige und etwas Holz auf das Feuer zu legen.

»Befürchtest du nicht, ein Krieger könnte das flackernde Feuer entdecken?« fragte ihn Wühlmaus.

»Nein«, beruhigte er sie. »Ich bin weit ins Schwemmland hinausgegangen und habe geprüft, ob die Höhle zu sehen ist. Es ist ein gutes Versteck. Die Sonnenblumen verdecken uns völlig. Tagsüber würde ich mir wegen des Rauchs Sorgen machen, aber bei Nacht nicht. Wir sind hier sicher.«

Sorgfältig legte Wanderer die Rosenknollen dicht an die lodernden Flammen. Er hockte sich hin und sah zu, wie die äußeren Hüllen brutzelten und schrumpften. Die Müdigkeit hatte das Netz der Falten in seinem Gesicht noch vertieft. In seinen Augen spiegelten sich die tanzenden Flammen. Er sah sehr alt und ein wenig traurig aus. Mit seinem Messer drehte er die Rosenteile um. Dabei zog er angestrengt die Stirn in Falten.

»Was ist los, Wanderer?«

»Hmm? ... Oh, ich denke nur nach.«

»Das sehe ich. Worüber?«

»Ich frage mich, ob Dachsschwanz überlebt hat. Und wann du wieder soweit gesund bist, daß wir weiterkönnen.«

»Morgen!« Jäh setzte sie sich auf, doch ihr Körper wehrte sich und zitterte vor Anstrengung. Hastig ließ sie sich zurückfallen.

Wanderer senkte den Blick auf die Rosenknollen. »Wie geht's deinem Bein?«

»Schlecht.«

»Und dein Fieber?«

»Ist schlimmer geworden.«

»Das dachte ich mir. Ich bezweifle, daß du tagelang laufen kannst. Aber ich weiß nicht, wie lange wir hierbleiben können. Wenn Dachsschwanz noch lebt, hat er vermutlich Suchtrupps losgeschickt. Vielleicht kämmen sie bereits die Hügel durch. Er will unbedingt den Steinwolf.« Leiser fügte er hinzu: »Und mich.«

Wanderer sah in die Richtung des Pumpkin Creek. Seine Augen blickten in weite Fernen, als habe er seine Rabenseele ausgeschickt, damit sie im Flug erkundete, welche Wesen an den dunklen Ufern entlangschlichen. Jedesmal, wenn sein Gesicht diesen Ausdruck annahm, krümmte sich Wühlmaus innerlich zusammen.

»Denk nicht über uns nach, Wanderer. Ich mache mir Sorgen um Flechte.«

»Das ist nicht nötig. Ihr geht es gut. Sie ist ängstlich und hungrig, aber gesund.«

Eine irrwitzige Hoffnung schnürte Wühlmaus' Brust zusammen. Mit zitternder Stimme fragte sie: »Woher weißt du das? Hast du etwas geträumt?«

»Nein, geträumt habe ich nicht. Sie hat mich gerufen.«

»Gerufen ...?«

Wanderer schob die Rosenknollen vom Feuer weg. Sie rollten kurz über den Boden und blieben qualmend liegen. Feine graue Rauchsäulen stiegen von ihnen auf. Er ging zum Fels und schlug ein flaches Stück vom Kalkstein ab, mit dem er dicht am Feuer systematisch jedes angekohlte Rosenstück zu Brei zu zermahlen begann. »Damit meine ich, ihre Seele besitzt inzwischen so viel Macht, daß man sie über große Entfernungen hören kann.«

»Wie geht es ihr? Was sagt sie?« Wühlmaus hatte sich stocksteif aufgerichtet. Schlagartig drehten sich die Kalksteinwände vor ihren Augen, und ihr wurde schlecht. Ihr Herz hämmerte wie rasend gegen ihre Rippen. Die Flammen des Feuers verschmolzen vor ihren Augen mit den Bildern feuerbeschienener Sonnenblumen, dampfender Erde und nebelhaften Sternenfunkelns.

»Wühlmaus!« rief Wanderer wie aus weiter Ferne durch den dunklen Schleier, der sich auf sie gesenkt hatte. »O nein.«

Plötzlich tauchte sein Gesicht riesengroß vor ihr auf. Sie fühlte, wie kräftige Hände nach ihr griffen und sie auffingen. Ihr Kopf baumelte kraftlos hin und her. Wanderers kühle Hand schob sich stützend unter ihren Nacken und ließ sie sanft zurücksinken. Behutsam rückte er das rote Hemd über ihren Schultern zurecht. Sie haßte es, wenn sich jemand fürsorglich um sie kümmerte. Sie wollte sich nicht schwach und hilflos fühlen. Sie machte den vergeblichen Versuch, nach ihm zu schlagen.

»Faß mich ... nicht an.«

Wanderer wich zurück und sah sie besorgt an. »Ich würde dir gerne gehorchen, aber du mußt mir versprechen, dir nicht das Gehirn auf einem Felsen zu zerschlagen.« Er zeigte auf ihr ›Kissen‹.

»Flechte ... erzähl mir von Flechte. Wo ist sie?«

»Das weiß ich nicht«, antwortete er. »Aber sie ruft ständig nach mir. Erst wenn sie aufhört zu rufen, werde ich in Panik geraten.« Er stand auf. »Wühlmaus, bevor ich die Salbe auftragen kann, muß ich die Wunden auswaschen. Das wird weh tun. Glaubst du, du hältst es aus?«

»Was sein muß, muß sein. Hauptsache, es wird bald gemacht ... Was hat Flechte zu dir gesagt?«

Wanderer ging zur Felskante und fing mit der hohlen Hand Wasser auf. Vorsichtig kehrte er mit der kühlen Flüssigkeit zu ihr zurück und ließ sie auf ihr Bein träufeln. Wühlmaus unterdrückte einen Schrei. Das Wasser berührte ihr Fleisch wie ein feuriger Fluß. Je mehr Wanderer auf ihr Bein tröpfelte, um so schlimmer wurde der Schmerz. Um nicht zu weinen, vergrub sie ihr Gesicht in der Ellenbogenbeuge.

Er tat so, als habe er nichts bemerkt, und fuhr fort: »Ich höre keine Worte. Es ist eher die federleichte Berührung von Flechtes Seele mit meiner Seele.« Wühlmaus fühlte, wie er den Ärmel des roten Hemdes hochhob und hörte das Reißen von Stoff. Sanft und vertrauensvoll sprach er weiter: »Flechte ist eine sehr mächtige Träumerin. Solange sie in einem geschützten Versteck bleibt, ist sie in Sicherheit. Ich glaube, inzwischen kann sie mit Bestimmtheit sagen, wann feindliche Krieger in ihrer Nähe sind. Alle großen Träumer können das. Es ist wie ...«

Wühlmaus hörte seine Worte nicht mehr. Nur ein sanftes Leiern drang durch die heftigen Schmerzen. Es schien eine Ewigkeit zu dauern, bis die Brandwunden gesäubert waren. Sie zitterte am ganzen Leib, als er mit dem feuchten Tuch des Hemdärmels vorsichtig den Schmutz und den Ruß abtupfte. Der Dreck war mit dem getrockneten Blut verkrustet. Jedes Sandkorn, das er berührte, schnitt wie eine giftige Kralle in ihr Fleisch.

Erst ganz zum Schluß, als er die Rosensalbe in kühlen Klecksen auftrug, ließ sie sich gehen und weinte ... vor Erleichterung, daß es fast vorbei war. Ihre Schultern zuckten verräterisch. Er hielt einen Moment lang inne, setzte dann aber seine Arbeit entschlossen fort. Endlich stand er auf.

Wühlmaus weigerte sich, aufzublicken und ihm ihre Tränen zu zeigen. *Geh weg Wanderer. Beschäme mich nicht. Stell bloß keine dummen Fragen, zum Beispiel, wie geht es dir.*

Doch er tat nichts dergleichen. Sie hörte, wie er sich entfernte. Seine Sandalen schlurften über den Stein. Nach einer Weile kehrte er zurück und kniete neben ihr nieder. Sie fühlte seine große knochige Hand, die ihr ungeschickt über das Haar strich.

»Versuch zu schlafen, Wühlmaus. Ich halte Wache.«

Kapitel 31

Rund um Flechte funkelten glitzernde Sterne. Sie leuchteten wie Rauhreif in einem Meer von Dunkelheit, die bis in die entferntesten Winkel des Himmels wogte. Im unheimlichen Licht schimmerte ihre Haut bläulichweiß.

Feuerschwamm blieb stehen und deutete nach vorn. »*Siehst du das, Flechte?*«

Am Ende des blauen Fadens, auf dem sie entlangwanderten, erstreckte sich, so weit das Auge reichte, eine bedrohliche Wand aus Eis. Aus ihrem Innern rauschte Wasser in einem donnernden Strom. Er trug Kies und Sand mit sich und ergoß sich in einen breiten Kanal, der sich durch hoch aufragende, schneebedeckte Berge schnitt. Wo der tosende Fluß auf die Felsen traf, spritzte das Wasser in kristallener Gischt auf und gefror zu bizarren Formen.

Feuerschwamm trabte weiter. Flechte rief ihm nach: »Warte! Wohin gehen wir? Da kommen wir nicht durch. Sieh doch, diese Wand ist unüberwindlich!«

»*Ich zeige dir den Weg. Beeil dich. Hier entlang.*«

Flechte folgte ihm. Plötzlich wurde in der Wand eine schmale, gezackte Spalte sichtbar. Hoch über ihr leuchtete zwischen zwei mächtigen Eisbastionen ein Stück azurblauen Himmels.

»*Da hindurch.*« Feuerschwamm sank auf die Knie und kroch in die pechschwarze Finsternis. »*Das ist der Weg, Flechte.*«

Flechte hielt sich an seinem Fellärmel fest und kroch hinter ihm her. Drückende Dunkelheit senkte sich auf sie herab und nahm ihr den Atem. In ihren Ohren begann es zu hämmern; eine schwere Last schien auf ihre Augenlider zu drücken. Von allen Seiten knarrte und stöhnte gespenstisch das verharschte Eis. Es hörte sich an wie das Echo von Tausenden von Stimmen.

Weit vor ihr schimmerte ein winziger Lichtfleck auf, der im Näherkommen größer wurde. Flechte trat aus der engen Spalte heraus auf einen vom Wasser in unendlich langer Zeit geglätteten Felsbrocken. Tief atmete sie die kalte, klare Luft ein. Fremdartige Gerüche, aber auch der Duft nach Moosen und

Wildkirschen, seit tausend Zyklen miteinander vermischt, stiegen ihr in die Nase.

»Komm, Flechte. Nur noch ein kleines Stück.«

Feuerschwamm kletterte mühsam über das vor ihnen liegende Felslabyrinth zu einem Grat hinauf. Oben blieb er stehen, hielt sein Gesicht der Sonne entgegen und lächelte voller Freude über ihre ihn liebkosende Wärme. *»Hier herauf: Flechte. Ich zeige dir, was geschieht, wenn ein Träumer versagt.«*

Sie sprang von einem Felsen zum anderen. Ihre Sandalen knirschten auf dem Eis in den schattigen Tiefen der Steine. Auf dem Grat angelangt, blickte sie auf ein endlos weites, majestätisches Land. Herden eigenartiger, langgehörnter Tiere grasten friedlich auf der fruchtbaren Ebene. Die Ohren der Tiere zuckten, und die Schwänze peitschten nach den Fliegen. Einige der großen Geschöpfe hoben den Kopf und beobachteten Flechte und Feuerschwamm neugierig. Hinter Flechte erhoben sich eisbedeckte Berge mit zerklüfteten Gipfeln.

Im Süden zogen sich Hunderte von Entwässerungsrinnen im Zickzack durch ein weißes Berglabyrinth. Vor einem der schneebemützten Berge sah Flechte, wie ein Tier in die Falle jagender Menschen geriet.

Das riesige behaarte Tier hatte zwei wild um sich schlagende Schwänze. Mit dem vorderen Schwanz peitschte es wie rasend gegen seine Angreifer. Anscheinend versuchte es, sie zu töten. Die Menschen wichen blitzschnell aus und stürmten gleich wieder auf das Tier los. Mit Wurfstöcken schleuderten sie lange Pfeile in die Flanken des Tieres. Es stieß ein Brüllen aus, das sich wie das Schmettern einer Muschelschalentrompete anhörte. Erschöpft versuchte es, zwischen den Menschen durchzubrechen. Doch die Jäger kreisten es ein und warfen unentwegt ihre langen Pfeile nach dem Geschöpf, bis es damit gespickt war und aussah wie ein riesiges Stachelschwein.

»Wo sind wir?« flüsterte Flechte.

Feuerschwamm hockte sich nieder. Seine Augen blickten wehmütig in die Ferne. *»Dies ist das Land von Mammut und Pferd. Das zweischwänzige Tier ist ein verwaistes Mammutkalb. Es ist das letzte lebende Mammut. Vor weniger als einem Mond töteten die Menschenwesen seine Mutter. Jetzt töten sie das Kalb.«*

»Es ist das letzte Tier seiner Art? Warum hält sie niemand auf?«

»Wir haben es versucht. Als sich die Spirale kopfüber zu drehen begann, konnten alle Träumer im Großen Einen sie nicht wieder in ihre Ausgangslage zurückbringen. Nur lebenden Träumern gelingt das. Die Macht trifft ihre Wahl und versucht, einen Träumer wie eine gute Pfeilspitze zu formen – doch manchmal verliert die Macht bei diesem gewagten Unternehmen.«

Flechte kauerte sich neben ihn und beobachtete, wie das Mammutkalb klagend in die Knie ging. Selbst aus dieser Entfernung konnte sie das Blut sehen, das schäumend aus dem Maul des Tieres troff. In letzter verzweifelter Anstrengung schaffte es das Kalb, wieder auf die zitternden Beine zu kommen; doch es taumelte, stürzte zu Boden und fiel seitlich in den Schnee. Die Menschen schrien begeistert und umarmten einander. Während sie vor Freude hüpften, tanzten und ihre Gebete zum Himmel hinaufsangen, sank der Kopf des Mammutkalbes in eine Schneewehe. Sie färbte sich rot von seinem Blut.

»Wie konnten sie das tun?« stieß Flechte keuchend hervor. »Wußten sie nicht, daß dies das letzte Mammut war?«

»Nein. Aber auch wenn sie es gewußt hätten, hätte das nichts geändert. Sie wollten sein Fleisch. Weiter kümmerte sie nichts.« Feuerschwamm atmete angespannt. *»Das geschieht, wenn die Spirale aus dem Gleichgewicht gerät. Der Erdenschöpfer schuf das Universum so, daß sich die Gegensätze – Leid und Glück, Geburt und Tod, Hitze und Kälte – die Waage halten. Darum ist die Spirale so wichtig. Ihre Kreise reichen von den schwächsten Wurzeln, die sich in den Boden graben, bis zum vollendeten Lauf der Sterne. Manchmal stoßen die Menschenwesen die Spirale aus dem Gleichgewicht, manchmal die Tiere. Jedesmal, wenn ein Kojote die neugeborenen Lämmer einer Herde aus reinem Vergnügen reißt, ohne seine Beute zu fressen … dann neigt sich die Spirale.«*

Die Jäger begannen mit der anstrengenden Arbeit, das Mammutkalb zu zerlegen. Mit scharfen Steinwerkzeugen zogen sie ihm das Fell ab und legten die Muskeln frei, die noch bebten und zuckten, als die Klingen in sie schnitten. Flechtes Augen schwammen in Tränen beim Anblick des traurigen Geschehens.

»Siehst du den Mann da ganz rechts – den mit dem aufgemalten Eulengesicht auf dem Hemd?«

Flechte wischte sich über die Augen und nickte. Der Mann stand mit leicht nach vorn geneigten Schultern da und hatte eine Hand auf den Kopf eines kleinen Mädchens gelegt, das voller Freude herumhüpfte und strahlend zusah, wie das übereinandergelegte Fleisch zu einem wahren Berg anwuchs.

»Sein Name ist Stoßzahn. Die Macht legte all ihre Kraft und Hoffnung in ihn. Vom Tag seiner Geburt an war die Eule sein Geisterhelfer. Aber als die Macht ihn schließlich rief um ihn in das Meer von Vater Sonnes Licht eintreten zu lassen und ihn zu lehren, die Spirale wieder ins Gleichgewicht zu bringen, da konnte er es nicht. Er hatte Angst.«

Flechte riß die Augen auf. »Hatte er Angst, das Licht würde ihn verbrennen?«

»Ja. Er hatte Angst, es könne seine Seele verbrennen und es bliebe nichts von ›ihm‹. Dann hätte er nie zu seiner Familie zurückkehren können. Seine Frau und seine Kinder bedeuteten Stoßzahn mehr als das Mammutkalb. So sind die Menschenwesen. Es ist nicht ihre Schuld, daß sie sich mehr um sich selbst kümmern als um alles andere auf der Welt. Der Erdenschöpfer gab ihnen diese Eigenschaft, um ihnen das Überleben zu erleichtern. Nur wenige sind bereit, sich zu opfern, damit im Frühling weiterhin gelbe Schmetterlinge über den Wildblumen flattern. Diese wenigen suchen die Mächte sich aus. Aber nicht einmal eine Macht weiß mit Bestimmtheit, wer das Ziel erreicht und wer versagt.« Feuerschwamm sah sie mit einem traurigen Lächeln an. »Im Grunde möchte niemand ein Träumer sein, Flechte.«

Das Bild der grasbewachsenen Ebene verwandelte sich, glitzerte auf wie eine Million Mückenflügel, aus deren Flirren sich eine neue Szenerie herauskristallisierte …

Weißes Wasser stieg brodelnd aus Ritzen im felsigen Boden. Es ergoß sich in einen aquamarinblauen Teich, an dessen Ufer Menschen saßen. Sie aßen und unterhielten sich. Der kühle Wind trieb den aufsteigenden Dampf in langen wolkigen Schwaden durch das angrenzende Tal. Allein auf einem Fels, weit weg von den anderen, saß ein junger Mann. Er schrie: »*Ich bin nicht der eine … Ich bin kein Träumer.*«

»Wer ist das?«

»Wolfsträumer. Er hat das Ziel erreicht. Er träumte die Menschenwesen in die Spirale dieses Landes ... obwohl alles in ihm danach schrie, ein Jäger zu sein und mit der Frau, die er liebte, eine Familie zu gründen.«

»Die Macht hat es ihm nicht erlaubt?«

»Er selbst hat es sich nicht erlaubt. Das Überleben seines Volkes war ihm wichtiger als seine eigenen Wünsche. Ohne seinen Traum hätten die Menschenwesen niemals den Weg in dieses Land gefunden.«

Mit einer Drehung seiner Hand änderte er das Bild erneut. Ziehende Wolken wanderten an einem mitternächtlichen Himmel entlang.

Donner grollte, und aus dem Grollen heraus flüsterte eine Frau: *»Ich fühle mich verloren. Es ist, als sei ich in eine neue Welt geboren worden.«*

Die regnerische Nacht erwachte zu einem strahlenden Tag. Aus den goldenen Sonnenstrahlen formte sich das Bild eines Mannes, der auf einer hohen Felsnadel lag. Unter ihm erstreckte sich in westlicher Richtung ein weites Becken, purpurrote Berge begrenzten die atemberaubende Aussicht. Blut sickerte von den aufgesprungenen Lippen des Mannes. Er öffnete den Mund und sprach: *»Ich kann nicht dein Träumer sein. Ich kann Reizende Wapiti nicht verlassen ... auch nicht meine Tochter. Ich liebe sie zu sehr.«*

Aufsteigender Rauch verdrängte das Bild. Flechte wandte den Kopf und sah Feuerschwamm an. Sein Kindergesicht hatte einen bittersüßen Ausdruck angenommen, der ihr Herz tief berührte.

»Niemand möchte ein Träumer sein, Flechte – die Frage ist, kannst du eine Träumerin sein?« Feuerschwamms große Augen erfaßten ihre ganze Seele. *»Bist du bereit, deine Seele zu geben? Dann müßtest du die Sicherheit deiner Höhle verlassen und zu Nachtschatten nach Cahokia gehen. Allein. Unbewaffnet.«*

»Aber überall sind feindliche Krieger. Ich – ich bin erst zehn Sommer alt! Ich kann nicht allein – «

»Das war ich auch«, sagte er leise. *»Ich war ebenfalls zehn, als die Macht mich rief.«*

»Du warst ein Träumer?«

»Ja. Vor sehr langer Zeit.« Feuerschwamm stand auf und blickte auf sie hinab. Rings um ihn zitterte die Luft in der von den Felsen aufsteigenden Hitze und verlieh seinem Körper bizarr schwankende, unheilvolle Formen. *»Für mich war es ebenso hart wie für dich, Flechte. Doch ich machte die Erfahrung, daß ich alles aufgeben mußte, um alles zu gewinnen, alles sein zu können, was ich nicht war. Ein Träumer muß die beiden Gegensätze verstehen, bevor er in das Licht treten kann, und er muß lernen, wie er die Spirale im Gleichgewicht zu halten vermag. Als ich zurückkehrte, fertigte ich zwei heilige Machtbündel an – eines aus Licht, das Wolfsbündel, das dein Volk das Schildkrötenbündel nennt, und eines aus Dunkelheit, das Rabenbündel. Es lebt weit im Osten am großen Ufer. Ich nahm alles, was von Rabenfänger und Wolfsträumer noch da war, und legte es in die Herzen der Bündel. Gegensätze kreuzen sich, verstehst du. Dennoch … ich hatte Angst.«*

»Wie hast du sie überwunden?«

»Ich vereinte die Welten in mir und wurde die Gefiederte Schlange. Sie war mein Geisterhelfer.«

»Was heißt das, du wurdest die Gefiederte Schlange?«

»Manche Träumer werden stärker, wenn sie vom Feuer verzehrt werden, Flechte. So war es bei Feuertänzer. Andere Träumer brauchen Wasser, um stark zu werden. Wie Weiße Esche. Andere wieder, und zu diesen zählen wir, müssen im Blut ertrinken, bevor sie die Welten in sich vereinen können. Fürchte dich nicht, Flechte. Diese beiden Kiefer, die dich zermalmen, verleihen dir die Flügel des Falken …«

»Was meinst du damit? Ich verstehe das nicht.«

Feuerschwamms Beine begannen sich in einem gräßlichen Tanz zu verrenken. Flechte wich zurück und beobachtete angsterfüllt, wie sich seine Beine verlängerten und sich sein Körper in den Körper einer Schlange mit tiefblau schimmernden Schuppen verwandelte. Schwarze Federn sprossen an den Stellen, an denen sich seine Arme befunden hatten. Sie wuchsen und breiteten sich aus wie riesenhafte Flügel mit Flecken aus Sonnenlicht. Aus wehmütigen, menschlichen Augen schaute er auf sie herab. *»Geh nach Cahokia. Dort wartet Vogelmann auf dich …«*

Schlagartig erwachte Flechte in ihrer Höhle. Keuchend blickte sie in die sternenfunkelnde Nacht hinaus. Der Junge Wolf stand mitten am Himmel, die Schnauze steil nach oben gereckt, als wittere er Gefahr. Flechte blinzelte. Etwas Winziges fiel von der Pfote des Jungen Wolfes herunter. Es schwebte, sich sacht drehend und wiegend, durch die Dunkelheit und sank vor ihrer Höhle nieder.

Sie kroch über den kalten Steinboden und betrachtete es näher. In den bläulichen Strahlen des Sternenlichts schimmerte eine schwarze Feder auf.

Kapitel 32

Dunkelheit hüllte das Land ein. Dachsschwanz kroch durch das hohe, die Ufer des südlichen Pumpkin Creek säumende Rohrdickicht. Obwohl er sich mit großer Vorsicht bewegte, raschelten die dichten Blätter. Er betete, das plätschernde Wasser möge die Geräusche übertönen.

Hagelwolkes Wachposten streiften wie Schatten durch die Dunkelheit. In den letzten zwei Hand Zeit hatte er drei Wachen umgangen.

»Heuschrecke ...«, flüsterte er.

Auf der anderen Seite des Flüßchens leuchteten unübersehbare Lagerfeuer. Die Krieger schienen sich sehr sicher zu fühlen. Dachsschwanz hob den Kopf und betrachtete prüfend die Feuerstellen. Der Wind trug den Geruch nach feuchter Minze und den seit kurzem erblühten Gewürzsträuchern herbei. Das Gelb der die Bachufer sprenkelnden Blütentrauben schien mit dem Funkeln der Leuchtkäfer zu wetteifern. Dachsschwanz spähte durch das glitzernde Geflecht der Pflanzen und zählte die Feuer.

Fünfzehn insgesamt. Das bedeutete ungefähr siebzig Menschen.

Dachsschwanz ging im Schilfrohr in Deckung.

Hagelwolke war ein schlauer Krieger. Er entfachte keine Feuer, ohne einen Gedanken an die möglichen Folgen zu verschwenden – das hieß, er kannte den genauen Standort von Dachsschwanz' Kriegern und wußte genau, daß sie sich nicht in der Nähe aufhielten oder bereits kaltgestellt waren.

Die Feuer konnten auch als eine Art Köder dienen, die Dachsschwanz' Truppen aus dem Norden in eine Falle locken sollten.

Angst rumorte in Dachsschwanz' Magengrube, und er fragte sich, ob Schwarze Birke, Wapitihorn und seine anderen erfahrenen Kriegsführer darauf hereinfallen würden. Ja, möglich wäre es. Selbst ihm könnte das passieren, wenn er nicht über die notwendigen Informationen verfügte. Doch solche Botschaften konnten nur gute, schnelle Läufer überbringen. Nur so ließe sich eine Katastrophe verhindern. Und Dachsschwanz hatte keine Läufer; er hatte keine Chance, seine Krieger rechtzeitig zu warnen.

Sein Blick schweifte nachdenklich über das dunkle Massiv der Klippe im Osten. Falls Petaga einen Hinterhalt gelegt hatte, dann bestimmt in der Gegend von One Mound Village. Dort war das Gelände dafür ideal, die Hohlwege und Felsen boten ausgezeichnete Versteckmöglichkeiten.

Er zog sein Hirschknochenstilett aus dem Gürtel und umklammerte es fest mit einer Hand. Lautlos kroch er weitere zehn Hand durch das Röhricht. Ein Blatt verfing sich mit einem leisen Knistern in seinem Kriegshemd. Sofort hielt Dachsschwanz inne. Im selben Moment nahm er rechts von sich eine Bewegung wahr.

Aus dem Dunkel heraus befahl eine tiefe Stimme: »Wirf die Waffen weg und zeig deine leeren Hände – oder ich spicke dich mit einem Pfeil.«

Dachsschwanz schluckte schwer; seine Kehle war wie ausgetrocknet. Zähneknirschend warf er sein Stilett in das Dikkicht. Er hörte, wie es leise im Gras aufschlug, und hob die Hände.

»Gut. Steh auf. Ich will dich sehen.«

Dachsschwanz erhob sich langsam. Die Lagerfeuer warfen ein orangefarbenes Licht auf sein Gesicht. Sein Gegner richtete sich hinter einem Busch auf und stand als schwarze Silhouette vor dem Schein der Feuer.

Der Mann näherte sich vorsichtig; im Dunkeln blitzten seine Zähne auf. Er war ungefähr einundzwanzig und hatte den Schädel kahlrasiert wie alle kampferprobten Krieger. Die Muscheln in seinen geflochtenen Stirnhaaren schaukelten bei jedem seiner behutsamen Schritte. Der flache Atem des Mannes und das Beben seiner Arme, während er den Bogen hob, verrieten seine Angst. Er war groß, aber schlaksig. Dachsschwanz' Schultern waren viel muskulöser. Wenn es ihm gelang, den Mann zu greifen …

»Du bist – Dachsschwanz?«

»Dachsschwanz? Machst du Witze? Ich bin hier, weil ich mich Hagelwolke anschließen will! Wer bist du?«

»Komm näher. Ich will dein Gesicht genauer betrachten.«

Als Dachsschwanz weiterging, sog sein Gegner hörbar die Luft ein und starrte ihn aus angstgeweiteten Augen an. »Du *bist* Dachsschwanz. Ich habe dich schon einmal gesehen. Damals war ich noch ein Junge. Du hast mein Dorf überfallen.«

In Dachsschwanz' Herz erwachte ein vertrauter Schmerz. In den letzten zwanzig Zyklen hatte er so viele Dörfer überfallen, daß er sich kaum noch an alle Kampfgänge erinnern konnte. »Welches Dorf war das?«

»Bear Cub Village.«

Dachsschwanz schüttelte den Kopf. An dieses Dorf konnte er sich beim besten Willen nicht erinnern. Er hob das Kinn und schaute zu den funkelnden Sternenungeheuern hinauf. »Wie heißt du?«

»Flachssamen. Aber du wirst dich nicht an mich erinnern. Du hast getötet, geplündert, und dann warst du weg – deine Krieger allerdings hielten sich noch ein wenig länger bei uns auf und vergewaltigten meine Mutter.« Sein Gesicht verzerrte sich vor Haß.

»Angenommen, ich wäre wirklich Dachsschwanz. Was würdest du mit mir machen?«

Als Flachssamen drohend die Bogensehne nach hinten zog, atmete Dachsschwanz tief ein. Jeden Moment erwartete er den Aufprall des Pfeiles. Die Muskeln unter seiner rechten Brustwarze begannen im Vorgefühl des Schmerzes zu zucken. Die Zeit schien sich ewig zu dehnen. Nach sechzig Herzschlägen stand Flachssamen noch immer unverändert schußbereit vor ihm. Dachsschwanz verlagerte sein Gewicht. Schweißperlen liefen ihm über den Nacken. Schließlich faßte er sich und fragte fordernd: »Nun, was ist?«

»Ich … ich bekomme Schwierigkeiten, wenn ich dich töte«, sagte Flachssamen und senkte den Bogen. »Wahrscheinlich will Hagelwolke dich foltern, um Informationen aus dir herauszuholen … mit Heuschrecke macht er es jedenfalls.«

O Heuschrecke, verzeih mir.

»Nein«, fuhr Flachssamen mit Bestimmtheit fort, »besser, ich töte dich nicht. Nicht jetzt.« Mit einer Kopfbewegung deutete er Richtung Süden. »Dreh dich um und geh voraus. Ein paar Tausend Hand weiter unten ist eine seichte Stelle. Da kommen wir durch das Flüßchen.«

Dachsschwanz schöpfte neue Hoffnung und lachte in sich hinein. »Na gut. Da ich nicht der berüchtigte Dachsschwanz bin, nehme ich dein Angebot, mich ins Lager zu begleiten, dankend an. So fange ich mir wenigstens keinen irrtümlich abgeschossenen Pfeil ein.« Er drehte sich um und bahnte sich den Weg durch das dunkle Röhricht, ohne Hagelwolkes Lager aus den Augen zu lassen. Der Kriegsführer hatte das Lager unterhalb einer kleinen Kuppe auf der Ostseite des Flüßchens aufschlagen lassen. Krieger drängten sich um ein in der Mitte brennendes Feuer. Ihr Gelächter brachte sein Blut in Wallung. Plötzlich mischten sich seltsam schwache Laute in das triumphierende Hohngelächter. Obgleich Dachsschwanz' Ohren sie kaum wahrnehmen konnten, wich seine Seele unwillkürlich davor zurück.

Er kämpfte sich zum Flüßchen durch. Vom Ufer aus konnte er das Lager überblicken. Krieger jauchzten und hüpften im Feuerschein. Aller Augen waren auf ein Ziel gerichtet. Dachsschwanz erstarrte. Mit dem Rücken an einen Pfahl gebunden, lag Heuschrecke zu Füßen Hagelwolkes. Ihr nacktes Fleisch leuchtete im Licht des Feuers orangefarben auf, aus den in Arme und Beine gebohrten Wunden floß Blut. Auch ihre Oberschenkel waren blutüberströmt.

Ein leises »Nein!« kam über Dachsschwanz' Lippen, als Hagelwolke einen brennenden Stock aus dem Feuer holte und sich über Heuschrecke beugte.

»Zwinge mich nicht dazu, Heuschrecke!« brüllte Hagelwolke. »Erzähl mir von Dachsschwanz' Plänen, und ich sorge dafür, daß du eines raschen Todes stirbst. Was hat er vor? Wie will er gegen mich kämpfen?«

»Ich weiß es nicht!«

Hagelwolke stieß den Stock in Heuschreckes Hüfte. Sie krümmte sich und versuchte, dem Hieb auszuweichen, aber die Fesseln ließen ihr kaum Bewegungsspielraum. Wieder schlug Hagelwolke mit der Fackel in Heuschreckes Seite. Ihre schrillen, atemlosen Schreie gellten durch die Nacht – sie trieben Dachsschwanz an den Rand des Wahnsinns.

Die Zuschauer reagierten ausgelassen, alle klatschten und lachten. Kleine Gruppen stellten sich zum Tanz im Kreis um das Feuer auf. Ihre Silhouetten erinnerten Dachsschwanz an ein Rudel Wölfe, das ruhelos um ein frisch erlegtes Bisonkalb schleicht.

Fieberhaft wanderte Dachsschwanz' Blick über das Lager. Rund um die Kuppe hatte Hagelwolke einen sechs Hand hohen Ring aus Gestrüpp aufschichten lassen. Diesen Sicherheitsring unbemerkt zu überwinden, war so gut wie ausgeschlossen. Aber vielleicht gelang es ihm, sie abzulenken.

»So. Stehenbleiben«, befahl Flachssamen. »Siehst du die Stelle, an der sich das Ufer absenkt?«

»Ja.

»Gut. Geh hinunter. Hier ist das Wasser seicht genug, um gefahrlos auf die andere Seite zu kommen. Und vergiß nicht, ich bin direkt hinter dir. Mein Pfeil zielt genau auf deinen Rücken.«

Dachsschwanz kletterte die abbröckelnde Uferböschung hinunter und schritt in die Strömung. Das knietiefe, eiskalte Wasser versetzte ihm einen Schock, fast wäre er gestürzt. Er warf einen Blick über die Schulter. Flachssamen rutschte die Böschung hinab. Bei jeder Bewegung kollerte Erde herunter. Der junge Krieger trat in die rasch fließende Strömung und rutschte auf einem Stein aus. Einen Moment lang senkte er den Blick und kämpfte um sein Gleichgewicht.

Dachsschwanz bückte sich blitzschnell. Er rammte Flachssamen den Kopf in den Magen und stieß den jungen Mann in das eisige Wasser. Doch bevor Dachsschwanz nach dem Bogen greifen konnte, wurde die Waffe von der raschen Strömung an ihm vorbeigetragen.

Er darf nicht schreien. Mit einem Satz warf er sich auf Flachssamen. Um nicht abgetrieben zu werden, verkeilte er seine Zehen zwischen den Steinbrocken. Gleichzeitig packte er Flachssamen an seinem bürstenartigen Haarkamm und drückte ihm das Gesicht unter Wasser. Unter größter Anstrengung gelang es Dachsschwanz, sich mit gespreizten Beinen über Flachssamen zu halten und den Gegner mit seiner breiten Brust unter Wasser zu pressen.

Flachssamen wand sich unter ihm wie eine Schlange. Er warf sich hin und her, trat um sich und krallte die Hände in Dachsschwanz' Körper.

Noch ein Finger Zeit ...

Mit der Kraft des Todgeweihten riß sich Flachssamen ruckartig los und hämmerte ein Knie in Dachsschwanz' Leiste. Ein heftiger Schmerz durchzuckte Dachsschwanz und zwang ihn, den Halt seiner Zehen zu lockern. Die Strömung riß die beiden Männer über Steine und Felsen flußabwärts.

Für einen Moment tauchte Flachssamens verzerrtes Gesicht aus dem Wasser. In größter Verzweiflung schrie er: »*Hilfe!*« Dachsschwanz stürzte sich auf ihn. Seine kräftigen Hände tasteten nach Flachssamens Kehle. Er mußte einen weiteren Schrei verhindern. Mit aller Kraft drückte er zu. Er fühlte, wie Flachssamens Kehlkopf unter seinen Händen brach. Flachssamen würgte heiser und krümmte sich zusammen; mit einemmal rührte er sich nicht mehr und fiel nach hinten.

Erbarmungslos preßte Dachsschwanz Flachssamens Kopf in die rauschende Strömung. Durch den aufgerissenen Mund des Mannes floß Wasser in seine Lungen, an der Wasseroberfläche perlten Blasen. Dachsschwanz wartete; er wollte ganz sicher gehen. Flachssamens offene Augen starrten leblos zu ihm herauf, kaltes Mondlicht spiegelte sich darin.

Als das Rauschen des Blutes in seinen Ohren langsam verebbte, konnte Dachsschwanz erneut Heuschreckes schmerzerfüllte Schreie hören. Sie durchbohrten seine Seele wie Messerstiche. Völlig erschöpft und bis ins Mark ausgekühlt zerrte er Flachssamens Körper auf einen Felsen und durchsuchte ihn. Doch er fand nichts, was sich als Waffe eignete; der Köcher auf Flachssamens Rücken war leer.

Schaudernd stapfte Dachsschwanz wieder ins Wasser. Mit größter Sorgfalt suchte er das Ufer stromabwärts ab, bis er den Bogen entdeckte und, ein Stück weiter entfernt, drei Pfeile.

Nicht viel, aber besser als nichts.

Er kämpfte sich durch das reißende Flüßchen zum anderen Ufer und zog sich die Böschung hinauf. Geschützt hinter Buschwerk und Gras blickte er auf das Feuer in der Mitte des Lagers. Wohin er auch sah, überall bewegten sich die schemenhaften Gestalten der Krieger.

Heuschrecke schrie nicht mehr, dafür donnerte Hagelwolkes Stimme zornig: »Wir haben nach seiner Leiche gesucht. Wir haben sie nicht gefunden. Er lebt, Heuschrecke. Wohin könnte er gegangen sein? Zurück nach Cahokia? Zu den Truppen, die er nach Norden geschickt hat? Wo wollte er sich mit ihnen treffen?«

Die jubelnden Freudenschreie der tanzenden Krieger schwangen sich hoch in die Luft. Dachsschwanz zwang sich dazu, kühl zu überlegen. *Denk nach. Denk nach, Verfluchter! Wo ist Hagelwolkes Schwachstelle?* Das um die Kuppe aufgehäufte Gestrüpp hinderte jeden Feind, geräuschlos in das Lager einzudringen. Aber wenn es Dachsschwanz gelang, brennende Pfeile an strategisch wichtige Punkte zu schießen und einen Brand zu entfachen ...

Plötzlich hörte er am anderen Ufer das Knistern von dürrem Gras.

Dachsschwanz' Gedärm verkrampfte sich vor Angst. Mit angehaltenem Atem schaute er zurück. Röhricht und Goldruten verwoben sich zu einem undurchdringlichen Dickicht und verbargen Flachssamens Leiche. Dachsschwanz' Muskeln zitterten, als zielten bereits Dutzende Bogen auf seinen verwundbaren Rücken.

Wieder raschelte es. Ein Zweig knackte.

»Dachsschwanz!«

Zuerst empfand er Erleichterung, doch sogleich folgte Entsetzen. Es konnte ein Freund sein, genausogut aber auch ein Feind. Wer von Hagelwolkes Kriegern würde nicht gerne der gefeierte Held sein, der Dachsschwanz gefangennahm? Vier gespenstische Gestalten zeichneten sich undeutlich im Dikkicht ab. Trotz ihrer überaus vorsichtigen Bewegungen knisterten die Schilfhalme.

Ein Mann tauchte aus dem Pflanzengewirr auf, war aber im Dunkeln nicht deutlich zu erkennen. »Dachsschwanz! Ich bin's, Flöte. Schnell! Ich habe drei Krieger bei mir. Wir haben einen Weg in das Lager entdeckt.«

»Jetzt müssen wir zuschlagen!« beharrte Taschenratte. Er saß an seinem angestammten Platz am Ratsfeuer. Mit finsterer Miene rückte er die dreckige Decke auf seinen Schultern zurecht. »Sie sind da! Drei Kriegergruppen von Dachsschwanz haben sich bei One Mound Village versammelt, und unsere eigenen Streitkräfte sind hervorragend postiert. Sie haben den Feind umzingelt. Was verlangen wir mehr?«

»*Sechs* Kriegertrupps«, erläuterte Petaga leise. »Nach den Informationen unserer Kundschafter sind die drei anderen Gruppen spurlos verschwunden. Und das bedeutet, daß sie nicht auf unsere Strategie hereingefallen sind. Am meisten Sorgen macht mir Wapitihorn. Wo steckt er nur?«

»Was *ändert* das?« rief Taschenratte. »Drei Trupps, das heißt insgesamt zweihundertfünfzig Krieger. Und die können wir jetzt vernichten!« Die zweiundzwanzig Mitglieder des Rates tuschelten miteinander. Manche schüttelten energisch die Köpfe, andere nickten heftig. Die meisten von ihnen waren alte Männer und Frauen. Sie hatten sich Petaga angeschlossen, um später zu Recht behaupten zu können, bei diesem großen Kampfgang, der das Gesicht der Welt auf immer und ewig veränderte, dabeigewesen zu sein.

Während die Alten beratschlagten, blickte Petaga gedankenvoll zum Himmel, wo weiche Wolkenfinger über das Antlitz des Halbmondes strichen. Er hatte mehrere Gruppen losgeschickt und One Mound Village umzingelt. Das Hauptlager hatte er einen halben Tagesmarsch weiter im Norden in einer tief in das Hochland eingeschnittenen Senke aufschlagen lassen. Die Senke bot Schutz vor den Augen des Feindes. An ihrem tiefsten Punkt sprudelte eine Quelle, die sie nicht nur mit Wasser versorgte, sondern gelegentlich auch mit einer Ente zum Abendessen.

Das Mondlicht fiel auf Hunderte von Kriegern, die sich, ohne ihre Waffen aus den Händen zu legen, zum Schlafen ausgestreckt hatten.

Petaga schielte kurz zu dem neben ihm sitzenden Löffelreiher. Dessen ruhiger, klarer Blick schweifte nachdenklich über die Versammlung. Löffelreiher war erst fünfzehn, allerdings reifer als seine Jahre. Sein fahles Gesicht und die blassen braunen Augen zeigten auch angesichts brenzliger Situationen keine auffallende Veränderung. Er wirkte stets geduldig und aufmerksam. Er war groß für sein Alter, hatte aber noch nicht die Figur eines Mannes, sondern war so dürr wie ein nach Wasser lechzendes Schilfrohr. Kurz vor diesem Kampfgang hatte er zum erstenmal den Haarschnitt eines Kriegers bekommen und stolz zwei kleine Muschelperlen in seine Stirnhaare geflochten. Sein langes Kriegshemd mit dem Abbild des Adlers auf der Brust war noch so gut wie sauber. Es mußte Löffelreiher große Mühe kosten, es so vortrefflich in Ordnung zu halten.

Freundschaftliche Wärme durchflutete den Mondhäuptling. Fast die ganze letzte Nacht hatte er mit Löffelreiher gesprochen. Er hatte ihm seine Sorgen dargelegt und war sich dabei selbst über manches klarer geworden. Er hatte gemerkt, daß er sich auf Löffelreihers Rat fast ebenso blind verlassen konnte wie auf die Ratschläge von Hagelwolke.

»Warum nicht? Sagt es mir!« drängte Taschenratte. Kampflustig schob er den Unterkiefer vor. »Ursprünglich wollten wir morgen angreifen. Wer hat seine Meinung geändert?«

»Ich«, antwortete Petaga.

Taschenratte grunzte. »Was glaubst du? Glaubst du, Wapitihorn erscheint auf wundersame Weise mit tausend Kriegern aus dem Nichts? Sei doch vernünftig. Vermutlich hat er einen flüchtigen Blick auf unser Heer geworfen, den Schwanz eingezogen und ist davongelaufen.«

Löffelreiher straffte den Rücken. Mit ruhiger Stimme bemerkte er: »Ich kenne Wapitihorn. Vor einigen Zyklen kämpfte er an der Seite meines Vaters. Er ist kein Feigling. Falls er unsere Truppen ausgespäht hat, könnten wir in größeren Schwierigkeiten stecken, als uns lieb ist.«

»Wie das, kleiner Welpe?«

Unbeeindruckt von dieser Beleidigung fuhr Löffelreiher mit sanfter Stimme fort: »Ich vermute, Dachsschwanz hat ein paar Hundert Krieger zur Bewachung Cahokias zurückgelassen. Wenn Wapitihorn weiß, daß wir hier sind, wird er mit seinen Kriegern aus Cahokia in den Kampf gezogen sein. Vielleicht hat er sich sogar mit Dachsschwanz zusammengetan.«

Petaga erstarrte. Am frühen Abend hatten Boten ihm die Nachricht überbracht, daß Hagelwolke Dachsschwanz' Krieger bei Redweed Village besiegt und Heuschrecke gefangengenommen habe. Anscheinend versuchte Hagelwolke noch immer, Informationen aus Heuschrecke herauszuquetschen, aber sie war halsstarrig. Und niemand hatte Dachsschwanz gesehen.

»In diesem Fall«, sagte Petaga leise, »könnte Dachsschwanz sogar selbst nach Cahokia zurückgekehrt sein und die Krieger um sich geschart haben.«

Erregtes Gemurmel erhob sich. Niemand gefiel die Vorstellung, Dachsschwanz könne noch am Leben sein.

»Und was ist mit Nachtschatten?« murmelte eine Stimme im Hintergrund.

»Was?« fragte Taschenratte herausfordernd. »Was hast du gefragt? Wer spricht da?«

Kürbisschale, eine kleine alte Frau mit dem steifen Gebaren und den unruhigen Augen eines Menschen, der Angst vor seinem eigenen Schatten hat, beugte sich vor. Ihr weißes Haar schimmerte golden auf, und ihre überlange Nase ragte in den Lichtschein.

Mutig hob Kürbisschale das Kinn. »Ich sagte, was ist mit Nachtschatten? Ist sie auf unserer Seite?«

»Wer weiß, ob sie überhaupt noch lebt?« brummte Taschenratte.

Petaga hatte sich schon die gleiche Frage gestellt. Was war mit ihr? Als Kind hatte er die hochgewachsene Priesterin geliebt. Sie kam jeden Abend, setzte sich zu Füßen seines Vaters und sprach über das geistige Leben in River Mounds. Petagas Herz verlangte noch immer nach ihr, noch mehr aber brauchte er ihren Rat.

Aufmerksamkeit heischend hob Petaga die Hand. »Ich glaube, sie lebt. Wahrscheinlich hält Tharon sie gefangen – aber sie steht auf unserer Seite.«

Kürbisschale knetete ihre Hände. »Wenn sie so mächtig ist, wie die Legenden sagen, warum verwandelt sie sich nicht in einen Raben und fliegt aus Tharons Gefängnis?«

Petaga senkte den Kopf. Hektisches Gemurmel erklang rings um das Feuer. »Ich habe erlebt, wie Nachtschatten einige wundersame Handlungen vollbracht hat, Kürbisschale. Aber nie habe ich gesehen, wie sie sich in ein Tier verwandelte. Ich weiß, die Legenden behaupten, sie sei dazu imstande. Ich versichere euch, könnte Nachtschatten zu uns kommen, wäre sie hier.«

»Woher weißt du, daß sie auf unserer Seite ist? Vielleicht ist sie eine Verräterin. Wenn sie auf unserer Seite kämpft und in Tharons Tempel eingesperrt ist, warum tötet sie ihn nicht?«

»Vielleicht hatte sie bisher keine Gelegenheit dazu. Ich weiß es nicht. Vergeßt nicht, sie kämpft mit Hilfe der Mächte ... und eine Macht geht ihre eigenen Wege.«

Seine überzeugenden Worte schienen Kürbisschale zu beruhigen. Sie zog sich in den Schatten zurück.

Der alte Pflanzenwurzel schraubte sich zu voller Größe von zehn und einer halben Hand hinauf und humpelte an das Feuer. »Wir müssen entscheiden, wann wir angreifen. Wir wissen nicht, wie viele Krieger Wapitihorn hat. Was ist, wenn sich die Krieger von White Clover Mounds ihm angeschlossen haben? Dann wäre er um mindestens dreihundert Mann stärker. Was uns angeht, wir Krieger von Bluebird Village nehmen an diesem Kampfgang teil, weil Petaga und Hagelwolke die Anführer sind. Wir folgen Petaga, wo immer er uns hinführt.« Der alte Mann verbeugte sich vor Petaga und zog sich auf seine Decke zurück.

Petaga verzog keine Miene, doch ein Gefühl der Freude durchströmte ihn. Pflanzenwurzel war ein Jugendfreund seines Vaters gewesen. Mit diesen Worten hatte er seine unverbrüchliche Treue zu den Sonnengeborenen von River Mounds auch nach Jenos' Tod bewiesen. Sein Vertrauen tat Petagas Seele gut.

Nacheinander erhoben sich die Ratsmitglieder, verbeugten sich vor Petaga und verschwanden in der Nacht. Als der letzte gegangen war, erhob sich Petaga müde. Löffelreiher trat neben ihn.

»Die Sache ist entschieden, Taschenratte«, verkündete Petaga. »Wir warten noch einen weiteren Tag, bevor wir angreifen. In der Zwischenzeit schicken wir Kundschafter aus. Wir müssen wissen, was in Cahokia und White Clover Mounds vor sich geht. Vielleicht haben wir schon morgen abend neue Berichte über Wapitihorns Krieger, vielleicht sogar über Dachsschwanz.«

Taschenratte antwortete nicht. Petaga wandte sich um und ging. Löffelreihers hochgewachsene Gestalt folgte ihm auf den Fersen. Feindseligkeit schwebte in der Dunkelheit, bedrohlich wie die scharfen Klauen eines Adlers, der darauf wartete, herabzustoßen. Vorsichtig setzte Petaga einen Fuß vor den anderen. Er überquerte den kahlen Fels so leise wie ein Luchs, als könne er so der Bedrohung entkommen.

Als sie zwischen den Schatten der Felsen zur Quelle hinabstiegen, murmelte Löffelreiher: »Er wird Ärger machen. Wir behalten ihn besser im Auge.«

»Ich weiß. Ich wünschte, dein Vater wäre hier.«

»Morgen. Bei Einbruch der Dunkelheit wird er hier sein.«

Petaga warf einen Blick über die Schulter. Noch immer hockte Taschenratte zusammengekauert am Ratsfeuer. Finster blickte er in die langsam verlöschenden Flammen.

»Und jetzt wirst du Adler Freude bereiten, große Kriegerin!«

Ungeduldig warteten vier junge Männer am Feuer, bis die Reihe an sie kam. Lachend sahen sie zu, wie Adler die Bänder seines Lendenschurzes löste und ihn zu Boden flattern ließ. Mit seiner gebrochenen Nase und den muskelbepackten Armen, die einen Umfang hatten wie ihre Taille, wirkte er zutiefst furchteinflößend.

Heuschrecke preßte die zitternden Kiefer zusammen, als sich Adler auf sie fallen ließ. Brutal drang er in ihre wie Feuer brennende Vagina ein.

Roh griff Adler an ihre verletzten Brüste und stieß grunzend in sie hinein. »O ja, so ist es gut.« Die Brandblasen auf ihren Armen und Beinen schmerzten entsetzlich; sie konnte ein Wimmern nicht unterdrücken. »Da, siehst du? Adler macht es dir schön. Die Frauen im ganzen Häuptlingtum streiten sich um Adlers Gunst. Ich mache die letzte Nacht deines Lebens zu deiner schönsten. Ja ...«, schnaufte er ihr ins Ohr. »Ich lasse den anderen ihre Chance, dann komme ich wieder. Du und ich, wir werden heute die ganze Nacht lang zusammen glücklich sein.«

Heuschrecke wandte das Gesicht ab. Fast das ganze Lager schlief. Überall zwischen den Büschen lagen in Decken gerollte Menschen. Auf den Aussichtspunkten waren im Mondlicht schemenhaft die dunklen Umrisse auf und ab gehender Wachposten zu erkennen. Nachdem die Marter Heuschrecke nicht zum Reden brachte, hatte sich Hagelwolke vor zwei Hand Zeit schlafen gelegt. Er überließ sie seinen Kriegern in der Hoffnung, Vergewaltigung könne ihren eisernen Willen brechen. Sie wußte schon nicht mehr, wie viele Männer bereits über sie hergefallen waren.

Anfangs hatte Heuschrecke sich gewehrt, aber ihre verzweifelten Anstrengungen sorgten nur für noch mehr Belustigung. Die Rohlederriemen um Hand- und Fußgelenke, mit denen ihre gespreizten Gliedmaßen festgebunden waren, schnitten tiefe Wunden in ihr Fleisch. Ihr Körper brannte vor Qual, ihre Kehle war wund vom Schreien.

Die ganze Zeit über versuchte sie, nicht an Primel zu denken – es hätte ihr das Herz gebrochen. Wie käme er ohne sie zurecht? Sie selbst hatte zu ertragen gelernt, geliebte Menschen zu verlieren. Aber Primel würde nie über ihren Tod hinwegkommen. Sein freundlicher, warmherziger Geist würde welken. Der Gedanke an seine Qual schmerzte sie schrecklicher als all die entsetzlichen Foltern, denen sie im Laufe dieser Nacht ausgesetzt war.

Adler bewegte sich schneller. Keuchend schlug sein heißer Atem an ihren Hals. »Ja, bin gleich soweit. Diese anderen Narren ... waren wohl nicht imstande, aber Adler pflanzt ein Kind in deinen Bauch.«

Die funkelnden Augen der wartenden Krieger leuchteten im Feuerschein gierig auf. Sie fühlte, wie sich Adler in sie ergoß. Schlaff sank er auf ihr zusammen. Wildkatze, der nächste in der Reihe, lächelte erwartungsvoll. Er war höchstens siebzehn Sommer alt und hatte einen kräftigen, stark tätowierten Körper. Rote Schlangen, deren platte Köpfe neben seinen Brustwarzen ruhten, wanden sich durch ein blaues Liniengewirr von seinem Nabel bis zur Brust.

»Ich komme wieder, Heuschrecke«, flüsterte Adler und preßte seinen Mund an ihre Wange. »Bald. Bevor die Gehenkte Frau den Mittelpunkt des Himmels überquert hat.«

Lachend stand er auf und band seinen Lendenschurz um. »Los, fang an, Wildkatze – aber sie ist so gefüllt mit meinem Samen, daß für deinen kein Platz mehr ist«, sagte er und unterstrich seine Worte mit eindeutigen Gebärden.

Wildkatze legte sich auf sie. Erneut begannen die Dolchstöße der Schmerzen. Mit aller Kraft versuchte sie, sich von ihrem Körper loszulösen und sich auf die Schönheit der Nacht zu konzentrieren.

Graue, undurchdringliche Wolkenfetzen zogen am südlichen Horizont über den indigoblauen Himmel. Die gezackten Ränder der Wolken erstrahlten im Sternenlicht wie von einem zart schimmernden Feuer erhellt.

Heuschrecke runzelte die Stirn. Sie glaubte das leise Rascheln dürrer Pflanzen wahrzunehmen. Schemenhafte Schatten schlichen durch das Dunkel der Nacht auf das Lager zu. Ein Funke der Hoffnung begann in Heuschreckes Seele aufzuglimmen.

Wildkatze keuchte und stöhnte, seine Finger gruben sich in die Blasen auf ihren Brüsten. Mit Mühe unterdrückte Heuschrecke einen Aufschrei.

»*Das ist ein Überfall!*« ertönte eine geisterhafte Stimme aus der Dunkelheit.

Schon erklangen die Kriegsrufe der Wachen. Die Krieger

krochen unter ihren Decken hervor und stießen ebenfalls schrille Schreie aus. Adler und die anderen, lüstern wartenden Krieger erstarrten, als im Süden und Osten an verschiedenen Stellen gleichzeitig knisternde Flammen im aufgehäuften Gestrüpp zum Leben erwachten. Ein Funkenregen stob zum Himmel hinauf.

»Kommt!« brüllte Adler. »Rasch, nehmt eure Waffen und folgt mir.«

Ohne zu zögern, stürzten sich die drei anderen Krieger auf ihre Bogen und Köcher, aber Wildkatze ließ sich in seinen Bemühungen nicht stören.

Adler beugte sich über den Jungen. »Hast du mich nicht verstanden, kleiner Dummkopf?«

»Verschwinde!« fuhr Wildkatze ihn an. »Ich ... ich bin gleich soweit ... noch einen Moment. Laß mir nur noch ...«

Adler starrte ihn wütend an, dann wandte er sich achselzuckend zu den drei Kriegern um und führte sie im Laufschritt den Hang hinunter zum nächsten Brandherd. Die Feuerzungen schossen immer höher hinauf. Prasselnd und gierig fraßen sie sich durch das Gestrüpp in das Lager, verschlangen Decken und Beutel und rasten brüllend weiter. Schreie erfüllten die Luft. Alle Krieger liefen zu den lodernden Flammen und ließen Heuschrecke mit ihrem Peiniger allein.

Wildkatze schien den Tumult nicht zu bemerken. Aus glasigen Augen starrte er grinsend auf Heuschrecke hinunter. »Nur noch ein bißchen. Ich brauche nur ... noch ein bißchen –«

Von hinten griffen kräftige Hände in Wildkatzes Haare. Ein erstickter Schrei kam über seine Lippen, und Ströme heißen Blutes spritzten aus seiner durchschnittenen Kehle auf Heuschrecke hinab.

Dachsschwanz riß Wildkatze von Heuschrecke herunter und schleuderte den Körper des Jungen zur Seite. Rasch bückte er sich und schnitt Heuschreckes Fesseln durch. Sein Gesicht wurde hart vor Zorn, als er die Wunden auf ihrem Körper und die weiße Flüssigkeit sah, die über ihre Oberschenkel lief. »Wir haben nicht viel Zeit«, sagte er. »Ich habe Flöte befohlen, die Feuer zu entfachen und dann zu rennen, so schnell er kann.«

»Gut«, antwortete sie. Tränen standen in ihren Augen und kullerten über ihr blutverkrustetes Gesicht. Herzzerreißendes Schluchzen drang aus ihrer Kehle und versetzte Dachsschwanz' Seele einen Stich.

Behutsam nahm er sie bei den Schultern und half ihr auf die Beine. Stechende Schmerzen peitschten durch ihren Körper. Sie taumelte.

»Du kannst doch laufen, oder?« fragte er besorgt.

»Natürlich.« Sie riß sich zusammen.

Hals über Kopf, über Sträucher und Steine stolpernd, flohen sie in die Dunkelheit. Hinter ihnen erklangen Schreie. Ein halbes Dutzend Männer – unter ihnen Adler – stürmten über die Kuppe und folgte ihnen mit wutentbranntem Geheul.

Kapitel 33

Tharon gähnte. Er setzte sich auf einen Hocker aus Zedernholz und ordnete sorgfältig den Saum seiner goldenen Robe über seinen Füßen. Die alte Mehlbeere stolperte auf wackligen Beinen vor ihm auf und ab, fuchtelte wild mit den Armen und erläuterte ihm, warum sie unbedingt auf dieser Zusammenkunft bestanden hatte.

Diese vertrocknete Alte langweilt mich bis zum Wahnsinn.

Seit über einem Zyklus hatte Tharon alle offiziell an ihn gerichteten Bitten der Stammesführerinnen um eine Unterredung strikt abgelehnt. Mehlbeeres Wunsch hatte er nur Folge geleistet, weil er sich von der Begegnung ein wenig Abwechslung versprochen hatte.

Doch da hatte er sich gründlich getäuscht. Mißmutig betrachtete er Mehlbeere. Diese wies soeben mit einer klauenähnlichen Hand auf die anderen Stammesanführerinnen und sagte: »Mädchenauge behauptet, wenn Petaga den Krieg gewinnt, wird sich das System ändern. Jedes Dorf könnte dann seine Angelegenheiten selbst regeln. Wir würden uns neu organisieren, so daß jedes Dorf seine eigenen Interessen wahrnehmen und nur zum eigenen Vorteil Handel treiben könnte.«

»Das predigt jedenfalls der Häuptling Großer Mond. Und?«

Tharons Aufmerksamkeit wandte sich dem *Berdachen* zu, der Winterbeere etwas ins Ohr flüsterte. Seltsame Wesen, diese *Berdachen.* Verfügten über magische Kräfte, und Mächte wohnten in ihnen. Auf Primel traf das ganz besonders zu. Tharon hatte ihn gleich bewundert, als er ihn zu Gesicht bekommen hatte.

Tharon reckte das Kinn und starrte Primel neugierig an. Wenn Heuschrecke von diesem Kampfgang nicht zurückkehrte, konnte er sich gut vorstellen, Primel zu seinem Geliebten zu machen. Er hatte früher schon *Berdachen* als Liebhaber gehabt und sie ... interessant gefunden. In Gedanken sah er sich schon von starken, männlichen Armen umschlungen, männliche Lippen preßten sich auf die seinen. Primel genoß den Ruf weiblicher Sanftheit. Aber vielleicht lauerte hinter dieser Fassade echte männliche Leidenschaft. Es mußte faszinierend sein, dies herauszufinden.

»Diese alte Frau da!« Die lästige Mehlbeere marschierte zwischen Tharon und Primel auf und ab und deutete auf Mädchenauge. »Sie hat vorgeschlagen, alle Stämme sollten sich gegen dich wenden, mein Häuptling, und sich Petaga anschließen!«

Maßlos verblüfft starrte Tharon sie an. »Was?«

»Ja«, beharrte Mehlbeere. »Verrat! Das ist es, was – «

»Lügnerin!« Mädchenauge stand auf und watschelte unsicher vor. Ihre blinden Augen glänzten im Sonnenschein wie gefrorene Seen. Die wie bei einem Skelett vorspringenden Backenknochen verliehen ihr das Aussehen eines eingeschrumpften Leichnams. »Wir haben über den Krieg gesprochen, weiter nichts. Wir ...«

Plötzlich konnte sich Tharon nicht mehr konzentrieren. Die Umgebung verschwamm vor seinen Augen, und die Welt wurde dunkel. Er begann zu zittern. Das passierte ihm in letzter Zeit immer häufiger, inzwischen so oft, daß er den Aberglauben des Volkes, Vater Sonne könne tatsächlich mit Menschenwesen Verbindung aufnehmen, übernommen hatte. Eine flüsternde Stimme zischte in seinem Kopf: »*Wie eine Leiche ... eine Leiche ...*«

Das dumpfe Hämmern seines Herzens übertönte Mädchenauges Stimme. Ihre Worte prallten an den äußersten Grenzen seines Bewußtseins ab, hoben und senkten sich, brandeten, schmutzigen Schaum aufwühlend wie die Wellen eines vom Sturm gepeitschten Sees, gegen ihn. Eine Welt aus heißer Sonne und übelriechendem Angstschweiß hüllte ihn ein und trieb ihn in die schemenhafte Wirklichkeit eines bösartigen Alptraums hinein.

... seine kindliche Seele blickte über ein Feld abgeernteter, von einem unbarmherzigen Winterwind ausgezehrter gelber Halme.

Ängstlich klammerte er sich an Dachsschwanz' Ärmel. Dachsschwanz starrte wie versteinert vom steilen Ufer hinunter auf den von einer dünnen Eisschicht bedeckten See. Die Leiche stieg auf, herausgefischt von dem Netz, das im frühen Morgenlicht hinabgesenkt worden war. Tausende filigraner Eisscherben blitzten auf.

Beim Anblick der toten Augen seines Vaters schnürte es Tharon die Kehle zu; der Schrei blieb ihm im Halse stecken.

Der brutale Überfall auf den Zug der Händler war schnell vorbei gewesen. Die Angreifer hatten gemordet, geplündert und die Sänften und Gepäckstücke angezündet. Tharons Vater, Gizis, starb als letzter.

Langsam zogen die Männer das Netz weiter zum Ufer. Der nackte, blauverfärbte unförmige Körper glitt auf ihn zu, pflügte ruckartig hüpfend durch das splitternde Eis und hinterließ eine schwarze Schneise dunklen Wassers.

»Warum haben sie das gemacht, Dachsschwanz?«

»Weil sie es machen konnten, mein Häuptling. Gizis hätte mehr Leibwächter mitnehmen sollen. Er hat seinem eigenen Volk zu sehr vertraut.«

»Mehlbeere war schon immer neidisch auf den Rang des Hornlöffel-Stammes«, warf ihr Mädchenauge vor. »Nur deshalb erhebt sie diese unglaublichen Anschuldigungen gegen uns!«

Tharon glaubte, ersticken zu müssen, und schnappte nach Luft. Sein Blick klärte sich wieder – und er sah Mehlbeere vor sich, die ihn abschätzend anguckte. Das Geräusch brechenden Eises und das Gefühl bitterer Kälte verschwanden, aber das

Bild blieb haften. Gizis' blauverfärbte Leiche überlagerte Mehlbeeres Gestalt wie eine sich windende geisterhafte Erscheinung. Er sah die häßlichen, von Messern verursachten Wunden und den Mund, der sich zu einem stummen Hilfeschrei öffnete.

... und ihn daran erinnerte, welches Schicksal jeder Angehörige der Nichtadeligen die Sonnengeborenen nur zu gerne erleiden lassen würde.

Mit einem Satz sprang Tharon auf die Beine. »Ist ... ist Mädchenauge die einzige, die sich hinter meinem Rücken gegen mich verschworen hat?«

In einer gleichgültigen Geste hob Mehlbeere die Hände. »Sie ist die einzige, die sich offen gegen dich ausgesprochen hat, mein Häuptling. Die anderen, nun, die saßen nur stumm dabei. Nur *ich* weigerte mich, meinen Stamm in Mädchenauges Intrige hineinziehen zu lassen.«

»Aber, mein Häuptling!« Mädchenauge humpelte weiter vor, die schwächlichen Arme flehend erhoben. Ihre blinden Augen blickten in die Richtung, in der sie ihn vermutete. »Das ist reine Phantasie! Kein Angehöriger meines Stammes würde – «

»Du bist des Verrats schuldig!« entschied Tharon. »Tötet sie!« Er winkte seinen Wachen. »Ich dulde keine Verräter in unserer Mitte!«

Die Nichtadeligen sprangen auf. Sie schrien, jammerten und flehten Tharon an, das Urteil zurückzunehmen. Manch Tapfere fanden bewegende Worte zu Mädchenauges Verteidigung. Aber er kehrte ihnen ungerührt den Rücken und schritt zum Tempel. Das unter seinen Sandalen knirschende dürre Gras steigerte noch seinen Zorn. *Regnete es denn nie mehr?*

Nur Primels männlicher Stimme gelang es, Tharon aufzuhalten. Der *Berdache* lief mit ausgestreckten Händen hinter ihm her und flehte: »*Bitte,* bitte, mein Häuptling. Tu das nicht. Mädchenauge ist unschuldig! Ich schwöre, sie hat kein Wort davon gesagt, daß wir uns gegen dich wenden sollen. Sie hat nur – «

»Es reicht.« Tharon legte eine Hand auf Primels gerötete

Wange und streichelte sie sanft. »Hier draußen ist es zu laut. Komm mit hinein und unterhalte dich mit mir.«

Primels Gesichtszüge verzerrten sich vor Angst. Aber er verdrängte sie und ergab sich in sein Schicksal. »Ja, mein Häuptling.«

Tharon hielt die Türvorhänge auf, und Primel trat in das bernsteingelbe Licht des Tempels. Bevor Tharon ihm folgte, drehte er sich nochmals um. Abwartend hielten die Wachen Mädchenauge an den dünnen Armen fest. Die alte Stammesführerin weinte. »Mein Häuptling, bitte!«

»Ich dulde keine Verräter in meinem Dorf.« Tharon nickte den Wachen zu, duckte sich unter den Türvorhängen und ergriff Primels muskulösen Arm.

Mit Befriedigung vernahm Tharon Mädchenauges keuchenden letzten Atemzug, als der Pfeil sie ins Herz traf.

Wapitihorn bahnte sich auf leise scharrenden Sandalen den Weg durch das in den Spalten der grauen Kalksteinfelsen wachsende dichte Reisgras. Die gelbbraunen Stengel waren noch vor dem Reifwerden vertrocknet. War es jemals so trokken gewesen? Er konnte sich nicht an eine ähnliche Dürreperiode erinnern. Er huschte durch das knisternde Gras dem Gipfel entgegen. Behutsam zog er sich über die letzte Felsplatte hinauf und lugte über die Kante. In der unter ihm liegenden Senke erstreckte sich ein riesiges Lager.

Grauenhafte Angst ergriff sein Herz. Er fühlte den unwiderstehlichen Drang, so schnell wie möglich von diesem Felsen zu verschwinden und einfach davonzulaufen. Aber er durfte seine Krieger, die in einiger Entfernung auf ihn warteten und ihm bedingungslos vertrauten, nicht im Stich lassen. Wie geplant, hatten sich inzwischen Waldmurmeltier und Bitterklee mit ihren Leuten Wapitihorn und seiner Truppe angeschlossen, Schwarze Birke allerdings war nicht am Treffpunkt erschienen.

Schwarze Birke, du Narr. Warum hast du dich nicht an unseren Plan gehalten und südlich von Bladdernut Village auf mich gewartet?

Wapitihorn und Seifenwurzel hatten ihre Krieger zum vereinbarten Treffpunkt am Pappelwäldchen geführt, doch dort hatte niemand gewartet. Nicht einmal Dachsschwanz war dortgewesen. Das ängstigte Wapitihorn mehr als alles andere. Hätte Dachsschwanz die geringste Chance dazu gehabt, wäre er gekommen.

Wapitihorn wischte sich die Schweißtropfen von der kurzen, dicken Nase. Er hatte Spuren von Schwarze Birkes Kriegern entdeckt, die zuerst Richtung Süden und dann in einem weiten Bogen wieder zurückführten. Das bewies, in welche Lage Schwarze Birke sich gebracht hatte. Immer wieder überschnitten sich die Spuren seiner Krieger mit denen anderer Kriegergruppen. Alles lag klar auf der Hand.

Eine Falle …

Aus Petagas Lager stiegen gedämpfte Stimmen und Hundegebell herauf. Die wenigen Krieger, die in der brütenden Hitze umherliefen, gingen leise miteinander sprechend zu einer zwischen Felsen liegenden Quelle am Fuße der Senke, um sich ein wenig zu erfrischen. Wapitihorn konnte niemanden entdecken, der mit einem goldenen Gewand bekleidet war, aber vielleicht hatte Petaga bei diesem Kampfgang auf das Symbol der Sonnengeborenen verzichtet.

Wapitihorn legte sich vorsichtig auf den Bauch. Fliegen und Mücken schwirrten um seinen schweißbedeckten Körper. Ein Windstoß fuhr durch das Reisgras und überzog seine Arme mit einer Schicht hellbrauner Spreu. Während er über einen Ausweg aus der heillos verfahrenen Situation nachdachte, blickte er über das Land.

Die flache Ebene des sich nach Westen ausdehnenden Schwemmlandes war mit Teichen und einzelnen Bäumen betupft; ein paar Sämlingen war es gelungen, weit genug von den Dörfern entfernt Wurzeln zu schlagen und so dem Abholzen zu entgehen. Unversöhnlich ragte die hohe Felswand im Westen hinter dem blauen Band des Vaters der Wasser auf. Unregelmäßig abgegrenzte Maisfelder säumten die Dörfer entlang der Ufer.

An die sanft gewellten Hügel des Hochlands im Norden und Süden schmiegten sich kleine Dörfer. Wapitihorn fragte sich, ob noch eines dieser Dörfer unversehrt geblieben war. Er bezweifelte es. Zu viele Flüchtlinge, die dem Gemetzel entrinnen wollten, hatte er nach Osten ziehen sehen.

Das Abschlachten meines *Volkes,* dachte er bitter. *Ich muß so schnell wie möglich mit Schwarze Birke und den anderen Kriegsführern, die vor One Mound Village gelagert haben, Verbindung aufnehmen. Ich muß sie warnen, bevor es zu spät ist ... Aber wo ist Dachsschwanz?*

Geschmeidig wie eine Schlange kroch Wapitihorn den steilen Abhang hinunter. Inbrünstig hoffte er, das Rascheln des Reisgrases möge ihn nicht verraten.

Kapitel 34

Stöhnend fegte eine heftige Windbö durch die vom Feuerschein erhellten Flure des Tempels und heulte durch die Risse in Dach und Wänden. Nachtschatten fröstelte. Mit übereinandergeschlagenen Beinen saß sie neben Orenda auf dem Boden ihres Zimmers. Das kleine Mädchen starrte auf seine Hände, die es ruhelos im Schoß bewegte. Zu Nachtschattens Erleichterung hatte Orenda endlich gesprochen, wenn sie auch die Worte nur mit Mühe herausbrachte. Sie trug ein langes rotes Kleid, eines von Nachtschattens Gewändern. Nachtschatten hatte ihr die Ärmel aufgerollt und den Saum hochgebunden, damit es die richtige Länge hatte. Orendas schwarze Haare fielen ihr über Schultern und Gesicht und verbargen ihre von Leid überschattete Miene.

»Der alte Murmeltier besaß also tatsächlich die Kühnheit, deinen Vater öffentlich der Tempelschändung zu beschuldigen? Das erstaunt mich.« Nachdenklich betrachtete Nachtschatten die Sternenkarte an der Wand. Die darauf eingezeichneten Ungeheuer funkelten im flackernden Licht der Feuerschale, die neben dem Dreifuß mit dem Schildkrötenbündel stand. »Was geschah, nachdem der alte Murmeltier dich in sein Zimmer gerufen und über deinen Vater befragt hat?«

Orenda zog kurz und scharf die Luft ein. »Ich – ich habe geweint. Tharon hörte es. E-er schickte mich zurück – auf mein Zimmer. Mutter kam und – s-setzte sich zu mir.«

»Was hat sie gesagt?«

Orendas kleine Hände begannen zu zittern. Rasch versteckte sie sie in den Falten des roten Stoffes. »Sie sagte, sie würde Tharon t-töten.«

Nachtschatten schwieg. Sie fürchtete, wenn sie zu hartnäckig nachfragte, würde Orenda sich wieder in ihr Schweigen zurückziehen. Die Liste der bestehenden Tabus war lang, deshalb war es schwer, Rückschlüsse auf Tharons Vergehen zu ziehen.

Sie wechselte das Thema und nahm einen neuen Anlauf. »Deine Mutter war eine gute Frau, Orenda. Als ich zum erstenmal nach River Mounds kam, war ich vierzehn. Singw kam oft des Nachts zu mir, und wir unterhielten uns. Sie gehörte zu den wenigen meines Alters, die den Mut aufbrachten, mit mir zu reden.«

Orenda blickte auf; ihre Unterlippe bebte. Der Kummer in ihren tränenfeuchten Augen war so unendlich groß, daß Nachtschattens Haß auf Tharon ins Grenzenlose wuchs. »Was hat s-sie zu dir ge-gesagt?«

»Oh, wir redeten über vieles. Meist sprachen wir über deinen Vater. Im Jahr davor waren Singw und Tharon einander versprochen worden, und deine Mutter wartete voller Angst auf deine Geburt, denn anschließend mußte sie Tharon heiraten und für immer nach Cahokia gehen.«

Orendas Augen wurden groß. »Hatte meine M-Mutter Angst vor ihm?«

»O ja, schreckliche Angst. Ich habe Singw erzählt, was Tharon mir alles angetan hat. Ich zeigte ihr sogar die Prellungen, die er mir am selben Tag, als er mich aus Cahokia verbannte, mit seiner Kriegskeule zugefügt hat.«

»Er hat dich geschlagen?«

»Ständig.« Nachtschatten hob den Saum ihres Gewandes und drehte ihr Bein so, daß Orenda die lange Narbe auf ihrer Wade sehen konnte. »Da verletzte mich dein Vater, als er ein neues Messer geschenkt bekommen hatte. Er wollte es an jemandem ausprobieren. Er war so viel größer als ich. Ich konnte wenig tun, um ihn daran zu hindern.«

Behutsam berührte Orenda die entstellte Haut. »A-Aber Nachtschatten, du bist eine Priesterin. Warum hast du ihn nicht g-getötet?«

Nachtschatten zog die Knie an und verschränkte die Hände. Unverwandt starrte Orenda in Nachtschattens Gesicht; ihre Hände zupften nervös an ihrem Kleid. Das lohfarbene Licht tanzte flackernd über die langen Haare des Mädchens.

»Die Mächte gehen andere Wege. Oh, sicher, ich hätte ihn töten können, aber ich fürchtete mich vor der Vergeltung der Mächte. Um der Gerechtigkeit willen hätten sie zurückgeschlagen.«

Orenda wandte den Blick ab. Flüsternd sagte sie: »Mich hat er auch geschlagen.«

»Ich weiß es.«

»Nachtschatten, hat Tharon ... hat er ...« Orenda blickte auf. Grauen schlich sich in ihre dunklen Augen. »Was h-hat er dir noch angetan?«

»Oh, er hat mir auf mancherlei Art Verletzungen zugefügt. Was hat er mit dir gemacht?«

»Er ... er ...« Orenda öffnete den Mund, als wolle sie antworten, aber Zyklen der Angst hatten sie gelehrt, die Worte tief in ihrem Innern zu begraben.

»Mir kannst du es ruhig sagen, Orenda. Ich verspreche, mit niemandem darüber zu reden.«

»Aber wenn er je d-dahinterkommt ... Deshalb mußte meine Mutter sterben. Weil ich es dem alten Murmeltier gesagt habe.« Orenda beugte sich vor und verbarg weinend das Gesicht in ihrem roten Gewand.

Überrascht zog Nachtschatten die anmutig geschwungenen Augenbrauen zusammen. »Als er dich in seine Kammer gerufen hat – da hast du es ihm gesagt?«

Orenda nickte.

»Und am nächsten Abend – das stimmt doch? – befahl Tharon alle Sternengeborenen zum Essen zu sich in den Tempel?«

Orenda antwortete nicht. Es war auch nicht nötig.

»Dein Vater hat wahrlich keine Zeit verschwendet.« Sanft strich sie über Orendas Rücken. Mehr zu sich selbst sagte sie nachdenklich: »Dein Vater hatte schon immer eine Schwäche für Giftpflanzen. Als er neun war, sammelte er Salzbuschzweige, giftige Liliengewächse, die Steine von Wildkirschen und die weißgrauen Blätter der Linsenwicke. Ich erinnere mich, er hat die Wildkirschensteine zermahlen und die tödlichen Liliengewächse darunter gemischt. Dieses Zeug gab er den Eichhörnchen zu fressen, weil er zusehen wollte, wie sie sich krümmten, bevor sie – «

Schlagartig verstummte Nachtschatten und spitzte die Ohren. Durch die Flure drang ein gedämpfter Schrei, dem ein Stöhnen folgte – als habe jemand, bevor er brutal zuschlug, eine Decke auf das Gesicht seines Opfers gepreßt.

Auch Orenda hob den Kopf und lauschte.

In einem der benachbarten Flure erklang das Hämmern rennender Füße, begleitet von aufgeregten Stimmen.

Nachtschatten stand auf, ging zum Dreifuß und nahm das Schildkrötenbündel auf. Es fühlte sich leicht und geschmeidig an, als sie es an ihren Gürtel band.

»Komm mit, Orenda.«

Das Mädchen sprang auf und ergriff Nachtschattens Hand. Geduckt traten sie unter der Tür hindurch in den Flur. Zwei Feuerschalen verbreiteten dämmriges Licht – eine direkt neben Nachtschattens Tür, die andere am Ende des düsteren Flures. Geräuschlos wie ein Puma auf der Jagd schlichen die beiden den Gang entlang.

Am Kreuzungspunkt mehrerer Korridore hielt Nachtschatten Orenda zurück und lugte um die Ecke. Im Halbdunkel sah sie Kessels rundliche Gestalt zu Tharons Kammer stürmen. Neben Tharons Tür waren die dunklen Umrisse zweier Wächter zu erkennen.

Nachtschatten führte Orenda in den Flur. Alle Feuerschalen waren erloschen. *Tharons Art, seine Spuren zu verwischen.* Der schwache, trübe Schein der Feuerschalen aus den anderen Fluren tauchte diesen Gang in schemenhaftes Licht.

Dreißig Schritte von Tharons Tür entfernt begann Orenda tierische Laute auszustoßen. Sie riß sich von Nachtschatten los und stellte sich mit dem Rücken an die Wand. »Ich k-kann da nicht hin! Da hat e-er – «

»Ich erlaube nicht, daß er dir weh tut.« Nachtschatten kniete nieder und legte eine Hand auf Orendas heiße Wange. »Willst du lieber hier auf mich warten? Hier kann ich dich die ganze Zeit sehen.«

Orenda nickte erleichtert und hockte sich auf den Boden.

Nachtschatten erhob sich und eilte den Flur hinunter. Die zu beiden Seiten von Tharons Tür postierten Wächter strafften bei ihrem Anblick den Rücken und wechselten erschrocken Blicke.

Nachtschatten drängte sich an Kessel vorbei und durchbohrte die nervösen Männer mit durchdringenden Blicken. Sie wandten die Augen ab, als fürchteten sie, sie könne ihnen ihre Seelen rauben, wenn sie ihr in die Augen sahen.

Nachtschatten wandte sich an Kessel, die entsetzt die Hände vor den Mund preßte. »Was ist passiert? War das Tharon?«

Kessel schüttelte den Kopf. »Ich weiß nicht. Ich hörte nur den Schrei und das Ächzen, genau wie du.«

Nachtschatten rief »Tharon!« und wollte den Türvorhang aufziehen, aber der Wächter auf der rechten Seite streckte seinen kräftigen Arm aus und hielt sie zurück.

Schweiß lief über sein Gesicht. Er schluckte hart. »Dem Häuptling Große Sonne geht es gut, Priesterin. Er erteilte uns den strikten Befehl, jegliche Störung von ihm fernzuhalten.«

Unter Nachtschattens hartem Blick begann der Arm des Wächters zu zittern. Fast unhörbar murmelte der Mann: »Bitte, Priesterin, ich bitte dich sehr. Du weißt, was der Häuptling Große Sonne mit mir macht, wenn ich seinem Befehl zuwiderhandle und jemandem erlaube, ihn zu stören – «

Im selben Augenblick flog Tharons Türvorhang beiseite, und der Herrscher trat unsicher schwankend auf den Flur. Sein goldenes Gewand sah schlampig aus, gerade so, als habe er es vom Boden aufgehoben und hastig übergeworfen. Zerzauste Haarsträhnen hingen ihm wirr ins Gesicht. Nachtschatten entdeckte Blutflecken auf seinen Wangen und seinem Kinn. In seinen Augen leuchtete der Wahnsinn.

Tharon starrte sie an und wedelte wild mit den Armen. »Was macht ihr alle hier? Verschwindet von meiner Tür! Ihr Sternengeborenen seid doch alle gleich. Wenn ich euch brauche, seid ihr nirgendwo zu finden, und wenn ich euch nicht brauche, starrt ihr mir über die Schulter wie gemästete Gänse. Los, verschwindet!«

Blitzschnell entriß Tharon einem der Wächter die Kriegskeule und stürmte los. Als Nachtschatten nicht auswich, lief Tharon kurzerhand um sie herum und erhob die Keule gegen Kessel, traf aber nur ihren Arm. Sie kreischte: »Nein, mein Häuptling!« und flüchtete den Flur hinunter.

Heulend wie ein wildes Tier jagte Tharon hinter ihr her. Aber als er Orenda entdeckte, brach er in hysterisches Gelächter aus und ließ Kessel unbehelligt weiterlaufen ...

Orenda stieß ein hohes, schrilles Jammern aus, taumelte auf die Füße und versuchte zu fliehen. Doch es war zu spät, Tharon packte sie grob am Arm.

Nachtschatten stürzte herbei. »Tharon! Laß sie los!«

Er wirbelte herum und stierte Nachtschatten mit dumpfem Blick an. Unschlüssig verharrte er, dann bog er ruckartig Orendas Arm nach hinten und schleuderte sie gegen die Wand. Mit gespenstischer Schnelligkeit flog er an Nachtschatten vorbei und lief zurück zu seinem Zimmer. Als er hinter der Tür verschwunden war, nahmen die Wächter ihre frühere Haltung wieder ein.

Fast wahnsinnig vor Angst kroch Orenda zu Nachtschatten. Sie klammerte sich so fest an ihre Beine, daß Nachtschatten fast gestolpert wäre. »Du bist in Sicherheit, Orenda. Steh auf. Wir gehen in unser Zimmer zurück.«

Sie ergriff Orendas Hand, drehte sich noch einmal um und warf einen letzten Blick auf Tharons Tür.

Aus dem Raum drang kein Laut mehr.

Kapitel 35

Im Licht der frühen Morgensonne leuchteten die Felsklippen im Westen zartgelb auf. Wühlmaus zog Wanderers rotes Hemd, das ihr im Schlaf von den Schultern geglitten war, wieder herauf. Sie hatte wirre Fieberträume gehabt, und Wanderer hatte seinen langen, dürren Körper dicht an sie geschmiegt, um sie vor der Kälte der Nacht zu schützen. Jetzt lag er neben ihr, den Rücken wärmend an den ihren gepreßt, und sie lauschte seinen regelmäßigen, tiefen Atemzügen.

Seine Nähe gab Wühlmaus Trost, auch wenn sie es nicht zugeben wollte. Aber vergeblich versuchte sie sich einzureden, ihre Seele sei für seine Gegenwart nur deshalb so empfänglich, weil sie schwach und krank gewesen war und er sich so liebevoll um sie gekümmert hatte.

Wühlmaus atmete tief die morgenfeuchte Luft ein. Sie beobachtete die funkelnden Punkte der Leuchtkäfer, die noch in den dunklen Mulden des Schwemmlandes tanzten, und dachte an den Krieg und an Flechte.

Am vergangenen Nachmittag war Wanderer auf die Klippe geklettert und hatte versucht, sich einen Überblick über die Kriegslage zu verschaffen. In den Entwässerungsrinnen hatte er etliche einzelne Krieger entdeckt, aber nirgendwo große Gruppen. Das hatte ihn beunruhigt, denn es bedeutete, daß sich die Truppen erst einmal zurückgezogen hatten und sich auf einen langen, schwierigen Kampf vorbereiteten.

Irgendwo inmitten dieses Wahnsinns hielt sich ihre fast zu Tode verängstigte Tochter versteckt.

In der Nacht, bevor das Fieber über sie kam wie ein wütendes Feuer, hatte Wühlmaus den Mut aufgebracht zu tun, was sie seit Zyklen gescheut hatte: Sie schickte ihre Seele auf die Suche nach Flechte. Aber trotz aller Anstrengung gelangte sie nur bis Redweed Village. Die dort herrschende Verwüstung fügte ihrem Herzen tiefstes Leid zu, und ihre Seele zog sich sofort wieder in die sichere Zuflucht ihres Körpers zurück.

Die ersten Sonnenstrahlen fielen durch die Sonnenblumen und sprenkelten Wühlmaus' Gesicht mit goldenen Flecken.

Ein schwaches Krächzen drang durch die Morgenluft. Drei Raben schwebten vor dem Fels herab und ließen sich flatternd auf den Sonnenblumen nieder. Die Stengel bogen sich und schwankten heftig unter dem Gewicht der Vögel. Einer der Raben hatte einen häßlichen, knorrigen Schnabel. Neugierig beäugte er Wühlmaus. Plötzlich streckte er den Schnabel in die Luft, begann zu krächzen und schlug mit den Flügeln. Seine mitternachtsblauen Federn glänzten im Sonnenlicht.

»Was ist?« fragte Wanderer schlaftrunken. »Bist du sicher?«

Der Rabe krächzte lauter.

Wanderer setzte sich auf und rieb sich mit den Fingerknöcheln den Schlaf aus den Augen. Er legte den Kopf schräg, starrte ins Nichts und nickte schließlich. »Vermutlich hast du recht, Gekreuzter Schnabel. Also gut, das wär's.«

Wanderer sprang auf die Beine und ging zu der geschützten Felsnische, in der er seine Machtbeutel aufbewahrte. Nacheinander band er die Beutel an seinen Lendenschurz.

Wühlmaus stützte sich auf die Ellenbogen. »Was soll das?«

»Ich gehe fort. Soll ich dir die Beeren dalassen?« Freundlich streckte er ihr den Beutel mit den Holunderbeeren entgegen.

»Wohin?«

»Gekreuzter Schnabel sagt, Flechte sei nach Cahokia aufgebrochen. Das heißt, ich – «

»*Was? Warum?*«

»Weil sie muß! Nur auf diese Weise gelingt es ihr, den Einklang der Gegensätze zu begreifen.«

»Aber da draußen laufen Tausende von Kriegern herum. Was ist, wenn sie gefangengenommen wird ... oder sich verirrt?«

»Oh, hoffentlich verirrt sie sich, Wühlmaus.« Wanderer blickte sie ernst an. »Nur wenn sie sich verirrt, findet sie die Höhle. Die Erste Frau hat einen undurchdringlichen Schleier der Illusion vor den Eingang gewoben.«

»Wenn du Flechte suchen gehst, komme ich mit.«

»Du bist zu krank.«

»Ich gehe mit. Weiter ist dazu nichts zu sagen.«

Unvermittelt stieß Wanderer einen schrillen, angsterfüllten Schrei aus. Erschrocken fuhr Wühlmaus herum und suchte nach der Ursache seiner Angst. Sie blickte über das Sonnenblumenfeld, die Felsen und das in der Ferne schimmernde Schwemmland. Sie sah nichts. »Was ist denn los?«

Wanderer deutete auf Wühlmaus' ›Steinkissen‹. »Da, sieh doch! Da ist sie. Sie ist meinetwegen gekommen!«

Wühlmaus beugte sich vor und entdeckte ein rotes Bein, das sich zaghaft unter dem Stein hervortastete. Eine Spinne kroch heraus, ein wunderschönes Geschöpf mit riesigen Augen.

»Das ist nur eine Spinne, Wanderer.«

Erstickt flüsterte er: »Sie – sie will meine Seele.«

»O heilige Mondjungfrau. Geht das schon wieder los?«

Wühlmaus drehte sich um, hob einen Fuß und zertrat die Spinne. »So. Fühlst du dich jetzt besser?«

Mißtrauisch schlich Wanderer näher. Unter höchster Anspannung hob er das Steinkissen hoch. »Ich vermute, das war sie nicht. Hoffentlich hat die Große Spinne im Himmel Verständnis für deine unbesonnene Natur, Wühlmaus.«

Krächzend schossen die Raben zum Himmel empor und verschwanden hinter den Felsen. Ein plötzlicher Windstoß peitschte die Sonnenblumen und wirbelte einen Regen zarter Blütenblätter vor ihren Unterschlupf und auf Wanderers graue Haare.

Wanderer sah Wühlmaus an und sagte: »Am besten brechen wir gleich auf. Bist du auch wirklich kräftig genug für diesen Marsch?«

»Natürlich. Meine Tochter ist irgendwo da draußen; sie braucht mich.«

»Er hat es getan. Er hat es tatsächlich getan, mein Häuptling!«

Beim Klang der vor Panik beinahe überschnappenden Stimme fuhr Petaga ruckartig auf und griff nach seinem Bogen. Benommen blinzelte er in die Dunkelheit. Neben ihm schreckte Löffelreiher hoch und hob drohend seine Kriegskeule. Eine kleine, dunkle Gestalt, nur schemenhaft erkennbar vor dem gewaltigen Sternenfirmament, stand vor ihnen.

»Bitte, mein Häuptling, beeil dich!«

»Pflanzenwurzel?« fragte Petaga schlaftrunken. »Bist du das? Von wem sprichst du?«

Der kleine alte Mann kniete vor Petaga nieder. Seine weißen Haarsträhnen glitzerten silbern im Sternenschein. Flehend streckte er die Hände aus. »Von Taschenratte. Er ist fort. Er hat alle seine Krieger mitgenommen.«

Langsam senkte Löffelreiher die erhobene Keule und legte sie auf einen Stein. »O nein.« Er wandte sich an Petaga. »Glaubst du, er hat sich entschlossen, Wapitihorn auf eigene Faust anzugreifen?«

Pflanzenwurzels Altmännerstimme zitterte. »Wenn er das Überraschungsmoment zunichte macht, stürzt er uns alle ins Verderben.«

Bei diesen Worten lief Petaga eine Gänsehaut über den Rücken. Er warf seine Decke beiseite und stand auf. Der kalte Nachtwind biß in seine Wangen und peitschte sein Gewand um seine Beine. »Löffelreiher, ruf die Mitglieder des Rates zusammen. Sieht so aus, als müßten wir heute angreifen.«

Das schwache Licht der Morgendämmerung fiel auf die Felsen und Büsche, zwischen denen sich Taschenratte und seine Wachposten verborgen hielten.

»Sag Handwurz, er soll vorrücken«, befahl Taschenratte dem jungen Mann an seiner Seite. »Wir greifen an, sobald es hell genug ist.«

Grinsend stand Tabak auf. »Heute ist ein großer Tag, mein Häuptling. Die Namen der Krieger von Red Star Mounds werden in den Legenden weiterleben.«

»Ja, ja«, murmelte Taschenratte geistesabwesend. »Geh schon. Beeil dich. Es wird bald hell.«

Tabak trabte los, bog nach rechts ab und verschwand hinter einem Felsen.

Im Vorgefühl seines nahen Triumphes strich Taschenratte zärtlich über die wunderschöne Befiederung seiner Pfeile. Er blickte sich um und sah seine Krieger, die sich auf den Angriff vorbereiteten. Taschenratte hatte in der Nacht kein Auge zugetan, aber er fühlte sich nicht müde. Die in seinen Adern pochende Erregung war zu groß. Nach der Versammlung des Rates hatte er in seiner Wut auf Petaga und die Alten unverzüglich Boten zu den bereits im Süden stationierten Truppen geschickt und seine Krieger um sich versammelt. Er führte sie in die Gegend von One Mound Village. Zusammen mit den dort südlich der feindlichen Feldlager postierten Kriegern verfügte Taschenratte über eine Streitmacht von dreihundert Kriegern gegen schätzungsweise zweihundertfünfzig aus Cahokia.

Taschenratte lächelte. Er befehligte nicht den wilden Haufen, den er sich erhofft hatte, und würde wohl ein paar Leute mehr verlieren als geplant, aber das war ihm der Anblick von Petagas erbarmungswürdigem Gesichtsausdruck wert, wenn er ihm erzählte, daß er, der große Taschenratte von Red Star Mounds, den Feind geschlagen hatte – und das ohne Petagas Hilfe.

Die Leute glauben, wenn dieser Krieg vorüber ist, werde Petaga herrschen. Nun, ich werde sie eines Besseren belehren. Wenn ich den Krieg gewinne, macht mir niemand den Platz des Sonnenhäuptlings in Cahokia streitig.

In den unterhalb der Felsen liegenden feindlichen Lagern bewegten sich dunkle Schatten im schwachen Licht der frühen Dämmerung. Leise Gesprächsfetzen wehten an sein Ohr. Taschenratte wartete und ging im Kopf den Plan noch einmal durch. Er und Maske hatten die Krieger in Gruppen eingeteilt. Seine Krieger würden aus dem Norden stürmen, daraufhin liefe der Feind in Panik nach Süden in die drei Schluchten südlich von One Mound Village. Oben auf den Felsen standen Maskes Krieger und schossen herunter. Die Feinde waren umzingelt. Wer seinen Kriegern entkam, lief direkt in die Mauer von Maskes Kriegern hinein. Ein wahrer Spießrutenlauf stand den Feinden bevor.

Zufrieden grunzend nahm Taschenratte seinen Bogen und legte einen Pfeil in die Kerbe.

Es wurde rasch heller.

Kapitel 36

Wie eine gelb-blaue Decke breiteten sich Wildblumen aus, ihre Blüten schwankten in der kühlen Frühlingsbrise. Primel lag mit Heuschrecke auf der sonnenüberfluteten Wiese nördlich von Pretty Mounds. Er hörte ihr vergnügtes Lachen, spürte ihre ihn zärtlich liebkosenden Hände. Plötzlich drängte sich eine unangenehme Berührung in Primels Träume; wollüstige Finger griffen in sein Haar.

»Wach auf, *Berdache*«, gurrte eine Stimme. »Ich bin deiner noch nicht müde.«

Primel versuchte, sich aufzurichten. Sein Kopf pochte heftig. Benommen erinnerte er sich, daß seine Arme über dem Kopf gefesselt waren. Er spürte sie nicht mehr. Nicht einmal ein pelziges, taubes Gefühl war geblieben – aber sein übriger Körper brannte, als stünde er inmitten eines lodernden Feuers.

Leise stöhnend öffnete Primel die Augen. Mit verschwommenem Blick sah er sich in dem großen, luxuriösen Raum um. Die um das Bett verteilten Schilfrohrmatten, abwechselnd mit blauen und roten Karos verziert, erschienen ihm nur als unscharfe Farbkleckse.

Primels Blick wanderte seitwärts. Tharons Gesicht, ein undeutliches Dreieck mit dunklen Augenhöhlen, tauchte vor ihm auf. Heiser stieß Primel hervor: »Dafür bringt dich Heuschrecke um.«

Erschöpft ließ er den Kopf auf die Brust sinken und sah, daß er nackt war. Rote Farbe bedeckte seine Genitalien, Rot breitete sich in wellenförmigen Streifen über seine Beine aus. Der Anblick erinnerte ihn unwillkürlich an Blut. Oder ... *war* es Blut?

Unheimliche Ranken wanden sich in seinem Kopf, zerrten an seinen Erinnerungen ... Messer blitzten im Mondlicht auf ... schrilles Gelächter erklang ...

Tharons Gesicht näherte sich schwankend; lächelnd bleckte er die Zähne. »Wie kommst du darauf, daß Heuschrecke lebt?«

Der widerwärtige Gestank seines Atems stieg in Primels Nase. Er wandte hastig den Kopf ab. *Wie die faulenden Blätter einer Geisterpflanze.* »Sie ist eine zu gute Kriegerin ... sie ist nicht tot.«

Der Sonnenhäuptling klatschte in die Hände und vollführte einen kleinen Freudentanz. »Oh, du bist köstlich, *Berdache.* Glaubst du, Heuschrecke könnte einfach hier hereinspazieren und dich retten? Ich habe überall im Tempel Wachen aufgestellt. Ohne meine Erlaubnis kommt niemand herein oder hinaus.«

Übelkeit durchzuckte Primels Gedärme. Verzweifelt klammerte er sich an die Vorstellung, wie eine wütende Heuschrecke ihn befreite, sobald sie erfuhr, daß man ihn im Tempel gefangenhielt. Wenn nötig, würde sie das ganze Dorf in Schutt und Asche legen, um ihn herauszuholen. Ja. *Ja, das wür-*

de sie tun. Die Liebe zu ihr nährte eine Hoffnung, die im Grauen der letzten Nacht fast versiegt war. »Warum tust du mir das an, Häuptling Große Sonne?«

Tharon strich mit feuchtkalten Händen über Primels Brust; ein animalisches Funkeln glomm in seinen Augen. »Ich mag dich, Primel. Du bist so anders. Du hast diesen herrlichen männlichen Körper, aber alles andere an dir – dein Lächeln, deine Bewegungen, wenn ich dich berühre – ist weiblich. Es ist lange her, seit ich einen *Berdachen* zur Geliebten hatte.«

Tharon rückte näher und preßte seinen Körper gegen Primel, der entsetzt wahrnahm, daß Tharon nackt war. Primel erbebte vor Schmerz und Ekel; ein Zittern überlief sein mißhandeltes Fleisch.

»Und damit du dir erst gar keine Hoffnungen machst, *Berdache*«, säuselte Tharon in Primels Ohr, »sage ich dir lieber gleich, daß Heuschrecke tot ist. Ich erfuhr es gestern. Ein Pfeil hat ihren Kopf durchbohrt.«

Das Licht der Morgendämmerung kroch durch das Labyrinth aus knorrigen Wurzeln und malte Tupfenmuster auf Dachsschwanz' Gesicht. Er saß am Ufer eines Teiches und blickte auf das ruhige grüne Wasser, auf dessen Oberfläche sich die am Himmel segelnden Wolken spiegelten. Er hob einen Kieselstein auf und warf ihn zwischen den Wurzeln hindurch mitten in eine der Wolken auf dem Teich. Kreise ziehende Ringe zerstörten das friedliche Bild. Frösche quakten und hüpften aufgeschreckt ins Wasser. Die Schildkröten, die mit hochgereckten Nasen gemütlich dahingeglitten waren, tauchten rasch weg.

Dachsschwanz ließ seinen Blick umherschweifen. Die Wellen des Sees hatten im Laufe langer Jahre das Ufer unterspült und ein ideales Versteck für seine kleine Gruppe bereitet, die noch immer auf der Flucht vor ihren Verfolgern war.

Aber es war ein gespenstischer Ort. Riesige Wurzeln streckten ihre dürren Finger über das Wasser. Im Zwielicht sahen sie aus wie Knochenhände, die nach ihm griffen. Dachsschwanz kauerte sich zusammen und stützte nachdenklich die Ellenbogen auf die Knie.

Heuschreckes Alpträume hatten ihn nicht schlafen lassen. Zweimal mußte er ihr in der letzten Nacht den Mund zuhalten, damit ihre lauten Schreie niemanden auf sie aufmerksam machten. Flöte und die anderen Krieger fuhren erschrocken hoch, aber Dachsschwanz hatte ihnen ein Zeichen gegeben, sich wieder hinzulegen. Leise hatte er auf Heuschrecke eingeredet, ihr gesagt, er sei bei ihr, sie brauche sich nicht zu fürchten.

Trotz ihrer Tapferkeit und Willenskraft hatte es Heuschrecke nicht geschafft, bis zu der Stelle zu laufen, wo Langschwanz, Wolkenschatten und Wurm den Hinterhalt für ihre Verfolger vorbereitet hatten. Den größten Teil des Weges hatte Dachsschwanz Heuschrecke tragen müssen.

Im heller werdenden Morgenlicht paddelten die Schildkröten geschäftig im Teich und schnappten nach den Insekten, die sich unklugerweise auf dem blinkenden Wasser niederließen.

»Flöte, leih mir dein Kriegshemd.« Der Krieger zog sich das Hemd über den Kopf und reichte es ihm wortlos. Gebückt bahnte sich Dachsschwanz den Weg zwischen den Wurzeln hindurch und bewegte sich so leise wie möglich am schmalen Ufer entlang. Der leichte Wind strich kühl über seine nackte Brust; seine geflochtenen Stirnhaare wehten im Wind. Er näherte sich einer Biberburg, einem kleinen, unterhöhlten Uferbecken, in dem fünf Schildkröten schwammen; im durchsichtigen, grünen Wasser schimmerten ihre rundlichen Panzer. Die Tiere hielten sich dicht unter der Wasseroberfläche. Als sein Schatten auf sie fiel, spritzte Wasser auf, und die Schildkröten tauchten in größere Tiefe.

Dachsschwanz hielt Flötes Hemd in der Hand und watete vorsichtig ins Wasser. Er ging so weit hinein, bis ihm die sich sanft kräuselnden Wellen bis an die Brust reichten. Dann holte er tief Luft und tauchte unter.

Die Kälte biß unangenehm in sein Fleisch und drang ihm bis auf die Knochen. Er zog sich an den auf dem Teichboden wachsenden Pflanzen voran auf das kleine Uferbecken zu und versuchte, das Wasser so wenig wie möglich aufzuwühlen. Dunkle Elritzen schossen zwischen filigranen Algenfäden an ihm vorbei. Er watete wieder zur Biberburg zurück.

Vor ihm im ruhigen Wasser breiteten sich hauchdünne Algenhärchen aus. Die Schildkröten hatten sich halb in den Boden eingegraben. Seine Augen suchten den morastigen Boden nach den leichten Erhebungen der Rückenpanzer ab.

In der Hoffnung, daß keines der Tiere einer bissigen Art angehörte, warf er sich nach vorn und packte zu. Nacheinander wickelte er die sich sträubenden Schildkröten in Flötes Kriegshemd.

Heftig prustend kam er wieder an die Wasseroberfläche und schleppte sich zum Ufer. Nach dem eisigen Wasser empfand er die kühle Morgenluft auf seiner nassen Haut als wohltuend warm.

Unverzüglich machte er sich auf den Rückweg.

Als er die letzte Biegung vor ihrem Unterschlupf umrundet hatte, bückte er sich unter den Krallenästen eines längst abgestorbenen Baumes und sah, daß inzwischen das ganze Lager bis auf Heuschrecke auf den Beinen war. Flöte und die drei anderen hockten am Feuer und warfen trockene Stöcke in die Glut. Sorgfältig achteten sie darauf, keinen Rauch zu erzeugen, sondern nur die Kohlen am Glühen zu halten.

Dachsschwanz trat zu Flöte und reichte ihm die Schildkröten. »Frühstück. Vielleicht euer letztes. Also genießt es.« Er wrang das Hemd aus und gab es dem Krieger zurück. »Danke für dein Hemd.«

Flöte gab die Tiere weiter und legte selbst eines auf die glühenden Kohlen. Mit einem Stock drückte er die zappelnde Schildkröte tief in die Glut. Nach einigen Sekunden hörte das Tier auf zu kämpfen, und Flöte legte seinen Stock neben das Feuer. In den letzten Tagen war das Gesicht des siebzehn Sommer alten Jungen merklich gealtert. Die seine hohe Stirn furchenden Falten verliehen dem runden Gesicht mit der stumpfen Nase das Aussehen von verwittertem Granit. »Was machen wir jetzt, Dachsschwanz?«

»Ich weiß es noch nicht. Erst essen, anschließend beraten wir.«

Dachsschwanz stieß die für Heuschrecke und ihn bestimmten Schildkröten in die glühenden Kohlen und drückte sie so lange wie nötig mit einem Stock nach unten. Als sich die Tiere nicht mehr rührten, stand er auf, ging zu Heuschrecke und kniete neben ihr nieder. »Wie fühlst du dich?«

»Wie eine von diesen Schildkröten«, antwortete sie mit schwacher Stimme.

Dachsschwanz nickte. Der Stoff seines Hemdes mußte unerträglich auf ihrer Haut gescheuert und die Wunden aufgerieben haben.

Er schaute auf ihre Hände. Breite Ringe aus getrocknetem Blut zogen sich um ihre Handgelenke. Leise sagte er: »Vielleicht sollte ich dich nach Hause bringen.«

Heuschrecke sah ihn fest an. »Willst du deine Krieger ohne Führung zurücklassen?«

»Was immer hier draußen vorgehen mag, wir sind zu weit weg vom Geschehen. Wir können nicht eingreifen. Wenn wir nach Cahokia gehen, kann ich die zweihundert Krieger um mich sammeln, die ich zur Bewachung der Palisaden zurückgelassen habe, und mit ihnen wieder in den Kampf ziehen. Das wäre weit sinnvoller und hilfreicher, als – «

Heuschrecke wandte ihr Gesicht ab; ihre Kiefermuskeln zuckten. »Du erwartest doch nicht, daß ich etwas dazu sage, oder?«

Er spreizte die Finger. »Was soll ich deiner Meinung nach tun? Sag es mir.«

»Nimm Flötes Leute und suche Wapitihorn. Vermutlich braucht er deine Hilfe.«

»Und was ist mit dir?«

Sie zuckte die Achseln. »Mir geht es hier ganz gut. In ein paar Tagen habe ich neue Kräfte gesammelt und kann mich auf den Heimweg machen. Du brauchst nicht – «

»Das stimmt nicht, das weißt du genau. Du bist krank, und in den nächsten Tagen wird es dir noch schlechter gehen als jetzt.«

Sie sahen einander an und fochten einen stummen Kampf aus. Dachsschwanz' stärkerer Wille siegte. Heuschrecke wandte die Augen ab. Sie wußte, daß er recht hatte – aber es war ihr verhaßt, dies eingestehen zu müssen.

Dachsschwanz schaufelte Sand in die hohle Hand und ließ ihn durch die Finger rieseln. Langsam schüttelte er den Kopf. »Ich lasse dich nicht allein, Heuschrecke.«

»Dann befiehl Wolkenschatten, der am wenigsten von deinen Kriegern taugt, mich nach Hause zu bringen. Deine Leute brauchen dich hier.«

»Heuschrecke – ich habe Angst um dich. Ich will sichergehen, daß du gut nach Hause kommst. Anschließend werde ich – «

»Und wenn Wapitihorn irgendwo von Feinden umzingelt ist? Du könntest ihn – «

»Also gut!« Dachsschwanz warf resigniert die Hände hoch. Doch um sein Herz legte sich eine schneidende Fessel und nahm ihm fast die Luft. »Ich werde – ich werde Wolkenschatten den Befehl erteilen.«

Matt hob Heuschrecke die Hand und tätschelte seine nackte Wade. »Mir passiert bestimmt nichts. Cahokia ist nur einen Tagesmarsch entfernt.«

Unglücklich sah er sie an. »Die Schildkröten müßten gar sein. Ich hole sie.«

Schwarze Birke rollte zufrieden lächelnd seine Decke zusammen. Der gestrige Tag war hervorragend verlaufen. Sie hatten eine Gruppe von Petagas Kriegern überfallen und alle getötet – bis zum letzten um Gnade winselnden Mann. Heute war der Marsch zurück nach Norden geplant. Sie wollten versuchen, sich Dachsschwanz anzuschließen. Wie es ihm wohl ergangen war?

Jede Gruppe, die unterwegs zu seinen Kriegern gestoßen war, war überfallen worden. Aber alle hatten sich erfolgreich zur Wehr gesetzt. Vielleicht hatte Dachsschwanz weniger Glück gehabt als seine Kriegsführer. Hatte in Redweed Village eine Überraschung auf ihn gewartet? War es *möglich,* daß ein paar Maisbauern den großen Dachsschwanz überwältigt und ihn sogar getötet hatten? Wie dem auch sei, Schwarze Birke konnte Cahokias Truppen ebenso gut führen wie Dachsschwanz.

Schwarze Birke band seine aufgerollte Decke hinten an seinen Gürtel, befestigte seine Kriegskeule und schlang sich den Köcher um die Schulter.

Seine Krieger bereiteten sich zum Aufbruch vor. Durch die morgendliche Stille hörte er das Klacken von Messern und

Keulen, die an die Gürtel gebunden wurden; Gesprächsfetzen drangen herüber; Pfeile klapperten, als die Köcher aufgehoben wurden.

Schwarze Birke streckte die Arme weit über den Kopf und dehnte seine Rückenmuskeln. Der harte Boden war mit Steinen übersät. Fast die ganze Nacht hatte er sich herumgewälzt und trotzdem keine bequeme Schlafposition gefunden.

Zarte Lichtfäden krochen über den Horizont im Osten und rankten sich in das schimmernde Blauviolett des Himmels. Routinemäßig prüfte er die Stellungen der Wachposten. Sie hockten oben auf den höchsten Felsen und überwachten die drei breitesten, nach One Mound Village führenden Entwässerungsrinnen.

Seltsam, als sie gestern in One Mound Village einmarschierten, hatten sie das Dorf verlassen vorgefunden. Die Dorfbewohner hatten all ihre Besitztümer zurückgelassen. Sie mußten so hastig aufgebrochen sein, daß sie nicht einmal die Zeit hatten, ihre Maisvorräte mitzunehmen. Schwarze Birkes Leute hatten sämtliche Vorratshütten geplündert, ihre Beutel prall gefüllt und sich mit Essen vollgestopft.

Hatten die Bewohner sie kommen sehen? Oder hatten sie von Verrätern wie Zaunkönig erfahren, daß Schwarze Birke neue Krieger anwarb? Dann wußten sie auch, was ihnen im Falle einer Weigerung blühte.

Mürrisch vor sich hin brummend drängte sich Schwarze Birke durch eine Gruppe Krieger, von denen er kaum einen kannte. Er suchte Wespe und Bienenstock. Am Rande des Lagers entdeckte er sie. Sie standen mit verschränkten Armen nebeneinander, die Augen starr zum heller werdenden Himmel gerichtet.

Als Schwarze Birke zu ihnen trat, drehte sich Wespe um. Er lächelte sie an, aber sie erwiderte sein Lächeln nicht. Der Ernst in ihren mahagonifarbenen Augen versetzte Schwarze Birkes Selbstvertrauen einen Schlag. Sein Lächeln verschwand.

»Ist dir aufgefallen, daß sich seit geraumer Zeit keiner unserer Wachposten bewegt hat – zumindest nicht, seit es hell genug ist, sie zu sehen?« fragte sie.

Wieder blickte Schwarze Birke auf die Klippen. Die dunklen

Gestalten hoben sich vor dem pastellfarbenen Hintergrund des Morgens deutlich ab. »Und?«

Unbehaglich scharrte Bienenstock mit den Füßen. »Vielleicht hat es nichts zu bedeuten«, sagte er. »Aber ich habe ein seltsames *Gefühl* dabei.«

Schwarze Birke lachte. »Entspann dich. Heute gehen wir nach Norden und schließen uns Wapitihorn und den anderen an. Sollten wir noch weiteren Leuten von Petaga begegnen, bringen wir sie genauso um wie die gestern.«

»*Sie kommen!*« schrie der alte Vorstehender Zahn plötzlich und rannte, so schnell ihn seine alten Beine trugen.

»Wer kommt?«

Vorstehender Zahns Antwort ging im Geschrei von Schwarze Birkes Kriegern unter. Wie ein aufgescheuchtes Rudel Hirsche rasten sie in panischem Durcheinander aus dem Lager. Rücksichtslos rempelten sie einander an und stolperten über Gepäckstücke.

Schwarze Birke packte einen der vorbeihastenden Krieger am Arm und schwang ihn herum. »Was ist los? Wie viele sind hinter dir her?«

Keuchend stieß der Mann hervor: »Hunderte – ich weiß es nicht.« Er riß sich von Schwarze Birke los und stürzte weiter nach Süden zu den Entwässerungsrinnen.

Unter gellenden Kriegsrufen stürmten feindliche Krieger über die Hügel, legten im Lauf ihre Bogen an und schossen ihre Pfeile ab. Schwarze Birke hörte, wie Bienenstock grunzte, und drehte sich um. Er sah den Mann langsam zu Boden sinken; aus seiner Brust ragte ein grellbunt befiederter Pfeil. Blutiger Schaum quoll über seine bebenden Lippen.

Wespe schrie: »Runter!«

Schwarze Birke ließ sich sofort fallen und kroch auf dem Bauch zu einer senkrecht aufragenden Kalksteinplatte. Er nahm seinen Bogen, legte einen Pfeil auf die Sehne und schoß ihn mitten zwischen die anstürmenden Feinde. Es waren so viele! Schwarze Birke legte einen neuen Pfeil an.

Links von ihm rannten Pfeifensteins Krieger gegen die kreischende Horde an, schossen ihre Pfeile ab und hieben mit ihren Kriegskeulen nach allen Seiten.

Erstickende Staubwolken stiegen auf und kräuselten sich säulengleich zum scharlachroten Sonnenaufgang hinauf. Männer und Frauen stürzten zu Boden wie Fliegen im ersten schweren Frost. Schmerzensschreie vermischten sich mit Kampfgeheul.

Wespe, die sieben Krieger auf den Weg nach Norden zu führen versucht hatte, kam zurück. »Schwarze Birke! Wir sind umzingelt! Weitere Krieger strömen über die Hügel. Petaga scheint die Schlacht in zwei Stufen geplant zu haben. Wir müssen einen geeigneten Platz finden und Stellung beziehen. Was hältst du von dem Felsen da drüben bei der südlichen Rinne?«

»Ja, gut – geh!«

Schwarze Birke sprang auf die Beine und trat den Rückzug an.

Kapitel 37

Flechte blieb inmitten eines Feldes am Ufer des Cahokia Creek stehen und beobachtete den karmesinroten Ball der über den Klippen im Osten aufgehenden Sonne. Streifen orangeroten Lichtes fächerten sich in den klaren Himmel, färbten sich bernsteingelb und ergossen ihren strahlenden Glanz über das Schwemmland.

Erschöpft sank Flechte auf das Gerippe einer alten Zypresse. So weit das Auge reichte, ragten zwischen Disteln und Grasbüscheln uralte Baumstümpfe aus dem Boden. Sie fragte sich, wie viele wohl Ahornbäume gewesen sein mochten. Sie hatte gehört, Ahornsaft besitze ein wunderbar wohlschmeckendes Aroma.

Flechte sah nach Süden. Die weit entfernten Hügel im großen Dorf des Sonnenhäuptlings warfen auf der der Sonne abgewandten Seite lange Schatten. Zu Füßen der Hügel bewegten sich schemenhaft als dunkle Punkte erkennbare Gestalten. Im Umkreis von einem Tagesmarsch erstreckten sich verkümmerte Maisfelder über jede Hand bebaubaren Bodens. Die schlaffen Blätter an den Stengeln schienen sich wie lange, magere Finger verzweifelt nach Mutter Erde auszustrecken.

Was wird geschehen, Feuerschwamm? Was geschieht, wenn es mir nicht gelingt, in die Unterwelt zu reisen und mit der Ersten Frau zu reden? Läßt uns Mutter Erde dann alle in diesem Krieg sterben?

Flechte rieb sich die Stirn. Sie beobachtete, wie vom Flußbett Nebel aufstieg und sich zu merkwürdigen Gebilden zusammenballte. Der Dunst formte fremdartige, gespenstische Gestalten – eine ähnelte einem Gesicht, das aus großen dunklen Augen zu ihr heraufstarrte. Aber vielleicht bildete sie sich das nur ein. Sie war sehr erschöpft. Seit zwei Tagen, seit ihrem Traum von Feuerschwamm, hatte sie nicht mehr geschlafen und nur ein paar Wurzeln gegessen. Sie kniff die Augen zusammen und konzentrierte sich auf das Gesicht im Nebel, aber Tränen der Erschöpfung trübten ihren Blick. Als die Sonne höher stieg und den Nebel mit Pfeilen aus Licht durchdrang, glühte das körperlose Gesicht rosarot auf und schien sich zu verdichten.

Noch immer unsicher, ob es sich nicht doch um ein Trugbild handelte, blinzelte Flechte. *Wer bist du? Ein Wassergeist? Bist du gekommen, um meine Seele zu holen?*

Das rosafarbene Geschöpf hob die Arme und begann sich in Tanzschritten zu wiegen, die Flechte noch nie gesehen hatte. Es tänzelte über die Wasseroberfläche, hob wie ein stolzierender Reiher die Füße und drehte sich im Kreis.

Als wolle es sie locken, tanzte das Geschöpf im wogenden Nebel weiter den Fluß entlang.

Flechte kletterte auf die Uferböschung und sprang auf das sandige Ufer. Silberne Nebelschleier umfingen sie mit kalten, durchsichtigen Fingern. Links von ihr hüpfte der Fluß über Felsblöcke, weiß aufschäumend wogte das Wasser auf und ab und verschwand im dichten Nebel.

Tief sog Flechte den Duft nach Wasser und feuchtem Gras in ihre Lungen. Der Nebel begann sie vollständig einzuhüllen; sie konnte nichts mehr sehen. Der über ihrem Herzen ruhende Steinwolf fühlte sich plötzlich warm und schwer an. Sein Gewicht schien sie vorwärts zu ziehen.

Kennst du den besten Weg, Wolf?

Der Stein schien zunehmend schwerer zu werden.

Weiter, Wolf. Führe mich.

Vom Gewicht des Steins nach vorn gezerrt, teilte sie den Nebel wie ein Pfeil.

»Sie sind unten auf der Ebene!«

Bei Seifensteins Warnruf fuhr Wapitihorn herum und schrie: »Halt nach einer geeigneten Stelle Ausschau! Wir müssen sie auf Abstand halten, oder sie schießen uns in den Rücken!« Geschwind zog er sein Geweihstilett aus dem Gürtel. Sein Köcher war längst leer, und seine Kräfte waren erschöpft. Nur mit Mühe konnte er sich noch aufrecht halten.

Den ganzen Tag über hatten sie gekämpft und waren geflohen. Die drei Kriegereinheiten, die seinem Befehl unterstanden, hatten erst spät in die Schlacht eingegriffen. Aber sie waren nicht gegen Petagas Krieger angekommen.

In der Anfangsphase des Rückzugs war es Wapitihorn noch möglich gewesen, Pfeile vom Schlachtfeld aufzuheben. Später gelang ihm das nicht mehr, denn die Feinde hatten sie mit unglaublicher Schnelligkeit weit nach Süden getrieben. Petagas Krieger verfolgten sie über die Klippen und drängten sie nördlich von Hickory Mounds in die Ebene ab.

Inzwischen kämpften sie in einem rosarot blühenden Leinkrautfeld, in das sich Kürbisranken mischten. Wapitihorn konnte kaum einen Schritt laufen, ohne daß sich seine Füße in den über den Boden kriechenden Ranken verfingen.

Seifenstein stand keuchend ein paar Hand rechts von ihm. Schweißbäche rannen über sein rundes Gesicht. Sein Kriegshemd klebte an seinem Körper; die Falten des Stoffes waren blutgetränkt. Die ungefähr vierzig Überlebenden ihrer Einheit hatten sich über das Feld verteilt, die Augen starr auf eine kleine, etwa tausend Hand entfernte Anhöhe gerichtet.

Kriegsrufe ertönten, und schon stürmten wieder unzählige feindliche Krieger auf sie zu.

Ein großer, stämmiger Mann rannte mit hoch über dem Kopf erhobener Kriegskeule auf ihn zu. Unter gellendem Geheul stieß er Wapitihorn zu Boden und fiel über ihn her.

Um Wapitihorn begann sich die Welt in einem rasenden

Wirbel zu drehen. Ineinander verkrallt rollten die beiden Krieger weiter und weiter über die Erde. Jeder versuchte, den anderen unter sich zu drücken und selbst oben zu bleiben.

Wapitihorn konnte seinen Gegner auf eine mit stachligen Feigenkakteen bewachsene Stelle drängen. Als die Stacheln in den Rücken des Mannes eindrangen, zuckte er vor Schmerz zusammen. Wapitihorn nutzte die Schrecksekunde, löste eine Hand vom Körper des anderen, stieß sein Stilett tief in die Seite des Mannes und durchbohrte eine seiner Nieren.

Der Feind schrie gellend und bäumte sich in ungläubigem Entsetzen auf. Wapitihorn versuchte, seine Waffe in die Brust des Mannes zu treiben, traf aber eine Rippe. Er bekam das Stilett wieder frei und stieß noch einmal zu. Blut spritzte in Wapitihorns Gesicht.

Wapitihorn wartete, bis sich sein Feind nicht mehr rührte, dann sprang er auf und wappnete sich für den nächsten Angreifer. Ein paar Hand von ihm entfernt lag Waldmurmeltier mit eingeschlagenem Schädel ausgestreckt auf dem Boden.

Überall um Wapitihorn herum hieben Kriegskeulen auf Schädel ein, Knochen splitterten knirschend, Stöhne und Schreie erklangen.

Vor seinen Augen wurden seine Krieger hingemetzelt. Nur ein Ausweg blieb noch: ein schmales, zurück nach Norden führendes Flußbett. »Seifenstein! Schnell, da lang!«

Ein Pfeil schlitzte Wapitihorns Schulter auf. Hastig drehte er sich um und lief davon. Während er über die kräftigen Kürbisranken sprang, die nach seinen Füßen griffen, marterten die in der Nachmittagshitze aufsteigenden jämmerlichen Schreie der Sterbenden seine Ohren.

Vorsichtig spähte Dachsschwanz nach allen Seiten über den am Flüßchen entlangführenden Pfad. Ein dünner Schweißfilm bedeckte seinen muskulösen Körper. Hinter ihm verteilt gingen Flöte, Wurm und Langschwanz und suchten den Boden ab. Als sie nordwärts gegangen waren, hatten sie zwei Leute entdeckt. Doch sie sahen sie nur einen Augenblick und verloren sie sofort wieder aus den Augen. Der Führer der beiden besaß zweifellos das Talent, Spuren zu verwischen. Sie hatten auf ihren eigenen Fußspuren einen Kreis geschlagen, waren anschließend durch das Flüßchen gewatet und dann am Ufer entlang von Felsbrocken zu Felsbrocken gesprungen. Aber Dachsschwanz hatte die Spuren zurückverfolgen können und die Stellen entdeckt, an denen die Füße von den Steinen abgeglitten waren und die Sandalen den trockenen Boden berührt hatten.

Falls es sich um Leute Petagas handelte und sie Dachsschwanz erkannt hatten, versuchten sie sicher, einen Kreis zu schlagen und ihn und seine kleine Gruppe aus dem Hinterhalt anzugreifen.

Unvermittelt blieb Flöte stehen und kniete nieder. Aufgeregt winkte er Dachsschwanz zu sich.

Stirnrunzelnd kniete er neben Flöte nieder. Blutflecken färbten die Erde neben den Fußspuren. *Verwundet. Er humpelt. Sieh doch, er zieht den linken Fuß nach.*

Prüfend überblickte Dachsschwanz das Gelände. Auf den ersten Blick sah es völlig flach aus, doch bei näherer Betrachtung konnte er in der Nähe des Flüßchens knietiefe Rinnen und Mulden entdecken, die eine Menge vortrefflicher Verstecke abgaben. Außerdem wuchsen üppig blühende Salzbüsche aus der trockenen Erdkruste. In der Ferne erhob sich eine graue Felsklippe. Wie ein stummer Beobachter schien sie den krächzenden Raben zuzusehen, die sich in das unendliche Blau des Himmels schwangen.

Dachsschwanz gab Flöte und den anderen ein Zeichen, in einem großen Halbkreis auszuschwärmen und weiterzugehen. Sein Blick huschte über die trockene, graue Erde von einem Blutstropfen zum nächsten. Die Spur führte zu einem Erosionsgraben. Dort war der Krieger anscheinend gut hundert Hand auf dem Bauch gerutscht und hatte dabei Blutflecken hinterlassen. Jeder Nerv in Dachsschwanz' Körper vibrierte. Er folgte der Spur aus der Trockenrinne in dichtes verdorrtes Schilf, das bei jedem Schritt knisterte.

Er ließ sich Zeit, damit Flöte, Wurm und Langschwanz am Rande des Schilfs in Stellung gehen konnten. Behutsam drückte Dachsschwanz die Halme beiseite und bewegte sich betont langsam weiter. Er hatte die Blutspur verloren, aber der verletzte Krieger mußte hier irgendwo sein.

Eine Bö fuhr zwischen die trockenen Halme, schüttelte sie und fegte weiter in das Salzgestrüpp, wo sie eine Staubwolke zum Himmel hinaufwirbelte.

Dachsschwanz kniete nieder. Wieder Blutflecken. Das Blut klebte an seinen Fingerspitzen, als er die dunklen Flecken berührte. Feucht. *An einem so heißen Tag trocknet Blut innerhalb kürzester Zeit …*

Wachsam richtete sich Dachsschwanz auf und ließ seinen Blick auf der Suche nach einer Unregelmäßigkeit über die langen Blätter wandern.

Plötzlich erzitterte ein einzelner Halm. Dachsschwanz verharrte regungslos; er bewegte keinen Muskel. Noch einmal neigte sich derselbe Halm leicht zur Seite.

Langsam hob Dachsschwanz die Hand und deutete auf die betreffende Stelle. Flöte und die anderen zogen den Kreis enger. Mit fast totaler Lautlosigkeit schlichen sie in das Schilfdickicht hinein.

Dachsschwanz trat noch einen Schritt vor. Aus den Augenwinkeln nahm er eine Bewegung zu seiner Linken unten am Flüßchen wahr. *Aha, da also steckt dein Freund.*

Er biß die Zähne zusammen. Durch das Geflecht der Pflanzen am Ufer *fühlte* er Augen auf sich gerichtet – Augen, erfüllt von Macht, feindselig. Der Mann trug bestimmt keinen Bogen bei sich, sonst hätte er jetzt geschossen.

Während Dachsschwanz vorsichtig durch das Schilf schlich, behielt er das Ufer im Auge. Das leise Geräusch der unter seinen Bewegungen knisternden Blätter klang in seinen Ohren wie ein Konzert von Schlaginstrumenten.

Plötzlich verharrte er – er hatte einen Schimmer brauner Haut im dürren Grün erspäht. Langsam hob er die Hand und gab Flöte zu verstehen, daß er das Versteck ihrer Beute aufgespürt hatte. Flöte nickte und kam näher.

Lautlos zog Dachsschwanz die Kriegskeule, die er erbeutet hatte, aus dem Gürtel; da schwirrte ein Erdklumpen durch die Luft und traf ihn an der Schulter. Dachsschwanz fuhr herum.

Ein Schwarm Gänse schwang sich kreischend vom Flüßchen aus in die Lüfte.

Ein hagerer alter Mann stapfte aus dem Flußbett herauf; um seine mageren Schultern flatterte ein zerrissenes rotes Hemd.

Dachsschwanz rief überrascht: »*Wanderer!*«

Die grauen Haare klebten schweißnaß an Wanderers Schläfen; seine vorspringende Hakennase wirkte dadurch noch länger als sonst. »Die Erste Frau ist schrecklich auf Streit aus«, bemerkte Wanderer. »Ich begreife einfach nicht, warum sie unbedingt will, daß du und ich gemeinsam nach Cahokia gehen.«

Dachsschwanz' Augen wurden schmal. »Ich auch nicht – noch dazu, da ich nicht auf dem Weg nach Cahokia bin.«

Prüfend betrachtete er den alten Schamanen von oben bis unten, um sich zu vergewissern, daß er keine Waffen bei sich trug. Dann wandte er sich wieder dem Schilfdickicht zu. Flöte näherte sich der kurz zuvor von Dachsschwanz bezeichneten Stelle.

Eine Frau sprang auf und stürmte zwischen den Halmen davon. Wurm holte sie mühelos ein, aber sie wehrte sich heftig und schlug wie wild mit den Fäusten nach ihm, während er sie zurückzerrte.

»Wühlmaus.« Dachsschwanz blickte auf ihr blutbesudeltes Bein. »Was macht ihr zwei hier?«

Wanderer winkte mit der Hand ab. »Fast den ganzen Tag haben wir damit verbracht, zuzusehen, wie deine Krieger wie die Ratten nach Cahokia zurückrennen.«

Dachsschwanz wurde blaß. »Wovon sprichst du?«

»Petaga hat deine Truppen vernichtend geschlagen, Dachsschwanz. Ich bin überrascht, daß du es nicht weißt. Wir sahen Wapitihorn vorbeiflitzen – «

»Wapitihorn?« Instinktiv umklammerte Dachsschwanz' Hand die Kriegskeule. Wenn ein so erfahrener Krieger wie Wapitihorn Hals über Kopf davonrannte, mußte sich Cahokia in großer Gefahr befinden. Aber konnte das den Tatsachen entsprechen? »Wo ist Petaga?«

Wanderer deutete auf nicht allzuweit entfernte Felsen. »Da drüben, würde ich meinen. Zumindest hat Gekreuzter Schnabel mir das vor einiger Zeit gesagt. Am besten gehst du schleunigst nach Cahokia, Dachsschwanz, sonst ist Petaga noch vor dir dort.«

Dachsschwanz reckte das Kinn. Hatten sich die Dinge so schrecklich entwickelt? Waren seine Truppen nicht einmal imstande gewesen, Petaga wenigstens ein paar Tage aufzuhalten?

»Also, es freut mich, gesehen zu haben, daß du noch am Leben bist, Dachsschwanz.« Mit einem herzlichen Lächeln ging Wanderer an Dachsschwanz vorbei und hakte Wühlmaus unter. »Wühlmaus und ich müssen jetzt weiter.«

Munter und gelassen ging Wanderer mit Wühlmaus in Richtung Westen davon. Flöte starrte Dachsschwanz mit offenem Mund fassungslos an.

Gereizt fuchtelte dieser mit der Hand. »Schon gut, halt sie auf.«

Flöte rannte, seine Kriegskeule schwingend, los. Dachsschwanz schien das nicht weiter zu interessieren. Sein Blick kehrte zu den Felsen zurück. *War Petaga wirklich da oben? So nah bei Cahokia?*

Unverwandt starrte er auf die Felsen. Er entdeckte feinen Staub, der in einem hauchzarten Grau in den blauen Himmel aufstieg.

Sein Magen verkrampfte sich – als spüre sein Körper, was seine Seele zu glauben sich weigerte.

Kapitel 38

Flechte stapfte die nach Minze riechende Uferböschung des Cahokia Creek hinauf. Bei den ersten Häusern am Dorfrand blieb sie stehen und sah sich neugierig um. Die Umrisse der Hügel hoben sich deutlich in der Abenddämmerung ab. Ein paar Kinder rannten auf den Wegen, die mitten in das Labyrinth der Häuser führten.

Ehrfürchtig und ängstlich zugleich schaute Flechte auf das Dorf. So viele Häuser hatte sie noch nie gesehen. Ringsum erblickte sie struppige Strohdächer. Wie konnten so viele Menschen auf so engem Raum leben?

Sie faßte sich ein Herz und ging weiter. Die Leute, an denen sie vorbeikam, beachteten sie kaum – aber wie sollten sie auch bei so vielen Menschen jedes Kind aus dem Dorf kennen? Bei diesem Gedanken empfand sie eine tiefe innere Leere. Wie lebte es sich an einem Ort, wo man nicht alle Bewohner kannte? Wenn sich ein kleines Mädchen verletzte und um Hilfe rief, kam dann ein Fremder und rettete das Kind? Die Vorstellung, es könne niemand kommen, ließ Flechte erschauern.

Sie kam an einer alten Frau vorbei, die vor ihrem Haus saß und einen mit Hundehaaren gefüllten Korb neben sich stehen hatte. Sie kämmte die Haare aus, die wahrscheinlich in die wunderschöne Decke eingearbeitet werden sollten, die halbfertig im Webstuhl zu sehen war. Die Pracht der Farben erstaunte Flechte. Unter den verschiedenen Rottönen stach besonders ein strahlendes Purpur hervor, das im hellen Tageslicht überwältigend leuchten mußte. Tauschte der Sonnenhäuptling diese Farbstoffe bei Händlern ein? Oder konnten seine Handwerker Farben derart kunstfertig mischen und zusammenstellen? In Redweed Village konnte das jedenfalls niemand. Flechte hätte fast alles darum gegeben, ein Kleid aus einem in dieser herrlichen Purpurschattierung gefärbten Stoff zu besitzen.

Beim verlockenden Duft einer mit Mais angereicherten Fischsuppe lief ihr das Wasser im Mund zusammen. Ihr leerer Magen knurrte vernehmlich.

Undeutlich, als käme es von außerhalb des Dorfes, hörte sie schwaches Hundegebell.

Eingeschüchtert blickte Flechte auf die Hügel. Sie ragten auf wie kleine Berge. Sie fühlte sich eingeengt und glaubte beinahe, keine Luft mehr zu bekommen. Auf den meisten Hügeln standen große Häuser, orangefarbenes Licht erhellte die Fenster. Wanderer hatte ihr einmal erzählt, die Sonnengeborenen legten die Hügel entsprechend der Figuren der Himmelsgötter an. Und bei näherer Betrachtung glaubte sie tatsächlich, die wichtigsten Sterne, die den Körper der Gehenkten Frau formten, in der Anlage der Hügel unterscheiden zu können. Eine

Reihe von Hügeln erstreckte sich in einem Bogen nach Süden und schien die Schlinge am Hals der Gehenkten Frau nachzubilden. Flechte folgte der Hügelreihe. Vor einem der Häuser erspähte sie eine Menschenansammlung.

Als sie nahe genug heran war, hörte sie eine Frau schluchzen. Eine Stimme kreischte entsetzt: »Halte sie von mir fern! Das sind keine Menschenwesen. Oh, Winterbeere, was sind sie nur? Wo ist Primel? Nessel? Nessel, wo bist du? Geh und suche Primel! Ich will meinen Bruder bei mir haben.«

Die vor dem Haus versammelten Leute hatten die Arme fest vor der Brust gekreuzt. Unruhiges Gemurmel erhob sich. Flechte fing ein paar Gesprächsfetzen auf: »... weiß nicht. Sie will sie nicht stillen.«

»Ich schwöre, der mit dem Wolfsgesicht kann sehen. Ich habe mich mit Nessel darüber unterhalten, ob es nicht das beste wäre, mit ihnen vor das Dorf zu gehen und ihre Köpfe an die Felsen zu schmettern. Auf einmal drehte ich mich um und merkte, daß diese rosafarbenen Augen mich anstarrten.«

Ein wenig entfernt von der Gruppe lehnte ein großer, gutaussehender Mann müde an einem Haus. Tränen hatten auf seinem staubbedeckten Gesicht unübersehbare Spuren hinterlassen. Eine alte weißhaarige Frau stand neben ihm und blickte ihn aufmerksam an.

Die alte Frau sagte: »Es kümmert mich nicht, was du denkst, Nessel. So einfach ist die Sache nicht. Wer soll die Babys stillen? Glaubst du, irgend jemand findet sich bereit, diese – «

»Hör bitte auf, Nisse«, bat der Mann. Er schlug die Hände vors Gesicht. »Ich werde eine Möglichkeit finden. Im Augenblick mache ich mir größere Sorgen um Primel. Grüne Esche hat seinetwegen die ganze Nacht geweint. Niemand von uns bekam die Erlaubnis, mit dem Häuptling Große Sonne wenigstens zu sprechen.«

»Tharon hat den Verstand verloren. Alle sagen das. Mach dich mit dem Gedanken vertraut, daß du Primel nie mehr wiedersiehst ...«

Eisige Kälte durchströmte Flechte. Tharon war verrückt geworden? Und sie mußte in den Tempel gehen, wo er sich aufhielt.

Sie gelangte an eine Kreuzung. Links von ihr erhoben sich am Ende einer langen Häuserreihe die mit Lehm getünchten Wände der Palisaden. Auf den Schießplattformen wanderten Männer auf und ab. Sie hatten Bogen und Köcher um die Schultern geschlungen.

Flechtes Seele zog sich zusammen. Die Angst wuchs mit jedem Herzschlag.

Verzagt flüsterte sie: »Und wenn mich diese Krieger nicht hineinlassen? Wenn nicht einmal die Erwachsenen in den Tempel kommen, wie soll mir das gelingen?«

»Vogelmann wartet dort auf dich ...«

Ich verstehe gar nichts mehr. Ich wünschte ... ich wünschte, meine Mutter wäre hier. O Feuerschwamm, ich bin doch erst zehn.

»So alt war ich auch. Ich war zehn, als die Macht mich rief ...«

Wieder spürte Flechte die Wärme und das auffordernde Ziehen des Steinwolfs. »Ich – ich gehe schon, Wolf«, murmelte sie.

Mit schleppenden Schritten ging Flechte weiter bis zum Tor. Sechs Wächter schlenderten umher. Vor einem großen Mann, der Kupferperlen in seine Stirnhaare geflochten hatte, blieb sie stehen. Er starrte mit einer Miene auf sie herab, als fühle er sich durch sie belästigt.

Mit zitternder Stimme sagte Flechte: »Ich muß zu Nachtschatten, bitte!«

Unwillig schürzte der Mann die Lippen. »Die Priesterin ist beschäftigt, Mädchen.«

»Ja, ich weiß. Aber richte ihr bitte aus, Wolfstöter habe mir eine Nachricht für sie mitgegeben.«

Der Krieger erstarrte. Die anderen Männer, die sich bisher miteinander unterhalten hatten, verstummten schlagartig. Die Blicke, mit denen sie Flechte bedachten, waren so scharf wie Obsidianklingen.

Der große Krieger stemmte seine schwieligen Hände in die Hüften – Hände, die eher wie die Hände eines Bauern als die eines Kriegers aussahen. »Was weißt du von Wolfstöter?«

»Ich habe in der Unterwelt mit ihm gesprochen.«

»Warum sollten die Geschöpfe der Unterwelt ein kleines Mädchen wie dich in das Land der Ahnen lassen?«

Flechte zuckte die Achseln. Der Steinwolf zerrte heftig an dem Riemen um ihren Hals. Sie blickte hinunter auf die Ausbuchtung unter ihrem grünen Kleid. »Ich – ich glaube, weil ich die Hüterin des Steinwolfs bin.«

Das entsprach nicht ganz der Wahrheit; eigentlich war ihre Mutter die Hüterin des Wolfs. Es sei denn ... *Nein, denk nicht an deine Mutter. Das schmerzt zu sehr.*

Der Krieger sperrte Mund und Augen auf. »Die Hüterin des Steinwolfs von Redweed Village? Des Wolfs, den Dachsschwanz stehlen sollte? Wo ist er? Zeig ihn mir.«

Flechte zog an dem Riemen und brachte den kleinen schwarzen Wolf zum Vorschein. Sie hielt ihn in der hohlen Hand, und er glänzte im Abendlicht.

Der Krieger wich einen Schritt zurück, als fühle er die vom Wolf ausgehende Macht. »Bleib da. Ich komme gleich wieder.«

Er verschwand hinter den Palisaden. Mit einem lauten Knall schloß sich das Tor aus Baumstämmen hinter ihm.

Sie schielte zu den anderen Kriegern hinüber, die sich mit furchterfüllten Augen ein Stück weit von ihr zurückzogen und auf einem kleinen, grasbewachsenen Platz niederließen. Die dürren Halme knisterten unter ihrem Gewicht.

Flechte setzte sich, zog die Knie an und stützte das Kinn auf. Der Anblick der roten Spiralen auf dem zerrissenen Saum ihres Kleides weckte schmerzliche Sehnsucht nach Wanderer.

»Ich bin hier, Wanderer«, wisperte sie. »Ich bin hergekommen, genau wie du und Feuerschwamm es mir gesagt haben. Aber ich habe Angst.«

Das Tor öffnete sich knirschend, und Flechte sprang auf.

Aber wider Erwarten trat nicht Nachtschatten aus dem Tor, sondern ein Mann, gekleidet in ein goldenes Gewand und mit einem Kopfschmuck aus herrlichen gelben Federn. Verschlungene Tätowierungen bedeckten sein Gesicht. Er trug glänzende Ohrspulen, die fast so groß waren wie seine Ohren. Er schob das Kinn vor und starrte mit einem gierigen Funkeln in den Augen auf den Steinwolf. »Wer bist du?«

»Ich – ich bin Flechte. Ich muß zu Nachtschatten.«

Ein Stöhnen erklang hinter dem Tor. Der Mann drehte sich

um und sagte barsch: »Schafft ihn hier weg. Er amüsiert mich nicht mehr.«

Flechte wich taumelnd zur Seite, als zwei Krieger einen Berdachen hinter den Palisaden hervorzerrten. Dunkel verfärbte Schwellungen bedeckten sein Gesicht. Arme und Beine des Berdachen waren mit Blutergüssen übersät – manche hatten sich bereits gelb verfärbt. Er wehrte sich schwach und stöhnte jämmerlich. Aus fieberglänzenden Augen blickte er Flechte an. Sie war sich nicht sicher, aber sie glaubte, ihn undeutlich murmeln zu hören: »*Lauf weg!*«

Die Wächter zerrten ihn weiter den Weg entlang, der nach Süden führte.

Der Mann im goldenen Gewand starrte Flechte durchdringend an. Mit der Hand gab er den Wachen ein Zeichen und befahl: »Bringt sie in mein Gemach.«

Kapitel 39

Ein kleines Mädchen weint …

Jäh wurde Orenda aus ihrem Halbschlaf gerissen. Sie richtete sich auf der Schilfmatte vor Nachtschattens Bett auf und lauschte angestrengt mit angehaltenem Atem. Doch sie hörte nur den Wind, der raschelnd und schlagend am Strohdach zerrte. Aus der Ferne erklang das nächtliche Jaulen eines Fuchses. War das Weinen des Mädchens nur ein Traum gewesen?

»Nachtschatten!« rief sie. »H-hast du das gehört?«

In der entgegengesetzten Ecke des Zimmers verbreitete eine Feuerschale mattes orangefarbenes Licht. Am Rande des Lichtscheins saß Nachtschatten. Sie preßte das Schildkrötenbündel an die Brust und starrte unverwandt in ein Quellgefäß. In ihren großen, schwarzen Augen spiegelte sich unheimlich das Licht.

Schläfrig erhob sich Orenda von der Schilfmatte und ging in ihrem hellbraunen Schlafgewand zu Nachtschatten hinüber. Der starre Blick in den Augen der Priesterin flößte ihr Angst ein.

»Nachtschatten, ich habe etwas g-gehört.«

Nachtschatten rührte sich nicht, sie sah aus wie eine Tote.

Ängstlich leckte sich Orenda die Lippen. Ein paarmal hatte sie mit ihrer Mutter zufällig den alten Murmeltier bei seinen Reisen in die Unterwelt gestört. Sie erinnerte sich daran, wie ihre Mutter sein merkwürdiges Verhalten erklärt hatte. »*Wenn die Seelen der Träumer in der Unterwelt schweben, sehen sie wie Tote aus, Orenda. Das kommt daher, daß in ihren Körpern kaum noch Leben ist.*«

Vorsichtig lugte Orenda in den kleinen Korb mit den roten Spiralen neben Nachtschattens Knie. Eine graue, schmierige Paste bedeckte den Boden des Korbes.

»Nachtschatten, da waren S-Schreie. Hast du sie auch gehört? Ich brauche dich, ich habe Angst.«

Als sie keine Antwort erhielt, strich Orenda Nachtschattens Haare zurück und betrachtete prüfend die Schläfen der Priesterin. Ja, genau wie beim alten Murmeltier: Graue Paste war auf den Schläfen aufgetragen.

Sie ließ den Haarschleier wieder fallen, lehnte sich zurück und zog die Knie an die Brust. Völlig verängstigt versuchte sie, Klarheit in ihre Gedanken zu bringen. Seit Wochen hatte Nachtschatten vergeblich versucht, in die Unterwelt zu gelangen. Orenda fragte sich, warum sich die Erste Frau ausgerechnet in dieser kalten, feuchten Nacht entschlossen hatte, das Tor zum Quell der Ahnen zu öffnen.

Ein gequälter Schrei drang durch die Flure.

Orendas Herz hämmerte. Kurz darauf erklang ein gedämpftes, ersticktes Schluchzen. Eiskaltes Entsetzen überlief sie; ihr Magen wand sich in Krämpfen.

»Das ist die Stimme eines kleinen M-Mädchens«, flüsterte sie von Grauen gepackt.

Mit der flachen Hand schlug sie Nachtschatten fest auf die Wange. »Nachtschatten, ich ... ich habe Angst. Da ist noch ein kleines M-Mädchen im Tempel. Ich weiß nicht, wer ...«

Sie richtete sich auf. Konnte es das Mädchen sein, mit dem sie in ihren Träumen gesprochen hatte? Das Mädchen, das ihr immer wieder versichert hatte, sie brauche sich nicht zu sorgen, sie würde mit der Ersten Frau sprechen und alles in Ordnung bringen?

Aber wenn *er* das kleine Mädchen in seine Gewalt bekommen hatte …

Sie sprang auf; ihr Atem ging schwer. Durch ihren Kopf begannen unerträgliche Bilder zu wirbeln. Sie wußte, was Tharon kleinen Mädchen antat. In den versteckten Winkeln ihrer Seele schrie eine lautlose Stimme: *Nein, nein, das darf nicht noch einem Mädchen zustoßen!*

Entschlossen zog Orenda ihr Schlafgewand aus. Sie schlüpfte in das rote Kleid mit den aufgerollten Ärmeln und kämmte sich mit den Fingern flüchtig die wirren Strähnen ihrer langen Haare. Noch einmal versuchte sie, Nachtschatten aufzuwecken. »Nachtschatten, Nachtschatten, bitte w-wach auf.«

Aber Nachtschatten rührte sich nicht.

Orenda nahm all ihren Mut zusammen, schlich zu den Türvorhängen und lugte vorsichtig hinaus. Die Feuerschale neben der Tür erhellte ein Stück des stillen, verlassenen Flurs, aber die Schale am Ende des Korridors war erloschen.

Das kommt manchmal vor. Besonders in windigen Nächten. Ein Windstoß könnte durch die Ritzen eingedrungen sein …

Auf Zehenspitzen ging Orenda den Korridor hinunter bis zum ersten Quergang. Dort verharrte sie und lauschte angespannt. Als sie nichts hörte, bog sie zögernd in den Flur ein, der zu *seinem* Zimmer führte. Heute nacht war niemand zu sehen.

Sie preßte den Rücken an die kalte Wand und tastete sich langsam voran. Ihre Lungen brannten; sie glaubte, ersticken zu müssen. Als sie an der Tür zum Tempel vorbeikam, lauschte sie noch einmal, dann ging sie mit heftig klopfendem Herzen weiter.

Zwei Wächter standen neben der Tür zu Tharons Gemach. Als sie sich näherte, schielte der große häßliche Hufspur unbehaglich zu ihr herüber. Der andere, ein magerer Mann, dessen Kriegshemd von seinem vorstehenden Bauch ausgebeult wurde, starrte sie finster an. An seinen Namen konnte sich Orenda nicht erinnern.

Aus dem Zimmer drang die flehende Stimme eines Mädchens: »Hör auf. Warum tust du mir weh? Ich verstehe nicht …«
Orenda blieb sechs Hand von den Wächtern entfernt stehen.

»Ich verlange nicht, daß du verstehst, Kind. Nur, daß du gehorchst«, antwortete Tharon mit seiner spöttisch süßen Stimme. »Ich bin der Häuptling Große Sonne. Entweder man gehorcht mir, oder man stirbt. Das verstehst du doch, oder?«

Ein ersticktes Schluchzen, dann sagte eine zaghafte Stimme: »Ja.«

»Also tu, was ich dir sage. Geh zu dieser Matte hinüber und leg dich hin.«

»Warum?«

»Weil du ein hübsches kleines Ding bist und ich dich ... dich ansehen will.« Er lachte. »Ja, genau. Ich will dich *ansehen.*«

Orendas Knie zitterten schrecklich; sie konnte sich kaum noch auf den Beinen halten. Flehend sah sie die Wächter an, doch diese hatten sich abgewandt. Sie gaben vor, nichts zu hören, und blickten teilnahmslos den Korridor entlang. Orenda rang die Hände und überlegte fieberhaft, was sie tun könnte.

Als das kleine Mädchen drinnen gellend aufschrie: »*Nein!*«, stürzte Orenda unwillkürlich vor und kroch auf allen vieren unter den Türvorhängen hindurch.

Die Wächter brüllten hinter ihr her. Einem gelang es, ihren Fuß zu packen, aber sie riß sich los und kroch weiter. Sie wußte, die Männer wagten es nicht, ihr in Tharons Gemach zu folgen, bevor sie nicht von Tharon gerufen wurden.

Im Nu befand sich Orenda in der Mitte des prächtigen Raums. *Sein* riesiges Bett aus Fellen und Decken türmte sich links von ihr auf. Die merkwürdigen Gegenstände an der Wand unterhalb des Fensters kannte sie alle: aus weit entfernten Orten zusammengestohlene Dinge. Die Fenstervorhänge waren geschlossen. Nur durch einen schmalen Spalt war der nächtliche Himmel zu sehen. Ein Dutzend lodernder, an den Wänden aufgereihter Feuerschalen erhellte den Raum. Wohin sie auch sah, starrten sie aus leeren Augen Gegenstände der Mächte an. Das Bündel des alten Murmeltier mit dem blauen Muster lag zerfetzt neben seinem Bett, der Inhalt war über den Boden verstreut worden. Zu ihrer Rechten lagen die Sachen ihrer Mutter – Schmuckstücke, Gewänder, Sandalen – achtlos auf einen Haufen geworfen.

Ein ersticktes Schluchzen drang aus Orendas Kehle.

Tharon drehte sich ruckartig um. Sein goldenes Gewand wirbelte um seine Beine wie eine sonnenbeschienene Wolke. In einer Hand hielt er eine Kriegskeule, in der anderen eine Schale Tee. Orenda kannte den eigenartigen, losgelösten Ausdruck seines Gesichts. *Er hat Bleiglanztee mit zerstoßenen Purpurwindensamen getrunken.* Gelegentlich hatte er Orendas Mund mit Gewalt geöffnet und ihr ein wenig von dem Gebräu eingeflößt. Dabei hatte er unentwegt auf sie eingeredet und ihr erzählt, wie sehr sie diesen Tee möge.

Und er hatte recht. Denn dieser Tee verlieh ihr die Macht, ihre Seele von ihrem Körper zu lösen und an einer Stelle zu verbergen, die so unzugänglich und dunkel war, daß seine Hände sie nicht aufspüren konnten.

Großspurig und mit arrogant erhobenem Kinn stolzierte er auf sie zu. Ein Hirschknochenstilett baumelte an seinem Gürtel. »Nun, Orenda, ich habe mich schon gefragt, wann du wieder zur Vernunft kommst und zu mir zurückkehrst.« Er warf einen Blick auf das andere kleine Mädchen, das sich halbversteckt hinter einer alten, kunstvoll geschnitzten Ahornbank in einer Ecke zusammengekauert hatte. Das Vorderteil ihres grünen Kleides war zerrissen. Orenda konnte die Kratzwunden auf der Brust des Mädchens erkennen.

»Ich h-hasse dich!« stieß Orenda hervor.

»Du bist kühn geworden, seit du bei Nachtschatten bist, Orenda. Nun, um so besser. Geh da hinüber zu Flechte. Beeil dich! Ich habe nicht die ganze Nacht Zeit.«

»Nein!«

»Ich *befehle* dir – «

»N-nein.«

Sein Gesicht verzerrte sich vor Wut. Er stieß einen heiseren Schrei aus und lief mit erhobener Kriegskeule auf sie zu.

Orenda sprang auf und floh in die andere Ecke des Raums. Sie duckte sich hinter die Bank neben Flechte, die sie überrascht anstarrte. Die beiden sahen sich in die Augen wie schon hundertmal in ihren Träumen.

Flechte ergriff Orendas Arm. »Schnell! Vielleicht schaffen wir es bis zum Fenster.«

Sie huschten los wie die Mäuschen, schlängelten sich an Möbeln vorbei, krochen darunter hindurch. Ihre verzweifelte Flucht schien ihn zu amüsieren. Unter schrillem Gelächter hieb er die Kriegskeule immer wieder in seine Handfläche. Wie ein gieriger Wolf, der Blut riecht, bewegte er sich geschickt durch das Labyrinth der Möbel und Gegenstände. Die Feuerschalen warfen seinen Schatten wie den eines schwankenden Riesen an die Wände.

»Orenda! Orenda, hör auf und komm heraus. Hörst du mich? Ich bin dieses Spiels überdrüssig. *Ich sagte, komm heraus!*«

Die Keule sauste auf den Webstuhl, unter dem Orenda kauerte. Holzsplitter regneten auf sie herunter. Sie stieß einen Schrei des Entsetzens aus und bedeckte ihr Gesicht mit den Händen.

»Da entlang. Komm!« sagte Flechte und zerrte Orenda hinter eine konisch zulaufende Reuse. Unvermittelt stürzte sie aus dem Versteck heraus und rannte zum Fenster.

Mit einem gewaltigen Satz sprang Flechte hoch und krallte sich am Fensterbrett fest. In diesem Moment warf er ein Muschelschalengefäß nach ihr, das auf ihrem Rücken zerschellte. Vor Schreck rührte sich Flechte nicht von der Stelle. Tharon packte ihre langen wehenden Haare und zog sie auf den Boden herunter. Flechte wehrte sich. Verzweifelt versuchte sie, ihre Haare aus seinem eisernen Griff zu befreien.

Orenda, blind vor Wut und Grauen, warf sich nach einer Schrecksekunde auf ihn. Wie von Sinnen trat und biß sie um sich.

»*Lauf, F-Flechte!*« kreischte Orenda und grub ihre Zähne in die Haut zwischen seinem Daumen und Zeigefinger. Er heulte auf und versuchte, sie abzuschütteln.

»Du kleine Bestie!« wütete Tharon. »Soll ich dich totprügeln wie eine Schildkröte?«

Orenda ließ nicht locker. Er keuchte vor Schmerz. Unter Aufbietung aller Kräfte hob er die in seine Hand verbissene Orenda hoch, damit er sich umdrehen konnte, und schmetterte Flechte seine Kriegskeule auf den Kopf. Flechte taumelte, drehte sich im Kreis und sank zu Boden.

»Flechte!« schrie Orenda. Ihr Biß lockerte sich, und Tharon schleuderte sie zu Boden. Fassungslos starrte Orenda auf

Flechte, die am Fuß des Bettes auf dem Rücken lag. Blut tränkte ihr Haar über dem rechten Ohr und lief in gräßlichen Streifen über ihr hübsches Gesicht. Ohne nachzudenken, griff sie Tharon an. Er packte sie hinten am Kleid und hielt sie unter hysterischem Gelächter auf Armeslänge von sich.

»Oh, Orenda! Du bist bei weitem unterhaltsamer als früher. Ich bin Nachtschatten dankbar, daß sie dich entführt hat.«

Orenda trat um sich und brüllte haßerfüllt.

»Hör auf, Orenda. Jetzt reicht's!«

Die polierte Keule leuchtete im Feuerschein orangerot auf. Mit einem leisen Zischen schnitt sie durch die Luft.

Orenda spürte kaum den Schlag. Auf einer Woge gleitenden Nebels schwebend beobachtete sie, wie er sein Gewand ablegte, es achtlos zu Boden warf und nach ihr griff. Instinktiv versuchte Orenda, wegzukriechen, aber seine Hand verkrallte sich in ihrem Kragen und riß ihr brutal das Kleid vom Leib. Er zwang sie nieder, sein schwerer Körper nagelte sie auf dem weichen Tuch seines Gewandes fest.

»Du hast also gedacht, du könntest dich davon befreien, wenn du zu Nachtschatten läufst. Nun, du wirst nie wieder weggehen.«

Er schmetterte ihren Kopf auf den Boden und drückte mit seinem Knie ihre Beine auseinander. Orenda schrie gellend: »Nachtschatten!« Mit den Fingernägeln zerkratzte sie ihm das Gesicht. Tharon schlug sie so heftig, daß ihr übel wurde. Vor ihren Augen drehte sich alles.

»Sie kann dir nicht helfen.« Er lachte. »Niemand kann dir helfen.«

Orenda schrie voller Panik nach Nachtschatten. Ihre Hand tastete wie rasend über den Boden auf der Suche nach einem Gegenstand, mit dem sie sich wehren konnte. Plötzlich berührten ihre Finger in den Falten seines zerknüllten Gewandes etwas Kühles, Glattes.

Ihre Hand schloß sich um das Hirschknochenstilett.

Dachsschwanz hatte sich für den Weg zum westlichen Tor entschieden. Wurm, der neben ihm marschierte, richtete die wachsamen Augen argwöhnisch auf die am Weg liegenden

Häuser – als könne jeden Augenblick eine bösartige Macht hervorspringen und über sie herfallen. Das Dorf schien wie ausgestorben.

»Warum ist es so still?« fragte Wurm beklommen. »Auch auf den Mais- und Kürbisfeldern hat niemand gearbeitet.«

»Vielleicht sind sie bereits in Deckung gegangen.«

Und dann hat Tharon durch die heimgekehrten Krieger bereits von meiner Niederlage erfahren. Wahrscheinlich überlegt er seit Tagen, wie er mich umbringt.

Dachsschwanz umklammerte seine Kriegskeule noch fester.

In diesem Teil des Dorfes lebte der Hornlöffel-Stamm. Wohin waren die Leute gegangen? Fenster- und Türvorhänge flatterten im Wind, die Innenräume waren verlassen, doch Körbe und Keramikgefäße standen an ihrem Platz. Waren sie so überstürzt geflohen, daß sie nicht einmal die Zeit hatten, zu packen?

Wanderer und Wühlmaus gingen leise miteinander redend hinter ihm und Wurm. Die Nachhut bildeten Flöte und Langschwanz. Der Mantel der Nacht hatte sich über das Dorf gebreitet, durch das schwarze Tuch des Himmels funkelten nur wenige Sterne. Der Mond stand als schmale silberne Sichel über dem Tempelhügel. Über dem Gewirr der Strohdächer konnte Dachsschwanz gerade noch die zugespitzten Pfahlenden der Palisaden erkennen. Krieger gingen auf den Schießplattformen auf und ab.

»Glaubst du, Tharon hat den Nichtadeligen befohlen zu fliehen?« Wurms rundes Gesicht verzog sich sorgenvoll.

»Hoffentlich. Vernünftig wäre es.« *Und deshalb hat er es vermutlich nicht getan.*

Dachsschwanz mußte schnellstens zu Tharon und ihm die bedrohliche Lage erläutern. Ihm wurde flau im Magen. Er fürchtete Tharons Wutausbrüche mehr als Petagas militärische Stärke.

Hinter ihm murmelte Wanderer etwas Unverständliches, und Wühlmaus erwiderte: »Ich bete, daß du recht hast. Aber wenn sie nicht da ist, was dann? Ich habe ein seltsames *Gefühl*, Wanderer. Etwas Schreckliches –«

»Ich weiß. Mir geht es genauso.« Seine Stimme wurde wieder leiser.

Als sie das Viertel des Blaudecken-Stammes erreichten, rannten Hunde herbei und hefteten sich kläffend an ihre Fersen. Indigoblauer Rauch schwebte träge um die Hügelspitzen; die Luft roch schneidend und modrig.

Das Licht der Feuerschalen erleuchtete die Umrisse von Fenster und Türen – aber die wenigen Stimmen, die zu hören waren, klangen gedämpft. Hin und wieder wurde ein Vorhang ein Stückchen zur Seite gezogen, und verstohlene Blicke folgten ihnen.

Normalerweise saßen die Leute um diese Jahreszeit draußen vor ihren Häusern, lachten und redeten oder spielten mit ihren Hunden, bis die Kühle der Nacht sie in die Häuser trieb.

Dachsschwanz beschleunigte seine Schritte; er wollte so rasch wie möglich zum westlichen Tor. Das letzte Wegstück legte er in leichtem Trab zurück. Die Krieger auf den Schießplattformen entdeckten ihn und verständigten sich mit lauten Rufen.

»Dachsschwanz! Das ist Dachsschwanz! *Seht doch!*«

Sein Name verbreitete sich wie ein Lauffeuer von Mund zu Mund. Er umrundete die Ecke des letzten Hauses vor den Palisaden und rannte direkt in einen Schwarm herbeieilender Krieger, die ihn stürmisch begrüßten. Wapitihorn drängte sich durch die Menge und umarmte Dachsschwanz so heftig, daß ihm die Luft wegblieb.

»Vater Sonne sei Dank«, sagte Wapitihorn. »Wir fürchteten, du seist tot. Heuschrecke erzählte vom geglückten Überfall auf Redweed Village und was anschließend passierte, aber nach unserer Niederlage – «

»Wie geht es Heuschrecke?« erkundigte er sich. Er mußte unbedingt Bescheid wissen. »Hat Wolkenschatten sie gut nach Hause gebracht?«

Rund um Dachsschwanz setzte lautes Stimmengewirr ein. Zahllose Hände reckten sich ihm entgegen und versuchten, ihm die Hand zu drücken. Während er sich bemühte, keinen Krieger bei der Begrüßung zu übergehen, bemerkte er, daß sich Wapitihorns Gesicht verfinsterte.

»Was ist los, Wapitihorn? Geht es um Heuschrecke? Raus damit.«

»Es geht ihr gut … ich meine, körperlich.« Wapitihorn strich sich über den borstigen Haarkamm und begann, ihnen eine Gasse zum offenen Tor zu bahnen. Der Schwarm johlender Krieger folgte ihnen. »Ich mußte vier Wachen vor ihrem Haus aufstellen, Dachsschwanz. Sie ist … Ich habe sie noch nie so wütend gesehen. Sie hat versucht, den Tempel zu stürmen, allein … sie wollte Häuptling Große Sonne töten. Trotz ihrer Verletzungen benötigten wir drei Krieger, um sie aufzuhalten. Zuerst dachte ich, es läge am Fieber, das sie in den Wahnsinn getrieben hätte.«

Dachsschwanz blieb vor dem Tor stehen. »Sprich nicht in Rätseln. Was ist mit ihr passiert?«

Wapitihorn sah aus, als hätte er etwas Bitteres geschluckt. »Während wir draußen auf dem Kampfgang waren, hat Häuptling Große Sonne Primel eingesperrt. Anscheinend hat er … hat er ihn gefoltert.«

Gefoltert? Dachsschwanz' Herz setzte einen Augenblick lang aus; sein Blut hämmerte in plötzlich aufwallendem Zorn gegen seine Schläfen. Er fragte sich, wie drei Krieger es unter diesen Umständen geschafft hatten, Heuschrecke aufzuhalten. »Bring Wanderer und Wühlmaus hinein. Sie sollen in der Nähe des Tores warten, bis ich zurückkomme.«

»Natürlich, aber wo gehst – «

»Ich bin bei Heuschrecke. Laß mir zwei Finger Zeit.« Dachsschwanz rannte, so schnell er konnte, den völlig verlassenen Weg an der Außenseite der Palisaden entlang.

Erinnerungen blitzten an den Grenzen seiner Seele auf – Erinnerungen an Heuschreckes unbändige Wut. Einmal hatte es ein Händler aus Yellow Star Mounds gewagt, sich über Primel und das Kleid, das er trug, lustig zu machen. Heuschrecke hatte so blitzschnell reagiert, daß Dachsschwanz sie nicht aufhalten konnte. Sie trat den Händler in die Leiste; er sank zu Boden, und schon setzte sie ihm ein Knie mitten auf die Brust und drückte ihr Stilett an seine Kehle. Dem Mann war das Lachen vergangen. Dachsschwanz kostete es eine volle Hand Zeit, sie davon abzubringen, diesen Mann zu töten.

Als Heuschreckes weiß gekalktes Haus in Sicht kam, fiel Dachsschwanz in einen langsamen Trab. Er erkannte Maisbart und Bovist, beides angesehene Krieger und gute Freunde von Heuschrecke, die den Vordereingang bewachten. Eine ausgezeichnete Idee von Wapitihorn. Selbst wenn sie versuchen sollte, sich den Weg freizukämpfen, würde sie diese Krieger sicherlich nicht umbringen.

Bovists zerfurchtes Gesicht strahlte vor Erleichterung, als Dachsschwanz zu ihm trat. Aus dem Haus drang klägliches Weinen.

Bovist schüttelte Dachsschwanz fest die Hand.

»Geht es ihr gut?« erkundigte sich Dachsschwanz leise.

Bovist schüttelte den Kopf. »Sie hat hohes Fieber. Aber sie weigert sich, einen Heiler kommen zu lassen … Winterbeere kümmert sich um sie.« Sorgenfalten gruben sich in seine Stirn wie die tiefen Risse, die Zyklen von Wind und Regen in die Felsen geschnitten hatten.

Dachsschwanz schlug Bovist kräftig auf die Schulter, begrüßte Maisbart mit freundlichen Worten und ging zur Tür. »Heuschrecke, darf ich eintreten?«

»*Dachsschwanz!* Ja, komm herein; der Ersten Frau sei Dank.«

Er bückte sich unter den Vorhängen und betrat den vom bernsteingelben Licht einer einzigen Feuerschale beleuchteten Raum. Heuschrecke saß auf einem Deckenberg an der Rückwand des Zimmers. Primel hatte seinen Kopf in ihren Schoß gelegt; seine langen schwarzen Haare fielen über Heuschreckes bandagiertes rechtes Bein und berührten den Boden. Er schluchzte herzzerreißend.

Heuschrecke trug ein dünnes weißes Hemd aus gesponnenen Seidenpflanzenfäden. Es schmiegte sich an jede Kurve ihres vom Fieber schweißnassen Körpers.

Respektvoll verbeugte sich Dachsschwanz vor Winterbeere, die, zwei Bündel in den Armen haltend, nahe der Tür auf dem Rücken lag. Waren das Babys? Grüne Esches Babys? Warum waren sie nicht zu Hause bei ihrer Mutter? Müde nickte Winterbeere Dachsschwanz einen Willkommensgruß zu, dann schloß sie wieder die Augen.

Er ging zu Heuschrecke und kniete vor ihrem Lager nieder.

Sie hatte die kurzen Haare aus dem Gesicht gekämmt und mit kupfernen Kämmen hinter den Ohren befestigt. Die Haartracht betonte die Magerkeit ihrer eigenwilligen Gesichtszüge. Ihre Augen blickten glasig und leer.

Dachsschwanz legte ihr eine Hand auf die Stirn. »Du hast Fieber.«

»Hast du schon gehört, was passiert ist?«

»Ja.«

Heuschreckes Kiefermuskeln bebten. Sie biß krampfhaft die Zähne zusammen. »Ich bringe ihn um, Dachsschwanz.«

Er nickte beipflichtend. »Dafür kann ich dich nicht tadeln. Aber laß mich zuerst mit ihm sprechen, feststellen, warum er –«

»Für das, was er getan hat, gibt es keinen akzeptablen Grund!«

Heuschrecke zog die schwarz-weiße Decke beiseite, die Primels nackten Körper verhüllte. Primel grub sein Gesicht tiefer in den weißen Kleiderstoff über Heuschreckes Schoß und krümmte sich vor Schmerz und Scham zusammen. Er wollte wenigstens die scheußlichsten Wunden verbergen.

Dachsschwanz' Herz wurde mit einem Schlag kalt und still. Primels Hoden waren abgeschnitten. Rosarote Wunden zeigten an, wo sie gewesen waren. Dachsschwanz schloß die Augen und wandte sich ab.

Heuschrecke streckte die Hand aus und packte ihn am Kinn. Sie drehte seinen Kopf, so daß er keine Möglichkeit hatte, ihrem leidenschaftlichen Blick auszuweichen. »Ich werde ihn *töten,* Dachsschwanz… und weder du noch irgend jemand anders wird mich aufhalten können.«

Heuschrecke sah Dachsschwanz an; in ihren Augen blitzte eine Wut, wie er sie noch nie gesehen hatte. Das Feuer in ihren Augen versengte die Tiefen seiner Seele.

Beschwichtigend legte Dachsschwanz eine Hand auf Heuschreckes nackten Fuß. »Ich glaube nicht, daß es nötig ist.«

»Warum nicht?«

»Spätestens morgen abend ist Petaga hier.« Er holte tief Luft und versuchte, ruhig zu bleiben. »Wir können ihn nicht aufhalten.«

»Soll das heißen, du gibst auf?«

»Nein. Du kennst mich. Ich bin dickköpfig, ich gebe nie auf. Wir kämpfen bis zum letzten Krieger, aber ...« Er zuckte resigniert die Achseln. Die Müdigkeit und Erschöpfung der vergangenen Tage lastete wie ein bleierner Mantel auf ihm. »Hagelwolke hat Petagas Truppen hervorragend geführt. Ich weiß nicht, wie hoch seine Verluste bei den Kämpfen im Norden waren, aber ich wette, nicht mehr als zweihundert, höchstens dreihundert Mann. Er hat immer noch ungefähr tausend Krieger. Du bist länger zurück als ich, Heuschrecke. Wie viele Krieger haben wir? Was meinst du?«

Sie senkte den Blick. Geistesabwesend streichelte sie Primels Haare. »Nur sehr wenige sind zurückgekommen. Ich weiß es nicht genau, fünfzig vielleicht. Ich bin hier im Haus eingesperrt. Bovist hält mich einigermaßen auf dem laufenden.«

»Das macht zweihundertfünfzig gegen tausend. Und trotz der Palisaden ... ich glaube nicht, daß das genügen wird.«

»Was sollen wir tun?«

»Ich möchte, daß du mit deiner Familie umziehst, und zwar in das geschützte Viertel hinter den Palisaden – in mein Haus. Ich werde ohnehin kaum zu Hause sein. Es sind so viele Pläne auszuarbeiten und Kämpfe auszufechten, daß mir kaum Zeit bleibt. Wenn du willst, bitte ich Nachtschatten, zu dir zu kommen und sich um dich und Primel zu kümmern. Sie ist eine große Heilerin.«

»Dachsschwanz, wenn du mir erlaubst, auf die andere Seite der Palisaden zu gehen, werde ich Tharon – «

»Gib mir nur drei Tage. Ich nehme an, dann hat Petaga die Palisaden überrannt und Tharon getötet. Aber falls nicht ... nun, darüber reden wir, wenn es soweit ist. Einverstanden?«

Heuschreckes Miene entspannte sich; nun sah er ihr deutlich die Auswirkungen der Erschöpfung und des Fiebers an. »Einverstanden.«

Liebevoll tätschelte er ihren nackten Fuß und erhob sich. »Wann kommst du in mein Haus?«

»Darüber muß ich mit Grüne Esche sprechen. Sie und Nessel möchten morgen heiraten. Ich weiß nicht, wie sie – «

»Sie können auf dem Tempelhügel heiraten ... zumindest,

solange noch keine Pfeile um sie herumschwirren. Tharon hat bestimmt nichts dagegen.«

Wieder begannen Heuschreckes Augen wütend aufzuglühen. Dachsschwanz wandte sich rasch ab und begegnete Winterbeeres starrem Blick. Die alte Frau sagte: »Ich danke dir für dein Angebot, Dachsschwanz, aber ich gehe nicht in dein Haus.«

»Warum nicht?«

»Grüne Esche erträgt es nicht, ihren Babys nahe zu kommen. Und ich – ich halte Nachtschattens Nähe nicht aus. Kennst du vielleicht ein anderes Haus, wo ich mich mit den Kindern in Sicherheit bringen kann?«

»Ich erkundige mich. Ich finde bestimmt etwas Geeignetes.«

Winterbeere nickte erleichtert. »Ich danke dir. Aber ich muß dich warnen.«

»Wovor?«

»Tharon hat Mädchenauge ermordet. Falls du von Westen ins Dorf gekommen bist – «

»Ja.« Eine eisige Leere schien seinen Magen auszuhöhlen. »Sind deshalb die Häuser des Hornlöffel-Stamms verlassen? Wie können zweitausend Menschen so schnell verschwinden? Wohin sind sie gegangen?«

Winterbeere verlagerte das Gewicht der Bündel auf ihren Armen, und eines der Babys begann zu winseln wie ein Wolfswelpe. Sie beruhigte das Kind und wiegte es liebevoll. »Ich fürchte, Dachsschwanz, sie haben sich Petaga angeschlossen.«

Kapitel 40

Bei Dachsschwanz' Rückkehr zum Westtor war es bereits tiefe Nacht. Leuchtkäfer funkelten im Gras, Mondjungfraus spitzes Gesicht stand wie eine bleiche weiße Klaue über dem Tempel. Fahle Lichtstreifen fielen zwischen den Pfählen der Palisaden hindurch und übersäten den Boden mit Girlanden aus silbernen Dreiecken. Mit raschen Schritten eilte Dachsschwanz zum

Tor, tauschte ein paar derbe Scherze mit den Wachen aus und trat ein.

Ruhig und still ragten die Hügel vor ihm auf. In den Häusern waren nur vereinzelte Fenster erleuchtet. Ihr bernsteingelber Schein bildete auf dem abgestorbenen Gras kleine Teiche aus Licht. Bis auf die auf und ab gehenden Wachen auf den Schießplattformen nahm er keine Bewegung wahr. Der von den Palisaden geschützte heilige Boden erweckte den Eindruck eines verlassenen Dorfes.

Als das Tor hinter ihm zuschwang, suchte Dachsschwanz in der Dunkelheit nach Wapitihorn. Er entdeckte ihn zusammen mit einigen anderen Menschen am Fuße der zum Tempelhügel führenden Treppe.

Er näherte sich der kleinen Gruppe und erkannte nun auch Flöte und Wurm, die neben Wapitihorn standen. Auch Wühlmaus und Wanderer waren dabei. Wanderer starrte Dachsschwanz aus großen, forschenden Augen an. Seine Miene zeigte eine an Wahnsinn grenzende Panik. Trotz des kühlen Windes glänzte Wanderers runzliges Gesicht schweißüberströmt. Dennoch zitterte der alte Mann am ganzen Leib, als fröre er.

»Was ist los mit dir?« erkundigte sich Dachsschwanz.

»Die Mächte sind frei heute nacht«, flüsterte Wanderer. »Fühlst du es nicht?« Er richtete die Augen zum sternenfunkelnden Himmel.

Dachsschwanz folgte seinem Blick, doch er entdeckte nur ein paar Fledermäuse auf der Jagd nach Leuchtkäfern.

»Dachsschwanz«, sagte Wühlmaus. »Wapitihorn behauptet, heute sei ein kleines Mädchen durch das Tor gegangen. Ich glaube, es handelt sich um meine Tochter. Können wir uns bitte beeilen?«

»Deine Tochter ... Flechte? Die mit dem Steinwolf?«

Widerstrebend antwortete sie: »Ja.«

Dachsschwanz ging nicht auf Wühlmaus' Bitte ein, sondern wandte sich an Wapitihorn. »Heuschrecke und ihre Familie ziehen in mein Haus. Befiehl zwei Kriegern, ihnen zu helfen.«

»Sie kommen hierher?« fragte Wapitihorn unschlüssig. »Du

hast Heuschrecke *eingeladen*, innerhalb der Palisaden zu wohnen?«

»Ja, und ich möchte, daß du *höchstpersönlich zu* den anderen Stammesführerinnen gehst und sie bittest, die Mitglieder ihres Rates ebenfalls hierherzubringen. Ich muß zwar zuerst noch Tharons Erlaubnis einholen, aber ich glaube, er ist damit einverstanden. Sie verdienen unseren Schutz. Zudem werden wir sie für die Neuorganisation des Dorfes brauchen, wenn Petaga ... wenn dies alles vorbei ist.«

Wapitihorn, dem die Furcht in Dachsschwanz' Stimme nicht entging, maß ihn mit einem langen, prüfenden Blick. »Ich kümmere mich darum. Was hast du vor?«

»Ich liefere diese beiden« – er deutete auf Wanderer und Wühlmaus – »bei Nachtschatten ab und spreche anschließend mit Tharon. Danach gehe ich zu den Schießplattformen. Ich muß unsere Krieger auf den Angriff vorbereiten.«

Dachsschwanz gab Wanderer und Wühlmaus ein Zeichen. »Folgt mir. Uns steht eine lange Nacht bevor. Flöte, begleite uns.«

Während Dachsschwanz vor Wanderer, Wühlmaus und dem jungen Flöte die Treppe zum Tempelhügel erklomm, schweifte sein Blick über die Palisadenwand auf die im Mondlicht leuchtenden Bänder der Bäche und die winzigen, so groß wie eine Ahlenspitze aussehenden Teiche. *Warum bin ich immer noch hier? Alles, was ich in meiner Jugend geliebt habe, ist verschwunden. Ich hätte weglaufen sollen.* Einen Augenblick lang schienen die leuchtenden Farben des Verbotenen Landes in stummem Versprechen nach ihm zu rufen.

Als Dachsschwanz den Tempeleingang erreichte, riß er sich aus seinen wehmütigen Gedanken. Er verneigte sich vor den Sechs Heiligen und trat beiseite, damit Wanderer, Wühlmaus und Flöte ebenfalls ihre Huldigung darbringen konnten. Währenddessen blickte er zum Himmel hinauf, wo skelettartige Wolkenfinger über die Körper der Sternenungeheuer griffen. Sie deuteten nach Süden, sie schienen ihn von diesem Wahnsinn weglocken zu wollen.

»Flöte, sieh zuerst in dem Sonnenzimmer nach. Falls Nachtschatten nicht dort ist, begleite Wanderer und Wühlmaus zu ihrem Zimmer.«

Flöte nickte unbehaglich. Er fürchtete den Zorn Nachtschattens, wenn er sie störte. Aber Dachsschwanz beschwichtigte ihn und ging ihnen voraus in den Tempel. Sie gingen an den herrlichen Wandmalereien vorbei. Die meisten Feuerschalen waren erloschen oder gar nicht erst angezündet worden. War der Mangel an Hickoryöl daran schuld? Im Dämmerlicht sah es so aus, als blickten die Abbilder der Ersten Frau und Großvater Braunbärs geringschätzig und grüblerisch auf ihn herunter.

Sie näherten sich dem Korridor, der zum Sonnenzimmer führte. Zwei schemenhafte Gestalten lehnten mit verschränkten Armen an der Wand. Im Näherkommen erkannte Dachsschwanz die vertrauten Gesichter von Hufspur und Schwarzer Hund. Auch sie erkannten ihn und eilten ihm entgegen.

»Dachsschwanz.«

»Schwarzer Hund. Hufspur.« Dachsschwanz drückte ihnen herzlich die Hand. »Wie stehen die Dinge?«

Hufspurs häßliches Gesicht nahm einen verkniffenen Ausdruck an, als er über Dachsschwanz' Schultern auf die beiden Fremden blickte. Dachsschwanz wandte sich um und winkte Flöte. »Geh weiter, Flöte. Sieh in dem Sonnenzimmer nach, anschließend bringst du Wanderer und Wühlmaus in Nachtschattens Zimmer.«

»Ja, Kriegsführer.«

Hufspurs Anspannung ließ kaum merklich nach, obwohl sich Wanderer und Wühlmaus bereits außer Hörweite befanden. Mißtrauisch beobachtete er, wie sie in das Sonnenzimmer lugten und gleich darauf nach links in einen Korridor abbogen.

Dachsschwanz runzelte die Stirn. »Was ist denn?«

Unbehaglich schielte Hufspur zu Schwarzer Hund hinüber. Nach kurzem Zögern legte er schließlich entschlossen die Faust auf seine am Gürtel befestigte Kriegskeule. »Wir wissen es nicht. Häuptling Große Sonne hat uns befohlen, seine Kammer zu bewachen. Er erteilte uns unter Androhung des Todes den strikten Befehl, niemand dürfe seine Kammer betreten. Aber es gehen seltsame Dinge vor.«

»Wovon sprichst du?«

Hufspur schüttelte den Kopf. »Gedämpfte Geräusche und Schreie drangen aus dem Zimmer des Häuptlings. Er befahl uns, ein kleines Mädchen zu ihm zu bringen. Bald darauf tauchte seine Tochter, Orenda, auf und huschte an uns vorbei hinein.«

Prüfend betrachtete Dachsschwanz Hufspurs Gesicht, dann musterte er nicht weniger durchdringend Schwarzer Hund. *Zu Tode verängstigt. Alle beide.* »Und Nachtschatten? Wo war sie während dieser Vorfälle?«

»Wir haben sie nicht gesehen.«

Dachsschwanz' Stirn legte sich in Falten; seine buschigen Augenbrauen stießen über der Nase zusammen. Wie war es möglich, daß Nachtschatten nicht zur Stelle war, wenn Orenda sie brauchte? Das ergab keinen Sinn. Nachtschatten behandelte Orenda inzwischen fast wie eine eigene Tochter. »Bleibt da, von hier aus könnt ihr den Vordereingang im Auge behalten. Gebt mir Bescheid, falls irgend jemand kommt. Ich muß mit Häuptling Große Sonne sprechen.«

Er wandte sich ab, um den nach rechts abzweigenden Korridor hinunterzugehen, da rief Hufspur ihm nach: »Dachsschwanz, stimmt das? Wird Petaga Cahokia angreifen?«

Ohne seinen Schritt zu verlangsamen, antwortete er: »Ja.«

Hinter ihm erhob sich ängstliches Flüstern, aber er achtete nicht darauf. Zu viele Fragen, den bevorstehenden Angriff Petagas betreffend, stürmten auf ihn ein. Wen von seinen Kriegern verurteilte er dazu, in der vordersten Linie auf den Schießplattformen zu stehen? Wie konnte er das Dorf gegen die brennenden Pfeile verteidigen, die Petaga mit Sicherheit in jedes Haus schießen ließ, dessen er ansichtig wurde? Im trockenen Gras würde sich das Feuer rasend schnell ausbreiten. Im schlimmsten Fall könnten die Funken bis zum hohen, weit außerhalb der Reichweite der Pfeile liegenden Dach des Tempels getragen werden. Zu welchen Bedingungen sollte er die Kapitulation aushandeln? Würde Petaga ein Kapitulationsangebot überhaupt annehmen?

Helles Licht fiel durch die seitlichen Ritzen von Tharons Türvorhängen. Trotzdem strahlte der Flur Eiseskälte aus; sie schnitt in Dachsschwanz' Fleisch wie vereiste Stacheln.

Vor der Tür blieb er stehen und lauschte einen Moment. Kein Laut. »Häuptling Große Sonne, ich bin's, Dachsschwanz. Darf ich eintreten? Ich habe dir vieles zu berichten.«

Drinnen erklang ein schluchzender Laut – ein Geräusch, das eine Gänsehaut über Dachsschwanz' Rücken jagte. Er trat vor, rief: »Mein Häuptling!« und zog die Vorhänge zurück …

Keuchend stolperte er in den Raum. Aus den Tiefen seiner Seele brach ein Schrei heraus und hallte gespenstisch zwischen den heiligen Wänden des Tempels wider. Er brüllte: »*Orenda, nein!*«

Schwester Daturas Gelächter durchdrang den Traum.

Nachtschatten regte sich. Die Feuerschale auf dem Boden flackerte wie unter dem Luftzug vorbeirennender Kinderfüße. Während Nachtschattens Seele vom Quell der Ahnen heraufstieg, nahm sie hinter ihren geschlossenen Augenlidern undeutliche farbige Punkte wahr – orange und schwarz, orange und schwarz.

»*Ja*«, höhnte Schwester Datura, »*du hast deine Pflicht getan. Jetzt geh und sieh nach, was der Häuptling Große Sonne in deiner Abwesenheit Böses angerichtet hat.*«

Blinzelnd öffnete Nachtschatten die Augen. Die Dunkelheit des Zimmers umschmeichelte sie wie kräuselnde Wellen schwarzen Wassers. Ihre Ohren schienen taub zu sein, und sie konnte nur verschwommen sehen. Eine merkwürdige Stille hatte sich über die Welt gesenkt.

»Oh, meine Schwester …«, flüsterte sie mit jämmerlicher Stimme. Eine entsetzliche Übelkeit wallte in ihr auf. »Bitte, laßt mich in Ruhe.«

Doch Datura übte Vergeltung. Sie stieß ihre krallenartigen Finger noch tiefer in Nachtschattens Magen. »*Jetzt nicht. Unser Tanz ist noch nicht zu Ende. Steh auf, Nachtschatten. Seit Zyklen hast du das Geheiß der Mächte befolgt. Ich will sehen, wie die Pumas über dich herfallen.*«

Dieser spöttischen Bemerkung folgte ein schrilles, kaum hörbares Lachen, das Nachtschattens Herz wie eine würgende Hand zusammenpreßte.

Dann …

»Nachtschatten!«

Die vertraute Stimme hallte in ihr wider; Lichtblitze schossen durch den dunklen Raum. Langsam begann sich ihr Blick zu festigen, und sie konnte die Gegenstände in ihrem Zimmer deutlich erkennen.

»Wer – «

»Nachtschatten! Ich bin es, Wanderer.«

Sie wandte leicht den Kopf und sah, wie er sich unter den Türvorhängen duckte. Seine hochgewachsene, hagere Gestalt hob sich klar vom Hintergrund der noch schwingenden Vorhänge und Orendas Spielzeug ab. Freude und Erleichterung durchströmten sie.

Plötzlich setzte ihr Gehör wieder ein. Ein wildes Durcheinander von Schreien und Rufen hallte durch die Flure. Jäh richtete sie sich auf. Lautes Fußgetrappel hämmerte durch den Tempel.

»Was ist los, Wanderer?« Mit zitternden Händen band sie das Schildkrötenbündel an ihren Gürtel. »Greift Petaga an?«

»Nein, noch nicht.« Er kam mit diesem seltsam wippenden Gang, an den sie sich so gut erinnerte, auf sie zu, kauerte sich vor ihr nieder und starrte ihr prüfend in die Augen. »Ich hörte einen Schrei. Kannst du aufstehen? Oder ist Schwester Datura – «

»Wenn du mir aufhilfst, kann ich gehen.«

Wanderer ergriff ihren Arm und half ihr auf die Beine. Nur mit Mühe konnte sie das Gleichgewicht halten. »Woher kam der Schrei?«

»Aus Tharons Kammer.«

Nachtschattens Übelkeit verschlimmerte sich. Verwirrt suchte sie im Zimmer herum und rief: »Orenda ...«, aber der Platz neben ihrem Bett war leer. Die Geräusche wurden wieder leiser und verebbten schließlich ganz.

Als habe ein heulender Sturm Nachtschattens Ohren wieder taub gemacht, sah sie, wie sich Wanderers Mund in verzweifeltem lautlosem Flehen bewegte; doch nur Orendas Stimme hallte durch ihren Kopf: »*... ich will in deinem Zimmer schlafen!*« Die unausgesprochenen Worte »wo ich in Sicherheit bin ... *Sicherheit* ...« durchbohrten Nachtschattens Herz.

Sie eilte an Wanderer vorbei auf den Flur und rannte fast in eine fremde Frau hinein, die neben einem Krieger stand. Nachtschatten wich zur Seite und hastete mit wehendem Gewand weiter.

Als sie nach rechts in einen Korridor einbog, sah sie plötzlich weit hinten einen viereckigen Lichtschein aufleuchten. Ihre Schritte stockten. Deutlich hob sich Dachsschwanz' Silhouette im Licht der in Tharons Kammer brennenden Feuerschalen ab. Entgeistert starrte er auf das Stilett in seiner rechten Hand, von dem dunkelrote Blutstropfen auf den Boden fielen. Als Hufspur und Schwarzer Hund auf ihn zu liefen und ihn mit Fragen bestürmten, schloß er rasch die Türvorhänge.

Mit strenger Stimme befahl Dachsschwanz: »Verlaßt den Tempel. Falls euch irgend jemand fragt, sagt, Häuptling Große Sonne hat euch bereits bei Einbruch der Dunkelheit weggeschickt.«

»Aber Dachsschwanz, was – «

»*Geht!* Ihr habt mich verstanden!«

Wie geprügelte Hunde schlichen Hufspur und Schwarzer Hund mit gesenkten Köpfen davon.

Nachtschatten wankte auf Dachsschwanz zu. Schwester Datura spielte ihr wieder Streiche. Dachsschwanz' Gesicht schien sich aufzublasen und auf sie zuzuschweben, gleich darauf schrumpfte es fast zu einem Nichts zusammen.

Von links hörte sie Wanderers entsetztes Gemurmel: »Heiliger Vater Sonne, was ist passiert?«

Wie erstarrt sah ihnen Dachsschwanz entgegen. Sie trat dicht vor ihn hin und sah ihm in die Augen. Sein Gesicht war aschfahl und angespannt. Er wich ihrem Blick aus und wandte sich an Flöte.

»Geh und bewache den Vordereingang. Laß niemanden durch. *Niemanden.* Hast du verstanden?«

Der junge Krieger nickte ruckartig und stammelte: »J-ja. Aber wenn Wapitihorn – «

»*Niemanden!*«

»Ich – ich verstehe, Kriegsführer.« Flöte jagte den Flur hinunter, als ob sämtliche Geschöpfe der Unterwelt nach seinen Fersen schnappten.

Nachtschatten drängte sich an Dachsschwanz vorbei, zog die Vorhänge zur Seite und schlüpfte in Tharons Gemach. Ihre Knie drohten unter ihr nachzugeben. Sie bemerkte kaum das umgestoßene Mobiliar, die zerbrochenen Muscheln, Tharons nackten Körper. Wie gebannt waren ihre Augen auf Orenda gerichtet. Das kleine Mädchen saß, das Kinn auf die angezogenen Knie gestützt, auf dem Boden und starrte geistesabwesend auf die Wand, vor der die Besitztümer ihrer Mutter unordentlich auf einem Haufen lagen. Blutspritzer bedeckten Orendas Gesicht und ihre Arme; ihr zerfetztes Kleid war blutgetränkt.

»Wartet hier«, befahl Dachsschwanz Wanderer und der Frau, dann folgte er Nachtschatten in das Zimmer und ließ die Vorhänge hinter sich zufallen. Er streckte Nachtschatten das blutbesudelte Stilett entgegen. »Das hat sie benutzt. Ich fand sie ... sie hat immer noch auf ihn eingestochen. Ich habe versucht, mit ihr zu sprechen, aber ihre Seele scheint davongehuscht zu sein.«

Nachtschatten kauerte neben Orenda nieder und legte einen Arm um die Schultern des Kindes. »Bist du verletzt?«

Orenda rührte sich nicht.

Aus Tharons verzerrtem Gesicht starrten sie weit aufgerissene, tote Augen ungläubig an. Er schien nicht einmal bei seinem letzten Atemzug für möglich gehalten zu haben, jemand könne es tatsächlich wagen, ihn umzubringen. Das Stilett hatte sein Herz durchbohrt – doch die meisten Einstiche befanden sich auf der unteren Hälfte seines Körpers. Innereien schlängelten sich aus dem zerfetzten Fleisch. An der Stelle, wo seine Genitalien gewesen waren, war nur noch ein blutiger Brei zu sehen.

»Blutschande«, zischte Dachsschwanz. »Kein Wunder, daß die Erste Frau uns im Stich gelassen hat.«

Liebevoll und behutsam strich Nachtschatten Orenda die Haare aus dem Gesicht. Die Pupillen des Mädchens waren unterschiedlich groß. Nachtschatten erinnerte sich sofort daran, wie sie selbst als Kind von Tharon auf den Kopf geschlagen worden war – ihre Seele hatte sich zwei Tage lang von ihrem Körper gelöst. Sie ließ die Hand auf das Schildkrötenbündel sinken. »Orenda braucht unbedingt Ruhe. Ich bringe sie in mein Zimmer, dort kann ich –«

»Dachsschwanz!« rief Wanderer mit zittriger Stimme. »Laß uns hinein. Was geht da drin vor?«

Dachsschwanz blickte Nachtschatten fragend an, und sie nickte zustimmend. Er zog die Vorhänge beiseite und ließ Wanderer und die Frau eintreten. Die Frau stieß einen kleinen Schrei aus und stürmte durch das Zimmer zu einem anderen Mädchen, das in einem Gewirr aus grünen Stoffetzen auf dem Rücken lag. Die Frau schloß das Kind in die Arme und brach in ersticktes Weinen aus.

Wanderer eilte ihr nach. Er legte seine Finger an die Schläfen des Mädchens, öffnete sehr behutsam dessen Lider und blickte ihm in die Augen. »Sie lebt, Wühlmaus. Aber das Böse ist in ihren Körper eingedrungen. Schnell. Uns bleibt nicht viel Zeit. Ich werde –«

»Was willst du tun?«

Wanderers Augen wurden schmal. »Wir müssen dem Bösen in Flechtes Kopf einen Ausgang verschaffen. Ich brauche einen Hornsteinbohrer und etliche außerordentlich scharfe Obsidianklingen. Jemand muß eine Ahle und etwas Faden auftreiben. Wühlmaus, du –«

»Wanderer!« Nachtschatten stand auf. Erinnerungen an ihre Reise in die Unterwelt blitzten in ihrer Seele auf. »Sei sehr vorsichtig. Inzwischen ist Flechte bereits durch das Land der Ahnen gereist und befindet sich auf dem Weg zur Höhle der Ersten Frau. Du willst doch sicher ihren Körper nicht so sehr in Angst und Schrecken versetzen, daß er sie zerstört. Wir wissen nicht, welchem Grauen sie ausgeliefert ist.«

Wanderers Gesichtszüge erschlafften. »Woher weißt du, daß sie auf dem Weg zur Höhle ist?«

»In der letzten Hand Zeit habe ich ihr durch den Quell geholfen. Allein konnte sie den Weg nicht finden – aber sie ist mit großem Geschick durch den Dunklen Fluß geschwommen.«

»Ich bin froh, daß du ihr beigestanden hast, Nachtschatten«, sagte Wanderer und nahm Flechte vorsichtig aus Wühlmaus' Armen. »Aber das Böse muß bald heraus. Die Geister, die nach einer solchen Verletzung im Gehirn eingesperrt bleiben, töten das Opfer, wenn man ihnen nicht rasch einen Weg nach draußen zeigt.«

Wanderer stand auf. Flechte lag schlaff in seinen Armen. Durch die Bewegung fiel ein kleiner Anhänger, den Flechte an einem Riemen um den Hals trug, aus ihrem zerrissenen Kleid und baumelte frei in der Luft – ein schwarzer Steinwolf.

Ein Lichthof aus Gold begann um das Schildkrötenbündel zu pulsieren, wurde größer und größer, bis er Nachtschatten in ein loderndes Meer aus Licht tauchte. In diesem Augenblick schoß der Wolf einen goldenen Lichtstrahl quer durch das Zimmer und verband sich mit dem Bündel. Nachtschatten keuchte. In der Mitte des hauchzarten goldenen Fadens wuchs eine Kugel aus Licht, groß wie ein Ei, aus der sich ein Kopf herauskristallisierte. Seine glühenden Augen fanden Nachtschattens Augen und senkten sich in sie. Mit den langsamen, eleganten Bewegungen eines Nachtfalters, der aus einem feuchten Kokon schlüpft, entfalteten sich feurige Flügel. Nachtschatten wich voller Angst an die Wand zurück. Vor ihr erstand ein Geschöpf mit zarten, spinnengleichen Beinen, das sich mit seinen Krallen an den goldenen Faden klammerte.

Mit einer Stimme, schön und harmonisch wie der Klang vollendet aufeinander abgestimmter Muschelglocken, sprach das Geisterwesen: *»Der Samen deiner Seele ist auf die Erde gefallen und trägt Früchte, Nachtschatten. Nun geh nach Hause. Geh heim. Nimm die Monsterzwillinge und geh, wohin dich die* Thlatsinas *führen. Sie weisen dir den Weg.«*

Nachtschattens Augen weiteten sich. Das Geschöpf löste sich in funkelnden Schaum auf, der sich wie heiliges, von den Himmelsgöttern verstreutes Maismehl über den Boden ergoß.

Und dann sah sie die Geschöpfe.

Tanzend kamen sie aus jedem winzigen Schatten im Zimmer und vereinten sich zu zwanzig Hand großen armlosen und beinlosen Gestalten. Ihre riesigen Schnäbel klapperten im Rhythmus von Nachtschattens Herzschlag. Tränen zogen eisige Spuren über Nachtschattens Wangen, als sie in diese bemitleidenswert entstellten Gesichter blickte – die Gesichter von Wolf, Vogel, Dachs.

Sie erhob sich wie im Traum und schritt mitten unter sie und tanzte mit ihnen wie an jenem lange zurückliegenden Tag, als ihre Welt entzweigerissen wurde.

Dachsschwanz – den Blick wie gebannt auf Nachtschatten gerichtet – wich unsicher zur Seite. Er tastete sich an der Wand entlang, bis er neben Wanderer stand. Der Raum erzitterte unter Nachtschattens stampfenden Füßen. Sie warf den Kopf in den Nacken und erhob ihre tiefe Stimme zu einem fremdartigen Lied. »Was macht sie, Wanderer?«

Der alte Mann drückte Flechte fest an seine Brust und sagte: »Ich weiß es nicht. Tanzen. Sie ist glücklich. Ich habe sie noch nie so glücklich gesehen.«

»Wird sie bald wieder frei sein? Wie lange hat Schwester Datura Gewalt über ihre Seele?«

»Fünf oder sechs Hand Zeit. Ich bezweifle, daß es länger dauert.« Wanderer hatte seine Stimme zu einem ehrfürchtigen Flüstern gesenkt und verdrehte auf sonderbare Weise seine Augen – als sehe er im flackernden Feuerlicht hinter Nachtschatten undeutlich etwas Furchterregendes.

»Wanderer, hör zu«, beschwor ihn Dachsschwanz. »Ich brauche sie. Wenn die Zeit gekommen ist, muß ich mich Petaga ergeben. Nachtschatten ist der einzige Mensch in Cahokia, dem Petaga Glauben schenkt. Sie muß ihm die Nachricht von unserer Kapitulation überbringen. Kannst du sie nicht früher aufwecken?«

»Nein«, sagte Wanderer sanft. Er senkte den Kopf und blickte auf Flechtes blutüberströmtes Gesicht. »Schwester Datura wird Nachtschatten loslassen, wenn sie die Zeit für gekommen hält … Dachsschwanz, ich muß mich beeilen. Ich gehe in das Sonnenzimmer, da geben die Feuerschalen genügend Licht. Hilfst du mir? Ich muß ein Loch in Flechtes Schädel bohren, um das Böse herauszulassen – oder sie wird sterben. Ich brauche Werkzeuge und Kräuter. Kannst du mir zwei Sterngeborene schicken, die wissen, wo die Vorräte im Tempel aufbewahrt werden … und dich darum kümmern, daß uns niemand stört?«

Stirnrunzelnd blickte Dachsschwanz auf das kleine Mädchen in Wanderers Armen. Es war ein auffallend schönes Kind. Das herzförmige Gesicht, die vollen Lippen und die kleine Nase waren so vollkommen wie bei einer mit höchster Kunstfertigkeit geschnitzten Puppe aus Zedernholz. Konnte ein so junges Mädchen tatsächlich durch die Unterwelt reisen und mit der Ersten Frau sprechen?

»Ich schicke dir Kessel und Drossellied. Vor der Tür zum Tempel postiere ich eine Wache.« Er warf einen raschen Blick auf Orenda. »Wanderer, du kennst dich mit geistigen Dingen aus. Was soll ich mit Orenda machen? Die Leute ... wenn sie dahinterkommen ... sie werden sie für unrein erklären und ihren Tod fordern. Was kann ich – «

»Warte ab. Überlaß das Nachtschatten. Sie wird wissen, was zu tun ist.« Vorsichtig darauf bedacht, Flechte keinen unnötigen Erschütterungen auszusetzen, ging Wanderer zur Tür. Wühlmaus folgte dicht hinter ihm. Ihr angsterfüllter Blick wanderte von Tharons grausam zugerichtetem Körper zu Nachtschatten und weiter zu Flechte.

Kapitel 41

Gegen eine würgende Übelkeit ankämpfend saß Wühlmaus auf dem Altarsockel neben Flechte und hielt zitternd die Hand ihrer Tochter. Inmitten der prunkvollen Herrlichkeit des Tempels mit den speichenartig angeordneten brennenden Feuerschalen und dem Überfluß glitzernder Meeresmuscheln fühlte sie sich merkwürdig losgelöst, als beobachte sie das Geschehen von irgendwo hoch droben – zu weit entfernt, um helfen zu können.

»Wie fühlst du dich, Wühlmaus?« fragte Wanderer. Er kniete an Flechtes anderer Seite. In sein verwittertes Gesicht hatten sich in der letzten Hand Zeit tausend weitere Falten eingegraben.

»Ich mache mir Sorgen. Das ist alles.«

Aufheulende Windböen schlugen auf das Dach ein und ließen feines Schilfrohrmehl herabrieseln.

Wanderer schielte skeptisch zur Decke hinauf, wandte sich aber gleich wieder seiner Tochter zu. Flechte lag auf dem Rücken; ihre Haare breiteten sich wie ein üppiger Schleier um ihren Kopf aus. Ihre geschlossenen Augen waren in dunkle Höhlen gesunken. Ihr Puls schlug kräftig, trotzdem hob und senkte sich ihre Brust kaum merklich. Voller Entsetzen und Wut betrachtete Wühlmaus die Kratzspuren, die durch die Fetzen ihres zerrissenen grünen Kleids erkennbar waren.

Kessel und Drossellied eilten geschäftig umher und holten die Sachen heran, um die Wanderer gebeten hatte. Unter Geklapper und Geschepper zerrten sie Werkzeuge aus den in den Altar eingelassenen Seitennischen.

Wanderer beugte sich vor und strich liebevoll über Flechtes blutverkrustete lange Haarsträhnen. Zu Wühlmaus sagte er: »Sie hat einen Schädelbruch. Wir müssen sehr vorsichtig vorgehen. Wir dürfen nicht zu dicht an der Bruchstelle bohren, das könnte alles verschlimmern, aber wir müssen nah genug heran, damit die dort eingesperrten bösen Geister heraus können.«

Mitten auf dem Altar kochten Biberwurzeln in einem Topf über einer Feuerschale. Der Geist der Biberwurzel war dafür bekannt, das Böse, das Krämpfe verursachte, zu vertreiben. Sein starker, erdiger Geruch erfüllte den Tempel.

»Wühlmaus«, fragte Wanderer sanft, »würdest du bitte eine Schüssel holen und einen der Lappen herausfischen, die ich in die Biberwurzeln gelegt habe? Wring die Flüssigkeit nicht aus! Wir brauchen den ganzen Geist der Pflanze.«

Zärtlich drückte Wühlmaus Flechtes Hand und tat, worum Wanderer sie gebeten hatte. Mit einem Stecken holte sie das Tuch aus dem brodelnden Sud und ließ es in eine Schüssel fallen. Kessel schaffte indessen einen Hornsteinbohrer mit Griff und eine Vielzahl von Obsidianmessern und Klingen herbei und legte sie neben Flechte auf eine Decke.

»Vielen Dank.« Wanderer lächelte die verängstigte Priesterin erschöpft an. »Du hast mir sehr geholfen, Kessel. Warum setzt du dich nicht hin und ruhst dich ein wenig aus?«

»Nein, wir – wir wollen für sie singen, Wanderer ... wenn wir dürfen.«

»Das wäre sehr schön von euch, Kessel, vielen Dank.«

Die beiden Priesterinnen stimmten ein Gesundbetungslied an. Sie machten Musik mit Rasseln und Klappern und tanzten um den Mittelaltar. Wühlmaus schienen die beiden ein merkwürdiges Gespann: die pummelige Kessel mit dem unscheinbaren Gesicht neben Drossellied, die so mager war wie ein Wieselschwanz.

Kopfschüttelnd stellte Wühlmaus die Schüssel mit dem nassen Lappen neben Wanderer ab und hielt wieder die Hand ihre Tochter.

Wanderer erhob seine zittrige Altmännerstimme zu einem monotonen Singsang und tauchte die Werkzeuge in den heiligen Biberwurzelsud.

Als er aufhörte zu singen, warf ihm Wühlmaus einen prüfenden Blick zu. Angst stand in seinen Augen. Er sah plötzlich uralt aus. Das graue Haar klebte in dünnen, verschwitzten Strähnen an seinem Kopf.

Wühlmaus schenkte ihm ein tapferes Lächeln und drückte ermutigend seine Hand. Die Berührung seiner langen knochigen Finger hatte eine eigentümlich tröstliche Wirkung auf sie. Er erwiderte den Druck ihrer Hand, und sie sagte: »Ich vertraue dir, Wanderer. Sag mir, was ich machen muß.«

»Im Augenblick nichts. Bevor ich bohren kann, muß ich ihr die Haare abschneiden und die Kopfhaut zurückziehen.«

Ruhig und aufmerksam saß Wühlmaus daneben und beobachtete, wie er mit einer Obsidianklinge eine handtellergroße Stelle auf Flechtes Kopf ausrasierte. Die abgeschnittenen Haarsträhnen legte er liebevoll auf ein rotes Stück Tuch. Dann nahm er das mit Biberwurzelsud getränkte, dampfende Tuch und benetzte die kahlrasierte Stelle. Die herabrinnende bräunlichgrüne Flüssigkeit näßte Flechtes Haare und tropfte auf die unter ihr liegende Decke.

Wanderer atmete tief durch; mit starrem Blick und sorgenvoll hochgezogenen Augenbrauen konzentrierte er sich auf Flechtes Gesicht. Dann nahm er ein Steinmesser und berührte damit Flechtes helle Kopfhaut. Wühlmaus wandte sich ab, sie konnte nicht mehr hinsehen.

»Wühlmaus«, hörte sie kurz darauf Wanderer sagen. »Gib mir bitte ein trockenes Tuch.«

Sie beugte sich zur Seite, zog ein Tuch aus dem Stapel zu ihrer Linken und reichte es ihm.

Wanderer saugte damit das Blut auf, das in einem üppigen roten Strom aus der durch das Abschälen und Zurückziehen der Haut entstandenen Wunde floß. »Skalpwunden bluten immer so stark.«

Der zurückgezogene, wie ein zusammengefaltetes Hirschhautstück aussehende Hautlappen enthüllte den pulsierenden, durchbluteten Schädel.

O Flechte ... Wühlmaus schluckte hart. Ihr war übel, sie fühlte sich schwach und benommen. Wanderer spürte ihre aufsteigende Panik und blickte freundlich zu ihr auf. »Wühlmaus, ich weiß, wie schwer es ist. Möchtest du lieber gehen? Kessel kann – «

»Nein.« Den Gedanken, Flechte einer Fremden anzuvertrauen, konnte sie nicht ertragen. »Nein, mir – mir geht's gut. Was machen wir als nächstes?«

»Ich muß das Loch zuerst mit dem Bohrer markieren, um die genaue Größe festzulegen.«

Wanderer fischte den Hornsteinbohrer aus dem Biberwurzelsud, holte tief Luft und setzte das Werkzeug an Flechtes Schädel an.

Lautlos rannen die Tränen aus Wühlmaus' Augen. Sie sah zu, wie er den Bohrer zwischen den Handflächen drehte und mit sechs Punkten einen kleinen Kreis markierte. *Sechs. Eine heilige Zahl.*

»Jetzt kommt das Schlimmste, Wühlmaus«, teilte er ihr leise mit. »Das Schädelinnere ist von kräftigem Gewebe und Knochen umgeben. Einen Teil des Knochenrings muß ich entfernen. Dabei darf kein Knochen brechen. Und im Schädel eines Kindes sitzt der Knochenring sehr viel fester als in dem eines Erwachsenen.«

»Wie gehst du dabei vor?«

»Ich muß jedes dieser markierten Löcher genau bis zur richtigen Tiefe ausbohren, dann die verbleibende Knochenverbindung zwischen allen Löchern durchsägen, bis ich das betreffende Stück leicht und problemlos herausnehmen kann. Dann werde ich das Gewebe vom Innern des Schädels abtrennen und das runde Stück herausheben. Wenn alles gutgeht, können die bösen Geister durch das Loch heraus entfliehen. Anschließend nähen wir die Kopfhaut wieder über dem Loch zusammen.«

Sie blinzelte verwirrt. »Ohne das Schädelstück wieder einzusetzen?«

»Oh, Flechte wird es nicht brauchen.« Ein schwacher Abglanz seines alten verrückten Lächelns spielte um seine Lippen. »Sie wird eben eine weitere Öffnung haben, durch die sie mit dem Erdenschöpfer sprechen kann ... Bist du soweit, Wühlmaus?«

Forschend blickte Wühlmaus in seine furchterfüllten Augen. Im glänzenden Gold des Feuerscheins schienen sie merkwürdig von innen heraus zu leuchten. »Ja. Ich bin bereit.«

Ein kalter Wind zerrte an Hagelwolkes Stirnlocken und ließ die darin eingeflochtenen Perlen klirrend aneinanderschlagen. Der Krieger lehnte sich mit dem Rücken an die sandige Uferböschung des Marsh Elder Lake, verschränkte die Hände um seine angezogenen Knie und blickte über das rauhe Wasser. Der Sturm hatte die Blütenblätter von den Hartriegelsträuchern gerissen und sie auf das aufgewühlte Wasser gewirbelt. Einige Blüten tanzten noch immer inmitten des Sees, doch die meisten waren ans Ufer gespült worden. Im Mondschein leuchteten sie wie ein hellblaues Band, das sich entlang des Ufers rund um den See schlang.

»Wunderschön«, murmelte er.

Das laute Klopfen eines Spechts erregte Hagelwolkes Aufmerksamkeit. Er drehte sich um und betrachtete den rotbrüstigen Vogel, der ein Loch in den Stumpf eines Ahornbaumes hämmerte. Als das Loch tief genug war, schob der Specht seine lange, klebrige Zunge in die Öffnung und versuchte Ameisen zu fangen. Eine Unmenge Ameisen strömte heraus und krabbelte in hektischem Durcheinander über den alten Stamm. Der Specht ließ sich dadurch von seiner Mahlzeit nicht abhalten.

Hagelwolke hörte Schritte und blickte sich um. Von der höher liegenden Geländestufe sah er den jungen Mondhäuptling herunterkommen. Petaga, in ein hellbraunes Gewand gekleidet, dessen Saum über die am Ufer wachsende Minze streifte, trat auf ihn zu. »Sie sind weg.«

»Und was wollte die Frau?«

Hagelwolke lehnte sich zurück und sah Petaga an. Der schwarze Zopf über dessen Schulter war frisch gekämmt, sah aber trotzdem borstig aus, da Petaga keine Zeit gehabt hatte zu baden. Vom dreieckigen Gesicht des Mondhäuptlings war die Anspannung vieler schlafloser Nächte abzulesen. Er hatte dunkle Ringe unter den Augen und wirkte völlig erschöpft.

»Das war die neue Führerin des Hornlöffel-Stamms.« Petaga ließ sich neben Hagelwolke in den Sand fallen und faltete die Hände im Schoß. »Sie heißt Johannisbeere. Tharon hat ihre Mutter des Verrats beschuldigt und umgebracht.«

»Wegen Verrats?«

Petaga nickte. »Ja. Während einer Ratsversammlung wagte sie, den Stämmen aus Cahokia vorzuschlagen, sich uns anzuschließen. Mädchenauge war eine kluge alte Frau. Sie wußte, daß das System geändert werden muß, damit unser Volk überleben kann.« Er ließ den Kopf hängen und starrte geistesabwesend in den leicht indigoblau schimmernden Sand. »Darum hat Tharon sie getötet.«

»Und was ist mit den vielen Leuten, die sich gestern am Marsh Elder Lake versammelt haben?«

»Johannisbeere hat sich dort mit ihren Stammesangehörigen beraten. Sie haben beschlossen, uns aufzusuchen, und bieten uns über hundert Krieger an.«

Hagelwolke zuckte die Achseln. »Wir brauchen sie nicht, Petaga.«

»Nein, ich – ich weiß es. Aber wir müssen sie etwas tun lassen. Sie haben alles aufs Spiel gesetzt, um sich uns anzuschließen. Wir können sie nicht einfach wegschicken.«

»Wenn wir sie zum ersten Angriff mitnehmen, haben wir höchstwahrscheinlich weniger Opfer zu beklagen. Ungefähr jeder vierte von Tharons Kriegern ist in irgendeiner Form mit einem von ihnen verwandt.«

Petaga funkelte Hagelwolke von der Seite an und schnaubte empört: »Ein Verwandtschaftsgrad hält Dachsschwanz' Krieger wohl kaum davon ab, sie umzubringen. Wir sollten die Hornlöffel-Krieger nicht in den Kampf schicken, bevor es nicht notwendig ist.«

Hagelwolke nickte zustimmend. Sein Blick wanderte in Richtung Süden zu den im Mondschein weiß leuchtenden Palisaden von Cahokia. Auf den Schießplattformen marschierten Krieger auf und ab. Hagelwolke hatte sie von dem Moment an, an dem er ihre Silhouetten erkannt hatte, immer wieder gezählt. Es waren höchstens dreihundert. Er verfügte über eintausend, und zwar ohne die zusätzlich vom Hornlöffel-Stamm versprochenen Krieger. Für die meisten Verluste an Männern und Frauen war Taschenrattes schlecht vorbereiteter Angriff verantwortlich. Über einhundert der Gefallenen waren Krieger aus Red Star Mounds. Nach Taschenrattes Tod hatten seine überlebenden Krieger ihren Hochmut verloren und sich den Anordnungen der mit mehr Vernunft gesegneten Kriegsführer gefügt.

»Hast du dir überlegt, wie wir beim Kampf vorgehen sollten?« erkundigte sich Petaga.

»Ja.« Mit dem Zeigefinger skizzierte Hagelwolke einen Lageplan in den feuchten Sand. »Das ist der Cahokia Creek, der an den Palisaden vorbeifließt. Mit den Bewohnern dieses nahe gelegenen Dorfes hier liegen wir nicht im Streit. Ich glaube nicht, daß wir das Dorf überhaupt betreten müssen – es sei denn, wir benötigen es als Deckung, wenn wir die Palisaden umzingeln.«

Petaga runzelte nachdenklich die Stirn. »Ja, da bin ich deiner Meinung. Es überrascht mich, daß mein Cousin Tharon die dicht an den Palisaden stehenden Häuser noch nicht hat niederbrennen lassen. Damit würde er uns unserer Deckung berauben.«

»Sag das nicht zu laut. Vielleicht tut er es noch.«

Hagelwolke zeichnete einen Bogen um die Nordwand der Palisaden dicht am Cahokia Creek. »Hier postieren wir die Hauptmacht unserer Truppen, mein Häuptling. Zuerst werden wir die Entwässerungsrinne einnehmen. Bei dieser Trockenheit führt sie wenig Wasser, das ist also weiter kein Problem. Aus dem Schutz der Rinne feuern unsere besten Bogenschützen auf die Wachen auf den Plattformen und halten sie in Schach. Währenddessen schleichen sich mehrere Gruppen mit Äxten zu den Palisaden und schlagen innerhalb kürzester Zeit ein Loch hinein. Sind wir erst einmal drin, geht alles sehr schnell.«

Hagelwolke richtete sich auf und sah Petaga an. Der junge Häuptling blickte mit leuchtenden Augen in Richtung Süden, wo das Mondlicht wie ein silbriger Schleier über den Tempelhügel fiel und die Wandornamente aus gehämmertem Kupfer erstrahlen ließ. »Und Dachsschwanz gehört mir. Ich *will* den Mörder meines Vaters, Hagelwolke. Sag unseren Kriegern, sie sollen ihn nicht töten, sondern zu mir bringen.«

»Ja, mein Häuptling.«

Petaga stand auf und legte Hagelwolke freundschaftlich die Hand auf die Schulter, dann kletterte er über die Böschung auf die Hochterrasse zurück.

Nachdenklich klopfte Hagelwolke mit einem Finger gegen die Lippen. Er lauschte den sich entfernenden Schritten Petagas. Ein gallenbitterer Geschmack stieg ihm in die Kehle. Seit Tagen mußte er ständig an all die Kampfgänge denken, die er gemeinsam mit Dachsschwanz unternommen hatte. Er konnte den Gedanken an die nächsten paar Hand Zeit kaum ertragen. Aus den Tiefen seiner Seele wallte grausamer Schmerz auf. *Ich weiß, du hast nur Befehle befolgt, Dachsschwanz. Wie wir alle. Nichts von dem, was vorgefallen ist, ist deine Schuld.*

Es war klar, daß Petaga an dem Mörder seines Vaters ein Exempel statuieren wollte, und den Leuten würde das gefallen. Im letzten Zyklus waren Tausende Zeugen der brutalen Ermordung ihrer Familien geworden und hatten zugesehen, wie ihre Dörfer zu Schutt und Asche niedergebrannt wurden. Bestimmt sicherten sie sich schon in der Nacht zuvor die besten Zuschauerplätze für die Marter von Dachsschwanz.

Dazu würden zwei hohe Pfähle in die Erde gerammt und mit zwei Querbalken verbunden werden, so daß ein quadratisches Holzgerüst entstand. Man würde Dachsschwanz entkleiden, ihm eine letzte Mahlzeit gewähren und ihm anschließend den Skalp vom Kopf ziehen. Mit Händen und Füßen würde der auf diese Weise Erniedrigte an den Eckpunkten des

Holzgerüsts festgebunden und wie ein X an den Pfählen hängen. Solange er noch lebte – und ein so kräftiger Mann wie Dachsschwanz lebte sicher noch tagelang –, würde man sein Fleisch mit brennenden Rohrbündeln versengen, ihm Hautfetzen von Gliedmaßen und Bauch abziehen, Augen, Ohren und die Nasenlöcher ausbrennen, Penis und Hoden verbrennen ...

Hagelwolke schloß schaudernd die Augen und erinnerte sich an die Zeiten, als er und Dachsschwanz herzhaft miteinander gelacht hatten.

Kapitel 42

Dachsschwanz verließ den Tempel und trat in den Morgen hinaus. Ein leichter Wind wehte. Er beobachtete die aufgehende Sonne. Sie färbte sich im schimmernden Dunst rosarot und schickte ihre Strahlen langsam über das Schwemmland. Ranken rötlichen Lichts woben sich um die Pfahlspitzen der Palisaden achtzig Hand unter Dachsschwanz, der oben auf dem Hügel stand. Lange vor Anbruch der Morgendämmerung waren die Krieger auf den Schießplattformen bereits unruhig geworden. Alle wußten, daß Petaga im Schutze des Morgennebels versuchen würde, seine Krieger näher an die Palisaden heranzubringen.

Angst schnürte Dachsschwanz' Brust ein und stürzte sich hemmungslos auf seine erschöpfte Seele wie ein Wiesel auf die Beute. Er fühlte sich unsagbar müde und ausgelaugt. Die ganze Nacht lang hatten die Nichtadeligen ihre Sachen gepackt und sich aus den vor den Palisaden liegenden Häusern hinter die Umzäunung in Sicherheit gebracht. Mehlbeere, ja sogar Winterbeere hatten Dachsschwanz' Angebot angenommen und die Angehörigen der Stammesräte in den Schutz der sicheren Mauern geschickt. Nur Sandbank hatte sich geweigert und erklärt, sie könne den Sonnenhäuptling nicht mehr länger unterstützen. Aber sie hatte versprochen, keiner ihrer Leute würde sich auf Petagas Seite schlagen.

Was passiert, wenn ich ihnen mitteilen muß, daß Tharon tot ist?

Werden Mehlbeeres Leute revoltieren und versuchen, zwischen den Stämmen, die sich in den Schutz der Palisaden zurückgezogen haben, Unruhe zu stiften? Oder geben sie sich damit zufrieden, über mich herzufallen und mich in Stücke zu reißen?

Mit Sicherheit würde die Bekanntgabe von Tharons Tod eine nicht einzuschätzende Erschütterung und gewaltiges Mißtrauen unter den Leuten hervorrufen. Und die Stämme würden den sofortigen Tod der von Inzest und Mord besudelten Orenda fordern. Und es war zweifelhaft, ob Nachtschatten dies zu verhindern vermochte, selbst wenn sie alle ihre Möglichkeiten ausschöpfte.

In Gedanken versunken ging er über den Hof zu den oberen Palisaden – dem letzten Bollwerk des Dorfes. Ein im harten Lehmboden klaffendes Loch markierte die Stelle, an der der Pfahl mit Jenos' Kopf gestanden hatte. Auf Dachsschwanz' Befehl hin hatten Krieger den Pfahl entfernt und den Kopf des Mondhäuptlings in eine im Tempel stehende prachtvolle Truhe gelegt.

In der Erinnerung an die klebrige Wärme von Jenos' Blut rieb Dachsschwanz die Finger aneinander. *Blut ... überall. Meine Seele schwimmt darin.*

Er ging durch das Tor und von rastloser Unruhe erfüllt die Treppe hinunter. Auf dem ersten Terrassenabsatz des Tempelhügels hatte sich eine kleine Menschenansammlung gebildet. In ihrer Mitte standen Nessel und Grüne Esche und sangen zusammen mit Winterbeere und Mehlbeere die Legenden vom Anbeginn der Zeit und von Vater Sonnes Hochzeit mit Mutter Erde. Innerhalb des Zuschauerkreises bewegten sich Tänzer in schlängelnden Reihen, schüttelten Kürbisrasseln und schlugen Trommeln im Takt.

Dachsschwanz schritt zu den Leuten hinüber und fragte den erstbesten Mann: »Hast du Nachtschatten gesehen?«

Der Alte wies ihm mit der Hand die Richtung. »Sie ist zum Grabhügel gegangen. Sie hatte diese ... diese Babys dabei. Ich weiß nicht, warum.«

Dachsschwanz nickte und machte sich unverzüglich auf den Weg. Insgeheim wunderte er sich über die Ehrfurcht in der Stimme des Alten, als er von Nachtschatten gesprochen hatte.

Unten an der Treppe angelangt, eilte er im Laufschritt über den großen Platz und das Spielfeld zu dem kegelförmigen Hügel, in dem sein Bruder Rotluchs ruhte. Seit dem Begräbnis war er nicht mehr zu diesem Hügel gegangen. Allein sein Anblick beschwor Rotluchs' Stimme aus den Tiefen der Erinnerung herauf. *»Wir können es, Dachsschwanz.* Wir *können weglaufen ... Dachsschwanz, das ist Wahnsinn!«*

»Ich weiß, Bruder«, flüsterte er, und die Qual jenes Tages in den River Mounds überfiel ihn wieder mit voller Wucht.

Er entdeckte Nachtschatten. Sie lag seitlich auf einer Decke und kraulte die pelzigen Ohren eines Hundes. Zwei Bündel lagen am Bauch des Tieres. Im Näherkommen erkannte Dachsschwanz, daß es sich, wie der alte Mann gesagt hatte, um Babys handelte. Winzige Münder schoben sich aus den Decken, klammerten sich an die Zitzen der Hündin und saugten wie Welpen.

Wie stets in der Gegenwart von Gegenständen der Mächte sträubten sich seine Nackenhaare mit einem leichten Kribbeln. Instinktiv blickte er sich nach dem Schildkrötenbündel um. Er konnte es nirgends entdecken. Aber die vage Erinnerung an irgend etwas, das Winterbeere gesagt hatte, ließ ihn nicht los ... Was war es nur gewesen? Es hing mit Grüne Esche zusammen und daß sie verrückt werden würde, wenn sie ihre Babys um sich hatte. Er zauderte. Hatte er nicht irgendwo gehört, Grüne Esche weigere sich, ihre Kinder zu stillen? Es kam manchmal vor, daß eine Mutter ihre Kinder nicht stillen wollte, aber dann fand sich stets eine andere Mutter mit einem Neugeborenen als Amme für den unglücklichen Säugling. Er konnte sich beim besten Willen nicht erklären, warum der Stamm die Kinder von diesem Hund, einem halben Wolf, säugen ließ.

Zögernd trat er näher. Nachtschatten legte den Kopf schräg und schaute lächelnd zu ihm auf. Dachsschwanz blieb einen Moment regungslos stehen. Irgendeine Veränderung war mit dieser Frau vor sich gegangen. Sie sah fast überirdisch schön aus mit den langen, in blauschwarzen Wellen über die Schultern des roten Kleides flutenden Haaren. Die argwöhnische Vorsicht, die sonst in ihren Augen stand, war einer heiteren Gelassenheit gewichen. Sie strahlte ebensoviel Wärme aus wie die fernen Wüsten ihrer Heimat im Verbotenen Land.

Dachsschwanz kniete auf der anderen Seite der Hündin nieder und streichelte deren Rücken. »Wie geht es Orenda?«

»Sie ist heute morgen kurz aufgewacht, aber gleich wieder eingeschlafen.«

»Wird sie wieder völlig gesund?«

»Ja, ich habe mit ihrer Seele gesprochen. Sie hat rasende Kopfschmerzen, aber sie wird gesund.« Herausfordernd hob Nachtschatten den Kopf. »Was willst du, Dachsschwanz?«

»Deine Hilfe.«

»Wobei?«

Sogar ihre Stimme klang anders als sonst: ruhig und tief wie das Grollen des Vaters der Wasser, wenn er im Frühjahr mehr Wasser führt. Er antwortete: »Ich – ich kann diese Schlacht nicht gewinnen.«

Sie wich seinem Blick nicht aus. »Und?«

»Wirst du, wenn die Zeit kommt – wann immer das sein mag, vielleicht heute abend, vielleicht morgen früh –, Petaga eine Botschaft von mir überbringen? Ich fürchte, falls ich jemand anderen zu ihm schicke, denkt er, ich will ihn hereinlegen.«

»Und was soll ich ihm ausrichten, Dachsschwanz?«

In einer Geste, die gleichermaßen Ausdruck des Scheiterns wie der Hilflosigkeit war, hob er die Hände und spreizte die Finger. »Ich habe Verständnis für seinen Zorn, seinen Haß. Ich mißgönne ihm seine Rache nicht. Er kann mit mir machen, was er will, aber er soll meine Krieger ziehen lassen. Ich möchte, daß sie nach Hause zu ihren Familien gehen und ihr normales Leben wiederaufnehmen können. Ich weiß nicht, ob Petaga ihnen je soweit vertrauen wird, daß er sie in Zukunft in seine Dienste nimmt. Ich jedenfalls bin davon überzeugt, daß sie sich dem neuen Häuptling Große Sonne gegenüber loyal verhalten werden.«

Nachtschatten strich mit den Fingern über die Binsendecke, auf der sie lag. Ihre Fingerspitzen folgten den Linien der schwarzen und grünen Zickzackreihen. »Er wird sie alle töten – weil sie beim Massaker in River Mounds dabei waren.«

Dachsschwanz mahlte mit den Zähnen. Es war ihm unangenehm, seine verborgensten Ängste laut ausgesprochen zu hören. Blitzartig kamen ihm die quälenden Bilder von Rotluchs' Tod in den Sinn. Er zweifelte keinen Augenblick daran, daß auch Petaga immer wieder vom Alptraum des Todes seines Vaters heimgesucht wurde. »Ich weiß, Nachtschatten. Trotzdem, es wäre unklug von ihm, diese Männer und Frauen abzuschlachten. Sie haben hier viele Bindungen – Ehegatten, Kinder und Enkel. Wenn er diese Krieger umbringt, kann er nie über dieses Dorf herrschen. Das heißt, er muß Cahokia verlassen und nach River Mounds zurückkehren. Und damit verliert er den Einfluß auf den Handel, den Bergbau und die Landwirtschaft. Die Stammes-Führerinnen aus Cahokia wissen, wie die Verwaltung und die Wirtschaft funktionieren. Es würde zwangsläufig zu weiteren Kämpfen kommen. Die Folge davon wäre, daß das Häuptlingtum unter Petagas Herrschaft auseinanderbricht.«

»Ich bin sicher, dessen ist er sich bewußt.«

»Dann sollte er schleunigst anfangen, sich um diese Dinge zu kümmern.«

Eine Zeitlang blickten sie einander schweigend an. Jeder versuchte, in die Seele des anderen zu schauen.

Schließlich holte Nachtschatten tief Luft und nickte. »Gut. Ich werde ihm deine Botschaft überbringen, Dachsschwanz.«

»Würdest du Jenos' Kopf mitnehmen? Sag Petaga, ich erwarte kein Entgegenkommen und keine Gegenleistung dafür.«

»Natürlich. Ich händige ihm den Kopf des Häuptlings Großer Mond aus.« Ihre Augen schienen sich zu weiten und ihn in unergründliche Tiefen zu ziehen. »Und du willst dich ihm ausliefern? Er wird alles in seiner Macht Stehende tun, damit du so langsam wie möglich stirbst.«

Einen scheinbar endlosen Augenblick lang versenkten sich ihre Blicke ineinander, dann nickte Dachsschwanz bedächtig. »Ich weiß es.«

Die Hündin schien der Säuglinge überdrüssig und wollte aufstehen. Der Bann zwischen ihnen brach wie eine Eisplatte auf einem Teich, die gegen einen Sandsteinfelsen schlägt. Nachtschatten befahl: »Nein, noch nicht!«

Dachsschwanz drückte sanft den Hals des Tieres nach unten

und flüsterte ihm in die gespitzten Ohren: »Schon gut, Mädchen. Schsch, leg dich wieder hin. Ja, so ist es gut. Braves Mädchen.« Liebevoll tätschelte er der Hündin den Rücken.

Die Babys hatten fürchterlich zu schreien begonnen, als ihren hungrigen Mündern die Zitzen so jäh entzogen wurden. Nachtschatten brachte die Köpfe der Kinder erneut in die richtige Lage, damit sie saugen konnten. Aber der Hund war unwillig, knurrte und versuchte erneut, aufzustehen. Dachsschwanz drückte mit seinem ganzen Gewicht auf die Schultern des Tieres, damit es liegen blieb.

Nachtschatten lachte über dieses Bild – und brachte mit ihrem unerwarteten Heiterkeitsausbruch auch ihn zum Lachen. Sie blickten einander an; ihre Gesichter waren nicht weiter als drei Hand voneinander entfernt. Ein Gefühl der Wärme umloderte die beiden wie ein stärkendes, wohltuendes Feuer in einer kalten Winternacht. *Wie kannst du mich nur so ansehen, Nachtschatten, da doch unsere Welt am Rande des Zusammenbruchs steht?*

»Dachsschwanz!«

Die Sanftheit in Nachtschattens Gesicht traf ihn bis ins Mark. Es geschah äußerst selten, daß er einem Blick nicht standhalten konnte, aber dieses Mal senkte er geschlagen die Augen. »Was ist, Nachtschatten?«

Langsam fand er zurück in die Wirklichkeit. Immer deutlicher drang Kampfgetöse an sein Ohr: überraschte Rufe, Siegesgebrüll und Schmerzensschreie. Die Krieger auf den Plattformen stießen heulende Kriegsrufe aus. Sie zogen Pfeile aus den Köchern und kauerten sich schußbereit nieder. Dachsschwanz sprang eilends auf und rannte davon.

Die Angst trieb Flechte auf dem schmalen Pfad voran, der durch das gewellte, baumbestandene Hügelland führte. Hoch aufragende Pappeln reckten ihre grauen Arme zum Himmel hinauf und schufen einen dichten Baldachin über ihr. Dämmriges Licht sickerte hin und wieder durch die Zweige und malte schimmernde, konturlose blaugrüne Flecken auf den Pfad.

Aus der Tiefe des Waldes erklang eine tiefe, rhythmisch an- und abschwellende Stimme. Es war unzweifelhaft die Stimme einer alten Frau. Sie erhob sich mit dem Wind im Takt der heiligen Trommelschläge. Klagende Flöten begleiteten den Gesang der Frau und gaben dem Lied etwas Betörendes, das Flechtes Herz in Aufruhr versetzte. Das Lied erinnerte sie an die alten Geistergesänge ihres Volkes.

Der Wald schien sie zu umfangen. Die Bäume neigten sich zu ihr herab. Flechte erschauerte. Dies war kein schöner, angenehmer Ort. Sie hatte das Gefühl, er sei uralt. Er schien so fern der ausgetretenen Pfade, als habe kein lebendes Menschenwesen jemals gewagt, ihn zu betreten. Umgestürzte Bäume erstickten den Waldboden, und wo immer Licht durchfiel, gedieh üppiges Dornengestrüpp. Leise, gedämpfte Stimmen murmelten in den Ranken. Das Flüstern klang wie das Winseln von Kojoten, die sich an eine verwundete Beute heranschlichen.

Flechte blieb stehen und drehte sich im Kreis. »O Erste Frau, wo bist du? Ich habe Angst. Ich weiß nicht, wie ich dich finden soll. Erste Frau!«

Verzweifelt schluchzend begann sie wieder zu laufen, rannte hinunter in eine Senke und auf der anderen Seite wieder hinauf.

Vater Sonne versank im Westen; sein purpurroter Glanz schien zwischen den unendlich vielen Ästen in tausend Stücke zu zersplittern. Die Luft wurde kälter, und sie hatte weder einen Mantel noch eine Decke dabei. Wie kalt wurde es in der Unterwelt? Konnte sie sich ins Gras legen und ein wenig schlafen ... *Nein, du darfst nicht schlafen! Du mußt weitergehen. Du weißt, was Nachtschatten gesagt hat: Petaga wird Cahokia bald angreifen. Vielleicht sogar schon jetzt! Wenn du die Erste Frau nicht findest, müssen alle sterben!* Die Jagd. Mutter Erde war auf die Jagd gegangen.

Zu Anfang, als Flechtes verwirrte Seele ihrem Körper entflohen war, fühlte sie sich verloren und hatte schreckliche Angst. Doch ein strahlendes weißes Licht schwebte aus der undurchdringlichen Finsternis auf sie zu und sprach freundlich und tröstend zu ihr. Nachtschattens Seele, wärmend wie ein Feuer im Winter, hatte den Weg für Flechte erhellt.

»Erste Frau, ich muß dich finden. Das weißt du. Warum hilfst du mir nicht?«

Mit fortschreitender Nacht wurde der Gesang lauter, eine fremde, unbekannte Art von Leben regte sich in den Tiefen des Waldes. Kürbisrasseln fielen rhythmisch in den Gesang ein. Tanzende Füße hämmerten schwer und zornig auf den Boden und ließen den Pfad erzittern. Die Bäume knarrten und knackten ächzend, als reiße man sie mit den Wurzeln heraus.

Flechte wich angstvoll zurück. Doch dann rannte sie verzweifelt los; schnell wie der Wind wollte sie aus dem engen Tal entkommen. Am Wegrand bewegten sich unheimliche Schatten. Manche sprangen neben ihr her und äußerten zischend ihren Groll über ihre Anwesenheit. Grauenvolles Entsetzen befiel Flechte.

»Erste Frau, Erste Frau, bitte!«

Hinter der Biegung des Pfades tauchte plötzlich ein Maskentänzer vor ihr auf. Die riesigen schwarzen Augen und der vorgewölbte Mund der aus rosa Tonstein geformten Maske fingen das zersplitternde Rot des Sonnenuntergangs ein. Farbenprächtige Federn schmückten das Kostüm des Tänzers. Es sah aus, als habe jemand Adler, Falke und Eule aus verschiedenen Farbtöpfen bespritzt. Als Flechte den Tänzer ansah, schlüpfte er geschwind hinter einen Baumstamm. Aber ganz in ihrer Nähe sah sie die anderen. Mit glitzernden Masken stürmten sie durch das Dickicht.

Flechte rannte weiter. Sie stürzte einen Pfad hinunter, der sich zwischen Bäumen und Gebüsch hindurch in immer dichter werdendes Unterholz schlängelte. Notgedrungen mußte sie ihr Tempo drosseln, denn Blätter und Zweige woben ein dichtes Netz um sie. War sie auf dem richtigen Weg? Der immer schmaler werdende Pfad führte nun wieder bergauf. Wie ein Kaninchen hastete sie auf Händen und Füßen weiter. Irgendwo schrie eine Eule. Plötzlich brach Flechte aus dem Dickicht des Waldes und fand sich auf dem schmalen Grat eines Gebirgszugs wieder. So weit das Auge reichte, führten Wege im Zickzack über den schiefergrauen Fels, wanden sich ineinander, trennten sich wieder und kreuzten sich wie die Spuren eines Wurmes auf der Rinde einer alten Espe.

Welcher Weg ist der richtige? Welchen soll ich nehmen? Alle führen in verschiedene Richtungen.

Flechte drehte sich im Kreis, blickte prüfend auf das Wegelabyrinth im Tal im Osten, dann auf die Pfade, die sich ins Hochland hinaufzogen, anschließend auf die steil nach unten in den dunkelsten Teil des Waldes führenden Hänge.

Aus der Erinnerung sprach Wanderers Stimme zu ihr: »*... Um den Pfad zu betreten, mußt du ihn verlassen. Nur die Verirrten finden den Eingang zur Höhle ...*«

Flechtes Mund zuckte, ihr Blick verschwamm in Tränen. Sie schaute den Weg zurück, den sie heraufgeklettert war. Selbst aus dieser Entfernung konnte sie dunkle, sich schemenhaft bewegende Schatten wahrnehmen. »Aber Wanderer, in diesem grauenhaften Wald gibt es keine Wege.«

»*... Nur die Schutzlosen überschreiten die Schwelle. Wolfstöter sagte, ich solle dich lehren, daß du das Licht nur finden wirst, wenn du den Einklang alles Gegensätzlichen begreifst, denn Licht ist auch Dunkelheit ...*«

»Den Einklang alles Gegensätzlichen?« Die Worte schlüpften ihr über die Lippen. Sie wußte nicht genau, was sie bedeuteten. Sehnlichst wünschte sie sich, sie hätte ihm mehr Fragen gestellt, als sie noch die Gelegenheit dazu hatte. »Was wolltest du damit sagen, Wanderer? Heißt das, wenn ich in die Dunkelheit gehe, finde ich das Licht der Höhle der Ersten Frau? Weisen die Tänzer mir den Weg?«

Feuerschwamm hatte zu ihr gesagt: »*... Wie Krieger auf Kampfgängen stellen sich Träumer ihren Feinden auf Traumgängen. Bist du bereit, deine Seele zu geben? Dort wartet Vogelmann auf dich ...*«

Flechte sog die Unterlippe zwischen die Zähne, kämpfte tapfer gegen die Angst an und machte sich auf den Weg nach unten, mitten in den Wald hinein, wo keine Wege das Land zeichneten, wo dunkle Bäume sie schweigend beobachteten.

Der Gesang der alten Frau schwoll an und dröhnte in ihren Ohren. Flechte blieb stehen, erhob ihre Stimme zu den zwischen den Blättern hindurch funkelnden Sternen und rief: »Vogelmann!«

Doch nichts geschah. Flechte eilte weiter, hob die Arme schützend vor das Gesicht, um die gegen sie peitschenden

Kletterpflanzen und Zweige abzuwehren. Eine Zeitlang glaubte sie, ihre Angst besiegt zu haben. Aber dann kehrten die maskierten Tänzer zurück; sie umkreisten sie wie ein Wolfsrudel, ihre Füße stampften im Rhythmus der Trommeln und Rasseln. Sie konnte sie nicht deutlich erkennen, sah nur das Aufblitzen scheußlicher roter Münder und die langen, aus hellem Holz geschnitzten Nasen.

»Vogelmann!«

Nur ein Echo antwortete ihrer Stimme.

»Vogelmann! Ich suche dich! Komm und bring die Wölfe mit, damit ich zur Ersten Frau gehen kann!«

Die Schatten erstarrten. Flechte fuhr erschrocken herum und versuchte zu erkennen, was sie nun taten. Jegliches Geräusch war urplötzlich erstorben, im Wald kehrte tiefe, unheimliche Stille ein.

Zwischen den dicht stehenden Bäumen glaubte sie, etwas schimmern zu sehen. Eine Sinnestäuschung, ausgelöst durch das Sternenlicht? Ihr Herz begann wie rasend gegen ihre Rippen zu hämmern. Aus der Finsternis löste sich ein Schatten, formte sich zu einer Gestalt und näherte sich ihr.

»Ich höre dich, meine Kleine.«

Flechte lachte vor Erleichterung. Sie lief auf ihn zu. Achtlos schob sie die nach ihr greifenden Hartriegelzweige und Himbeerranken beiseite. »Vogelmann, vielen Dank. Ich – «

Vogelmann senkte den Kopf, öffnete seinen Schnabel und zeigte messerscharfe Zähne. Kreischend wie ein Falke breitete er die Flügel aus und stürzte sich auf sie.

Kapitel 43

»Wie lange dauert es noch?« fragte Petaga. Er stand neben Hagelwolke auf der Hügelkuppe und blickte über den Cahokia Creek. Die dicht am Wasser stehenden Pflanzen gediehen üppig, doch die Vegetation am Rand der Geländeterrasse war in der gnadenlosen Hitze längst verwelkt und nur noch staubbedecktes, kaum noch grünes Gestrüpp. Gänsefußkraut, Gräser und Knöterich sahen nicht weniger verdorrt aus als die Maisfelder.

Mit zunehmender Helligkeit löste sich der Nebel auf, und die Krieger waren deutlich zu erkennen. Männer und Frauen wateten durch das Flachwasser und näherten sich Dachsschwanz' Truppen, die sich vor der nördlichen Palisadenwand am anderen Ufer niedergelassen hatten. Von den Schießplattformen glitzerten Pfeile herüber; sie reflektierten aufblitzend die grellen Strahlen der Morgensonne. Darüber erstrahlte der Tempel im gleißenden Licht.

»Bei Einbruch der Dunkelheit haben wir sie«, antwortete Hagelwolke.

»Wann schicken wir unsere Leute mit den Äxten los?«

»Sobald wir das Flüßchen eingenommen haben.« Hagelwolke verschränkte nervös die Arme vor der Brust; sein Blick verweilte auf dem Tempel. »Die Uferböschung bietet unseren Kriegern sichere Deckung, von dort aus können sie so gut wie ungefährdet schießen. Wir zielen auf jeden, der es wagen sollte, den Kopf über die Palisade zu heben. Dermaßen unter Beschuß und in Schach gehalten, werden sie vor Angst kaum wagen, aufzustehen. Sie werden unten bleiben und den Beschuß nicht erwidern. Wenn wir soweit sind, können wir die Leute mit den Äxten vorschicken.«

Petaga schritt über die Hügelkuppe; seine Sandalen knirschten auf der knochentrockenen schwarzen Erde. Tief in seinen Eingeweiden nagte die Angst. Alodas und Taschenrattes Prophezeiungen würden sich *nicht* erfüllen. Petaga hatte die feste Absicht, das Häuptlingtum zusammenzuhalten und die Dörfer neu zu organisieren. Zuvor mußte er allerdings Cahokias Elite die Macht entreißen. Er würde bessere Leute auswählen – nur wer das sein sollte, davon hatte er nicht die geringste Vorstellung.

Nachtschatten würde es wissen. Nachtschatten wußte alles. Oh, wie sehnte er sich danach, sie wiederzusehen, mit ihr zu reden und die großen Hoffnungen für die Zukunft mit ihr zu teilen. Sobald sich die Lage beruhigt und die Dinge eingespielt hatten, hatte er vor, sie zu bitten, in die Unterwelt zu reisen und der Ersten Frau die Botschaft zu überbringen, daß sie den

Krieg gewonnen und den niederträchtigen Sonnenhäuptling getötet hatten. Sie sollte die Vergebung der Ersten Frau für Tharons Vergehen erflehen, was auch immer er verbrochen haben mochte. Bestimmt erklärte sich die Erste Frau bereit, endlich wieder mit Mutter Erde zu sprechen und sie zu bitten, die Ernte im nächsten Zyklus gut ausfallen zu lassen.

Aber Petaga fürchtete die Zeit, bis es soweit war.

Wohin er auch sah, fiel sein Blick auf verdorrte Maisfelder, die Halme der Pflanzen reichten ihm kaum bis an die Knie. Die Ernteaussichten waren düster. Wie sollte er die Leute im Winter ernähren? Da so viele Leute geflohen waren, war ein Großteil der Felder außerdem völlig verwahrlost. Er plante, Gruppen mit dem Auftrag auszuschicken, die noch brauchbaren Reste einzusammeln und sie vor den Waschbären, Mäusen und Krähen zu retten.

Ein neuer, zischender, schriller Laut drang an seine Ohren. Petaga wirbelte herum und starrte zu den Palisaden hinüber. Brennende Pfeile zogen feurige Spuren über den Himmel, fielen in die trockenen Pflanzen oberhalb des Flüßchens und erzeugten lodernde Flammen.

»Nein«, murmelte Hagelwolke. »Ich hätte nicht gedacht, daß er schon in einem so frühen Stadium auf dieses Mittel zurückgreift. Warum – «

Petaga fluchte. »Auf Befehl Tharons! Er versucht, uns zu überraschen. Er will, daß wir Fehler machen. Aber da täuscht er sich!«

Das Feuer tobte prasselnd durch das Gestrüpp wie ein orangerotes Monster und trieb seine Krieger vom Flußufer zurück. Männer und Frauen rannten Hals über Kopf in die Maisfelder und beobachteten voller Entsetzen die immer höher schlagenden Flammen.

Hagelwolke schüttelte den Kopf. »Das ist nicht Tharon. Das ist Dachsschwanz. Und er weiß genau, was er tut. Je mehr Zeit er gewinnt und je länger er unserem Angriff standhält, um so größer wird unser Wunsch werden, die Schlacht zu beenden. Er versucht, bessere Bedingungen für die Überlebenden in Cahokia herauszuschlagen.«

»Das wird ihm nicht gelingen!«

Hagelwolke preßte kurz die geballte Faust auf die Lippen. »Mein Häuptling, ich glaube, ich weiß, welche Aufgabe wir dem Hornlöffel-Stamm anvertrauen. Falls es uns nicht gelingt, die Brände zu löschen, bevor sie die Felder erreichen – «

Petaga keuchte unwillkürlich. »Ja, heiliger Vater Sonne. Erteile den Leuten den Befehl, mit ihren Hacken eine Feuerschneise zu graben und Wassereimer vom Bach zu den Feldern zu bringen. Schnell. *Schnell!*«

Hagelwolke rannte den Hügel hinunter und überbrachte einem seiner Krieger den Befehl. Petaga ballte die Fäuste und schüttelte sie wütend in Richtung auf Cahokia.

In dichten Schwaden stieg schwarzer Rauch zum blauen Himmel empor und verfärbte Vater Sonnes gelbes Gesicht zu einem dunklen, schmutzigen Karminrot.

Blinzelnd versuchte Wanderer, den beißenden Schweiß von den Augen zu entfernen. Das Blut in seinen Schläfen hämmerte so laut, daß das Pochen beinahe den entsetzlichen Tumult des draußen tobenden Kampfes übertönte: die Schreie, das dumpfe Poltern von Füßen auf den Schießplattformen, das Kreischen der Frauen, das Heulen der zu Tode erschrockenen Kinder.

Er zwang sich zur Konzentration und begann vorsichtig, den Knochenring aus Flechtes Schädel zu heben. Kaum hatte er ihn bewegt, wurde das darunterliegende Gewebe sichtbar. »Schnell, Wühlmaus, gib mir das Messer.«

Wühlmaus tastete mit zitternden Händen nach der Klinge und legte sie in Wanderers blutbesudelte Finger. Ihr rundes Gesicht sah bleich und angespannt aus.

Wanderer bedachte sie mit einem ermutigenden Blick, hielt einen Moment inne und sammelte neue Kraft. Kessel und Drossellied waren inzwischen so erschöpft, daß sie die heiligen Worte eher stöhnten denn sangen.

Rings um Wanderer verteilt lagen zwischen Knochensplittern mit rosarotem Knochenmark blutverkrustete Messer, in Streifen geschnittene Wurzeln und Kakteenblüten. Neben ihm stand eine Schüssel mit hochrot schimmerndem Inhalt, in der er benutzte Tücher ausgewaschen hatte.

Der durchdringende Geruch nach Kräutern und Blut vermengte sich unangenehm mit dem Gestank nach Rauch und Qualm, den der heiße Wind durch alle Rillen des Tempels wehte. Wanderers Nasenlöcher bebten, als er die Spitze des Messers unter den kreisförmig ausgesägten Schädelknochen gleiten ließ. Seine Hände zitterten vor Erschöpfung. Er mußte die Handflächen gegen Flechtes Kopf stemmen, damit seine Finger ruhig arbeiten konnten. Vorsichtig löste er den Knochen nach und nach vom Gewebe.

Als er das Knochenstück schließlich abhob, wölbte sich das blutige Gewebe wie eine anschwellende Blase aus der Öffnung. Wühlmaus legte eine Hand auf die bebenden Lippen und versuchte, das unkontrollierbare Zucken zu unterdrücken. Tränen stiegen in ihre Augen. Wanderer sank in sich zusammen und stieß einen Seufzer der Erleichterung aus.

»Sie kommen heraus«, flüsterte er. »Fühlst du es? Die bösen Geister verschwinden.«

»Ja«, sagte Wühlmaus heiser. »Ich fühle es.«

Wanderer lehnte sich zurück und streckte seinen schmerzenden Rücken. Seit drei Hand Zeit brannten seine Schultern wie Feuer. Kalter Schweiß lief ihm über den Rücken, sein rotes Hemd klebte an ihm wie eine zweite Haut.

»Was machen wir jetzt?« erkundigte sich Wühlmaus. »Nähen wir den Hautlappen wieder über die Öffnung?«

»Noch nicht. Lassen wir den Geistern noch ein bißchen Zeit zum Verschwinden.«

Wanderers Blick glitt über Flechtes blasses Gesicht. Ihm war, als zögen sich seine Rippen wie feuchte Rohlederstreifen zusammen und krampften sich schmerzhaft eng um sein Herz. Sie sah so zerbrechlich und hilflos aus. *Wie geht es dir in der Unterwelt, meine Tochter? Ich bete, daß Vogelmann dir hilft.*

Flechtes Lippen öffneten sich leicht. Als habe sie ihn gehört, stöhnte sie leise. Wanderer legte eine Hand auf ihren Arm und schloß fest die Augen. Er sammelte seine restliche Kraft, die noch in seinem Körper steckte, und konzentrierte sich darauf, sie auf Flechte übergehen zu lassen.

»Wühlmaus … hilf mir.«

Einen Augenblick später fühlte Wanderer, wie Wühlmaus' Kraft wie ein warmer Strom in Flechtes Körper floß.

Kapitel 44

Vogelmanns Füße hämmerten hinter Flechte auf den Boden. Er tanzte den Tanz der Jagd, drehte sich im Kreis, sprang in die Höhe und breitete die Flügel aus, so daß die Federn den Boden streiften. Sternenlicht umfloß seinen Körper, jede Feder schimmerte wie flüssiges Silber.

»Nein! Vogelmann, warum machst du das?« kreischte Flechte und lief kopflos in das dichte Unterholz.

Mit schmerzenden Lungen rannte sie in die immer undurchdringlicher werdende Dunkelheit. Die beißende Kälte drang durch ihr grünes Kleid und kribbelte auf der Haut.

Schemenhafte Schatten huschten durch den Wald. Gelegentlich erhaschte ihr Blick das Aufblitzen von Jaspis- oder Muschelperlen, die die Masken der Tänzer schmückten.

Vogelmanns Schritte hallten wie ein Echo wider: »Weißt du, warum Eulen mit ausgebreiteten Flügeln sterben, meine Kleine?«

Flechte zuckte zusammen und schrie entsetzt auf, als sie ihn in den Ästen einer hohen Zeder sitzen sah. Mit angelegten Flügeln beugte er sich vor. Er spähte auf sie hinunter wie ein Geier, der gierig auf das Sterben eines verwundeten Rehs wartete. Sein Schlangenhautbauch glitzerte so strahlend wie zerstoßener Glimmer.

Erstickt stieß Flechte hervor: »W-weil sie nie aufgeben und nie die Flügel anlegen!«

Vogelmanns schwarze Augen funkelten, als brenne in ihrem Innern ein Feuer. Unruhig rutschte er auf dem Ast hin und her, trippelte vor und zurück und begann von neuem mit seinem wilden Tanz. Bei jedem seiner stampfenden Schritte rieselten dürre Nadeln kaskadenartig herab und wirbelten in dunklen Wellen auf den Boden.

»Warum, Flechte? Warum geben sie nicht auf?«

Der Wald geriet in Bewegung; sechs geisterhafte Gestalten schlurften zwischen den dunklen Eichen-, Hickory- und Zedernstämmen heraus. Einige trugen Masken mit einem Kopfschmuck aus wundervoll miteinander verflochtenen Maishülsen; andere hatten Tiermasken mit den nach oben gebogenen Hörnern von Bison, Hirsch und Wapiti angelegt. Die Meeresmuscheln auf ihren Beinkleidern funkelten verschwenderisch im Sternenlicht, das durch den Baldachin der Äste fiel. In den riesigen Augenhöhlen der Geschöpfe war nichts als leere, unheilvolle, leblose Schwärze.

Flechte wich zurück und preßte den Rücken gegen den Zedernstamm. Die Tänzer scharten sich immer dichter um sie, streckten die Hände nach ihr aus und begannen, Maismehl auf sie zu werfen. Das Mehl benetzte ihre Haare und haftete klebrig auf Armen und Beinen.

»Was macht ihr?« schrie sie, wohlwissend, daß Maismehl die Wege der Mächte reinigt und heiligt. Aber sie verstand nicht, warum die Tänzer sie damit bestreuten.

Auf einmal zogen sich die Maskentänzer von ihr zurück und streckten Vogelmann die flehend geöffneten Hände entgegen. Sie begannen singend um Flechte herumzutanzen und starrten sie aus leeren Augenhöhlen an. Ihre Seele schrumpfte.

»Gibst du auf, Flechte? Oder willst du für dein Volk fliegen?«

»Ich möchte fliegen, Vogelmann! Ich wollte schon immer fliegen!«

Vogelmann stieß einen Triumphschrei aus und stürzte sich, die scharfen Krallen nach ihr ausgestreckt, von dem hohen Ast herab. Flechte schrie erschrocken auf, als er sie zu Boden warf und seine Krallen wie ein Adler, der ein Erdhörnchen fängt, in ihre Brust schlug.

»Vogelmann, nein! Du bist doch mein Geisterhelfer ...« Sie versuchte ihn abzuwehren. Aber der Zugriff seiner Krallen wurde immer fester. Scharfe Schmerzpfeile schossen durch ihren Körper.

Die unsichtbare alte Frau hatte wieder zu singen begonnen, und auch ihre Trommel schlug wieder.

Vogelmann neigte den Kopf und starrte in Flechtes entsetzte

Augen. »*Habe ich dir nicht gesagt, daß sich die Eule manchmal von ganzem Herzen danach sehnt, eine Schlange zu sein, damit sie sich in ein Loch verkriechen und im Dunkeln verstecken kann? Eben vor dem, was nun kommt, will sie sich verstecken.*«

Grauer Dunst umwogte die Grenzen von Flechtes Gesichtsfeld. Sie kämpfte und versuchte mit letzter Kraft, sich Vogelmanns Griff zu entwinden. Aber mit einem heftigen Ruck grub er seine Klauen noch tiefer in ihr Fleisch. Aus dem diffusen Grau tauchte sein riesiger Schnabel auf und begann in ihre Brust und in ihre Arme zu hacken. Sie fühlte, wie ihr Fleisch von den Knochen gerissen und von seinem Schlund verschlungen wurde.

Ewige Nacht hüllte sie ein.

Flechtes Seele löste sich von ihrem Körper und versank im Teich ihres eigenen Blutes.

Aus der Dunkelheit ertönte die Trommel der alten Frau; ihre gackernde Stimme drang durch die Schwärze. »*Das Eine Leben. Alles ist ein Tanz. Du mußt die Bewegungen fühlen, ehe du sie verstehen kannst.*«

Der Teich aus Blut begann sich zu bewegen und wiegte Flechte im Rhythmus der Trommel vor und zurück. Er spülte über sie hinweg und erfüllte sie mit Wärme. Die fließenden Bewegungen des Tanzes drangen langsam in ihre Seele ein; sie begann mit ihnen zu gleiten.

»*Befreie dich*«, wies die alte Frau sie an. »*Bewege dich mit den Klängen. Träume diese Welt hinweg. Sie existiert nicht. Nichts existiert, außer dem Tanz.*«

Flechte tanzte, gab sich hin und wiegte sich im Takt des monotonen Singsangs der alten Frau.

Wie Nebel unter der heißen Sonne begann sich ihre Seele aufzulösen, wurde weniger und weniger, verschmolz mit dem Tanz, bis sie eins wurde mit der Schwärze …

Und in dem Nichts erglomm ein Licht.

Flechte streckte die Hände nach der wärmenden Helligkeit aus, aber ihre Finger waren … anders, waren wie Flügel. Sie kribbelten, als habe die Durchblutung eben erst wieder eingesetzt. Die zarten Flügel der Träumerin kräftigten sich und wuchsen.

Flechte breitete die Flügel aus und schwang sich zu der gleißenden Helligkeit empor. Sie tauchte ein in das riesige Meer eines bernsteingelben Himmels. Wolken ballten sich zusammen und glitten mit den Höhenwinden dahin. Flechte probierte ihre Flügel aus, tauchte hinab und segelte auf den warmen Luftströmungen. Sie fühlte, wie jede Feder ihren Flug beeinflußte – je nachdem, wie sie die Schwingen oder den Schwanz bewegte. Tränen stiegen ihr in die Augen. *Welch unermeßliche Freiheit!*

Ein Reiher, erschaffen aus den golden glühenden Himmelsfäden, trat geschmeidig auf den vor ihr liegenden Wolkenbausch, als schritte er über Steine in einem Fluß. »*Du hast mich also gefunden!*« rief die Stimme der alten Frau.

»Bist du die Erste Frau?«

»*So nennt mich dein Volk. Ja, ich bin es. Ich war da zu Anbeginn der Spirale.*«

»Ich muß mit dir reden.«

Der Reiher neigte den Kopf zur Seite; ein neugieriges Glitzern funkelte in seinen Augen. »*Gut, Kind. Du hast dir das Recht zu reden verdient. Komm und setz dich zu mir, wir unterhalten uns. Aber glaube nicht, daß du mich überzeugen kannst. Seit Tausenden von Zyklen beobachte ich die Menschenwesen. Ein Teil meiner Seele starb mit dem letzten Mammutkalb. Ein weiterer Teil ging mit dem Riesenbiber. Als Faultier und Pferd bis zum letzten Tier gejagt und niedergemetzelt wurden, starb mit ihnen auch mein letzter Rest an Sympathie für die Menschenwesen. Ohne Menschen wird es Mutter Erde besser ergehen.*«

»Nein, Erste Frau, nein!« schrie Flechte. Sie flog näher zu ihr heran und dachte an Wanderer und ihre Mutter ... und an Orenda, die so tapfer versucht hatte, sie zu retten. Sie alle würden sterben, wenn sie die Erste Frau nicht überzeugen konnte. Und Fliegenfänger war vielleicht sogar schon tot – verhungert wegen der anhaltenden Dürre oder umgebracht, weil die Menschen einander wegen eines Korbes voller Mais töteten. Ihre Schluchzer dröhnten unheimlich wie gedämpfter Donner in ihren Ohren. Wider Willen verdunkelte Traurigkeit die Augen der Ersten Frau.

Flechte landete weich auf der goldfarbenen Wolke der Ersten Frau und legte die Flügel an.

»Runter, Wapitihorn!« schrie Dachsschwanz und warf sich bäuchlings auf die Schießplattform. Ein weiterer Pfeilhagel flog zischend vom anderen Ufer herüber. Im Schutz der Palisaden hörte er die Pfeile gegen das Holz prallen.

Die entsetzten Schreie der sich auf dem großen Platz zusammendrängenden Menge übertönten den Gefechtslärm. Die Leute wagten nicht, in ihren Häusern zu bleiben. Sie wußten nicht, wann Petaga damit begann, die Strohdächer in Brand zu stecken; sie wußten nur, irgendwann würde er es tun. Dachsschwanz dachte ständig an Heuschrecke. Er wußte nicht, wo sie war, denn sicher hatten sie und Primel inzwischen sein Haus verlassen. Im Tempel hielten sich nur noch Wanderer und Wühlmaus auf. Sie harrten aus, weil sie sich fürchteten, Flechte zu transportieren. Das letzte Mal, als Dachsschwanz auf der Suche nach Nachtschatten durch die dunklen Flure des Tempels geeilt war, hatte er nach Flechte geschaut und festgestellt, daß das kleine Mädchen dem Tode nahe war – ihr Herzschlag war unregelmäßig und schwach, der Puls kaum mehr wahrnehmbar.

Wapitihorn stützte sich auf die Ellenbogen, in seinen braunen Augen stand unbändige Angst, Blut befleckte sein Gesicht und die in seine Stirnhaare geflochtenen Muscheln. »Was sollen wir tun? Wenn wir nicht aufstehen und auf sie schießen, sind sie in kürzester Zeit durch die Palisade!«

Dachsschwanz befeuchtete mit der Zunge die trockenen Lippen. Der hämmernde Rhythmus der Äxte und Breitbeile, die sich in das Holz der Palisade fraßen, ließ die Umfriedung vibrieren. Seine Gedanken rasten. »Nimm ein Drittel unserer Krieger. Die Hälfte von ihnen soll Schießscharten in die Flanke des Tempelhügels graben. Die anderen sollen eine Barrikade an der Stelle errichten, an der Petagas Truppen durchbrechen werden. Wenn es uns gelingt, sie einzukesseln und aus sicherer Deckung heraus auf sie zu feuern – «

»Dann ergeht es ihnen wie in Netzen gefangenen Gänsen! Wir können sie in aller Ruhe abschießen.« Wapitihorn lächelte. Er fühlte sich verzweifelt und erleichtert zugleich und war dankbar, etwas unternehmen zu können. »Ich mache mich gleich daran.« Rasch zog er sich zurück und kroch zu dem Krieger, der ein Stück weit von ihm entfernt kauerte.

Dachsschwanz blieb allein zurück. Er lag auf dem Boden der Schießplattform, grauenhafte Angst peinigte ihn. Bei Einbruch der Nacht sah er deutlich den Feuerschein vor der Palisade. Zwar schleppten Petagas Krieger unermüdlich Wasser heran, trotzdem konnten sie die Brände nicht löschen. Die im Norden liegenden Maisfelder leuchteten rot-orange, den von den Kürbisfeldern im Westen aufsteigenden Rauchsäulen verlieh das Mondlicht einen silbernen Schimmer. Dichter schwarzer Rauch zog träge über den wolkenverhangenen Himmel. Hie und da zuckten Blitze auf – kaum mehr als die unglaubwürdige Ankündigung kommenden Regens.

Er versuchte, tief durchzuatmen, aber der beißende Rauch in der Luft stach unangenehm in seine Lungen.

Unter ihm huschten zahllose Krieger durch die von Leuchtkäfern funkelnde Nacht. Petaga griff unbarmherzig an. Seine Krieger schienen noch frisch und munter zu sein.

Er kann es sich leisten, den Erschöpften Ruhe zu gönnen und die Verwundeten zu ersetzen. Du nicht. Dachsschwanz hatte Krieger mit schlimmen Arm- und Beinwunden, die noch immer auf ihrem Posten ausharren mußten. Sie versuchten ihr Bestes.

Er ballte die Faust und hieb verzweifelt auf den Boden der Plattform ein, bis seine Hand schmerzte. Als er aufblickte, sah er Nachtschatten die Leiter zu ihm heraufklettern.

Kapitel 45

Petaga lehnte mit den Schultern an der Uferböschung, unterhalb derer sie das Lager aufgeschlagen hatten. Er beobachtete die Asche, die in Flocken vom Himmel fiel und auf dem von den Flammen aufgeheizten, lauwarmen braunen Wasser niederging. Das Tosen des Feuers und das Kampfgetümmel waren zu einem alles übertönenden Lärm angeschwollen.

Urplötzlich waren dunkle Wolken aufgezogen, und zeitweilig zuckten vom Himmel vereinzelte Blitze hernieder.

Petaga wandte sich um und blickte forschend auf Hagelwolke und Löffelreiher, die neben ihm in der dunklen Nische der Böschung saßen. Löffelreihers Gesicht zeigte die für ihn typische unendliche Geduld, aber Hagelwolke mahlte mit den Zähnen und preßte die Hände angespannt vor den Mund. Konzentriert beobachtete er einen weiteren Angriff auf die Palisade. Die aus vier Mann bestehende Gruppe hackte seit über einer Hand Zeit auf die Palisade ein, Dutzende von Kriegern gaben ihnen Schutz mit Pfeil und Bogen. Dachsschwanz' Leute wagten nicht, sich dem ständigen Geschoßhagel auszusetzen. Wer von ihnen sich erkühnt hatte, sich hinter den Palisaden aufzurichten, war gefallen.

Weiter unten am Fluß tauchten dunkle Gestalten Körbe in das Wasser und hasteten mit ihrer schweren Last rasch wieder zu den Feldern und versuchten, das Feuer zu löschen. Der Hornlöffel-Stamm arbeitete unermüdlich; trotzdem hatten die Leute nur ein paar armselige Stückchen Ackerlandes retten können. *Das Land ist zu trocken. Die Flammen jagen mit der Schnelligkeit eines Adlers dahin.* Angst nagte an Petaga. Er erinnerte sich an Alodas zornige Worte: *»Soll ich jetzt auf der Stelle mein Dorf auflösen, Petaga? Am Ende geschieht das sowieso!«*

Wie viele Menschen hatte dieser Krieg bereits der Heimat beraubt? Tausende. Ob sie je zurückkamen? Petaga nahm sich vor, für ihre Rückkehr zu sorgen. Er mußte eine Möglichkeit finden.

»Sie sind fast durch, mein Häuptling.« Hagelwolke zeigte auf den winzigen Lichtschimmer, der durch das Axtloch in der Palisadenwand blinkte. »Ich glaube, es ist an der Zeit, die Gebäude in Brand zu stecken.«

»Bist du wirklich davon überzeugt, Dachsschwanz hat noch genügend Krieger, um sich wirksam gegen uns zu verteidigen, wenn wir erst einmal durchgebrochen sind? Mir ist der Gedanke verhaßt, den Tempel niederzubrennen, sofern wir nicht unbedingt dazu gezwungen sind.« Petaga schien es unvorstellbar, mit einer solchen Tat nicht den Zorn der Götter auf sich zu ziehen, selbst wenn Tharon den Tempel mit seiner Anwesenheit besudelt hatte.

Die Falten um Hagelwolkes Augen gruben sich noch tiefer

ein. Im orangefarbenen Feuerlicht schien sein hartes Gesicht aus Ton gebrannt. »Es wäre nicht klug, Dachsschwanz zu unterschätzen.«

»Gut, wie du meinst. Erteile den Befehl.«

Hagelwolke legte eine Hand auf die Schulter seines Sohnes. »Löffelreiher, geh und sage Linde, er soll jetzt die Häuser hinter der Palisade in Brand zu stecken. Hoffentlich werden die Funken bis zum Dach des Tempels hinaufgetragen. Falls auf dem Tempelhügel Krieger von Dachsschwanz sind, lenkt das Feuer sie von uns ab.«

»Ja, Vater.« Löffelreiher lief los und verschwand in der Dunkelheit.

Bald ist es vorbei.

Erregung und Angst bemächtigten sich Petagas Seele. Falls Tharon und Dachsschwanz nicht im Kampf getötet worden waren, standen sie bald als Gefangene vor ihm.

Brennende Pfeile schwirrten durch die Dunkelheit. Gequälte Schreie gellten durch die Luft, als die Geschosse auf die Verteidiger herniederprasselten. Hinter den Palisaden leckten Feuerzungen zum Himmel hinauf, als besäßen sie ein vom Bösen gelenktes Eigenleben.

Durch das Brausen des Feuers hörte Petaga ein neues Geräusch: einen schrillen Laut, als ob Hunderte von Menschen gleichzeitig verzweifelt nach Luft rangen.

Er blickte am Bach entlang nach Westen. Die Krieger, die am Ufer Zuflucht gesucht hatten, erhoben sich wie auf Kommando und stoben auseinander.

Petaga richtete sich auf. »Was ...«

Hagelwolke packte ihn bei der Schulter und zog ihn wieder in die Sicherheit der Böschung hinunter. Rastlos wanderte Petagas Blick über das verbrannte Land. In dem von seinen fliehenden Kriegern verlassenen Gelände dicht am Wasser glaubte er, ein langes rotes Gewand im Wind tanzen zu sehen.

Eine Gestalt schälte sich aus der Dunkelheit und schwebte geräuschlos auf sie zu. »Wer ist das?« fragte Hagelwolke mißtrauisch.

Petaga runzelte die Stirn. Im Feuerschein erkannte er, daß es sich um eine hochgewachsene, schlanke Frau handelte. Lange schwarze Haare wallten über ihre Schultern und umrahmten das Gesicht mit den vollen Lippen und der leicht nach oben gerichteten Nase. Unter dem Arm trug sie einen großen, wunderschönen Zedernkasten.

Petaga drohte vor Freude das Herz zu zerspringen. Er sprang auf, schüttelte unwillig Hagelwolkes Hand ab, die ihn zurückhalten wollte, und lief auf sie zu. »Nachtschatten!«

»Petaga!«

Er fiel ihr zu Füßen und umklammerte ihre Beine wie in der Kinderzeit, wenn er sich in der Dunkelheit gefürchtet hatte. »O Nachtschatten, ich wußte, du lebst. Ich wußte, du hilfst uns.« Überglücklich küßte Petaga ihre Hand, und sie strich ihm über das Haar. »Ich wußte, du wendest dich nicht gegen mich.«

»Deine Familie gab mir eine Heimat, als ich nicht wußte, wohin. Nie könnte ich mich gegen dich wenden, mein Häuptling.«

Zum erstenmal redete sie Petaga mit seinem neuen Titel an. Aus ihrem Munde klang dieses Wort so herrlich für ihn, daß er sie strahlend anlächelte. »Wie bist du aus Cahokia weggekommen? Hat Tharon – «

»Tharon ist tot, Petaga. Dachsschwanz schickt mich zu dir. Ich soll versuchen, diesem Blutvergießen ein Ende zu setzen.«

Hagelwolke, der inzwischen ebenfalls herbeigelaufen war und hinter Petaga stand, sog hörbar die Luft ein. »Tharon ist tot? Wie ist das geschehen?«

»Er hat ein Sakrileg begangen. Blutschande.«

Petaga erhob sich aus seiner knienden Stellung und blickte forschend in Nachtschattens dunkle Augen. »Blutschande? Mit wem?«

»Mit seiner Tochter.«

»Orenda? Aber sie ist noch ein kleines Mädchen! Heiliger Vater Sonne ... meine arme Cousine.« Er hatte Orenda nie gesehen, aber er wußte, was das rituelle Gesetz von ihm verlangte. Zur Wiedergutmachung dieses Sakrilegs mußte er sämtliche Erinnerungen an Orenda und ihren Vater auslöschen. Petaga senkte die Augen und schüttelte den Kopf.

Nachtschatten sagte beschwörend: »Petaga, Dachsschwanz will sich ergeben. Er – «

»*Was – eine Kapitulation!* Das lasse ich nicht zu. Diese Männer und Frauen haben unser Dorf ausgelöscht, Nachtschatten. Sie müssen sterben!«

Sie trat näher und legte beschwichtigend eine Hand auf Petagas Wange. »Du hast den Krieg gewonnen, mein Häuptling. Nun rette, was von diesem Dorf noch übrig ist. Du brauchst ein Fundament, auf dem du dein neues Häuptlingtum aufbauen kannst. Die Bauern, Handwerker und Händler Cahokias verfügen über das notwendige Wissen und können dir dabei helfen. Dachsschwanz ist davon überzeugt, daß seine Krieger dem nächsten Häuptling Große Sonne, wer immer es auch sein sollte, treu ergeben sein werden.«

»Glaubst du das auch?« fragte Petaga.

»Ja. Mein Häuptling, es ist Zeit, zu reinigen und zu heilen.«

Verwirrt von den widerstreitendsten Gefühlen entfernte sich Petaga ein paar Schritte und stellte sich an das Flüßchen. Am anderen Ufer entdeckte er einen ovalen Gegenstand. Er kniff die Augen zusammen, um besser sehen zu können. Im Licht des plötzlich bläulich aufflammenden Tempeldaches erkannte er, daß es sich um einen zwischen verkohlten Halmen liegenden Leichnam handelte. Das Gesicht war bis zur Unkenntlichkeit verbrannt. Wut zuckte durch Petagas Bauch. Der brennende Wunsch nach Rache kämpfte wie eine tollwütige Wildkatze gegen seinen Verstand, der ihm sagte, Nachtschatten habe recht. Er brauchte die Stämme aus Cahokia. Alle. *Jetzt kämpft der Junge in dir mit dem Mann.* Trotz der vielen Toten und all der Verzweiflung der letzten Wochen, trotz all der schweren Entscheidungen und der großen Verantwortung fühlte er sich erst jetzt, da er sich für Gnade oder Haß entscheiden mußte, als Mann.

Petaga senkte den Kopf und starrte nachdenklich auf die häßliche Ascheschicht, die auf dem dunklen Wasser schwamm. In seinen Träumen war er wieder und wieder zu seinem Vater zurückgekehrt und hatte die letzten Augenblicke in River Mounds noch einmal erlebt. Er sah seinen Vater ruhig und aufrecht vor Dachsschwanz stehen. Ungeachtet der Bedrohung seines Lebens verkörperte er vollendet die Würde seines Amtes. Nachtschatten hatte seinen Vater stets gut beraten, sein Vater hatte ihrem Urteil vorbehaltlos vertraut.

Der hintere Teil des Tempeldaches explodierte in einem prasselnden Feuerball. Die Leute erstarrten. Wie gelähmt beobachteten sie die zum Himmel wogenden Feuerwalzen, die die Wolken zu versengen schienen. Mit einem donnernden Krachen stürzten weitere Teile des hohen Daches ein. Im grell aufflammenden Licht sahen die Gesichter der an den Palisaden kämpfenden Krieger bleich und fremd aus. Zu Tode erschrocken hielten sie mitten im Kampf inne. Doch gleich darauf erscholl lautes Triumphgeheul, und schweißglänzende Körper begannen spontan im Tanz des Sieges herumzuwirbeln.

»Petaga!« Nachtschattens Stimme drängte. »Da ist noch etwas.« Sie hielt ihm die kleine Truhe hin. »Dachsschwanz bat mich, dir den Kopf deines Vaters zu bringen. Er bat darum, ihn dem Körper zurückzugeben, damit Jenos' Geist voller Stolz in der Unterwelt umhergehen kann.«

Petaga streckte die Hände nach dem Kasten aus; doch unwillkürlich zuckte er zurück. Er zitterte am ganzen Leib. Wieder erinnerte er sich an den letzten, ihn ermutigenden Blick seines Vaters, bevor Dachsschwanz zum tödlichen Schlag ausholte. »Wenn Dachsschwanz glaubt – «

Nachtschatten schüttelte den Kopf. »Er glaubt, du wirst ihn zu Tode martern. Er erwartet nichts anderes.«

Ehrfürchtig nahm Petaga den Kasten in Empfang. In diesem Augenblick prasselten Regentropfen auf den knochentrockenen Boden. Petaga war davon so überrascht, daß er hochsprang, als habe ihn unvermutet ein Fausthieb getroffen. Im Nu verwandelten sich die Tropfen in rauschenden Regen, und die Welt versank hinter einer undurchsichtigen Wasserwand. Das ohrenbetäubende Zischen und Knistern der Flammen erstickte alle anderen Geräusche.

Petaga blieb wie betäubt stehen; der Regen durchweichte ihn bis auf die Haut. Das kühle Naß beruhigte ihn, dämpfte den Schmerz seiner Seele wie eine heilende Salbe. Er hob den Blick und sah Nachtschatten die Böschung hinaufklettern. Ihr nasses rotes Kleid umschloß ihren Körper wie eine zweite Haut. Als sie dem Gewitter die Arme entgegenstreckte, tanzte ein Blitz aus den Wolken wie Tausende von Leuchtkäfern und badete sie in bernsteingelbem Glanz. Dumpfer Donner grollte.

Lachend hob Nachtschatten das Gesicht dem Regen entgegen. »*Sie* hat es geschafft! Die Erste Frau hat sie angehört!«

Das Zischen der Flammen steigerte sich zu einem lauten Tosen. Überall verharrten Krieger mitten in der Bewegung und starrten fassungslos auf die sich aus den Wolken ergießenden Wassermassen. Der Boden begann in üppigem, weichem Glanz zu schimmern; überall sammelte sich das Wasser zu spiegelnden Pfützen.

Nachtschatten senkte die Arme und rief: »Petaga! Was soll ich Dachsschwanz ausrichten?«

»Sage ihm«, antwortete er, »sage ihm, daß ich einverstanden bin. Ich nehme sein Kapitulationsangebot an. Aber diese Übereinkunft bezieht sich nur auf seine Krieger und die Dorfbewohner. Er ist ein Problem für sich.«

Auf seinem Gesicht vermischten sich Tränen mit Regentropfen. Petaga sank mitten im glitschigen Morast auf die Knie. Mit bebenden Fingern strich er über die schönen Schnitzereien des im Regen feucht glänzenden Kastens, den er vor sich hingestellt hatte.

Ein Blitzstrahl wob ein unheimliches, durchsichtiges Netz um Wanderer und Wühlmaus, die am Fuße des Tempelhügels unter einem schäbigen Bisonfell nebeneinandersaßen. Zwischen ihnen lag Flechte ruhig und still, eingehüllt in eine Decke. Sie hatte nicht einmal einen Laut von sich gegeben, als er und Wühlmaus die Decke an den Kanten hochgehoben und sie aus dem brennenden Tempel getragen hatten. Wanderer betrachtete sie zärtlich. Ihre Haare breiteten sich wie ein feuchter Schleier über der Decke aus. Sacht berührte er ihren Kopf. Die Schwellung war rasch zurückgegangen. Kurz bevor der Tempel in Flammen aufging, hatte er den Hautlappen wieder angenäht. Inzwischen schien sie leichter zu atmen.

Wanderer beugte sich vor und brachte seinen Mund dicht an die vernähte Wunde. »Flechte, hörst du mich? Ich bin's, Wanderer. Hier bei uns regnet es. Der Krieg hat aufgehört. Sage der Ersten Frau, wir danken ihr.«

Wühlmaus runzelte die Stirn. »Ihre Seele ist gegangen, Wanderer. Sie kann uns nicht hören.«

»Oh, du wärst erstaunt, was eine Seele alles zu hören vermag, wenn man ein zusätzliches Loch im Kopf hat.«

Im fahlgelben Licht des brennenden Tempels, dessen Innenwände inzwischen ebenfalls lichterloh brannten, hoben sich die Umrisse der mit erhobenen Händen auf den Schießplattformen stehenden Krieger ab. Sie hatten sich ergeben und musterten aus den Augenwinkeln wachsam Petagas Krieger, die jubelnd um die beschlagnahmten Waffen sprangen.

»Wanderer«, Wühlmaus' Stimme klang zaghaft, »wann wird Flechtes Seele zu uns zurückkehren?«

Er sah die Angst in Wühlmaus' Augen. Liebevoll tätschelte er ihre Hand, dann zog er an dem Riemen um Flechtes Hals und legte den Steinwolf oben auf die Decke. Seine glänzende Oberfläche reflektierte den rötlich-orangefarbenen Feuerschein. Wanderer spürte die von dem Stein ausstrahlende Macht; sie wob ein unsichtbares Netz um Flechte.

Er lehnte sich zurück und schloß die Augen. Seine Seele betrachtete das hellblau aufschimmernde leuchtende Netz. Freude schwang durch die Fäden, die sich ihm entgegenstreckten wie eine kraftlose Hand.

Er lächelte. »Bald, Wühlmaus. Sie ist bereits auf dem Rückweg.«

Kapitel 46

»Ich weiß nicht, Nachtschatten. Vielleicht will sie es gar nicht«, sagte Wanderer. Er bahnte sich neben Nachtschatten den Weg zwischen den rauchenden Trümmern des Tempels hindurch. Die Morgensonne schickte ihre goldenen Strahlen über das verkohlte Holz und tupfte Lichtflecken auf Nachtschattens schönes Gesicht.

Nachtschatten kletterte über die geborstenen Steine einer eingestürzten Mauer und seufzte. »Nun, es liegt natürlich bei ihr. Aber ich glaube, Petaga wird ihre Hilfe dringend brauchen. Was sage ich? – Das ganze Volk braucht sie. Redest du mit ihr darüber?«

»Ja, natürlich.«

Nachtschatten nahm einen Korb vom rußigen Boden und ging weiter, als hielte sie nach etwas Ausschau. Plötzlich kauerte sie sich nieder und begann die Asche genauer zu untersuchen.

Ein paar Hand von ihr entfernt saß Orenda mit übereinandergeschlagenen Beinen neben Flechte. Flechte, warm in Dekken gehüllt, war noch schwach und blieb immer nur ein paar Hand Zeit wach; aber ihre Lebensgeister kehrten langsam zurück, ihre Wangen hatten sich bereits gerötet, und ihre Augen leuchteten schon ein wenig.

Orendas Blick hing wie gebannt an Flechte. »Hat dir die Erste Frau wirklich gesagt, daß die Menschenwesen noch eine Weile hier leben dürfen?«

»Ja«, erwiderte Flechte. »Aber sie hat nicht gesagt, für wie lange. Sie erklärte mir, sie würde die Menschen beobachten und abwarten. Wenn die Menschenwesen Mutter Erde weiterhin weh tun, dann wird die Erste Frau uns zwingen, fortzugehen.«

»Wohin will sie uns schicken?«

»Nach Süden. In das Land des Sumpfvolkes. Die Erste Frau hat gesagt – «

Entsetzt stieß Orenda hervor: »Aber dort gibt es riesige Schlangen! Ich habe einen Händler davon erzählen hören.«

Flechte nickte. »Genau dahin wird die Erste Frau die Menschenwesen schicken. Sie ist nicht gerade glücklich über uns.«

Orenda machte ein finsteres Gesicht. Plötzlich erhellte ein Lächeln ihre Züge. »Weißt du was, Flechte?«

»Was?«

»Ich gehe fort in den Süden. Nachtschatten nimmt mich mit.« Aufgeregt kniete sich Orenda hin, beugte sich näher zu Flechte und flüsterte ihr ins Ohr: »Aber nicht in das Land des Sumpfvolkes ...«

Wanderer ging neben Nachtschatten in die Hocke und beobachtete mit Interesse, mit welcher Vorsicht sie in der Asche stöberte. Ihre Fingerspitzen strichen über die schwarzen Überreste der Schilfrohrmatten, die einmal Tharons Zimmer geschmückt hatten. »Was suchst du?«

»Sie haben mich gerufen«, antwortete Nachtschatten mit sanfter Stimme. »Als das Feuer dieses Zimmer erreichte, hörte ich sie meinen Namen rufen.«

»Wer hat gerufen?«

»Die heiligen Bündel, die Halsbänder und die anderen Gegenstände der Mächte, die Tharon gestohlen hat.«

Lauschend legte Wanderer den Kopf schräg. Eine rauchgeschwängerte Windbö fegte durch die Tempelruinen und zauste sein graues Haar. »Ich höre sie nicht.«

»Weil sie dich nicht rufen.«

Nachtschattens Hand verharrte mitten im Suchen. Sie schloß die Finger um einen Gegenstand und zog einen mit Eisen verstärkten menschlichen Kieferknochen aus der Asche. Das Eisen war zu dünnem Blech gehämmert und anschließend um den Knochen gelegt worden. Wanderer beugte sich weiter vor und entdeckte fast an derselben Stelle den mumifizierten Körper eines jungen Hundes, der neben einer mit roter Farbe bekleckten Steinpalette lag. Nachtschatten sammelte auch diese Gegenstände ein und steckte sie in den Korb. Dabei murmelte sie: »Macht euch keine Sorgen. Wir gehen fort von hier.«

Mit geschlossenen Augen erhob sie sich und ließ sich von ihrer Seele zur nächsten Fundstelle führen. Wanderer folgte ihr neugierig. Nachtschatten ging um eine umgestürzte Bank herum, kniete nieder und pustete vorsichtig die Asche von einer großen Pfeife aus Seifenstein. Ein Ottergesicht, von einem Kunsthandwerker aus dem weichen grünen Stein herausgehauen, starrte zu ihr herauf. Im Pfeifenkopf befanden sich zwei Angelhaken und das steinerne Senkgewicht eines Fischnetzes.

Wanderer hörte eine leise männliche Stimme aus der Pfeife dringen; ihrem Klang folgten das Echo weiblichen Gelächters und das Geräusch einer sich am Ufer brechenden Brandung. »An all das erinnert sich das Bündel«, sagte er versonnen. »Ich wüßte gern, wem es gehört hat.«

Nachtschatten strich liebevoll über die Otterfigur. »Leuten, die am Meer lebten. Ich rieche die salzhaltige Luft – sie riecht genauso, wie die Händler es beschrieben haben. Und ich höre – «

Sie verstummte und drehte sich nach der übermütig kichernden Orenda um. Das Mädchen hatte das Ohr an Flechtes Kopf gelegt – genau an die kahle Stelle, an der Wanderer das runde Knochenstück aus dem Schädel entfernt hatte.

»Hörst du es?« fragte Flechte.

Orenda lächelte. »Ja. Ist das die Trommel der Ersten Frau?«

Flechte nickte. »Sie sagte mir, ich solle jederzeit hören können, wie sie das Lied von meinem Tod spielt. Damit ich mich stets daran erinnere, wie es war, als ich die Flügel des Falken bekommen habe.«

»Dabei mußtest du sterben?« Orenda zuckte zurück. »Sie hat dich getötet?«

»Nein, nicht sie. Mein Geisterhelfer, Vogelmann, hat mich mit seinem Schnabel zerfetzt und dann verschluckt.«

Orenda richtete sich auf und starrte Flechte aus weit aufgerissenen Augen an. »Ich glaube, den möchte ich lieber nicht als Geisterhelfer haben.«

»Oh, er hat es richtig gemacht«, erwiderte Flechte. »Es war seine Aufgabe, mich zu töten. Dazu habe ich ihn gebraucht. Als er mir den Kopf abgehackt hat, bekam ich Vogelaugen und konnte die Straße des Lichts sehen, die den Himmel mit der Erde verbindet.«

Flechte wandte den Kopf und lächelte Wanderer an. Ihm wurde warm ums Herz. Sie hatte sich verändert. Alles an ihr strahlte Macht aus. Er sah die Macht in jeder ihrer Bewegungen.

Unter ihnen auf dem großen Platz entstand heftiges Gedränge. Aus der Menge der seit Tagen aus dem ganzen Häuptlingtum herbeiströmenden Leute löste sich eine kleine Gruppe.

Nachtschatten stand auf, trat einen Schritt vor und nahm die Leute genauer in Augenschein, die nun bereits die Treppe zum Tempelhügel heraufeilten. Wühlmaus führte die Gruppe an; dichtauf folgte ihr ein kleiner Junge, der trotz seiner kurzen Beine zwei Stufen auf einmal nahm. Als sie oben auf dem Hügel angelangt waren, war der Junge nicht mehr zu halten. Flechte keuchte: »Fliegenfänger!«

»Flechte! Flechte!« schrie Fliegenfänger. Seine Stimme überschlug sich; er stürmte wie ein Wirbelwind über das verbrannte Gras auf sie zu und umarmte sie überglücklich.

»O Fliegenfänger, wie ist es dir ergangen?« Flechte weinte vor Freude.

»Wir sind auf die Klippe geflohen und haben uns in der schmalen Felsspalte versteckt, wo du und Wanderer mit den Felsen gesprochen habt. Zwei Tage sind wir dort geblieben, ohne etwas zu essen oder zu trinken. Dann schlichen wir uns mitten in der Nacht weg. Wir – «

Wanderer stieg über die verkohlten Überreste des Tempels und stellte sich neben Wühlmaus. Sie lächelte zufrieden zu ihm auf.

»Wühlmaus«, sagte er, »wir müssen miteinander reden. Nachtschatten verläßt uns. Sie möchte, daß Flechte hierbleibt. Als Petagas Priesterin.«

Heuschrecke paßte einen weiteren Stamm in den Graben ein, den sie um die vorgesehene Grundfläche ihres neuen Hauses gezogen hatte. Anschließend häufte sie am unteren Ende des Stammes Erde auf, um ihm mehr Stand zu verleihen. Auf dem Weg, der quer durch das vor den Palisaden liegende zerstörte Dorf führte, näherte sich Primel; er zog einen weiteren Baumstamm hinter sich her. Seine langen Haare schimmerten blauschwarz im Sonnenschein. Seit drei Tagen trug er dasselbe gelbe Kleid, doch es sah erstaunlich frisch und sauber aus. Es schien ihm wieder recht gutzugehen. Heuschrecke hatte von Nachtschatten einen heilenden Brei erhalten, der sehr wirksam Infektionen bekämpfte, und sie hatte Primel damit Umschläge gemacht. Als seine Wunden zu heilen begannen, hatte sie ihr Bein damit behandelt. Heute konnte sie zum erstenmal wieder ohne Schmerzen gehen.

Heuschrecke atmete tief durch und blickte sich in der völlig veränderten Umgebung um. Wie verfaulte Zähne ragten überall rußgeschwärzte Pfosten auf. Menschen liefen schreiend und fluchend zwischen den Ruinen umher und suchten die wenigen Habseligkeiten zusammen, die den Feuersturm einigermaßen unbeschadet überstanden hatten. Manche riefen laut die Namen vermißter Familienangehöriger in der Hoffnung, Nachricht von ihnen zu bekommen.

Ein uralter Mann stand neben einem Haufen verkohlter

Trümmer und schrie: »Petaga behauptet, er habe das Dorf hinter den Palisaden nicht niederbrennen wollen, aber seht euch das an! Das war mein Haus! Was soll ich jetzt machen? Wohin soll ein alter Mann wie ich gehen?«

Bei diesen Worten verdunkelte Traurigkeit Primels Gesicht. Er schob ein Ende des Stammes in das in der Nähe von Heuschrecke lodernde Feuer. Funken stoben zum spätnachmittäglichen Himmel hinauf. Nach einem Finger Zeit konnte er den Stamm herausziehen und Heuschrecke bringen, die ihn in den Graben rammte. Wer hätte gedacht, daß sich die Dinge einmal so verschlechtern würden und sie sogar gebrauchtes Holz wiederverwenden mußten? Aber mit diesem Stamm konnten sie wenigstens eine Wand ihres neuen Hauses fertigstellen. Wie so viele andere Gebäude war auch ihr altes Haus während des Kampfes völlig zerstört worden. Gleich frühmorgens hatten sie die Trümmer durchsucht und alles zusammengetragen, was von ihrem gemeinsamen Leben noch übriggeblieben war.

Heuschrecke, nur mit einer blau und hellbraun gemusterten Tunika bekleidet, machte sich wieder an die Arbeit. Zur Verstärkung der Wand befestigte sie eine geflochtene Rohrmatte zwischen den Stämmen. Frisch geschnittene Schößlinge eigneten sich zwar besser für diesen Zweck, aber daran war nicht zu denken. Um gegen die auf ihrer Seele lastende Sinnlosigkeit anzukämpfen, arbeitete sie unermüdlich. Sie konnte es ertragen, daß die Schlacht um Cahokia verloren war, so bitter und qualvoll diese Niederlage auch sein mochte. Aber daß sie Dachsschwanz, der hinter der Palisade gefesselt und von Wachen umgeben auf seine Marter wartete, nicht hatte helfen können, zermürbte sie.

Einen Augenblick lang verharrte Heuschrecke regungslos. Erinnerungen an Dachsschwanz stiegen in ihr auf. In ihrer Seele verschmolzen bittersüße Bilder der Vergangenheit mit den Bildern einer grausamen Wirklichkeit: Voller Selbstvertrauen schritt Dachsschwanz neben ihr durch ein Dorf ... Dachsschwanz lächelte ihr über ein Lagerfeuer hinweg zu ... Dachsschwanz, aufgeknüpft wie ein totes Tier, das darauf wartete, ausgeweidet zu werden. Allein, ganz allein. Vor diesem Bild schloß Heuschrecke verzweifelt die Augen.

Er hat dich aus der Gewalt von Hagelwolkes Kriegern gerettet, und du – was tust du? In ihrer Seele schwelte die Schuld mit solcher Macht, daß sie glaubte, sterben zu müssen, wenn sie nicht irgend etwas zu seiner Rettung unternahm.

Sie sprang auf, zog die Kriegskeule aus dem Gürtel und hieb sie mit aller Kraft in die neue Wand. Wieder und wieder schlug sie auf die Wand ein. Sie schwang die Keule von einer Seite auf die andere, als schlüge sie eine freie Gasse in eine von zwei Seiten heranbrandende Horde feindlicher Krieger. Sie stellte sich die Gesichter der Feinde vor: Jeder dieser Feinde hatte Dachsschwanz irgendwann einmal verletzt; sie sah die Gesichter vor sich – die Narben, die Tätowierungen, die Augen. Stöhnende Schluchzer entrangen sich ihrer Kehle und steigerten sich zu ersticktem Weinen. Sie schlug noch härter zu und hämmerte auf die Wand ein wie eine Wahnsinnige. Heiße Tränen strömten über ihre Wangen. Sie haßte sich wegen ihrer Schwäche, wegen ihrer Hilflosigkeit und weil sie Dachsschwanz nicht retten konnte.

»Heuschrecke«, flehte Primel. Er lief zu ihr und stellte sich hinter sie. »Bitte. Bitte, hör auf. Tu dir das nicht an! Dich trifft keine Schuld! Du kannst nichts für ihn tun.«

Verzweifelt und am Ende ihrer Kraft ließ sie die Keule zu Boden fallen, sank gegen die Wand und lehnte die Stirn an die kühlen Stämme. »Ich – ich rufe die Krieger zusammen. Ein paar werden mir folgen. Wir holen ihn raus. Ich muß nur eine Möglichkeit finden, sie abzulenken, dann – «

»Heuschrecke ...« Primel streichelte beruhigend ihr Haar. »Petaga hat tausend Krieger. Vierhundert sichern die Schießplattformen; sie beobachten jeden, der durch die Palisaden kommt oder geht. Vielleicht gelingt es dir, eine Handvoll Krieger um dich zu scharen. Aber keiner von euch würde lange genug leben, um auch nur in Dachsschwanz' Nähe zu kommen.« Zärtlich strich er über ihren Kopf. »Dachsschwanz hat Frieden geschlossen. Er wußte, was er tat.«

»Nein!« schrie sie. »Sein Leben im Tausch gegen das unsere anzubieten, das war dumm! Lieber wäre ich an seiner Seite gestorben, als um diesen Preis zu überleben.« Heuschrecke drehte sich um und warf sich schluchzend in Primels Arme. Für einen gesegneten, endlosen Augenblick überließ sie sich der tröstlichen Geborgenheit seiner Arme, ließ sich treiben mit dem ruhigen, gleichmäßigen Rhythmus seines Atems, dem Gefühl seiner Hände, die ihre Haare liebkosten. »Ich kann ihn nicht sterben lassen, Primel.«

»Er wäre entsetzt, wenn er wüßte, daß du ihn zu retten versuchst. Das weißt du. Er hat sich geopfert, damit die ihm treu ergebenen Männer und Frauen am Leben bleiben. Und er liebt dich, Heuschrecke. Er hat dich immer geliebt. Er wollte mit seinem Leben deine Sicherheit erkaufen.«

Heuschreckes Herz hämmerte heftig. Sie wußte, daß Primel recht hatte; doch allein der Gedanke, dies zugeben zu müssen, war ihr verhaßt. Sie schmiegte ihre Wange an seine Schulter und starrte mit leerem Blick auf die versengten Felder am Cahokia Creek.

Nichts würde mehr so sein wie vorher. Die Hälfte der Bevölkerung war geflohen oder getötet worden. In der Nacht vor dem Kampf hatte Sandbank alle Angehörigen des Kürbisblüten-Stammes aus Cahokia weggebracht und weigerte sich seitdem, mit ihren Leuten zurückzukommen. Winterbeere ... die arme Winterbeere. Ein brennendes Dach war über ihr zusammengebrochen und hatte sie schwer verletzt. Sie lag in Grüne Esches Haus, hustete Blut und stöhnte vor Verzweiflung über das Schicksal von Grüne Esches Zwillingen, weil sie nicht wußte, was nach ihrem Tod aus ihnen werden sollte. Auch Heuschrecke fragte sich das. Zur Zeit kümmerte sich Nisse um die Babys, aber wenn Grüne Esche als Nachfolgerin Winterbeeres Stammesführerin werden würde, mußte man sich ihrer Entscheidung fügen. Wer würde die Kinder schützen? Würde Grüne Esche die Babys verstoßen oder einem ihrer Verwandten befehlen, ihnen den Schädel einzuschlagen? Hatte sie vor, sie beim Tod eines mächtigen Sonnengeborenen als dessen rituelle Gefährten anzubieten, damit sie am Grab erwürgt wurden?

»Ich liebe dich, Heuschrecke«, murmelte Primel. »Ich brauche dich. Vielleicht wäre es besser, wenn wir für ein paar Tage fortgingen und so lange wegblieben, bis die Marter vorüber ist.«

»Nein. Nein, ich – ich muß Dachsschwanz noch einmal sehen. Auch wenn Petaga mir verbietet, mit ihm zu sprechen. Morgen ... morgen gehe ich hin. Ich hoffe, ich kann es ertragen.«

Kapitel 47

Ein strahlend schöner, heißer Tag. Ein furchtbar heißer Tag.

Mitten auf dem großen Platz hing Dachsschwanz schlaff an dem Martergestell und starrte zu seinen an den Querbalken gefesselten Händen hinauf. Seit vier Tagen quälte ihn Vater Sonne, sog jeden Tropfen Flüssigkeit aus seinem nackten Körper, röstete die Haut mit seinen stechenden gelben Strahlen. Schweiß strömte Dachsschwanz über das Gesicht und rann ihm brennend in die Augen. Geblendet blinzelte er und versuchte, das Treiben auf dem Platz zu verfolgen. Die Leute stöberten in den Trümmern ihrer Häuser nach Brauchbarem. Manche kamen auch nur, um Dachsschwanz anzustarren. Ein paar spuckten ihn an und verfluchten ihn, weil sie ihm die Schuld an dem verlorenen Krieg gaben.

In der letzten Hand Zeit hatte Dachsschwanz zu zittern begonnen. Nicht aus Angst, sondern weil er drei Tage hintereinander nichts mehr zu essen und zu trinken bekommen hatte. Die Zunge klebte ihm am Gaumen wie eine verwitterte Wurzel, und sein leerer Magen stülpte sich um vor Übelkeit.

Mach ein Ende, Petaga. In diesem Stadium habe ich nicht mehr die Kraft, tapfer zu sterben. Du wirst wenig Freude an mir haben.

Er bemühte sich, mit den Füßen die Erde zu berühren, um die unerträglichen Schmerzen im Rücken ein wenig zu lindern. Ein unterdrücktes Stöhnen kam über seine Lippen.

Petaga schielte zu ihm herüber. Der junge Häuptling saß zwanzig Hand entfernt auf einer mit einem schönen Stoff bedeckten Bank und hörte sich die Klagen der Dorfbewohner an. Dachsschwanz sah die Leute kommen und gehen und hatte all ihre Sorgen und Nöte mit angehört. Sie baten um Entschädigung für den Ernteausfall oder bettelten um Mais für ihre Kinder. Ein paar Sternengeborene hatten sich beleidigt darüber beklagt, daß Tharon einen Krieg angezettelt hatte, ohne vorher ihren Rat einzuholen.

Tharon. Möge deine Seele auf immer und ewig im Dunklen Fluß der Unterwelt umherirren.

»Ist schmerzhaft, was, Dachsschwanz?« fragte Petaga. Schauriges Gelächter erklang unter den Umstehenden. Dachsschwanz bemerkte, wie Hagelwolke den Kopf senkte und auf den Boden starrte; der Krieger sah aus, als fühle er sich krank. »Denk daran, wie es meinem Vater ergangen ist.«

»Dein Vater hat nichts gespürt, Häuptling Große Sonne«, erwiderte Dachsschwanz. Seine Stimme klang heiser und brüchig; er erkannte sie kaum wieder. »Ich hatte großen Respekt vor deinem Vater. Ich habe dafür gesorgt, daß er nicht gelitten hat.«

»Auch du wirst nichts mehr spüren«, antwortete Petaga steif, »wenn die Zeit kommt. Aber ich glaube, das dauert noch ein paar Tage.«

Noch Tage! Heilige Mondjungfrau ... Dachsschwanz atmete tief durch und versuchte, die Knie gegeneinander zu pressen.

Petaga winkte mit der Hand und rief: »Wer ist der nächste? Los, los! Da warten noch mehr.«

Heuschrecke und Primel traten aus der Menge heraus. Dachsschwanz' Herz zog sich qualvoll zusammen; er wußte, wie sehr sie darunter litt, ihn in dieser Lage sehen zu müssen. Er lächelte ihr erschöpft zu, während sie mit einem Korb in der Hand vorwärts humpelte. In ihrem ausdrucksvollen Gesicht standen Sorge und Schmerz. Sie blieb stehen und versuchte, mit ihm zu sprechen; doch Petaga befahl barsch: »Niemand spricht mit dem Gefangenen! Geh weiter, Heuschrecke.«

Dachsschwanz' Blick verschmolz für einen Moment mit Heuschreckes Augen. Die Liebe und das Leid, das er darin erkannte, schnürten ihm die Kehle zu.

Sie hinkte hinter Primel her und stellte den Korb zu Füßen Petagas nieder. Sofort erklang ein Wimmern von den beiden nebeneinander im Korb liegenden Bündeln.

»Was soll das?« wollte Petaga wissen.

»Häuptling Große Sonne, diese Babys haben keine Familie und gehören keinem Stamm an. Winterbeere, ihre Großtante und ehemalige Führerin des Blaudecken-Stamms, ist an den Folgen einer Verletzung gestorben. Die neue Clanführerin, Grüne Esche, die Mutter dieser Kinder, hat sie verstoßen. Was sollen wir mit ihnen machen?«

Petaga blickte sie betroffen an. Er beugte sich vor und lugte in den Korb; sein goldenes Gewand schwang um seine Knöchel. »Niemand will diese Babys? Aber das ... das kann ich kaum glauben. Bestimmt findet sich jemand – «

»Nein, Häuptling Große Sonne, wir haben im ganzen Dorf nach jemandem gesucht, der sie aufnimmt. Wir wollten die Kinder einem der anderen Stämme geben. Aber niemand will sie.«

»Warum denn nicht?«

Auf ihr kaum verheiltes Bein achtend kniete Heuschrecke vorsichtig nieder und wickelte die Bündel auf, um ihm die Babys zu zeigen.

Ein entsetzter Aufschrei ging durch die Menge. Dachsschwanz blinzelte benommen; er glaubte, seinen Augen nicht trauen zu können, als er diese furchterregenden Wesen vor sich sah. Voller Entsetzen sah er, daß einem der Kinder nur Finger aus den Schulterstümpfen wuchsen. Das andere sah ihn aus großen rosaroten Augen direkt an. Irgendeine *Macht* stand in diesen Augen. Sie nahm jeden gefangen, der den Mut aufbrachte, hinzuschauen – dieser Junge schien die Seele eines seinem Volk und seiner Welt fremden Wesens zu besitzen. Borstige weiße Haare bedeckten den Schädel des Kindes und umrahmten ein Gesicht mit einem weit vorstehenden Mund, der aussah wie eine Wolfsschnauze.

Petaga stammelte: »Wenn – wenn kein Stamm sie aufnehmen will, Heuschrecke, kann ich auch nichts machen.«

Sichtlich niedergeschlagen erhob sich Heuschrecke. »Gut, Häuptling Große Sonne. Ich versuche, jemanden ausfindig zu machen, der sie mitnimmt und sie den Wölfen überläßt. Ich hatte gehofft, wir könnten – «

»*Ich* nehme sie.« Nachtschattens tiefe, melodische Stimme übertönte Heuschrecke. Die Leute fuhren herum und starrten sie an; unter feindselig zischendem Gemurmel zeigten sie mit den Fingern auf sie.

Scheinbar unbeeindruckt näherte sich Nachtschatten hoch erhobenen Hauptes mit ihrem unnachahmlich schwebenden Gang. Sie heftete ihren Blick unverwandt auf Petaga. Orenda ging an Nachtschattens Seite. Das kleine Mädchen lächelte strahlend; es schien den Abscheu der gaffenden Menge nicht zu bemerken. Die Leute wichen vor Angst so rasch zurück, daß sie gegeneinanderstießen. Viele machten mit den Händen magische Zeichen, um Gefahr und Böses von sich abzuwehren.

Nachtschatten hatte das rote Gewand der Sternengeborenen gegen ein blaues Kleid aus feinstem Hundsgiftfaden ausgetauscht. Dachsschwanz reckte den Hals, so gut es in seiner Lage ging, und starrte sie voller Bewunderung an. Seit er sie vor zwanzig Zyklen beim alten Murmeltier abgegeben hatte, hatte er sie stets nur in Rot gekleidet gesehen. Nun schien sie noch schöner geworden zu sein. Ihr wunderbares langes Haar war zu einem Zopf geflochten und hing glänzend über ihren Rükken; ein prachtvoller Muschelanhänger baumelte über ihrem Herzen.

Nachtschatten kniete zu Petagas Füßen nieder, faltete die Decken wieder über den Babys zusammen und nahm den Korb auf. Sofort endete das Wimmern. Orenda lächelte unaufhörlich; ihre Augen fixierten einen vagen Punkt in weiter Ferne, als befände sie sich in einem Traum.

Dachsschwanz schluckte hart. Arme Orenda. Auf ihr lastete die Schuld der Blutschande. Hinter vorgehaltenen Händen tuschelten die Leute, finster dreinblickend deuteten sie auf das Kind. Cahokia würde nie zur Ruhe kommen, bevor nicht der Körper des Mädchens neben Tharons Leiche auf den Scheiterhaufen geworfen wurde.

»Nachtschatten«, sagte Petaga, peinlich darauf bedacht, die verunreinigte Orenda nicht anzublicken, »was, um alles in der Welt, willst du mit zwei Babys?«

»Ich nehme sie mit nach Hause ... dahin, wohin sie gehören.«

»Nach Hause?« Nur langsam drangen die Worte in Petagas

Bewußtsein. Er sprang auf und starrte ihr forschend in die dunklen Augen. »Nachtschatten, du meinst doch nicht etwa – «

»O doch, genau das meine ich, Petaga. Meine Arbeit hier ist beendet. Die Mächte verfolgen ihre eigenen Ziele. Orenda und ich, wir gehen morgen fort.«

Bei diesen Worten hatte Dachsschwanz das Gefühl, als durchdringe der erste Todesstoß einer Lanze seinen gequälten Körper. *Du Narr. Du hast immer gewußt, daß sie zurück will.* Aber es spielte ohnehin keine Rolle mehr. Er hatte nicht mehr lange zu leben; bald befand er sich jenseits jeglichen Gefühls.

»Verbrennt das Kind!« kreischte eine alte Frau. »Es ist besudelt! Der Samen seines Vaters lebt in seinem Schoß!«

Verwirrt guckte sich Petaga um. Sein Mund stand offen, und er sah plötzlich aus wie ein verängstigter kleiner Junge. »Fortgehen? Mit Orenda? Das kannst du nicht! Orenda muß sterben ...«

»Verbrennt sie!« – »Reinigt uns von dem Schmutz!« – »Sie ist Abschaum!« Von allen Seiten erhoben sich empörte Rufe.

Petaga wich einen Schritt zurück; unruhig wanderte sein Blick von Orenda zu der Menschenmenge. Das Lächeln um Orendas Lippen erstarb; mit bebendem Kinn blickte sie zu Nachtschatten auf.

Nachtschattens Augen weiteten sich; dunklen Teichen gleich schienen sie die Seelen der Menge einzusaugen. Schweigen senkte sich herab. Die Leute erstarrten, als drohe eine furchtbare Gefahr, wenn sie sich zu bewegen wagten. »Orenda kommt mit *mir.*«

Petaga schüttelte zögernd den Kopf und rieb unruhig die schweißnassen Hände an seinem goldenen Gewand. »Du kennst die Gesetze. Du weißt, was Blutschande bedeutet, Nachtschatten. Die Leute haben recht: Das Mädchen muß verbrannt werden. Seit Anbeginn der Zeit lehrt die Erste Frau – «

Nachtschatten trat näher und starrte Petaga in die Augen. »Du wirst zuerst mich töten müssen, Häuptling Große Sonne. Deine Keule liegt hinter dir. Nimm sie. Schlag zu.«

In die knisternde Spannung hinein schrie Dachsschwanz, so laut er konnte: »Laß Orenda gehen! Ich war dort, ich kenne das

Land. Eine Verbannung in das Verbotene Land der Palasterbauer ist nicht besser als der Tod – eher noch schlimmer!«

Petaga leckte sich die trockenen Lippen. »Schlimmer als der Tod? Gut! Nimm sie mit! Aber sie darf *nie* zurückkehren!« Den Blick unverwandt auf die Menge gerichtet, hob er die Arme. »Ich verbanne meine Cousine Orenda in das Verbotene Land der Palasterbauer! Nie wieder werden ihre Füße das Land ihrer Ahnen besudeln!«

Zustimmendes Gemurmel folgte diesen Worten, und Schreie erhoben sich. »Wir wollen sie *gleich* loswerden!« – »Verschwinde! Hau ab!«

Dachsschwanz seufzte benommen. *Ein Opfer weniger.*

Petaga wandte sich wieder an Nachtschatten. Matt winkte er mit der Hand. »Nimm sie mit, Nachtschatten. Aber ich – ich weiß nicht, was ich ohne dich machen soll.«

Nachtschatten stellte den Korb mit den Babys auf den Boden und umarmte Petaga. Schutzsuchend umklammerte Orenda den Henkel des Korbes und senkte die Augen, um den gaffenden Blicken der Leute nicht begegnen zu müssen.

»O Nachtschatten!« flüsterte Petaga in ihr Haar. »Du wirst mir fehlen. Ich brauche dich mehr als je zuvor.«

»Nein, das stimmt nicht. Du hast es nur noch nicht gemerkt. Ich habe deine Zukunft *gesehen.*« Ihre Lippen berührten seine Schläfen. »Du hast eine neue Priesterin, eine viel höhere, als ich es bin – du mußt sie nur bitten, bei dir zu bleiben.«

Petaga ließ die Arme sinken und starrte Nachtschatten aus tränenverschleierten Augen an. »Wovon sprichst du?«

»Von Flechte.«

»*Von wem?*«

»Wir reden heute abend beim Abendessen darüber. Wühlmaus, Wanderer und Flechte werden auch zugegen sein.«

Dann, wie magisch angezogen von Dachsschwanz' fiebrigem Blick, ging Nachtschatten über den Platz und stellte sich vor ihn hin. Forschend schaute sie in seine Augen. Ihr Blick drang so tief in ihn ein, daß er glaubte, seine Seele werde wie von einem Angelhaken aufgerissen.

»Nun, mein Entführer«, sagte sie leise und nur für seine Ohren bestimmt. »Glaubst du immer noch, ein Bär sei ein Bär?«

Er holte tief Luft und rang mühsam um Selbstbeherrschung. »Willst du wissen, ob ich immer noch glaube, ein Krieger zu sein läge in der Natur meiner Seele und sei deshalb meine Pflicht?« Sie sah ihn wortlos an. Er fuhr fort: »Es ist nicht mehr meine Pflicht, Priesterin. Aber ob es noch immer die Natur meiner Seele ist oder nicht, das weiß ich nicht.«

»Welche Pflicht hast du nun?«

»Meine Pflicht besteht darin, so gut ich kann zu sterben – für das Wohlergehen meiner Krieger. Und wenn sich Petaga nicht beeilt, könnte es sein, daß ich auch dabei versage.«

Nachtschatten trat noch näher zu ihm heran – so nah, daß er den süßen Duft nach Minze riechen konnte, der ihren Haaren entströmte.

Sein Herz begann heftig zu hämmern. Vergeblich versuchte er, gegen die in ihm aufsteigenden Gefühle anzukämpfen.

»Dachsschwanz, *ich möchte, daß du deine Sachen zusammenpackst und mit mir davonläufst.«*

Die Worte hallten wie ein Echo durch den tiefsten Abgrund seiner Seele und kehrten mit Rotluchs' vertrauter Stimme zurück. Verzweifelte Sehnsucht bemächtigte sich seiner. Leise antwortete er: »Ich würde gerne mit dir davonlaufen, Nachtschatten.«

Ohne ein weiteres Wort drehte sie sich um, schritt zwischen den tuschelnden Zuschauern hindurch und zog das Hornsteinmesser aus Hagelwolkes Gürtel. Hagelwolke warf Petaga einen fragenden Blick zu, doch der schüttelte nur verwirrt den Kopf. Daraufhin machte Hagelwolke keinerlei Anstalten, sie aufzuhalten.

Nachtschatten hob das Messer über Dachsschwanz' Kopf und schnitt seine Fesseln durch. Keuchend vor Qual fiel er auf die Knie; seine Arme sanken herab wie totes Fleisch.

Nachtschatten kniete neben ihm nieder und legte einen Arm um seine Schultern. Sie stützte ihn, so daß er sich aufsetzen konnte. »Geht es einigermaßen?«

»Ich schaffe es.«

Gebieterisch starrte Nachtschatten Petaga an. »Auch Dachsschwanz geht morgen mit mir nach Hause, mein Häuptling.«

Kapitel 48

»Diese Geschichte habe ich noch nie gehört«, sagte Wanderer. »Woher kennst du sie?«

Der strenge Geruch der Färberdisteln erfüllte die Luft. Wanderer ging Flechte voraus über die oberhalb des Cahokia Creek liegende Geländeterrasse. Geistesabwesend spielte er mit den Fransen seines grünen Hemdes, dabei schweifte sein Blick über die magentaroten Blüten sehnsüchtig zu den am tiefblauen Himmel durchsichtig schimmernden Wolkenbändern hinauf. Kein Windhauch bewegte die Halme der Pflanzen.

»Die Erste Frau hat sie mir erzählt. Sie sagte, Wolfstöter sei damals beinahe gestorben. Er mußte über die spitz gezackten Rücken der Eisriesen springen und gegen Großvater Eisbär kämpfen. In höchster Not schlich Wolfstöter auf einer Eiskante in eine tiefe Gletscherspalte. Der Bär nahm seine Witterung auf und folgte ihm, aber er rutschte ab und stürzte in den Tod. So hat Wolfstöter den Bären überlistet. Er zog dem toten Tier das Fell ab, weil er daraus eine Decke machen lassen wollte, schnitt ihm die Krallen ab und hängte sie an eine Geisterhalskette.«

Wanderer blinzelte nachdenklich. »So eine Kralle wie die, die dir die Erste Frau gegeben hat? Ich war überrascht, als du sie beim Aufwachen in der Hand hieltest.«

»Die Erste Frau sagte, sie hoffe, die Kralle würde mich stets daran erinnern.«

»Woran?«

»An das, was Wolfstöter durchmachen mußte, um das Loch im Eis zu finden, das in diese Welt des Lichts geführt hat.«

Wanderer stützte einen Fuß auf einen Felsen. »Flechte ...« Er verstummte. Erst nach kurzem Schweigen fuhr er fort: »Hast du dich entschieden? Weißt du, ob du hierbleiben willst oder nicht? Petaga braucht dich dringend. Ich glaube, deine Mutter möchte auch, daß du bleibst.«

»Und du?«

»Wenn ... wenn *du* es willst.« Er senkte den Kopf. »Du wirst mir fehlen. Ich hatte gehofft, du würdest mit mir in meine Höhle kommen und bei mir leben. Du bist noch so jung, und bei den Mächten weiß man vorher nie genau, wie es weitergeht. Das Leben in diesem großen Dorf ist ganz anders als in Redweed Village. Ich fürchte, es wird sehr schwer für dich.«

Unbewußt griff ihre Hand nach dem Steinwolf an ihrem Hals, dann blickte sie auf ihr neues Machtbündel, das am Gürtel ihres purpurroten Kleides befestigt war. Das Bündel enthielt eine große Bärenkralle, ein paar Haarsträhnen von der kahlrasierten Stelle ihres Kopfes und Knochenstückchen, die Wanderer ihrem Schädel entnommen hatte. Wie ein Echo hallte die Stimme der Ersten Frau aus dem Bündel: *»Das ist wie beim Überqueren eines Berges. Der Aufstieg ist schwer. Aber ehe du nicht die andere Seite gesehen hast, kannst du nicht alle Dinge der Welt verstehen. Das ist ein weiterer Schritt auf dem Weg zur allerhöchsten Macht der Träume.«*

Flechte beugte sich vor und sog schnüffelnd den modrigen Geruch nach Wasser und Schlamm ein. Im Bach paddelten dicht am Ufer zwei Schildkröten und schnappten nach Insekten. »Wanderer, als ich in der Unterwelt war, bildete ich mir ein, deine Stimme zu hören. Sie klang wie der Wind.«

Er lächelte. »Oh, sie kam durch das Loch in deinem Kopf. Als ich es ausgesägt hatte, konnte ich direkt zu deiner Seele sprechen. Ich bin gespannt, welche Stimmen du noch hören wirst. Ich habe noch nie jemanden mit zwei Löchern im Kopf gekannt.«

»Vielleicht höre ich deshalb den Mais und die Kürbisse sprechen.«

Wanderer warf ihr einen verwunderten Seitenblick zu. Sein Blick streifte über die jungen grünen Schößlinge, die sich bereits auf den verbrannten Feldern zeigten. »Was sagen sie denn?«

»Sie wollen wissen, wann es wieder regnet. Ich sagte ihnen, heute abend.«

»Woher weißt du das?«

»Donnervogel hat es mir gesagt.«

Er nickte kaum merklich. Seit sie die Seele eines Falken hatte, sprach Donnervogel ständig zu ihr.

Plötzlich kniff Wanderer die Augen zusammen. Flechte drehte sich um und folgte seinem Blick. Über Cahokia stiegen schwarze Rauchkringel in den ruhigen Abend.

Wanderer erklärte: »Kessel sagte mir, seit zwei Tagen träfen die Leute ein, die der Einäscherung Tharons beiwohnen wollen. Die ersten Legenden über ihn kursieren bereits. Ich hoffe, es sind böse Geschichten.«

Flechte legte den Kopf in den Nacken und sah zum Himmel hinauf. Am Horizont versank Vater Sonne, karminrote Streifen schossen mitten in die Wolkenfetzen und verwandelten sie in gleißende Spiralen. Tharon durfte nicht in der Erde begraben werden; das hätte Mutter Erde beleidigt. Eine Aufbahrung des Leichnams unter freiem Himmel war ebenfalls nicht möglich, denn dies verletzte Vater Sonne. Verbrennen war die einzige Möglichkeit, seinen unreinen Körper loszuwerden.

»Wie lange, hat die Erste Frau gesagt, können die Menschenwesen noch hierbleiben, Flechte?«

Zögernd legte Flechte den Kopf schräg. »Sie hat nichts gesagt ... jedenfalls nichts Genaues. Nur, daß sie uns aufmerksam beobachten würde.«

»Also«, seufzte er, »ich hoffe, Petaga herrscht besser über das verbliebene Häuptlingtum als Tharon.« Plötzlich sprang Wanderer zur Seite und deutete aufgeregt in das Gestrüpp. »Was ist das?«

Flechte drehte den Kopf. »Nichts weiter. Nur ein Wieselloch, Wanderer.«

Kalte Ranken umklammerten seine Brust. »Ich dachte, ich hätte es gesehen ... es hat sich an mich herangeschlichen.«

»Das Wiesel wäre schön dumm, wenn es dich ärgern würde, Wanderer. Vergiß nicht, ich habe die Seele eines Präriefalken.«

Eine ungeheure Last schien von Wanderers Schultern zu fallen.

Flechte lächelte und zeichnete mit der Spitze ihrer Sandale eine perfekte Spirale in den Staub des Bodens. »Wanderer, ich glaube, ich muß hierbleiben. Ich muß Petaga helfen. Kannst du nicht bei mir bleiben? Wenigstens eine Zeitlang. Bis ich mich an alles gewöhnt habe.«

Er schenkte ihr einen zärtlichen Blick und tätschelte ihre Schulter. Seine Liebe rührte sie zutiefst. »Ich bleibe bei dir. So lange die Macht mich läßt.« Er warf einen mißtrauischen Blick auf das Wieselloch und seufzte.

EPILOG

Sinnlich rekelte sich Nachtschatten auf dem Bett aus Kiefernnadelmehl. Aus dem Wäldchen in der Nähe der Trockenrinne erklang das Lachen spielender Kinder. Ein heißer Wind strich durch die Bäume und trug den betörenden Duft nach Wacholder und Kiefern herbei.

Liebevoll streichelte sie Dachsschwanz' kräftigen Rücken. Sie ergötzte sich an seinen schwellenden Muskeln und berührte sanft jede der vertrauten Tätowierungen. Langsam und zärtlich antwortete seine Hand auf ihre Berührungen; herrlich prickelnd glitt sie über ihren nackten Körper. Streifen goldenen Lichts fielen durch die Zweige und woben ein zartes Gespinst auf die Gesichter der beiden Liebenden.

Lächelnd flüsterte Nachtschatten: »Eigentlich sollten wir da draußen sein und den Kindern beim Sammeln der Zirbelnüsse helfen.«

»Orenda paßt auf die Jungen auf. Sie kommen ganz gut allein zurecht.« Er stützte sich auf die Ellenbogen und blickte sie aus warmen braunen Augen an. Seine Haare waren lang gewachsen und umrahmten sein Gesicht wie ein mit Silber durchwirkter schwarzer Vorhang. »Außerdem sind die Zirbelnüsse morgen auch noch da.«

»Morgen?« Sie lachte. »Du bist faul geworden, mein Entführer.«

Geistesabwesend spielte er mit einer Locke ihres Haars; sein Blick schweifte beglückt über die herrlichen, vom Wind gemeißelten roten Spitzkuppen am Horizont. Eichelhäher krächzten in den Bäumen und hüpften aufgeregt von Ast zu Ast.

»Ja.« Zart fuhr Dachsschwanz mit einem Finger der glatten Linie ihrer Wangenknochen nach. »Ich danke dir für das alles hier.«

Vom Kiefernwäldchen hallte Orendas Lachen herüber, in das sich das vergnügte Gelächter der Jungen mischte. Nachtschattens Seele sah die drei spielenden Kinder. Wassergeborener mit den rosafarbenen Augen konnte nicht gut sehen, aber dafür konnte er so schnell laufen wie der Wolf, dem er so ähnlich sah. Heimkehrer mußte vorsichtiger sein. Mit seinen Armstummeln hatte er Mühe, auf unebenem Boden das Gleichgewicht zu halten. Er blieb hinter Orenda und Wassergeborener zurück, trotzdem strahlte er über das ganze, drei Sommer alte Gesicht. Er rief: »Bruder! Schwester! Wartet auf mich! Wartet!« und eilte hinter ihnen her, so schnell er konnte.

Dachsschwanz' Lippen strichen über Nachtschattens Ohr. »Ich liebe dich, meine Priesterin.«

Gemächlich, als hätten sie alle Zeit der Welt füreinander, schlang sie die Arme um ihn und küßte ihn mit der Kraft der Leidenschaft, die er in ihrer Seele geweckt hatte. Sie fühlte, wie er lächelte.

Hoch oben in den Bäumen kreischten die Eichelhäher, schwangen sich zum Flug empor und umkreisten die Kiefern. Ihre blauen Flügel blitzten im Glanz der Sonne.

DANK

Keines der Bücher in der Reihe über die ersten Nordamerikaner hätte ohne die umfassende, praktische wissenschaftliche Arbeit unserer Kollegen und Kolleginnen aus der Gemeinschaft der Archäologen vollendet werden können.

Wir möchten uns bedanken bei Dr. James B. Griffin, Melvin Fowler, Robert Hall, Richard Yerkes, John Kelly, Thomas Emerson, R. Barry Lewis, Neal Lopinot, Christy Wells, William Wood, Timothy Pauketat, George Milner, George Holley, Fred Finney, James Stoltman, Henry Wright und Bruce Smith für ihr umfassendes Werk über Cahokia. Und bei P. Clay Sherrod und Martha Ann Rolingson vom Arkansas Archaeological Survey für ihre Arbeit über Archäo-Astronomie im Mississippital.

Besondere Erwähnung gebührt auch Ray Williamson für seine Kommentare über die Astronomie im prähistorischen Nordamerika anläßlich der Tagung der Society for American Archaeology in New Orleans 1991. Bill Butler vom National Park Service versorgte uns mit Quellenmaterial über die Handelsstruktur der Prärien und des Waldlandes. John Walthall leistete hervorragende Arbeit auf dem Gebiet der Handelskultur der Ureinwohner Nordamerikas, und wir haben aus seinem Material geschöpft.

Ferner danken wir den Archäologen H. Gene Driggers und Anne Wilson vom National Forest Service, die Stunden damit verbracht haben, für uns nach Büchern und Artikeln zu forschen und die Unterlagen zu besorgen.

Dr. Dudley Gardner, Sierra Adare, Jeff Corney und Bill Blow vom Mitarbeiterstab von Cahokia halfen uns, die Ideen auszufeilen. Katherine und Joe Cook aus Mission, Texas, und Katherine Perry gaben uns Ermutigung und Kritik. Besondere Verdienste erwarben sich Harold und Wanda O'Neal, die ihre Bibliothek nach archäo-astronomischen Informationen durchstöberten.

Michael Seidman ermöglichte diese Reihe während seiner Zeit bei Tor Books. Dank sagen möchten wir auch Linda Quinton, Ralph Arnote und ihren Mitarbeitern für ihre harte Arbeit. Tom Doherty, Roy Gainsburg und der Belegschaft von SMP/Tor, die an das Projekt geglaubt und uns unerschütterlich unterstützt haben.

Abschließend danken wir Harriet McDougal, der großartigsten Herausgeberin New Yorks. Ohne dich hätten wir es nicht geschafft, Harriet.